18~19세기 한국문학, 차이의 근대성

유럽중심주의와
민족주의를 넘어

지은이

이도흠 李都欽, Lee, Do-heum

동양과 서양의 대화를 모색하며 우리 문학을 새롭게 해석하고 있다. 약자들이 좀 더 잘사는 세상으로 바꾸는 데 보탬이 되고자 애쓰고 있다. 원효의 화쟁사상을 바탕으로 마르크시즘과 형식주의를 종합하여 화쟁기호학을 창안하였다. 2001년 『동아일보』의 '동과 서의 벽을 넘어'란 기획에 북경대의 탕이지에, 도쿄대의 다카하시 교수 등과 함께 동서양을 아우르는 인문학자로 소개되었고, 국문학자임에도 2010년 『법보신문』에 10대 불교학자로, 2020년에는 세계적 학자를 양성하는 사업인 한국연구재단 우수학자에 선정되었다. 현재 한양대 국어국문학과 교수, 백기완 노나메기 재단 부설 노나메기 민중사상연구소 소장으로 재직하고 있다. 한국시가학회 회장, 한국기호학회 회장, 한국언어문화학회 회장, 민주화를 위한 전국교수협의회(민교협) 상임의장, 정의평화불교연대 상임대표, 계간 『불교평론』 편집위원장, 계간 『문학과 경계』 주간, 한양대 한국학연구소 소장, 의상·만해 연구원 연학실장을 역임했다. 저서로 『화쟁기호학, 이론과 실제－화쟁사상을 통한 형식주의와 마르크시즘의 종합』, 『신라인의 마음으로 삼국유사를 읽는다』, 『인류의 위기에 대한 원효와 마르크스의 대화』, 『4차 산업혁명과 대안의 사회』 등, 역서로 틱낫한의 『엄마』가 있다.

18~19세기 한국문학, 차이의 근대성－유럽중심주의와 민족주의를 넘어

초판인쇄 2022년 6월 15일 **초판발행** 2022년 6월 29일

글쓴이 이도흠 **펴낸이** 박성모 **펴낸곳** 소명출판 **출판등록** 제13-522호

주소 서울시 서초구 사임당로14길 15 서광빌딩 2층

전화 02-585-7840 **팩스** 02-585-7848

전자우편 somyungbooks@daum.net **홈페이지** www.somyong.co.kr

값 56,000원

ISBN 979-11-5905-715-1 93810

(재)한국연구원은 학술지원사업의 일환으로 연구비를 지급, 그 성과를 한국연구총서로 출간하고 있음.

한국연구총서 107

18~19세기 한국문학, 차이의 근대성

유럽중심주의와 민족주의를 넘어

이도흠

MODERNITIES OF DIFFERENCE IN KOREAN LITERATURE
OF THE 18TH AND 19TH CENTURIES
BEYOND EUROCENTRISM AND NATIONALISM

책머리에

종착지에서야 지나온 길이 제대로 보인다. 우리의 근대성이란 무엇인가. 언제 어디서 시작하여 어떻게 진행되었으며, 21세기 오늘의 시점에서 성찰할 것은 무엇인가. 한국사회는 중세에서 근대로 급속하게 이행하였고, 다시 탈근대로 나아가고 있다. 주체들의 기획의 잘못, 수구세력과 쇄국정책, 경제적 한계, 외세와 식민, 개발독재 등이 어우러지고 급속한 속도로 압축적으로, 또 물질과 경제 위주로 추진되는 바람에 우리의 근대는 성취한 것도 있지만, 뒤틀린 것도, 은폐된 것도, 잃어버린 것도, 주변화한 것이나 타자화한 것도 많다. 다시 무작정 내달릴 것이 아니다. 치밀한 분석과 뼈저린 성찰을 바탕으로 목표와 방법을 잘 정하여 배제된 자들과 함께 하지 못하면 유사한 잘못을 반복할 것이다.

일제강점기부터 시작된 근대성에 관한 논의는 해방과 미군정, 분단과 6·25, 개발독재, 민주화운동, 노동운동, 마르크스·레닌주의, 종속이론, 포스트모더니즘, 일본과 미국 정계와 학계의 동향, 뉴라이트의 부상, 탈식민지론에 따라 요동을 쳤다. 저자 또한 이 사회 변화와 이론에 따라 번민하고 시행착오를 겪었다. 부끄럽게도 저자는 민족주의자를 자처하면서도 오리엔탈리즘을 내면화하였다. 일본적인 것에 대해 적대적이고 식민지 잔재 청산에 대해서는 적극적이었지만, 디즈니의 만화영화, 미국이나 유럽의 드라마와 영화를 보고 책을 읽으면서 서양 사회, 문화, 사상을 동경하였고 추구할 목표와 모델로 삼았다.

하지만, 대학에 들어와 소위 운동권의 학습을 통해 다양한 버전의 레닌의 『제국주의』, 프란츠 파농의 『검은 피부 하얀 가면』, 에드워드 사이드의

『오리엔탈리즘』, A.G. 프랑크의 『저개발의 개발－제3세계의 경제와 종속이론 그리고 빈곤』을 연이어 접하고서 상당한 지적 충격을 받았다. 이후 종속이론과 탈식민론, 문화제국주의에 관련된 더 많은 책들을 찾아 '논장' 등 사회과학 서점이나 여러 대학의 도서관, 미국·영국 문화원의 본국 도서대출 서비스를 매개로 두 나라의 도서관을 전전하였다. 제3세계적 자각을 하면서 조금씩 '부끄러운 제국의 때'를 벗겨내기 시작하였다.

1981년 학부생 때 종속이론과 탈식민론의 관점에서 식민주의 근대화론과 내재적 발전론을 모두 비판하는 발표를 하고 이를 소논문으로 제출한 이후 이 주제에 관심을 갖고 연구했다. 제국주의와 오리엔탈리즘을 비판하는 입장에서 1997년에 『민족예술』에 「텔레비전 텍스트에 숨겨진 제국주의 읽기」를 기고한 것을 필두로 1999년에는 『(월간)인물과 사상』에 「이도흠의 한국 대중문화와 미디어 읽기」를 연재하며 한국 대중문화에 깃든 지배층과 서양/제국의 이데올로기와 문화를 비판하는 데 몰두하였다.

그럼에도 국민교육과 군사독재정권을 통해 각인된 이데올로기로서 민족주의의 때는 잘 벗겨내지 못하였다. 서양의 사상, 문화와 예술을 '선진, 모델, 스탠더드'로 내세우며 한국을 주변화하거나 타자화하는 학자들이나 인사들을 보면 논쟁하기를 주저하지 않았다. 한국 문화의 우수한 면을 대할 때마다 가슴이 뛰었다. 하지만, 서양의 사상을 좀 더 접하고 국제학술대회에 참여하여 외국학자와 만나 토론하고 토인비, 레비스트로스, 바르트 등의 석학이 일본의 역사, 문화와 예술을 극찬한 글을 읽고서는 저자 또한 '우물 안 개구리'에서 벗어나지 못하였다는 각성을 하게 되었다. '수입오퍼상'에서 벗어나야 하지만 '고물상'에서도 탈피해야 했다. 일본에 대한 적대감이나 "우리 것이 좋은 것이야" 또한 오리엔탈리즘의 내면화

내지 콤플렉스의 발현이었다. 이렇게 깨닫자 우리의 사상을 바탕으로 하되, 우리와 서양을 모두 직시하면서 서로 대대待對의 소통을 통하여 양쪽을 극복하면서 한데 아우르는 작업을 하기 시작하였다.

근본적으로 서양 비평의 양대 산맥으로 각각 장단점이 있는 형식주의와 마르크스주의 비평을 종합하면서도 학문 식민지를 벗어나 우리 학문과 이론을 정립하고자 1999년에 『화쟁기호학, 이론과 실제-화쟁사상을 통한 형식주의와 마르크시즘의 종합』을 펴냈다. 이 이론을 향가와 삼국유사 텍스트에 적용하며 신라인의 머리와 마음으로 신라의 문화를 읽는 데 도전하여 『신라인의 마음으로 삼국유사를 읽는다』2000를 출간했다. 희망버스, 쌍용자동차 해고노동자 복직 투쟁, 세월호 진상규명 투쟁 등에 적극적으로 참여하면서 한국의 현실에 대한 분석을 토대로 한 우리의 변혁이론을 모색하면서 『인류의 위기에 대한 원효와 마르크스의 대화』2015를 상재하였다. 그러던 중 2002년에 번역자인 나병철 교수가 보내준 덕에 호미 바바의 『문화의 위치』를 읽으며 파농과는 또 결이 다른 탈식민론을 만났고 그 원류인 라자니트 구하 등의 서발턴이론에 매료되었다. 서양 바깥에 여러 근대성이 존재한다는 아이젠스타트의 복수의 근대성론multiple modernities과 다양한 유형의 자본주의의 발전이 있었다는 폴커 슈미트의 다종多種의 근대성론varieties of modernities은 새롭게 근대성론을 모색할 수 있는 길잡이 구실을 하였다.

어떤 책보다 저자에게 가장 큰 깨달음을 준 것은 한 유럽 유학파 후배 연구자의 고백이었다. 한국에서 자신의 얼굴이 하얗다고 자부했는데 유럽에 가서는 자신의 얼굴이 하도 노랗게 보여 하루에도 여러 차례 거울을 보았다고 했다. 반대로 유럽 학생들은 그의 얼굴을 보고 자신의 얼굴이 하왔다고 새삼스레 인식하였을 것이다. 그렇다. 동양과 서양, 유럽과 제3세계는 서로 거울이자 타자다! 현실을 직시하되, 실체론적 사고가 아니라 연기론적이고 생성적인 사고로 유럽과 아시아를 동시에 바라보아야만 근대성을 온전하게 파악하리라는 인식을 하였다.

그러다가 몇몇 논문과 번역서를 통해 월터 미뇰로의 이론을 알았다. 이 만남은 또 다른 지적 충격을 주었고 새로운 지평을 열어주었다. 역사와 저항을 거세한 채 제국에 순치된 호미 바바의 탈식민론에 대한 불만이 다소 해소되었다.

유럽인의 사유와 행위에는 실체론과 이분법이 내재한다. 그들은 이 세계를 이데아/그림자, 이성/감성, 서양/동양, 인간/자연, 문명/야만으로 나누고 전자가 우월권을 가지고 후자를 지배하는 것을 타당한 것으로 간주한 폭력적 위계질서로 근대를 인식하고 배치했다. 그들은 16세기 이후에 유럽에서 이루어진 과학혁명, 자본주의의 형성, 산업혁명, 시민혁명과 이에 따른 변화를 보편적 근대로 설정하고 이를 비유럽으로 확대하면서 이에 동화하거나 포섭되지 않는 것은 야만으로 간주하며 배제하였다. 그럼에도 우리는 이를 유일한 근대성으로 간주하고 이에 맞추어 사회를 건설하고 지식과 담론을 형성하였다. 이에 대한 인식론적 단절과 저항, 타자와 민중의 입장에서 결을 거스르는 읽기와 다시 쓰기, 새로운 인간형의 창출과 다시 존재하기, 새로운 세계의 건설 없이 탈식민은 요원하다.

근대성과 식민성은 불일불이不一不二의 관계다. 식민성 없이는 근대성은 없다. 근대성은 식민화의 결과이지 원인이 아니다. 근대성/식민성 사이의 '/'에는 제3세계 민중의 피와 땀과 눈물이 배어 있다. 식민지에 대한 제국의 가혹한 수탈과 착취, 억압, 고문, 학살, 노예매매 등의 어두운 이면이 자리하고 있다. 공간적 차이에 의한 시간의 배치, 곧 유럽이 선진이고 아시아가 후진이라는 점 또한 사실이 아니라 17세기 이후 유럽과 미국이 헤게모니를 가지고 해석하여 구성한 허구를 무비판적으로 따른 것뿐이다. 죠셉 니덤의 지적대로, 최소한 15세기까지 중국의 과학기술이 전반적으로 유럽을 앞섰다. 18~19세기 초반에 세계 경제에서 중국의 GDP가 차지하는 비중은 서유럽 전체를 합친 것보다 컸다. 이렇게 볼 때, 내재적 근대화론과 식민지 근대화론 모두 유럽의 근대화를 전범典範으로 놓고 행해진 잘못된 서사다. 전자는 자본주의 체제, 산업화, 합리성, 근대 과학기술, 국민국가, 민주주의, 시민사회, 개인주의와 주체적 각성, 휴머니즘, 합리적 관료화, 예술의 세속화와 미적 자율성, 문화의 대중화 등 유럽의 근대를 보편으로 간주하고 이것과 유사한 것을 조선의 현실에서 덤불 속의 바늘을 찾듯 애써서 찾으려 했고, 후자는 전자의 객관적 타당성이나 실증을 반박하거나 부정하는 동시에 대신 일제강점기 이후에서 이를 찾아 입증하는 데 주력했다.

데리다와 들뢰즈의 각각 다른 차이의 사유, 레비나스의 타자성alterity의 사유를 접하고 원효의 화쟁에 대해 좀더 깊이 사색하면서 유럽중심주의와 오리엔탈리즘만이 아니라 문화제국주의론과 대다수의 탈식민론 또한 서양의 동일성과 실체론에 갇혀 있음을 인식했다. 한나 아렌트의 평범한 악 개념과 이를 심리학적으로 계승한 스탠리 밀그램의 권위에 대한 복종 실험, 필립 짐바르도의 스탠포드 감옥 실험을 비판적으로 검토하고 집단 학살의 원인에 대해 조사하면서 중요한 것을 깨달았다. 동일성은 타자를 구성하고 이를 배제하고 폭력을 가하면서 동일성을 강화한다. 아이히만이 독일 우파 중산층 시민들을 학살하라는 명령을 받았다면 '순전한 생각 없음' 상태에서 충직하게 대량학살을 수행하지는 않았을 것이다. 백인 어린이는 때리지도 못하는 신부가 마야족이나 잉카족의 어린이는 별다른 죄책감 없이 죽였다. 대량학살 이전에는 대상자들을 타자화하는 혐오발언hate speech이 선행한다. '기독교, 백인, 우파' 등으로 동일성을 형성하면 '이교도, 유색인, 좌파'는 죽여도 좋은 자가 된다. 제국주의, 식민주의, 유럽중심주의, 오리엔탈리즘, 옥시덴탈리즘 모두 유럽의 종교와 이데올로기, 문화와 지식으로 동일성을 구성하고 아시아/아메리카/아프리카를 '비유럽, 비기독교인, 유색인, 야만'으로 타자화한 데서 빚어진 허위의식의 관념체다. 내재적 근대화론이나 식민주의 근대화론 또한 동일성의 패러다임의 소산이다.

문화와 지식은 교류와 소통의 산물이며 오히려 경계에서 꽃피는 수가 많기에, 서로 거울과 타자로서 작용하기에 100% 순수한 문화는 없다. 제국의 문화와 사상, 종교가 강한 힘과 헤게모니를 갖고 강요되는 상황에서도 제3세계의 민중은 모방과 수용, 적용, 거부, 저항, 혼융 등의 다양한 태도를 취한다. 제국이 강력하게 통치권을 행사하는 식민지에서 제국에 의해 진행된 근대화도 있지만, 피식민지인들이 주체가 되어 이에 저항하면서 이룩한 근대화도 있다. 더불어 인간의 사고나 행위, 사회, 문화 창조와 향유에는 서양과 동양을 떠나 보편적이거나 공유하는 것이 많으며, 근본적으로 모호하다. 좋은 예술일수록 이상과 현실, 당위와 존재, 세계와 자아, 텍스트와 맥락 사이에서 어느 한 편에 기울지 않고 시계추처럼 진동한다. 이 진동이 없는 것은 이데올로기다. 그러기에 한 문화를 다른 문화와 칼로 잘라내듯 구분할 수 없으며, 서로 거울과 타자로서, '내 안의 대립자'와 '대립자 안의 내'가 대대待對의 관계로 상호작용한다.

실제로서 근대와 재현으로서 근대, 해석으로서 근대는 동일하지 않다. 실제 현실은 기호의 매개를 통해 재현되면서 기억만이 아니라 기호의 한계, 형식의 매개, 세계관의 투영, 이데올로기의 반영, 권력의 개입, 시간과 기억 투쟁에 의해서 늘 왜곡되거나 굴절되어 재현되기 마련이다. 해석의 과정에서도 이런 요인들에 더하여 읽는 주체가 놓인 맥락과 그가 지향하는 바에 따라서 다양한 해석의 파노라마가 펼쳐진다. 그래서 실제 현실(R)과 재현된 현실(R′), 해석된 현실(R″)은 늘 같지 않으며 차이를 생성한다. 이에 세 영역을 각각 분석하고 차이를 드러내면서 종합하는 작업이 필요하다.

근대의 해석에서도 동일성과 실체론, 탈맥락화는 지양되어야 한다. '나무'가 스스로는 아무런 의미를 갖지 못하지만, '풀'과 이항대립구조 속에서 '목질의 줄기를 가진 여러해살이의 식물'로, '쇠'와는 '자연'으로, '소년'과는 '이상'으로 의미를 갖듯, 모든 사건은 내재적으로 의미를 갖는 것이 아니라 다른 사건과 연기적 관계에서 의미를 갖는다. "달을 그렸다"라는 문장이 교실의 맥락에서는 "지구의 위성을 그림으로 그렸다"이지만 한 여인이 언덕에 올라 있는 맥락에서는 "멀리 떠난 님을 그리워하며 기다렸다"이고 화투판의 맥락에서는 "8광패를 들었다"의 의미이듯, 사건은 맥락에 따라 의미를 달리하고 구체성을 갖는다.

이런 일련의 지적 충격과 성찰, 깨달음으로부터 얻어진 지혜와 원효의 화쟁사상을 바탕으로 서양의 사상과 이론을 아울러 차이의 근대성의 이론을 만들고, 2008년 이래 18~19세기의 조선조 문학 텍스트를 분석하면서 이론과 실제 사이의 부단한 종합을 추구하며 더욱 이론을 다듬었다.

동일성을 해체하는 차이로 바라볼 때, 각 나라와 사회에는 각각의 중세성과 근대성이 있다. 일제강점기 이후에나 유럽식의 자본주의의 발전이 있었다는 식민지 근대화론자들의 주장이나 세습적 귀족제에서 벗어나 능력주의에 따라 과거제를 통한 관료의 임용을 한 것이 중국, 한국, 베트남에서 근대성을 선취한 것이라는 우드사이드의 주장 모두 유럽의 기준을 다른 국가나 사회에 일반화한 데서 빚어진 오류다. 세습적 귀족제를 유지한 유럽과 달리 과거제를 바탕으로 한 관료제가 한국의 중세이고 이에서 벗어나 동학농민전쟁 시기에 집강소에서 농민과 천민이 동등하게 집강, 집사 등의 임원이 되어 의사결정을 하고 자치를 행한 것이 근대다. 이처럼, 각 나라와 사회에는 차이의 중세가 있고, 18~19세기의 달라진 맥락에 따라 중세적 흐름에서 탈주하려는 탈중세적 변화들이 나타났다.

이에 유럽의 근대성 기준을 떠나 조선조 현실과 이를 재현한 텍스트를 차이의 사유로 직시했다. 각 분야별로 실제 현실과 텍스트로 재현된 것을 구분하여 분석하며 전반적인 흐름과 변화, 한 사건과 다른 사건과 연기적 관계, 그 사건과 텍스트가 놓여있는 맥락을 관찰했다.

그렇다고 중세로부터 탈주, 탈중세성이 곧 바로 근대성과 동일화할 수는 없다. 아무리 큰 변화라 하더라도 기존 사회의 모순을 드러내는 것이 아니라 은폐하고 지속적이지 못하고 비전이나 미래와 연결되는 지점들이 없다면 근대로 보기 어렵다. 예를 들어, 여러 학자들이 자유로운 사랑을 노래하고 성행위를 적나라하게 묘사한 사설시조들이 이를 강하게 억압하였던 유교 이데올로기와 도덕관으로부터 탈주이기에 근대성을 갖는다고 주장한다. 하지만, 성행위를 관능적으로 묘사한 대다수의 사설시조들은 신분과 젠더에서 절대적으로 우월한 권력관계에 있는 양반 남성이 성을 독점하고자 만든 기생제나 축첩제를 이용하여 기생을 포함한 천민이나 서민 여성의 성을 착취한 억압적 탈승화를 묘사한 것이다. 지속성을 갖기는 했지만 오히려 기존 사회의 모순을 은폐하고 비전도 전혀 드러내지 못하였으며 신분과 젠더를 초월하여 주체의 자기실현과 존재의 연속성과 합일을 지향한 근대적 사랑이나 여러 억압으로부터 해방된 욕망과도 연계되지 않는다. 이들 시조는 근대성을 선취한 것이 아니라 오히려 봉건성을 심화한 사례다.

문화란 의식과 무의식, 이성과 감성, 유전적 능력과 더불어 잠재성과 가능성을 가진 다양한 주체들이 특정한 사회경제적 토대와 맥락에서 세계관과 이데올로기의 영향 아래 세계를 해석하고 지향하며 여러 실천을 행하는 것들이 인정투쟁, 담론투쟁, 헤게모니 투쟁, 타협, 연대를 하면서 서로 부딪치거나 어우러지는 장이다. 작용이 있으면 반작용이 행해진다. 그러기에 현실과 문화 모두 이중적 · 복합적 · 대대적待對的 · 연기적緣起的이다.

상품화폐의 발생으로 물신화가 나타나고 상공업의 발전으로 유흥업이 번성하면서 성적 자유가 확대되고 민란과 변란이 발생하자 지배층은 유교 이데올로기 강화와 대중교화의 방편으로 『삼강행실도三綱行實圖』, 『이륜행실도二倫行實圖』, 『경민편警民編』을 발간하여 대대적으로 보급하는 반작용을 행한다. 이전 시대에 유교 윤리와 도덕이 상층에만 머문 데 반하여, 18~19세기에는 이의 서민화가 일어난다. 서민계급은 자신들이 나서서 〈오륜가〉를 짓고 서당을 세울 정도로 충, 효, 열烈, 신의, 우애 등의 유교적 가치를 자발적으로 내면화하고 일상화하여 생활규범으로 삼는다. 이는 일시적으로 지배 이데올로기의 강화와 체제의 생활세계 침투로 나타나지만, 본연지성과 예의 구현이 정당성 확보, 권력과 명예, 헤게모니의 바탕이자 양반과 서민을 가르는 핵심 준거인 조선조 사회에서 서민들은 자신들을 양반과 다름없이 유교적 도덕을 구현하는 주체로 각성하였고 일부는 양반계급에 저항하였다. 또, 여성들의 치산治産은 17세기에 장자 상속제가 확립된 이후 막대한 제사비용을 감당하면서도 안빈낙도安貧樂道가 권력과 헤게모니의 바탕인 딜레마를 해결하기 위해 그 책임을 여성에게 전가한 가부장적 폭력의 소산이다. 하지만, 여성들은 치산을 하면서 상품화폐 경제에 눈을 뜨고 경제권을 확보하며, 가정의 단위든, 마을의 단위든 상품화폐 경제가 유교적 삶을 대체하는 만큼 점점 발언권을 높였다. 그럼에도 식민지 근대화론자들은 전자에만 주목하여 조선의 자생적 근대성을 부정하고, 내재적 발전론자들은 후자의 실증이나 사례에 기반한 해석만을 견지한다.

이에 18~19세기의 실제 현실과 재현된 텍스트에서 ① 중세로부터 탈주하는 탈중세적 변화 가운데 ② 기존 사회의 모순을 드러내고 ③ 지속성을 갖고 나타나면서 다른 사건에도 영향을 미치는 사건으로서 ④ 비전을 제시하여 ⑤ 미래의 한국 사회와도 연계되는 것을 근대로 규정한다. 이에 대해 차이의 사유로 분석하되, 서양/동양, 제국/식민, 중심/주변, 엘리트/서발턴 사이의 관계에 대해 이분법이 아니라 대대待對의 논리로 서로 모방하거나 저항하면서 거울이자 타자, 내 안의 남과 너 안의 남으로서 서로 생성하는 과정에 대해, 비동시적으로 동시에 존재하는 것에 대해 권력, 헤게모니, 사회경제적 토대를 종합하여 해석하였다.

조선조 건국에서부터 일제강점기까지 도도한 흐름이 그대로 이어지는 가운데 18~19세기를 기점으로 하거나 그 이전부터 기존의 중세와 다른, 괄목할 만한 변화 가운데 조선조 봉건사회의 모순을 드러내면서 지속적으로 사건으로 일어나고 다른 사건에 영향을 미치고 비전을 제시하여 이후의 한국 사회와도 연계되는 것들에 주목하였다. 이를 크게 상품화폐, 계급과 주체, 세계관, 시론詩論, 시공간, 욕망, 문학의 대중화와 통속성, 타자 등 8가지의 분야로 정리한다.

조선사회의 목표는 왕에서부터 서민에 이르기까지 자신을 이기고 본연의 성을 되찾아 예禮를 구현하는 것이다. 조선사회는 인의仁義, 충忠, 효孝와 같은 유교의 이념과 가치를 세계관이나 통치이념, 이데올로기만이 아니라 삶의 원칙으로 삼아 실천하였다. 당연히 이런 가치보다 물질과 화폐를 추구하는 이는 공동체에서 배제되거나 추방당하였다. 이런 맥락에서 상품화폐의 발생은 패러다임과 삶의 양식에 대전환을 가져왔고 토대를 변화시켰다. 자유로운 임노동자가 출현하여 노동력을 팔아 생계를 유지하며 상업자본들과 대립하며 자본주의적 생산관계를 형성하였다. 18~19세기 조선조 사회에서 상품화폐에 대한 양상은 크게 비합리적 도덕주의자, 합리적 도덕주의자, 비합리적 축재자, 합리적 축재자로 나타났다. 처음에는 합리적 도덕주의자가 압도적으로 헤게모니를 형성했으나 상공업이 발전하고 상품화폐 경제가 생활세계까지 침투함에 따라 차츰 비/합리적 축재자들이 헤게모니를 가지면서 초기 자본주의의 발전을 이끌었다. 하지만, 산업발전주의로 이행하지 못한 채 일제강점기를 맞아 매판적이고 비합리적인 축재자들이 일제의 필요에 따른 수탈적 자본주의를 도모했지만, 내 안의 대립자로서 민족적이고 합리적인 축재자들이 나름대로 민족적 자본주의를 키웠고 그 와중에 민족적/합리적 도덕주의자들이 이에 저항하였다. 소설에서 이의 재현을 보면, 비합리적 도덕주의자는 『삼한습유』의 향랑, 합리적 축재자는 「허생전」의 허생, 비합리적 축재자는 「흥부전」의 놀부, 합리적 도덕주의자는 「광문자전」의 광문에서 전형을 발견할 수 있다.

조선조는 다른 중세 국가처럼 신분상의 구분과 차별이 명확하였다. 사회학적으로 무시해도 좋을 정도로 극소수의 자작농과 중인을 제하고는 왕족과 양반만이 토지와 권력, 한문의 리터러시와 이에서 비롯된 지식을 독점하였다. 계급은 토대와 상부구조를 매개하는 행위자다. 토대가 계급을 결정하지만, 계급의 변화는 토대와 상부구조 모두의 변화를 야기한다. 18~19세기에 상공업의 발전에 따라 신분질서에 동요가 일었다. 중인이 확대되고 이들과 민중들이 두레와 장시의 공론장을 매개로 계급의식과 민권의식을 형성하였다. 이들은 과도한 수취, 삼정의 문란, 세도정치 등의 현실을 몸으로 겪으면서 봉건모순을 인식하고 근대적 주체로 성장하였다. 이들은 유교 이데올로기와 지배질서에 대해 합법적으로는 상언과 격쟁으로, 비합법적으로는 민란이나 무장폭동으로 저항하였다. 현실비판가사는 봉건모순에 대해선 핍진하게 비판했지만 새로운 비전을 펼치지 못하였다. 하지만, 판소리는 지배 이데올로기/지배층과 타협적 평형을 이루기는 했지만, 봉건사회의 모순에 대한 비판을 넘어 새로운 비전을 펼쳤으며 대중적으로 연행이 되면서 체제 수렴과 해체 양쪽에 모두 영향을 미쳤다.

세계관은 세계의 부조리에 대하여 집단적으로 대응하는 양식이자 세계의 의미를 구성하고 해석하는 바탕체계이고 기업이나 국가처럼 허구임에도 그 구성원들이 서로 실재한다고 믿을 경우 실제 현실을 구성하는 상호주관적 실재로서 작동하는 의미망의 체계다. 불교적 세계관이나 샤머니즘적 세계관이 잔존하기는 하였지만 조선조 사회는 승려나 무당을 천민으로 타자화할 정도로 유교적 세계관이 주동적 세계관으로 압도하였다. 본연의 성을 되찾아 예를 구현하며 안빈낙도를 추구하면서 물욕을 천시하던 조선조 사회에서 물질주의는 문학에도 일대 전환을 야기하였다. 곧, 물욕으로 인하여 인간이 타락하고 공동체가 몰락하는 현실을 세계의 부조리로 인식하고 이에 문제를 제기하는 개인이 물욕을 추구하는 자에 맞서서 진정한 가치를 추구하는 자본주의적 서사를 만들기 시작한 것이다. 무엇보다 사람이 곧 하늘이라는 동학의 휴머니즘적 세계관과 신분을 초월한 평등을 추구하는 민중들의 세계관이 부상적 세계관으로 출현하면서 공고했던 주동적 세계관에 균열이 발생했다. 『용담유사』는 당시 조선조 사회의 모순에 대해 첨예하게 인식하고 이를 객관적으로 묘사하고 있을 뿐만 아니라 평등 사회 지향, 민족 자주, 후천개벽의 비전을 제시하고 있다.

조선조 사회에서 문학은 단순히 예술적 향유를 넘어 풍류를 즐기고 과거를 통해 권력을 얻는 수단이자 헤게모니를 결정하는 요인이다. 조선조 문학의 형식과 내용을 결정하는 것은 시론詩論이다. 조선조 내내 시는 옛 전고에 근거하여 유교적 이념이 추구하는 도道나 리理를 전달하는 방편이었다. 하지만 상공업과 도시의 발전으로 유흥문화가 발달하고 중인들이 이를 주도하면서 실제 자유로운 성애가 질펀하게 이루어졌다. 시론과 현실 사이의 괴리를 메우려는 욕구와 옛 전고가 아니라 새로운 창조, 도나 리가 아니라 개인의 성령性靈의 자유로운 표현을 중시하는 시론이 안과 밖에서 태동하였다. 진정론에 따르면, 기존의 시론에서 음란한 것으로 간주되던 사랑과 성애, 욕망을 자유롭게 표출한 시조가 오히려 성정의 바름을 진솔하게 추구한 시가 된다. 간쟁론諫諍論에 따르면, 양반 관료층을 풍자하거나 가부장제도의 권력자인 시어머니나 남편을 풍자한 것이 외려 사회질서나 가족질서를 바로잡는 길이다. 창신론에 따르면, 성현의 말씀이나 전고를 따라 짓는 것은 표절에 지나지 않고 개인이 자신의 상상력과 뜻을 담아 새로운 형식에 담아내는 것이 시의 정수다. 서민성에서 보면, 기존의 교화론의 시론에서는 금기시하는 구어, 속어, 방언을 사용하고 서민의 실상을 사실적으로 반영하고 표출하거나 주변의 일상에서 진리를 발견한 시들은 사대부들의 작업 못지않은 것이다. 이런 시론들은 기존의 시론과 이데올로기에 맞서서 근대를 향하는 시적 실천에 지표를 제시하고 정당성을 부여했으며 실제 그런 시들이 창작되고 향유되었다.

조선조는 다른 중세사회와 마찬가지로 우주와 자연의 패턴에 인간이 조응하였다. 한마디로 말해 해가 뜨면 나가서 일하고 해가 지면 들어왔으며 24절기에 맞추어서 노동과 의례를 행하고 놀이를 하고 삶을 영위하였다. 하지만, 18세기에 들어 시간에 자신의 패턴을 종속시키기 시작하였다. "달 같이 두렷한" 시조에서는 자연의 패턴과 시간의 흐름 사이의 괴리를 인식하고 시간의 흐름에 자연과 인간의 패턴을 맞추고, 그로부터 유한성을 인식하고 실존을 모색하며, 그 실존의 방안으로 님을 분명하게 사랑하며 무한을 지향한다.

중세인들은 타계와 대립되는 세속의 공간을 설정하고 이를 다시 신전과 교회나 절 등의 성소, 왕이 사는 궁성, 귀족들의 거주처, 평민들의 거주처, 배제된 자들의 거주처로 분할하였다. 반면에 근대인은 타계를 소거하고 경제적 목적과 권력에 따라 공간을 구획한다. 상공업의 발전에 따라 상공인과 일꾼들이 거주하기 시작하면서 1789년에 한성부 내 도성 밖 인구는 거의 절반인 15만 명에 이른다. 이들이 신분질서와 권력이 분할하던 데서 벗어나 경제적 목적과 권력에 의해 비교적 자유롭게 서울의 공간 절반 정도를 구획한 것이다. 『한양가』는 상품의 사용가치와 교환가치에 대한 욕망에 따라 시장의 공간이 구성되고 그 공간이 상품에 대한 사용가치와 교환가치의 의미로 가득 채워지는 것을 객관적으로 묘사하고 있다.

소설 『포의교집』은 한양과 시골의 이항대립구조를 통해 공간을 구획하는, 중세와 다른 공간관을 드러내고 있다. 한양은 상민이지만 뛰어난 미인인 초옥이 신분질서와 가부장 질서, 유교 이데올로기, 타인의 시선을 떠나 유부남인 양반 이생과 주체적이고 자유로운 사랑을 구가하는 장소이다. 반면에 시골은 봉건체제가 그대로 적용되는 곳이며 이생이 유교 이데올로기에 얽매여 아내와 부부의 연을 유지하는 곳이다. 이렇게 시공간이 변화함에 따라 삶의 방식, 가치관, 정치적·문화적 실천, 또 이의 문학적 재현이 달라졌다.

조선조는 남녀칠세부동석을 외치고 남자가 가는 길을 여자는 멀찍이 돌아가라고 노래할 정도로 유교 도덕과 윤리를 강력하게 내세우고 공동체 안에서 타자의 시선을 촘촘하게 엮어서 욕망을 과도하게 억압하고 절제한 사회다. 주권권력, 규율/훈육권력이 거시적으로 억압하는 바탕에서 유교윤리를 서민화/내면화한 공동체의 미시 권력들이 감시하고 검열한다. 하지만, 18세기에는 상공업이 발전하고 도시가 확대하고 생산성이 증대하여 잉여자본이 풍성해지면서 유흥업이 번성한다. 욕망을 억압하던 이데올로기, 도덕관, 권력, 규율/훈육체계가 느슨해진 가운데 신분질서를 파괴한 사랑과 불륜, 기방을 매개로 한 성매매도 성행하자 문학과 예술에서도 성행위를 적나라하게 묘사한 춘화, 사설시조, 소설 등이 유행한다. 사랑과 욕망에서도 중세적 사랑과 근대적 사랑, 억압적 성애와 자유로운 성애가 서로 충돌한다. 아무리 자유로운 사랑과 성을 노래했다 하더라도 유흥문화의 현장에서 비롯된 문학이나 양반들의 성적 욕구 해소를 재현한 텍스트를 근대성으로 간주할 수 없다. 그럼에도 몇몇 사설시조나 『포의교집』처럼 신분과 젠더를 초월하여 여성이 주체가 되어 존재의 합일과 연속성을 추구한 사랑과 성애를 재현한 문학은 비전을 갖고 이후로도 이어지며 근대성을 지향한다.

조선조 사회는 지배문화로서 양반문화와 하위문화subculture로서 서민문화로 양분되어 있고, 서민문화는 문화나 예술로 인정되지 않았으며 양반문화에서는 예술이 도의 전달 수단이나 풍류의 매개체였다. 18세기에 들어 소설, 시조, 그림, 판소리 등이 상품으로 거래되고 대중적으로 유통되자 전혀 다른 문화의 창조와 소비 양식을 야기하며 대중과 예술 모두에 커다란 변화를 가져다준다. 특히 이 예술들은 기존의 사대부의 미학과 규범에서 탈주하여 성의 관능성, 눈물의 감상성, 웃음의 해학성, 몽상의 환상성, 폭력의 배타성 등 통속성을 지향하였다. 이는 대중문화로 가는 길을 열었다.

조선은 오랜 동안 중국의 천하관과 조공과 책봉체제 아래에 있었으며 소중화小中華를 자처하였다. 그러던 조선은 17~18세기에 들어 유럽이라는 타자를 만나고 이를 거울로 비추어보고 나서야 비로소 자신을 인식했다. 조선 사회는 서양에 대해 부정, 지향, 경계, 성찰 등의 여러 태도를 보였으며, 이는 쇄국, 개화, 저항, 성찰적 근대화로 나타났다. 「무자서행록」처럼 서양을 낯선 남으로 재현한 담론을 수용한 조선인들은 처음에는 자기방어의 자세를 취하여 타자를 경계하였지만, 접촉이 이어질 경우 호기심을 가지고 다가갔다. 「병인연행가」처럼 서양을 동일성의 대립자로 재현한 담론을 수용한 조선인들은 자기긍정의 입장에서 조선의 문화와 사상, 이데올로기를 준수하고 타자를 부정하여 서양의 문화, 사상, 이데올로기 등에 대해서는 배척하였다. 『셔유견문록』처럼 서양을 자아의 이상으로 재현한 담론을 수용한 조선인들은 자기를 부정하고 타자를 지향하여 무조건적으로 서양을 추종하고 모방하였다. 「해유가」처럼 서양을 대대적 자아로 재현한 담론을 수용한 조선인들은 자기를 긍정하는 동시에 부정하고 타자를 품어 연대하거나 자신을 성찰하며 주체를 형성하였다. 이렇게 볼 경우 가장 바람직한 것은 서양을 대대적 자아로 간주하고 성찰적으로 서양의 문명을 수용하는 것이었다. 하지만, 이 부류의 사람들은 극소수에 지나지 않았다. 하여튼 조선은 '중국 너머'를 상상하고 체험하고 수용하면서 본격적으로 근대로 이행했다.

방법론은 저자가 1999년에 창안한 화쟁시학을 적용하였다. 실제 근대, 재현된 근대, 해석된 근대를 구분하여 분석한 후 종합하는 방법론으로는 화쟁시학이 타당하기 때문이다. 언어와 진리, 형식과 내용, 반영과 굴절 등의 아포리아를 대대待對와 화쟁을 통해 융합하고 텍스트를 내적으로 분석하여 문학성을 드러내면서도 텍스트 바깥의 사회문화적 맥락과 종합하여 구체성과 사회성을 갖는 해석을 내놓아야 하기 때문이었다. 이 이론으로 18~19세기의 조선조 사회의 사회경제적 토대, 이데올로기, 정치와 권력 등의 맥락에 대한 해석과 문학 텍스트를 시학적으로, 기호학적으로 분석한 것을 하나로 아울러 해석하였다.

이렇게 차이의 근대성 이론을 정립한 이후에 14년에 걸쳐서 17편의 논문을 발표하였다. 이를 모아 전체를 검토하면서 더 많은 자료를 보며 대폭 수정하고 보완하고 새로운 것을 덧붙여 이제야 내놓는다. 그럼에도 저자의 행망쩍음으로 인하여 놓친 자료가 더 많을 것이다. 아직 부족한 부분이 많을 터인데 눈 밝은 이들의 질정을 바란다. 한국 문학을 새롭게 조명하는데, 코로나 이후 사회의 6대 위기 — 불평등의 극대화와 자본주의 체제의 위기, 기후위기와 생태위기, 3차 디지털/4차 산업혁명과 노동의 위기, 간헐적 팬데믹의 위기, 지정학적 위기, 공론장의 붕괴와 민주주의의 위기 — 를 맞아 근대를 성찰하고 새로운 모색을 하는 데 조금이라도 도움이 되기를 소망한다.

졸저를 한국연구총서로 선정하여 지원을 해 준 한국연구원과 심사위원, 졸고를 잘 갈무리하여 좋은 책으로 엮어주신 소명출판과 편집진께 감사를 드린다. 관련된 국제학술논문을 메일로 요청하면 바로 그날이나 다음날에 파일로 보내주신 한양대 백남학술정보원의 손지혜 선생님, 부탁한 일본 자료나 중국자료를 곧바로 카톡으로 보내준 와세다대학의 오랜 벗 사카가미 게이코坂上桂子 교수님과 남창대학의 제자 한동漢東 교수, 어려운 일본 학술용어에 대해 친절하게 자문해주신 가나자와대학의 윤건차尹健次 교수님, 일본어 번역을 감수해 준 김응교 교수, 멀리 담양에 있을 때 부탁한 가사 관련 자료를 보내준 박수진·조자현 교수와 1부 3장의 초고를 미리 읽고 대학원생의 입장에서 조언을 해 준 최한영 양, 마지막 교정을 도와준 배예빈 양, 방학 때마다 집필할 자리와 정성이 깃든 좋은 음식을 마련해 준 '글을 낳는 집'의 김규성 촌장님과 사모님 김선숙님, 그리고 집에만 오면 공부에만 몰입하도록 배려해 준 아내에게 마음 깊이 감사를 드린다. 아둔한 학궁이 이들의 우정과 신의, 헌신 덕분에 그나마 졸저를 출간할 수 있었다. 끝으로 벽에 부딪칠 때마다 이면지를 들고 뛰어들면, 먼저 지극한 평안함에 이르게 하고는 머리에 산소를 함뿍 채워주고 갖가지 향과 소리가 가슴 가득 밀물 들게 하여 긴 떨림 속에서 먼 기억을 불러들이고 더 먼 우주로부터 무엇인가 가져와 틈을 내준 관악과 담양의 나무와 새, 풀, 꽃들에게도 고마움을 표한다.

2022년 5월

변방의 한 와실에서 이도흠 씀

차례

서문

해방 이후 국민국가 건설과 민족주의의 열풍 속에서 내재적 발전론자들의 해석이 지배했다. 남북한 모두 18~19세기 조선에서 자본주의 맹아, 봉건사회의 비판이나 극복과 같은 근대성의 징후들을 찾으려 노력했다. 식민지 근대화론자들은 실증적 증거들이 부족하다고 반박하거나 그것 자체가 허구라고 부정했다. 이명박과 박근혜 정권에서는 정부, 재단, 보수언론의 지원을 받아 뉴라이트를 중심으로 더욱 기승을 부렸다. 하지만, 내재적 근대화론자든, 식민지 근대화론자든, 유럽을 근대화의 모델로 설정하거나 이의 근대성 기준을 보편으로 상정한 데서부터 오류를 범하였다.

이제 유럽이 권력과 헤게모니를 갖고 구성한 유럽 중심의 보편적 근대에 맞서서 다른 근대를 모색하며 전혀 다른 방식으로 읽고 쓰는 작업이 필요하다. 여러 주체들이 서로 다른 맥락에서 중세를 구성하였기에 이에서 벗어나려는 양상 또한 다양할 수밖에 없다. 유럽에서는 세습적 귀족사회에서 합리적인 관료체제로 이행한 것이 근대이지만, 조선에서는 과거를 통한 합리적인 관료체제가 중세이고 천민과 여성도 동등한 권력을 갖고 참여하여 의결한 집강소가 근대다. 그처럼 조선에는 조선의 중세가 있었으며 최소한 18세기에는 이로부터 탈주가 나타난다. 그렇다고 모든 탈중세성을 곧 바로 근대성으로 동일화할 수는 없다. 그 가운데 기존 사회의 모순을 드러내며 지속성을 갖고 나타나는 사건으로 다른 사건에도 영향을 미치면서 비전을 제시하여 미래의 한국사회와도 연계되는 것이 바로 조선의 근대다. 서양의 근대성의 프레임이나 기준에서 벗어나 조선의 중세와 근대를 직시하는 것이 필요하다.

유럽이 근대화를 이룩한 것은 제3세계를 착취하고 수탈한 결과다. 근대성은 식민화의 결과이지 원인이 아니다. "근대성은 서사의 시작 지점이 유럽이었던 복잡한 서사다. 서구 문명을 건설하면서 그것의 위업을 찬양하는 한편으로 동시에 그것의 어두운 이면인 '식민성'을 감추는 서사다. 식민성은 달리 말하면 근대성을 구성하는 요소인데, 즉 식민성 없는 근대성이란 없다."[1] "식민주의성이란 '근대성'의 피할 수 없는 이면이며, 지구에서 바라보기 때문에 볼 수 없는 달의 뒷면과 같은 근대성의 어두운 면이다."[2] 반면에 탈식민성이란 "특히 식민화하고 인종주의화한 주체들이 모든 차원에서, 다른 모든 가능성을 '향하여' 식민 권력의 매트릭스에 '대항하는' 인식론적이고 존재에 기반한 대응과 실천이자 투쟁과 생존의 형식이다".[3] 이는 식민 권력 매트릭스가 만들어놓은 보편에 맞서서, 그에 동화하거나 포섭되지 않을 경우 야만으로 배제된 자들이 유럽 중심의 인식과

1 월터 D. 미뇰로, 김영주·배윤기·하상복 역, 『서구 근대성의 어두운 이면－전 지구적 미래들과 탈식민적 선택들』, 현암사, 2018, 68~69쪽.

2 월터 D. 미뇰로, 이성훈 역, 『로컬 히스토리/글로벌 디자인－식민주의성, 서발턴지식, 그리고 경계사유』, 에코리브르, 2013, 58쪽.

3 Walter D. Mignolo and Catherine E. Walsh, *On Decoloniality : Concepts, Analytics, Praxis*, Durham : Duke University Press, 2018, p.17. "Decoloniality is a form of struggle and survival, an epistemic and existence-based response and practice — most especially by colonized and racialized subjects — **against** the colonial matrix of power in all of its dimensions, and **for** the possibilities of an otherwise"(강조는 원문)

전혀 다르게 읽고 다시 쓰고 다시 존재하면서 새로운 인간으로 거듭나면서 새로운 세계를 여는 것이다.

제국의 문화가 강한 권력을 갖고 헤게모니를 형성하고 지배적 담론으로 존재하는 것은 어느 정도 사실이지만, 아무리 학교나 언론 등 이데올로기 국가 장치와 경찰과 군대 등 억압적 국가장치를 총동원하여 제국의 문화를 강제한다 하더라도 제국으로의 완전한 통합은 불가능하다.[4] 피식민자들은 다양한 방법과 전략으로 제국에 저항한다. 틈과 경계에서 다양한 문화가 꽃핀다. 주동적 세계관 아래에 잔존적 세계관과 부상적 세계관이 작동하면서 상상과 사유와 해석, 실천을 규정한다.

"조선과 서양은 서로 거울이자 타자였다. 직접이든 일본을 통해서든, 조선은 서양을 만나고 나서 아시아인/한민족으로서 정체성을 반성적으로 구성할 수 있었다. 조선은 서양을 만나 이중의 수행을 하였다. 서양을 만나기 전에 탈중세적인 경향들이 나타났지만, 조선은 조선을 본격적으로 서구화/일본화하는 동시에 저항하였다. 자본제, 과학기술과 문물, 민주주의, 정치 및 사회제도, 근대 학문과 교육, 위생체제를 수용하여 유럽식/일

---

4 그람시는 이데올로기를 떠나 헤게모니란 개념을 통해 문화를 바라볼 수 있는 지평을 열었다. 그는 부상계급(rising class)이 정치적, 경제적, 군사적 힘에 의해 직접 지배할 뿐만 아니라 지적이고 도덕적인 지도력을 통해 다른 모든 사회계급 위에 지배의 권위를 설정한다고 지적한다. 이때 정치적, 경제적, 군사적 힘에 의해 직접적으로 강제하는 것을 '지배(domination)'라 하고, 가족, 학교, 교회를 통해 지적, 도덕적인 동의를 얻어 권위를 설정하는 것을 '헤게모니(hegemony)'라 부른다. 시민사회의 성장과 더불어 부상계급으로 떠오른 부르주아들은 정치적, 경제적, 군사적 힘을 강제하여 지배하기보다는 학교, 가족, 교회 등 시민사회의 제도를 통해 설득의 과정을 거쳐 대중들로부터 자발적으로 동의를 받아 지배의 권위를 확보하고 있다. 이렇게 그람시의 논의를 바탕으로 지배층이 학교와 교회, 언론 등 이데올로기적 국가장치를 통해 대중을 설득하여 자발적 동의를 받아서 발생하는 지배층의 힘과 권위를 헤게모니로 규정한다(Antonio Gramsci, ed. & tr. Quentin Hoare and Geoffrey Nowell Smith, *Selection from the Prison Notebooks*, London : Lawrence & Wishart, 1971, pp.145 · 506~507 · 524~535).

본식 근대화에 박차를 가하는 한편, 유럽/일본에 저항하여 이의 타자로서 유럽/일본에 없거나 부족한 것으로 '조선적인 것'을 구성하고 '전통'을 창출하였다."[5]

서구적 근대화론과 식민지 근대화론, 내재적 근대화론, 마르크스주의 근대화론, 복수의 근대성론multiple modernities과 폴커 슈미트의 다종多種의 근대성론varieties of modernities, 프레드릭 제임슨의 단일한 근대성론, 탈식민론 등 기존의 근대화/성론은 장점과 한계를 모두 안고 있고 적용의 과정에서 공헌한 것도 많지만 과오도 적지 않다. 서구적 근대화론과 식민지 근대화론, 내재적 근대화론, 마르크스주의 근대화론, 단일한 근대성론은 모두 동일성의 패러다임에 갇혀서 아시아/아메리카/아프리카를 타자화하였으며 유럽을 전범으로 삼았다. 복수의 근대성론과 다종의 근대성론은 이에서 어느 정도 벗어났지만 당위적이거나 선언적이다. 탈식민론은 이런 한계를 많이 극복하고 있고 학자마다 편차가 다양하지만, 제국이나 유럽이 구성한 동일성을 완전히 해체하지는 못하였다.

이에 저자는 여러 동일성을 해체하는 '차이의 근대성론'을 이들 이론에 대한 대안으로 정립한다. 이 이론에 따르되, 화쟁시학의 방법론으로 18~19세기 조선 사회의 실제 현실과 문학 텍스트를 종합하며 해석한다. 조선조의 현실과 재현된 문학에 대해 상품화폐, 계급과 주체, 세계관, 시론詩論, 시공간, 욕망, 문학의 대중화와 통속성, 타자 등 8가지로 나누어 살핀다.

---

5 이도흠, 「동아시아 문학, 새로운 패러다임과 방법론」, 『비교문학』 77집, 한국비교문학회, 2019, 98~99쪽을 요약하여 인용하며 '아시아'를 '조선'으로, 유럽을 '유럽/일본'으로 바꾸며 약간 수정함.

제1부

이론과 방법론

제1장

기존의 근대화론의 타당성과 한계

글을 열며

동아시아는 유럽과 다른 맥락에서 다른 중세사회를 구성하고 있었으며 18~19세기에는 본격적으로 기존의 사회와 다른 지향과 실천이 나타난다. 동아시아 사이에서 그 양상은 판이하다. 한 나라 안에서도 복종과 저항, 중심과 주변, 제국과 민족이 충돌하기도 하고 뒤섞이기도 하면서 차이와 혼성의 양상을 보인다.

이런 근대의 실상에 대해 다양한 관점에서 다양한 논의들이 진행되었다. 누구도 실상의 총체상을 직시할 수 없고 이는 언어를 통하여 해석되고 재현되고 다시 쓰이기에,[1] 모든 이론이 근대의 실상의 한 자락을 보여주는 동시에 다른 실상을 은폐한다. 근대화에 대한 기존의 이론들을 서구적 근대화론, 이식문화론, 자본주의 맹아론, 내재적 발전론, 식민지 근대화론

---

1 저자가 여기서 사용하는 재현(representation)의 의미는 "이전에 존재하는 현존(現存)이나 현실을 기억을 통해 상기하여 세계를 구성하고 여기서 찾은 의미를 어떤 질서체계로 구성하여 다시 현전(presence)하고자 기호과정을 개입하여 복사하거나 재생산하고 발전시킨 것"이다.

으로 나누어 타당성과 한계를 밝힌다. 포스트모던 근대성론과 탈식민 근대성론을 추가할 수도 있다. 하지만, 포스트모던 근대성론은 근대에 대한 성찰, 완성, 부정, 해체, 극복 등 다양한 방향으로 전개되어 어느 하나로 규정하여 비판하기 어렵고 근대성 자체를 부정하거나 해체하는 데 주력하기에, 3장에서 중세와 근대와 비교하면서 서술한다. 탈식민 근대성은 기존의 논리가 아니라 새로운 이론 체계를 정립하는 데 유용하기에, 1부 3장 이론과 방법론에서 응용하고 이 장에서는 생략한다. 탈식민론의 한 분파라 할 '식민지 근대성론'은 식민권력에 의해 배제되어 서구 근대성의 결여로 간주되던 것들이 식민지적 차이를 구성하여 서구 근대성의 내부에 존재하면서도 이에 완전히 포섭되지 않은 채 식민지배의 근대기획을 비틀고 이와 다른 근대를 모색하는 '내재하는 외부'로 작동한 것을 분석한다. 이런 점들은 차이의 근대성론을 세우는 데도 시사하는 점이 있다. 하지만, 일제강점기 이후의 현실을 분석한 것이기에 이 또한 이 장에서는 생략한다.

근대화/성 논쟁이 경제학계와 역사학계에서 치열하게 전개되고 국문학계는 이를 차용하였기에 역사학계의 논쟁을 중심으로 하되 문학계에서만 논쟁이 전개된 이식문화론을 추가한다. 단, 연구사를 검토하는 것이 아니라 계보학을 따져보고 이들 논의를 넘어 차이의 근대성이란 대안의 이론을 모색하는 것이기에 각 이론의 졸가리를 중심으로 기술한다.

1. 서구적 근대화론의 타당성과 한계

서구적 근대화론은 자본주의 체제, 산업화, 합리성, 근대 과학기술, 국민과 국민국가, 민주주의, 시민사회, 개인주의와 주체적 각성, 휴머니즘, 합리적 관료체제, 예술의 세속화와 미적 자율성, 문화의 대중화 등이 거의 모두 선진 유럽에서 먼저 발흥하였고, 후진 아시아가 이를 수용하면서 근대화를 이룩하였다고 본다. 유럽에서 자본주의가 발생하고 과학혁명, 산업혁명, 시민혁명이 일어나고 서로 결합하여 상승작용을 일으키면서 봉건체제를 해체하고 새로운 사회로 이행하였다. 유럽은 앞선 기술과 무기, 자본주의의 제국주의적 발전을 바탕으로 유럽 바깥의 세계, 곧 아메리카, 아시아, 아프리카, 오세아니아를 정복하여 식민화, 제국화, 세계화를 단행하였다. 유럽 바깥 세계는 유럽의 침략을 받기 이전부터 근대로 이행 중인 사회에서부터 신석기의 부족사회에 이르기까지 다양하였지만, 이들 나라와 사회가 유럽의 정복 이후 서구적 근대화로 이행하고, 유럽 또한 식민지의 수탈과 착취에서 얻은 자원과 인력, 자본을 바탕으로 근대화를 촉진하였다.

동아시아 삼국은 유사하면서도 다른 근대화를 수행했다. 세 나라가 모두 유럽을 만나기 이전부터 중세에서 근대로 이행하였으며 사회경제의 규모부터 정치체제와 주체들의 역량에 이르기까지 공통적인 것도 있지만 다른 것이 많다. 유럽을 만나 서구적 근대화를 이룬 것도 마찬가지다. 서구화, 산업화, 자본주의화를 급속하게 진행하였지만, 그 목표와 양상은 다양하다.

천하의 중심으로 자처하며 주변국과 조공무역을 행하던 중국은 1776년에 베이징 인구가 세계 최초로 100만 명을 넘어서고 상공업이 발달하고 상공인층이 두텁게 형성되었다. 18~19세기 초반에 중국에서 생산한 GDP

가 세계 경제에서 차지하는 비중이 서유럽 전체 국가보다 클 정도로 유럽을 만나기 전부터 근대적 이행이 진행되었다.[2] 청조 정부는 아래로부터 근대화를 억눌렀고 이로 인하여 기득권과 신흥 세력 사이의 갈등이 첨예했다. 이 와중에 청조는 1차 아편전쟁1840~1842과 2차 아편전쟁1856~1860에서 모두 굴욕적인 패배를 당하고서 유럽에 항구를 내주고 본격적으로 제국주의의 침투를 받게 되었다. 변법자강운동 등 위로부터 개혁은 서태후, 위안스카이 등의 수구세력에 의해 좌절되고, 중국은 점점 외세의 경제적, 군사적 침략을 당하게 된다. 민중들은 외세와 수구세력에 맞서서 봉기하였고 태평천국의 난으로 크게 불타올랐다. 쑨원孫文을 중심으로 한 혁명파와 민중은 1911년에 신해혁명으로 청조 봉건체제를 몰락시키고 중화민국을 수립하였다. 중국의 좌파들은 1921년에 중국공산당을 창설하고 국공내전과 대장정을 거쳐 혁명에 성공한다. 혁명세력들은 1949년에 마오쩌둥을 국가주석으로 한 중화인민공화국을 수립하고 사회주의적이면서 중국적인 근대화를 추진하였다.

일본은 에도시대1603~1867에 도쿠가와 막부가 강력한 쇄국정책을 폈음에도 상품화폐가 발생하고 생산력이 증대했으며, 상공업이 크게 발달하였다. 도시들은 곳곳에서 수십만 명에 이를 정도로 확대되고, 조닌町人층이 급속히 성장하였으며, 서적의 출판과 유통이 활발해지고, 우키요에 등 대중적인 문화예술이 성행하였다. 에도막부 말기에 엘리트들이 데지마와

2 베이징의 인구는 Jeff Desjardins, "Ranking the world's most populous cities, over 500 years of history", *Visual Capitalist*, July 18 2019(https://www.visualcapitalist.com/worlds-most-populous-cities-500-years-history/), GDP 수치는 A. Maddison, "Shares of the Rich and the Rest in the World Economy : Income Divergence Between Nations, 1820~2030", *Asian Economic Review*, Vol.3 No.1, 2008. pp.75~76 참고.

유럽으로부터 유입된 서구 문물과 지식에 충격을 받은 바탕에 페리 제독이 이끄는 미국 흑선黑船의 내항에 놀라 1854년에 미일화친조약을 맺고 200년 이상 이어온 쇄국 정책을 끝내고 서양에 문호를 열게 된다. 이를 계기로 1868년에 신흥 엘리트들은 메이지 유신을 단행하여 막부를 종식시키고 강도 높게 서구적 근대화를 추진한다. 메이지 유신 세력들은 급속한 군사적, 경제적, 학문적 근대화에 성공하여 단시일에 제국을 형성하고 탈아입구脫亞入歐를 표방하며 아시아를 침략하여 여러 전쟁을 일으키고 한국과 대만을 식민지로 삼고 이에 대한 수탈에 힘입어 더욱 근대화에 박차를 가하였다.

조선은 18세기에 상품화폐가 등장하고 상공업이 발전하였다. 중인이 성장하면서 양반 중심의 읽고 쓰기와 지식, 문화를 공유하였다. 유교적 세계관을 깨고 동학의 휴머니즘적 세계관이 출현하고 민중층이 주체적인 각성을 하여 곳곳에서 봉건체제에 맞서서 봉기를 하였다. 하지만, 전반적으로 미약하였다. 전체 경제규모가 작고 정부가 쇄국정책을 고수하는 바람에 근대화에 뒤처졌으며, 실학과 갑오경장 등의 위로부터 개혁은 실패로 귀결되었다. 봉건모순을 극복하고 새로운 세계로 개벽하려는 농민과 동학교도들이 동학농민전쟁을 일으켰다. 비록 수구세력의 진압과 일본의 개입으로 좌절되었지만, 이는 이후에도 민중적이고 민족적인 근대를 건설하려는 이들에게 지표와 담론으로 작용하였다.[3] 조선은 봉건제, 세도정

3 동학혁명, 동학운동, 갑오농민전쟁, 동학란 등 여러 용어가 있다. 혁명(revolution)이 되려면 구체제의 해체, 혁명 주체의 권력 획득, 새로운 사회 이행이 따라야 하지만 이에 부합하지 않는다. 동학란은 봉건적이고 유교 지배층의 입장에 선 용어다. 운동(movement)이란 용어는 가치중립적이기도 하지만 혁명에 가까운 사건을 축소한다. 봉기(revolt)나 폭동(uprising)보다는 훨씬 크고 영향도 지대하다. 항쟁(rebellion)이 유사하지만 너무 가치중립적이고 봉건 지배층 대 피지배층의 전면전이고 국제전의 양상까지 띤 것을 무시한다.

치, 쇄국정책에서 탈피하지 못한 상태에서 전쟁도 치르지 않은 채 1910년에 나라를 일본에 내주고 식민지로 전락하였다. 일본은 조선에서 수많은 자원과 물자, 노동력을 가혹하게 수탈하면서 철저히 일본의 필요와 기획에 따라 식민지적 근대화를 진행하였다. 한국은 1945년 해방을 맞은 이후 미국의 주도로 세계 자본주의 체제에 편입되고 군사정권에 의하여 개발독재가 추진되면서 빠른 속도로 물질과 경제 위주의 압축적 근대화를 단행하였다.

오랫동안 주류 학계는 각각의 주요 역사서에서 서양에 문호를 개방한 이후부터 근대로 시대 구분할 정도로 "서구화westernization"와 "근대화modernization"를 동일화하는 것을 당연시했다. 동아시아 삼국의 경우 유럽에 개항을 하면서 본격적으로 서구적 근대화를 추진한 것이 근대사의 주류를 형성한 점에서 보면 이 이론은 타당성을 갖는다. 하지만, 이 이론은 동아시아가 유럽과 접촉하기 이전에 근대화를 추구한 것을 부정한다. 유럽의 근대화를 보편으로 간주하는 유럽중심주의나 오리엔탈리즘, 옥시덴탈리즘의 이데올로기를 바탕으로 하고 있다. 무엇보다 유럽의 근대화가 식민화를 통해 수행된 것을 은폐한다.

서구적 근대화론은 유럽중심주의와 오리엔탈리즘의 소산이다. 유럽은

이에 북한학계에서는 '갑오농민전쟁'이라고 칭하고 있다. 양반계급에 대한 농민계급의 전면적인 계급전쟁이었으며 실패했지만 혁명에 버금가는 비전을 갖고 변화를 야기했기 때문이다. 저자는 농민전쟁이라는 용어는 차용하되 '갑오'를 '동학'으로 대체한다. 왜냐하면 북한학계가 종교에 대한 거부감 때문에 기피한 듯한데, 동학이 없었다면 이 운동 또한 전쟁으로까지 확대되지는 않았을 것으로 생각하기 때문이다. 동학은 농민군에게 한울님을 모시고 섬기며 현재의 자기를 초월하여 새로운 존재로 거듭나서 목숨을 거는 실천에 나서게 하는 집단적 믿음의 체계로, 구성원들을 하나로 응집하고 행위에 정당성을 부여하는 이데올로기로, 봉건 모순을 인식하고 새로운 세계로 나아가는 변혁의 비전으로 작용했다. 이에 '동학농민전쟁'으로 칭한다.

초월적인 이분법적 재현체계를 통하여 '서양'과 대조하여 '동양'을 '전근대적, 전제적, 비합리적, 주술적, 이국적' 등의 스테레오타입으로 재현하였다. "오리엔탈리즘은 '동양'과 '서양'이라고 하는 것 사이에서 만들어지는 존재론적이자 인식론적인 구별에 근거한 하나의 사고방식이며",[4] "동양에 관계하는 방식으로서 서양인의 경험 속에 동양이 차지하는 특별한 지위에 근거하는 것으로 유럽인의 마음 속 가장 깊은 곳으로부터 반복되어 나타난 타자의 이미지images of other로, 동양이라고 하는 독특한 존재가 문제로 되는 경우에는 언제나 불가피하게 그곳에 조준이 맞추어지는 관심의 네트워크의 총체다."[5]

서구적 근대성은 비서구 없이 형성될 수 없었다. 서문에서 말했듯, 유럽과 아시아는 서로에게 거울이자 타자다. "아시아는 유럽의 침략을 받을 때까지 결코 자기를 의식하지 못했다. 자율을 상실하고 유럽에 의존할 수밖에 없음을 깨달았을 때, 또는 서양이라는 거울에 비춰보고서야 비로소 아시아는 문명적 · 문화적 · 민족적 · 국민적 정체성을 반성적으로 획득할 수 있었다."[6] 유럽이 동양을 만들고 이를 타자화하면서 서구, 서구적 근대성이 구성되었으며, 동양이 이를 수용하면서 유럽을 근대의 모델로 설정하고 이를 추구하였다.

서구적 근대화론은 단일한 근대화를 상정하는데 복수의 근대화가 가능하다. 중세를 형성한 모든 사회에 근대/근대성은 있다. 세계는 나라나 사

---

4 에드워드 사이드, 박홍규 역, 『오리엔탈리즘』(증보판), 교보문고, 2003, 17쪽.

5 위의 책, 15 · 17 · 19쪽을 결합함.

6 竹内好,「中国の近代と日本の近代」, 日本とアジア, 東京 : 筑摩書房, 1993, pp.15~19; 사카이 나오키, 「염치 없는 국민주의—서양과 아시아라는 이항대립의 역사적 역할에 대하여」, 『일본연구』 제6집, 고려대 일본학연구소, 2006, 32쪽 재인용.

회마다 다른 중세를 형성하였으며, 유럽과 접촉 여부와 상관없이 그런 중세로부터 탈주하려는 흐름이 있었다. 그 탈주 가운데 기존 사회의 모순을 드러내고 지속성을 갖고 일어나고 비전을 제시하여 미래의 사회와 연계되는 것이 바로 근대다. "근대는 누구에게나, 어디에서나, 똑같이, 같은 방향과 과정으로, 같은 힘의 크기로 전개된 것은 아니다. 근대, 근대성은 중세의 토대와 상부구조에 따라, 근대 프로젝트의 방향에 따라, 근대성의 토대와 사회적 맥락에 따라, 근대를 기획하고 실천한 주체들의 성향과 이들 사이의 권력의 역학관계에 따라 다양한 모습으로 전개되었다."[7] 이는 서양의 근대와 다른 근대를 동아시아나 한국에서 찾을 수 있음을 의미하는 동시에 근대성 논의가 이들 변인을 종합하여 연구되어야 함을 뜻한다.

유럽의 보편은 근대화를 서구화로 동일화하면서 제3세계의 특수성과 차이를 이에 종속시키는 '동일성의 배제와 폭력'을 범한다. 근대의 기준을 '자본주의 체제, 산업화, 합리성, 근대 과학기술, 국민국가, 민주주의, 시민사회, 개인주의와 주체적 각성, 휴머니즘, 합리적 관료화, 예술의 세속화와 미적 자율성, 문화의 대중화'로 국한할 수 있는가. 이 기준을 아시아나 한국에서 찾아 근대성을 입증하는 논의는 서구의 특수한 상황에서 형성된 몇몇 양상을 보편적 기준으로 동일화하고 이에 아시아의 특수성을 맞추는 '프로크루스테스의 침대'와 유사한 오류이자 폭력이다. 유럽 바깥의 다양한 근대가 있다. 아시아는 유럽과 다른 중세와 근대를 전개했다. 아시아로 국한하더라도 다양한 중세를 전개했고, 중세 말기에는 이 낡

---

7 이도흠, 「민족주의 계열 지식인의 근대적 세계관 수용 양상과 의미－만해 한용운을 중심으로 단재 신채호와 백암 박은식을 비교하여」, 『한국언어문화』 제27집, 한국언어문화학회, 2005, 451쪽을 인용하며 "중세의 토대와 상부구조에 따라"를 추가.

은 껍질에서 벗어나 새로운 세계로 이행하려는 탈중세적 몸부림이 있었다. 이런 탈중세적 운동이나 경향 가운데 기존 사회의 모순을 드러내고 지속성을 가질 뿐만 비전을 제시하여 미래의 사회와 연계되는 것을 각각의 근대로 명명할 수 있다.

중세 유럽에서 십자군 원정, 마녀사냥, 페스트 등에서 잘 나타나듯 "나는 알파와 오메가요 처음과 마지막이라「요한계시록」21 : 6"는 말처럼 기독교가 세계관, 가치관, 이데올로기, 윤리관, 삶과 정치의 절대원리로서 작동하였다. 신이 세상의 모든 일을 주재한다는 허구가 상호주관적으로 확고한 믿음의 체계로 작용함에 따라 중세의 현실을 구성하였으며, 교회와 성직자들이 대부분의 지식과 권력을 독점하였다. 이런 상황에서 세속주의를 추구하며 신을 부정하고 교회 바깥에 시민사회를 건설하고 천국이 아니라 '지금 여기에서' 합리적이고 현실적인 삶을 추구한 것은 근대다.

하지만, 동아시아는 다르다. 유교는 초월적 절대자만이 아니라 내세來世, 괴력난신怪力亂神으로 대표되는 신비주의를 부정한다. 현세의 삶과 정치, 윤리를 중시하고 신적 개념에 맞서서 합리적인 인식과 태도를 강조한다. 그렇다고 조선조가 불교를 배척하고 세속적이고 합리적인 주자학을 세계관과 정치이념, 삶의 준칙으로 삼았음을 근거로 조선조부터 근대로 이행했다고 할 수는 없다. 한국의 중세성은 주자학이 지배하는 사회이고, 이에서 탈주하여 "사람이 곧 하늘이다"라며 개인의 자유와 평등을 주장한 동학사상이 근대성을 담고 있다.

공간적 차이에 의한 시간의 배치, 곧 유럽이 선진이고 아시아가 후진이라는 점도 실제라기보다 17세기 이후 지금까지 유럽과 미국이 헤게모니를 가진 것에 바탕을 둔 해석의 소산이다. "1820년에 서유럽 전체의 GDP

가 세계 경제에서 차지하는 비중이 23.0%, 동유럽이 3.6%였는데, 중국은 이를 훨씬 넘어 32.9%에 달하였다. 인도도 16.0%에 이르렀으며, 일본은 3.0%, 다른 아시아 국가들은 7.4%에 달하였다. 아시아 국가들이 비아시아 국가들 전체보다 훨씬 많은 59.3%를 차지하였다.[8] 니덤의 연구에 약간의 오류와 비약이 있지만, 니덤이 "왜 기원전 1세기부터 기원후 15세기 사이에는 중국 문명이 서양보다 인간의 자연에 대한 지식을 실제 생활에 훨씬 더 유효하게 활용할 수 있었던가?"[9]라는 소위 '니덤의 문제'가 지금까지 연구의 대상이 될 정도로 중국의 과학기술은 적어도 15세기까지는 유럽을 앞섰다. 유럽이 제3세계를 앞서게 된 것은 역설적으로 식민지 정복과 경영으로 제3세계의 자원과 노동력을 수탈하여 자본을 축적한 결과다. 유럽은 그리스·로마 문명의 유산과 자체적인 연구만이 아니라 르네상스 이전부터 아시아로부터 수용한 학문과 과학을 기반으로 과학혁명을 이룩할 수 있었으며, 유럽의 자본주의는 외부의 도움, 곧 포드시스템의 차용, 식민지의 수탈과 시장확대를 통해 발전할 수 있었다.

2. 이식문화론의 타당성과 한계

서구적 근대화론이 한국 상황과 문학의 장場에 맞게 변개한 것이 이식문화론이다.

---

8 A. Maddison, "Shares of the Rich and the Rest in the World Economy : Income Divergence Between Nations, 1820~2030", *Asian Economic Review*, Vol.3 No.1, 2008, pp.75~76.

9 조셉 니덤, 「동서의 과학과 사회」, 박성래 편, 『중국 과학의 사상』, 전파과학사, 1993, 75쪽.

신문학사新文學史의 대상은 물론 조선의 근대문학이다. 무엇이 조선의 근대문학이냐 하면 물론 근대정신을 내용으로 하고 서구문학의 장르를 형식으로 한 조선의 문학이다.

그러나 신문학 연구가 자기의 대상을 명확히 하는 데 있어 처리하지 아니하면 아니 될 문제는 일반으로 무엇이 조선문학이냐 하는 문제다.[10]

임화는 1939년에 「개설 신문학사」를 『조선일보』에 연재하고 이후 여러 비평을 전개하면서 일제강점기 이전의 한글문학과 한문문학을 통틀어 모두 구舊 문학으로, 이후에 일본을 매개로 서구문화를 접촉하고 이 내용과 형식, 정신을 조선에 이식한 문학을 신문학으로 파악한다.

신문학이 서구적인 문학 장르(구체적으로는 자유시와 현대소설)를 채용하면서부터 형성되고, 문학사의 모든 시대가 외국문학의 자극과 영향과 모방으로 일관되었다 하여 과언이 아닐 만큼 신문학사란 이식문화移植文化의 역사다. 그런 만치 신문학의 생성과 발전의 각 시대를 통하여 영향 받은 제諸 외국문학의 연구는 어느 나라의 문학사 상의 그러한 연구보다도 중요성을 띠는 것으로, 그 길의 치밀한 연구는 곧 신문학의 태반殆半의 내용을 밝히게 된다. (…중략…) 그럼에도 불구하고 신문학은 서구문학의 이식과 모방 가운데서 자라났다. (…중략…) 여기서 우리가 봉착하는 것은 서구문학의 직접 연구보다도 일본문학 내지 명치明治 대정大正 문학사의 상세한 연구의 필요이다.

신문학이 서구문학을 배운 것은 일본문학을 통해서 배웠기 때문이다. 또

10 임화, 「신문학사의 방법」(『동아일보』, 1940.1.13~20), 임화문학예술전집 편찬위원회, 『문학의 논리』, 소명출판, 2009, 647쪽.

한 일본문학은 자기 자신을 조선문학 위에 넘겨준 것보다 서구문학을 조선문학에게 주었다. 그것은 번역과 창작과 비평 등 세 가지 방법을 통해서 수행되었다.[11]

임화는 조선의 신문학은 서구문학의 이식과 모방 가운데서 자라났으며 이는 일본문학으로부터 배운 것이며, 서구문학의 번역, 창작, 비평 등 세 가지 방법을 통해 수용된 것임을 명확히 하며 인용문의 다음 글에서는 이에 대해 구체적인 사례를 들고 있다. 그럼, 이렇게 된 근본 이유는 무엇인가.

신문학은 새로운 사회경제적 기초 위에 형성된 정신문화의 한 형태다. 다시 말하면 다른 여러 가지 문화와 더불어 물질적인 토대를 가지고 있다. 신문학이 생성하고 발전한 배경이 되고 기초가 되고 나아가선 그것의 존립을 제약한 근본적인 동력을 아는 의미에서 물론 토대라는 것은 중시되어야 하고 그것과의 상호관련에서 신문학은 부단히 고구되어야 할 것이나 또 한 가지 중요한 것은 다른 정신문화와의 교섭과 관계를 천명함에 있어 이 토대는 극히 중요한 의미를 갖는다. (…중략…) 개성 가운데 은닉된 일반성, 이것의 발견이 문화과학의 임무이며 문화사의 목적인 만큼, 토대의 연구는 그것의 달성을 위한 거의 유일의 관건이다.

그러므로 신문학사는 조선의 근대 사회사의 성립을 토대로 하여 형성된 근대적 문화의 일 형태인 만큼 신문학사는 조선 근대 문화사의 일 영역임을 부단히 의식하면서 독자적으로 근대 사회사와 관계를 맺고 교섭한다.

---

11 위의 글, 653~654쪽.

그러기 위하여는 신문학사의 토대로서의 근대 조선사회라는 것이 따로이 의식되어야 한다. 이것은 신문학사 연구에 있어 문학작품 이외의 가장 큰 대상의 하나이며 최중요最重要한 보조적 분과다.[12]

새로운 문학의 직접적 배경이 되는 것은 새로운 정신문화의 준비이나 새로운 정신문화는 또 새로운 물질적 조건을 배경으로 하여서만 준비되는 것이다.

여기에 신문학 생성의 두 가지 전제 중 먼저 물질적 배경이 성찰되는 이유가 있다.

이러한 물질적 배경은 물론 신문학의 준비와 태생과 성립과 발전의 부단한 온상溫床이 될 물질적 조건, 즉 근대적 사회의 제 조건의 성숙이다.[13]

임화가 자생적인 근대문학의 발전을 부정하는 바탕에는 마르크스주의의 유물사관이 자리한다. 2장에서 상세하게 서술하겠지만, 사회경제적 토대가 정치, 법, 이데올로기, 문화와 같은 상부구조를 결정한다. 유물사관에서 볼 때 신문학이 성립되려면 조선조 사회의 토대가 봉건제에서 자본제로 이행해야 한다. 임화는 토대, 혹은 물질적 조건이 변해야 새로운 정신문화가 형성되고 이 정신문화를 직접적 배경으로 하여 새로운 문학이 탄생한다고 보았다. 임화는 조선조의 사회에는 자본제가 형성되지 않았다고 본다. 그는 『개설신문학사』의 각주를 통하여 백남운, 김광진, 이청원, 하야가와 지로早川二郎, 1906~1937 등을 참조했다고 밝히고 있다.

---

12 위의 글, 650~651쪽.

13 임화, 「개설신문학사」(『조선일보』, 1939.9.2~10.31 · 12.8~12.27 · 1940.2.2~5.10, 『인문평론』, 1940.11~1941.4), 임화문학예술전집 편찬위원회, 『문학사』, 소명출판, 2009, 22쪽.

이러한 제 조건이 이조 봉건사회 내부에서 자생적으로 성숙, 발전치 못한 것은 불행히 조선 근대사의 기본적 특징이 되었다. (…중략…) 왜 그러한 제 조건이 결여 미비되었었는가? 근대사회의 어머니인 봉건사회 자체가 충분히 성숙되어 있지 못했었기 때문이다.

근대사회 전화轉化를 위한 기본적 제 조건, 예하면 상품자본의 축적, 산업자본에의 전화, 상품 유통의 확대와 그것을 가능케 하는 생산력의 증대, 수공업의 독립, 매뉴팩처의 성장, 교통의 발달, 시민계급의 발흥 등은 자연경제自然經濟의 분열을 내포한 봉건사회 자체의 성장에 정비례하여 구비됨은 벌써 정식正式된 사실이다.

따라서 이러한 제 조건이 충분히 성육成育되지 못한 사회를 우리는 성숙한 봉건사회라고 부를 수는 없다. (…중략…) 비단 조선뿐이 아니라 서구 자본주의가 동점東漸하기 전 모든 동양 사회가 이런 조혼早婚한 부인들이었다.

그러면 어째서 동양, 그 중에서도 조선 봉건제는 이렇게 성숙치 못했는가?[14]

이렇게 동양사를 장구한 동안 지배해오던 소위 아세아亞細亞적 정체성이란 것은 결국 서구의 근대 사회제도를 이식하지 않고는 봉건사회로부터 근대사회에의 전화, 과도過渡를 불가능케 한 조건을 만드는 데 결착結着되는 것이다.[15]

주지하듯, 마르크스와 레닌은 생산력의 발전과 생산관계 사이의 모순에 따라 "원시공산사회 → 노예제사회 → 봉건제사회 → 자본제사회 → 공산주의사회"로 사회가 단선적으로 발전한다고 보았다. 이 발전론에 동양 사회

14 위의 글, 22~23쪽.
15 위의 글, 25쪽.

가 부합하지 않기에 나온 것이 아시아적 생산양식론이며, 이에 대해 소련과 중국에서 1920년대에서 30년대 초반에 치열한 논쟁이 있었다. 일본에서 이에 대해 연구하고 논쟁에 참여한 이들이 주로 '유물론연구회唯物論硏究會'의 구성원들이며, 임화가 거론한 백남운, 김광운, 이청원, 하야가와 지로가 이들이다. 이들의 이론을 바탕으로 임화는 조선 사회에는 봉건제가 성숙하지 못하였고 이에 따라 상품자본의 축적, 산업자본에의 전화, 생산력의 증대와 상품 유통의 확대, 수공업의 독립, 매뉴팩처의 성장 등의 자본주의적 발전이 없었다고 간주하며 이를 "아직 (자본주의 체제라는) 자녀를 생산할 만한 육체를 갖추지 못한 (…중략…) 조혼한 부인"으로 비유한다. 따라서 아시아적 생산양식의 특수한 상황에 있는 조선과 동양은 유럽의 보편사처럼 봉건제에서 자본제로 발전하지 못하였으며, 토대가 발전하지 않았으므로 상부구조인 문학 또한 정체될 수밖에 없었다고 본다. 그러니, 서구의 근대사회제도와 근대문학의 형식과 정신을 수입하여 이식하는 수밖에 달리 방법이 없다는 것이다.

임화의 이식문화론은 백철과 조연현으로 계승된다. 이들은 임화의 비평에서 유물사관적 요소를 제거하고 우파 민족주의 입장에서 단장취의斷章取義하여, 근대문학이 서구로부터 이식한 핵심은 유지하는 가운데 전통에 대해서는 유연한 자세를 취한다.[16] 백철은 "근대적인 의미의 신문학운동이 우리 문학사상에 등장된 것은 근대 문명사조인 세계역사의 물결이 이 땅에 밀려들어온 그 하상河床 위에서이며, 또한 그 근대사조의 변천을 따라서 그 신문학은 생성되어 발전되어 간 것이다"[17]라고 밝히면서 개화사

16 백철, 『신문학사조사(개정판)』, 민중서관, 1962; 조연현, 『한국현대문학사』, 성문각, 1985.
17 위의 책, 3쪽.

상, 민족주의, 자연주의, 사실주의, 낭만주의, 마르크스주의 등 외국의 사상 및 문예사조에 따라 신문학사를 기술하고 있다.

초기에는 민족주의가 압도하는 분위기에서 김현, 김윤식, 조동일 등의 주장처럼 임화가 타율성론, 후진 정체론 등의 식민사관, 마르크시스트의 아시아적 정체성론에 기울어져 몰주체적 이론가로서 내재적 발전, 조선적 특수성이나 전통을 무시한 것으로 간주되었다.[18]

하지만, '이식문화'라는 용어에 담긴 선입관으로 인하여 몰주체적으로 판단하기 쉽지만, 임화의 여러 텍스트들을 정밀히 읽으면 다른 결을 읽을 수 있다. 이식문화론은 임화의 가치관이 담긴 주장이라기보다 당시 한문학, 한글문학, 서민문학, 신문학 사이의 객관적 상황과 헤게모니에 대한 객관적 평가다. 임화의 이식문화론은 "'근대주의자' 임화의 문학사가로서의 관점의 적나라한 표현이 아니라 당시 실제 문학의 흐름에 대한 평가를 기반으로 한 것"[19]이다. 임화가 전통의 단절을 주장하고 내재적 발전의 가능성을 배제한 것도 아니다.

> 동양 제국諸國과 서양의 문화 교섭은 일견 그것이 순연한 이식문화사를 형성함으로 종결하는 것 같으나, 내재적으로 또한 이식문화사 자체를 해체하려는 과정이 진행되는 것이다. 즉 문화이식이 고도화되면 될수록 반대로 문화창조가 내부로부터 성숙한다.
>
> 이것은 이식된 문화가 고유의 문화와 심각히 교섭하는 과정이요, 또한 고

---

18 김현·김윤식, 『한국문학사』, 민음사, 1997; 조동일, 『국문학 연구의 방향과 과제』, 새문사, 1983.

19 임화, 임규찬·한진일 편, 『임화 신문학사』, 한길사, 1993, 437쪽.

유의 문화가 이식된 문화를 섭취하는 과정이다. 동시에 이식문화를 섭취하면서 고유문화는 또한 자기의 구래舊來의 자태를 변화해 나아간다. (…중략…) 그런데 여기에서 우리가 주의할 것은 외래문화와 고유문화의 유산의 교섭이 인간을 매개체로 하고 있다는 점이다. 즉 행위에 의하여 매개된다. 그런데 행위자의 지향은 문화 의향意向만이 아니다. 그들의 계층적 성질, 혹은 그들의 실질적 기초가 제약한다. 다시 말하면 그들의 물질적 지향이 외래문화와 고유문화와의 문화교류, 문화 혹은 혼화混和에서 새로운 문화 창조의 형태와 본질을 안출案出한다. 그러므로 문화교섭의 결과 생겨나는 제3의 자者라는 것은, 그 실實 그때의 문화담당자의 물질적 의욕의 방향을 좇게 된다. 그 의욕은 곧 그 땅의 사회경제적 풍토다.[20]

임화는 마르크스주의자로서 문화를 결정하는 것은 사회경제적 토대로 본다. 하지만 그는 토대가 상부구조를 일방적으로 결정한다는 기계론적 마르크스주의mechanical Marxism를 넘어서서 인간에 의한 매개를 중시한다. 그람시나 루카치처럼 작가나 주체에 의한 매개를 통해 토대와 상부구조 사이에 유연성을 부여한 표현론적 마르크스주의expressional Marxism와 유사한 태도를 취하고 있다. 인간은 문화 의향과 물질적 의향을 모두 가지고 있다. 물질적 의향에 의하여 사회경제적 토대에 따라 사회경제의 양상과 모순, 특히 계급모순에 대해 인식하고 이를 극복하려는 의향을 가지지만, 더불어서 문화적 의향에 따라 외래문화 이식의 모순을 자각하고 고유문화를 지향하려는 민족적 의향을 갖는다. 이에 따라 이식문화는 그대로 수

20 임화, 「신문학사의 방법」, 『문학의 논리』, 657~658쪽.

용되는 것이 아니라 조선 사회의 사회경제적 토대에 발을 디딘 채 계급의식과 민족의식을 모두 갖춘 인간들에 의하여 교섭되는 것이다. 나병철은 임화의 '이식-부정-해체'를 호미 바바의 '모방-부인-차이의 반작용'과 유사한 점을 발견하고 이에 대응시킨다. "외래문화를 모방바바하고 이식임화하는 것은 고유문화를 신문명의 결핍으로 부정부인하는 것이지만, 그런 이식모방 문학사는 차이의 반작용일종의 차연의 작용에 의해 '해체'에 직면한다."[21] 이식의 과정에서 이미 이식의 해체과정이 시작되기에, "재래의 문화와 새로운 외래문화 사이의 단절된 '틈새'에서 진행되는 '교섭'의 과정이 (…중략…) 제3의 공간에서의 '언표작용'으로 나타나게 된다. 제3의 공간에서의 새로운 문화는, 그처럼 상징계민족문화의 상징계와 실재계 사이의 공간에서 혼성성과 차이작용의 역동성을 지니며 생성된다".[22]

이처럼 임화의 이식문화론이 "서양이나 일본과 다른 독자적인 '조선적' 문학을 수립할 수 있는 구체적 방법을 제시하지는 못했지만, '이식성'을 조선문학의 고유성과 동시에 타파해야 할 고유성으로 인식하고 있었다".[23] "'이식'이라는 표현에는 일차적으로 '식민성'이라는 의미가 포함되어 있다. 그러나 (…중략…) 이식의 과정은 그 식민성의 극복의 과정이기도 했다."[24] 임화는 오히려 전통을 중시하고 "식민지적 조선에서의 문화이식과 문화 창조의 변증법적 과정을 이론화"[25] 하였으며, 더 나아가 "서구 자본제의 동점이 없었다면 조선 역시 자체적, 자발적, 내재적인 근대화

21 나병철, 「한국문학과 탈식민」, 『상허학보』 14, 상허학회, 2005, 28~29쪽.
22 위의 글, 29~30쪽.
23 방민호, 「임화의 '이식문화론' 재고」, 『관악어문연구』 27, 관악어문학회, 2002, 316~317쪽 참고.
24 나병철, 앞의 글, 23쪽.
25 신승엽, 「이식과 창조의 변증법」, 『창작과 비평』 93호, 1991년 가을, 189쪽.

를 진행시켜 근대 사회로 전화되었을 가능성을 예측하고",[26] 서구문화를 이식하여 전통과 변증법적으로 종합하여 문화 창조를 이루고자 하였다.

1930~40년대의 시점에서 양반을 중심으로 한 한문학, 중인을 중심으로 한 사설시조, 민중을 중심으로 한 민요와 판소리, 일본과 서양으로부터 서구 근대문학의 영향을 받은 지식인을 중심으로 한 신문학이 서로 담론 투쟁과 헤게모니 투쟁을 하였으며, 이 투쟁에서 패배한 한문학과 시조, 민요와 판소리는 주변화하였다. 신체시와 자유시, 신소설과 근대 소설, 희곡, 평론, 아동문학 등의 장르, 모더니즘, 상징주의, 리얼리즘, 낭만주의 등의 예술사조와 기법, 수사, 다양하고 새로운 형식, 언문일치, 휴머니즘과 계몽주의 사상, 마르크시즘 등의 이념은 모두 서양으로부터 유입되었고, 이들 형식과 내용, 장르와 정신이 문단을 압도하였다. 이런 면에서 이식문화론은 어느 정도 타당성을 갖는다.

하지만 이식문화론은 전통과 서구의 근대와 종합을 추구하기는 하였지만 서구의 근대성을 보편화하였다. 임화는 이식을 영향이나 수용과 동일화하였으며 서구문학의 이식 이전의 조선문학에 나타난 근대성을 무시하였다. 더불어 당시에 일본의 학계에서도 아시아적 생산양식론에 대한 극복이 어느 정도 이루어졌음에도 이에서 벗어나지 못하였다.

---

26 김혜원, 「'이식문화론'에 나타난 탈식민성과 '탈이식문화론' – 호미 바바의 '혼종성' 담론을 중심으로」, 『국어문학』 53, 국어국문학회, 2012, 197쪽.

3. 자본주의 맹아론의 타당성과 한계

모든 근대적 양상들의 토대를 형성하는 것은 자본주의다. 이에 포섭되었건 배제되거나 저항하든, 자본주의는 근대를 살아가는 모든 이들의 사유, 행위, 해석, 지향을 규정하는 전 지구적 조건이다. 상부구조에 어느 정도 자율성이 있고, '결정'의 힘에 차이가 있지만, 토대가 상부구조를 결정한다. 자본주의가 형성되면서 노동은 자본이 노동을 구매하여 잉여가치를 착취하는 방식으로 바뀌고, 가치의 생산과 분배를 매개로 한 인간관계도 변하였다. 사람들은 중세 시대와 전혀 다르게 화폐를 매개로 물질적 관계를 맺고 화폐증식의 욕망을 추구하며 시장의 교환과 사적 소유를 지향하는 사회적 실천을 행하였다. 경쟁과 이윤을 중시하고 교환가치가 사용가치를 대체하면서 소외가 심화하고 잉여가치의 착취와 생산수단의 사유화와 독점으로 인하여 계급갈등이 첨예화한다. 예술과 문화 또한 시장체제에서 상품으로 소비된다. 예술은 자본주의 체제의 현실을 반영하거나 굴절한다. 이런 면에서 근대성의 지표로 자본주의적 관계를 살펴보는 것은 타당성을 갖는다.

자본주의 맹아론은 한국 사회에 봉건제가 결여된 채 역사가 발전하지 못하고 머물러 있다는 정체론을 반박하며 내재적 발전의 실증들을 찾으려는 이들에게 빛과 같은 것이었다. 중국에서도 사회주의 혁명 이후 마르크시즘이 압도하는 분위기에서 아편전쟁의 충격과 치욕에 이어 일본의 침략으로 맞은 반半식민지 상태를 극복하려는 민족주의적 열망과 마오쩌둥의 사상과 주장이 결합하여, 585편에 이르는 논문이 발표될 정도로 자본주의 맹아론이 활발하게 전개되었다.[27]

가장 먼저 문을 연 것은 도쿄에서 마르크스를 공부하고 유물사관을 확립한 백남운이었다. "백남운은 1933년 발간한 『조선사회경제사朝鮮社會經濟史』의 서문에서 '아시아적 봉건국가의 붕괴과정과 자본주의의 맹아형태'라는 항목을 자신의 조선경제사 연구의 네 번째 과제로 설정하였다. 그는 조선사가 노예제·봉건제라는 보편적 발전단계를 가진다고 파악한 다음에 자본주의 맹아의 출현으로 봉건국가가 붕괴를 맞이하게 되었다고 전망한 점에서 내재적 발전론을 선구적으로 제시하였다."[28] 이후 전석담, 허종호, 홍희유, 최병무, 김석형, 김광진 등이 자본주의 맹아론에 가담하며 치열한 논쟁이 벌어졌다. 그러다가 이들은 1970년에 어느 정도 합의를 보고 『조선에서의 자본주의 관계의 발생』이라는 저서를 공동 출간한다. 이 책에서는 "농업, 수공업, 광업에서 생산력의 발전으로 자본주의 관계가 발생하였으며, 사상私商, 잠상潛商의 부상대고富商大賈로 인하여 상업자본이 성장하였고 이 중 일부는 제지업, 견직업, 무기생산 등에 투자하여 생산을 지배하고 임금노동자를 발생시켰다. 이어서 제철, 유기鍮器 등 일부 금속 가공업에서 공장제 수공업이 발생하였다"[29]라고 주장하였다.

자본주의 맹아론에 대해 남한 학계에서 가장 괄목할 만한 성과를 낸 학자는 김용섭이다. 그는 실증적으로 양안量案을 치밀하게 분석하였다. 그가 주목한 것은 경영형 부농富農의 출현이다.

---

27 논문 편수는 박기수, 「한국과 중국의 자본주의맹아론」, 『사림』 28, 수선사학회, 2007, 238쪽 참고.

28 이헌창, 「조선 후기 자본주의 맹아론과 그 대안」, 『한국사학사학보』 17, 한국사학사학회, 2008, 98쪽.

29 박기수, 앞의 글, 210~212쪽을 요약.

경영형 부농은 17, 8세기 이래로 전개되는 소생산자적인 농민층의 계층분화, 봉건적인 신분제의 동요, 봉건지배층의 토지겸병, 인구증가, 농업생산력의 급속한 발전, 지주전호관계에 있어서의 지주권의 약화와 소작권의 성장, 도시와 농촌을 연결시키는 유통경제의 발달 등 종래의 사회경제체제의 동요 속에서 새로 구성된 농민계층으로서, 이들은 우리나라의 중세적인 사회체제의 해체와 새로운 사회의 형성을 잇는 과도기에 일정한 기능을 지니고 등장하는 부농층이었다.

이들은 지주 및 지주형부농에 대비될 수 있는 부농층으로서, 저들이 지주수취를 통해서 부를 축적하는 것을 기본특징으로 한다면, 경영형 부농은 농업의 합리적인 경영을 통해서 그리고 지주층과의 관계에 있어서는 차지농借地農의 확대와 지대地代의 감하減下를 통해서 소득을 늘리고 부를 축적하는 것을 특징으로 하고 있었다. 그러므로 전자를 봉건적인 지주층으로 간주한다면, 후자는 (…중략…) 소위 자본가적 차지농에 가까운 농민층으로 볼 것인데, 조선 후기에는 그와 같은 농민층이 광범하게 형성되고 있는 것이었다. (…중략…) 첫째, 그들은 농업자본을 덜 들이고 소득을 얻기 위하여 농지경영에 관하여 여러 기술적인 문제를 개선하고 있었다. (…중략…) 둘째, 이들은 경영확대를 반드시 농지를 소유하는 것에만 구하지는 않았다. (…중략…) 셋째, (이들의) 경영활동은 유통경제와도 관련하여 상업적인 노동을 하게 되는 것이 또한 두드러진 특징이었다. (…중략…) 넷째, 경영형 부농들은 이와 같은 상업적 농업을 고용노동에 의해서 행하고 있었다. (…중략…) 이들은 봉건적인 생산양식을 타도하고 새로운 시대의 새로운 생산양식을 수립할 수 있는 새로운 사회계층에 가장 가까운 존재였다.[30]

> 수진궁壽進宮의 재녕장토載寧庄土의 경우 549명의 소작 전호佃戶 중에 4정보 이상의 농지를 차경借耕하는 자는 전체의 7.5%인 41명이나 있었고, 그중 8정보 이상은 11명, 그중에서도 원명수라는 농민은 약 16정보나 되는 농지를 경영하고 있었다. (…중략…) 경영형 부농들은 3, 4정보를 중심으로 그 이상을 경작하는 자도 있고, 때에 따라서는 20여 정보의 농지를 경영하는 자도 있었음을 알 수 있다.[31]

17세기부터 농업생산력이 향상되고 상품경제가 발달함에 따라 농민층 분화가 일어났다. 한편에서는 영세빈농과 농지로부터 이탈된 유민이 발생하여 임노동자로 전환하였으며, 한편에서는 '경영형 부농富農'이 출현하였다. 이들은 모내기인 이앙법, 밭고랑에 파종하는 견종법 등을 도입하여 농업생산력의 발전을 꾀하였으며, 이로 축적한 자본으로 소유한 농지 외에도 차경지借耕地를 확보하고 임금을 주고 농민을 고용하여 합리적으로 경영하였다. 이들은 더 많은 이윤을 얻기 위하여 곡물만이 아니라 담배, 인삼, 면화 등의 상업작물을 경작하였으며, 3, 4정보를 중심으로 그 이상, 때에 따라서는 20여 정보의 광대한 농지를 경영하기도 하였다. 이들은 봉건적인 생산양식을 해체하고 자본주의적 생산양식을 형성할 수 있는 자본가적 차지농借地農에 가깝다. 수진궁壽進宮의 재녕장토載寧庄土의 경우 전체의 소작 전호 가운데 7.5%를 차지한 것을 전국으로 일반화할 수 없지만, 이들이 18세기에는 상당수를 점유하며 사회변화를 촉진하였다.

이 시기의 경영형 부농이 자본주의적 차지농이라 할지라도, 상업분야의

30 김용섭, 『조선 후기농업사연구』 II, 일조각, 1984, 223~227쪽.
31 위의 책, 152~153쪽.

발전, 곧 상업자본의 축적과 이의 생산부문 투자 없이 이루어진 농업분야에서의 자본주의적 관계의 발생을 자본주의의 내적 발전으로 내세우기에는 부족하다. 강만길은 이 시기의 상업자본에 대해 치밀하게 분석한 후 다음과 같이 결론을 내린다.

> 상업발전 현상은 전통사회 태내胎內에서의 일시적인 상업진흥이 아니라, 전통사회의 기반 자체를 무너뜨리고 나아가서 근대 사회의 성립을 위한 전제조건을 만드는 역할을 다한 것이라는 사실을 한층 더 분명하게 인식할 수 있었던 것이다. (…중략…) 특권상업, 매점買占상업 등을 통하여 실질적으로 상업자본이 집적되고 있었고 (…중략…) 금난전권禁難廛權과 도고상업都賈商業의 성립 자체가 이 시기의 상업발달의 결과이며 상업자본의 집적 수단이 된 것이므로 금난전권의 성립과 도고상업의 발달은 곧 전통적 상업구조가 와해되는 1차적 단계이기도 하였던 것이다. (…중략…) 경강상인은 (…중략…) 최소한 1천 석을 실을 수 있는 선박으로 선상활동을 전개하였으며 (…중략…) 그들의 매점상업을 통하여 그들의 자본규모는 확대되어 갔고 마침내 그것이 생산부문에 침투되어 가서 생산을 지배하기에 이르렀으니 경강상인에 의한 조선도고造船都賈의 경영이 그것이었다. (…중략…) 경강상인이 (…중략…) 생산도고를 경영하다가 (…중략…) 상업도고를 경영하게 되는 이와 같은 과정이 조선 후기 상업자본 발달의 일반적 양상이었던 것이다. (…중략…) 개성상인은 중국과 일본무역을 주도함으로써 자본집적에 성공하였던 것이다. (…중략…) 개성상인은 (…중략…) 자본을 투입하여 (…중략…) 그(인삼) 재배업을 경영하기에 이르렀다. 즉, 상인자본이 상업적 농업의 경영에 투입된 것이었으며, 생산되는 인삼 대부분을 홍삼으로 만들게 됨으로써 인삼가공업을 겸하

게 된 것이었다. (…중략…) 인삼재배와 홍삼 제조를 통하여 집적된 개성상인 자본은 개항 전 조선사회 최대의 토착 민간자본으로 발전하였으며, 그러므로 개항 후 외국자본 침입 앞에서 그것에 저항하는 가장 강한 토착자본으로 등장하였고, 이 때문에 외국자본에 의한 철저한 해체 작용을 당하게 되었던 것이다. (…중략…) 경강상인, 개성상인, 시전상인이 모두 이 시기에 이르러서는 도고라는 상업형태를 발전시켰고 그것을 통해 자본의 집적에 성공하고 있었음을 볼 수 있었으며, 자본주의 사회 성립 초기의 상업, 즉 '근세' 상업이 자본집적의 방법으로 독점성, 매점성, 특권성을 갖지만, 도고상업 역시 그것과 같은 속성을 가지고 있었다. (…중략…) 도고상업은 여러 가지 방법으로 생산부문에 침투하여 그것을 지배하고 있었다.[32]

송찬식, 김영호 등은 이를 지지하며 야철수공업, 유기수공업, 광업 등의 분야에서 선대제의 양상에 대해 분석하였다. "18세기 말 19세기 전반기에는 물주가 자본을 투자하고 혈주穴主나 덕대德大가 임금 노동자를 고용하여 분업적 협업하에 광산을 경영하는 자본주의 경영형태가 보급되었다."[33]

하지만, 이를 민족주의 이데올로기나 열망과 결합할 때 여러 문제가 야기된다. 문화는 교류와 소통의 소산이다. 자본주의는 다른 나라들과 교역과 착취/수탈을 하며 세계경제를 형성하였고 더 나아가 비서구를 자본주의 시장과 착취/수탈체제에 편입시켜서, 제국과 식민, 중심-반주변-주변의 세계체제를 구성하였다. 중심-반주변-주변이 고정된 것은 아니다.

---

32 강만길, 『조선 후기 상업자본의 발달』, 창비, 2018, 259~266쪽.

33 유승주, 「조선 후기 광업의 자본제적 경영형태에 관한 일 연구」, 『송갑호 교수정년퇴임기념논문집』, 1993; 박기수, 앞의 글, 217쪽 재인용.

"근대 세계체제의 경제사에는, 한때는 핵심부적 과정에 의해 생산되던 제품들이 처음에는 반주변 국가로, 그 다음에는 주변부 국가로 이전해 간 사례들로 가득 차 있다."[34] 그럼에도 외부의 개입 없이 100% 자생적으로 자본주의의 발전을 이루었다는 전제 자체가 잘못이다. 또, 몇몇 학자들은 민족주의적 열정을 갖고 자본주의의 맹아나 자본주의 관계를 찾는 데 그치지 않고 이를 곧 바로 자본주의 발전으로 연결시킨다. 이는 아기의 생일을 출생일이 아니라 임신한 날짜로 정하는 것만큼 비약이다.

안병직 등 많은 이들이 비판했지만, 가장 본격적인 비판을 제기한 이는 이영훈이다.

> 맹아론이 지닌 실증성에서의 문제는 허다하다. (…중략…) 그것은 얼핏 보아 맹아론의 요소로 적합한 사실들을 그것의 역사적 전체성, 사실관계의 전후 맥락과 분리하여 임의로 그 자본주의적 성격을 강조했던 방법론을 말한다. 마치 보물찾기와 같은 방식으로, 망망한 사료의 대해에서 필요한 것을 주워 소망스런 형태로 조립하는 방식이다. (…중략…)
>
> 많은 예가 있지만 두 가지만 살펴보자. 봉건지대의 해체형태로 이해된 도지나 도지권은 실은 반수소작료의 초기형태인 경우가 많다. (…중략…) 다음으로 부농으로 성격 규정된 '광작'농에 대해 살펴보자. 제 사료에 의하면 '광작'농의 보통의 형태는 다수의 노비노동력을 보유한 자들로 나타난다. (…중략…) 이들 계층은 역사적으로 소멸해 가고 있었고, 그 대신 노비들이 독립적인 소경영으로 성장함에 따라, 다수의 영세 소경영이 확대됨이 일반적 추세

---

34 이매뉴얼 월러스틴, 이광근 역, 『세계체제 분석』, 당대, 2005, 75쪽.

였다. (…중략…) 18, 9세기를 거쳐 '광작'농은 대체로 소멸해 갔다. 역사적으로 쇠퇴할 운명의, 그런 의미에서 당시 선진적 농학자들에 의해 비난당한 존재에 대해 60년대의 맹아론자들은 오히려 역사의 주체로서 진보적 의미를 부여하는 모순을 범했다. (…중략…)

공업부문과 관련하여 맹아론의 맹점은 맹아 성립의 본질적 전제조건의 하나인 농촌공업의 발흥, 즉 종전과는 이질적인 사회적 분업관계의 발생에 관한 검토가 전혀 생략되어 있다는 점이다.[35]

이러한 문제 시각의 조정에서 맹아론의 시대성과 그 이론적 지주였던 '세계사의 기본법칙'에 대해서도 재고할 필요가 있다. 서구 사회의 역사적 발전 과정으로부터 추출된 기본 법칙을 비서구 사회의 다양한 역사에 일률적으로 적용하려는 것은 마치 신데렐라가 흘리고 간 유리구두에 발을 맞추려고 애쓰는 시골 처녀의 욕심만큼이나 어리석은 짓으로 비유되고 있다. (…중략…) 그 단성성·교조성에 기인한 기존의 '세계사의 기본법칙'에 대한 회의가 역사발전의 합법칙성, 궁극적 진보성에 대한 회의로 오해되어서는 곤란하다.[36]

아울러, "실재라는 사실에 대한 검증에 치중한 나머지 '구조적 파악을 방해하고 필요한 사료를 주워 모아 소망스러운 형태로 조립하는' 부조적浮彫的 수법에 머물렀다"[37]라는 비판도 받았다.

---

35 이영훈, 「한국 자본주의의 맹아문제에 대하여」, 김태영 외, 『한국의 사회경제사』, 한길사, 1987, 58~61쪽.

36 위의 글, 62~63쪽.

37 안병태, 『조선근대경제사연구』(동경 : 일본평론사, 1975); 박기수, 앞의 글, 217~218쪽 요약하며 재인용.

맹아론이 당시 조선에서 자본주의의 발전을 입증하려면, 생산력과 함께 자본주의적 생산관계도 논증해야 한다. 상품화폐의 자본으로 전화와 본원적 축적, 농업에서 광업과 공업으로, 선대제 수공업에서 공장제 수공업으로 발전한 과정과 양상, 상업자본과 산업자본의 축적과정과 공업생산 분야에 대한 투자 양상, 이를 통한 시장과 무역의 확대만이 아니라 자유로운 임노동자의 대량형성과 자본과 자본주의적 관계형성, 더 나아가 상부구조의 변화에 대해 구체적인 사료와 실증을 바탕으로 객관적인 분석과 종합이 이루어져야 한다. 하지만, 자본주의 맹아론이 이런 단계의 연구에 이르지 못한 것은 한계다. 수많은 사료와 실증 가운데 맹아에 해당하는 것만 모아서 아전인수식으로 해석한 것도 많다. 무엇보다 자본주의 맹아론은 서구 자본주의의 틀에 맞추어 조선의 사회경제를 재단하였다.

그렇다고 18세기 조선사회에 자본주의적 관계가 발생했다는 사실조차 전적으로 부정할 수는 없다. 이영훈식의 실증주의는 끊임없는 아전인수식 해석의 되풀이다. 조선의 18세기는 유럽과 다르기에 자본제의 초기 형태와 유사한 실증도 있고, 아직 봉건제적 잔재를 유지하고 있는 반증도 많다.

> 생산수단과 생활수단이 처음부터 자본이 아니었던 것과 마찬가지로 화폐와 상품도 처음부터 자본이었던 것은 아니다. 이것들은 자본으로의 전화를 필요로 한다. 그러나 이 전화 자체는 일정한 조건 아래서만 이루어질 수 있는데, 그 조건이란 (…중략…) 먼저 매우 다른 두 부류의 상품소유자가 서로 마주보고 접촉해야만 한다. 그 한쪽은 화폐와 생산수단 · 생활수단의 소유자로, 그들에게는 다른 사람의 노동력을 구입하여 자신이 점유하고 있는 가치액을 증식하는 일이야말로 진정 필요한 일이다. 다른 한쪽은 자유로운 노동자로,

노동을 파는 자이다. 자유로운 노동자라는 것은 두 가지 의미에서 자유롭다는 뜻이다. 즉 노예와 농노 따위처럼 그들 자신이 직접 생산수단의 일부가 아니라는 점에서 자유롭다는 의미이며, 또 자영농민의 경우처럼 그들이 생산수단을 소유하고 있는 것도 아니라는 점에서, 즉 생산수단에서 분리되어 있다는 점에서 자유롭다는 의미이다. 상품시장의 이러한 양극화와 함께 자본주의적 생산의 기본적인 조건들이 갖추어진다. 자본관계는 노동의 실현조건의 소유와 노동자 사이의 분리를 전제로 한다. 자본주의적 생산이 일단 자신의 발로 서게 되면 그것은 이러한 분리를 유지시킬 뿐만 아니라 이를 지속적으로 확대 재생산하게 된다. 따라서 자본관계를 만들어내는 과정은 노동자를 자기 노동조건의 소유에서 분리시키는 과정, 바로 그것이다. 따라서 본원적 축적이란 바로 생산자와 생산수단의 역사적 분리과정이다. 그것이 '본원적'으로 나타나는 까닭은 그것이 자본 그리고 자본에 맞는 생산양식의 전사前史를 이루고 있기 때문이다.[38]

유통상의 상품화폐의 발생이나 농업 분야의 차지농만으로 자본주의적 관계의 발생을 말하기는 어렵다. 생산력은 필요조건이고 자본주의적 생산관계도 입증할 때만 필요충분조건이 된다. 곧 상품화폐의 자본으로 전화와 본원적 축적, 자유로운 임노동자의 대량 형성과 노동시장, 자본과 노동 사이의 자본주의적 관계의 수립 등이 나타나야 한다. 상품화폐의 출현, 경강상인 · 송상松商 · 만상灣商을 중심으로 한 전국적인 시장 체제의 형성과 무역, 선대제先貸制 수공업과 공장제수공업의 발전이 있었다. 상인들은 조

38 카를 마르크스, 강신중 역, 『자본』 I-2, 도서출판 길, 2008, 962~963쪽. 괄호 안의 글은 생략함.

직을 결성하고 자본을 축적하였다. 임상옥의 경우 장부를 처리하는 서사만도 70여 명에 이르고 나라 안의 중요한 상업도시와 상업중심지들의 상인과 연계를 맺고 5만 냥의 환신용화폐 거래를 통하여 상업활동을 하고 돈의 힘으로 곽산군수와 구성부사의 벼슬까지 하였다. 송상은 중요상업지에 송방을 설치하고 상업의 명맥을 틀어쥐었으며 상품의 매점과 일반상품매매를 진행하였다.[39] 상인자본은 자본의 집적에 성공하여 조선업, 인삼의 재배와 가공업, 광업 등의 생산부문에 자본을 투여하였다.

토지 겸병과 가혹한 수탈, 상품화폐 관계의 농촌 침투, 토지의 상품화와 상업농업의 확대, 농민의 소상품생산자 전환 등의 요인에 따라, 농민들은 소작농조차 할 수 없게 되자 고향과 땅을 떠났다. 함경도 장진부와 같은 산간벽지에서도 5,000호 가운데 4,200여 호의 농민이 유민이 될 정도로 그 규모는 컸다.[40] 이들 중 도적이 된 자도 있으나 극소수였고, 대다수가 광산, 포구, 수공업장, 토목과 건설업의 현장, 운송, 차지농, 한양에서 품을 팔아 생계를 유지하였다. 이들 중 대다수는 신분의 예속에서 풀려났을 뿐만 아니라 생산수단도 갖지 못한 채 오로지 자신의 노동력을 파는 것 외에는 다른 생활수단을 가지지 못한 자유로운 임노동자가 되었다.

자본주의적 고용관계는 주로 광산업, 금속가공업과 같은 일부 특수한 생산부문에서 발생하였는데 여기서 경영주들은 다수의 노동자들을 고용하여 협업에 기초한 기업적 경영방법으로 노동자들을 착취하였다. 고용주는 이윤을 추구하는 기업가였으며 고용당한 자는 무산자 또는 반무산자들이었다. 이 고용관계의 본질은 자본과 노동이 대립되어 있으면서도

---

39 사회과학원 역사연구소, 『조선통사-상』, 도서출판 오월, 1988, 460쪽 참고.
40 위의 책, 463쪽.

서로 의존하고 있는 관계라는 점이었다. 고용주와 고용자와의 관계는 봉건적 주종관계가 아니라 계약에 기초한 경제적 기본관계가 기본이었다. 광업에서는 봉건국가의 금지망을 뚫고 비합법적으로 경영되던 잠채潛採가 지배하였으며 상업자본이 현저하게 진출하였고 자유로운 노동을 적용하는 자본주의적 고용관계가 형성·발전하였다. 상업자본은 광산에 몰려드는 자유로운 노동력을 구입하여 점꾼으로 고용한 후 생산과정에서 생산수단과 노동력을 결합하여 그들의 잉여가치를 착취하여 자본을 축적하였다. 임금노동자들은 자본과 계약을 한 후에 자본의 지휘와 통제 아래 채굴·운반·건조·분쇄·선별·도금 등의 공정을 분업에 기초한 협업노동으로 수행하였다. 제철업이나 놋그릇수공업의 경우 봉건적 잔재가 강하게 남아있었지만, 계약에 따른 임노동자의 부분적 고용, 분업에 따른 협업, 물주들의 이윤독점에 의한 임노동자와 대립관계는 대동소이하였다. 삭녕군과 같은 산간 고을도 2,300여 호의 1/10이 품팔이로 생계를 유지한 것, 연암 박지원이 『열하일기』에서 "성천成川 사금지沙金地의 경우 사방에서 몰려든 무뢰유수無賴遊手들로 촌락을 이루었고 그 수가 무려 10여만 명에 이르렀다"라고 언급한 것, 1799년 황해도 홀동광산의 점막집이 700여 동이 되고 여름 장마철에 점꾼들의 절반 이상이 분산되어 간 뒤에도 1,500여 명의 인구가 남아 있었던 것으로 추측하면 당시 광산 노동자는 상당수에 달하였을 것이다.[41]

---

41 『조선통사—상』, 463~476쪽; 유승주, 「조선 후기 금은동 광업의 물주제 연구」, 『한국사연구』 36, 한국사연구회, 1982, 134쪽 참고. 유승주의 논문은 1차 사료를 철저히 인용한 것이지만 나머지는 2차 사료, 그것도 개설서에 의존하여 18~19세기의 자본주의의 발생에 대해 기술하였다. 『조선통사』의 이 부분의 기술이 『조선봉건말기 사회경제사 자료집』에 근거한 것으로 보이기에 어느 정도 신뢰성이 있을 것으로 판단하여 참고하였다. 앞으로 누가 되든, 이를 비롯하여 1차 자료를 더 많이 입수한 후에 남북한의 관련자료를 검토하여 구체적으로

2부 1장 「상품화폐의 발생과 문학적 재현」에서 더 구체적으로 논증하겠지만, 자유로운 임노동자들은 경영형 부농의 품팔이 농민, 국가의 요역제에 품삯을 받은 날품팔이, 다양한 분야의 상공업, 광업, 수공업 현장, 포구와 도시의 잡역으로 일하고 대가를 임금으로 받았다. 특히, 임노동자들은 노동조건이 열악할 경우 일터를 옮기거나 다양한 방식으로 저항하였다. 인구의 1/10이 품팔이한 삭녕군의 사례, 성천 사금광에 10만 명이 촌락을 형성한 기록, 1곳당 10~30명을 고용한 수공업장이 도시당 30~50개소, 시장이 1,064곳, 홀동광산의 점꾼이 3,000여 명, 1760년영조 26년에 청계천 준설공사에 동원된 21만 5,675명 가운데 품삯을 주고 고용한 사람이 6만 3천300명에 달한 것으로 추산하면, 서로 겹치는 이도 있겠지만, 전국의 광산, 제철소와 유기장 등의 수공업장, 상업지, 포구, 운송, 차지농, 요역에서 품삯을 받고 일한 사람에 한양 삼문 밖의 주민 15만 명의 1/5을 모두 합치면 당시 임노동자는 족히 백만 명에 이르렀을 것으로 보인다. 2부 5장에서 상세히 논증하겠지만, 당시에 일급이나 월급, 도급都給의 형식으로 임금을 지급하였고 『비변사등록備邊司謄錄』에 의하면 임금을 가지고 협상이 벌어졌고 자본 쪽에서 임노동자가 부당하게 임금 상승을 요구한다고 선공감繕工監에다 고소하는 일도 있었다. 이는 임노동자와 자본 사이에 물주인 자본이 임노동자가 생산한 잉여가치를 착취하여 이윤으로 전화하기에 본질적으로 대립적이지만 그 안에서 타협하기도 하고 투쟁하기도 하는 자본주의적 관계가 형성되었음을 의미한다.

이처럼 18~19세기에 오면, 자유로운 임노동은 생산/비생산, 정부/민

논증할 필요성이 있다.

간을 가리지 않고, 한양 삼문 바깥에 거주하는 15만 명의 대다수가 품팔이로 연명할 정도로 상당히 광범위하게 진행되었으며, 광업과 수공업 부문에서는 분업에 따른 협업노동이 행해졌고, 임노동자와 자본이 서로 계약을 맺고 고용관계를 수립하고 자본이 임노동자가 생산한 잉여가치를 착취하고 노동을 통제하면서 양자 사이에 대립적인 자본주의적 관계가 형성되었다.

하지만, 곡물과 인삼, 광물을 제외한 다른 분야에서의 생산과 상품화와 산업자본의 축적은 미미하였다. 공장제 수공업은 금속가공업과 광업에만 국한되었고 면방직 등 여타 산업으로 발전하지 못하였으며, 영조와 정조 실록을 보면 은점과 금점, 동점을 허가하는 것과 함께 폐단을 지적하며 닫아버렸다는 기술도 빈번히 등장한다. 이에 잠채가 성행하였다. 국가의 이런 조치는 국가의 통제에 의하여 전반적으로 광업을 위축시키고 점꾼들의 생계를 위협했다. 가장 자본주의적 관계가 활발하였던 광업 · 수공업에서도 봉건적 잔재가 강하게 남아 있었으며, 농민 대부분이 토지에 매여 있어 자유로운 임금 노동자가 수백만 명 이상으로 발생한 것은 아니었다. 당시 한성 인구도 30여만 명에 달한 것을 보면, 도시와 시장의 발전이 있었지만 그것이 시대를 가를 만한 수준에 이르렀다고 보기에는 좀 더 숙고가 필요하다.

이런 여러 사실을 종합하면, 자본주의의 초기 단계의 발전은 있었으나 여러 한계가 있다. 다시 말해, 상품화폐의 발생과 자본으로 전화, 도시의 발달과 전국적인 시장체제의 수립, 상공업의 발전, 농업자본과 상업자본의 본원적 축적과 집적에 따른 생산부문의 투자, 자유로운 임노동의 대량 출현과 자본과 노동 사이의 자본주의적 관계가 형성되어 토대는 물론 상부구조에 심대한 영향을 미쳤음은 분명하다. 하지만, 산업자본주의의 발전 단계로 진입한 것은 그 이후로 보아야 한다.

조선의 19세기는 세도정치, 주도세력인 노론의 수구정치, 관료 부패의 극대화, 국제무역의 감소, 외세의 침탈, 전염병의 창궐, 민란 등으로 정치적으로나 경제적으로 퇴행이 진행되던 시기다. 1~200년의 작은 시간 단위에서 퇴행 없이 발전만 하는 역사는 유럽에도 없다. 그럼에도 19세기의 퇴행을 근거로 18세기의 발전마저 부정하는 것은 논리적으로 오류다. 오히려 '신데렐라가 흘리고 간 유리구두란 서구 자본주의에 식민지 시기의 자본주의적 발전의 실증이란 발을 맞추려고 애쓴 시골 처녀'는 식민지 근대화론자들이다. 자본주의 맹아론은 여러 한계에도 불구하고 자본주의 내재적 발전론에 든든한 물질적인 역사근거를 제시했으며, 서구와 다른 근대성을 찾는 실마리를 제공했다.

4. 협의의 내재적 발전론의 타당성과 한계

내재적 발전론이란 식민주의의 타율성론과 정체성론에 대한 비판으로서 대두한 이론이다. 즉 한국사는 타율에 의해 움직여 온 역사가 아니라 자율적으로, 내재적으로 움직여 온 역사라는 것, 그리고 정체된 역사가 아니라 꾸준히 발전해 온 역사라는 것을 증명하려 한 것이 내재적 발전론이었다.[42]

42 박찬승, 앞의 글, 75쪽.

위의 인용에서 말하는 것이 학계에서 광의의 내재적 발전론에 대해 대체로 동의하는 정의일 것이다. 하지만, 내재적 발전론에도 분명한 두 흐름이 있다. 자본주의 맹아론과 내재적 발전론은 동궤의 것이다. 정확히 표현하면, 자본주의 맹아론 또한 내재적 발전론 가운데 하나다. 광의의 내재적 발전론 안에 자본주의 맹아론과 협의의 민족적 내재적 발전론이 포함된다. 주로 사회/경제학자, 사회학자, 역사학자, 마르크스주의자들이 서구적 근대화론이나 식민지 근대화론에 대항하여 자본주의의 싹을 자국自國 안에서 찾은 것이 자본주의 맹아론이라면, 주로 국문학자와 우파의 역사학자들, 민족주의자들이 마르크스적 관점을 제거하고서 서구적 근대화론이나 식민지 근대화론에 대항하여 자국의 전통 문화와 예술, 역사 안에서 근대적인 요소나 근대성을 찾은 것이 협의의 내재적 발전론이다.

이미 1933년에 마르크스주의 사회경제학자인 백남운이 『조선사회경제사』를 출간하였을 때 비롯된 것이지만, 해방 이후 일제 식민지 잔재 청산이 국가와 국민의 최우선 과제로 부상하면서 내재적 발전론에 의한 역사서술이 남북한에서 모두 활발하게 전개되었다. 한국사가 정체되지 않고 발전한 것을 입증하기 위하여 '고대-중세-근대', 혹은 '원시공동체-노예제-봉건제-자본제'의 세계사의 보편적인 시대구분에 맞추어 역사적 사실을 재배치하고 해석하였다. 이에 따라 남한학계에서는 한국 사회가 고대에서 중세로, 다시 근대로 발전한 것으로, 북한학계에서는 원시공동체에서 노예제사회로, 봉건제로, 자본제로 이행한 것으로 시대구분을 하였고 여기에 맞추어 역사적 사실과 해석을 배치했다. 또, 한편에서는 조선조 사회에서 자본주의의 관계나 맹아를 찾는 작업을 수행하였다. 남한의 역사학자들은 민족주의적 열망을 가지고 근대를 18세기까지 끌어올리면서 실학사상이 가지고 있는 개혁성이나 진보성을 그 근거로 내세웠다. 이를 받아 국문학에서는 연암과 다산 등 실학파의 문학, 더 나아가 사설시조, 탈춤에서 봉건사회나 양반계급에 대한 풍자와 비판을 읽어내고 이를 근대성과 등치시켰다. 내재적 발전론이 민족적 사명이나 열정에서 시작했지만 이에 많은 시사를 준 것은 교토학파다.

> 송대의 정치는 그 전대에 비해 몇 가지 뛰어난 특징을 지니고 있었다. 종래의 신분제를 타파하고 독재군주 아래서 백성들이 서로 평등해야 한다는 원칙을 수립한 것을 그 하나로 꼽을 수 있다. 종래의 동료 학자들은 걸핏하면 이런 원칙을 경시하고 중국에 원칙이 없이 과거제를 통한 관료 정치가 이뤄진 것처럼 여기는 경향이 있었는데, 이야말로 서구식의 편견을 그대로 수용한 아시아 멸시사관에 다름 아니다.[43]

> 송대에 성숙한 군현제 민족국가, 상업경제, 원거리 국제무역, 도시의 발전, 평민주의적 계층관계와 사회문화, 고도로 발달한 행정체계 등이 형성되었고, 특히 한당漢唐의 다민족 제국 정체성과는 다른 준 민족국가 및 평민주의, 개인주의, 반종교적 세속주의 등의 가치를 지닌 세계관으로서 주자학이 성립되었다.[44]

---

43 미야자키 이치사다(宮崎市定), 「部曲から佃戸へ(下) – 唐宋間社會變革の一面」, 『東洋史硏究』, 第 三十巻 第一一瞬, 昭和 四十六(1971)年 六月, p.20. "宋代の政治はその前代に比べて、幾つかの優れた特長をもっていた。従来の身分制を打破して濁裁君主の下に、高民は互いに卒等であるべきだという原則を樹立したのは、その一に数えてよい。従来の同学者はともすれば、そのような原則を軽視し、中園には全く無原則で野放固の擢力政治が行われたように考える傾向があったが、これこそ欧米流の偏見を鵜呑みにしたアジア蔑硯史観に外ならない。" 위의 원문에서 '濁裁君主', '擢力政治'는 사전에도 나오지 않는 용어로 이치사다 교수가 독창적으로 표현하는 용어, 혹은 '獨裁君主'의 오자로 보인다. 앞뒤 문맥을 통하여 전자를 '독재군주', 후자를 '과거제를 통한 관료정치'로 번역했다.

나이토 코난內藤湖南, 미야자키 이치사다宮崎市定를 중심으로 한 교토학파는 근대 서구와 접촉 이전의 중국 역사 안에서 근대적 발전을 찾으려 하였다. 그들은 송나라에서 군현제 민족국가, 상업경제, 원거리 국제무역, 도시의 발전, 평민주의적 계층관계와 사회문화, 고도로 발달한 행정체계 등이 형성되었고 세속적이고 평민적인 주자학의 세계관이 성립되었기에 자체적으로 근대의 발전이 나타났다고 본다. 하지만, "교토학파의 송대 근세론은 서구 중심주의를 비판하고 있지만 여전히 서구 근대성을 기준으로 중국을 재평가함으로써, 대안 근대성이 아닌 서구 근대성 서사에서 파생된 역사 상상에 불과하다".[45] 교토학파의 연구는 송대의 근대화가 일본의 근대화로 귀착되었다는 일본의 자생적 근대화를 합리화함과 아울러 일본의 근대성의 기점을 끌어올리려는 열망에서 비롯된 기획으로 보인다.

21세기에 와서 내재적 발전론은 식민지 근대화론자들과 포스트모더니스트들로부터 신랄한 비판을 받았다. 일본과 미국의 학계에서는 내재적 발전론을 펼치거나 지지하는 담론이 거의 사라졌다. 그런 와중에서도 내재적 발전론을 새로운 지평으로 올려놓는 작업이 행해졌다. 동아시아에서 유럽보다 앞선 시기에서 근대성을 찾는 것이다. 그 가운데 대표적인 것이 우드사이드의 연구다. 그는 중국, 한국 베트남에서 행해진 과거제가 유럽보다 앞선 근대성을 이룩하였음을 논한 책, 『잃어버린 근대성들*Lost Modernities*』을 2006년에 펴냈다. 이 책에서 그는 중국, 한국, 베트남에서 능력주의를 바탕으로 공정한 선발제도를 통해 관료를 임용하는 "과거시험은 인재의 등용이라는 측면에서 보면 세계적으로 가장 앞선 것으로서 철저히 관료제적

---

44 이종민, 『중국 사상과 대안 근대성』, 현암사, 2017, 12~13쪽.

45 위의 책, 16쪽.

성향을 띠고 있었다"[46]라고 주장한다. "좋은 정부의 기준을 사회적 태생이 아니라 일정 기간의 업무 성과의 평가에 두려고 노력하는 사회는 이미 근대 사회로 성큼 다가섰다고 볼 수 있을 것이다."[47] "과거시험은 산업화와 후기 산업화 시대의 서구 사회가 가지고 있는 공무원 임용 기준들을 인상적인 몇몇 방식으로 미리 보여주고 있다."[48] 한 마디로 말하여 세습 귀족이 권력과 토지를 갖는 유럽의 봉건제에 비하여 능력주의를 바탕으로 공정한 선발제도를 통해 관료를 임용하는 과거시험이 유럽보다 앞서서 관료적 합리성이라는 근대성을 일찍 선취했다는 것이다.

"역사발전의 궁극적인 힘이 주체의 밖이 아닌 주체의 안에 내재하는 것은 부인할 수 없는 사실이기에",[49] 내재적 발전론은 타당성을 갖는다. 내재적 발전론은 정체론과 타율성론, 일선동조론日鮮同祖論의 식민사관, 서구적 근대성에 내포된 오리엔탈리즘, 이식문화론의 편협함을 극복하고 한국 역사와 문화의 민족적 정체성을 확보하게 하였으며, 한국의 역사와 문화를 특수성보다는 세계사적인 보편성과 관련하여 파악하게 하였다.[50]

하지만, 역사나 문화는 외부와 교류, 수용, 개입 없이 고립적이고 독자적으로 성립되지 않는 것 또한 사실이다. 외부적 요인을 절대화하는 서구적 근대성론이나 식민지 근대화론과 똑같이 내부적 요인만을 절대화하는 것 또한 객관적 사실이나 학문이 아니라 이데올로기다. 적지 않은 수의 논문들이 객관적 지표나 실증적 자료에 입각하지 않은 채 한민족의 역사나

46 알렉산더 우드사이드, 민병희 역, 『잃어버린 근대성들』, 너머북스, 2012, 25쪽.
47 위의 책, 79쪽.
48 위의 책, 81쪽.
49 박찬승, 앞의 글, 113쪽.
50 위의 글, 84쪽을 참고하되 약간 보완함.

문화예술의 순수성과 우월성을 당위적으로 입증하려는 민족주의적 열정에 더 기울어졌다.

무엇보다도 내재적 발전론이 유럽중심주의를 비판한 것은 타당한 작업이지만, 서구적 근대화론이 제시한 기준에 입각하여 내재적 발전의 근거를 찾는 모순을 범하였다. 식민사관에 대한 저항 담론으로서 형성된 내재적 발전론이 '서구화=근대화'라는 제국주의적 도식을 수용한 것은 자기부정이기도 하다. 이런 점 때문에 강명관은 "서구와 접촉이 없는 개항 이전 조선의 역사에서 서구의 역사적 경험태인 '근대'를 찾는 것은 그야말로 난센스에 속한다"[51]라고 반박한다. 하지만, 강명관 또한 근대를 서구적 역사적 경험태로만 한정하는 동일화에서 벗어나지 못하고 있다. 서구만이 근대화를 이루었다는 것도 문제이지만 서구에서 이룩한 근대화만을 유일한 기준으로 설정하고 이에 완벽히 일치할 때만 비서구의 근대화를 인정하겠다는 것은 유럽중심주의에서 비롯된 사유이자 비서구에서 나름대로 차이의 근대성을 이룩한 주체들에 대한 폭력이다.

우드사이드의 주장을 한 사례로 하여 이 문제를 살펴본다. 그는 유럽중심주의에서 벗어나 중국과 한국과 베트남이 귀족의 세습적 지배를 토대로 한 봉건체제에서 탈피하여 과거제라는 공정한 선발을 통하여 능력주의에 기반한 합리적 관료제 사회로 이행하였다고 간파하며 이를 유럽보다 앞선 아시아의 선취적 근대성이라고 주장한다. 이는 어느 정도 타당성을 갖는다. 하지만, 그가 과거제의 위험성과 한계를 지적하였음에도 이를 근대성으로 동일화할 수 없다. 공정한 선발을 통하여 능력주의에 기반한

51 강명관, 『국문학과 민족 그리고 근대』, 소명출판, 2007, 103~104쪽.

합리적 관료제 사회라는 것은 과거제의 이념이었을 뿐이고 실제에서는 공정성은 늘 문제가 되었고 갑오경장 때 개혁책으로 이를 폐지할 정도로 부정과 타락의 온상이었으며 주로 특정 가문의 자손들이 대를 이어서 합격하였다. 특정 가문에 속하지 않은 인재들이 과거를 통하여 선발되었다 하더라도 다수가 관직을 받지 못하거나 받더라도 한직으로 주변화한 채 실질적인 권력을 갖지 못하였다. 이런 점은 현대 관료제에도 나타나는 폐단으로 볼 수 있지만, 모든 관료를 과거제로 선발하지 않은 채 공식적으로 특정 가문이나 지배층 관료들의 세습적 지위를 확보해주는 음서제蔭敍制와 대가제代加制를 함께 시행한 것은 취약점이다. 안동 김씨, 풍양 조씨 등 몇몇 가문이 세도정치를 행한 것이 조선을 붕괴하게 한 주요 요인이다.

명목상 서민에게도 과거제는 열려 있었다. 하지만, 서민은 정규 교육을 받기 어려웠고 경제적 비용도 감당하기 어려워 실제로 참여하기 어려웠다. 중인들은 합격하더라도 관직이 낮은 품계로 제한되어 있고 차별도 받기에 아예 응시하는 자가 드물었다.[52]

실질적으로 과거제는 특정 가문의 양반 남성만의 특권이었다. 설혹 모든 계급과 집단에 대해 개방되어 있고 지극히 공정하게 선발되었고 모든 관료를 과거제로 선발하여 충당하였다 하더라도, 중국, 한국, 베트남에서 과거제를 기반으로 중세적 행정과 정치체제를 수백 년 이상 구성하였다면 이것은 서양과 다른 아시아의 중세성일 뿐이다. 앞에서 말한 대로, 세습적 귀족 체제에서 능력주의에 기반한 합리적 관료주의 체제로 나아간 것이 유럽에서는 근대로 이행이지만, 동아시아에서는 능력주의에 입각한

52 강명관, 『조선의 뒷골목 풍경』, 푸른역사, 2013, 154~189쪽 참고.

과거를 통한 관료체제가 중세이고 동학농민전쟁 시기의 집강소처럼 천민과 여성이 동등하게 권력을 갖고 정책이나 사안, 재정에 대해 민주적으로 의결한 집강소가 근대다.

내재적 발전론은 민족주의적 열정에 치우쳐 객관적 사실을 놓치거나 침소봉대하기도 했다. 이 이론은 민족을 복원했지만, 모든 사실을 민족으로 동일화하고 민족 대 외세로 이분법화하여 해석하였다. 여기서 민족 엘리트들에게 억압/수탈당하는 민중/여성/천민과 이들의 역사와 문화, 삶과 실천은 배제되었다. 근대는 시민과 민중이 지배층의 문화와 전략에 포섭되는 동시에 이에 저항하여 기존의 체제와 문화를 비틀고 새로운 문화창조에 나서면서 형성된 것이다. 그러기에 민족의 동일화를 해체하지 않는 한, 내재적 발전론은 엘리트들에 의해 배제된 자들에 의해 이루어진 근대를 타자화한다.

5. 식민지 근대화론의 타당성과 한계

한 문장으로 압축하면, 식민지 근대화론자들은 자본주의의 발전, 국민국가의 형성, 근대적 제도와 시공간의 탄생, 개인의 자율적인 영역과 주체의 형성, 근대식 병원의 설립과 위생의 보편화, 근대문학과 예술의 형식과 정신, 3인칭 객관묘사를 비롯한 근대적인 표현과 수사, 풍경과 내면의 묘사 등 정치와 사회경제에서 문화와 일상에 이르기까지 근대화가 식민지 이후에 이루어졌다고 주장한다.

식민지 근대화론의 기원은 식민사관이다. 일제 역사가들은 조선사편수회를 만들어 랑케의 실증주의 사학의 개념을 제국주의 논리에 맞게 변형하여 일제의 한국 지배를 정당화하는 작업을 진행하였으며 이의 소산이 식민사관이다. 일제와 관학자들은 한국사에 봉건사회가 결여되었다는 정체론, 한국은 자체적으로 발전을 하지 못하였고 청동기시대와 기자조선부터 조선조까지 중국의 영향으로 역사와 문화를 형성하였다는 타율성론, 더 나아가 고대 문화가 남방으로부터 일본을 거쳐 전래되어 일본과 한국의 조상이 같다는 일선동조론日鮮同祖論, 가야 시대에 왜국이 한반도 남부에 임나일본부를 두어 지배했다는 임나일본부설 등을 주장하였다.[53] 하지만, 해방 이후에 한반도에서 구석기와 신석기, 청동기의 발굴이 이어진다. 고조선 시대의 무덤에 순장한 고고학적 발굴을 보면 노예제 사회가 있었으며, 한반도와 동북삼성 지역에서 발굴되는 비파형 동검 등의 청동기는 중국의 것보다 연대가 앞선다. 기자 조선 이전에 단군조선이 존재했다. 김해 지역에서 발굴되는 쌀과 철기의 연대는 규슈지역보다 앞선다. 오히려 한반도의 기마민족이 규슈와 야마토 지역으로 진출하여 일본의 고대 문명을 건설하는 데 주도적 역할을 하였다.[54]

"미국은 1980년대 초반 제3세계의 이탈을 방지하고, 미국 중심의 세계체제를 이룩하고자 했으며, 미국의 역사학자들은 소위 역사적 관점에 의해 미국의 경제압력을 정당화하고 있었다."[55] 이런 논리의 연장선에서 보면,

---

53 김정인, 「식민사관 비판론의 등장과 내재적 발전론의 형성」, 『사학연구』 125, 한국사학회, 2017; 임종권, 「서양사와 일본사의 융합으로 보는 일제 식민사관의 탄생 – 식민사관과 랑케 실증주의 사학」, 『역사와 융합』 5, 바른역사학술원, 2019; 이만열, 『한국 근현대 역사학의 흐름』, 푸른역사, 2007 참고하여 저자가 보완하여 기술함.

54 사회과학원 역사연구소, 『조선통사』, 오월, 1988; 성정용, 「가야지역의 철 생산과 유통 양상」, 『역사와 담론』 85, 호서사학회, 2018, 223~259쪽 등을 참고.

55 김태우, 「식민지 근대화론, 패러다임 자체에 대한 비판적 접근」, 『한국역사연구회회보』 41, 한국역사연구회, 2000, 25쪽.

일제강점기에 근대화를 수행한 것이 1960~70년대 한국의 자본주의 발전과 경제성장을 하는 토대가 되어야 미국의 한국에 대한 경제 지배 또한 정당성을 획득하는 것이다. 이는 선진 유럽의 식민지 지배가 후진 피식민지의 근대화를 추진했다는 제국주의의 정당화 작업의 일환이다. 더불어 식민사학자들이 한국이 기자조선 때부터 조선조까지 중국의 식민지였고 자율적으로 역사발전을 도모할 수 없다고 역사를 날조하여 이제 후진 중국 대신 선진 일본을 새로운 주인으로 맞는 것이 발전과 번영을 이루는 길이라고 합리화한 것과 맥을 같이 한다.

> (식민지 근대화론을 주도한) 나카무라 테츠中村哲(는) (…중략…) 1975년 4월부터 '일본 제국주의의 식민지 지배'라는 테마로 연구회를 시작하면서 한국경세사에 관심을 가졌다. (…중략…) 그는 1984년 7월 김영호 교수, 1986년 여름 안병직 교수와의 만남을 계기로 한국의 경제사학자와 교류를 시작하였고, 1986년 12월에는 안, 김 교수와 일본 연구자 8명과 함께 교토에서 조선근대경제사의 심포지엄을 행하게 되었으며 이어서 그 성과를 공간公刊하였고, 1989년에는 한국과 일본에서 일련의 공동연구와 학회를 계속하였다.
>
> 나카무라는 1987년 8월 4일 '낙성대연구실落星臺硏究室'에서 보고한 바 있고 그 뒤에 문장화한 자신의 논문을 통해, 동아시아 NICs 4개국(한국 · 대만 · 홍콩 · 싱가포르)이 급속한 자본주의화를 달성한 요인을 (…중략…) 첫째, 식민지화에 의하여 구사회(=전근대적)의 사회 · 경제구조가 꽤 철저하게 파괴 · 해체되었다는 것, 둘째, 그 위에 본국에 종속하는 경제구조가 다른 식민지에 비하여 보다 깊이 만들어졌다는 것, 셋째, 그 과정에서 본국 자본을 중심으로 하는 자본주의 경제가 급속하게 발달했다는 것 — 식민지 자본주의 형

성—인데, 한국과 대만이 특히 이 세 가지를 포함하고 있는 것이 특색이며 바로 이러한 점들이 '동아시아 NICs의 중요한 역사적 조건의 하나'였다고 주장하였다. (…중략…) 노골적으로 말하면 NICs 4개국이 과거 식민지였기 때문에 해방 후에 급격한 자본주의화가 가능하였다는 발상이다.[56]

안병직과 그의 문하에 있던 한국 근대경제사학자들이 이 의견을 받아들여 중진자본주의론 등 식민지 근대화를 합리화하는 연구를 수행하였다. 미국을 중심으로 한 세계학계에서도 4개국의 비약적인 발전에 주목하면서 나카무라와 유사한 담론을 펼쳤다.

본격적인 식민지 근대화론은 내재적 발전론에 대한 비판으로 이어졌다. 이영훈은 김용섭의 연구에 대해 "조선 사회의 전시기에 걸쳐 지주제와 무관한 또는 불완전한 형태로 포섭된 자작농自作農과 자소작농自小作農은 쉽게 무시될 수 있을 정도의 부차적 범주가 결코 아니었다. 조선 전기의 경우 자작농 지배력이 강한 설득력을 갖는 한편의 연구동향을 별도로 하더라도 조선 후기의 경우 지방에 따라 지주제의 발전 정도가 커다란 격차를 보이고 있음은 약간의 관찰과 추론으로써도 쉽게 동의를 구할 수 있는 사실이라고 생각한다"[57]라고 비판한다. 그는 이어서 "자본주의 맹아론이 추상적인 역사공간에다 과거 정체론의 정체 대신에 형식적인 진보와 제국주의의 반동성에 대한 고발을 채워 넣었을 뿐이다"[58]라고 주장한다. 전상인은 식민지 근대화론자들의 주장을 잘 요약하였다.

---

56 이만열, 「일제 '식민지 근대화론' 검토」, 『한국 근현대 역사학의 흐름』, 푸른역사, 2007, 536~538쪽.
57 이영훈, 『조선 후기사회경제사』, 한길사, 1988, 17쪽.
58 위의 책, 15쪽.

한국은 일제시기에 서유럽이 장기간의 이행과정에서 성취한 근대 자본주의를 순전히 외래적인 형태로, 그러나 역설적으로는 가장 선진적인 형태로 발전시켰다. 식민지 초기에 일제는 근대적 관료국가를 구축함으로써 '위로부터의 산업화'를 위한 제도적 기반을 마련하였고, 토지조사사업의 실시를 통해 근대적 소유관계를 확립하였다. 또한 교육제도나 재정·금융제도 및 교통·통신시설과 같은 각종 사회간접자본도 적극적으로 육성되었다. 물론 이들은 경제적 수탈을 목적으로 한 것임에 틀림없지만, 그 과정에서 일제가 식민지에 자본주의를 이식시킨 것은 부인할 수 없는 사실이다. 일제는 한국을 비롯한 식민지 사회를 자신과 함께 의도적으로 동원하고 근대화시키는 발전전략을 수립하였기 때문이다. (…중략…) 식민지 경제는 1930년을 전후한 공황기를 제외하고는 1911년부터 1938년까지 연평균 3.7%의 성장을 보였다. (…중략…) 1918년부터 1944년까지 진행된 산업구조의 변화를 보면, (…중략…) 농업생산액의 경우 80%에서 43%로 하락하였으나 공업생산액의 경우에는 18%에서 41%로 성장하였다. (…중략…) 광공업의 비중은 1911년의 4.5%에서 1938년의 18.7%로 (…중략…) 같은 기간 동안 공장수는 110개에서 6,590개로 (…중략…) 전체 노동자 숫자는 175만여 명으로 늘어났다. 이로써 1940년대 초에 이르면 식민지 조선의 경제발전은 선진제국이 근대 경제성장으로 진입한 수준에 도달할 수 있었다.[59]

식민지 근대화론자들은 일제강점기 이후에 일본이 아주 빠르고 선진적인 형태로 한국 자본주의의 발전을 이룩했다고 본다. 일제는 근대 관료국

---

59 전상인, 「식민지 근대화론에 대한 이해와 오해」, 『동아시아비평』 1, 한림대 아시아문화연구소, 1998, 128~129쪽.

가를 구축하고 토지조사사업을 통해 사적 소유를 제도화하고 도로와 철도를 건설하고 통신시설을 설치하여 사회간접자본을 육성하고 근대 학교를 세워 이 발전을 이끌어나갈 인재를 양성하였다는 것이다. 실제로 광공업 비중이 높아지고 공업생산액이 18%에서 40%대로, 공장수는 110개에서 6,590개로, 전체 노동자 숫자는 175만여 명으로 늘어나고 연평균 3.7%의 성장을 하였다고 구체적 수치를 들어 이를 입증한다.

하지만, 이 자본주의 발전의 내용에 대해서는 식민지 수탈론 등 다양한 비판이 전개되었다. 내재적 발전론자들이 식민지 이전의 조선에서 경영형 부농, 상업적 광작, 매뉴팩처의 실증을 찾아낸다면, 후자는 이것이 19세기에 소멸되고 있는 실증, 일제강점기 이후의 사회경제에서 공장제 수공업 및 근대 산업의 성장과 발전에 대한 계량적 수치, 일본과 무역통계를 제시하며 이를 부정한다.

이에 신용하는 "(일제 식민지 지배는) 한국을 일본 경제발전을 위한 식량 공급지, 일본의 공업발전에 소요되는 원료 공급지, 일본 공업 제품 판매를 위한 독점적 상품 판매 시장, 일본 자본수출에 의한 식민지 초과 이윤의 수탈지, 일본을 위한 노동력의 공급지, 일본의 대륙침략을 위한 병참기지로 재편하여 착취·수탈하는 것이었다"[60]고 주장하였다. 더 나아가 허수열은 이영훈, 안병직 등 식민지 근대화론자들의 주장을 실증 자료를 통해 다시 비판한다. 그는 식민지 근대화론자들이 조선총독부의 초기 통계를 충분히 수정하지 않고 사용하여 지나치게 과대평가를 한 것이며 그들의 주장대로 1인당 GDP가 고성장한 기간은 1930년대에 국한되며, 오히려

---

60 신용하, 「일제 잔재 청산과 정신대 대책문제」, 『세계 체제 변동과 현대 한국』, 집문당, 1994, 214쪽

해방 이후 본격적인 공장과 학교의 설립이 이루어지고 그들이 사용한 모델인 쿠즈네츠S. Kuznets의 '근대적 경제성장'에 부합하는 발전은 1960년대 이후에 이루어졌다고 주장한다.[61] 그는 일제의 식민지에서 행해진 자본주의 발전이 1960년대의 경제성장의 토대가 되었다는 주장에 대해서도 반박한다. "일제강점기 개발 중 한국전쟁 이후까지 잔존한 것은 1/10 정도에 불과하여 경제의 연속이라기보다는 단절에 더 가까웠다. 결국 일제강점기 개발은 '개발 없는 개발'로 표현해야 한다.[62]

최원규는 지도교수인 김용섭에 이어서 1898~1904년까지 광무光武 연간에 추진된 양전量田과 지계地契 사업과 일제의 토지사업의 공통점과 차이를 비교하였다. "두 사업 모두 조선조의 중세적 토지 소유권을 근대의 소유권으로 확정하고 이를 바탕으로 근대적 지세제도를 수립하려 한 것은 유사하다. 하지만, 전자가 조선의 근대화 개혁의 기반을 형성했던 것에 비해 후자는 제국주의 자본 축적의 공간으로 삼았다는 점, 전자가 농민의 경작권을 보호하려는 의지를 강하게 갖고 있었음에 비해 후자는 토지소유권 이외의 모든 권리를 부정하였다는 점, 그리고 전자가 한국의 근대국가 형성이라는 전제하에 추진된 사업이기 때문에 기존의 향촌 자치제의 경제사회적 질서를 보호하려는 것이었음에 비하여 후자는 일제가 자본축적 기반을 마련하기 위해 추진하였기 때문에 구래舊來의 향촌 질서를 파괴하고 개편했다는 등의 차이를 보인다."[63]

식민지 공업화론도 허점이 많다. "일제가 패전 때까지 조선에 투여한 자

61 허수열, 「식민지근대화론의 쟁점－근대적 경제성장과 관련하여」, 『동양학』 41, 단국대 동양학연구소, 2007, 248쪽.

62 허수열, 『개발 없는 개발』, 은행나무, 2005, 339~340쪽.

63 최원규, 「한말 일제 초기 토지조사와 토지법 연구」, 연세대 박사논문, 1994, 351쪽 요약.

금이 60~70억 엔인데 비하여 유출된 자금은 가시적으로 드러난 통계에 의해서만 보더라도 302억 엔이고 물자 유출분 140억 엔을 합하면 440억 엔이 넘어 유입자금의 6.3~7.4배에 이르렀으며, 이렇게 식민지 전 기간의 추정 GDP 550억 엔의 80% 이상이 유출 또는 파괴됨으로써 당시의 조선인들은 초근목피로 연명했다. 또 1910년 1인당 쌀 소비량이 약 0.71석이었는데 1919년 0.62석, 1929년 0.44석, 1938년 0.77석, 44년 0.56석으로 줄어들었다."[64]

더구나 종속이론dependency theory의 관점에서 보면, 식민지 근대화는 제국의 중심부의 자본주의적 발전과 경제적 수요와 공급을 위해 주변부의 자원을 약탈하고 잉여가치를 착취하고 소비를 강제하고 이에 맞도록 경제나 산업체계를 구성한, 발전이 아니라 경제적·문화적 식민 상태를 지속시키는 저발전underdevelopment이 심화되는 과정이었다.[65] 이를 근대화와 발전으로 간주하는 것은 '조선=야만과 미개, 미신, 중세', '서양이나 일본=개화, 계몽, 교양, 근대'의 이분법에 바탕을 둔 오리엔탈리즘을 내면화하거나, 종속이론 이전의 학자들이 그랬던 것처럼, 제3세계의 저발전을 서양의 자본주의 수용이나 식민지 지배에 따른 발전으로 착각하였기 때문이다.

"세계 모든 국가 중 유일하게 영국만이 '자발적으로' 전통 농업사회에

---

64 정태헌, 「해방 후 한국에서 일제 식민지상(像)의 변화와 과제」, 『식민지 근대화론의 비판적 검토』, 한국사회학회·한국역사연구회 공동 학술 심포지엄, 1996, 11~12쪽; 권태억, 「한국 근현대사와 일제의 식민지 지배」, 학술단체협의회 제4회 연합 심포지엄, 『자본주의 세계체제와 한국 사회』, 한울, 1991, 266쪽; 이만열, 앞의 책, 566쪽 재인용.

65 A. G. 프랑크, 최완규 역, 『低開發의 開發－제3세계의 경제와 종속이론, 그리고 빈곤의 원리』, 새밭, 1980, 1~162쪽; R. 칠코트, 염홍철 역, 『종속이론과 정통마르크스주의－종속이론의 마르크스주의적 성격논쟁』, 한울, 1984, 1~292쪽 참고.

서 근대 공업사회로 전환했다. 다른 모든 국가가 근대화 과정에서 어느 정도 외부의 영향을 받은 것과 달리 오직 영국만은 '스스로 완성한 경제순환'의 기초 위에서 성공함으로써 '자립성'을 띠고 있었다."[66] 이 지적처럼, "자본주의의 내재적 발전이 순수하게 가능했던 나라는 전 세계에서 영국뿐이었다는 것이 세계 역사학계의 일반적인 견해이다. 다른 나라들, 심지어 유럽의 프랑스나 독일과 같은 경우에도 영국의 산업혁명을 모델로 하여 이를 따라잡는 데 상당한 시간이 걸렸다".[67]

세계에서 유일하게 자본주의의 내적 발전이 성공한 영국도 외부 영향을 받지 않은 것은 아니다. 이태리, 독일, 프랑스에서 르네상스 이후에 이루어진 과학기술의 혁신이 없었다면 영국의 산업혁명도 불가능하였다. 영국 자본주의는 당시에는 식민지이자 근대화의 대상이었던 미국에서 만들어진 포드시스템을 도입함에 따라, 식민지의 자원과 노동력을 헐값으로 착취함에 따라 세계시장체제를 형성하면서 대량생산과 대량소비가 가능한 혁신적인 발전 단계로 진입할 수 있었다. 독일과 미국의 자본주의가 영국의 영향을 받아 이루어졌으므로 독일과 미국에서 자생적인 근대화가 이루어지지 않았다고 주장할 학자는 아무도 없을 것이다. 비록 발전의 정도는 많은 차이가 있지만, 이는 한국의 예에도 적용되어야 한다. 외부 영향 없이 순수한 내적 발전의 실증을 찾는 것은 헛수고에 지나지 않으며, 외부의 영향이 있다고 하여 내재적 발전을 전면 부정하는 것은 식민을 정당화하는 이데올로기일 뿐이다.

---

66 大河入曉南, 「英國的工業革命」, 周憲文 編, 『世界經濟史論集』(臺北臺灣銀行, 1984); 리보중, 이화승 역, 『중국경제사연구의 새로운 모색』, 책세상, 2006, 45쪽 재인용.

67 박찬승, 앞의 글, 106쪽.

무엇보다도 식민지 근대화론자들과 수탈론자 모두 근대성을 동일화하여 근대성과 식민성을 이항대립화하는 오류를 범하고 있다. 앞에서 말한 대로, 근대성은 식민화의 결과이지 원인이 아니며, "식민주의는 근대성을 구성하는 핵심이며, 근대성 역시 식민지 사회를 관철하는 지배적 논리에 속한다".[68] 제국은 식민화를 통해 근대성을 구성했다. 식민성과 근대성은 별개의 기획이나 원리, 힘이 아니다. 자본주의 체제나 세계체제를 구성하는 양대 축이다.

식민지 근대화론자와 수탈론자 모두 친일사대주의와 민족주의 열정에서 벗어나 구체적이고 객관적인 실증에 좀더 근거하되 아전인수식의 해석이나 성급한 일반화의 오류를 범할 수 있는 실증주의를 극복한 이론과 방법론을 적용할 필요가 있다. 수탈론자들은 일제강점기에 있었던 일정 정도의 자본주의 발전을 인정하고, 식민지 근대화론자들은 그 발전이 일제의 필요에 따라 근대적 발전을 왜곡하고 자원과 노동력을 수탈한 점에 대해 긍정하되, 식민성과 근대성을 대대적待對的으로 바라보아야 한다.

자본주의의 발전이 외부의 개입 없이 자생적으로 18세기 조선에서 이루어졌고 일제의 수탈이 극심하였고 일본의 필요에 따른 기획이었다 하더라도, 식민지 시대에 일정 정도의 자본주의의 발전이 있었다. 사회문화적으로 볼 때도, 자유시 등 현대문학 장르와 형식, 모더니즘, 상징주의, 리얼리즘, 자유연애, 3인칭 객관묘사를 비롯한 근대식 표현과 수사, 풍경과 내면의 묘사, 근대식 병원의 설립과 위생의 대중화, 개인의 자율성 등은 모두

---

68 Tani E. Barlow, "Introduction : On Colonial Modernity", in Barlow ed., *Formations of Colonial Modernity*, Durham & London : Duke University Press, 1997, p.1; 강내희, 「한국의 식민지 근대성과 충격의 번역」, 『문화과학』 31, 문화과학사, 2002, 77쪽 재인용.

일제강점기에 일본을 매개로 유럽의 근대적 성과들을 수용하면서 이루어진 것이다. 이런 면에서 식민지 근대화론은 조금은 타당성을 갖는다.

그렇다고 일제강점기에 이루어진 자본주의 발전과 근대화가 모두 일제에 의해 이루어진 것으로 간주해서는 안 된다. 식민지 근대화론자들은 근대화의 주체에 대해서도 동일화의 오류를 범하고 있으며 서발턴을 배제하며 박정희의 개발독재마저 옹호하고 있다. 이는 식민지 이전에 형성되었던 근대적 발전이나 자본주의적 토대를 바탕으로 한 것이고, 일제에 의하여 강요된 것과 함께 한국인이 이에 저항하여 다른 근대를 구성한 것이 뒤섞여서 이루어진 것이다. 근대 교육으로 예를 들면, 설혹 근대식 학교를 100% 일제강점기에 세웠다고 하더라도 선비를 존중하고 지식탐구를 중시하는 유교적 전통, 기존의 서당과 향교를 중심으로 한 교육체제, 교육을 통해 육성한 인재를 등용하는 과거제도, 학력이 계급을 주로 결정하는 사회체제와 높은 교육열, 한글이라는 세계에서 가장 빨리 거의 하루나 이틀만에 배울 수 있고 언문일치가 쉬운 문자체계가 있었기에 근대교육이 가능한 것이었다. 이것이 근대 학교와 출판, 두레와 장시로 이루어진 공론장과 어우러져 대중의 리터러시를 성장시키고 지식의 대중화를 이루면서 대중들을 근대인으로 육성할 수 있었던 것이다. 민족 엘리트들은 교육을 민족의 계몽, 심지어는 준비론적인 독립운동의 단계로 활용하였고, 민중층은 신분상승과 근대적 각성과 계몽을 위하여 자발적으로 근대교육에 참여하였다. 일제가 학교에서 한글 사용을 금지시키고 일본에 동화하는 정책을 강력하게 추진했음에도 수많은 한국인들이 오히려 학교와 두레, 장시를 결합하여 일제에 대해 비판적인 의식을 키우고 그중 일부는 독립운동을 전개하였다. 일제강점기에 일제와 이에 빌붙은 친일 자본가들에 의해서만 자본주의 발전이나 근대가 진행된 것만은 아니다. 민중들은 자신이나 자식의 생활의 향상, 신분상승, 근대적/민족적 각성 등의 여러 요인에 의하여 자발적으로 생산과 소비에 참여하며 자본주의의 발전을 도모하였다.

수탈론자들의 주장처럼 수탈이 근대화를 무조건 저지하는 것만은 아니다. "근대성 자체가 수탈의 구조를 가동하며, 수탈의 물질적 장치와 제도가 근대성을 구성하는 중요한 요인이다. 물적 기반이 없는 수탈은 불가능하기에 수탈은 물적 기반의 발전을 전제한다."[69]

"수탈론과 근대화론 모두 근대화와 자본주의화를 지향해야 할 보편적인 가치와 목표, 혹은 선善으로 인식하고 있는데",[70] 중요한 것은 근대화와 자본주의화의 내용과 인간과 관계다. "19세기 후반 인도의 대중들이 대거 기아로 죽는 사태가 벌어졌던 바, 그 원인은 랭카셔 자본가들에게 착취를 당해서가 아니었다. (…중략…) 원인은 인도의 촌락공동체가 파괴되었기 때문이다. (…중략…) 세포이 반란 이후 인도의 인구를 격감시켜버린 서너 번의 대기근은 (…중략…) 자연의 힘 때문에 벌어진 것도 또 착취로 인해 벌어진 것도 아니었다. 공동체를 해체해버리고 그로 인해 생겨날 숱한 문제들에 대해 대책도 제대로 세우지 않은 채 노동과 토지를 그저 시장이라는 새로운 방식에만 의존하여 조직해버린 것이 원인이었다. 봉건 체제와 촌락공동체와 같은 곳에서는 귀족의 의무, 씨족의 연대, 곡물시장에 대한 규제 등의 방법으로 기근에 대처하는 길이 있었다. 하지만 시장경제라는 체제가

---

69 강내희, 위의 글, 78~80쪽을 참고.

70 배성준,「'식민지 근대화' 논쟁의 한계 지점에 서서」,『당대비평』13호, 2000년 겨울, 171~174쪽; 강내희, 위의 글, 77~79쪽 참고하되 보완함.

들어선 이상 사람들은 시장 게임의 규칙에 따라서 굶는 것 말고는 다른 도리가 없었던 것이다."[71] 자본주의는 소외와 불평등, 계급갈등의 심화, 물신화를 심화하였으며, 이 토대 위에서 행해진 근대화는 공동체와 자연의 파괴, 이성의 도구화, 억압과 배제, 타자화 등 근대성의 위기를 야기하였다.

식민지 근대화론자들은 서양의 근대성의 기준을 엄격히 하여 조선 후기에 '본격적인' 근대성을 확인할 수 없다는 주장을 한다. 반면에 뵤른 비트락은 "유럽 국가마다 지적 및 제도적 전통도 상당히 달랐기에 근대성에 대한 단 하나의 동질적인 개념은 없다. 가장 제한된 유럽의 배경에서도 사회 제도의 동질성은 존재하지 않았다. 심지어 서유럽과 중부유럽의 맥락에서도, 근대 사회 제도의 기원부터, 경험적으로 부정할 수 없고 쉽게 관찰할 수 있는 다양한 제도적, 문화적 형식이 있었다"[72]라고 주장한다. 그리스, 스페인, 포르투갈이 1970년대에서야 민주화가 된 것에서 보듯, 유럽도 각기 다른 배경에서 다양하게 근대성이 진행되었는데 서양에서도 동질화할 수 없는 근대화의 기준을 다른 나라에 그대로 적용하는 것은 동일화의 폭력이다.

비유럽에서도 유럽의 영향 없이 중세에서 탈주하려는 움직임이 17세기

---

71 칼 폴라니, 홍기빈 역, 『거대한 전환–우리 시대의 정치·경제적 기원』, 도서출판 길, 2013, 426~427쪽.

72 Björn Wittrock, "Modernity : One, None, or Many? European Origins and Modernity as a Global Condition", *Daedalus*, 2000, V.129, p.58: "and there were significantly different intellectual and institutional traditions in different European countries. Thus, there was never one single homogenous conception of modernity. There was never homogeneity of societal institutions, even in the most restricted European setting. There was, from the very origins of modern societal institutions, an empirically undeniable and easily observable variety of institutional and cultural forms, even in the context of Western and Central Europe."

나 그 이후에 있었다. 물론, 모든 탈중세성이 근대성으로 동일화할 수는 없다. 어떤 것은 기존 질서를 유지하려는 이들의 반격에 의하여 무너지고, 어떤 것은 주체들 스스로 포기하거나 변질시켰으며, 또 어떤 것은 살아남기는 했지만 헤게모니 투쟁에서 밀려 주변화하였다. 기득권층의 반격에 살아남고 주체들이 모순을 드러내며 이를 꾸준히 운동으로 꾸려나가고 비전을 제시하면서 헤게모니 투쟁에서 승리하여 미래의 변화를 이끈 탈주들만이 근대를 열고 근대성으로 정립되었다. 때문에 다른 근대성은 기존 사회의 모순에 대한 비판이나 재현, 지속성, 새로운 사회에 대한 비전이나 미래 사회와 연계를 따져보아야 한다.

문학의 근대성에 관련된 연구에서도 차이와 혼성성의 혁신이 필요하다. 내재적 발전론자들은 연암학파燕巖學派의 문학이론이 성리학에 비판적이며, 철저히 전고典故에 입각하여 창작하는 데서 개인의 성정性情을 자유로이 발현하여 창작하는 데로, 상층 양반층의 사상과 문체만 인정하던 데서 하층민의 삶과 이들의 글과 언술을 긍정하는 것으로, 일원적이고 절대적인 세계관에서 상대적 세계관으로 지향하였다는 점에서 자생적인 근대문학의 지평을 연 것으로 본다. 식민지 근대화론자들은 이들의 이론이 "주체적으로 형성된 것이 아니라, 타자의 비평을 절취하여 성립하고 있는 것이다. 곧 연암의 사유는 공안파에, 그리고 나아가 양명좌파에, 좀 더 기원을 올라가면 양명학에 그 근거를 두고 있"[73]다고 주장한다. 하지만, 내재적 발전론자들이 외부의 영향에 무지하거나 이를 무시하고 있다면, 식민지 근대화론자들은 외부의 영향을 절대시하고 있다. 많은 영향을 받았다고 해

73 강명관, 『공안파와 조선 후기 한문학』, 소명출판, 2007, 398쪽.

서 자발적인 대응이 전혀 없었던 것은 아니다.

연암학파의 이론은 성령설을 대폭 수용하되, 그대로 절취한 것이 아니라 이규보, 최립 등 성령설에 앞서서 이와 유사한 주장을 한 조선의 시론을 바탕으로 혼성적으로 수용한 것이다. 이규보李奎報, 1168~1241, 최립崔岦, 1539~1612, 원매袁枚, 1716~1797, 박지원朴趾源, 1737~1805의 글을 대조한 결과 상당히 유사하였다. 이에 대해 진정론眞情論, 간쟁론諫諍論, 창신론創新論, 서민성庶民性 등 여러 범주로 나누어 논증한 것은 4장 「탈중세성의 시론과 실제」로 미룬다.

이뿐만 아니라 이규보의 시론은 전고와 '문필진한文必秦漢, 시필성당詩必盛唐'을 철저히 따르면서 법과 격조를 중시하며 표절과 모방을 일삼던 기존의 의고적 시론을 비판한 점, 고인이나 성현의 글을 모방하고 표절하는 의고주의적 시풍에 반대하고 개인의 뜻을 자유로이 표출하는 시를 추구한 점에선 공안파와 통한다. 이규보1168~1241가 원매1716~1797보다 500여 년이나 앞선 사람이다. 더구나 이규보의 글은 상당 부분이 『동문선東文選』에 실려 조선조 사대부들이 즐겨 읽던 텍스트였다. 연암은 공안파를 따르면서도 조선지풍朝鮮之風을 주장하고, 원매가 『속시품續詩品』, 「저아著我」 1장에서 "토고흡신吐故吸新"을 주장한데 반하여 창신創新만이 아니라 법고法古를 통한 창신을 주장하였다. "법고이지변法古而知變 창신이능전創新而能典의 의미를 해석한다면 법고法古를 하는 자는 변통變通을 할 줄 알아야 하며 창신創新을 하는 이는 전범의 정신을 지니라는 의미로 풀이된다. (…중략…) 연암의 강조점은 법고와 창신 자체에 있지 않고 변變과 전典에 있는 것이다."[74] 이처럼 조선 전통의 시론이 자주적인 시풍을 추구하는 연암학파의 의식에

74 박수밀, 「연암 박지원의 문예미학 연구」, 한양대 박사논문, 2000, 123쪽.

이미 자리하였기에 가능한 것이었다.

봉건체제의 모순 심화라는 세계의 부조리와 서양문물과 사상의 충격을 맞아 다산茶山과 연암은 같으면서도 차이를 보인다. 둘 다 당시 사회의 모순을 인식하고 실학을 통해 개혁을 하려 했지만, 연암이 이용후생利用厚生론을 펴며 상공업의 개혁에 치중했다면, 다산은 가혹하게 수탈당하는 농민의 입장에서 여전제 등 토지와 농촌의 개혁에 더 관심을 기울였다. "연암이 정조의 문체반정에 대립각을 세우고 소품문을 옹호한 반면에 다산은 정조의 문체반정에 적극 동조하였다. 연암이 표현형식을 전복하는 데 몰두한 데 반해 다산은 의미를 혁명적으로 재구성하는 데 심혈을 기울였다. 연암의 미학적 특질이 유머와 패러독스라면 다산은 풍자와 비판을 골격으로 하는 비장미를 특징으로 한다."[75] 연암이 사물 자체를 하나의 텍스트로 보았다면 다산은 내용에서는 백성의 입장에서 봉건사회의 모순에 대해 신랄하게 풍자하고 비판했지만 글이란 도를 싣는 그릇이란 견해에서 벗어나지는 않았다. "연암이 천지자연을 대문장이라 선언한 반면, 다산은 천지 간의 대문장은 세태인정이라 한다."[76]

이렇듯, 조선의 근대는 중심과 주변, 외부와 내부, 엘리트와 서발턴이 서로 대대待對의 관계로 뒤섞이며 진행되었다.

---

75 고미숙, 「조선 후기 비평담론의 두 가지 흐름—연암과 다산의 차이에 대하여」, 『대동문화연구』 41, 성균관대 대동문화연구원, 2002, 1~25쪽 요약.

76 박수밀, 「조선 후기 언어 문자관의 토대와 전개—18세기 연암그룹 및 다산, 항해와의 비교를 중심으로」, 『한국한문학연구』 40, 한국한문학회, 2007, 488쪽.

마무리

조선에는 조선의 중세가 있었고 이에서 탈주한 것이 근대다. 유럽에서는 세습적 귀족 체제에서 합리적 관료체제로 이행한 것이 근대이지만, 조선에서는 과거제를 통한 합리적 관료제가 중세이고 이에서 벗어나 천민, 여성도 동등한 권력을 갖고 의사결정을 한 동학농민전쟁 시의 집강소가 근대다. 그럼에도 서구적 근대화론자들은 자본주의 체제, 합리성, 근대 과학기술, 시민사회 등 유럽의 근대가 모두 서구로부터 유입된 것이라 주장했고, 내재적 발전론자 또한 이를 일제강점기 이전의 한국사에서 애써서 찾으려 했다.

자본주의로 국한하면, 자본주의 맹아론자들은 상품화폐, 임노동, 상공업의 발전, 상업자본의 출현, 전국적인 시장체제를 일제강점기 이전에서 찾으려 했다면, 식민지 근대화론자들은 이를 전적으로 반박하거나 본격적인 산업자본주의로 이행과 발전은 일제강점기 이후부터였다고 주장한다. 자본주의 맹아론자와 식민지 근대화론자 모두 동일성의 패러다임에서 벗어나지 못하였다. 식민성과 근대성은 불일불이不一不二의 관계다. 일제강점기에 본격적인 자본주의의 발전이 있었다 하더라도 그것이 모두 일제에 의해 이루어진 것이 아니다. 일제는 식민지 경영과 수탈을 통하여 근대화에 박차를 가하였으며, 한국민은 이에 저항하여 일제 이전에 구성하였던 자본주의적 토대를 바탕으로 다른 근대를 구성하였다. 또, 물적 기반이 없는 수탈은 불가능하기에 수탈은 물적 기반의 발전을 야기했다.

문학에서도 이규보와 최립을 계승한 바탕에 중국의 성령파와 양명좌파의 영향을 받아 연암학파燕巖學派는 성리학에 비판적이며, 철저히 전고典故

에 입각하여 창작하는 데서 개인의 성정性情을 자유로이 발현하여 창작하는 데로, 상층 양반층의 사상과 문체만 인정하던 데서 하층민의 삶과 이들의 글과 언술을 긍정하는 것으로, 일원적이고 절대적인 세계관에서 상대적 세계관으로 지향하였다.

이렇게 한국사회는 내부와 외부, 엘리트와 서발턴이 서로 대대待對의 관계로 뒤섞이며, 아직 중세 봉건체제가 모든 면에서 압도한 18세기에서 시작하여 때로 대립과 타협, 포섭과 배제, 지배와 저항이 치열한 헤게모니 투쟁을 하면서 빠르게 전진하기도 하고 때로 뒤로 물러나기도 하면서 유럽과 다른 근대를 형성하였다.

제2장

중세성 · 근대성 · 탈근대성의 동일성과 차이

글을 열며

도道처럼 누구도 근대라는 실상을 알 수 없다. 이론이나 방법론이든, 세계관이나 패러다임이든, 이데올로기든, 코드체계든 자신이 형성한 틀에 따라 파악하는 만큼 해석하고 재현할 뿐이다. 그러기에 근대성에 대한 모든 논의나 주의, 주장은 근대를 드러내는 동시에 감춘다. 도道나 진여眞如에 이를 수 없지만 언어를 방편으로 삼아 그에 이르려 하고 대신 언어를 버리듯, 방편으로서 근대를 말하되 텍스트를 떠나 그것이 왜곡하거나 은폐한 실상을 성찰하는 되먹임이 필요하다.

근대성이나 탈근대성은 인간이 특정한 토대에서 타자, 사회 및 제도, 국가, 자연과 관계 맺으며 세계를 형성하고 해석하고 지향하고 실천하는 양식의 총체다. 이를 세계관, 사회문화, 정치, 경제, 예술, 대중의 일상과 사회적 실천 등을 총괄하여 분석하기로 한다. 자연의 장에서는 귀뚜라미 울음소리가 들리면 가을이 왔다고 말하는 것이 타당하지만 문화나 사회 현실의 장에서는 징후徵候와 현실을 동일화하는 것 자체가 오류다. 그럼에도 대다수 학자가 자본주의의 맹아나 합리성, 국민국가의 출현 등 근대성의 한 단면만을 근대성으로 추출하고 이와 맞는 양상을 찾는 작업을 수행했다. 이는 분명 장님 코끼리 만지기의 반복이다. 누구도 코끼리의 전체상을 볼 수 없더라도 될 수 있는 한 파악할 수 있는 특성과 양상을 모아서 종합해야 그에 다가갈 수 있다. 아울러, 우리의 생일이 임신한 날이 아니라 태어난 날이듯, 근대의 기점은 징후가 나타난 날이 아니라 중세의 흐름과 다른 양상이 분명하게 사회문화적 현상으로 나타난 날일 뿐만 아니라 그 후에도 면면히 근대적 변화가 유지되어야 한다. 그럼에도 민족주의적 열정이 강한 이들은 아주 미세한 징후라도 보이면 한국 근대의 기점을 그 시대로 끌어올리려 하였다.

유럽을 근대화의 모델로 삼고 이를 추진한 것은 환상이다. 유럽은 그리스 시대부터 실체론과 A or not-A의 이분법적 모순율에 따라 세계를 인식하였고 근대에서는 이데아/그림자, 이성/감성, 서양/동양, 문명/야만으로 세계를 나누고 전자가 우월권을 가지고 후자를 지배하는 것을 타당한 것으로 간주하였다. 이런 이항대립binary opposition적 사유에는 하나가 다른 것보다도 우위를 차지하고 지배하는 폭력적 위계질서violent hierarchy가 존재한다. "우리가 고전 철학적 대립에서 비교하며 평화로운 공존을 하고 있는 것이 아니라 실은 폭력적인 위계질서로 다루고 있음을 인식해야 한다. 이것이야말로 전복의 필요성을 정당화하는 것이다. (…중략…) 이 이항대립들을 해체한다는 것은 우선 주어진 순간에 위계를 뒤집는 것이다."[1] 데리다는 이성중심주의logo-centrism에 바탕을 둔 서구의 형이상학은 정신/육체, 이성/감성, 주관/객관, 내면/외면, 본질/현상, 현존/표상,

진리/허위, 기의/기표, 확정/불확정, 말/글, 인간/자연, 남성/여성 등 이분법에 바탕을 둔 야만적 사유이자 전자에 우월성을 부여한 폭력적인 위계질서이며, 처음과 마지막에 '중심적 현존'을 가정하려고 하는 인간의 욕망에서 비롯한 것이라고 비판한다. 다만, 비유럽의 지식인과 대중조차 이를 믿고 이 기획에 동참하는 바람에 상호주관적인 실재로 작동하면서 근대적인 현실을 구성하였다. 이제 이 이항대립구조가 구성한 폭력적 위계질서의 해체, 이를 위한 위계의 전복이 필요하다. 비서구에서도 유럽을 만나기 전부터 중세에서 탈주하려는 움직임이 있었고, 유럽도 비서구와 교류와 소통, 식민지 경영과 수탈을 통하여 근대를 구성하였다. 유럽의 자본주의가 일국一國의 한계를 넘어 제국주의로 확장하여 식민화와 세계화를 진행하면서 식민성과 근대성은 서로 대립되는 것이 서로를 생성하며 운동하게 하는 대대待對의 관계를 형성하였다.

중세에 의해 고대는 규정/구성되고, 근대에 의해 중세는 규정/구성되며, 탈근대에 의해 근대는 규정/구성된다. 종점에 섰을 때 걸어온 길이 확실히 보이듯, 탈근대의 지평에 설 때 비로소 근대가 온전하게 보인다. 근대는 홀로 의미를 갖지 못하며 중세, 탈근대와 관계 속에서 의미를 드러낸다.

근대는 사회경제적 토대, 시대적 맥락, 세계관과 패러다임, 제도, 아비투스,[2] 주체 등에 따라 다양한 양상으로 전개되었다. 그러기에 근대를 정

---

1 Jacques Derrida, tr. Alan Bass, *Positions*, Chicago: University of Chicago Press, 1982, p.41: "To do justice to this necessity is to recognize that in a classical philosophical opposition we are not dealing with the peaceful coexistence of vis-à-vis, but rather with a violent hierarchy. (…중략…) To deconstruct the oppositions, first all, is to overturn the hierarchy at a given moment."

2 "아비투스는 실천과 지각을 조직하고 구조화하는 구조일 뿐만 아니라 동시에 구조화된 구조이기"(피에르 부르디외, 최종철 역, 『구별짓기－문화와 취향의 사회학』 上, 새물결, 1995, 281쪽)에 "사회적 정체성은 차이를 통해 규정되고 확인된다. 즉 아비투스의 성향

의하는 순간 동일성에 포획되어 근대가 아닌 것을 배제하게 된다. 그럼에도 기존의 근대성 논의는 근대를 실체론이나 동일성의 사유로 규정하거나 실증, 사례, 사건 등 그에 부합하는 흔적을 찾거나 해석하여 이를 입증하려 하였다. 동일성의 오류를 벗어나려면 근대성은 탈근대의 지평에 서서 그 기원을 향해 바라본 것인 동시에 중세로부터 탈주하는 새로운 흐름이나 기획, 경향을 찾아 차이로서 드러내야 한다. 근대의 모델로 간주되는 유럽을 중심으로 중세, 근대, 탈근대의 동일성과 차이를 밝힌다.

1. 근대의 밝은 면과 어두운 면

우리가 지금 탈근대를 논하면서 근대성을 비판하고 있지만 근대의 힘은 실로 막대하다. 간단히 말해, 수억 명에 지나지 않던 인류가 78억 명으로 기하급수적으로 팽창하여 의식주를 영위할 수 있도록 생산의 대혁신이 일어난 것, 시장을 통해 수억 가지의 필요한 거의 모든 재화를 생산하고 소비할 수 있게 된 것, 주술의 정원에서 해방되어 계몽의 햇빛 아래 합리적으로 세계를 바라보고 디자인하며 이성의 원칙에 따라 제도를 만들고 삶을 조직한 것, 종교적 순종, 장원 공동체의 전통 및 규약, 봉건적 주종관계에서 벗어나 교회와 장원 바깥에 시민사회를 형성하고 공론장에서

안에는 불가피하게 그 구조 안에서 특정한 위치를 점하고 있는 생활조건의 경험에서 잘 드러나듯 여러 조건의 체계의 구조 전제가 각인된다".(같은 책, 281쪽) 예를 들어 서울의 상류층 중년 남성이 친구와 친밀한 대화를 할 때 좋은 카페에서 와인을 마시며 이야기하는 것을 당연히 여기는 반면에 노동자는 선술집에서 삼겹살에 소주잔을 기울이며 이야기하는 것을 당연하게 여긴다. 물론, 이는 구조적으로 습관화한 것이지만, 개인이 자율적으로 아비투스를 변형시킬 수도 있다.

합리적이고 과학적으로 토론하면서 개인의 자유를 증대하고 민주주의를 정립한 것, 악마의 저주나 마술을 퇴치하여 대다수 질병을 정복하고 평균 수명을 두 배로 늘린 것, 소수의 귀족만이 아니라 대다수 대중들이 정치에 참여하고 문화를 향유하게 한 것—바로 이것이 '근대의 힘'이다.

근대화는 동일성인 동시에 차이다. 토대, 맥락, 주체, 방향에 따라 차이를 드러내지만, 근대는 자본주의 발전이라는 단일한 토대에서 이를 동일화하고, 사람이건, 문화건, 포섭되지 않는 것은 철저히 배제하였다. 그러면서 근대화는 여러 위기와 모순을 양산하였다. 자본주의는 인간의 탐욕과 이기심, 경쟁심을 증대시키고 물화物化, reification와 소외, 불평등, 계급 갈등을 심화하였으며, 이 토대 위에서 행해진 근대화는 공동체의 해체, 자연의 파괴와 전 지구 차원의 환경 위기, 기후위기, 이성의 도구화, 도시화, 과학기술의 도구화와 기술관료제도의 통제와 억압, 타자화 등 근대성의 위기를 야기하였다. 유럽은 자본주의의 발전이 한 나라의 단위에서 한계에 봉착하자 제국주의로 확대하여 제3세계의 자원, 노동력, 자본을 가혹하게 수탈하여 근대화를 촉진했다.

컴퓨터공학, 로봇공학, 생명공학, 인터넷, 가상공간 등 첨단 과학기술[high-technology]과 디지털혁명과 세계화를 바탕으로 산업사회에서 탈산업사회post-industrial society로, 자본주의 사회에서 후기 자본주의late-capitalism 사회로, 아날로그에서 디지털사회로 급속히 이행하면서 근대성의 위기들이 나타나자 사람들은 근대에 대해 성찰하기 시작하였다. 한편에서는 근대를 완전히 해체하고 근대로부터 탈주를 하고, 또 한편에서는 이를 부정하고 반근대를 외치는가 하면, 또 다른 이들은 근대 너머의 세계를 바라보고, 일군의 사람들은 미완의 기획이라며 모순을 지양하여 근대를 재구성하려 한다. 어느 쪽이든 탈근대의 시각에서 근대를 바라보고 분석하면서 근대와 근대성은 새로운 차원으로 논의되고 있다. 지면을 줄이면서 논의를 명확히 하기 위하여, 유럽의 중세, 근대, 탈근대에 대해 표로 간략히 정리하면 아래와 같다.[3] 토대에 대해 셋, 상부구조에서 13개의 준거틀에 따라 중세, 근대, 탈근대의 양상을 분석한다.

〈표 1〉 유럽의 중세 · 근대 · 탈근대 개괄

	중세	근대	탈근대
상부구조	신중심주의	인간중심주의	생태론적 패러다임+ 포스트휴머니즘
	신성(神性)의 지배	이성과 합리성의 원칙	이성중심주의(logo-centrism)의 해체
	신이 진리	세속화, 진리의 절대성과 보편성	포스트세속화, 진리의 상대성, 불가지성, 탈진실(post-truth)
	미신과 주술	과학, 확실성, cosmos	自然, 불확정성, chaos
	선(善), 또는 신(神)이 미(美)	예술의 세속화와 자기목적성 추구	해체(deconstruction), 단편화(fragmentation), 혼성성(hybridity)
	신에게 복속된 자아, 공동체의 일원	주체, 동일성, 개인	cogito의 부정, 상호주체성, 차이, 타자성(alterity)
	생의 공간과 타계(他界)	현실, 재현의 가능성	시뮬라시옹, 재현의 불가능성
	원환적 시간, 자연의 패턴에 삶 종속	직선적, 절대적 시간, 시간에 삶 패턴 종속	상대적, 중층적 시간
	천동설의 공간관, 신분과 권력에 따른 공간 구획	지동설의 절대적 공간관, 경제적 목적과 권력에 따른 공간 구획	시공간의 압축과 상대적이자 연기적인 공간관, 가상현실과 증강현실과 실제 현실의 공존
	성경(Bible)	정전(canon)	탈정전화(decanonization), 대중주의(populism)

3 Jeff Lewis, *Cultural Studies : The Basics*, London : Sage Pub., 2003, Table 1.1 The Modern/The Postmodern을 일부 참고 하였으나 저자 나름대로 중세와 현대, 탈근대에 대하여 파악한 것을 토대와 상부구조로 나누어 정리한 것이다. 루이스의 표는 토대와 상부구조를 구분하지 않은 채 현대와 탈근대만을 다루었고 중세와 비교는 없으며 범주가 모호하다. 루이스와 저자의 구분이 겹치는 부분은 진리의 절대성과 상대성, 유럽중심주의와 세계화, 보편법칙과 해체, 현실과 시뮬라시옹 정도다. 이 표는 이도흠, 「중세성, 근대성, 탈현대성의 개념과 차이」, 『한국언어문화』 40, 한국언어문화학회, 2009, 237쪽을 참고하되 일부 보완함.

	중세	근대	탈근대
	그리스와 로마 중심주의	유럽중심주의	세계화와 지역화
	봉건제국	국민국가	트랜스내셔널
	중심의 문자(라틴어), 구술시대	국민 문자, 문자시대	이미지, 영상시대
토대	봉건체제(수력 등 자연과 육체연장 도구에 기초한 생산력과 귀족이 농노를 수탈하는 생산관계)	자본제(화석연료와 모터 결합의 생산력과 자본이 노동자를 착취하는 생산관계와 포디즘)	후기자본제(전기, 핵과 시스템 결합의 생산력과 자본-국가 카르텔이 노동자를 착취, 수탈하는 생산관계와 포스트포디즘)
	전산업사회	산업사회	탈산업사회+4차 산업혁명
	홀로세(Holocene)	홀로세(Holocene)	인류세(anthropocene)/자본세(capitalocene)

2. 유럽의 중세, 근대, 탈근대에서 토대와 상부구조 문제

모더니티는 토대이고 모더니즘은 이에 대한 상부구조다.[4] 근대성에 관한 논의가 관념성을 벗어나려면 토대, 토대의 바탕인 사회적 삶과 연관하여 연구되어야 한다. '결정'의 범위와 강도에 대해서는 어느 정도 유연하게 바라보아야 하지만, 토대는 상부구조를 결정한다.

토대는 '경제일반'이 아니다. 토대는 주어진 사회발전단계에서 인간이

4 미학과 예술분야에 한정한 협의의 '모더니즘'에 대해 "모더니티의 논리 및 사유 체계", 곧 "자본제와 산업화 이후 중세의 전통과 리얼리즘에 대립하여 자본주의와 거리를 두고 예술의 자율성을 바탕으로 새로운 형식과 기법의 실험, 감수성의 혁신, 부정(negation)을 추구하는 여러 새로운 경향과 모더니티에 따른 새로운 논리 및 사유체계의 총칭"으로 정의한다. 여기엔 두 흐름이 있다. 아폴론적 미학을 지향하는 전기의 모더니즘은 고전적 전통을 지향하며 형식의 새로운 창조와 감수성의 혁신에 관심을 가지며 이성을 강조하고 주지적(主知的)인 경향을 띤다. 디오니소스적 미학을 지향하는 후기의 모더니즘은 낭만적 전통을 지향하며 형식과 인습을 거부하고 감성을 강조하고 반주지적(反主知的)인 경향을 띤다. 전자가 머리에 바탕을 둔 차가운 모더니즘으로 파시즘에 동조했다면, 후자는 가슴에 바탕을 둔 뜨거운 모더니즘으로 기존 체제에 대해 부정적이었다.

물질적 부를 생산하는 과정에서 맺어진 사회의 경제제도—주어진 사회에서 지배적인 경제의 틀, 사회적인 생산관계의 일정한 틀—를 형성하고 있는 생산력과 생산관계의 총체를 의미한다. 생산력은 인간이 자연에 대해 노동과 생산을 매개로 맺고 있는 관계로 재화를 생산하는 인간의 육체적이고 정신적인 능력의 총체로서 노동력, 기계나 원료처럼 재화의 생산에 필요한 물질적 요소인 생산수단을 종합한 것이다. 생산관계는 생산이 사회와 맺고 있는 관계를 가리킨다. 다시 말해, '생산수단을 개인이 소유하는가, 공동으로 소유하는가? 구성원 각각의 사람들 사이의 관계, 특히 활동의 상호교환이 잉여노동력을 착취하는 식으로 이루어지는가, 그렇지 않은가? 생산수단의 분배 형태는 개인적으로 이루어지는가, 집단적으로 이루어지는가? 그 관계는 지배와 종속관계인가, 상호 협력의 관계인가?' 등등의 총체를 뜻한다. 이처럼 토대는 주어진 사회 안에서 노동과 생산을 매개로 사람과 자연이, 사람과 사람이, 사람과 사회가 맺고 있는 관계의 총체를 뜻한다. 이에 대해 상부구조는 주어진 경제적 토대에 의해 '결정'되는 정치, 법, 이데올로기, 문화를 의미한다.

> 사람들은 자신의 삶을 표현하는 방식대로 존재한다. 그러므로 그들이 어떻게 존재하는가는 그들의 생산, 즉, '무엇'을 생산하는가, 그리고 '어떻게' 생산하는가와 일치한다. 이렇듯 사람들이 어떠한 존재인가는 그들이 수행하는 생산의 물질적 조건들에 따라 좌우된다.[5]

5 카를 마르크스·프리드리히 엥겔스, 박재희 역, 『독일이데올로기』 I, 청년사, 2009, 42~43쪽.

> 인간은 그들 생활의 사회적 생산에서 그들의 의사에 의존하지 않는 일정한 필연적인 관계, 즉 그들의 물질적 생산력의 일정한 발전 단계에 상응하는 생산관계에 들어선다. 이 생산관계의 총체는 사회의 경제적 구조, 즉 현실적 토대를 이루는데 그 위에 법률적 및 정치적 상부구조가 서며 일정한 사회적 의식 형태들이 그것에 상응한다. 물질적 생활의 생산방식은 사회적, 정치적 및 정신적 생활 과정 일반을 제약한다. 인간의 의식이 그들의 존재를 규정하는 것이 아니라 반대로 그들의 사회적 존재가 그들의 의식을 규정한다.[6]

인류 역사 700만 년이지만 330만 년 전부터 도구를 제작하여 사용하기 시작하였다. 기존에는 260만 년 전 올도완Oldowan에서부터 사용한 것으로 알려졌지만, 2015년에 미국의 소니아 하먼드 교수 등 국제연구팀은 케냐 북부 투르카나Turkana 호수 인근 로메크위Lomekwi의 세 유적지에서 모루, 석핵, 망치 등 149개의 다양한 석기를 발견했으며, 이들 석기가 출토된 지역의 화산재 퇴적층이 330만 년에서 311만 년 전 사이에 형성된 것으로 연대 측정 결과가 나타난다고 밝혔다. 학자들은 이들을 '로메퀴언Lomekwian'으로 명명하였다.[7]

---

6 카를 마르크스, 「정치경제학 비판 서문」, 『맑스엥겔스선집』 I, 마르크스·레닌주의 연구소, 백의, 1989, 382~383쪽.

7 Sonia Harmand, Jason E. Lewis, Craig S. Feibel, Christopher J. Lepre, Sandrine Prat, et al., "3.3-million-year-old stone tools from Lomekwi 3, West Turkana, Kenya, *Nature*, Vol.521 No.7552, 21 May 2015, pp.310~315 : "New fieldwork in West Turkana, Kenya, has identified evidence of much earlier hominin technological behaviour. We report the discovery of Lomekwi 3, a 3.3-million-year-old archaeological site (…중략…) we propose for it the name 'Lomekwian', which predates the Oldowan by 700,000 years and marks a new beginning to the known archaeological record. (…중략…) Based on the lithic material recovered in 2011 and 2012, the current total assemblage (n=149 surface and in situ artefacts) incorporates 83 cores, 35 flakes

이후 인간은 도구를 사용하여 자신의 의도와 목적대로 자연을 개발하여 가치를 생산하고 도구를 매개로 상호작용하면서 몸과 뇌를 발전시키면서 공진화를 하게 되었다. 인간은 도구를 매개로 노동을 하여 자연을 자신의 의도대로 변화시키고 새로운 가치를 생산하고 이를 통하여 자신의 본성을 구현하고 시간을 창조하며 타자와 유類적 관계를 맺고 더 나아가 다른 이들을 자유롭게 하는 대자적 자유를 구현한다.[8]

대다수 인류학자와 역사학자는 물론 마르크스와 최근의 유발 하라리조차 농경사회부터 불평등과 계급분화가 일어난 것으로 주장하지만, 농경사회 이후에도 인류 사회는 대략 8,000여 년 동안 평등한 사회였으며, 기원전 4,000년 경을 기점으로 소 끄는 쟁기농법을 개발하면서 불평등이 시작되었다. 생산성의 차이가 10배 이상 벌어졌기 때문이다.[9]

(whole and broken), seven passive elements or potential anvils, seven percussors (whole, broken or potential), three worked cobbles, two split cobbles, and 12 arte-facts grouped as indeterminate fragments or pieces lacking diagnostic attributes."

8 노동의 개념과 의미에 대해서는 이도흠, 『인류의 위기에 대한 원효와 마르크스의 대화』(이하 '『원효와 맑스』'로 약함), 자음과모음, 2015, 189~197쪽에 걸쳐서 마르크스의 『자본』 Ⅰ-1, *Economic and Philosophic Manuscripts of 1844 and the Manifesto of the Communist Party*를 인용하고 해석하며 논증함.

9 Mattia Fochesato · Amy Bogaard · Samuel Bowles, "Comparing ancient inequalities : the challenges of comparability, bias and precision", *Antiquity*, Volume 93, August 2019, pp.853~869; Amy Bogaard et al., "The Farming-inequality nexus; new insights from ancient Western Eurasia", *Antiquity*, Vol. 93, October 2019, pp.1129~1143. 2019년에 에이미 보가드(Amy Bogaard) 등 국제연구팀이 유라시아 전역의 150곳에 달하는 고고학 유적지에서 얻은 데이터를 분석하여 지니계수(Gini coefficient)를 측정한 후에 기원전 4,000년경을 기점으로 유라시아에서 불평등이 본격적으로 나타나기 시작하였으며, 그 주요 요인은 소가 끄는 쟁기농법이라고 밝혔다. 쟁기농법을 활용한 농부는 다른 농부보다 10배 더 경작할 수 있었다. 이들은 너른 밭을 갈고 기후변화에 강한 농작물인 보리와 밀을 심었다. 노동이 생산의 주요 투입 요소인 한, 가족이 농작물 생산을 위해 배치할 수 있는 노동의 양이 크게 다르지 않기 때문에 불평등은 제한적이었다. 가장 중요한 투입 요인이 토지가 되었을 때, 토지와 다른 물질적 부의 형태가 여러 세대에 걸쳐 축적되어 이전될 수 있었기 때문에 가족 간의 차이가 커졌다. 농업 기술과 재배 유형의 전환으로 토지의

그렇듯, 물질적 조건에 따라 인간이 관계를 맺으며 사고하고 행동하는 양식이 변한다. 생산도구가 한 단계 발전하면 생산력이 달라진다. 생산력의 변화는 생산관계 변화의 필요조건이다. 하지만, 생산력의 변화가 바로 생산관계의 변화를 야기하지 못하기에 둘 사이에 모순관계가 형성된다. 일시적으로는 낡은 생산관계가 생산력을 억압하지만 결국 모순을 극복한 종합의 형태로 새로운 생산관계로 변화가 일어나면서 역사는 진보한다.

토대가 자본주의로 변하자 상부구조가 변하였다. 장원과 신분제에서 해방된 농도들이 임노동자로 변하여 제한적인 자유 속에서 노동을 하여 그 대가로 받은 임금으로 생활을 하고 생존을 영위하였다. 자본은 잉여가치를 착취하여 이윤을 확보하고 이를 자본으로 축적해야 하기에 이를 보장하도록 개인의 신체적, 정신적 자유에 바탕을 둔 부르주아 민주체제로 전환하였다. 아울러, 생산수단을 사유화하면서 개인의 사적 소유와 신체권을 인정하고 보호하는 법이 제정되었다. 만인의 평등을 주장하는 휴머니즘의 이데올로기가 거의 모든 나라에서 지배적 가치가 되었으며, 매스미디어의 발달과 더불어 대중들도 문화를 상품처럼 구매하여 소비하는 대중문화시대로 변화하였다.

이처럼 잉여가치의 착취와 무착취, 생산수단의 소유와 교환, 분배 등 생산물을 매개로 한 인간과 인간 사이의 관계가 변하면, 이런 모든 관계를 사유하고 상상하는 방식과 인간이 자연, 타자, 사회와 관계를 맺으며 존재하는 양식이 변한다. 토대가 상부구조를 결정하는 것이지 종속변인인 상부구조가 토대를 결정하지 못한다. 자본주의 체제 이전에 휴머니즘의 이

가치가 증대하고 평가절하된 노동력도 향상시켜 불평등을 증가시켰다. 토지가 많은 가족은 부유해지고 토지가 적은 가족은 가난해졌다.

데올로기가 세계 곳곳에서 나타났지만 그것이 토대를 변화시키지는 못했다. 상부구조가 토대를 결정하는 것으로 생각하는 것은 과학적 사고가 아니다. 토대 결정론적 관점에서 볼 때, 당시 사회의 생산관계나 생산양식에 대한 분석이 없이 행해지는 모더니즘·포스트모더니즘 연구는 당대 현실의 구체성이나 물질성을 배제한 관념적 논의이자 과학이 아니라 연구자의 해석일 뿐이다.

하지만 토대가 상부구조를 일방적으로 결정한다는 생각 또한 교조적이다. 플레하노프가 행한 식으로 사회경제적 요인이 상부구조인 문학과 예술을 결정한다는 이유로 문학과 예술을 사회경제적 요인의 결과물로 해석하는 방식은 속류 마르크시즘의 반복이다.

> 경제적 요인이 유일한 결정적 요인이라는 의미로 해석하는 자가 있다면 그는 그렇게 함으로써 이 주장을 아무 의미도 없고 추상적이며 어처구니없는 공담으로 만드는 것이다. 상부구조의 각종 요인이 (…중략…) 역사적 투쟁 과정에 영향을 주며, 또 많은 경우에 주로는 그 투쟁의 형태를 규정한다. 이 모든 요인은 서로 작용하며 이 상호 작용 가운데서 결국 경제적 운동은 무한히 많은 우연성을 통하여 필연적인 것으로서 자기의 길을 개척하는 것이다.[10]

위의 엥겔스의 주장대로 상부구조의 여러 요인도 토대와 상호작용하며 영향을 미친다. 마르크시즘을 부정하지 않으면서 교조적 마르크시즘을 지양하면, 토대가 상부구조를 결정하지만 상부구조의 여러 요인들도 상

10 F. 엥겔스, 「엥겔스로부터 J. 블로흐에게」, 맑스·레닌주의 연구소 편, 『맑스 엥겔스 선집』 II, 백의, 1989, 569~570쪽.

대적으로 적지만 영향을 미치며 토대가 상부구조 모두에 똑같이 영향을 미치는 것은 아니라는 통찰에 이르게 된다. 문학과 예술은 토대의 영향을 받지만, 상부구조 가운데 가장 덜 결정적이다. 이럴 경우 문학과 예술에 현실의 구체성과 물질성을 부여할 수 있을뿐더러 문학과 예술이 사회경제적 요인으로부터 자율적인 영역을 확보할 수 있다. 더 나아가 헤겔의 타율적 미학과 칸트의 자율적 미학을 종합할 수 있다. 문학과 예술이 사회경제적 요인의 영향을 받으므로 사회경제적 요인과 문학과 예술작품을 관련하여 해석하는 것과 문학과 예술을 이들로부터 독립적인 순수한 미적 텍스트로 놓고 해석하는 방식을 결합할 수 있다. 문학과 예술 작품의 구성 원리와 목적, 내용과 형식, 맥락과 텍스트, 의미와 구조, 나아가 진정성과 낯설게하기를 종합할 수 있는 길이 열린다.

예술작품은 상부구조의 다른 요소들과 고립된 것이 아니라 서로 침투하고 있다. 상부구조로서의 예술이 토대에 영향을 받긴 하지만 일정한 자율성을 가지며 여타 상부구조이데올로기, 법, 정치, 헤게모니 등와 관련을 맺고 있는 것이 사실이라면, 토대－상부구조의 결정론적 축보다 예술이 법, 정치, 이데올로기, 헤게모니 등 여타 상부구조와 어떤 관련을 맺는지가 중요하다. 예술작품의 분석 또한 토대에 영향을 받는 부분과 자율적인 부분을 분절하고 이 두 영역 간의 변증법적 상호관계, 텍스트의 내재적인 것과 텍스트 외적 배경을 '매개'하는 것에 대한 구체적인 분석, 텍스트와 여타 상부구조와의 관련에 대한 변증법적 분석 등이 뒤따라야 총체적인 작업이 될 것이다.[11]

11 이도흠, 『원효와 맑스』, 426~432쪽 요약.

토대를 나누는 것은 생산력과 생산양식의 차이다. 상부구조에서 중세와 근대, 탈근대를 가르는 변수 중 가장 중요한 것은 성스러운 세계신, 종교와 비속한 세계인간, 일상생활의 관계, 세계에 대한 이해와 해석 양식, 진리 내지 이데아의 개념과 이해 방식, 인간이 다른 인간, 사회, 자연과 관계를 맺는 방식, 자아나 주체에 대한 관점과 이들의 사회적 실천, 이 모든 것을 표상하고 재현하는 방식의 차이다. 이것이 중세와 근대, 탈근대에 따라 어떤 변모 양상을 나타내는지 개괄적으로나마 살피고 가고자 한다.

간단히 말하여, 중세는 장원에 종속된 농노가 철제 농기구를 이용해 생산을 담당하고 토지 등 거의 모든 생산수단을 소유한 영주와 영주로부터 일정한 봉토를 위임받은 귀족이 농노의 노동과 생산을 수탈하는 봉건적 생산양식을 토대로 한 사회이다. 근대는 석탄과 석유를 태워 에너지를 생산하는 증기기관, 전기 및 연소기관을 생산력의 바탕으로 하여 공장 등의 생산수단을 소유한 자본가가 포디즘Fordism의 대량생산체계를 통해 노동자가 생산한 상품을 시장체제에서 팔며 이 과정에서 잉여가치를 착취하여 자본축적을 이루는 자본제 사회이다.

인간이 다른 인간, 사회, 자연과 관계를 맺는 방식에 일대 전환, 곧 물질적 관계를 맺게 한 것은 자본주의 체제다. 자본주의는 농노를 장원에서 해방시켜 제한적이지만 자유로운 임금 노동자로 만들었으며 상품을 생산하여 시장에서 판매하여 자본을 축적하고 이로 확대재생산하면서 시장을 확대하였다. 산업과 과학기술의 비약적인 발전을 이끌고 도시화를 촉진했다. 자본주의 체제에서 각 개인은 신의 말씀을 떠나 목적적 합리성에 따라 가치를 판단하고 행동하였다. 대신 자본주의 체제가 교환가치를 전면화하자 대중들은 물화와 소외를 겪게 되었다. 생산수단을 소유한 자본이 노동자가 생산한 잉여가치를 착취하여 자본으로 축적하면서 이를 공평하게 분배하지 않아 계급갈등과 불평등은 심화하였다.

M-C-M′. 자본주의 체제는 화폐로 토지, 기계, 원료 등의 생산수단을 구입하고 노동자를 고용하여 상품을 생산하고 시장에서 판매하여 노동자가 생산한 잉여가치를 이윤으로 확보하고 이를 자본으로 축적하여 다시 더 많은 상품을 생산하고 팔아 더 많은 자본을 축적한다. 한 나라의 시장으로는 자본주의 발전이 한계에 이르자 유럽은 제국주의적 자본주의 체제로 전환한다. 유럽은 무기와 기술을 앞세워 아시아와 아프리카, 아메리카를 정복하여 시장을 확대하고 식민지로 경영하며 자원과 노동력, 자본을 수탈하고, 이로 근대화를 촉진시키고 자본을 세계 차원으로 이동하고 축적하면서 끊임없는 확대재생산을 하였다. 이 기제 속에서 개인과 집단 모두 중세와 전혀 다른 물질적 관계를 맺는다. 자본만이 아니라 국가와 노동자 또한 화폐증식의 욕망에 휘둘리고 목적적 합리성을 추구한다. 모두가 적은 에너지와 비용을 들여 더 많은 화폐를 벌 수 있는 길을 모색한다. 이는 자연의 기계화와 자본의 유기적 구성을 촉진하고, 과학기술과 이성을 도구화하며, 탐욕, 경쟁과 이기심, 소외를 서로 심화하면서 예술과 문화마저 상품화한다.

탈근대사회는 다국적 자본이 전기, 핵 등을 연료로 하여 인터넷, 로봇, 인공위성 등 첨단 과학기술을 바탕으로 전 세계에 걸친 공장, 시장과 유통망을 활용하여 노동자가 생산한 잉여가치를 착취하고 금융 및 신용 체제를 이용하여 수탈하여 자본을 축적하는 후기자본제 사회다.

중세가 장원경제와 농업을 기반으로 한 전前 산업사회라면, 근대는 산업혁명을 기점으로 증기기관, 전기 및 연소기관을 동력으로 하여 산업의 획기적 발전을 이룬 산업사회이다. 탈근대는 화석연료, 전기, 연소기관을 중심으로 산업생산을 이루는 데서 벗어나 전자와 컴퓨터와 인터넷과 첨단 과학기술을 바탕으로 정보와 지식을 생산하고 상호 교환하는 탈산업사회다.

산업자본주의는 해묵은 제약과 제도, 속박 관계, 기존의 가치관과 세계관, 낡은 문화와 관습을 해체하면서 기존의 세계와 전혀 다르게 새로운, 이른바 '모던 사회'를 구축했다. 정치적으로는 사회의 전면에 나선 부르주아가 봉건적인 정치질서 및 왕정체제를 해체하고 왕족과 귀족을 몰아내고 자신들이 권력과 헤게모니를 획득하였으며, 모든 제도와 법, 가치, 생산과 분배 체계를 국가에 통합하는 근대 국민국가를 형성했다. 경제적으로는 장원을 무너뜨리고 공장에서 대량으로 생산이 이루어지는 공장제 생산, 시장에서 모든 재화의 수요와 공급이 이루어지는 시장 체제, 자본의 소통을 통한 이윤축적이 가능한 금융자본 체제를 형성했다. 도시에 대규모의 공장이 세워지고 수많은 농부가 고향을 떠나 이곳에서 임노동자로 일하고 그 대가로 임금을 받고 소비 행위를 하면서 거대한 도시와 시장이 형성되었다. 이로 농촌 공동체는 해체되고 도시화와 핵가족화, 시장화가 급속히 이루어졌다.

사회경제적 토대의 토대를 형성하는 것은 지구다. 이미 우리는 홀로세Holocene를 넘어 인간이 지구의 역사에 관여하는 인류세anthropocene에 접어들었다. 인간이 버린 플라스틱이 지층을 형성하고 닭뼈가 화석으로 변하며, 배출한 오염물질이 지구의 대기와 기상에 대격변을 일으키고 있다. 역대급의 홍수, 폭설, 폭염, 혹한, 폭풍, 산불이 일상이 되었다. 자연과 환경파괴는 티핑 포인트tipping point를 넘어섰고, 38%에 이르는 동물들이 멸종위기에 놓였다. 4차 산업혁명이 신자유주의 체제와 결합하며 일자리를 로봇으로 대체하고 더 나아가 노동운동을 무력화하고 있다. 인간이 숲을 파괴하면서 숲에만 살던 바이러스들이 인수人獸 공통의 전염병으로 전환하여 수만의 사람을 죽이고 경제를 혼란에 빠트리고 있다. 거의 모든 나라에서 상위 10%가 절반가량의 소득을 차지할 정도로 불평등의 격차는 커졌다. 인류는 불평등의 극대화와 자본주의 체제의 위기, 기후위기, 환경과 생명의 위기, 4차 산업혁명과 노동의 위기, 지정학적 위기, 공론장의 붕괴와 민주주의의 위기, 간헐적 팬데믹의 위기를 맞고 있다.[12] 이 모든 것에서 원인의 근원을 따지며 추적하면 결국 자본주의가 근본 원인이자 주체다. 그러기에 명확히 주체를 따져 정의하면 인류세는 바로 자본세Capitalocene이다.[13]

3. 중세성, 근대성, 탈근대성의 동일성과 차이

"교황 겔라시우스 1세Pope Gelasius I, 492~496가 이전 교부들의 시대와 당대를 구분하기 위하여 이미 5세기에 '근대modern'라는 용어를 사용했지만",[14] 유럽에서 중세는 서로마제국이 멸망476하고 게르만 민족의 대이동

12 이도흠, 「간헐적 팬데믹 시대–위기와 모순의 중첩과 대안」, 『마르크스주의 연구』 제18권 제1호, 경상대 사회과학연구원, 2021.2, 43~51쪽을 요약. 상세한 인용과 논증은 이를 참고.

13 인류세는 주체가 인류 전체인 것으로 착각하게 하고 기후위기의 원인을 인류 전체에게 전가하는 의미를 내포하고 있으며, 이와 긴밀하게 얽혀있는 불평등 등 경제적이고 계급적인 모순을 인식하지 못하게 한다. 반면에 자본세는 이를 야기한 주체가 바로 자본임을 명확히 하고 경제적이고 계급적인 모순을 인식하게 한다. 하지만, 자본주의는 머지않아 주변화하거나 종언을 고할 것이고, 그 후에도 인류세는 지속될 것이다. 이에 두 용어를 병기한다. J. W. Moore, *Anthropocene or Capitalocene? Nature, History, and the Crisis of Capitalism*. Oakland : PM Press, 2016. pp.1~11 참고함)

14 프레드릭 제임슨, 황정아 역, 『단일한 근대성』, 창비, 2020, 25쪽.

4~6세기이 시작된 5세기부터 시작되었다. "9세기 초에 샤를마뉴Charlemagne 대제는 그리스 로마 문화와 게르만 전통의 봉건적 질서, 기독교 세계관이라는 세 가지 이질적 요소를 융합시켜서 유럽적 중세의 밑그림을 그렸다."[15]

중세는 신 중심의 사회다. "나는 알파요 오메가다"란 성경의 말씀처럼 신이 세상을 창조하고 신의 의지와 간계에 따라 우주 삼라만상을 지배하고 통제한다고 생각했다. 유럽의 중세는 신의 이름 아래 모든 것이 하나로 통합되었고, 시대마다 나라마다 차이는 있지만 신으로부터 권위와 권력을 위임받은 교황이나 왕이 신민臣民을 복속시킨 신정일치의 시대였다. 자연은 두려움의 대상이었고, 그 자연의 주재자는 신이라 생각했다.

14세기에서 1530년까지 진행된 르네상스를 기점으로 산업혁명과 자본주의의 발전이 이루어졌고 이로 형성된 근대는 신을 죽이고 그 자리에 대신 인간을 세웠다. 인간은 만물의 영장으로 자리매김했고 합리적인 사고를 통해 이데아에 이를 수 있는 존재이자 자기 앞의 세계를 해석하고 자신의 목적과 지향성에 따라 변화시킬 수 있는 주체이다. 그는 합리적이고 과학적인 사고를 통해 자연에 내재한 법칙을 이해하여 미신과 주술을 퇴치하고 그의 목적과 의도대로 자연을 이용했다. 자연과 인간을 이원적으로 나누고 인간에게 우월한 권리를 부여하며 자연을 정복의 대상으로 삼아 마음대로 착취하고 개발하여 산업화와 자본주의화, 도시화를 진행했다.

탈근대는 이런 인간중심주의에 따라, 인간의 의도와 이해관계에 따라 자연을 개발하고 착취하는 바람에 '전 지구 차원의 환경 위기'와 '기후위기'라는 모순을 야기했다고 판단한다. 이에 탈근대의 인간은 이의 근본적

---

15 김성기, 『모더니티란 무엇인가』, 민음사, 1994, 19쪽 일부 참고하여 재구성.

인 원인이 인간중심주의에 있음을 성찰하고 인간과 자연을 서로 깊이 연관되고 상호작용하는 관계로 파악하고 자연과 인간이 서로 공존할 수 있는 생태적 패러다임과 삶을 지향한다. 더불어, 생명공학, 로봇공학, 컴퓨터 공학, 뇌과학 등의 발전으로 인간이 포스트휴먼으로 거듭나고 인공지능이 인간의 지능을 앞설 수도 있는 상황을 맞아 포스트휴머니즘으로 전환하고 있다.

중세는 신성이 지배하는 시대였다. 신이 우주 삼라만상을 창조하고 이를 주재했으며 인간의 삶도 신의 뜻에 따른 것이다. 신은 곧 이데아였으며, 신성에 도전하는 것은 이단이었다. 왕조차도 이에 도전할 수 없었다. 해가 뜨고 지는 천체의 운행에서 한 나라가 흥하고 망하며 한 개인이 죽고 사는 문제는 모두 신의 섭리나 간계에 따라 이루어지는 것이었다. 이성을 전적으로 부정하지 않았지만, 이는 신의 빛을 더하기 위한 방편이었다. 신의 말씀을 합리적으로 분석하고 보편적으로 설득할 수 있도록 해석하는 데 한하여 이성은 동원되었다. 하지만 계몽주의자들과 과학자들의 비판과 연구가 이어지고, 페스트와 면죄부, 마녀재판 등 신성에 회의를 품을 만한 일들이 중세 말기에 연이어 발생하면서 사람들은 이 세계가 신비롭고 불가사의한 힘에 의해 움직이는 것이 아님을 깨달았다.

근대에 들어서자 사람들은 이성에 의해 자연과 세계를 인식하고 이해할 수 있고 판단할 수 있으며 더 나아가 인간의 목적대로 세계를 만들 수 있다고 생각하기 시작했다. "근대 인간은 개체 인간으로서의 고유한 권리를 지니면서도, 이 개체성을 보증할 어떤 보편성을 추구하게 된다. 근대의 이성은 더 이상 신적 이성, 존재론적 이성이 아니라 인간의 이성으로 이해된다. 그러한 이성은 신神적인 빛이란 중세적인 보편성을 넘어, 주체가 지닌

합리적 이성의 보편성을 가리키게 된다."[16] 근대인은 신이 아니라 이성에 의해 인간이 이데아에 이를 수 있음도 확신했다. 특히 합리성이 시장경제와 관료 행정의 영역과 결합하면서, 이는 주어진 목적을 어떻게 효율적으로 달성하는가, 곧 최소의 에너지와 비용을 들여 가장 빠른 시간에 최대의 목적을 달성하는 방법이나 과정을 의미하게 되었다. 근대에 들어 합리성은 진리에 이르는 길일 뿐만 아니라 인간 사회가 나아갈 지표였으며, 인간의 거의 모든 행위와 제도를 규정하는 기준이 되었다.

반면에 하버마스 등은 탈근대에 들어 이성이 오히려 도구화하고 있음을 간파하고 이런 합리성을 목적적 합리성이라 비판하고 소통적 합리성을 추구한다.[17] 가장 빠른 시간에 가장 적은 에너지와 비용을 들여 최대의 효과를 얻고자 노동자를 통제하는 포드시스템을 운영할 때 이성은 오히려 인간을 억압하고 통제하는 기제로 작용한다. 데리다와 같은 이들은 궁극적으로 이성으로는 이데아에 이를 수 없음을 간파하고 이성중심주의를 해체하고자 한다. 물리학이 발달할수록 원자 및 물질의 비밀이 밝혀지지만 더 많은 것이 미궁으로 남듯, 이성으로 깨우친 진리란 궁극적 진리의 표층일 뿐이며, 진리란 이성 저 너머에 자리한다. "우리가 지난 세기 동안 영광을 누렸던 이성이 사고의 가장 완전한 적대자란 것을 체험할 수 있을 때, 비로소 사유는 시작된다."[18] 해체를 주장하는 이들에게 세계란 차이différance가 드

16 신승환, 『포스트모더니즘에 대한 성찰』, 살림, 2003, 23쪽.

17 목적적 합리성이란 물질적 재생산 영역인 체제에서 화폐와 권력을 조종매체로 성공을 지향하면서 목적 설정의 정당성이나 수단 선정의 규범적 적합성을 배제한 채 효율성만을 추구하는 합리성을 뜻한다. 소통적 합리성이란 상징적 재생산 영역인 생활세계에서 문화창조와 전승, 성원의 사회화, 사회적 통합을 위한 이해도달 자체를 목적으로 추구하는 합리성을 뜻한다(위르겐 하버마스, 장춘익 역, 『의사소통 행위이론 1권 – 행위합리성과 사회합리화』, 나남, 2006, 43~65·271~285쪽 참고).

18 M. Heidegger, Nietzsches Wort "Gott ist tot" in Hozwege, Frankfurt M., 1950, s.247;

러난 것, 차이의 체계 속에 쓰여 드러난 것, 현전과 부재가 끊임없이 교차하여 일어나는 유희에 불과하다. 차이는 공간에 따라 차이를 생성하고 시간에 따라 현전을 연기함을 뜻한다. 이러한 차이들은 '나무-풀'의 이항대립관계에서 '나무'의 의미가 드러나고 관계에 따라 '자연'. '이상', '신과 인간의 중개자'로 의미가 연기되듯, 그 자체로 실체가 아니라 구조가 만들어내는 놀이일 뿐이다. "차이는 낱말도 아니고 개념도 아니다."[19] 그것은 부재한 것에 따라, 구조에 따라 드러나는 기표일 뿐이다. "차이는 속이 비어 있고 단순하지 않는 '기원'으로, 차이들을 차이나게 하고 구조화하는 기원이다."[20]

중세엔 신이 곧 진리였다. 「요한복음」 14장 6장의 말씀처럼 "예수께서 이르시되 내가 곧 길이요 진리요 생명이다". 하나님이 곧 진리로서 모든 피조물과 인간의 마음속에 빛나고 있으니 이를 믿고 갈망하면 은총의 도움을 받아 하나님, 곧 진리를 본다고 생각하였다.[21] 하나님이 곧 빛이요

신승환, 『포스트모더니즘에 대한 성찰』, 살림, 2003, 86쪽 재인용.

19 Jacques Derrida, tr. David B. Allison, *Speech and Phenomena and Other Essays on Husserl's Theory of Sign*, Evanston : Northwestern University Press, 1973, p.130 : "Differance is neither a word nor a concept."

20 Jacques Derrida, ibid., p.141 : "Différance is the nonfull, nonsimple "origin" : it is the structured and differing origin of differences."

21 이를 잘 요약한 글이 토마스 아퀴나스와 쌍벽을 이루는 대학자이자 신학자로 농부, 직조공을 수호하는 성인에 오른 보나벤투라(St. Giovanni Fidanza Bonaventura : 1221~1274)의 *The Journey of the Mind Into God*이다. 그중 한 대목을 보면, "다른 모든 피조물에서 빛을 발하고 계시지만 그분의 흔적을 통해 우리를 하나님께로 인도함으로써 우리 자신, 곧 하나님의 신성한 모상이 빛나는 우리의 마음으로 다시 들어가게 하셨다. (…중략…) 그러므로 우리 자신으로 들어가 (…중략…) 거울을 통해 하나님을 보려는 시도를 해야 한다. 촛대의 예후에 이어서 진리의 빛이 우리 정신의 얼굴 위에 빛나는 바로 그곳에서 가장 복되신 삼위일체의 모상이 다시 빛난다.(by leading us into God through His vestiges, though which He glitters in all other creatures, has lead us by hand even unto this, to reenter ourselves, that is our mind, in which the Divine Image glitters; hence (…중략…) entering our very selves and we ought to begin to see God as through a mirror; where after the

진리, 이데아인 것을 그 대리자인 교황이나 성직자들이 설명하며 은총과 기적이 이를 보증한다. 이에 어긋나는 것은 이단이고 허위였다.

근대에 들어 계몽주의자들은 이를 성직자들이 세계를 혼란 속에 던져놓아 지배의 권위를 확보하고 이해관계를 관철하기 위한 거짓말이나 이데올로기로 단정하고 이성과 과학을 바탕으로 절대적이며 보편적인 진리를 추구할 수 있다고 주장했다. 인간은 과학적 도구를 활용한 과학적 실험을 통해 무엇이 진리인지 판단하고 검증할 수 있으며 사상의 공개 시장에 진리와 허위를 함께 던져놓더라도 이성의 분별력에 의해 진리만을 판별하고 이성의 자동 조절 작용에 의하여 진리를 고수할 수 있다. 만유인력의 법칙처럼 진리란 것은 언제 어디서나 두루 적용할 수 있는 보편성을 가졌으며 인간의 주관을 떠나 객관적으로 입증과 검증이 가능한 것이었다.

하지만 뉴턴의 역학은 아인슈타인의 상대성의 원리에 의해 무너졌으며, 하이젠베르크의 불확정성의 원리는 물리학 분야만이 아니라 진리 자체의 보편타당성에 대해 회의하게 만들었다. 탈근대에 들어 진리는 상대적인 것, 인간의 이성으로 헤아릴 수 없고 무엇이라 확정할 수도 없는 것이 되었다. 니체는 진리를 향한 의지는 권력을 향한 의지임을 간파했고, 푸코는 지식이란 타자에 대한 힘, 타자를 지배하는 힘이라 규정한다. 지식 없이 권력이 행사되는 것은 가능하지 않고 권력을 창출하지 않는 지식이란 없다. 진리는 그 자체로 존재하는 것이 아니라 권력과 역학관계 속에서 구성되는 것이다. 각 사회에는 진리를 진리로 구성하는 체계들이 작동한다. 한

---

manner of a candlestick the Light of Truth glitters upon the face of our mind, in which, that is, the Image of the Most Blessed Trinity glitters again."(Saint Bonaventure of Bagnoregio, *The Journey of the Mind Into God*, Grand Rapids : Christian Classic Ethreal Library, 2002, p.13)

시대에는 "주어진 하나의 역사적 시대에 상응하는 담론의 다양한 유형들을 연결해주는 관계들의 집합"[22]이자 "특정한 시대의 모든 구체적 지식을 가능하게 만들어주는 인식틀"[23]로서 에피스테메épistémè가 작동하며 지식과 인식을 결정한다. 그러기에, "중요한 것은 사람들의 의식—혹은 그들의 머릿속에 들어있는 것—이 아니라 진리를 생산하는 정치적, 경제적, 제도적 체제다. 중요한 것은 권력의 체계로부터 진리를 해방하는 것이 아니라, 진리의 권력을 각종 사회적, 경제적, 문화적 헤게모니 형태—현재 이 안에서 진리가 작동한다—로부터 떼어내는 것이다.[24]

게다가, 디지털 시대가 되면서 사회관계망 서비스SNS가 기존의 언론이나 담론을 대체하고 여기에 신자유주의 체제가 극단화하면서 국가와 자본의 유착이 강화하고 대중들이 화폐증식의 욕망에 더하여 신자유주의적 탐욕을 내면화하고 자기 집단만이나 또래들의 믿음과 말만 신뢰하는 부족주의에 갇히면서 공론장이 붕괴되었다. 이로 인하여 확증편향과 폐쇄된 공간에서 비슷한 정보와 아이디어가 돌고 돌면서 강화되고 악순환을 일으키는 반향실효과echo chamber effect가 증대하고, 진리는 객관적 사실과 부합함, 합리성, 과학적인 타당성 여부가 아니라 믿음에 의하여 결정되고 있다. 바야흐로 믿는 것이 진리가 되는 탈진실post-truth 시대가 되었다.

면죄부, 페스트, 마녀사냥, 연금술에서 보듯 중세는 미신과 야만이 지배하던 '주술의 정원'이었다. 두통이 생겼을 때 사탄이 머릿속에 있기 때문이라며 기도를 하는 것이 중세라면, 머리에 산소가 제대로 공급되지 않아

---

22 미셸 푸코, 이정우 역, 『지식의 고고학』, 민음사, 2000, 27쪽.
23 위의 책, 28쪽.
24 노엄 촘스키 · 미셸 푸코, 이종인 역, 『촘스키와 푸코, 인간의 본성을 말하다』, 시대의 창, 2015, 216쪽.

서 그러니 산소가 많은 숲이나 바닷가를 산책하거나 두통약을 먹으라고 하는 것이 근대다. 갈릴레이가 망원경을 통해 혹성을 관찰하고 천동설을 고집하는 성직자들에 맞서 "그래도 지구는 돈다"라고 선언했듯,[25] 근대는 주술의 정원에서 벗어나 과학적으로 사고하고 행동하는 사회, 과학적 방법을 통해 진리를 검증하고 규명하는 사회다. 미지의 세계는 과학적 관찰과 실험에 의해 인식과 이해가 가능한 세계로 속속 편입되고 혼돈의 영역은 범주와 체계에 의해 설명과 관리가 가능한 코스모스의 영역으로 전환했다. 과학은 인간과 생명의 기원과 진화, 생명의 창조, 우주의 기원과 물질의 구조 등에 대한 연구를 통해 신의 영역에 도전했을 뿐만 아니라 신이 상상에 의해 '만들어진 허구'임을 선언했다. 과학과 기술 및 산업 생산, 자본주의가 서로 긴밀한 관계를 맺으면서 과학과 기술이 부가가치를 생성하는 바탕이 되었으며 과학기술의 발전으로 인간은 엄청난 생산의 혁신을 이루게 되고 그동안 신에게 의지했던 빈곤, 질병, 자연의 재해 등의 문제를 거의 해결했다.

하지만 이미 1960년대에 경제학자 갈브레이드는 제2차 세계대전 이후의 서구 세계를 '불확실성의 시대'로 규정지었고, 프랑크푸르트학파는 과학의 도구화와 이데올로기화를 비판했다. 프랑크푸르트학파의 적자인 하버마스는 과학과 기술의 논리가 하나의 보편적 기준으로 사회생활의 모든 영역에 깊이 침투하고 과학 및 기술주의가 정치적 문제 해결에 광범위하게 이용되면서 생활 세계마저 식민지화했다고 지적한다. 토마스 쿤

25 이는 만들어진 허구라는 설이 있다. 사실이든 아니든, 이런 이야기가 폭넓게 퍼진 것은 성직자들의 주장이 미신적이고 갈릴레이의 주장이 과학적임을 대중이 보편적으로 수용했기 때문이다.

Thomas S. Khun의 '패러다임이론', 하이젠베르크Werner Karl Heisenberg의 '불확실성의 원리', 파울 칼 파이어아벤트Paul Karl Feyerabend의 '과학의 다다이즘', 양자물리학 등은 과학적 진리의 절대성과 보편성에 의문을 제기했고 이들의 견해가 수용되면서 상대주의적이고 불확정적인 진리관이 오히려 주류를 이루었다. 대중도 환경 파괴, 유전자조작, 복제동물 등을 접하면서 과학에 대해 회의하기 시작했다. 과학이 눈부시게 발달했음에도 우주와 같은 거대한 영역에서 소립자와 같은 미세한 영역에 이르기까지 미지의 세계는 계속 불가지한 세계로 존재했다. 설명과 관리가 가능한 코스모스란 인간이 만든 객관적 준거에 따라 범주화한 허상일 뿐이고, 우주와 자연은 스스로 그리 존재하고 작용하기에 본질적으로 인식할 수 없다. 틀과 체계를 벗어나 그 자체로, 혹은 코스모스가 아닌 카오스의 눈으로 볼 때 그 미세한 한 자락에나마 스치듯 이를 수 있을 뿐이다.

중세란 예술이 자기 목적성을 가지지 못하고 신에게 복속된 시대다. 하나님이 곧 진리였이기에 예술이란 것은 그를 드러내거나 빛내는 방편에 지나지 않았다. 하나님의 거룩함이나 진리를 잘 드러낸 것이 최고의 예술이었다. 인간의 경우 하나님을 향한 지고지순의 믿음을 표현하거나 그 결과로 신의 은총을 받는 것이 아름다운 것이었다.

반면에 근대는 예술이 신의 복속에서 벗어나 세속화하여 자율성과 자기 목적성을 가지고 예술 그 자체의 아름다움을 추구하였다. 인지적이고 도구적인 합리성을 가진 근대인이 진리를 추구하고, 이것이 근대과학을 낳고, 도덕적이고 실천적인 합리성을 추구하는 사람들이 정의를 구현하고 이것이 근대의 도덕을 구성했다면, 심미적이고 표현적인 영역에서도 합리성을 추구하고자 하는 예술가와 대중이 신과 성스러운 세계를 거부하고 예술에서 목적과 이해관계를 배제하고 예술 그 자체의 아름다움과 그 의미를 추구하면서 근대 예술이 태동했다.[26] 근대 예술은 거룩함의 자리에 비속함을, 신의 자리에 인간을, 제의의 자리에 일상을, 신앙의 자리에 상상을 대체했다. 근대 예술은 실체로서 대상을 묘사하고 현실을 재현하고자 했으며 총체성의 세계를 담고자 했다.

탈근대는 이런 근대적 예술의 세계관이나 패러다임을 해체하고 단편화와 혼성성混成性, hybridity을 추구한다. 자본주의는 제국주의화하며 비서구를 식민화하였다. 근대화는 바로 식민화의 과정이었다. 문화 또한 제국의 문화에 포섭되지만 완전히 종속되는 것만은 아니다. 지배자는 포섭과 굴복을 위하여 "나를 닮으라"고 하는 동시에 차별과 구별짓기를 통한 권력을 유지하기 위하여 "같아서는 안 된다"고 한다. 피지배층 또한 닮으려 모방하는 동시에 저항하며 차이를 만든다. 이 모순과 차이 속에서 혼성성이 발생하기에, "혼성성은 식민지 권력, 그 변환의 힘과 고착성에 포함된 생산성의 기호이다. 그것은 부인disavowel을 통한 지배의 과정을 전략적으로 역전시키기 위한 명칭이다. (…중략…) 그것은 차별과 지배의 모든 위치들에서 필연적으로 변형과 치환이 나타남을 보여준다. 그것은 식민지 권력의 모방적이고 나르시즘적인 요구를 해체하고, 그 동일화 과정을 전복의 전략 속에 재연류시켜서, 권력의 시선 위에 피차별자의 응시를 되돌린다. 왜냐하면 식민지의 혼성성은 양가적 공간의 분절화이며, 그 양가적 공간에서 권력의 의례가 욕망의 장소에서 실행되면서, 권력의 대상들을 규율적인 동시에 산포적disseminatory으로 만들기 때문이다".[27]

---

26 위르겐 하버마스, 장춘익 역, 『의사소통 행위이론 1권 – 행위합리성과 사회합리화』, 나남, 2006, 64~92쪽 참고.

예술이란 장르의 속성 자체가 보편성에서 독창성, 일원성에서 다원성, 동일성에서 차이를 지향하기에 근대의 세계관과 잘 부합하지 않는다. 현실의 본질적인 연관, 균열된 표면 현상을 넘어서서 그 안에 숨겨진 삶의 본질적 연관 관계를 통찰하여 개별적인 현상과 보편적인 본질의 변증법적 종합을 추구하던 총체적인 세계는 더 이상 가능하지도, 타당하지도 않다. 몽타주 수법이나 콜라주 등의 기법에서 보듯, 단편들이 가진 차이를 드러내는 것이 오히려 세계를 올바로 인식하고 재현하는 길이다. 다원적인 현재 속에서 예술은 혼성성의 경향을 띤다. 허구와 사실, 과거와 현재, 저급문화와 고급문화, 제3세계와 서양, 제국문화와 식민문화, 이 장르와 저 장르는 한데 배합되어 새로운 무엇을 만든다. 이 속에서 허구가 현실보다 더 진리를 드러내며, 과거는 현재와 동시성을 가지며, 저급문화가 고급문화의 자리를 가로채고, 제3세계의 예술의 형식이 서양 예술의 형식으로 전환하고 중심과 주변의 위치가 바뀐다.

중세 시대에 인간의 자아는 신에게 복속되어 있었으며 자신을 공동체에 소속된 구성원으로 생각했다. 신의 사랑과 관심, 은총 속에서만, 공동체의 일원으로서만 인간은 생의 활력을 찾고 행복할 수 있었으며 삶의 전일全一을 이룰 수 있었다. 이 세계, 우주와 자연, 인간의 운명은 신의 섭리에 따라 운행하는 것이며 이에 인간이 간섭할 수 없다. 공동체의 규약과 제도, 관습과 문화를 유지하는 구성원으로서만 삶과 노동이 가능했으며, 개인적인 행위는 공동체로부터 추방을 의미했고, 추방된 자는 거의 죽음에 이르렀다.

---

27 호미 바바, 나병철 역, 『문화의 위치 – 탈식민주의 문화이론』, 소명출판, 2002, 225~226쪽.

"근대의 정신은 일차적으로 인간의 자기 이해에서 발견된다. 근대의 인간은 중세와는 달리 자신을 타자와 구별된 자아, 나누어질 수 없는 개체individual로 이해했다."[28] 이에 데카르트는 "나는 생각한다 고로 존재한다cogito ergo sum"라며 주체를 불러냈고, 니체는 신의 죽음을 선언했다. "'주체'로서의 인간은 인식론적 주체이면서, 합리성의 원리를 소유함으로써 존재의 주인으로 자리할 터전을 확보하게 된다".[29] 근대에 들어 인간은 신의 구속에서 탈출하여 주체를 형성하고 자신의 의지와 비전에 따라 기존의 세계를 무너뜨리고 새로운 세계를 구성했다. 인간 존재는 자신을 타자와 구분한 개체로서 이해하며 이 세계를 신의 소명이나 공동체의 원리가 아니라 자기 나름대로 자율적으로 인식하고 해석하고 판단하여 선택하고 결단하며 행동하는 존재이며 그 결과에 대해서는 스스로 무한책임을 지는 존재이다. 그는 본질적으로 무無이기에 무엇이든 될 수 있다. 그는 자신의 목적과 이를 향한 의지에 따라 자기 앞의 세계에 대응하고 이를 재구성할 수 있다. 인간 존재는 세계를 인식하고 판단하고 해석하는 주인만이 아니라 자신이 지향하는 바에 따라 자연과 세계를 자신의 의도대로 변화시키는 실천의 주체이다. 인간중심적이며 도덕적이고 실천적인 주체가 형성된 것이다. 이에 인간 주체는 자신의 비전과 이성적인 판단에 따라 새로운 법과 제도를 만들고 민주주의를 건설했으며 이 틀 아래서 엄청난 생산의 혁신을 이루었다. 주체는 프랑스혁명과 볼셰비키 혁명 등을 통해 중세를 해체하고 근대를 건설했다.

하지만, 주체의 동일성은 일원성의 원리에 따라 다원성을 부정하고 차

28 신승환, 앞의 책, 22쪽.
29 위의 책, 57쪽.

이를 포섭하여 이를 없는 것처럼 꾸미고, 주변이나 다른 집단을 만들어 타자화하며 이에 대한 배제와 억압, 폭력을 통해 동일성을 강화한다. 이에 탈근대는 동일성의 영역으로 포섭되지 않은 차이 그 자체를 지향하거나 타자와 공존이 가능한, 주체와 대상의 경계와 구분이 해체된 상호주체성 내지 타자성을 추구한다.

중세 시대에서 삶은 천국과 대립되는 생의 공간이었다. 삶의 진정한 목적은 생의 공간에서 부귀영화를 누리는 것이 아니라 하나님을 믿고 은총을 받아서 내세인 천국에 가서 영생을 사는 것이다.

반면에 천국에 간다는 확신을 갖고 자살 폭탄테러를 하는 이슬람 테러리스트와 같은 광신도가 아니라면, 근대에 사는 우리는 내일 당장 천국행이 보장된다 하더라도 오늘 현세의 삶을 포기하지 않는다. 근대인은 지금 현재 생을 영위하고 있는 이 순간의 구체적 장을 현실이라 인식한다. 근대에선 현실을 세 가지, 곧 '지금 여기에서 사실로 나타나는 일과 사물', '실제 객관적으로 현존하는 존재', '원본에 해당하는 무엇'으로 본다. 사건들은 '지금 여기에서' 인간이 사물들이나 인간들과 서로 관계맺음에 따라 벌어지는 일이기에 구체적으로 현존하는 것이었고 명료하게 인식하는 것이 가능했다. 현실은 실제로 객관적으로 현존하는 존재들이 벌이는 일이며 그것은 늘 원본의 가치를 갖는 것이었다. 현실을 객관적으로 재현하는 것은 항상 가능한 것이었고, 현실의 재현을 통해 현실에 담긴 모순과 부조리를 비판하고 비전을 지향하는 일은 인간과 집단의 의지와 실천 여부에 달린 가능 세계의 영역이었다. 근대 시대에 재현의 가능성과 세계의 변화에 바탕을 둔 리얼리즘이 꽃을 피운 것은 당연한 일이었다.

탈근대에 와서 이는 전복된다. 현실은 구체적으로 현존하지 않거니와 이의 재현은 불가능하다. 현실을 영화나 소설로 재현하는 것이 아니라 그 반대로 대중들이 영화나 소설 속의 허구적 이야기를 모방하여 자신의 삶을 구성한다. 군대에서 시뮬레이션을 해보고 전략과 전술을 수정하고 여론조사를 해보고 국회의원이나 대통령 후보자를 교체한다. 우리가 9시 뉴스에서 보고 있는 영상들은 현실 그 자체가 아니라 미디어가 구성한 현실이다. 디지털혁명과 4차 산업혁명으로 가상세계, 증강현실 등 메타버스가 등장하면서 이것이 실제 현실 사이의 경계를 무너트리고 인간은 두 세계 사이에서 매트릭스적 실존the existence of matrix[30]을 한다. 이처럼, 가짜가 진짜를, 모본이 원본을, 가상이 현실을, 이미지가 실재를 대체한다.

중세시대에 인간은 동식물처럼 우주와 자연의 패턴에 인간의 삶을 맞추었다. 해가 뜨면 일하러 가고 해가 지면 집으로 돌아왔다. 해가 길어지면 밭을 갈고 씨를 뿌리고, 해가 짧아지면 가을걷이를 하고 저장하였다. 계절처럼, 달처럼 시간은 곡선적이고 원환적이었다. 오늘을 되먹임하여 내일을 구성하고, 해의 길이에 따라 씨뿌리기, 가을걷이 등 작년에 했던 일을 되먹임하여 올해를 구성하였다. 타계에서 속세에 내려와 생의 공간에서 삶을 살다가 다시 타계로 돌아간다고 생각했다. 시간은 환유로 체험되었다.

근대에서 인간은 중세와 반대로 시간에 삶의 패턴을 종속시켰다. 시간을 초 단위까지 분할하고 거기에 삶을 배치하였다. 모두가 정해진 시간에

---

30 '매트릭스적 실존'이란 영화 「매트릭스」처럼 실재 세계와 가상 세계 사이를 오고가며 실존을 행하는 것이거나 경계에서 떠도는 것, 문자로 사고하고 해석하고 실천하는 것이 아니라 이미지로 느끼고 행위하는 것, 증강현실이나 가상세계에서의 사고와 행위를 통하여 자아실현을 하고 자신의 본성을 구현하는 것을 뜻한다. 이는 영화 〈매트릭스〉와 신승환의 「매트릭스적 상황에서 인간의 실존」, 『문학과 경계』 12, 문학과경계사, 2004년 봄호에서 아이디어를 얻어 저자가 「재현의 위기론의 타당성과 한계」, 『미학·예술학 연구』 22, 한국미학예술학회, 2005에서 처음 만들어 이후 여러 논문과 저서에서 본격적으로 사용한 용어임을 밝힌다.

등교와 출근을 하고 일과 공부를 하다가 하교와 퇴근을 하였다. 시간은 과거에서, 현재로, 미래로 직선적으로, 불가역적으로 흐른다고 생각하였다. 낡은 가치를 가지고 있던 세계가 과거라면 살아 있는 노동과 사건을 통해 가치를 생산하고 세계에 변형을 가하는 것이 현재이며, 이렇게 하여 새로운 가치가 창출되고 새롭게 변형된 세계가 미래다. 과거에서 미래로 시간은 흘러가지만 살아 있는 노동과 사건을 통해 현재가 형성되고 이 현재에 과거와 미래가 종합적으로 통일되어 있다. 근대의 학문은 과거의 성찰과 지혜를 통해 현재를 분석하고 더 나은 미래를 전망한다. 근대 국가와 사회는 시간에 맞추어 인력과 재정을 투입하여 더 나은 미래를 창조하고 이를 발전이나 진보로 규정한다. 대신 언제인가 종언을 고한다는 유한성과 불안을 인식하게 되었고, 이는 현재의 삶을 충실하게 살게, 더 나아가 실존적 삶을 살게 만들었다.

그러나 뉴턴의 역학에 바탕을 둔 근대의 시간은 아인슈타인으로 인하여 뒤집힌다. 시간은 상대적이 아니다. 중력이 강한 곳일수록 시간은 늦게 흐르기에, 아주 미세한 차이이지만, 한 사람 안에서도 이마의 시간과 발치의 시간이 다르다. 위의 재현의 위기에서 말한 대로 과거가 현재에 되먹임이 되고 미래가 현재로 앞당겨져 체험이 된다. 과거와 현재와 미래가 중층적으로 결합하여 공존한다. 중력에 따라 시간은 다른 속도로 흘러가거나 왜곡되고, 어느 장에 현존하느냐에 따라, 과거와 현재와 미래는 뒤바뀔 수 있다.

중세시대의 공간은 타계와 대립되는 생의 공간이었다. 중세인들의 궁극적인 목적은 신의 은총을 받아 천국에 가서 영생을 사는 것이다. 해는 동에서 떠서 서로 지고 온 우주의 중심이 지구였다. 신분과 권력에 따라 생의 공간을 구획하였다.

반면에 지동설이 지배적 담론이 된 이후 인간은 타계를 삭제하고 마을을 넘어 국가와 다른 나라로, 지구를 넘어 우주로 공간을 확대하였다. 근대인은 경제적 목적과 권력에 따라 공간을 구획화하였다. 권력은 선을 긋고 벽을 쌓고 철조망을 둘러 학교, 감옥, 병원, 공장, 경찰서, 군부대, 시장, 부자와 엘리트의 저택을 짓고 이른 다른 이들로부터 분리시켰다. 공간은 텅 비어 있는 자리나 빈 곳이 아니라 상징과 의미로 가득한 곳이 되었다.

탈근대에서 시간은 중층적으로 흐르며 공간에 따라 굴절된다. 공간은 중력에 따라 휘어지고 시간의 흐름에 따라 겹을 쌓으며 비틀어진다. 세계화와 인터넷에 의하여 공간의 압축이 일어난다. 한 거리에서 여러 나라의 음식, 패션, 예술 등을 체험할 수 있고, 책상에 앉아 인터넷만 두드리면 세계 어디든 소통할 수 있다. 공간은 가상현실과 증강현실로 확대되고 경계가 무너져 실제 현실 안에 가상현실과 증강현실이 공존한다.

중세의 유럽에서 인간의 세계에 대한 대응 양식에서부터 일상생활의 원리를 규정하는 것은 성경이었다. 사람들은 성경과 그 텍스트의 해석에 따라 사고하고 삶을 영위하고 사랑하고 또 죽었으며 의례를 행했다. 왕들도 신의 이름으로 통치를 하고 전쟁도 수행했다.

신의 죽음을 선언하고 세속화한 근대는 성경의 자리를 정전正典으로 대체했다. 다윈의 『종의 기원』은 하느님이 인간을 창조한 것이 아니라 다른 동물로부터 인간이 진화한 것이 진리임을 밝혔다. 아이작 뉴턴의 『자연철학의 수학적 원리』는 천체들이 신이 아니라 만유인력 등 과학적 법칙에 따라 운행한다는 과학적 세계의 지평을 열었다. 데카르트의 『방법서설』은 자율적이고 합리적인 주체의 개념을 확립하였다. 수많은 좌파들이 마르크스의 『자본』의 가르침을 따라 자본주의 체제의 모순을 인식하고 사회주의와 노동해방의 세상을 향하여 기꺼이 목숨을 던졌다. 프로이트의 『꿈의 해석』 이후 의식 저 너머에 무의식이 있고 이를 움직이는 리비도가 있음을 깨닫게 되었다. 이 예처럼 정전들은 각각 권위를 갖고 그 추종자들을 낳았고 이들에게 정전의 글들은 목숨을 바쳐서라도 사수해야 할 진리였다.

탈근대에 들어 정전의 권위는 도전을 받고 비판을 받는다. 진리와 지식 자체가 해체의 대상이며, 정전에 입각한 해석이 바로 권력이자 지배담론이다. 일군의 학자들은 정전을 비판하는 데서 그치지 않고 이를 뒤집어 읽는 데서 의미를 찾고자 한다. 이들은 대중이나 민중, 혹은 서발턴의 입장, 페미니즘, 제3세계적 시각에서 정전에 담겨 있는 엘리트주의와 가부장주의, 유럽중심주의나 오리엔탈리즘을 비판하거나 부정한다. 예술에서도 고급문화와 모더니즘에 대해 적대감을 여실히 드러낸다. 앤디 워홀이 부엌 세제를 넣는 브릴로 상자를 몇 개 쌓아올려 놓은 작품이 수백억 원의 경매가를 기록한 데서 보듯, 탈근대에 들어 고급예술과 저급예술, 예술가와 대중, 예술 세계와 일상의 경계는 무너졌다.

서양의 근대는 그리스와 로마 중심주의에서 국민국가를 핵으로 하는 유럽중심주의로 이전하는 것이다. 고대부터 국가國家라는 개념을 이용한 아시아에서는 차이가 있지만, 서양에서 근대는 공동의 언어와 기억, 가치관을 바탕으로 민족/국민을 형성하고 이들이 주체가 되어 국가와 계약하여 봉건제국에서 벗어나 국민국가를 건설한 것이다. "민족은 본래 제한되고 주권을 가진 것으로 상상되는 정치공동체이다. (…중략…) 구성원 각자의 마음에 서로 친교communion의 이미지가 살아있기 때문에 상상된 것이다. (…중략…) 민족은 제한된 것으로 상상된다. (…중략…) 민족은 주권을 가진 것으로 상상된다. (…중략…) 마지막으로 민족은 공동체로 상상된다. 왜냐하면 각 민족에 보편화되어 있을지 모르는 실질적인 불평등과 수탈에도 불구하고 민족은 언제나 심오한 수평적 동료의식으로 상상되기 때문이다. 궁극적으로 지난 2세기 동안 수백만의 사람들로 하여금 그렇게 제한된 상상체들을 위해 남을 죽이기보다 스스로 기꺼이 죽게 만들 수 있었던 것은 이 형제애이다."[31] 대중은 국민국가에서 국어를 사용하며 주권을 갖는 국민으로 생을 영위하며 선거권, 단결권, 사상과 표현의 자유 등 헌법에 보장된 권리와 자유를 가지며, 국가로부터 안전과 자유를 보장받는 대신 조세와 병역, 법률 준수의 의무를 행한다. 반면에 탈근대에서는 세계화로 국가의 경계가 무너지고 상품, 자본, 정보, 사람이 국경을 넘어 이동한다.

중세는 그리스 로마 문화를 바탕으로 기독교적 세계관이 지배한 사회였다. 이와 달리 근대는 헤브라이즘과 헬레니즘을 바탕으로 산업화와 근대화를 달성한 유럽 문화와 자본주의 양식이 전 세계로 퍼져 나가면서 다른 세계를 서구화, 근대화, 자본주의화하는 것이다. 반면에, 탈근대는 유럽중심주의가 무너지고 세계화와 신자유주의에 대한 반작용으로 탈식민화, 다극화와 지역화가 이루어지는 시대다.

중세 유럽에선 라틴어를 중심으로 사고하고 표현하며 라틴어로 읽고 쓰는 자들이 권력을 갖고 담론을 형성하던 시대였으며, 민족어는 기층문화의 장에서만 제한적으로 소통되었다. 반면에 근대는 민족과 국가란 개념을 설정하고 각 민족어가 국가를 중심으로 공용어를 이루어 표현과 소통

31 베네딕트 앤더슨, 윤형숙 역, 『상상의 공동체 – 민족주의의 기원과 전파에 대한 성찰』, 나남, 2006, 25~27쪽 요약.

의 수단, 상상력의 기반이 되면서 이를 이용하고 읽고 쓰고 소통하면서 구성원을 하나로 통일하고 권력을 갖고 담론을 형성하는 시기다. 문자시대가 되면서 개인이 창작을 하고 그가 쓴 글은 그로부터도 소외되었고 독자들 또한 홀로 글을 읽으며 감동하였고 거기서 메시지를 받기는 하였지만 활자 사이의 꽃은 시들어버렸다.

이와 달리 탈근대는 문자의 우월성이 사라지고 이미지로 사유하고 소통하는 것이 점점 문자를 대체하는 시대다. 유사성, 매개성, 포괄성, 가상성, 원초성의 특성을 갖는 이미지는 이를 만든 자가 디자인한 현실을 만든다. 이미지를 지배하는 자가 세계를 지배하기에 정치에서 사회문화, 의식에서 무의식에 이르기까지 전 영역에 걸쳐 이미지 전쟁이 벌어지고 있다. 백인과 서양 문명의 이미지는 유색인과 제3세계의 이미지를, 지배층이 만든 이미지는 피지배층의 이미지를, 사회적 다수자의 이미지는 사회적 소수자의 이미지를 자기의 것으로 대체하면서 지배를 더욱 공고히 하고 있다.[32] 중세 시대에 시인이 노래하면 모두가 모여 구술시대의 맥락에서 '청각적 총합'을 이루었다. 반면에, 근대의 독자는 문자시대의 맥락에서 '시각적 분할'에 충실하게 홀로 텍스트를 읽는다. 탈근대 시대의 네티즌들은 영상매체나 스마트폰을 매개로 이미지들을 주고받으며 소비한다.

이렇게 중세, 근대, 탈근대의 차이를 기술하였지만, 역설적으로 이는 동일화의 작업이다. 중세성, 근대성, 탈근대성 모두 '비동시적인 것의 동시성'을 형성하면서 서로 '대대待對의 혼성성'을 구성하기 때문이다. 예를 들어, 9·11 테러의 경우 중세, 근대, 탈근대가 동시에 공존한다. 성전聖戰을

---

32 지금까지 논의는 저자의 『원효와 맑스』, 433~447쪽을 인용하며 약간 수정한 것임을 밝힌다.

하면 천국에 간다는 것을 확신하고 비행기를 이용하여 테러를 가한 것은 중세적이다. 반면에, '지금 여기에서' 자신들이 옳다고 여기는 이념을 위하여 제3세계를 착취하고 수탈하는 미국 제국주의의 상징인 세계무역센터를 파괴한 것은 근대적이다. 수많은 합리적 의혹이 제기되었음에도 진실은 끝내 밝혀지지 않고 무역센터건물을 비롯하여 모든 실재들은 사라지고 영상 자료만 떠돌며 "안전의 파괴에서 이해의 파괴로"[33] 이행하게 만든 것, 이 테러와 직접 연관이 없고 책임도 없는 아프가니스탄을 미국이 침공하여 17만 명의 죽음을 야기하고 1,100조 원의 전비를 투여하고도 별다른 소득 없이 철수한 것, 이런 것들이 어우러져 미국 드라마 〈X파일〉이 전 세계적으로 유행할 정도로 "국가가 진실을 은폐하고 있음"이 보편적 메시지가 된 것은 탈근대적이다.[34] 이슬람 테러가 있어서 부시는 선거부정 의혹과 엔론 사태를 은폐하고 대통령 권좌를 유지할 수 있었고, 부시 정권이 있어서 극단적 이슬람주의자들은 정당성을 확보한다. 이슬람의 중세성이 미국과 서방의 근대성을 드러내고, 미국과 서방의 근대성이 이슬람의 중세성을 유지시킨다. 9·11 테러의 탈근대성으로 인하여 미국 시민은 합리적으로 근대 국가로서 미국을 생각하고, 근대 국가로서 미국을 상상하기에 9·11 테러의 탈근대적인 양상을 생각한다.

이렇듯 탈근대가 있어서 근대가 구성되고 근대가 있어서 중세가 구성되며 그 역逆도 마찬가지다. 제국이 있어서 식민을 드러내고 식민이 있어서 제국은 존재한다. 자본이 있어서 노동자가 드러나고 노동자가 있어서 자

---

33 Roland Bleiker, "Art After 9/11", *Alternatives*, Vol. 31, No.1, 2006. p.79, "from a breach of security to a breach of understanding".

34 박병수, "'아프간 침공 20년'이 남긴 숫자… 사망자 17만 명, 난민 500만 명, 전비 1,100조 원", 『한겨레』, 2021.8.16.

본은 존재한다. 착취가 있어서 자본과 국가는 권력을 갖고 권력이 있기에 착취는 계속된다. 타자가 있기에 주체와 민족이 존재하고, 주체와 민족이 있기에 타자는 끊임없이 생성되며 배제된다. 중세적 시간대에 있는 농촌이 있어서 도시의 근대 시간이 권력을 갖는다.

마무리

유럽은 봉건제와 전산업사회에서 자본제와 산업사회로, 다시 후기자본제와 탈산업사회로 이행하고 있다. 이 토대의 변화에 따라 상부구조도 변하였다. 신을 죽이고 인간이 중심에 서서 자연을 인식하고 목적대로 개발하였다가 이를 성찰하고 자연과 공존을 도모한다. 신성이 지배하는 줄 알았다가 합리성을 내세워 세계를 이성적으로 인식하였다가 이성 너머를 사유하고 이성중심주의를 해체한다. 신이 곧 진리라는 것을 뒤엎고 이성과 과학을 바탕으로 보편적 진리를 추구했다가 이 한계를 깨닫고 진리의 상대성과 차이의 사유를 추구한다. 계몽적 합리성과 과학적 실험을 바탕으로 주술의 정원에서 탈주했지만, 과학의 한계를 인식하고 불확실성과 모호성, 질서화할 수 없는 혼돈의 세계에 주목한다. 신에게 복속되었던 자아는 이에서 탈주하여 세계를 인식하고 지향하고 해석하고 실천하는 주체가 되어 근대를 열었지만 동일성에 포획되어 타자를 배제하고 폭력을 가한 것을 반성하여 차이의 사유를 하며 상호주체성과 타자성을 모색하고 있다. 신은 완성이기에 가장 아름답다는 인식에서 떠나 예술을 세속화하고 인간과 삶의 아름다움이나 실상을 재현/표현하다가 이를 해체한다.

천국에 가서 영생을 누리는 것을 목표로 하던 삶에서 지금 여기의 현재의 삶을 살며 이를 현실로 구성하고 재현하였다가 재현의 불가능함을 깨닫고 시뮬라시옹에 관심을 기울인다. 자연과 우주의 패턴에 따라 생활하다가 시간에 패턴을 맞추어 생활하고 이어서 중층적이고 상대적이며 복합적인 시간관으로 이행한다. 천동설을 깨고 지동설에 따라 우주와 자기 앞의 공간을 인식하였다가 세계화와 인터넷에 의해 압축된 시공간을 경험하고 가상현실과 증강현실, 실제 현실의 경계를 무너트리고 매트릭스적 실존을 한다. 성경이 곧 진리라는 신학적 세계에서 벗어나 정전을 따라 진리를 모색하다가 정전을 비판하고 해체한다. 그리스 로마 중심주의를 극복하고 헬레니즘과 헤브라이즘을 바탕으로 유럽중심주의를 제3세계로 확대하다가 탈식민과 지역화의 도전을 받는다. 공동의 언어와 기억을 바탕으로 형성된 국민이 봉건제국을 해체하고 국민국가를 건설하였는데 세계화 등으로 경제와 문화의 영역에서는 국가와 민족의 경계가 사라지고 있다. 라틴어로 읽고 쓰고 생각하다가 독어, 불어, 영어 등의 국민문자로 읽고 쓰고 사고하다가는 디지털 혁명 이후 이미지로 느끼며 소통한다.

이렇게 유럽은 중세에서 근대로 이행했고, 근대성의 위기에 직면하여 이에 대해 성찰하면서, 디지털혁명과 4차 산업혁명으로 과학기술과 소통의 양식에 획기적 변화가 일어나면서 탈근대로 변화하고 있다. 유럽의 근대와 탈근대는 유럽이 앞선 과학기술과 무기체계를 바탕으로 제3세계를 정복하여 식민지로 경영하면서 확장되었다. 하지만, 유럽은 식민지에 대한 착취와 수탈을 통하여 근대성을 강화하였고, 제3세계 또한 무조건 포섭당하거나 모방하는 것이 아니라 이에 저항하고 전복을 시키거나 융합하였다. 때문에 근대와 탈근대는 중층적이고 복합적이고 대대적이다.

제3장

차이의 근대성, 그 이론과 방법론

글을 열며

이론은 억압이자 해방이다. 이론은 세계를 새롭게 해석하기에 해방이지만, 그 직후에는 이렇게 구성된 세계에 상상과 사유를 구속시키려 하니 억압이다. 이론은 현실을 새로운 눈으로 분석하는 준거가 되고 낡은 현실을 지양하며 더 나은 미래를 전망하는 지표를 제시한다는 점에서 해방이다. 이론은 늘 현실의 부분만 해석해내고 다양한 사고와 상상력, 인간의 실천을 특정한 틀로 제한하고 규정한다는 점에서 억압이다. 이론보다 늘 현실이 앞서고 복잡하고 다양하기에, 현실은 이론으로 드러내는 만큼 숨기면서 이론에 저항한다.

이런 이론의 한계를 알면서도 새로운 이론을 펴야 하는 것은 그것이 낡은 이론으로는 볼 수 없었던 현실을 드러내고 세계를 구성하기 때문이다. 이론과 실제의 부단한 종합을 도모할 수 있기 때문이다. 이제 근대화론은 내재적 발전론이나 식민지 근대화론 등 기존의 근대화론, 유럽중심주의와 민족주의 담론을 넘어 새로운 패러다임paradigm과 방법론으로 다른 차원의 지평을 열어 낡은 껍질을 탈피해야 한다. 그럼, 근대화 논의에서 새로운 패러다임과 방법론은 있는가. 있다면 무엇이고 구체적으로 어떻게 접근해야 하는가.

새롭게 근대화론을 모색하려는 여러 연구가 있었지만 저자의 생각에서 의미가 있다고 생각하는 것은 세 편이다. 박찬승은 내재적 발전론과 타율적 식민지적 발전론의 문제점에 대해 포괄적으로 분석한 후 내재적 요인과 외재적 요인을 결합하고 '복수의 발전경로'라는 새로운 패러다임으로 전환하자고 제안하였다.[1] 근대화론과 결이 다르지만 시사하는 바가 많은 것이 탈식민론의 영향을 받은 식민지 근대성론이다. 강내희는 문화연구의 시각에서 식민지 수탈론과 식민지 근대화론을 넘어서 '식민지 근대성'을 제시하였다.[2] 조형근은 내재하는 외부로서 식민지적 차이를 드러낼 것을 요청하였다.[3] 이들의 제안에 화답하되, 절충이 아니라 양자의 한계를 지양한 혁신적인 패러다임으로 전환하면서 당위적 주장을 넘어 체계를 갖추면서도 구체적으로 분석하고 응용할 수 있는 대안의 이론을 모색한다.

이에 동일성에서 차이와 대대의 사유로 패러다임을 일신한다. 이어서 근대의 역사관과 포스트모던의 역사관을 종합하는 역사관으로서 재현의 위기the crisis of representation론을 바탕으로 근대의 실재와 재현을 종합하는 길을 연다. 이를 바탕으로 동일성으로 환원되지 않는 대대의 차이의 사유와 이에 입각하여 근대성과 식민성, 근대성의 내부와 외부, 양가성과 혼성

---

1 박찬승, 「한국학연구 패러다임을 둘러싼 논의–내재적 발전론을 중심으로」, 『한국학논집』 제35집, 한국학연구원, 2007.12, 73~118쪽.

2 강내희, 「한국의 식민지근대성과 충격의 번역」, 『문화과학』 31호, 문화과학사, 2002.9, 74~97쪽.

3 조형근, 「근대성의 내재하는 외부로서 식민지성/식민지적 차이와 변이의 문제」, 『사회와 역사』 73, 한국사회사학회, 2007, 385~418쪽.

성, 비동시적인 것의 동시성을 모두 아우르면서 분석할 수 있는 비평이론을 세운다. 마지막으로 방법론으로서 실증주의와 마르크시즘을 넘어, 정태적인 분석이 아니라 각 집단과 주체들의 헤게모니 투쟁과 기억투쟁, 인정투쟁이 행해지는 장을 아우르며 역동적으로 분석하고, 텍스트와 맥락, 형식과 내용, 담론과 이데올로기, 토대와 상부구조, 현실과 재현을 종합하는 방법론으로서 화쟁시학을 핵심만 제시한다.

1. 이론의 철학적 바탕_동일성에서 대대待對의 차이로

1) 이분법에서 대대로

동일성은 일자를 지향하면서도 이분법을 생성하여 끊임없이 다른 하나를 타자화하며 동일성을 강화한다. 서양과 동양, 제국과 식민, 중세성과 근대성, 지배와 피지배, 문명과 야만, 선진과 후진의 동일성을 해체하는 논리는 대대待對다. 대대는 넓게 보면 중도中道이지만, 역동적으로 대립물을 내 안에 모시어 하나로 어우러지는 '운동'이다.

서양의 주류 철학은 아리스토텔레스 이래로 이 세계를 이데아/그림자, 주체/대상, 현상/본질, 내용/형식, 물질/정신, 말/글 등 A or not-A의 이분법으로 바라보았고, '이데아인 동시에 그림자', '주체인 동시에 대상' 식으로 'A and not-A'는 모순으로 간주하였다. 우리 또한 어두우면 밤, 밝으면 낮이라 한다. 그처럼 이분법적 모순율이 서양의 주류 철학과 논리의 바탕이었다.

하지만, 실제 세계는 'A and not-A'이다. 보통 환하면 낮이라 하지만,

낮 12시라 하더라도 12시에서 0.00001초도 모자라지도 남지도 않는 극점만이 낮인 것이며, 1분만 지났다 하더라도 그만큼 밤이 들어와 있다. 하루의 모든 시간은 낮인 동시에 밤이다. 낮과 밤만이 아니라 자연, 우주, 인간, 사회 모두 그렇다. 우주는 무無와 유有 사이를 진동한다. 무無인 프랑크 공간으로부터 양자요동에 의해 관측 가능한 우주만 465억 광년에 이르는 무한장대한 우주가 탄생했고, 이는 팽창과 수축, 태어남과 사라짐을 반복한다. 원자와 소립자 또한 생성과 사라짐을 되풀이한다. 우주에서 바늘구멍에 이르기까지 모든 공간은 전혀 빛이 없는 어둠과 전혀 어둠이 없이 빛으로 가득한 밝음 사이에 있다. 인간은 이기적 유전자와 이타적 유전자를 모두 가지고 있는 유전적 키메라genetic chimera로 타자, 맥락 등에 따라 선과 악, 이기와 이타 사이에서 진동한다. 지극히 선한 사람도 때로 악한 일을 행하며, 반대로 악한도 특정 상황에서 특정한 사람에게는 선을 행한다. 진리라고 간주한 것도 패러다임, 시대와 사회변화, 맥락에 따라, 새로운 발견과 연구에 따라 허위인 점이 드러나고, 허위도 그에 따라 진리성을 드러낸다.

이렇게 실제 세계는 A이거나 not-A인 것이 아니라 A인 동시에 not-A, 곧 퍼지fuzzy이다. 우리는 0과 1에 대하여 말하지만 진리는 그 사이에 있다. 바트 코스코의 말, "세계는 회색이지만 과학은 흑과 백이다"[4]도 타당하지만, 양자물리학에서 보면, 세계와 과학 모두 회색이다. 더 정확히 표현하면, "세계와 과학 모두 회색이지만, 대다수 과학자들은 이를 흑과 백으로 인식하고 표현한다". 그러니, 이 세계를 이분법에서 벗어나 퍼지의

4 바트 코스코, 이호영 · 공선곤 역, 『퍼지식 사고』, 김영사, 1995, 26쪽.

관계로 인식하면서 양극단의 '사이'를 보는 것이 실상을 바라보는 길의 시작이다.

아득한 고조선 시대부터 한민족은 대대의 사유와 재현, 실천을 하였으며, 21세기에도 이의 흔적은 여러 곳에 남아 있다. 한국인은 뜨거운 국을 먹으면서 "시원하다"고 말한다. 문화가 유사한 중국인과 일본인도 이 표현에 대해서만큼 의아해한다. 한국인에게 최고의 맛은 "뜨거운 시원함"이기 때문이다.

삶의 최고 상태일 때 한국인은 "죽인다"라고 표현한다. 한국인은 기분이 최고로 좋을 때, "오늘 (기분이) 죽인다"라고 말한다. 날씨와 대기 상태가 지극히 좋을 때, "(오늘은) 죽이는 날이다"라고 하고, 가장 아름다운 대상을 볼 때도, "풍경이 죽인다", "저 여자의 뒤태가 죽이는데"라고 표현한다. 성교하며 오르가즘에 이르렀을 때도, "(황홀한 쾌락에) 죽겠어"라고 말한다. 상대가 운동, 성교, 집단 활동 등에서 행한 것에 대한 최고의 칭찬도 "오늘 너의 행위/성교/활동은 죽여주었어"이다. 암으로 시한부 선고를 받은 사람이 처음에 이를 부정하지만 체념한 뒤에는 1분 1초를 의미로 가득한 삶을 사는 것에서 잘 나타나듯, 죽음이 있기에 언제인가 이승에서 사라진다는 유한성과 불안을 인식하고 실존적 삶을 살고, 삶이 있기에 죽음은 소멸 이상의 의미를 가지며 차이를 생성한다. 그러기에 한국인은 '죽이는 삶'을 살려고 하며 삶의 최고의 순간에 이르렀을 때 "죽인다"라고 말한다. 이는 "죽이는 삶"이 가장 아름답고 가장 지극한 경지의 삶이기 때문이다.

만남과 이별에 대해서도 대대적으로 사고하여 지극히 그리우면 "눈에 밟힌다". 정이 도타울수록 한을 낳고 한이 깊을수록 정이 도타워진다. 정과 한이 불일불이不一不二의 관계를 이루며 양자를 대대적으로 화쟁을 시킨 아우름신명, 무심, 화쟁을 가장 숭고하고 아름다운 것으로 인식하여 삶과 역사에서도 이를 추구하며, 향가, 속요, 시조, 탈춤 등 중국 문화에 침투당하지 않은 한국 고유의 예술은 '정-한-아우름'을 내적/외적 구조로 한다.[5]

대대는 형식에서는 퍼지와 유사하지만, 실질에서는 생성적이다. 내가 팔을 펴는 것이 양이고 팔을 구부리는 것이 음이라면, 팔을 펴는 동작 중에 구부리려는 마음이나 기운이 작용한다. 이에 팔을 최대로 펴면 다시 구부리게 된다. 그 반대도 마찬가지이다. 팔이 정지상태일 때는 펴려는 성질과 구부리려는 성질 가운데 한 가지만 나타나지만, 폄 안에 구부림이 작용하고 구부림 안에 폄이 작용해야 팔을 움직이는 것이 가능하다. 파란 태극 안에 빨간 동그라미인 순양純陽이 있고, 빨간 태극 안에 파란 동그라미인 순음純陰이 있기에 서로 대립하면서 변화하고 서로를 생성시켜 준다.

음 안의 양, 양 안의 음이 대대적으로 작동할 때 우주, 자연, 생명, 사회, 인간은 움직이고 변화한다. 한 원자는 다른 원자의 전자나 소립자를 자기 안에 품고 자기의 것을 남의 품으로 보내면서 운동을 한다. 빛과 전자는 입자로 관측될 때는 파동은 숨어 있고 입자처럼 질량을 갖고 운동을 하며, 파동으로 관측될 때는 입자는 숨어 있고 파동처럼 동시에 다른 곳에 존재하며 진동한다.

자연은 하늘과 땅, 대륙과 해양, 산과 들이 서로 품을 때 순환한다. 대륙의 물이 바다로 흘러들고 태양이 바다를 데워서 증발한 수증기가 구름을 만들고 대기의 기압을 다르게 하여 바람이 불고 구름이 이동하여 비를 다

5 이도흠, 『화쟁기호학, 이론과 실제-화쟁사상을 통한 형식주의와 마르크시즘의 종합』, 한양대 출판부, 1999, 145~172쪽을 한 단락으로 요약하며 약간 수정함. 이에 대한 상세한 논증은 이를 참고하기 바란다.

시 대륙에 쏟아낸다. 낮에는 산마루가 먼저 뜨거워져 들에서 산으로 바람이 불고, 밤에는 산이 먼저 차가워져 산에서 들로 바람이 분다.

생명도 메타생성 고세균 안에 먹이였던 알파프로테오 박테리아가 들어와서 소화되지 않은 채 미토콘드리아로 변하여 서로 에너지와 양분, 수소, 산소, 이산화탄소 등을 주고받으면서 다핵세포로 변하였다. 이 세포가 풀과 이끼에서 새와 포유류, 인간에 이르기까지 원핵세포를 제외한 지구상의 모든 생명체로 진화했다. 모든 생명체는 전자를 내주고 에너지를 얻는 산화와 전자를 얻는 대신 에너지를 잃는 환원을 되풀이하면서 생명을 유지한다.[6]

사회와 문화도 마찬가지이다. 토대가 상부구조를 결정하지만, 상부구조의 변화들이 축적되어 긴 시간에 걸쳐서 토대에 진동을 일으킨다. 상층계급과 하층계급의 경계가 확고할 때 정체되다가 하층계급이 상층의 문화를 모방하면서 저항하고 상층계급이 하층의 문화를 배제하면서 모방할 때 사회변동이 발생한다. 세계 차원이건, 동아시아나 유럽의 차원이건, 국가의 차원이건, 지역의 차원이건 중심과 주변의 경계가 견고할 때 변화는 없다. 하지만, 중심이 번영을 누리다가 창조성을 고갈하여 헤게모니와 정당성을 상실하고, 대신 주변은 배제와 차별 속에서 창조성을 증대하고 차츰 헤게모니와 정당성을 획득하면서 균열을 내고 결국 중심과 주변이 바뀐다. 인간도 마찬가지다. 좌파와 우파든, 기독교도와 이슬람교도든, 나만이 옳다고 여기면 변화가 없다. 좌파가 우파의 입장에서 사건을 바라보고 우파도 그럴 때, 기독교도가 성경의 말씀과 유사한 내용이 쿠란에도 7~8

---

6 Hiroyuki Imachi et.al, "Isolation of an archaeon at the prokaryote-eukaryote interface", *Nature*, Vol.577, 15 January 2020, pp.519~537. (https://www.nature.com/articles/s41586-019-1916-6.pdf) 참고.

할은 나온다고 생각하고 이슬람교도도 그럴 때 변화가 시작된다. 개인도 서로 대립하다가 상대방의 마음과 이의 표현인 말, 욕망을 서로 품으면서 대화, 화해, 포옹이 발생한다.

원효는 이 대대를 연기론과 결합하여 화쟁의 원리를 발견하고 이를 그동안 불교에서 딜레마나 아포리아aporia로 존재하던 개념들에 적용하였다. 그렇다고 양자 사이의 절충이나 소통이 화쟁이 아니다. 기술력만이 아니라 관리에서도 세계 최상위 기업인 삼성전자가 엄청난 연구비를 투자하여 개발한 '갤럭시 노트7'을 단종시키면서까지 2조 원의 손실을 입은 까닭이 무엇인가. 무게를 가볍게 하는 것과 전기 용량을 늘리는 딜레마를 완벽하게 해결하지 않은 채 절충하였기 때문이다. 이를 근본적으로 해결하려면 부피를 줄이면서도 전기용량을 늘이는 혁신적인 전기 축전 메커니즘을 개발해야 하는데, 그렇게 하지 못한 상태에서 융착돌기를 비정상적으로 높여 해결하는 방식을 택하다 보니, 절연띠와 갑 안에 두루마기 모양으로 말린 일명 '젤리롤' 안의 분리막이 제대로 기능을 하지 못하여 음극판과 양극판이 만나 방전하면서 화재가 발생했다. 이처럼 딜레마나 아포리아는 절충으로는 절대 해결되지 않는다. 두 대립과 모순을 완전히 지양할 수 있는 새로운 패러다임과 논리체계가 필요하다.

교리와 사상에서도 마찬가지이다. 원효는 그동안 불교의 딜레마나 아포리아를 해결하려 시도한 논의들이 절충에 그쳤음을 간파하고 화쟁을 통하여 하나로 아우른 것이다. 간단히 말하여, 화쟁이란 대립과 갈등, 딜레마, 아포리아, 모순 등의 쟁諍과 마주쳤을 때 양자의 연기적 관계를 묘파하여 끊임없이 소통하다가 대대의 전환을 하여 하나로 아우르는 것[和]이다. 화쟁의 하위개념인 불일불이不一不二, 순이불순順而不順, 비동비이非同非異, 변동어이辨同於異, 무이이불수일無二而不守一, 무불파이환허無不破而還許와 무불립이자견無不立而自遣은 모두 대대의 논리로 이루어져 있다. 원효는 공空과 유有, 반야와 유식의 대립을 불일불이不一不二로, 언어와 진여眞如의 딜레마를 선령언구 후령의리先領言句 後領義理론으로, 부처와 중생, 깨달음과 깨닫지 못함의 대립을 진속불이眞俗不二로, 진리와 허위의 대립을 순이불순順而不順으로 화쟁을 하고, 사事와 이理 등 그 밖의 대립과 모순에 대해서도 순이불순順而不順이나 변동어이辨同於異를 통하여 하나로 회통會通을 하였다.

> 이 가운데 대의는 시각始覺이 불각不覺을 모시고 불각이 본각本覺을 모시며 본각이 시각을 모시는 것을 밝히려 함이다. 이미 서로 모신다는 것相待은 자성自性이 없는 것이다. 자성이 없다면 깨달음도 있지 않을 것이요, 깨달음이 있지 않은 것은 서로 상대적인 관계에 있기 때문이다.[7]

원효는 깨달음과 깨닫지 못함, 부처와 중생을 이분법적으로 바라보고 구분한 것을 대대의 관계로 아우른다. 금덩이는 땅속에 묻혀 있어도 원래 금덩이의 특성을 가지고 있다. 이처럼 사람의 마음이 본래부터 지극히 맑고 깨끗한 불성을 지니고 있으니 이것이 본각이다. 다만, 땅속에 묻혀서 금덩이로서 구실을 못하고 있을 뿐인데 땅 밖으로 나오면 금덩이의 성질이 드러나듯, 불법을 듣고 잘못된 견해나 집착으로 인한 어리석음인 무명無明에서 벗어나 깨달음을 얻는 것이 바로 시각이다. "모든 중생이 불성을 가지고

---

7 원효, 『대승기신론소기회본(大乘起信論疏記會本)』, 『한국불교전서』 (이하 '『한불전』'으로 약함), 동국대 출판부, 1979, 748-중-하: "此中大意 欲明始覺待於不覺 不覺待於本覺 本覺待於始覺 旣互相待 則無自性 無自性者 則非有覺 非有覺者 由互相待"

있다[一切衆生悉有佛性]"는 것이 대승의 요체다. 중생 안에 불성이 있으니, 유리창의 먼지를 지우면 푸른 하늘이 드러나듯, 누구든 무명을 없애면 자신 안의 불성을 드러내어 부처가 될 수 있다. 무명을 없애는 두 축은 지혜와 자비다. 고통의 원인이 탐욕과 어리석음과 화, 번뇌 등에 있음을 깨달아 수행을 하여 열반에 이르려 하는 것이 지혜다. 그리 수행정진하여 부처에 이르렀다고 할지라도 고통받는 중생이 있다면 그는 아직 부처가 아니다.

세친보살은 『불성론佛性論』에서 "지혜로 말미암아 나에 대한 애착은 버리고 큰 자비로 말미암아 타인에 대한 사랑은 일어나게 한다. 지혜로 말미암아 범부의 집착은 버리고, 큰 자비로 말미암아 이승二乘의 집착을 버린다. 지혜로 말미암아 열반을 버리지 않고, 자비로 말미암아 생사를 버리지 않는다. 지혜로 말미암아 불법을 이루며, 큰 자비로 말미암아 중생을 성숙하게 한다"[8]라고 하였다. 지혜가 있기에 모든 집착과 삼독의 원인인 나에 대한 사랑을 버리지만, 고통받는 중생에 대한 자비로 말미암아 중생에 대한 사랑은 늘 솟아나게 한다. 범부가 갖는 집착이 모든 고통의 원인이므로 이를 지멸止滅하지만, 큰 자비가 있기에 이승二乘만을 방편으로 삼는 집착 또한 버린다. 열반은 탐욕과 어리석음과 분노를 없애야 달성되는 것이다. 하지만, 열반에 이르려는 마음 또한 욕망이다. 이 모순을 해결하는 길은 중생을 구제할 때까지는 방편으로서 삼독三毒을 인정하는 것이다. 지혜가 있기에 모든 번민에서 벗어나 불법을 이루려 하지만, 자비가 있기에 설혹 불법을 이루었다고 하더라도 이를 미루고 중생을 구제하는 일에 머문다.

8 『大正藏』, 第31冊, No.1610「佛性論」, 第1卷, 0787a08쪽: "由般若故. 滅自愛念. 由大悲故. 生他愛念. 由般若故. 捨凡夫執. 由大悲故. 捨二乘執 由般若故. 不捨涅槃. 由大悲故. 不捨生死. 由般若故. 成就佛法. 由大悲故. 成熟衆生."

중생의 고통을 자신의 아픔으로 여겨서 다시 중생 속으로 내려와 고통 속에 있는 중생을 부처로 이끈다. 바로 그 순간에서야 비로소 진정 부처가 된다. 그러니, 깨달음과 깨닫지 못함, 중생과 부처가 둘이 아니다. 깨닫지 못함 안에 깨달음이 있고 깨달음 안에 깨닫지 못함이 있다. 부처 안에 중생이 있고 중생 안에 부처가 있다. 깨달음은 깨닫지 못함을 통하여 드러나고 깨닫지 못함은 깨달음을 통해 드러난다. 이렇게 대립되는 것이 서로 연기적 관계인 동시에 대대의 관계로 서로 조건과 인과로 작용할 뿐만 아니라 서로를 모시고 있으니 대립물의 본성이 없는 것이다.

사랑한다고 말하는 순간 이는 사랑이 아니다. 어떤 언어를 동원하여 표현한다 하더라도 완벽한 사랑을 표현할 수 없다. 그렇듯 궁극적 진리라 할 진여眞如는 언어를 떠나 있다. 그럼, 언어 없이 어떻게 진여에 이를 것인가. 이 아포리아를 해결하는 길은 언어를 방편으로 삼되 언어를 떠나서 진여의 실제를 직시하는 것이다.

따르기도 하는 동시에 따르지 않아야 함[順而不順]은 각각의 주장을 대하는 기본이라 할 만한다. 어떤 것을 진리라 하여 전적으로 믿으면 도그마가 되어 그에 갇히고, 어떤 것을 허위라 하고 내치면 그 속에 일말이라도 진리가 있는데 이를 놓친다. 또, 진리도 다른 시간과 맥락에서는 허위로 변하고, 허위 또한 다른 시간과 맥락에서는 진리로 변한다. 그러니, 어떤 것이 허위라 해도 그 가운데 진리인 점과 그것이 진리로 변할 수 있는 점을 잘 살펴서 따르고, 어떤 것이 진리라 해도 허위인 점과 허위로 변할 수 있는 점을 잘 살펴서 따르지 말아야 우리는 각기 다른 주장 속에서 온전하게 진리를 구할 수 있다.[9]

환경운동가를 빨갱이로 규정하며 비판하던 기업가가 어릴 때 오염된 물을 먹고 자란 며느리가 기형아 손자를 낳는 것을 겪고서 친환경기업으로 전환하듯, 자신과 타자, 자연 사이의 연기적 관계를 깨닫고 대립적인 것을 내 안에 모셔서 하나로 어우러지는 것이 바로 대대이고 화쟁이다.

역사, 사회, 근대의 형성 또한 한국에서는 대대적으로 진행되었다. 지배층과 피지배층, 이 세계관과 저 세계관, 이 이데올로기와 저 이데올로기, 지배문화와 하위문화가 대립을 하기도 하지만 서로 대대의 관계를 형성하며 모방, 수용, 아우름의 과정을 되풀이하였다.[10]

2) 동일성에서 차이로

인간이 행하는 폭력 가운데 가장 사악한 것이 집단학살이다. 왜 교양과 상식, 이성을 가장 잘 갖추고 보통교육이 실시된 20세기에 집단학살이 끊임없이 자행되었는가?

한나 아렌트Hannah Arendt는 유태인 학살의 주범인 아이히만Adolf Otto Eichmann의 재판을 보고서 "피고는 전쟁기간 동안 유대인에게 저지른 범죄가 기록된 역사에 있어서 가장 큰 범죄라는 것을 인정했고, 또 피고가 거기서 한 역할을 인정했다. 그런데 피고는 자신이 결코 사악한 동기에서 행동한 것이 아니고, 누구를 죽일 어떠한 의도도 결코 갖지 않았으며, 결코 유대인을 증오하지 않았지만, 그러나 그와는 다르게 행동할 수는 없었으며, 또

---

9 이도흠, 『화쟁기호학, 이론과 실제』, 한양대 출판원, 1999, 135~139쪽 요약.

10 김학성은 유럽의 근대가 전복적 근대인데 반하여 한국의 근대는 화평적 근대라고 주장한다. 이에 저자도 어느 정도 동의한다.(김학성, 「근대논의 문제와 18세기 우리 시가」, 『한국시가연구』 28, 한국시가학회, 2010, 7~27쪽) 하지만, 화평, 혹은 화쟁이나 아우름은 쟁을 무시하고서, 혹은 건너뛰고서 이루는 것이 아니라 현실 세계에서는 치열하게 대립과 갈등이 있는 것을 인정하면서 이를 전혀 새로운 지평 속에서 대대의 관계를 통하여 하나로 아우르는 것이다.

한 죄책감을 느끼지 않는다고 말했다"[11]라고 기술한다. 아렌트는 선량한 사람들도 시민사회가 붕괴되고 합리적인 비판이 허용되지 않으며 개인의 인격도 파괴된 전체주의 사회의 맥락에서, 더구나 무조건적인 복종을 강요하는 조직사회에서 '순전한 생각 없음sheer thoughtlessness'의 상태에 빠져 악한 행동을 취할 수 있다고 보았다. 흔히 이를 '악의 평범성banality of evil'이라 한다.

아렌트의 연구로 의문의 실타래 가운데 하나는 풀렸다. 하지만 집단과 개인 사이, 특히 권력과 상황이 개인의 행동에 작동하는 방식에 대한 의문은 풀리지 않는다. 한나 아렌트의 이론을 심리학의 장에서 실험한 것이 스탠리 밀그램 실험Stanley Milgram experiment과 이를 계승한 스탠퍼드 감옥 실험Stanford prison experiment이다. 1961년 예일대학교 심리학과의 교수인 스탠리 밀그램은 '징벌에 의한 학습 효과'를 측정하는 실험을 하였다. 결과는 충격적이었다. "피험자 40명 가운데 26명은 실험자의 명령에 끝까지 복종했다. 즉 그들은 전기 충격기가 낼 수 있는 최고 전압에 도달할 때까지 희생자들을 처벌했다."[12] "많은 피험자들이 스트레스를 느끼고 실험자에게 항의를 하지만"[13] 자그마치 65%의 피험자들이 실험 대상자를 죽일 수도 있는 450볼트까지 전압을 가한 것이다. 피험자가 4달러를 받은 것에 대한 의무감과 약속에 대한 부담을 포함하여 당시에 실험 받는 상황의 지배를 받았고 밀그램 교수의 권위에 복종한 것이 주요 요인이었다.

1971년에 스탠퍼드대학교 심리학과의 필립 짐바르도Philip Zimbardo 교

---

11 한나 아렌트, 김선욱 역, 『예루살렘의 아이히만』, 한길사, 2006, 380~381쪽.
12 스탠리 밀그램, 정태연 역, 『권위에 대한 복종』, 에코리브르, 2009, 64쪽.
13 위의 책, 30쪽.

수 또한 유사한 실험을 했다. 그는 "하루에 15달러를 받고 수감자의 심리를 연구하는 2주간의 실험에 참가할 대학생을 찾는다는 (…중략…) 70명의 지원자 중 24명을 선발하여 (…중략…) 사무실을 개조한 가짜 감옥에서 죄수와 교도관 역을 맡도록 했다. (…중략…) 교도관 역할을 맡은 학생들은 금세 진짜 교도관처럼 행동했다. (…중략…) 교도관 역할을 수행할 열두 명의 피험자를 만나서 신체적 처벌 없이 피험자들을 통제할 방법을 제안했지만, 교도관들은 점점 폭력적으로 변모했다. (…중략…) 수감자들에게 '실험은 끝났습니다. 여러분은 자유입니다. 오늘 이곳을 떠나셔도 좋습니다'라고 말했지만 이 또한 실험이라 생각하고 전혀 반응이 없어 재차 연구가 종료되었음을 말하자 그들은 활짝 웃으며 서로 껴안고 등을 두드렸다."[14] 이후 만들어진 용어가 루시퍼 효과The Lucifer Effect다. 천사장이었다가 타락천사가 되어 악행을 일삼는 루시퍼처럼, 선량한 인간도 특정 상황 속에서 상황의 지배를 받아 권위에 저항하지 못하거나 권력의 압력을 물리치지 못하고 복종하면 언제든 악행을 저지를 수 있다.

한나 아렌트나 스탠리 밀그램, 짐바르도의 연구에 힘입어 인류가 집단학살을 자행하는 원인에 대해 많은 의문이 풀렸다. 물론, 이에 대한 반론도 제기되고 있다. 한나 아렌트는 아이히만이 연기한 것에 속았다. "비뚤어진 생각과 환상으로 가득 찬 1,300쪽의 인터뷰 내용을 읽어보면 아이히만은 생각 없는 관료가 아니었다는 것이 명백하다. 그는 광신자였다."[15] 밀그램의 실험은 강압과 조작에 의한 결과다. "밀그램이 과학자라기보다는 감독

14 필립 짐바르도, 이충호·임지원 역, 『루시퍼 이펙트–무엇이 선량한 사람을 악하게 만드는가』, 웅진씽크빅, 2010, 63~292쪽. 발췌하여 요약하면서 문장 흐름상 조사나 어미에 한하여 약간 가필함.

15 뤼트허르 브레흐만,조현욱 역, 『휴먼카인드』, 인플루엔셜, 2021, 245쪽.

처럼 들린다면 크게 틀리지 않을 것이다. 밀그램이 정말 빛난 것은 감독으로서였기 때문이다. 자신의 대본에서 벗어나는 행동을 하는 사람은 누구든지 압력을 가해 굴복하게 만들었다."[16] 짐바르도의 감옥실험도 그의 제자인 데이비드 재피가 대부분 조작한 것이다. "17가지 규칙 가운데 11가지를 재피가 만든 것으로 밝혀졌다. (…중략…) 발목에 쇠사슬을 채우는 것? 그의 생각이었다. 수감자들의 옷을 벗기는 것? 마찬가지이다. 15분 동안 벌거벗은 채로 서 있게 강요하는 것? 그 또한 재피의 생각이었다."[17]

한나 아렌트는 아이히만의 연기에 속아 '평범한 악'이라는 개념을 내세웠고, 스탠리 밀그램과 필립 짐바르도는 명성을 얻기 위하여 실험을 조작했다. 이것이 브레흐만처럼 인간의 본성이 사악하지 않고 선하다는 주장을 하려는 이들에게는 반박의 자료로서 좋은 사례다. 하지만, 집단학살과 혐오발언은 실험실이 아니라 현실에서 아무런 조작이나 착각 없이 벌어진다. 정도의 차이는 있지만, 아우슈비츠, 난징, 제주, 우크라이나, 캄보디아, 루완다, 야체, 중동, 코소보, 미얀마, 다시 우크라이나 등 서양과 동양, 진보와 보수, 종교, 인종, 국가를 가리지 않는다. 최근에도 COVID-19 팬데믹을 맞아 수많은 아시아인들이 유럽과 미국에서 테러를 당하였다. 이의 근본 원인은 무엇인가. 이 상황에서 진정으로 질문해야 할 것이 있다. "아무런 생각이 없이 그저 조직에 충실한 아이히만에게 히틀러가 독일 우파 시민을 학살하라고 명령을 내렸어도 유태인에게 하듯이 별 거리낌 없이 이를 수행했을까? 왜 백인 어린이는 때리지도 못하는 신부가 이누이트에서 마야, 잉카에 이르기까지 아메리카의 어린이는 별다른 죄책감이 없

16 위의 책, 237쪽.
17 위의 책, 220~221쪽.

이 죽였는가?"

이를 푸는 실마리는 혐오 발언hate speech이다. 학살이 있기 전에 반드시, 특정 집단의 사람들을 자신들과 구분하고 그들을 배제하고 타자화/악마화하는 혐오 발언이 동원된다. 서양 제국의 남미 정복 시대에 백인들은 마야인이나 잉카인을 "하느님을 믿지 않는 짐승이나 악마"로, 히틀러는 유태인을 '예수를 죽이고 유럽 정신을 훼손한 빨갱이 반기독교도'로, 르완다의 후투족은 투치족을 '바퀴벌레'로, 관동대지진 때 일본인은 조선인을 '우물에 독을 탄 폭도'로 매도하는 혐오발언이 소문이나 미디어를 타고 번졌고, 학살이나 테러는 그 후에 진행되었다.

집단학살의 근본 원인은 동일성이다. '생각 없음'보다, 권위에 대한 복종보다 더 근원적인 것은 동일성에서 비롯된 타자에 대한 배제와 폭력이다. "근대 계몽주의의 보편성과 동일성은 결국 일원성의 원리에 따라 다원적 세계를 부정하기에 이른다. 이때의 보편성은 차이를 무시하는 억압의 기제로 작용하게 된다."[18] 집단학살은 집단에 대해 행하는 폭력이기에 이는 자신을 특정 집단에 동일화시켜 다른 집단을 악으로 규정하지 않는 한 일어나지 않는다. 인간은 동일성에 포획되면 타자를 상정하고 이를 배제함으로써 동일성을 강화하고 그로부터 정신적이고 물질적인 안정, 동료로부터 인정과 유대를 얻으려 한다.

관동대지진 때 일본 천민이 더 적극적으로 나서서 조선인을 학살했다. "그동안 주류로부터 천민으로 타자화하여 소외되던 그들은 그렇게 함으로써 일본 주류로부터 일본인이라는 인정을 받고 싶었기 때문이다."[19]

---

18 신승환, 앞의 책, 30쪽.

19 藤野裕子, 「戰前日本の土木建築業と朝鮮人勞働者」, The 3rd East-Asia Humanities Forum,

"당시에 일본인들이 타자를 가르는 기준은 한국어에 없는 어두유성음인 긴 장음 발음이었다. 이를 제대로 발음하지 못하는 자는 조선인으로 간주하여 죽였다. 그중엔 중국인, 류큐인도 있었으며, 도호쿠 지방 등 사투리를 써서 도쿄 발음을 못 내는 일본인도 있었다."[20] 제주 4·3항쟁에서도 처음에는 공권력이 선량한 양민을 학살하였지만, 제주도민도 이웃을 학살하는 데 가담하였다. 그들은 자신의 가족과 친지가 아무 죄 없이 학살당했음에도 이에 분노하고 저항하기보다 학살자의 편에 섰다. "그들은 민보단, 향토자위단, 해병대에 입대하고 자진하여 반공대회의 동원에 응했으며, 자신의 딸을 경찰과 군인 등 우익 인사에게 시집을 보냈다. 심지어 빨갱이라는 낙인을 지우기 위해 다른 지역의 빨갱이까지 죽였다."[21] 당시 생사여탈권을 쥐고 있던 경찰, 군인, 민보단 단원으로부터 자신과 자신의 가족이 타자인 '빨갱이'가 아니라는 것을, 자신이 '선량한 우익 제주도 양민'임을 인정받고 싶었기 때문이다.

인류는 유전자의 번식 본능, 농경 생활, 문명과 비문명의 구분, 전염병, 언어와 문자, 종교와 이데올로기 등의 영향으로 동일성과 타자에 대한 배타적 태도를 형성하게 되었다. 아이히만은 독일인으로서, 게르만족으로서, 독일군 장교로서 자부심, 혹은 광신적인 충성심을 가지고서 충직하게 명령을 수행했다. 아이히만에게 진정으로 부족했던 것은 '생각 없음'이 아니라 타자인 유태인의 입장에서 생각하고 그들과 대화하지 않은 것이다. 그가

北京 清華大學, 2012.3.16~17, pp.141~142.

20 위키백과 '간토대지진'(https://ko.wikipedia.org/wiki/%EA%B0%84%ED%86%A0_%EB%8C%80%EC%A7%80%EC%A7%84).

21 양정심, 「제주 4·3항쟁과 레드콤플렉스」, 『史叢』 63집, 역사 연구회, 2006.9.30, 37~46쪽 요약.

무지한 자든, 나치즘에 열광하는 광신도든, 유태인의 입장에서 고통을 느껴보고 공감했다면 그리 서슴없이 학살을 주도하지는 못했을 것이다.

실험에서도 이를 뒷받침하는 결과가 나왔다. 마틴 루터 킹 목사가 암살된 바로 다음 날 초등학교 교사였던 제인 엘리엇Jane Elliot은 반 학생들을 파란색 눈동자 집단과 갈색 눈동자 집단으로 나누어 실험을 했다. 파란색 눈동자를 가진 학생들을 금방 알아볼 수 있도록 천 조각을 목에 둘러 표시하고 이들의 기본적인 권리를 제한했다. 반대로 갈색 눈동자 학생들에게는 특혜를 제공했다. 그 후 파란색 눈동자를 가진 학생 중 똑똑하고 쾌활하던 학생들은 겁에 질리고 소심해지고 갈팡질팡하는 학생이 되었으며, 파란색 눈동자 집단은 시험에서도 낮은 점수를 기록했고 열정을 보이지도 않았으며 학급 활동에도 많은 적개심을 보였다. 반대로 행해도 결과는 마찬가지였다.[22]

이처럼 동일성이 형성되는 순간 세계는 동일성의 영토로 들어온 것과 그렇지 못한 것으로 나뉜다. 동일성은 '차이'를 포섭하여 이를 없애거나 없는 것처럼 꾸민다. 동일성은 인종, 종교, 이데올로기, 입장이 다르다는 이유로 이를 동일성에서 분리하여 타자로 규정하고 자신과 구분시키면서 편견으로 바라보며, 이들을 '배제'하고 이에 '폭력'을 행사하면서 동일성을 유지하거나 강화한다. 동일성이 강화할수록, 다시 말해, 지도자나 조직이 다른 인종에 대한 편견이나 증오가 클수록, 이를 혐오발언으로 표출시키고 언론이 부추길수록, 시민들이 동일성의 감옥으로 들어가는 것 외에 다른 대안을 찾을 수 없을수록, 시민사회가 억압되거나 언론의 자유가 보

22 폴 애얼릭 · 로버트 온스타인, 고기탁 역, 『공감의 진화』, 에이도스, 2012, 88~89쪽 요약.

장되지 않을수록 학살은 증대한다. 반대로 주류의 동일성에 의해 타자화한 개인이나 집단은 삶의 활력을 잃고 자기실현을 하지 못하며, 의식이건 무의식이건 과잉 억압된다.

실체론과 이분법은 동일성을 단단한 형이상학으로 응고시켰다. 이는 세계를 이데아와 그림자, 주체와 대상, 이성과 감성, 인간과 자연, 서양과 동양으로 구분하고 전자에 우월권을 주었다. 후자는 늘 전자에 의해 극복될 대상에 지나지 않았다. 인간 주체는 세계를 탐구하고 해석하고 실천하는 중심이었다.

근대의 주체 중심의 사고는 동일성에 타자를 배제하는 인식과 힘을 부여했다. 신에게 복속되었던 자아는 스스로 생각하고 판단하고 행동하는 주체로 호명되자 의식은 물론 환상과 이데올로기를 종합하여 정체성을 형성했는데, 이 정체성은 타자를 만나면서 구성된다. 타자는 '아버지의 이름 the-name-of-the-father', 상징, 이데올로기, 도덕과 윤리, 신神 등이다. 집단적으로는 언어, 신화, 종교, 이데올로기, 공동의 체험과 기억, 의례를 공유하면서 동일성을 강화했다. 공동체에 소속된 일원으로서 자기 삶을 구성하던 중세인은 근대에 와서 자신을 공동체의 다른 구성원들, 타자와 구별된 개체로서 이해하기 시작했다.

이에 라캉, 데리다, 들뢰즈 등은 동일성을 지향한 근대의 사유 전반을 해체한다. 라캉Jacques Lacan은 "나는 생각한다. 고로 나는 존재한다cogito ergo sum / I think, therefore I am"라는 데카르트의 명제, 이에 기반을 두고 발전시켜 온 서구의 근대 철학을 전복한다. "나는 내가 존재하지 않는 곳에서 생각한다. 그러므로 나는 내가 생각하지 않는 곳에서 존재한다I am thinking where I am not, therefore I am where I am not thinking."[23] 생각하는 주체는 본연의 내 모습이 아니라 교육, 문화, 이데올로기, 도덕과 윤리가 만들어준, 실은 타자이다. 욕망하는 주체는 본연의 내 모습에 가깝지만, 욕망에 휘둘리는 자아에게 주체는 없다.[24] "욕망은 욕망을 위한 욕망, 대타자의 욕망, 다시 말해, 법에 종속된 욕망이다."[25] 주체는 타인의 인정을 통해 주체의 동일성을 확보한다. 타인의 인정, 칭찬, 존경, 지지, 공감, 응원을 받으면 누구나 자아의 충족감을 느낀다. 자신의 아이가 공부를 잘했을 때 칭찬하는 부모의 예에서 보듯, 어떤 사람에 대한 인정은 내가 그에게 바라던 바를 그가 행했을 때 수행된다. 타인으로부터 인정을 받는다는 것은 내가 타인의 욕망의 대상이 되는 것이다. 아이가 부모의 욕망대로 공부를 잘하는 자아를 구성할 때 부모의 칭찬을 받듯, 타인의 욕망을 자신의 욕망으로 삼을 때 타인의 인정을 받아 주체의 동일성을 확보하는 것이다. 아이는 공부를 잘하여 부모로부터 칭찬과 지지를 받는 대신 놀이, 게임, 야동 보기, 수음 등에서 오는 향유jouissance를 절제하거나 유보해야 한다. 이렇듯 욕망은 법과 규율, 칭찬 등 상징으로 이루어진 질서로부터 비롯되는 것이며, 기표들로 이루어진 대타자의 욕망이다. 인간은 대타자를 욕망하고, 대타자의 욕망을 욕망하기에, 욕동을 억압한다.

데리다는 동일성에 바탕을 둔 서양 철학 전반을 해체한다. 사물의 의미는 그 실체 속에 있는 것이 아니라 그것과 다른 사물의 차이 사이에 있다.

---

23 J. Lacan, tr. Bruce Fink, *Écrits*, New York : W.W. Norton & Company, 2006, p.430.
24 "나는 내가 ○○○를 좋아한다고 생각한다"라는 문장에서 가주어 '내'는 '좋아한다'라는 서술어와 호응하고, 진주어 '나'는 '생각한다'에 걸린다. 내 안에 ○○○를 좋아하고 때로는 그와 더 깊은 관계를 맺고 싶은 내가 있고, 그를 생각하며 그런 그를 유보하거나 억제하는 내가 있다. 전자를 욕망하는 주체, 후자를 생각하는 주체라 할 수 있다. 어느 것이 더 나라는 주체에 가까운가.
25 *Écrits*, p.723 : "Desire is desire for desire, the Other's desire, as I have said, in other words, subjected to the Law."

"자의성arbitrariness은 낱말의 충만함에서 비롯되는 것이 아니라 기호체계가 낱말들 사이의 차이에 의하여 구성될 때만 일어나는 것이다."[26] 의미작용은 기호의 충만한 본질에서 일어나는 것이 아니라 다른 기호와의 차이, 구조 속의 차이에서 비롯되는 것이다. 우리가 동일하다고 믿은 것은 차이 속의 타자이며, 타자 속의 차이에 불과하다. "만일 타자성 자체가 동일자 '속'에 이미 들어 있지 않다면, '속'이라는 낱말의 의미가 확실히 드러내는 포섭의 의미와 더불어, 어떻게 동일자의 유희가 일어날 수 있을까? '작업하거나 작동하고 있는' 기계나 유기체 속에서, 놀이 활동의 의미, 혹은 분해의 의미에서나, 동일자 '속'에 타자성이 없다면 어떻게 동일자의 유희가 발생하겠는가?"[27] "타자는 자아임으로써만, 즉 어떤 면에서 나와 동일자가 됨으로써만 절대적으로 타자인 것이다."[28] "각 구성 요소들의 명백한 자기동일성은 다른 구성요소들과 차이와 연기defferral의 결과이며 어떤 구성 요소도 차이적 관계가 '놀이'를 하는 바깥에 그 자신의 자기동일성을 갖고 있지 않다. 각 구성 요소들은 동일체인 동시에 '타자'이기도 하다. 구성 요소들의 동일성은 타인성otherness이나 타자성alterity에 의해 가

26 Jacques Derrida, tr. David B. Allison, *Speech and Phenomena and Other Essays on Husserl's Theory of Sign*, Evanston : Northwestern University Press, 1973, p.139. : "Arbitrariness can occur only because the system of signs is constituted by the differences between the terms, and not by their fullness."

27 Jacques Derrida, tr. Alan Bass, *Writing and Difference*, Chicago : University of Chicago Press, 1978, pp.126~127. : "How could there by a 'play of the Same' if alterity itself was not already in the Same, with a meaning of inclusion doubtless betrayed by the word in? Without alterity in the same, how could the 'play of the Same' occur, in the sense of playful activity, or of dislocation, in a machine or organic totality which plays or work?"

28 *Writing and Difference*, p.127 : "the other is absolutely other only if he is an ego, that is, in a certain way, if he is the same I."

능한 것인데, 이 타인성이나 타자성은 동시에 고유성을 불가능하게도 한다. 타자가 된다는 것은 자기동일성을 잃는 것이기 때문이다."[29]

불어에서 동사 'différer'는 '차이가 나다, 다르다'와 '미루다, 연기하다'의 뜻을 갖는다. 하지만 명사 'différence'는 '다름, 차이'의 뜻만 갖는다. 이에 자크 데리다Jacques Derrida는 'e'를 'a'로 대체하여 'différance'라는 낱말을 만들고 이에는 '차이'와 '연기' 두 가지 뜻을 모두 갖는 것으로 설정하였다. 앞에서 나무가 다른 낱말과 관계에 따라 목질의 줄기를 가진 여러해살이의 식물, 자연, 이상, 신과 인간의 중개자 등으로 의미를 전이한다고 예를 든 것처럼, 기호든 텍스트든 스스로 의미를 갖는 것이 아니라 다른 기호와 텍스트와 차이에 따라 의미가 구성되고, 이는 결정되는 것이 아니라 다른 것에 따라 끊임없이 미끄러진다. 그러니, 기호든, 텍스트든, 진리든 확정할 수 없다. 또, 불어에서 'en'이나 'an' 모두 발음은 [ɑ̃:]으로 같다. 이는 음성중심주의phono-centrism를 해체하고 쓰기를 통해 흔적을 드러낸다.[30]

들뢰즈Gilles Deleuze는 이를 더 심오하게 발전시킨다. 개념 안의 동일성, 술어 안의 대립, 판단 안의 유추, 지각 안의 유사성을 바탕으로 한 개념적

---

29 Michael Ryan, *Marxism and Deconstruction : A Critical Articulation*, Baltimore : Johns Hopkins University Press, 1982, p 12 : "The apparent self-identity of each element is an effect of its difference from and deferral of other elements, none of which has an identity of its own outside the "play" of differential relations. Each element is "other" at the same time as it is selfsame. Its identity is made possible by that other-ness or alterity, which makes its uniqueness impossible at the same time, because to be other is to be non-self-identical.

30 우리나라에서 'différance'를 '차이'나 '차연(差延)'으로 번역한다. 전자는 'difference'와 구분이 되지 않으며, 후자는 억지스럽고 일본식 번역을 따른 것일 뿐만 아니라 데리다의 조어법이나 사상이 반영되지 않았다. 저자는 이 낱말에 대한 데리다의 조어법과 해체 사상을 반영하여 'différance'를 '차이'와 발음이 같으면서 뜻은 다른 'ᄎᆞ이'로 번역한다.

차이는 결국 동일성으로 환원한다. "이러한 속屬의 차이와 종種의 차이들은 재현 안에서 공모 관계를 맺는다. 이는 그것들이 어떤 면에서 똑같은 본성을 갖기 때문이 아니다. 속은 종의 차이를 통해서만 외부로부터 확정지을 수 있을 뿐이다."[31] "유추는 판단의 본질이지만, 판단의 유추는 개념의 동일성과 유추관계를 갖는다."[32] 그렇기 때문에 그는 어떤 방식으로도 동일성으로 귀환하지 않는 '차이 그 자체'에 주목한다. 차이 자체는 절대적이고 궁극적인 차이로, 감성과 초월적 경험에 의해서만 도달할 수 있다. "사실상 반성의 개념 안에서 매개하고 매개되는 차이는 개념의 동일성, 술어들의 대립, 판단의 유추, 지각의 유사성에 전적으로 종속된다. (…중략…) 차이는 파국을 언명하는 상태로까지 진전되어야만 반성적이기를 멈출 수 있으며 효과적으로 실제의 개념을 되찾는다."[33]

나치에 동조한 하이데거와 달리, 유태인 수용소에서 여러 차례 가스실 처형 직전의 상황에 놓여 존재, 전체, 무한에 대해 성찰했던 레비나스Emmanuel Levinas는 타자성alterity의 윤리에 주목한다. 타자란 동일성과 대립적인 개념도, 동일성의 주체가 사유하는 대상도 아니다. 내가 나의 관점에서 타자를 이해하고 사유한다는 자체가 폭력이다. 타자란 주체가 영원히 해석할

---

31 Gille Deleuze, tr. Paul Patton, *Difference and Repetition*, New York : Columbia University Press, 1994, p.34: "Generic and specific differences are tied together by their com-plicity in representation. Not that they in any way share the same nature : genus is determinable only by specific difference from without."

32 Ibid., p.33: "Analogy is the essence of judgement, but the analogy within judgement is the analogy of the identity of concepts."

33 Ibid., pp.34~35: "In the concept of reflection, mediating and mediated difference is in effect fully subject to the identity of the concept, the opposition of pedicates, the analogy of judgement and the resemblance of perception (…중략…) difference ceases to be reflexive and recovers an effectively real concept not only to the extent that it designated catastrophes."

수도, 이해할 수도, 동일성에 포섭하여 담아낼 수도 없는 것이다. 유토피아처럼, 사랑하는 님처럼 끊임없이 그를 향하여 다가가 얼굴을 마주 대하고서 그 목소리에 귀를 기울이고, 그를 향해 모든 것을 던지고 달려가지만 그럴수록 갈증이 더 커지는 것이다. "인간이란 만날 때마다 이 만남 자체를 상대방에게 늘 표현하는 유일한 존재다."[34] 만나서 얼굴을 대할 때 두 사람은 인간관계에 들어간다. 더욱 가까이 다가가서 얼굴을 바라보고 그의 목소리에 귀를 기울일 때 "신과 관계는 타자와 관계로서 현존한다. 이는 은유가 아니다. 타자 안에 진실로 신이 현존한다. 내가 타자와 관계를 맺을 때 나는 신의 음성을 듣는다".[35] 나로서는 온전하게 사유하고 이해할 수 없는 타자와 얼굴을 마주하고서 끊임없이 그를 향한 사랑과 그리움을 반복할 때, 그의 나약한 얼굴을 보며 무한을 향한 초월을 할 때 우리는 신의 음성을 듣는다. 원효는 이들과 유사하면서도 다른 차이의 철학을 펼친다.

> 같다는 것은 다름에서 같음을 분별한 것이요, 다르다는 것은 같음에서 다름을 밝힌 것이다. 같음에서 다름을 밝힌다 하지만 그것은 같음을 나누어 다름을 만드는 것이 아니요, 다름에서 같음을 분별한다 하지만 그것은 다름을 녹여 없애고 같음을 만드는 것이 아니다. 이로 말미암아 같음은 다름을 없애버린 것이 아니기 때문에 바로 같음이라고 말할 수도 없고, 다름은 같음을 나눈 것이 아니기에 이를 다른 것이라고 말할 수 없다. 단지 다르다고만 말할 수

34 E. Levinas, tr. Michael B. Smith and Barbara Harshay, *On Thinking-of-the-Other*, New York: Columbia University Press, 1998, p.7: "Man is the only being I can not meet without my expressing this meeting itself to him."

35 Ibid., p.110: "the relation to God is presented there as a relation to another person. It is not metaphor : in the other, there is a real presence of God. In my relation to the other, I hear the word of God."

가 없기 때문에 이것들이 같다고 말할 수 있고 같다고만 말할 수가 없기 때문에 이것들이 다르다고 말할 수 있을 뿐이다. 말하는 것과 말하지 않는 것에는 둘도 없고 다름도 없는 것이다.[36]

연기론을 깨달으면 크게 세 가지가 가능하다. 하나는 존재와 타자를 설정하는 것 자체가 망상임을 깨닫고 실상實相을 직시하는 것이며, 다른 하나는 우주 삼라만상이 모두 인과로 맺어지고, 서로 조건이 되고 밀접하게 관련되어 있어 아我란 없으며 공空임을 깨닫는 것이다. 내가 오온五蘊의 가합태假合態에 불과한 것인데 나를 내세우고 동일성을 강화하면서 타자를 해치는 것은 나를 자성自性을 가진 존재로 착각했기 때문이다. 셋째, 이제껏 타자로 간주하던 다른 생명이 나와 깊은 연관을 맺으면서 서로 원인이나 조건이 되는 또 다른 나라는 실상을 깨닫고서 동체대비同體大悲의 보살행이 생긴다. 내 영향을 받은 타자는 나에게 다시 영향을 미치기에 주체는 본질적으로 '서로 존재inter-being'다.[37]

아주 미세하여 우리가 감지하지 못하지만 찰나의 순간에도 내 호흡에 영향을 받아 내 앞의 대기의 미생물이 달라진다. 내가 뿜어내는 이산화탄소로 인하여 호기성 박테리아는 줄어들 것이고 혐기성 박테리아는 늘어날 것이다. 그리 변한 대기가 나와 내 주변의 사람의 몸에 영향을 미치고 그리 달라진 몸은 다른 숨을 내뿜고 그 숨은 다시 대기의 미생물, 다시 나

36 원효, 『금강삼매경론』(이하 '금강'으로 약함), 『한불전』, 제1책, 626-상: "同者辨同於異 異者明異於同 明異於同者 非分同爲異也 辨同於異者 非銷異爲同也 良由同非銷異故 不可說是同 異非分同故 不可說是異 但以不可說異故 可得說是同 不可說同故 可得說是異耳 說與不說 無二無別矣"

37 서로 존재(inter-being)에 대해서는, 틱낫한, 이도흠 역, 『엄마』, 아름다운 인연, 2009, 30~32쪽 참고.

에게 되돌아와 변화를 준다. 이처럼 모든 존재는 서로 원인이 되고 결과가 된다. 이는 정적인 것이 아니라 역동적dynamic인 상호 인과관계를 형성한다. 다시 말해 원인이 결과가 될 뿐만 아니라 결과가 다시 원인이 된다. 타자의 의식, 말, 행동과 몸짓이 나에게 영향을 미쳐 나를 형성하고, 그 반대의 경우도 거의 동시에 이루어진다. 그렇듯 찰나의 순간에도 타자는 내 안에 늘 들어오며 나를 형성하고 있으며 그 역逆도 언제나 진행 중이다. 그러기에 우리는 모두 서로가 원인이나 조건으로 작용하면서 서로를 생성하게 하는 '상호 의존적이고 인과적인 생성자inter-dependent and causal becoming'다. 나와 타자는 불일불이의 관계 속에서 형성된다. 네가 있음으로 말미암아 내가 있기에, 자아란 관계 속에서 생성되는 허상이다. 하지만 씨와 열매처럼 내가 공空하다고 할 때 타인이 생성된다. 내가 그의 지혜를 수용할 때, 그의 고통을 자신의 것처럼 아파할 때, 그의 말과 행동을 닮고자 할 때 내가 만들어지며, 나 또한 타인에게 그리 작용한다.

원효의 말대로 동일성이란 것은 타자성에서 동일성을 갖는 것을 분별한 것이요, 타자성이란 것은 동일성에서 다름을 밝힌 것이다. 동일성은 타자를 파괴하고 자신을 세우는 것이 아니기 때문에 바로 동일성이라고 말할 수도 없고, 타자성은 동일성을 해체하여 이룬 것이 아니기에 이를 타자라고 말할 수 없다. 주와 객, 현상과 본질은 세계의 다른 두 측면이 아니라 본래 하나이며 차이와 관계를 통해 드러난다. 주와 객, 주체와 타자가 서로 비춰주면서 상대방을 드러내므로, 스스로 본질이라 할 것은 없지만 상대방을 통하여 자신을 드러낸다.

이처럼 화쟁은 주와 객, 주체와 타자를 대립시키지도 분별시키지도 않는다. 양자를 융합하되 하나로 만들지도 않는다. 어느 한편에 치우치지 않으면서 중간도 아니다. 스스로 존재하지 않지만 상대방과 관계 속에서 자신의 존재성을 드러낸다. 진리는 진리가 아닌 것과 차이를 갖기에 진리다

변동어이辨同於異를 재해석하여 저자는 '눈부처의 차이론'을 펼친다. 아주 가까이 다가가서 상대방의 눈동자를 똑바로 보면 거기에 비친 내 모습이 보인다. 형상이 부처님과 비슷해서 우리 조상들이 '눈부처'라고 붙였는데, 저자는 여기에 크게 세 가지 의미를 부여하여 새로운 용어로 만들었다.

첫째, 눈부처란 '주/객의 이분법을 해체하는 대대待對'이다. 우선 상대방의 몸인데 내가 있다. 그리고 상대방의 눈부처를 보는 순간에 내 눈동자에도 상대방이 담겨 있음을 깨닫게 된다. 이를 서로 바라보는 순간만큼은 너와 나, 주체와 객체의 이분법이 해체되고 상대방을 내 안에 서로 모시는 대대의 관계를 형성한다.

둘째, '내 안의 불성佛性과 타인 안의 불성의 서로 드러남'이다. 설혹 상대방을 때리러 간 사람이라 할지라도 눈부처를 보는 순간 멈출 수밖에 없다. 이처럼 눈부처는 내 안에 타인과 공존하고 섬기려는 불성이 드러난 것이다.

셋째, '동일성에 포획되거나 환원되지 않는 차이 그 자체'이다. 이해하기 쉽게 허구적인 소설로 풀어 설명한다. 어떤 사람이 누이가 간호사로 독일에 가서 보내주는 돈으로 대학을 다녔는데, 그 누이가 어느 날 독일 의사한테 성폭행을 당해서 자살했다고 설정하자. 당사자는 독일 의사를 원수처럼 생각할 것이다. 그 사람이 대학을 중퇴하고 입지전적 인물이 되어서 중소기업을 운영하는 사장에 올라, 고유명사 '독일 의사' 뿐만 아니라 보통명사 독일 의사도 되지 않기 위해서 노동자 백 명 가운데 오십 명을 이주노동자로 고용하고, 그들과 저녁도 같이 자주 먹고, 축구도 같이 하는 등 가족처럼 대해주었다. 그런데 어느 날 아들이 와서 아빠야말로 독일 의

사라고 말하고는 집을 나가버렸다. 아들이 회사 노동자 가운데 흑인 여성 이주 노동자를 데려와 결혼한다고 하자, 그는 유학자의 자손으로서 검은 피부를 가진 손자가 조상님의 제사를 지내는 것까지는 받아들인다 하더라도 자신의 손자가 흑인의 혼혈아이라고 차별을 받을 것을 감당할 수 없다고 말했기 때문이다. 아들이 집을 나간 후 그는 밤새워 성찰하며, '내 안의 독일인 의사'를 발견하고 다음 날 아침 전화를 해서 아들과 그 흑인여성 이주노동자와 소풍을 가서 자기, 자기 안의 독일인 의사, 그리고 여성 이주노동자, 이주 노동자 안에 있는 누이, 이 네 자아가 하나가 되는 경지가 '눈부처 차이'이다.

이처럼 눈부처의 차이는 내 안의 타자, 타자 안의 내가 공감을 매개로 서로 모시며 하나로 어우러지는 것이다. 이는 두 사람이 서로 감성에 의해 차이를 긍정하고 몸으로 상대방을 수용하고 섞이면서 생성되기에 동일성으로 환원되지 않는다. 차이를 전적으로 받아들이는 자는 다른 것을 만나서 그것을 통해 자신을 변화시킨다. 나와 타자 사이의 진정한 차이와 내 안의 타자를 찾아내고서 자신의 동일성을 버리고 타자 안에서 눈부처를 발견하고서 내가 타자가 되는 것이 눈부처의 차이다. 이 사유로 바라보면, 이것과 저것의 분별이 무너지며 그 사이에 내재하는 권력과 갈등, 타자에 대한 배제와 폭력은 서서히 힘을 상실한다. 그 타자가 자신의 원수든, 이민족이든, 이교도든 그를 부처로 만들어 내가 부처가 되는 사유다.[38]

동일성이 실체를 바탕으로 한다면, 차이는 관계에서 비롯된다. 동일성이 이분법에 의하여 이항대립구조를 설정한다면, 차이는 대대待對의 논리

38 지금까지 동일성과 눈부처 차이에 대한 논의는 『원효와 맑스』, 145~185쪽을 요약하며 일부 수정함.

로 이항대립구조를 깬다. 동일성이 구성하려 한다면, 차이는 이를 해체한다. 동일성이 보편을 지향한다면, 차이는 특수를 지향한다. 동일성이 같음을 따른다면 차이는 다름을 드러낸다. 동일성이 개념에 입각하여 추상화한다면, 차이는 물질에 바탕을 두고 구체성을 부여한다. 동일성이 관념과 이상을 구성한다면, 차이는 경험을 바탕으로 한다. 동일성이 이성에 의존한다면, 차이는 공감에 기댄다. 동일성이 상징으로 재현되고자 한다면, 차이는 상상으로 표현되고자 한다. 동일성이 응축한다면, 차이는 대체한다. 동일성이 끊임없이 은유metaphor를 만든다면, 차이는 이를 깨는 환유metonymy로 작동한다. 동일성이 은유를 매개로 본질을 드러내려 한다면, 차이는 환유를 매개로 그것이 본질이 아님을 밝힌다. 동일성이 쉼 없이 다른 무엇을 통합하려 한다면, 차이는 분리시키려 한다. 동일성은 수직적이고, 차이는 수평적이다. 동일성이 귀속시키려 한다면 차이는 탈주하려 한다. 동일성이 타자를 배제하여 동일성을 강화한다면 차이는 이를 품는다. 동일성이 존재하려 한다면, 차이는 생성하려 한다. 동일성이 중심을 지향한다면, 차이는 주변을 지향한다. 이렇게 동일성이 차이를 지우고 권력을 행사하려 한다면, 차이는 이를 해체한다.

〈표 2〉 동일성과 차이

동일성	차이
실체	관계
이분법	대대(待對)
보편	특수
구성	해체
같음	다름
개념(추상)	구체

동일성	차이
관념	경험
이성	감성
상징	상상
응축	대체
은유(metaphor)	환유(metonymy)
본질의 드러냄	본질의 해체
통합	분리
수직적	수평적
귀속	탈주
배제	품기
존재	생성
중심	주변

2. 현실과 텍스트, 해석의 관계와 차이

우리는 18~19세기의 한국에서 살지 않았더라도 그때의 현실을 재구성하고 마치 눈앞에 펼쳐지는 현장처럼 상상하고 표현할 수 있다. 프랑스의 소르본느대학에서 프랑스혁명을 연구했다는 후배 연구자는 마치 목격자처럼 프랑스 혁명의 현장을 구체적이고 정확하게 묘사하여 좌중들을 자주 놀라게 하였다. 프랑스 혁명이란 현실을 재현한 텍스트들이 있고 그를 통해 그가 해석한 현실이 있고 이를 그가 잘 기억하고 표현하기 때문이다. 하지만, 여기에도 동일화의 오류가 작동한다. 18~19세기 한국의 현실, 역사서이든 예술작품이든 이를 재현한 텍스트, 이를 읽고서 독자가 구성한 현실은 같지 않다.

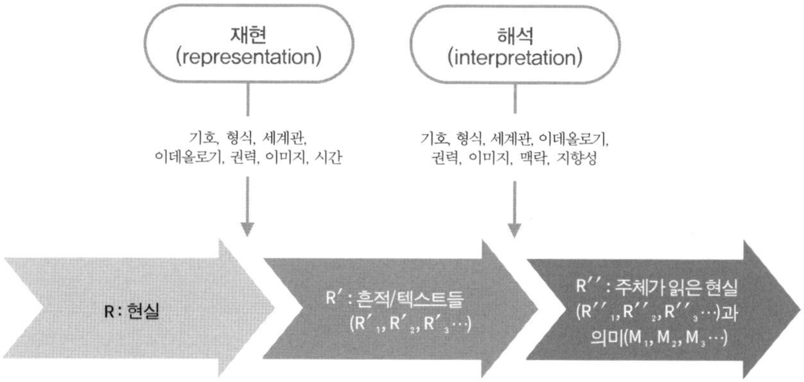

〈모형 1〉 현실, 텍스트, 해석의 관계

여기 구체적인 현실이 있다. 1789년 5월 혁명에 이어서 1832년에 6월 봉기가 일어났다. 수많은 사람들이 현실에 참여했다 하더라도 이 중 몇몇만이 프랑스 혁명이란 현실이 형성한 세계의 의미를 읽는다. 또 읽는 자 가운데 소수만이 이를 기억하여 텍스트로 재현representation한다. 실제로 카를 마르크스Karl Marx, 알베르 소불Albert Soboul 등이 역사서로 기술하고, 빅토르 위고Victor Hugo는 『레미제라블』이라는 소설로 재현하였다. 이 역사적 기록과 소설로 인하여 당시에 태어나지도 않았던 사람들이 그 기록과 소설에 재현된 현실(R′)을 통하여 현실을 재구성하고(R″) 실제 현실(R)을 구체적으로 유추할 수 있다. 그래서 많은 이들이 바스티유 감옥이 무너지고 루이 16세와 왕비인 마리 앙투아네트가 단두대에서 목이 잘리고 군주제가 폐지되고 새로운 헌법에 의하여 공화국이 들어서기까지 현실을 구성하는 여러 사건들을 자신이 예전에 경험한 사건을 추억하듯 떠올릴 수 있다.

흔히 실제 현실(R)과 재현된 현실(R′), 해석된 현실(R″)이 일치하는 것으로 간주하였다. 하지만, 기억만이 아니라 기호의 한계, 형식의 매개, 세계관의 투영, 이데올로기의 반영, 권력의 개입, 시간과 기억 투쟁에 의해서 현실은 늘 왜곡되어 재현되기 마련이다. 해석의 과정에서도 이들 변인에 더하여 읽는 주체가 놓인 맥락과 그가 지향하는 바에 따라서 다양한 해석의 파노라마가 펼쳐진다. 그래서 실제 현실(R)과 재현된 현실(R′), 해석된 현실(R″)은 차이가 난다. 현실은 다양하게 재현되고, 같은 텍스트를 읽었다 하더라도 독자마다 해석된 현실은 R''_1, R''_2, R''_3 등으로 다양하며 차이를 만들며 다채로운 의미를 산출한다.

1) 현실과 재현의 관계와 차이

(1) 기호의 한계

우리는 기호를 이용하여 현실을 말이나 글로 재현할 수밖에 없는데, 이 기호가 현실을 실상 그대로 재현하는 데 한계를 보인다. 기호란 한마디로 '다른 무엇을 대신하는 무엇aliquid stat pro aliquo, something stands for something else'이다.[39] 여기서 라틴어 'stat pro'는 '나타내다stand for', '전이하다transfer', '재현하다represent'와 통한다. 저자가 강의실에서 강아지에 대해 설명하기 위하여 강아지를 데려올 필요는 없다. '강아지'라고 말로 하거나 강아지 그림을 보여주면 학생들은 강아지에 대해 사고하거나 상상한다.

하지만, 기호는 한계를 갖는다. 세계는 언어보다 더 다양하고 복잡하고 더 심오하기 때문에 언어로는 이를 온전히 나타낼 수 없다. 한국 사람들은 무지개를 흔히 빨주노초파남보 7가지 색이라고 말한다. 인간이 빛의 파장, 채도, 명도 등의 객관적 준거를 만들어, 파장이 625nm에서 740nm 사

---

39 Winfried Nöth, *Handbook of Semiotics*, Bloomington and Indianapolis : Indiana University Press, 1995, p.84.

이에 있는 빛은 빨강, 590nm에서 625nm 사이에 있는 빛은 주황, 565nm에서 590nm 사이에 있는 빛은 노랑으로 범주화하여 구분하였기에 그렇게 보이는 것이다.[40] 하지만, 얼마 전까지만 하더라도 '주황'이라는 낱말은 없었다.

현재도 유럽 사람들은 파랑과 남색을 하나로 묶어서 무지개를 여섯 가지 색으로 본다. 성소수자기나 평화기는 빨강, 주황, 노랑, 초록, 파랑, 보라의 여섯 가지 색깔로 이루어져 있다. 지금 한국에서 주황색을 보고 빨강이나 노랑이라고 말한다면 그 사람은 색맹 소리를 들을 것이다. 하지만, '주황'을 '주황'이라고 부른다고 하더라도 오류이기는 마찬가지다. 실제 무지개를 자세히 바라보면, 빨강과 주황 사이에도 거의 무한에 가까운 색깔이 존재하기 때문이다. 그것을 세분하여 '극도로 진한 주황'에서 '극도로 흐린 주황'까지 천 가지, 만 가지로 나눈다고 하더라도 실제 색깔에 이르지 못한다. 목숨을 구해주어서 진정 고마운 이에게는 오히려 "고맙습니다"라는 말이 나오지 않는다. 진정한 고마움이 100이라면 어떤 미사여구를 동원한다 하더라도 그는 80이나 90밖에 미치지 못하기 때문이다. 언어로는 생각을 다 표현할 수 없고, 생각은 이 우주를 모두 인식할 수 없다. 이렇게 기호가 실제의 세계를 실상 대로 재현하는 데 한계를 갖기 때문에, 어떤 현실을 기호로 재현한 순간 그 기호로 재현된 텍스트는 실제 현실을 왜곡하기 마련이다.

언어에는 실체가 없다. '나무'라는 낱말 안에 나무의 실체가 없다. '나무'는 실제 '나무'와 아무런 관련이 없다. 일종의 사회적 약속일 뿐이다.

---

40 〈위키피디아〉 영어판, 'Color' 참고.

우리 조상이 '너무', '노무', '낭무'로 불렀고 그것이 계승되었다면 그 낱말이 실제 나무를 대신하는 기호가 되었을 것이다. 나무의 의미를 드러내는 것은 나무의 속성이 아니라 나무와 다른 낱말과 관계이다. 앞에서 예를 든 대로 나무의 의미는 다른 낱말과 관계, 차이에 따라 의미가 구성되고 이는 계속 연기된다. '불, 뿔, 풀'이 'ㅂ/ㅃ/ㅍ'의 음운의 차이로 의미가 갈리고 다른 낱말이 되듯, "언어에는 차이가 있을 뿐이며",[41] "이러한 차이들은 이 자체가 실체가 아니라 구조 자체가 만들어내는 효과이다".[42]

재현의 위기를 학술 담론으로 부상시킨 빈프리트 뇌트 또한 "소쉬르에 따르면 기호 너머의 세계는 단지 뭉게뭉게 모여 있는 성운일 뿐이다. 기호는 다른 기호와의 대립에 의해 존재하며 재현은 세계를 재현하는 것이 아니라 기호들 사이에 존재하는 차이를 재현할 따름이다"[43]라고 말한다. 이렇듯, 현실은 기호를 통하여 재현될 수밖에 없는데 그 기호가 한계를 갖기에 현실은 기호의 매개를 거치는 순간에 축소되거나 왜곡된다.

(2) 형식의 매개

현실은 형식의 매개를 통하여 존재한다. 마이클 라이언Michael Ryan은 "형식이란 합리적인 개념인 동시에 유물론적인 개념이다. 그것은 물질성과 관념성 사이에, 즉 사물들의 객관 세계와 사고 및 관념이라는 정신세계

---

41 Ferdinand de Saussure, tr. Wade Baskin, *Course in General Linguistics*, New York : Philosophical Library, 1959, p.118 : "in language there are only differences."

42 자크 데리다, 김보현 편역, 『해체』, 문예출판사, 1996, 132쪽.

43 Winfried Nöth, "Crisis of Representation?", *Semiotica*, Vol.143 No.1, 2003, p.13. "Since the world beyond the signs, according to Saussure, is a mere nebula, signs can only be signs in opposition to other signs, and representation is not the representation of the world, but the representation of a difference between signs."

사이에 있다. 형식은 정신적 실체에 경험적 형상을 부여한다. 다시 말해, 말, 행위, 재현 등이 그렇듯이, 형식은 사고를 물질적으로 구체화한다".[44] 라고 말한다. 규칙과 정석에 따라 바둑을 두는 사람처럼, 개인은 사회구조 속에서 각 집단이 행해온 재현의 형식에 따라 호명interpellation되면서 주체로서 기능을 하고 실천을 행하며 현실을 형성하고 재현한다. 따라서 같은 현실도 형식과 표현양식에 따라 다양하게 재현되며, 이 형식에 힘force들이 상호관계를 맺고 있다. 권력은 형식을 지배하여 현실을 자신들에게 유리한 방향으로 재현하려고 한다.

형식이 어떻게 사고를 물질적으로 구체화할까? 예를 들어 똑같은 현장에서 똑같은 시간에 사건 현장을 찍었다고 하더라도 사진의 시점에 따라, 좀 더 구체적으로는 기자의 위치와 사진기의 각도에 따라 별개의 현실이 존재한다. 기자가 80년대에 한 대학 정문 앞에서 학생들의 민주화 운동 장면을 경찰 뒤편에서 찍어서 보도하였다면, 대중은 경찰의 시각에서 과격한 학생들이 국가와 사회의 안전을 위해 공무를 수행하는 경찰을 향하여 돌을 던지고 각목을 휘두르는 현실을 보고 있다고 생각한다. 반대로 학생의 뒤편에서 사진을 찍거나 촬영했다면, 대중은 학생의 시각에서 폭력적인 경찰들이 어리고 선량한 학생들에게 최루탄을 쏘고 진압봉을 휘두르고 방패로 가격하는 현실을 보고 있다고 생각한다.

또 권력은 형식을 지배한다. 5공화국 때 전두환 정권은 기사의 제목부터 내용, 사진 등을 정권의 뜻대로 조작하고 통제하는 '보도지침'이란 것을 만들어 언론사로 보냈다. 언론사에 기관원이 상주하면서 이를 지킬 것

---

44 마이클 라이언, 나병철 · 이경훈 역, 『포스트모더니즘 이후의 정치와 문화』, 갈무리, 1996, 23~24쪽.

을 강제하였고, 그래도 이를 어겼을 경우 해당 언론인을 고문하거나 구속하였다. 전두환 정권은 이 보도지침을 통해 학생들의 집회나 시위 현장을 보도할 경우 경찰 뒤편에서 찍거나 촬영한 사진과 장면만 게재하도록 했다. 이에 따라 당시의 대중들은 학생들이 충직하게 공무를 수행하는 경찰을 향하여 과격하게 폭력을 행한 것으로 현실을 해석하였다. 이처럼 형식은 정신적 실체에 경험적이고 물질적인 형상을 부여하여 사고를 물질적인 현실로 구체화한다. 이 때문에 권력은 형식을 지배하여 자신들의 지배 이데올로기와 이해관계에 맞게 현실이 구성되고 해석되도록 한다.

(3) 세계관의 투영

저자가 화쟁을 바탕으로 마르크시즘과 형식주의를 종합하여 창안한 이론인 화쟁기호학에 따르면, 인간 주체는 세계관에 따라 현실을 해석하고 구성한다. 세계관이란 "집단으로서 사회관계 속에 있는 인간 주체가 세계와 마주쳤을 때 세계의 모순과 부조리를 인식하고 세계의 분열을 조화로 전환하기 위하여 오랜 동안 세계의 장애에 대해 집단적으로 적응하거나 극복하는 가운데 만들어진, 공동적·사회적 상황에 대한 집단무의식적인 대응 양식의 체계, 세계의 의미를 구성하고 해석하는 기호체계의 바탕체계, 특정 시대에 특정의 맥락에서 상호주관적인 실재를 구성하는 인간과 사회, 세계에 대하여 통일된 의미망의 체계"[45]이다.

세계관은 세계의 부조리에 대한 집단무의식적 대응양식 체계다. 예를 들어, 어떤 사람의 누이가 지극히 선하게만 살아왔는데 갑자기 전염병에 걸

---

45 이도흠, 『화쟁기호학, 이론과 실제』, 205쪽을 요약하며 상호주관적 실재를 추가.

린 것은 세계의 부조리다. 샤머니즘 세계관를 가졌던 고대 한국인라면, 그는 이 부조리에 맞서서 무당을 찾아가 전염병 귀신을 달래거나 쫓는 굿을 행할 것이다. 불교적 세계관에 있는 신라인이라면, 그는 절을 찾아가서 재를 올리며 부처님께 병이 낫기를 발원할 것이다. 하지만 근대 과학적 세계관에 있는 현대 한국인이라면 병원으로 가서 진단을 하고 그에 따른 처방을 받을 것이다. 누이의 중병으로 맞은 혼란과 불안, 불행에 맞서서 집단무의식적으로 대응하여 다시 질서, 안정, 행복을 모색한다. 이처럼 인간은 세계관에 따라 세계의 모순과 부조리를 인식하고 이에 맞서서 집단무의식적으로 대응하여 다시 질서와 조화를 이루고자 한다.

기호체계의 바탕체계라는 것은 은유와 환유를 매개로 의미를 구성하는 바탕의 틀로 작용하는 것을 뜻한다. 똑같이 "보름달이 높이 떠서 산과 들을 고르게 비춘다"라는 달의 짓用/기능을 은유화할 때, 불교적 세계관에 있는 신라인은 "보름달처럼 원만圓滿하고 원융圓融한 관음보살께서 산처럼 높은 귀족과 들처럼 낮은 양인들에게 자비의 빛을 고루 비추고 있다"라고 해석한다. 반면에 성리학적 세계관을 가진 조선조의 선비들은 "보름달처럼 하늘 높이 밝게 빛나는 임금님께서 산처럼 높은 양반과 들처럼 낮은 서민에게 커다란 은총을 고루 베풀고 있다"라고 해석한다. 이처럼 의미의 존재로서 인간은 자기 앞의 대상의 현상相, 그 너머의 본질體, 기능과 작용, 상관관계用를 인식하고 이를 유사성의 유추—은유—를 하거나 인접성의 유추—환유—를 하여 2차적/시적 의미로 전환한다.

'상호주관적인 실재를 구성하는 의미망의 체계'란 허구이지만 특정 시대에 특정한 맥락에서 집단에 속한 절대 다수의 개인에게 일관되게 믿음의 체계로 작동하면서 현실을 구성하는 의미망으로 작동함을 뜻한다. 최근 10년 동안 혜성이 숱하게 지구상의 하늘에 출현했지만 어떤 대통령이나 수상도 그 때문에 죽지 않았다. 하지만, 『삼국사기』를 보면 혜성이 출현하면 왜구가 침입하거나 반란이 일어나거나, 아니면 왕이 죽었다는 기사가 꼭 뒤따르고 있다. 거짓으로 기록한 것이 아니다. 당시에는 "혜성의 출현=흉조凶兆"라는 것을 모든 이들이 믿었기에 왜구나 반란군은 이에 맞추어 침략을 하거나 봉기를 하고, 반대로 신라의 군대는 사기를 잃어서 전쟁에서 패배하고, 병든 왕은 살려는 의지를 상실하여 그 후에 죽은 것이다. 사관史官들은 양자 사이에 인과관계가 있다고 생각하여 두 사건 사이에 상당한 거리가 있을지라도 그 사이에 놓인 다른 사건은 생략한 채 기술한 것이다. 오늘날에도 국가가 허구임에도 그 나라 국민 모두가 이를 믿고 세금을 내고 국방의 의무를 수행하고 폭력을 독점하는 것을 인정하며, 이에 따라 국민들은 국가에 소속된 구성원으로서 국가 안에서 국가가 만든 시스템에 따라 다양한 현실을 구성한다. 하지만, 소련처럼 해체되는 순간에서야 그것이 허구임을 인식한다. 해체되지 않더라도 국민 모두가 세금 내기를 거부하기만 해도 국가는 존속하지 않는다. 이처럼 특정한 시대에 특정의 맥락에서 집단에 속한 절대 다수의 개인들이 일관되게 믿는 것을 바탕으로 실재처럼 작동하면서 현실을 구성하는 통일된 의미망의 체계로 작동하는 것이 세계관이다.[46]

화쟁기호학은 현실에서 세계의 부조리를 인식하고 세계를 해석하고 이를 텍스트로 전환하는 자를 '쓰는 주체'라 명명하는데, 쓰는 주체는 세계관에 따라 현실에서 세계를 구성하고 이를 은유와 환유를 매개로 재현하

46 상호주관적 실재에 대해서는 유발 하라리, 조현욱 역, 『사피엔스』, 김영사, 2015, 175~177쪽에서 시사받음.

며, 읽는 주체 또한 텍스트에 내재된 은유와 환유를 풀며 현실을 해석한다. 한 시대에 단일한 세계관만 존재하지 않는다. 향가를 불교에만, 시조를 유교에만 연관시켜서 해석하면 많은 것들을 놓친다. 한 시대에는 주동적 세계관, 잔존적 세계관, 부상적 세계관 등 여러 세계관이 공존할 수 있으며 한 텍스트나 한 사람에게 여러 세계관이 중첩될 수 있다.

70년대까지만 해도 임산부가 커피를 마시지 않았다. 카페인이 아기에게 나쁘다는 근대 과학적 세계관과 함께 커피처럼 피부가 까만 아이를 낳을 것을 우려하는, 자연과 인간 사이에 유사성의 유추를 하는 토테미즘의 세계관이 남아 있었기 때문이다. 21세기 오늘에서 보면 대다수가 자식이 병이 나면 병원으로 달려간다. 주동적 세계관이 근대 과학적 · 합리적 세계관이기 때문이다. 하지만, 극히 일부의 사람들은 무당에게 가서 굿을 하기도 하고, 또 어떤 목사 부부는 병이 걸린 딸에게서 악마를 내쫓는다며 수십 일 동안 굶긴 채 안수기도를 강요하여 죽이기도 하였다. 그들에게는 샤머니즘이나 중세적 기독교가 잔존적 세계관으로 작동하기 때문이다. 반면에 몇몇 사람들은 주동적 세계관을 넘어서 새로운 세계관인 포스트휴머니즘을 지향한다. "하나의 세계관, 하나의 이념이 강요될 수는 있어도 이것이 현실적으로 유일한 인간의 실천으로 기능을 하는 사회문화 집단이란 스탈린 체제와 같은 전체주의 사회에서도 불가능하다. 또 신라사회가 화엄만다라의 세계관 아래 미륵사상, 미타사상 등 다양한 이념을 추구하고, 현대 사회의 대중 대다수가 과학적이고 합리적인 세계관을 자기 집단의 대응양식으로 하면서도 사회주의자나 자유주의자, 칸트주의자나 헤겔주의자로 나뉘듯 인간 개인은 세계관 아래 다양한 스펙트럼의 이념과 사상, 종교를 추구한다."[47]

(4) 이데올로기의 반영

“쓰는 주체는 텍스트를 쓸 때, 세계관, 이데올로기 등과 더불어 자신의 지향의식, 무의식, 전의식前意識, 무의식 속에 있는 텍스트, 텍스트의 내적 구조와 외적 구조를 투영한다.”[48] 그 가운데 세계관 다음으로 현실을 굴절시키는 것은 이데올로기다. 쓰는 주체는 현실을 이데올로기라는 프리즘에 의하여 굴절시켜서 재현한다.

한 사례로, 여기 미군이 1950년에 충북 영동군 노근리에서 어린이를 포함하여 100~400여 명의 양민을 학살한 ‘노근리 양민 학살사건’이란 현실이 있고 리얼리즘의 입장을 견지하는 사진작가가 있다고 설정하자. 그가 자유주의적 휴머니스트였다면 전쟁의 광기가 빚어내는 야만과 인간애를 대조시키려 할 것이다. 그는 전쟁의 두려움과 광기로 이성을 잃은 군인에 의해서 야만스럽게 학살당한 양민의 시신과 자신의 목숨을 바쳐 자식이나 타인을 살리려 한 양민, 또는 그와 아무런 관련 없이 피어 있는 들꽃을 대조시켜서 사진을 찍을 것이다. 반면에, 그가 반제국주의자라면 아기를 어떻게든 살려보려고 몸부림을 친 어머니와 그 품에 있는 아기와 무표정하게 기관단총을 쏘고 있는 미군 병사와 대조시키며 사진을 찍어서 제국의 야만을 고발할 것이다. 그러나 그가 오리엔탈리즘을 가진 미국의 사진작가였다면 수백 명의 제3세계 사람이 죽은 것에는 별로 안중에 없고, 최고 선진국의 미군 병사가 미개의 땅에 와서 미개한 나라의 군인이나 백성에게 민주주의나 휴머니즘 등 서양의 가치를 전달하는 장면에 초점을 맞추어 사진을 찍을 것이다. 그가 보기에 노근리 학살사건이란 가브리엘

---

47 이도흠, 『화쟁기호학, 이론과 실제』, 206쪽.
48 위의 책, 177쪽.

마르케스의 『백 년 동안의 고독』의 '마콘도'처럼 없는 것이다.

오른편의 사진은 6·25전쟁 장면 가운데 한 사진으로 한국의 전쟁기념관에 〈부상당한 국군에게 담뱃불을 붙여 주고 있는 미군 대위〉라는 제목과 함께 전시된 사진이다. 이 사진에는 미군 대 한국군, 장교 대 졸병, 큼 대 작음, 온전한 자 대 부상자, 좋은 옷 대 후줄근한 옷 사이의 이항대립이 존재한다. 이 사진은 "전자의 자가 모든 면에서 열등한 후자에게 담뱃불을 부쳐주는 은혜를 베풀고 있다"라는 신화를 담고 있다. 이 사진은 그대로 한미관계의 환유로 작동하며 실제 한미의 관계를 왜곡한다. 이처럼 텍스트는 현실을 투명하게 재현하지 않는다. 쓰는 주체는 자신이 가진 이데올로기의 프리즘을 통해 현실을 바라보고 현실을 새롭게 구성하여 다시 존재re-presence하게 한다.

〈사진 1〉 부상당한 국군에게 담뱃불을 붙여주고 있는 미군 대위

읽는 주체 또한 이데올로기의 프리즘으로 텍스트를 해석한다. 그가 오리엔탈리즘을 가진 독자나 시청자라면 작가의 이데올로기와 관계없이 자신의 이데올로기, 곧 오리엔탈리즘으로 읽을 것이다. 자유주의자의 사진을 보면서 그는 서양의 휴머니즘이 반영된 것으로 읽을 것이다. 반제국주의자의 사진을 본다면, 조작이나 연출이라고 생각하거나 사실이라 하더라도 극히 일부 미군의 행위라고 해석할 것이다.

(5) 권력의 개입과 재현의 폭력

권력은 이데올로기, 제도, 폭력을 통하여 현실을 왜곡한다. 현실은 투명하게 재현되는 것이 아니라 권력의 공모에 따라 다시 만들어진다. 재현은 단순히 의미생산에서 그치지 않고 당대 권력과 유착해 지식을 생산하고 그 지식은 이데올로기적 속성을 띤다. "재현은 본질적으로 정치성을 지닌다."[49] 권력은 다양한 전략과 전술을 동원하여 모든 장의 모든 세력을 포섭하고, 포섭되지 않는 개인과 집단은 철저히 배제하면서 체제의 유지를 도모한다. 여기서 현실이란 권력의 목적과 이해관계에 따라 권력이 허용하는 형식에 의해 구성된 재현에 불과하다.

재현의 폭력the violence of representation이란 권력이 예술, 문화, 언론을 매개로 재현한 것이 실제 현실에서 특정 집단과 개인에 대한 편견을 확대하고 이들을 타자화하고 배제하고 폭력을 행하는 것을 정당화하는 것을 의미한다. 흑인이 원래 폭력적인가. 인종에 따라 폭력성에 차이가 없다. 하지만, 70년대까지만 하더라도 미국의 드라마와 영화를 보면 악역은 흑인이고, 반면에 이들로부터 선량한 시민을 구하는 영웅은 백인이다. 이를 본 대중들은 흑인이 더 폭력적이라고 생각한다. 이것으로 그치는 것이 아니라 이로 형성된 편견이 흑인에 대한 차별을 정당화한다.

실제로 "2010년에 미국 인구에서 13%에 달하는 흑인이 전체 범죄의 40%를 저질렀다. 반면에 인구의 64%를 차지하는 백인은 39%의 범죄를 행하였다. 백인은 0.45%가 범죄자가 되는 반면에 흑인은 2.306%가 범죄자가 되었다".[50] 이 수치만 보면 실제 현실에서 흑인이 백인보다 월등하게

---

49 김상률, 「탈식민시대의 재현의 정치」, 인문학연구소 편, 『탈근대의 담론과 권력 비판』, 한양대 출판부, 2002, 92쪽.

폭력성이 강하거나 악하여 범죄자가 많은 것으로 보인다. 하지만, "로크 카운티의 경우 2017년에 흑인 1,000명 당 414명이 검거된 데 반하여 백인은 1,000명 당 57명이 검거되었다. 흑인의 검거율이 백인보다 7배 이상에 달한 것이다".[51] 정도 차이는 있겠지만 다른 지역도 대동소이할 것이다. 언제인지 날짜가 기억나지 않지만 『뉴욕타임즈』에서 "미국에서 청소년이 음주운전을 하였을 경우 경찰은 백인일 경우 아버지 핸드폰 번호를 달라고 하여 전화한 후 훈방하지만, 흑인일 경우 바로 수갑을 채워 입건한다"라는 칼럼을 읽은 적이 있다. 그 마지막 문장이 진한 여운을 남겼다. "흑인 청년은 아버지가 없는가?"

이처럼 언론과 드라마, 영화에서 부당하게 재현된 흑인의 악하고 폭력적인 이미지가 흑인에 대한 편견을 구성했다. 이것이 흑인에 대한 차별에서 비롯된 경찰의 검문과 검거를 낳고 결국 흑인의 범죄란 결과를 야기한 것이다. 이들은 서로 상호침투하며 순환한다. 검거율보다 더 원천적으로 작용하는 것은 경제와 교육의 격차이다. 국적과 인종을 떠나서 가난한 자와 교육을 덜 받은 자가 범죄를 범하기 쉬운데, 백인의 자산은 흑인의 5배에 달하며[52] 흑인의 평균 학력도 낮다. 이처럼 권력이 형식을 지배하고 이데올로기와 이해관계에 따라 현실의 내용마저 조작하여 재현의 폭력을 행하여 현실을 왜곡한다.

---

50 〈위키피디아〉 영어판, 'Incarceration in the United States' 참고.

51 "The race factor : Black arrest rate seven times higher than whites", *GazetteXtra*, Feb 10, 2019 : "It was no surprise for local members of the criminal justice system to learn in January that black adults in Rock County are arrested at a rate seven times higher than white adults."

52 사피야 우모자 노블, 노윤기 역, 『구글은 어떻게 여성을 차별하는가』, 한스미디어, 2019, 267쪽.

(6) 이미지의 굴절

서양은 오랫동안 이데아를 추구했고 반면에 이미지는 배척해야 할 그림자, 거짓, 가짜였다. 중세시대엔 성상이 신의 실체를 왜곡한다고 보아 이를 파괴하려는 이들이 지키려는 자들을 압도하였고, 근대엔 과학과 실증의 이름으로 이미지를 무시해버렸다. 이미지는 현실을 그대로 모사하지 않는다. 이미지는 감각적으로 주어지는 상象이다. 현실의 지극한 부분과 만나 우리의 감각이 작동하는 바를 상으로 구체화한 것이 이미지이다. 때문에 이미지는 부분을 전체로 일반화한다는 면에서 유비추리類比推理의 오류를 범하고, 서로 다른 것을 감각을 통해 동일화한다는 면에서 동일성의 오류를 낳으며, 감각에 근거하고 호소한다는 면에서 실체와 동떨어진 가상이다.

또, 대중매체는 현실과 아무런 관계없이 이미지를 만들어 현실을 조작하고 대중들은 현실을 그대로 바라보는 것이 아니라 대중매체가 만들어 주는 이미지에 따라 바라보고 행위한다. 대중은 상품을 소비하는 것이 아니라 이미지를 소비하기 때문에 이미지에 의해 조작된다. 예를 들어 이라크의 후세인이 독재자이긴 하지만, 후세인과 히틀러 사이에는 많은 차이가 있다. 그럼에도 미국 언론은 후세인을 히틀러로 동일화시켰고, 이를 기반으로 부시 대통령은 존재하지도 않는 대량살상무기 제거를 명분으로 이라크를 침공하였다. 하지만, 그 전쟁에서 46만 1천여 명의 민간인과 군인이 죽었음에도 대량살상무기는 없었다.[53]

---

53 "Iraq study estimates war-related deaths at 461,000", *BBC*, 16 October 2013(https://www.bbc.com/news/world-middle-east-24547256) : "The study concludes that more than 60% of the estimated 461,000 excess deaths were directly attributable to violence, with the rest associated with the collapse of infrastructure and other

이처럼 이미지는 현실을 왜곡하고 사람들의 감각을 자극하여 이미지를 만든 자가 의도하는 행동을 이끌어낸다. 그리고 이는 다시 의도된 현실을 구성한다. 이미지가 의도된 현실을 만드는 것이다. 그러기에 21세기의 영토는 치열한 이미지 전쟁의 터로 변하고 있다. 이미지를 지배하는 자가 세계를 지배하기에 정치에서 사회문화의 전 영역에 걸쳐 치열한 이미지 전쟁이 벌어지고 있다. 유럽/미국과 제3세계, 백인과 유색인, 자본/국가/중산층과 서민/노동자, 사회적 다수자와 사회적 소수자 사이에 이미지 전쟁이 벌어지고 있고 대개 전자가 후자의 이미지를 자기의 것으로 대체하면서 지배를 더욱 공고히 한다. 한 나라의 차원에서 보면 지배층과 피지배계층의 헤게모니 투쟁은 이미지 투쟁에서 극에 달하며 전자의 승리로 끝나기 십상이다.

물론 이미지가 이데아에 대한 그림자로만 기능을 하는 것은 아니다. 바다를 보고 자궁 속 태아의 평안함이 연상되고 개떡의 쑥향기를 통해 어릴 적 추억을 떠올리듯 이미지는 근원으로 다가가는 열쇠이다. 시와 예술이 아름다운 것은 이미지가 있기 때문이며, 시와 예술을 감상하며 황홀할 수 있는 것은 시어들이 엮어내는 이미지의 세계에서 노닐 수 있기 때문이다. 노년의 신사가 문득 어머니 자궁이 빚어내는 원초적인 따스함 속에 푹 파묻히고, 감옥에 갇혀 있는 무기수가 고향의 향기로운 꽃밭을 마음껏 뛰놀도록 '매개'하는 것, 바로 그것이 이미지이다.

이미지는 언어기호나 이성으로 다다를 수 없는 실체로 우리를 다가가게 한다. 머리가 아닌 온몸으로 세계를 느끼고자 하면서 상징과 코스모스가

---

indirect causes. These include the failures of health, sanitation, transportation, communication and other systems."

가려버린 카오스를 향한다. 그러나 이미지는 가상이다. 기호와 이성의 한계를 넘어 초월과 환상과 경이의 세계로 다가가는 것도 좋지만 가상을 해체하고 실체를 직시하는 이성 또한 필요하다. 야만과 무지몽매함을 밝혀주는 것은 이성의 빛, 계몽의 힘이다. 진정 필요한 것은 이미지와 기호의 변증법, 감성과 이성의 종합이다.

(7) 시간의 개입과 기억투쟁

시간도 현실의 재현에 작용한다. 시간에 따라 기억이 변하면서 이에 의한 현실의 재현도 달라진다. 시간에 비례하여 현실에 관련된 정보가 양적으로 감소하지만, 모든 정보에 시간이 고루 영향을 미치는 것은 아니다. 대니얼 샥터Daniel Schacter에 따르면, 기억의 왜곡에 관여하는 요인은 일곱 가지이다. 시간에 따라 정신이 흐려지는 소멸transience, 주의를 기울이지 않아서 잊어버리는 정신없음absent mindness, 혀끝에 맴돌면서 기억이 나지 않는 것인 막힘blocking, 강간당한 여성이 텔레비전에서 본 얼굴을 강간범으로 착각하는 것처럼 잘못 귀속시키는 오귀속misattribution, 최면술의 암시처럼 암시에 의하여 기억이 왜곡되는 암시성suggestibility, 살인 현장의 목격자가 평소 폭력적이었던 사람이 칼을 휘두른 것으로 착각하는 것처럼 편향된 생각에 따라 왜곡되는 편견bias, 원치 않는 기억을 계속적으로 회상하는 지속성persistence 등이 있다.[54]

이를 지양하고자 문자로 기억을 정박시켜도 왜곡이 일어난다. 세계관 및 참조체계, 권력과 이데올로기, 형식과 구조에 따라 정보는 취사선택되

54 마이클 가자니가, 김효은 역, 『윤리적 뇌』, 바다출판사, 2009, 169쪽.

기에, 어떤 정보는 오랜 시간이 흘렀음에도 흔적으로 남고 어떤 정보는 별로 시간이 지나지 않았음에도 흔적 없이 사라진다. 이 중에서도 권력의 요인이 강하게 작용하면서 기억투쟁이 전개된다.

예를 들어, 제주 4·3민중항쟁은 1948년에 사건이 벌어진 이래 50여 년 동안 '빨갱이 폭도들에 의한 폭동과 반란'이란 기억이 '미군정과 남한 정부의 공권력에 의한 양민 학살'이라는 기억을 압도하였다. 3만에서 8만에 이르는 양민이 무고하게 살해를 당했음에도,[55] "이승만 정권부터 제주 4·3항쟁은 빨갱이 무장폭동의 담론으로 재현되는 것만이 허용되었다. (…중략…) 그러다가 제주 4·3항쟁의 진실을 담은 김석범의 『화산도』1967~1997와 『까마귀의 죽음』1967, 현기영의 『순이 삼촌』1978 출간을 계기로 재현의 폭력에 맞서는 담론들이 서서히 생성되기 시작하였다. 그럼에도 공식 기억official memory의 장에는 오르지 못하고 사회 기억social memory으로만 떠돌다가 (…중략…) 존 메릴 교수의 박사학위 논문인 「제주도 반란the Cheju-do Rebellion」, 김봉현의 『제주도-피의 역사』 등이 번역되어 소개되고, 1988년에 『잠들지 않는 남도-제주도 4·3항쟁의 기록』온누리을 기점으로 이를 다룬 책들이 출간되기 시작하였다. 이후 '빨갱이들의 무장폭동론'과 '민중항쟁 및 공권력에 의한 양민 학살론' 사이에 기억 투쟁과 헤게모니 투쟁이 본격적으로 벌어졌다.

1999년 12월 26일 국회에서 "제주 4·3사건 진상규명 및 희생자 명예회복을 위한 특별법"이 통과되고 정부 차원의 진상조사가 시작되었다.

---

55 양정심, 「제주 4·3항쟁에 관한 연구」, 『성대사림』 11집, 성균관대 사학회, 1995, 4쪽. 제주 4·3특별법에 의한 조사 결과에 따르면, 공식 사망자만 14,032명인데 이 가운데 진압군에 의한 희생자 10,955명, 무장대에 의한 희생자가 1,764명이다.(제주 4·3사건 진상규명 및 희생자 명예회복위원회, 『제주 4·3사건 진상조사보고서』, 2003)

2003년 10월 15일 조사위원회에서 보고서를 확정하였고, 조사위원회의 의견에 따라 2003년 10월 31일 노무현 대통령이 제주도민에게 공식적으로 사과하면서 "4·3의 진실이 공식 기억official memory의 반열에 올랐다".[56]

이제 대한민국 국민의 최소한 절반 이상은 공권력에 의한 양민학살로 기억한다. 그럼에도 최고의 가해자인 미국이 사과하지 않았고 자료들을 공개하지 않고 있다. 아직도 적지 않은 피해자와 유가족이 후환이 두렵거나 후손의 안위를 걱정하여 진실을 증언하지 않아 재현의 폭력은 극복되지 못하였다. 2020년 1월에 우리공화당은 "제주 4·3사건은 남로당이 일으킨 폭동·반란"이라는 광고를 신문에 게재하여 시민사회단체가 항의하는 성명서를 발표했다.[57] 이처럼 시간의 흐름에 권력이 개입하면서 기억 투쟁이 전개되며 이에 의하여 현실은 기억 투쟁에서 승리한 세력이 구성한 대로 재현된다.

2) 현실과 해석의 관계

해석의 장에서 현실은 투명하게, 객관적이거나 보편적으로 재구성되지 않는다. 읽는 주체, 혹은 역사가로부터 분리된 객관적 사실은 존재하지 않는다. 일체의 주관을 제거하고 역사나 사실의 객관성을 추구할 수 있다는 실증주의 역사학의 전제 자체가 텍스트와 해석의 관계에 대해 잘못 인식

56 Doheum Lee, "Aspects of Violence in the April 3rd Jeju Rebellion and the Measures to Restore the Community"(제주 4·3민중항쟁에서 폭력의 양상과 공동체 복원 방안), *IBYE 2018 KOREA-The International Conference to Commemorate the 70th Anniversary of the Jeju April 3rd Uprising and Massacre-Reflection on Massacre and Restoration of the Community*, World Fellowship of Buddhist Youth(WFBY). Memorial Committee for the 70th anniversary of the Jeju April 3rd Uprising and Massacre, 16th Mar, 2018, p.8.

57 「우리공화당 4·3왜곡 중단하고 제주도민에게 사과하라!」, 『제주도민일보』, 2020.1.14.

한 데서 발생한다. 『조선왕조실록朝鮮王朝實錄』처럼 양적·질적으로 지극히 충실한 텍스트도 조선 사회 전반의 현실을 재현하지 못한다. 그 또한 조선조의 과거 현실을 알려주고 재현하는 실증 가운데 하나일 뿐이다. 불가능한 것이지만, 설사 이것이 세계관, 이데올로기, 형식 등에 의해 전혀 왜곡되지 않은 채 조선조 현실을 100% 순수하게 재현하였다 하더라도, 해석자는 자신이 놓인 맥락, 자신의 세계관과 역사관, 지향성에 따라 해석하며 해석 당시의 권력과 이데올로기, 텍스트의 형식과 해석자를 둘러싼 구조 등이 이에 영향을 미친다.

(1) 기호의 한계

의미는 현실, 실상, 텍스트 그 자체에 존재하지 않는다. 앞에서 말한 대로, 기호는 다른 기호와의 차이에 의해 존재하며 재현은 세계를 재현하는 것이 아니라 기호들 사이에 존재하는 차이를 재현할 따름이기에, 해석 또한 차이의 체계에서 발생한다. '나무'와 '풀'의 차이를 통해 '나무'의 의미를 파악하는 것처럼, 읽는 주체는 텍스트의 구조, 수사, 기호들을 분석하고 이를 다른 구조, 수사, 기호들과의 차이들 속에서 의미를 산출한다. 요컨대 의미는 하나의 구조, 수사, 기호 속에 있는 것이 아니라 다른 것들과의 관계 속에 있다.

소에서 짠 젖을 놓고 '소젖', '우유', '밀크'라 할 때, 집회 현장에 자주 참여하는 같은 교수에 대해 '빨갱이', '진보적 지식인', '실천적 지식인'이라 할 때, 그 의미가 천차만별인 데서 잘 나타나듯, 기호에 이미 이데올로기가 내포되어 있다.

(2) 형식의 매개

형식과 구조 또한 해석에 영향을 미친다. 앞에서 말한 대로, 형식은 해석에 경험적 형상을 부여한다. 작게는 텍스트의 문체에서 양식, 코드, 크게는 해석 양식이나 텍스트가 수용되는 사회체제나 국가체제에 이르기까지 형식은 해석을 관장한다. 읽는 주체는 사회구조 속에서 각 집단이 행해온 해석의 형식에 따라 텍스트를 해석한다. 같은 현실도 형식과 해석 양식에 따라 다양하게 해석된다. 앞 절에서 현실이 재현되는 것과 역방향으로 해석이 발생한다.

(3) 세계관의 투영

읽는 주체는 자기 나름의 세계관의 구조 아래 텍스트를 해석하며 이것은 행위의 주체나 쓰는 주체의 세계관과 일치하지 않을 수 있다. 읽는 주체는 세계관과 주어진 문화체계 안에서 약호를 해독하여 의미를 산출한다. 그러기에 텍스트를 올바로 해석하려면 읽는 주체는 쓰는 주체의 세계관으로 들어가야 한다. 그렇지 않을 경우 불교적 세계관으로 쓴 텍스트인 『삼국유사三國遺事』를 유교적 세계관을 가진 사대부가 읽는 경우처럼, '관음보살'의 뜻으로 쓰인 보름달을 '임금님'으로 해석하는 것처럼, 텍스트의 겉으로 드러난 외연의미denotation와 숨어 있는 내포의미connotation 사이에 심각한 괴리가 발생하고 이는 오독을 낳는다.

(4) 이데올로기의 통제

세계관의 구조 아래 이데올로기가 해석에 관여한다. 독자들은 똑같이 근대 과학적 세계관을 가졌다 하더라도 다양한 이데올로기에 따라 현실을 해석한다. 1970년대에 한국의 정치현실은 반공이데올로기라는 프리즘에 따라 왜곡되어 재현되었다. 1970년대까지만 하더라도 한국의 많은 학생들과 일부 어른들이 북한에는 도깨비가 살고 있다고 생각하였다. 초등학생들은 박정희 군사독재정권에 맞서서 민주화운동을 하는 대학생이나 재야인사들도 인간의 탈을 쓴 도깨비라고 생각하여 마을에서 만나면 도망을 가거나 피했다. 박정희 군사독재정권은 이를 제도화하여 국가보안법과 유신헌법을 만들어 시민의 자유를 합법적으로 제한하고 통제하면서 장기 집권을 하였고 무고한 시민과 학생, 재야인사를 자신의 독재를 비판한다는 이유로 구속하고 고문하고 죽였다. 정권이 부패하고 과도한 폭력과 독재를 행하여 시민과 학생이 대규모 집회를 하면 정부는 땅굴을 터트리거나 간첩 사건을 조작하여 반대세력을 탄압하고 권력을 유지하였다.

당시에 자본주의를 더 활성화하기 위하여 정경유착을 비판하고 민주주의를 위하여 독재를 비판해도, 정권이나 사법부, 언론은 그를 '빨갱이'라고 규정하였다. 그 경우 그가 아무리 고매한 성직자이고 세계적 위상을 가진 학자라 할지라도 누구나 죽여도 좋은 '호모 사케르homo sacer'로 전락하였다.[58] 박정희 정권은 결국 시민과 내부의 저항으로 파멸했지만, 부패와

58 "주권의 영역은 살인죄를 저지르지 않고도 또 희생제의를 치르지 않고도 살해가 허용된 영역이며, 신성한 생명이란 죽여도 좋지만 희생물로 삼을 수 없는 생명이란 바로 이러한 영역 속에 포획되어 있는 생명을 말한다. (…중략…) 주권으로부터 추방된 생명이란 근본적으로 저주받은 생명, 곧 살해할 수 있으나 희생물로 바칠 수 없는 생명이며, 또 이런 의미에서 벌거벗은 생명을 생산하는 일이 주권의 본래 활동이다." Giorgio Agamben, tr. Daniel Heller-Roazen, *Homo Sacer, Sovereign Power and Bare Life*, Stanford : Stanford University Press, 1995, p.83 : "The sovereign sphere is the sphere in which it is permitted to kill without committing homicide and without celebrating a sacrifice, and sacred life-that is, life that may be killed but not sacrificed-is the life that has been captured in this sphere. (…중략…) The life caught in the sovereign ban is the life that originarily sacred-that is, that may be killed but not sacrificed-and, in this sense, the pro-

독재를 하면서도 18년 동안이나 권력을 유지하였다. 물론, 수출드라이브 정책과 성장과 재벌 위주 경제 정책의 성공, 병영체제의 교육, 언론과 사법부의 통제와 권력 유착, 군과 경찰의 독점 등 여러 요인이 영향을 미쳤다. 하지만 당시에 기득권은 물론 과반수 이상의 시민과 학생, 노동자와 농민이 반공이데올로기에 의해 박정희 정권에 대한 비판 발언이나 행위를 북한을 이롭게 하거나 이들과 결탁한 빨갱이 짓거리로 해석한 것도 중요한 요인으로 작용하였다. 이처럼 대중들은 이데올로기에 따라 현실을 해석한다.

(5) 권력의 개입

권력은 권력의 유지에 유리한 방향으로 해석을 독점한다. 권력은 학교, 언론, 학계, 문화예술계를 지배하여 이를 통하여 권력에 유리한 해석 양식과 약호code를 확대재생산하면서 현실을 재현한다. 이에 대중들은 자유롭게 텍스트를 해석하는 것이 아니라 권력이 점유하고 배포한 해석 양식과 약호에 따라 해석한다. 그러나 권력이 포섭하지 못하는 장場이 있으며 이 틈을 따라 읽는 주체들은 권력에 저항하는 해석과 실천을 행한다.

예를 들어, 유신시대에 반공 영화를 보며 대다수 학생이 반공이데올로기를 수용하고 박정희 대통령을 비판하는 이들을 '빨갱이'로 인식하였다. 하지만, 드물지만 몇몇 학생은 민주주의나 휴머니즘의 입장에서 영화를 해석하기도 하고, 반공영화의 상투적인 인물과 서사에 식상하여 비판적인 읽기를 하기도 하였다. 심지어 포르노 영화를 보면서도 대다수가 정치

---

duction of bare life is the originary activity of sovereignty."

적 불만을 성적 쾌락으로 풀어 버리지만 극히 소수의 쓰는 주체들은 체제를 위협하는 욕망을 하거나 자유의 메시지를 읽는다.

그러기에 텍스트 해석의 장은 권력과 피지배층이 마주치는 헤게모니 투쟁의 장이다. 또, 읽는 주체가 역사가일 경우 그를 지배하는 가치의 준거는 역사관이다. 그는 사실을 모은 결합체에 대해 사관에 따라 해석한다. 똑같은 사실이나 사건을 놓고도 영웅사관과 민중사관, 실증주의 사관과 해석학적 사관, 모던의 사관과 포스트모던의 사관의 해석이 충돌한다.

(6) 맥락의 구체성

맥락은 해석에 구체성을 부여한다. 읽는 주체가 기호와 텍스트를 공시적으로 만나는 것은 아니다. 철저한 모더니스트조차 현실의 맥락 속에서 기호와 텍스트를 만나 이 맥락 속에서 해석한다. 그리고 읽는 주체는 이 해석과정에서 텍스트에 재현된 현실을 그 자체로 해석하는 것이 아니라 자신이 놓인 맥락 속에서 해석한다. '달'에서 떠오르는 낱말을 적어보라고 하면 초등학생도 100가지 이상의 낱말을 적는다. 이 연상된 낱말이 모두 달의 2차적/시적 의미이다. 텍스트는 열려 있지만 여기에 울타리를 치는 것은 맥락이다. 텍스트는 현실을 소거하지만, 여기에 현실의 구체성을 부여하는 것이 맥락이다.

역사에서도 마찬가지이다. 19세기에 전봉준을 필두로 동학교도와 농민이 조선조 정부에 맞서서 항쟁한 사건에 대해 양반이나 기득권의 맥락에 있는 이들은 대개 보수적인 영웅사관이나 실증주의 방법론에 이끌리며 '동학란'으로 규정한다. 이들은 당시 농민들이 기존 질서나 체제에 대해 혼란을 가져온 실증들에 주목하여 당대의 현실을 재구성한다. 반면에, 민중 계급의 맥락에 있는 이들은 대개 경제사관이나 마르크스주의 사관 등을 추구하며 '동학혁명'이나 '갑오농민전쟁'으로 해석한다. 농민이 부패한 봉건왕조에 맞서서 근대적 이념과 세계관을 가지고 구체제를 혁파하고 새로운 질서와 세계를 건설한 것에 초점을 맞추어 그 당시의 현실을 다시 구성한다.

(7) 이미지의 왜곡

앞 절에서 말한 대로, 이미지는 현실을 왜곡하고 사람들의 감각을 자극하여 이미지를 만든 자가 의도하는 대로 현실을 해석하게 만든다. 제국과 권력이 만든 지배적인 이미지에 올바로 저항해야만 그 이미지의 포장을 벗겨내고 실체의 현실과 마주할 수 있다. 제국/엘리트/권력/남성/다수자에 맞선 제3세계/민중/피지배층/여성/소수자의 이미지 투쟁이 해석의 과정에 필요하다.

미국의 가수이자 작사자, 배우인 아리아나 그란데Ariana Grande의 〈하나님은 여성God is a Woman〉의 뮤직 비디오의 스틸 사진을 보면, 미켈란젤로의 〈천지창조〉를 패러디하여 하나님과 아담을 여성으로 대체하였다. 또, 쿠바계의 미국 화가 하모니아 모랄레스Harmonia Rosales는 한 번 더 전복시켜서 하나님과 아담 역을 흑인 여성으로 바꾸어 그리고는 〈신의 창조〉라고 명명하였다. 이들은 미켈란젤로의 〈천지창조〉가 담고 있었던, 더 나아가 서양의 기독교가 내포하고 있었던 남성중심주의, 백인우월주의를 뒤집고 있다.

(8) 미래의 지향성

시간은 과거에서 현재를 지나 미래로 직선으로 흐르지 않는다. 현재에 과거와 미래가 겹쳐 있다. 앞에서 말한 대로, 우리는 과거를 되먹임하여 현재를 구성하며, 미래에 어떤 삶을 지향하느냐에 따라서 여러 선택을 할 수 있고 그 선택에 따라서 여러 버전의 현실을 만든다. 박정희 정권 때 한 회사원이 집회에 참석하라는 권유를 받았을 때, 독재를 하더라도 경제적으로 잘 사는 대한민국을 바라고 개인적으로도 정치에 관심 없이 소시민으로서 내 가족만의 행복을 추구하는 사람이라면 이를 거절하고 집으로 달려갈 것이다. 반대로, 자유롭고 정의로운 민주주의 국가 대한민국을 바라고 가족의 행복만이 아니라 사회의 정의와 민주화에 참여하는 의식이 있는 삶을 추구하는 직장인이라면 집회 현장으로 달려갈 것이다. 또, 그런 지향을 하더라도 용기가 부족하여 집회 참여를 선택하지 않는 바람에 집으로 가지만 내내 마음이 편치 않은 사람도 있을 것이다.

이처럼 현실을 형성하는 현재의 선택과 행위, 실천에 미래가 겹쳐 있다. 주체가 어떤 미래를 지향하고 선택하느냐에 따라 현실은 다양한 이본異本을 갖는다. 역사 해석 또한 마찬가지이다. E.H. 카는 실증주의 역사관을 비판하고 크로체의 역사관과 해석학을 수용하여 "역사가와 그의 사실들의 끊임없는 상호작용 과정, 현재와 과거 사이의 끊임없는 대화"[59]라고 말했지만, 이 또한 미래를 놓치고 있다. "역사가는 과거를 상상하고 미래를 기억한다."[60]

---

59 E. H. 카, 김택현 역, 『역사란 무엇인가』, 까치, 2015, 45쪽.

60 Lewis B. Namier, *Conflicts : Studies in Contemporary History*, London : Macmillian & Company Limited, 1942, pp.69~70. "They imagine the past and remember the future."

현재에 대한 해석은 역사관과 이념에 따라 다양하다. 텍스트의 의미는 결정되지 못한 채 연기되고 미끄러진다. 하지만, 오늘의 맥락에서 무엇을 지향하느냐에 따라 우리는 울타리를 칠 수 있다. 박정희 정권에 대해, 미래의 대한민국이 모든 국민이 자유로운 민주주의 국가라고 생각한다면 이 정권의 독재를 비판하지만, 반대로 엘리트만이 잘사는 독재국가를 지향한다면 긍정적으로 평가할 수 있다. 어떤 미래를 지향하느냐에 따라 읽는 주체로서 역사가는 텍스트를 해석하여 하나의 역사적 사실에 대해서도 다양하게 해석하여 여러 판본의 역사를 구성한다. 사실과 텍스트, 흔적을 놓고 취사선택하여 해석하는 기준은 현재나 과거가 아니라 미래에 있다.[61]

3) 반영상과 굴절상의 아우름

역사는 소위 객관적으로 서술한 사료, 정사로 인정받은 정전, 사료 가운데서도 합리적으로 해석될 수 있는 부분을 통해서만 진실을 드러내는 것만은 아니다. 역사서인 『삼국사기三國史記』에는 전혀 언급되지 않았던 신라 제48대 경문왕景文王, 861~875에 관한 비리와 허위가 오히려 「임금님의 귀는 당나귀 귀」 설화를 통해 드러났다. 헌안왕이 응렴경문왕을 어진 이로 착각하여 사위로 삼고 왕위까지 물려준 것이 '두건'으로 상징되는 허위의식이라면, 그렇지 않은 실상—헌안왕의 두 딸 중 박색인 첫째를 선택하여 외모보다 내면을 중시하는 사람으로 보였으나 사위가 되려는 계략이었을 뿐 왕이 되자마자 미인인 둘째를 왕비로 맞고 그에게서만 자식을 낳았고

---

61 지금까지 현실, 재현, 해석 사이의 차이에 관한 논의는 이도흠, 「역사 현실의 기억과 흔적의 텍스트화 및 해석-화쟁기호학을 중심으로」, 『기호학 연구』 제19집, 한국기호학회, 2006.6, 139~170쪽; 이도흠, 『4차 산업혁명과 대안의 사회 2권-4차 산업혁명과 간헐적 팬데믹 시대』, 특별한 서재, 2020, 98~125쪽을 인용하며 일부 수정.

박색인 첫째는 멀리하였으며, 권력에 관심이 없는 의인으로 비쳐졌으나 자신은 물론 첫째아들을 49대 헌강왕憲康王에, 둘째 아들을 50대 정강왕定康王에, 딸을 51대 진성왕眞聖王에 앉히도록 기반을 조성할 정도로 권력을 탐한 자—이 바로 '당나귀 귀'의 상징이다.[62]

앞에서 말한 대로 쓰는 주체가 현실을 투명하게 재현하려 애써도 기호, 세계관, 권력 및 이데올로기, 형식과 구조, 시간 등의 요인에 의해 현실은 뒤틀려 재현된다.[63] 이에 텍스트에 대해 현실을 거울처럼 반영한 반영상反映相과 프리즘처럼 세계관, 이데올로기, 형식, 이미지, 상상력 등의 매개에 따라 굴절한 굴절상屈折相으로 분절하여 분석한 후 양자를 종합하는 것이 필요하다. 반영상은 해석에 구체성과 물질성을 부여하는 대신 해석의 지평을 닫는 단점이 있다. 반면에 굴절상은 현실을 고도로 전화/형상화하였을 뿐만 아니라 그 텍스트에 담긴 기호 또한 일대일로 대응하지 않는다. 텍스트에 사용된 약호 자체가 해독이 어렵고 현실과 거리를 두고 있어 텍스트와 현실과 관련시켜 해석하는 것은 읽는 주체의 상상과 비약에 의해서만 가능하다. 대신 텍스트의 기호들이 상당한 정도로 굴절된 것이기에 다양한 해독의 지평을 열어주고 있다.

반영상과 굴절상은 대립적인 것이 아니다. 양자를 화쟁和諍의 원리로 아우를 때 그 해석은 역사적 진실에 좀 더 가까이 다가간다. 읽는 주체는 반영상을 통하여 현실을 읽어내면서도 굴절상 때문에 역사주의나 마르크스주의적 해독을 넘어서서 텍스트의 숨겨진 의미를 해석하려 한다. 그러기

62 이에 대한 상세하고 구체적인 논증은 이도흠, 「삼국유사 텍스트에서 반영과 굴절의 변인과 原理－경문왕 설화와 조신몽 설화를 중심으로」, 『설화와 역사』, 집문당, 2000, 311~334쪽을 참고.

63 어용사학자의 경우처럼 읽는 주체가 의도적으로 현실을 왜곡할 때도 있다.

에 텍스트를 통하여 현실의 모순과 의미를 읽을 수도 있지만 현실의 굴레를 넘어 다양하게 텍스트를 해독할 수 있다. 반영상은 굴절상이 현실이 없이 비상하는 것을 붙잡아매고, 굴절상은 반영상이 두른 울타리를 해체한다. 좋은 텍스트일수록 반영상과 굴절상의 이런 상호작용이 1차로 끝나지 않고 계속 반복된다. 이렇게 하여 텍스트의 의미는 끊임없이 드러나고 반영상이 야기할 수 있는 닫힌 읽기도, 굴절상이 수반할 수 있는 비구체성, 비현실성, 비정치성과 비역사성도 지양된다.[64]

4) 체용상體用相의 순환과 모던과 포스트모던 역사관의 아우름

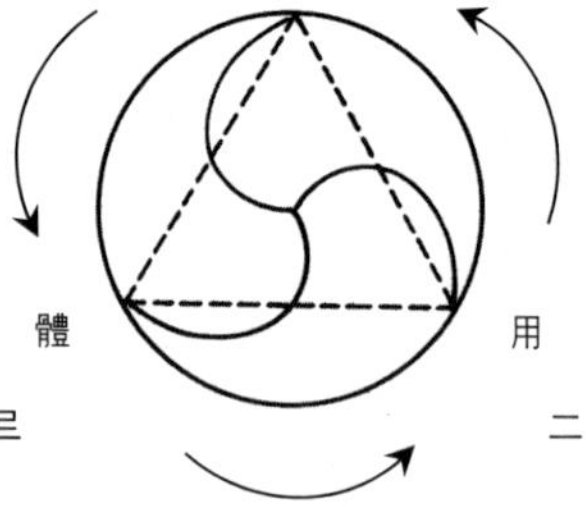

세계는 원래 하나다. 그러나 인간은 이해와 소통을 위해 이를 이데아와 그림자, 본질과 현상, 주主와 객客, 노에시스noesis와 노에마noema 등 둘로 나누어 본다. 이처럼 하나를 둘로 나누는 것은 실제 그런 것이 아니라 인간이 이해하고 이용하고 소통하기 위한 것이니 하나가 둘로 갈라지는 것

64 『화쟁기호학, 이론과 실제』, 191~199쪽을 간단히 요약함.

은 용用이다. 그러나 둘로 나눈 것—또는 이에 근거한 이원론적 사고나 이에 이름 붙인 언어기호—로는 세계의 실체를 드러내지 못한다. 그럼에도 포스트모더니즘 이전의 서양 철학자들이 세계를 둘로 나누고 이렇게 인식한 것이 진리라 생각한 것처럼, 사람들은 둘로 나누고 이에 이름을 부여한 것을 실체로 착각하였다. 그러니 셋을 두어 둘의 허상을 해체하여 하나로 돌아가는 것이 바로 체體이다.

현실과 텍스트와 해석의 관계를 화쟁으로 정리할 수 있다.[65] "인간의 참[體1]은 영원히 알 수 없으나 이를 인간의 행위를 통하여 한 자락 엿보는 것처럼, 식물의 본성을 광합성 작용이나 생존과 번식행위를 통해 유추하는 것처럼 참은 짓[用]을 통하여 일부 드러난다. 드러난 체는 서양의 실체와 의미와 통하며 이는 우리말로 몸[體2]이다. 몇몇 원숭이가 직립을 하고 손을 쓰면서 손이 발달하고 뇌가 점점 커진 것처럼, 광합성작용을 하는 나무가 햇빛을 충분히 받아들이도록 넓게 벌어진 잎과 바람에 살랑거리며 공기를 내뿜도록 가는 잎새를 갖는 것처럼 짓은 꼴[相]을 만든다. 뇌가 일정 정도 이상으로 커진 원숭이는 다른 원숭이와 다른, 인간의 특질을 드러내는 것처럼, 활발하게 광합성과 증산작용을 할 수 있도록 너른 이파리를 가진 고무나무와 증산작용을 억제하기 위하여 이파리를 가시로 진화시킨 선인장이 각각 다른 고무나무와 선인장의 특성을 갖는 것처럼 꼴이 참을 담는다. 이처럼 체는 용을 통하여 드러나고 용은 상을 만들며 상은 체를 담으며, 이 체는 또 다시 용을 낳는다. 체와 용과 상은 영겁순환에 놓인다.

65 조지형은 「포스트모던 시대의 기호학적 역사학—화쟁기호학을 중심으로」, 『역사학보』 제165집, 2000.3, 164~173쪽에서 저자가 화쟁기호학에서 꼴, 몸, 짓으로 체계화한 것을 원용하여 꼴을 특징화담론, 몸을 합리화담론, 짓을 설명담론에 대응시키고 있다.

일심一心이 이문二門으로 나누어지고 이문은 화쟁의 방편을 통하여 다시 일심의 체로 돌아가고 이는 다시 이문으로 갈린다.[66]

현실은[참, 體1]은 인간의 상징적 상호작용 행위[用]를 통해 드러난다. 이는 텍스트[相]를 만든다. 이 텍스트가 몸을 품고 있기에 읽는 주체들은 텍스트를 해석하면서 텍스트에 담긴 현실[몸, 體2]을 읽는다. 라캉식으로 말하면 실재계가 현실이라면 인간의 사회적 상징 행위가 상징계이고 상상계가 텍스트이다. 물론 실제 현실인 참의 현실 내지 역사적 진실[體1]과 텍스트를 통해 재구한 몸의 현실[體1]은 동일하지 않다. 읽는 주체는 영원히 역사적 실체에 이를 수 없다. 현실은 분명 있지만 다다를 수 없다. 하지만 텍스트를 통하여 실제 현실의 한 자락을 엿볼 수는 있다. 진정한 텍스트를 통하면 우리는 현실에 점점 접근해 간다.

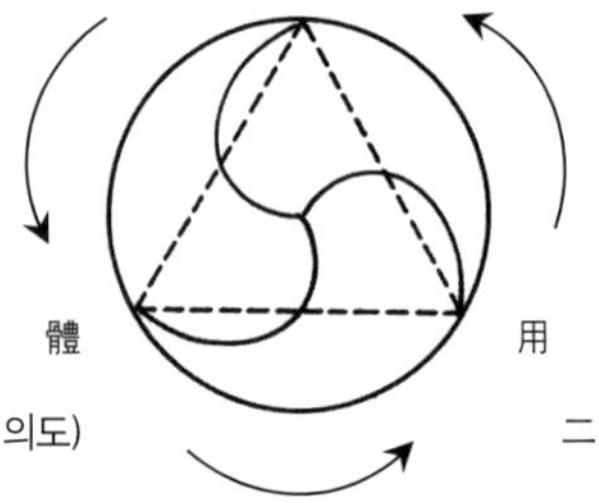

역사와 관련지을 때 재현의 장에선 몸은 현실을 형성한 주체들의 의도다. 짓은 주체의 행위와 실천이다. 짓이 사건을 만들고 이 현실은 기억에

66 위의 그림에서 삼태극(三太極)으로 표시한 까닭에 대해서는 화쟁을 삼재사상(三才思想)과 비교한 『화쟁기호학, 이론과 실제』, 145~172쪽을 참고하기 바란다.

의해 흔적/텍스트를 남긴다. 이것이 품이다. 이 텍스트에는 의미와 함께 주체의 의도를 넘어선 진정한 실체가 담겨 있다.

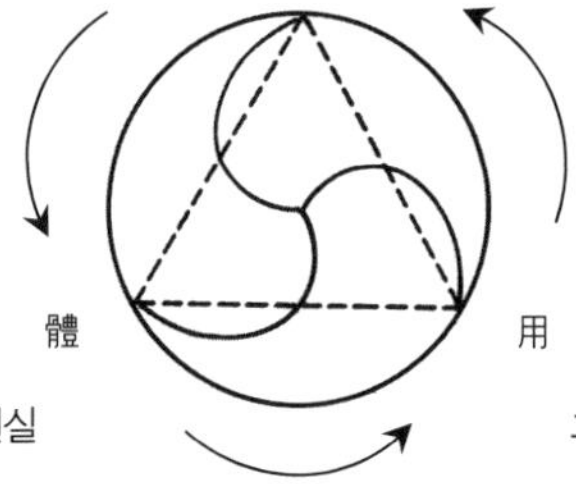

해석의 장에서 보면, 짓은 역사가의 사관과 방법론이다. 역사가는 사관과 방법론을 통해 역사적 현실에 담긴 의미, 곧 몸을 드러낸다. 품은 사관과 방법론에 따라 역사적 현실의 흔적인 텍스트를 분석한 2차 텍스트이다. 2차 텍스트는 다시 역사적 진실을 품는다. 이것을 다시 새로운 사관과 방법론에 따라 분석하면 3차 텍스트가 생성되고, 이것은 새로운 의미, 혹은 역사적 진실을 드러낸다. 이처럼 역사적 현실과 텍스트, 역사가의 사관과 방법론, 역사적 진실 사이에 영겁순환이 이루어진다.

"역사학은 근본적으로 사실의 비결정성, 텍스트의 다의성, 해석의 무한성에 기초한 열린 우주이다.[67]라는 말에 어느 정도 동의한다. "포스트모더니즘은 절대 가치, 형이상학적 기초, 자아중심적 주체를 아직도 필요로 하는 체제에 도전하는 한 급진적이다."[68] 그러나 모든 것이 상대적이고, 차이

---

67 김현식, 『포스트모던 시대의 역사란 무엇인가』, 휴머니스트, 2006, 219쪽.

68 Terry Eagleton, *The Illusion of Postmodernism*, Oxford : Basil Blackwell, 1996, p.132 :

를 통하여 드러나기 때문에 모든 것이 의미를 가진다면, 절대적 진리가 항상 불완전한 것이라면, '지금 여기에서' 불의, 악, 부조리, 허위에 대해 비판하고 저항할 수 있는 근거, 지표는 어디에서 오는가. 우리는 과연 무엇을 할 수 있는가? 우리는 해체의 미궁 속으로 일단 들어가기만 하면 회의주의적 인식론에 빠지고 만다. 그러기에 "포스트모던의 종말론적인 사고는 현재와 많이 다른 우리 앞의 미래를, 기념행사의 한 원인으로 제시될 가능성을 예상하지 않는다. (…중략…) 포스트모더니즘은 결국 해결책이라기보다 문제의 끝부분일 뿐이다".[69] 역사적 현실에 대한 자유롭고 열린 해석도 중요하다. 하지만 설사 그것이 해석의 오류나 역사적 현실에 대한 과잉해석이 아니라 하더라도, 이것이 역사적 진실을 찾아 '지금 여기에서' 현재의 모순을 비판하고 더 나은 미래를 창조하는 것보다는 못하다.

포스트모더니스트의 통찰대로 인류문명이 몇 만 년 더 지속된다 하더라도 원자의 실체에 영원히 다다를 수 없다. 하지만, '지금 여기에서' 힉스 입자를 규명해내면 이는 기존의 물리학에 비하여 원자의 실체에 다가간 것이며 현재의 우리 삶에도 많은 영향을 미친다. 이처럼 의미를 확정할 수 없지만, '지금 여기에서' 이를 지향에 따라 텍스트에 맥락을 부여한다면 의미에 울타리를 칠 수 있고 텍스트/흔적들로부터 파악한 의미들은 구체성과 실천성을 가지며 이를 통해 현실을 파악하고 변혁하여 더 나은 미래를 여는 힘을 가질 수 있다. 원효의 말대로 하면 생멸문生滅門에서는 이문二

"Postmodernism is radical in so far as it challenges a system which still needs absolute values, metaphysical foundations and self-identical subjects."

69 Ibid., pp.134~135 : "Postmodern end-of-theory thinking does not envisage a future for us much different from the present, a prospect it oddly views as a cause for celebration. (…중략…) postmodern is in the end part of the problem rather than of the solution."

門으로 갈리지만, 진여문眞如門에서는 일심一心에 다다를 수 있다. 세계가 실은 차이라고 인식하는 것도 마음이요, 마음이 자리하는 것은 특정한 몸이요, 이 몸은 또 특정한 맥락에 자리한다. 진리란 오로지 이 순간에만, 바로 이곳, 특정한 맥락에 있는 내 몸 속에서 실현된다.[70]

3. 차이의 근대성론의 방법과 지향점

1) 유럽중심주의와 오리엔탈리즘을 넘어 불일불이 차이의 다시 읽기와 다시쓰기로

근대성을 논할 때 유럽과 아시아 학자들에게 아직도 강렬하게 영향을 미치는 것은 유럽중심주의와 오리엔탈리즘이다. '근대화modernization＝서구화westernization'의 패러다임과 이에서 비롯된 유럽중심주의가 유럽은 물론 동아시아 학자들에게도 강렬하게 각인되어 있다. 이들은 공간의 차이를 시간의 차이로 동일화하였다. 유럽의 공간에서 유럽인에 의해 생성된 사상, 이데올로기, 이론, 과학, 학문, 미학, 비평은 "선진, 중심, 보편, 우리"였으며, 아시아의 그것들은 "후진, 주변, 특수, 타자"였다.

헬레니즘과 헤브라이즘 등 공통적인 기반에서 출발했지만 그럼에도 유럽 안에서도 인종, 국가, 계급, 집단에 따라 다양한 자질과 양태가 생성되므로 서양을 통일적인 정체성으로 정의하는 것 또한 동일화의 오류다. 그

70 모더니즘과 포스트모더니즘의 종합에 대한 상세한 논증은 이도흠, 「포스트모더니즘 문예이론과 원효 화쟁의 비교 연구」, 『Comparative Korean Studies』 Vol.12 No.1, 국제비교한국학회, 2004를 참고.

럼에도, 유럽과 아시아는 통일적인 정체성을 이데올로기로 구성하여 서로 영향을 미쳤다. 한마디로 말해, 오리엔탈리즘은 힘과 헤게모니에서 월등하게 우월한 유럽이 동양을 지배하고 재구성하기 위하여 '서양'과 대조되는 이미지, 관념, 성격, 경험으로서 '동양'을 초월적인 이분법으로 재현한 텍스트이자 동양을 반복하여 타자화하면서 구성한 이미지의 총체이다.[71] 이것을 1차 오리엔탈리즘으로 명명한다.

근대 이후 서양은 오리엔탈리즘을 체계화/보편화하고 동양은 이를 내면화하였다. 이러면서 서양 대 동양을 "근대 대 전근대, 발전과 미/저발전, 계몽 대 야만, 교양 대 무지, 과학 대 주술"로 구분하면서 전자의 우월성을 확보하는 한편 후자를 주변화하였다. 이것이 2차 오리엔탈리즘이다.

이를 일부 반성하면서 우열의 권력을 버리고 차이라는 명목 하에 "분석적 대 직관적, 능동적 대 수동적, 남성적아니무스 대 여성적아니마, 합리적 대 감성적, 개인주의적 대 집단주의적"으로 구분하여 설명하는 것이 3차 오리엔탈리즘이다.[72]

유럽적인 것과 동아시아적인 것을 비교하며 유럽에 없거나 부족한 것, 혹은 '이질적이고 기묘한 것'을 비서양으로, 더 나아가 동아시아의 전통이나 정체성으로 간주한다. 세계에서 유럽이나 미국을 빼냈을 때 남는 잔여물을 아시아적이거나 아프리카적인 정체성과 동일시한다.[73] 이처럼 서양과 구분하여 잔여적으로 형성된 정체성에 대해 아시아인이 "우리 것이

---

71 에드워드 사이드, 앞의 책, 15~19쪽에서 시사받긴 했지만, 저자가 나름대로 정의함.

72 물론 A or not-A의 이분법 대 A and not-A의 퍼지(fuzzy), 부분적 대 총체적, 실체론 대 관계론 등 사유(구조)의 차이는 존재한다. 아주 미약하지만, 전자가 동양에도 있고 후자가 서양에도 있다. 주류를 형성하지는 못하였다.

73 사카이 나오키, 「염치 없는 국민주의-서양과 아시아라는 이항대립의 역사적 역할에 대하여」, 『일본연구』 제6집, 고려대 일본학연구소, 2006, 30쪽 참고.

좋은 것이여"식으로 우월감을 가지는 것이 4차 오리엔탈리즘이다.

지금 동아시아 대중, 언론, 학계, 지식인에게 1차와 2차, 3차, 4차 오리엔탈리즘이 혼재한다. 오리엔탈리즘을 내면화하는 반면에 이에서 동아시아나 자국의 전통과 정체성을 확립하여 유럽의 문화적 종속으로부터 벗어나려 하지만, 그것 또한 유럽에 대한 거울에 비춰진 타자로서 동아시아, 혹은 한국적인 것, 일본적인 것, 중국적인 것, 베트남적인 것들이다. 이것이 크게는 동아시아와 각 나라, 작게는 개인에게도 중첩되어 있다. 학자들 또한 유럽의 '수입 오퍼상'을 답습하거나 유럽의 타자로서 '고물상'을 고집하는 것이 중층적으로 결합되어 있다. "식민지인들이 식민주의자의 자아상에 따라 '자아 통합적 타자'로 구성된 것처럼, 유럽 또한 바로 주권적 자아의 프로그램된 이미지로 자신들을 구성함에 따라, 통치와 시장 확대를 위하여 식민지를 타자로 규정함으로써 스스로를 주권적 주체sovereign subject로 통합하였다."[74] 이런 면에서 로버트 영의 "서양의 전유적 나르시시즘the appropriating narcissism of the West",[75] 사카이 나오키酒井直樹의 서양의 거울에 비춰진 타자로서, "유럽중심주의적 보편주의와 아시아적 특수주의 사이의 공범성–전형적인 탈식민지주의적 공범성"[76] 개념은 시사하는 바가 많다.

---

74 Gayatri C. Spivak, "The Rani of Simur", Francis Baker ed., *Europe and its Other*, vol.1, Colchester : university of Exxes, 1985, p.128; Robert Young, *White Mythologies : Writing History and the West* second edition, London : Routledge, 2004, p.49. recit. : "Just as the colonized has been constructed according to the terms of colonizer's own self-image, as the 'self-consolidating other', so Europe consolidated itself as sovereign subject by defining its colonies as 'Others', even as it constituted them, for purpose of administration and expansion of markets, into programmed near-images of that very sovereign self."

75 *White Mythologies : Writing History and the West*, p.49.

76 사카이 나오키, 앞의 글, 35쪽.

주지하듯, 괴테가 말년에 중국 문학에 심취하고 이의 가치를 올바로 인식하여 비유럽과 유럽문학의 비교를 긍정하고 빌란트Christoph Martin Wieland에 이어서 계몽적 코스모폴리티즘의 입장에서 1827년에 민족문학을 넘어 동양을 포괄한 '세계문학'을 주창하였음에도,[77] 세계문학은 자주 아시아와 아프리카가 제거된 '유럽문학'을 뜻하는 것이었다.[78]

이에 오리엔탈리즘에 대한 대안으로 보편과 특수의 재정립을 내세우는 이들이 많다. 유럽과 아시아를 뛰어넘거나 포괄하는 보편을 설정하고 그 아래에 특수로서 유럽과 아시아를 '대등하게' 자리매김하자는 것이다. 하지만, 문화는 구조와 주체 사이에서 여러 담론과 실천에 따라 구성되는 것이다. 문화와 예술에는 다양한 가치가 존재한다. 이 중 어느 한 가치를 보편이나 우월로 간주하는 것은 권력의 매개를 통해 이데올로기적 입장을 취할 때만 가능하다. 시공간과 맥락을 초월하여 언제 어디서든 존재하는 보편성이란 동일성이 구성한 허구다. 그러기에 보편과 특수의 구분 자체가 권력을 개입시키는 정치적 행위다.

문화에 우열이 있는가. 문화에 본질體은 없다. 문화는 인간과 자연, 개인과 사회, 주체와 세계, 주체와 구조 사이에서 작동用할 뿐이다. 인간은 자

---

77 이는 토론 시 김응교 교수의 지적을 수용하여 수정한 것이다. 지면을 빌려 감사를 드린다. 조우호, 「괴테의 세계문학 개념과 세계문학의 현재적 의미」, 『하인리히 뵐』 8집, 2008, 158쪽.

78 2005년의 『타임』지 선정 세계 100대 소설에서는 영어로 출판된 것을 대상으로 한 것이지만, 단 한 권의 작품도 선정되지 않았으며, 이는 *Modern Library*에서도 이어진다. 2015년의 『가디언』지 선정 100대 소설을 보면 카즈오 이시구로(石黒一雄)의 『부유하는 세상의 화가(*An Artist of the Floating World*)』가 아시아인으로서는 유일하게 목록에 포함되었다. 하지만, 카즈오는 일본 태생일 뿐 영어로 글쓰기를 하는 영국 국적의 작가다. 100대 문학작품 선정에서, 교과서에서, 강단에서, 문예지에서, 서가에서 박경리의 『토지』, 바오닌(Bảo Ninh, 黃幼芳, Hoàng Ấu Phương)의 『전쟁의 슬픔』, 아룬다티 로이(Arundhati Roy)의 『작은 것들의 신(*The God of Small Things*)』 등 훌륭한 아시아 작가와 작품들은 홀대를 받는다.

신이 발을 디디고 있는 사회경제적 맥락과 이를 둘러싸고 있는 구조에 구속되지만, 이를 초월하여 의미를 형성하고 가치를 지향하며, 이 의미를 집단적으로 공유하고 계승한다. 문화란 인간이 특정한 맥락과 구조 속에서 자연의 장애와 세계의 부조리에 대해 의미를 형성하고 이에 맞서거나 적응하거나 조화를 이루는 대응을 하면서 서로 의미를 공유하고 가치를 지향하고 실천하고 기억하면서 형성된 집단적이고 복합적인 의미체계의 총체다. 문화는 자연과 세계의 양상, 맥락, 타자와 사회, 구조에 따라 '차이'가 있을 뿐이다.

문화변용aculturation이나 문화수용cultural reception론은 유럽, 혹은 각각의 사회나 문화의 동일성에서 벗어나지 못한다. 한계가 뚜렷하지만, 일단 문화가로지르기trans-culturation와 혼성성hybridity으로 전환하는 것이 필요하다. 인류 역사를 보면, 인간은 물질이건 정신이건 자신이 생산/창조하지 못하는 것은 외부의 공급을 필요로 하며, 이의 획득은 전쟁이거나 교환이었다. 문화는 교환, 교류와 소통의 산물이며 다른 문화와 뒤섞이면서, 외부의 영향에 대해 작용과 반작용을 되풀이하면서 형성된다. 서양과 동양, 제국과 식민지, 중심과 주변, 주변 안에서도 지배자와 피지배자, 원주민과 이주민의 문화가 문화가로지르기를 통해 서로 뒤섞인다. 고대로부터 유럽 문화에 아시아와 이슬람의 문화가 많은 영향을 미쳤으며, 중국 문화 또한 화하족華夏族만이 아니라 그들이 오랑캐로 주변화한 동이東夷, 서융西戎, 남만南蠻, 북적北狄의 문화가 서로 교류한 산물이다. 한 문화 안에서도 지배권력의 동일화에 대해 피지배계층이 모방만 하는 것이 아니라 이에 맞서서 저항하거나 전복을 도모하여 혼성성을 구성한다.

이에 근대성이 올바로 정립되려면, "오리엔탈리즘과 옥시덴탈리즘을 넘어서서 보편성과 상대성, 공통점과 차이의 복합적이고 역동적인 관계를 사유하는 것"[79]은 물론이고, 유럽중심주의와 이것이 구성한 보편을 끊임없이 해체하고 저항하는 작업이 필요하다. 이 저항은 자기 동일성에 포획되지 않은 채 끊임없이 자기 부정과 해체를 할 수 있는 부정의 변증법과 해체를 동시에 수행하는 저항이어야 한다.[80] 하지만, 문제는 당위적인 주장이 아니라 구체적인 전략과 전술이다. 호미 바바의 혼성성, 천 꽝싱이 제안하는 혼합공동체mixed community[81]도 부족하기는 마찬가지다. 전자는 이광수나 최남선처럼, 제국의 중심에서 제국의 언어로 글쓰기를 하며 제국에 협력한 호미 바바 자신처럼, 제국에 대해 치열하게 저항하거나 제국을 해체하기보다 합법적인 범위에서 온건하게 맞서거나 어느 정도 협조적인 자들의 텍스트와 담론에서 나타나는 이중성이나 분열이다. 더 나아가 탈역사화, 탈맥락화하여 역사적이고 사회적인 분석과 대안, 정치적 주체들에 의한 저항이나 사회경제적 토대의 변혁을 간과하거나 은폐한다. 혼합공동체는 타자되기becoming others를 대안의 전략으로 제시하지만, 이에는 아직 주체와 타자의 이분법이 내재하며, 타자되기는 윤리적으로나 읽기와 쓰기로는 가능하지만 권력을 대칭으로 전환하는 실천이 따르지 않으면 실제 변화를 이끌어내지 못한다.

제국은 언제 어디든 존재한다. 제국은 정치나 사회경제, 법과 제도의 영역만이 아니라 사유와 실천은 물론, 이미지와 무의식의 영역까지 지배하

79 박성창, 「오리엔탈리즘과 옥시덴탈리즘을 넘어서」, 『한국학연구』 28집, 고려대 한국학연구소, 2008, 38쪽.

80 박상진, 「새로운 동아시아 담론의 상상－구성과 해체, 재구성의 변이」, 『한국언어문화』 제29집, 한국언어문화학회, 2006, 314~315쪽 참고.

81 천꽝싱, 백지운 외 역, 『제국의 눈』, 창비, 2003, 147~153쪽.

고 있다. 이렇게 곳곳에 스며있는 제국에 대한 분석과 비판, 제국의 이데올로기와 신화가 깃든 담론에 대한 대항담론과 대항 신화와 이미지의 형성, 문화산업에 대한 저항으로서 민중문화 건설, 중심으로부터 편입된 문화생산물의 내용, 형식과 양태에 대한 반제국적이고 민중적인 관점에서 다시읽기와 다시쓰기를 행해야 한다.

하지만, 근본적으로 제국을 해체하는 패러다임과 저항, 탈영토화가 필요하다. 제국과 식민, 주체와 타자의 이분법 자체를 해체하는 새로운 패러다임은 대대待對다. 대대의 패러다임을 갖고 서양과 동양, 중심과 주변, 강자와 약자 등 모든 이분법을 해체하면서 차이를 드러내는 대대의 글쓰기를 하는 것이 필요하다. 이럴 때 원효元曉의 불일불이不一不二론이 새로운 패러다임이 될 수 있는 지평을 열 수 있다. 원효는 다음과 같이 비유를 들어 불일불이에 대해 설명한다.

> 열매와 씨가 하나가 아니니 그 모양이 같지 않기 때문이요, 그러나 다르지도 않으니 씨를 떠나서는 열매가 없기 때문이다. 또 씨와 열매는 단절된 것도 아니니 열매가 이어져서 씨가 생기기 때문이요, 그러나 늘 같음도 아니니 열매가 생기면 씨는 없어지기 때문이다. 씨는 열매 속에 들어가는 것이 아니니 열매일 때는 씨가 없기 때문이요, 열매는 씨에서 나오는 것이 아니니 씨일 때는 열매가 없기 때문이다. 들어가지도 나오지도 않기 때문에 생生하는 것이 아니요, 늘 같지도 않고 끊어지지도 않기 때문에 멸滅하는 것이 아니다. 멸하지 않으므로 없다고 말할 수 없고, 생하지 않으므로 있다고 말할 수 없다. 두 변을 멀리 떠났으므로 있기도 하고 없기도 하다고 말할 수 없으며, 하나 가운데 해당하지 않으므로 있지도 않고 없지도 않다고 말할 수 없다.[82]

자연과 모든 생명과 인간은 서로 조건과 인과로 작용하며 둥글게 순환한다. 그렇듯 모든 생명과 자연은 하나도 아니고 둘도 아니다. 내 눈앞에 포도가 있다. 이는 존재하는가? 누구도 주스나 포도주로 변한 것을 두고 포도라 하지 않는다. 포도를 물, 포도당, 비타민 등으로 분해한 가루를 보고 포도로 간주하지 않는다. 포도는 특정 조건과 원인하에서만 찰나의 순간에 있는 것처럼 보일 뿐이다. 인간이 포도의 변화에 전혀 개입하지 않은 채 시간만 작용해도 포도는 발효를 하여 와인으로 전이하고 끝내는 썩고 분해되고 증발하여 사라진다. 어떤 사람이 포도라고 규정하지만, 상대방에게 분노한 사람에게는 돌의 대체물이고 상인에게는 상품일 뿐이다. 포도는 포도 씨 없이 존재하지 못한다. 포도는 온도와 빛, 토양, 영양분, 미생물 등 모든 조건이 맞아서 이런 저런 원소들이 결합되어 이루어진 구성물이다. 찰나의 순간에도 온도와 공기 중의 미생물 등 조건이 변함에 따라 포도를 구성하는 성분들이 변화하고 있다. 그러기에 포도는 존재한다 할 수 없으며 공空하다.

씨는 스스로는 무엇이라 말할 수 없으나 열매와의 '차이'를 통해 의미를 갖는다. 씨는 씨이고, 열매는 열매이다. 씨는 씨로서 자질을 가지고 있고 씨로 작용하며, 열매 또한 열매로서 자질을 가지고 있고 열매로 작용하니 씨와 열매는 하나가 아니다[不一]. 씨로 말미암아 열매가 열리고, 열매가 맺히면 씨를 낸다. 씨가 씨로서 작용하면 싹이 나고 꽃이 펴서 열매를 맺고, 열매가 열매로 작용하면 씨를 만든다. 씨의 유전자가 열매의 거의 모든 성

82 원효, 『금강』, 『한불전』, 제1책, 625-중-하: "菓種不一 其相不同故 而亦不異 離種無菓故 又種菓不斷 菓續種生故 而亦不常 菓生種滅故 種不入菓 菓時無種故 菓不出種 種時無菓故 不入不出故不生 不常不斷故不滅 不滅故不可說無 不生故不可說有 遠離二邊故 不可說爲亦有亦無 不當一中故 不可說非有非無"

질을 결정하고 열매는 또 자신의 유전자를 씨에 남긴다. 그러니, 양자가 둘도 아니다[不二]. 씨는 열매 없이 존재하지 못하므로 공空하고, 열매 또한 씨 없이 존재하지 못하므로 이 또한 공하다. 그러나 씨가 죽어 싹이 돋고 줄기가 나고 가지가 자라 꽃이 피면 열매를 맺고, 열매는 스스로 존재하지 못하지만 땅에 떨어져 썩으면 씨를 낸다. 씨가 자신의 존재를 유지하고자 하면 씨는 썩어 없어지지만 씨가 자신을 공하다고 하여 자신을 흙에 던지면 그것은 싹과 잎과 열매로 변한다. 이처럼 모든 존재가 공하지만, 연기로 인하여 이것이 원인이 되어 저것을 생성하며, 서로 변화하는 조건을 형성한다. 공空이 생멸변화生滅變化의 전제가 되는 것이다.

불일불이의 연기론을 환경과 생명의 위기에 응용하자. 홍수를 막는 방법은 크게 보아 두 가지가 있다. 하나는 댐을 쌓는 것이고, 다른 하나는 물이 흐르는 대로 물길을 터주는 것이다. 실체론과 이분법, 인간중심주의의 사유를 한 서양은 인간과 자연을 둘로 나누고 인간에게 우월권을 주었다. 이 패러다임에서는 전자의 방식을 택한다. 댐을 쌓듯 인간 주체가 자연에 도전하여 자연을 개발하고 착취하는 것을 문명과 근대화라 했고, 이것으로 그들은 17세기 이후 전 세계를 지배했다. 그러나 댐은 당장의 홍수는 막지만, 물의 흐름 또한 가로막는다. 물이 흐름을 멈추면 이온 작용, 미생물과 식물의 물질대사에 의한 오염물질 흡수 등도 줄어들어 썩기 시작한다. 물이 썩으면, 결국 거기에 깃들여 사는 수많은 생물이 죽는다. 댐은 더 나아가 주변의 기후를 변화시키고 지진을 일으키기도 한다. 인간이 우위에 서서 자연을 착취하고 개발하는 것을 문명이라 여긴 인간중심주의와 이분법이 환경오염을 낳은 근본적인 원인인 것이다. 이처럼 이성이 마음의 자연스런 흐름인 감성을 억제한 것, 정신이 육체를 통제하여 몸을 구속한 것, 자연과 여성을 착취와 개발의 대상으로 삼은 것, 그것이 바로 '근대성의 위기'를 낳았다.

서양의 이항대립의 철학이 댐을 쌓아 물과 생명을 죽이는 원리를 이룬다면, 화쟁의 불일불이는 그 반대다. 씨와 열매처럼, 물은 자신을 소멸시켜 나무의 양분이 되고, 나무는 흙 속에 구멍을 뚫어 물을 품는 원리이다. 1,100여 년 전 신라 진성왕재위 887~896 때 최치원은 함양의 태수로 부임했다. 함양을 가로질러 흐르는 위천은 자주 홍수가 났다. 그는 홍수를 막기 위하여 둑을 쌓는 대신 숲을 조성하고 숲 사이로 실개천이 흐르게 했다. 일제강점기에 벌채를 하여 하림下林은 사라져버리고 상림上林만 남았으나, 지금도 "폭 200~300m, 길이 2km, 6만여 평에 걸쳐 200년 된 갈참나무를 비롯하여 120종, 2만여 그루의 활엽수가 원시림과 같은 깊은 숲을 이루고 있다".[83]

그렇게 하여 1,000여 년 동안 홍수를 막으면서도 물이 더욱 맑게 흐르게 했다. 실제로 서양, 특히 독일, 호주, 캐나다 등은 댐으로 홍수를 막던 방식이 물도 오염시키고 홍수도 잘 막지 못함을 깨닫고, 댐이나 둑을 해체하고 외려 강의 유역을 넓혀주고 숲을 조성하는 것으로, 그 사이에 실개천과 습지를 만들어 흐름을 분산시키는 것으로 전환하고 있다.

최치원은 상림을 조성하여 1,000여 년 동안 홍수를 막으면서도 물이 맑게 흐르게 했지만, 부임한 그해의 홍수는 어찌 막을 것이겠는가. 그가 숲을 조성하기 전에 둑이 있었다. 둑 안쪽으로 숲을 조성하고 실개천을 만들고, 그 숲과 실개천이 자연으로 자리 잡은 후에 둑을 없앴을 것으로 보인다. 숲

83 『경남도민일보』, 2014.8.8; 『한국일보』, 2015.8.18참고.

이 동양/탈근대/자연의 은유라면, 둑은 서양/근대/과학의 은유이다.[84]

최치원이 둑 너머로 상림을 조성하여 홍수를 막으면서도 위천의 물을 맑게 한 것처럼, 대대의 생성적 차이를 통해서 동양과 서양, 제국과 식민, 중세와 근대는 거울이자 타자, 나 안의 남/남 안의 나, 내재하는 외부로 작동하며 불일불이의 생성적 차이를 구성한다.

> 일제시기 한국 재래시장의 구조는 공영 없는 공영제, 시장의 폭증과 상대적 비중 감소, 민족적 분절, 식민지 자본주의적 진전과 시장원리의 부정에 이르기까지 식민지적 구조가 뚜렷해졌다. 식민지 조선인들은 이러한 구조적 규정성 아래서 재래시장에 대한 선호를 지속하였고, 시장을 민족적 사회생활의 중심으로 만들었으며, 저항의 장소로 활용했고, 권리와 의무에 대한 인식과 사회적 공론장으로 발전시켰다. 이 과정에서 식민권력은 일관성을 상실했고, 통치의 무능을 드러낼 수밖에 없었다. 재래시장에 참여한 식민지 주체들은 근대성이 자신을 보편으로 정립할 수 있도록 평가절하됨으로써 그 근대성을 구성해주는 외부가 됨과 동시에, 그 내부에서의 주체적 행위를 통해 끊임없이 그 식민지적 구조를 비틀고 변이시키는 내재하는 외부로서 작동했던 것으로 볼 수 있다.[85]

일제가 민족자본을 위축시키고 식민자본을 증대하고자 공설시장을 만들어 동일화하고 재래시장을 '원시적인 자연시장'으로 타자화하여 배제

84 지금까지의 불일불이(不一不二)에 관한 논의는 저자의 『원효와 맑스』, 87~99쪽 요약하며 약간 수정함.

85 조형근, 「일제 식민지기 재래시장의 사회사적 분석을 통한 식민지근대성론의 사회변동론적 재구성」, 『韓國社會學』, Vol.48, No.5, 한국사회학회, 2014, 99쪽.

하였다. 반면에 조선의 시민과 민중들은 습관, 아비투스, 의식/무의식이 어우러져 재래시장을 일제의 식민시장과 자본주의에 저항하는 공론장으로 구성하였다. 일제는 재래시장에 자본주의적 요소와 식민지 권력을 틈입시키고, 조선의 시민과 민중들은 재래시장을 일제 안에 내재하는 외부로 구성하여 식민지 체제를 비틀면서 새롭게 방향을 설정하였다. 재래시장은 각 마을의 담론들을 한데 네트워크하면서 일제에 저항하는 담론을 주고받는 장이 되었다. 재래시장은 필요할 때마다 저항의 진지가 되어 3·1 운동을 비롯한 수많은 항쟁들이 이곳에서 일어났다.

불일불이의 패러다임으로 반제국적이고 민중적인 관점에서 다시 읽기와 쓰기를 할 때 관건은 권력을 해체하거나 대칭으로 전환하는 것이다. 텍스트와 담론을 매개로 삶의 형식과 정신세계가 연결되어 있고, 이 모두에 주권권력, 훈육권력, 생명권력의 거시권력과 사회적 지위, 젠더, 나이 등의 미시권력이 작동하고 있기 때문이다. 그렇기에 대대적 관계 안에서 비대칭적인 권력을 대칭으로 만들지 않으면 모든 대안은 당위나 선언으로 그치고 만다. 이에 권력을 대칭으로 만드는 저항과 작업 또한 병행해야 한다. 이를 실천하는 자가 바로 대대의 주체, 혹은 눈부처-주체다.[86] 이는 동양과 서양, 중국과 한국의 이분법을 넘어서고 유럽중심주의, 오리엔탈리즘, 중화주의를 대대의 관계로 해체하여 세계를 인식하고 의미를 형성하고 실천하는 주체다. 제3세계의 눈부처 주체들이 연대하여 기존의 사회경제적 토대, 텍스트와 담론을 해체하고 탈영토화하면서 세계체제world system 자체를 혁신하는 것이 필요하다.

---

86 눈부처 주체에 대해서는 다음 절에서 설명한다.

2) 민족주의와 국민국가의 동일성을 넘어 눈부처 주체의 차이의 정체성과 타자성alterity으로

아시아는 유럽의 정치적, 군사적, 문화적 침략을 받으면서 자신을 인식하며 국민을 형성하였고, 이에 대한 집단적 불안감을 근대국가 건설로 극복하였다. "서양 근대의 정수를 자기 것으로 만들려면 '국민'이라고 불리는 집단적 주체가 불가결했고, 아시아의 국민은 밖으로는 서양에 저항하고 안으로는 반동적 유제를 초극超克해야 했던 것이다. 서양에 대한 저항과 부정이 없는 곳에 아시아의 근대가 실현될 전망은 없다."[87] 근대 초기에 유럽의 파리나 런던에 갔거나 난학蘭學의 태동공간인 데지마[出島]에서 유럽의 근대에 충격을 받은 일본의 엘리트들은 이를 일본과 일본의 하층민에게 이식하였고, 서양의 침략에 대한 불안을 조선과 타이완 등 아시아를 식민의 대상으로 삼는 것으로 극복하려 하였다. 이 과정에서 국민國民, 이를 주체로 한 근대 국민국가가 형성되었다.

동아시아의 엘리트와 국민은 이중의 수행을 하였다. 그들은 동아시아를 서양화하는 동시에 서양에 저항하였다. 자본제, 합리성, 과학, 근대 학문과 교육, 민주주의를 수용하여 유럽식 근대화에 박차를 가하는 한편, 서양에 저항하여 유럽의 타자로서 유럽에 없거나 부족한 것으로 '동양'을 구성하고 '전통'을 창출하였다. 이 과정에서 유럽적인 것은 세계적 보편과 동일시되고 그것과 다른 아시아의 특성은 특수의 이름으로 호명되었다. 이는 조선과 타이완에서도 그대로 반복되었다. 조선과 중국의 엘리트들은 도쿄에서 근대화의 충격을 받았고 이를 미개한 조국의 개화로 표방하였다.

---

87 사카이 나오키, 앞의 글, 33쪽.

만일 저 이십인二十人으로 ᄒᆞ여곰 서양사西洋史 일권一卷이나 국가학國家學 일권一卷은 말고 일이년一二年 동안 신문新聞 잡지雜誌만 읽게 ᄒᆞ얏더라도 자기自己네 능력能力과 그만ᄒᆞᆫ 수단手段이 족足히 그 목적目的을 달達치 못ᄒᆞᆯ 줄을 ᄭᆡ달을 것이니 일즉 해외海外에 잇서 격렬激烈ᄒᆞᆫ 사상思想을 고취鼓吹ᄒᆞ던 자者가 동경東京에 와서 이삼년간二三年間 교육教育을 밧노라면 번연翻然 인구몽引舊夢을 바려 이전以前 동지同志에게 부패腐敗ᄒᆞ얏다ᄂᆞᆫ 조소嘲笑ᄉᆞ지 듯게 되ᄂᆞᆫ 것을 보아도 알지라.[88]

일본의 엘리트들은 세계를 '문명', '반개' '야만'으로 나누고 반개로서 유럽에 대한 불안을 극복하고자 문명화와 근대화를 추구하는 동시에 대만이나 조선을 야만으로 타자화화여 유럽에 대한 불안과 공포를 기억에서 소거하고 망각의 심연에 빠지는 식민지적 무의식을 형성한다.[89] 일본의 엘리트들은 조선의 역사와 문화, 언어를 유럽으로부터 유입한 근대 학문 방법론으로 분석하였으며, 그 중 대다수는 타율성론, 정체론, 일선동조론日鮮同祖論의 식민주의 사관에 꿰맞추어 해석하였다. 일본적인 것이거나 일본과 조선에 공통인 것은 보편이었고 이에 포섭되지 않는 것은 조선의 전통으로 분류하였다. 한국의 엘리트들도 미개한 조선을 일본식으로 근대화하는 데 앞장섰다. 이에 동조하든 반대하든, 한국의 엘리트들도 이들의 연구를 바탕으로 '국문학'과 '국사학'을 구성하였다.

---

88 春園生, 「大邱에서」(二), 『每日申報』, 1916.9.23; 홍기돈, 「이광수의 친일이념 다시 읽기–욕망의 구조와 허위의식을 중심으로」, 『인간연구』 제22호, 2011. 60쪽 재인용. 원문에 붙여썼지만 쉬운 가독을 위해 띄어쓰기를 함.

89 小森陽一, 『ポストコロニアル』 東京 : 岩波書店, 2001; 송태욱 역, 『포스트콜로니얼』, 서울 : 삼인, 2002, 31~35쪽; 조형근, 앞의 글, 401쪽 재인용.

앞의 글에서 이광수는 젊은이들이 강도질을 하자 그런 야만을 다스리기 위한 방편으로서 서양식 교육을 제안하고 있다. 서양사나 국가학을 공부하면 더욱 좋지만 계몽적 내용을 간략히 담은 신문잡지만 읽어도 그들을 교화하는 목적을 달성할 수 있다고 피력하고 있다. 주지하듯 그는 더 나아가 민족개조론까지 편다. 이에 맞서서 서양과 일본의 타자로서 '조선/한국적인 것'이 모색되고, 조선의 언어, 신화, 역사, 문화와 예술을 바탕으로 한국의 정체성이 형성된다.

동아시아는 서양 제국의 침략과 일본의 이의 모방, 서양과 일본에 대한 저항의 과정에서 거울과 타자로서 정체성을 형성하게 되었다. 일본은 일본의 보편을 아시아로 확장시켜서 대동아공영론으로 비약시켰고, 한국과 중국은 이에 맞서서 일본의 보편과 구별되는 것으로 각각의 정체성을 확립하고 이를 바탕으로 민족주의 이데올로기를 구성하고 민족적 저항의 동력으로 삼았다. 이로써 중국과 한국에서는 일본과 서양, 두 제국에 대한 민족적 저항 과정이 근대를 형성하는 핵심이 된다.

식민지배의 종식 이후 정치적인 지배-종속관계는 해체되었지만 경제적, 문화적 지배-종속관계는 잔존한다. 유럽과 아시아, 일본과 나머지 아시아 사이의 보편-특수의 역학관계 또한 존속하고 있다. 한 예로, 독도 문제나 위안부 문제가 거론될 때마다 한국 대중의 반일감정이 격화하고 일본 대중의 혐한감정 또한 폭발한다. 이를 통해 한국과 일본의 위정자들은 부조리와 모순을 은폐하고 권력을 강화하고 수구적인 정책을 구현한다. 여기에 신자유주의 세계화라는 또 하나의 보편이 추가되어 동아시아 질서를 어지럽히고 있다. 신자유주의 세계화가 보편으로 작동하면서 동아시아는 약간의 차이는 있지만 경쟁과 불평등의 심화 내지 극단화, 공공성의 상실과 약화, 비정규직 노동자의 폭발적 증가와 대량해고 등 노동의 유연성 증대, 노동의 배제와 탄압, 공론장과 민주주의의 퇴행을 겪고 있다. 일본과 미국이 동맹관계를 맺고 우익 전선을 강화하면서 동아시아의 보수화하는 가속하고 있다.

이런 구조와 역학관계 속에서 상당수 동아시아 작가들은 근대 초기에는 서양식 근대화와 계몽을 강한 메시지로 전하였으며, 이후에는 민족의식을 고양하거나 민족적인 정체성이나 전통을 드러내는 방편으로 문학을 창작하였고 비평가 또한 이 관점에서 감상하고 평가하였으며 대중 또한 이런 문학에 열광하였다.

그럼, 이에 대한 대안은 무엇인가. 조동일은 "하나이면서 여럿인 동아시아문학"[90]을 표방하면서 공동어문학으로서 한문문학을 제안하였다. 하지만, 이는 동아시아 안에 다시 중심-주변, 보편-특수를 설정하는 것이다. 무엇보다 동아시아의 문학사를 관통하는 권력의 문제를 경시하였다. 한문은 표의문자이기에 다른 언어권의 근대가 음성중심주의phono-centrism에 기울어진 것과 반대로 중화주의sino-centrism가 작동하는 곳에서는 문자중심주의grapho-centrism가 함께 작동한다. 중화주의가 미치는 영역 안에서는 한문으로 기록된 텍스트가 권력을 형성하는 토대다. 한문 텍스트를 읽고 쓸 줄 아는 자, 사료에서 법전에 이르기까지 한문 텍스트를 소유한 자와 해석을 독점하는 사람과 집단이 정보와 지식, 인정을 바탕으로 한 권력을 갖는다. 다른 요인도 작용했지만, 한족이 몽골과 여진에게 영토를 내주면

---

90 이는 조동일이 한국, 중국, 일본, 월남, 남조(南詔) 등을 포괄하여 동아시아 문학을 연구한 저서의 결론이자 책의 표제다.(조동일, 『하나이면서 여럿인 동아시아문학』, 지식산업사, 1999)

서도 실질적인 권력을 행사하고 헤게모니를 유지하였으며, 이를 바탕으로 나중에 영토마저 탈환한 것도 이 때문이다. 더구나 한문은 글자 수가 많기도 하지만, 그 문법체계가 난해하기에 한문 텍스트를 읽고 쓰는 자는 극소수에 지나지 않는다. 자연히, 이 극소수의 엘리트들만이 공동어로써 한문문학을 향유한다.

"타자에 대해 '아시아인 여러분You Asians'이라고 불러야 하는 것은 우리의 문화적, 문명적, 인종적 정체성이 지닌 배타성을 타파하기 위해서인 것"[91]이라는 사카이의 대안 또한 너무 두루뭉술하고 당위적이며, 차이를 소멸시키는 동일성을 오히려 강화할 수 있다.

그러기에, 가장 먼저 이루어져야 하는 것은 동일성의 패러다임에서 차이의 패러다임으로 전환하고 타자성alterity을 획득하는 것이다. 동아시아, 혹은 정체성을 규정하는 모든 동일성을 해체하고 차이 그 자체, 혹은 눈부처-차이로 패러다임을 전환하되, 그 안에서 각각 연기적이고 생성적인 정체성을 허용할 필요가 있다.

박상진의 "과정적 정체성, 열린 정체성, 맥락화한 정체성"[92]의 대안 모색은 이전의 실체론에서 파생된 고정된 정체성에서 진일보한 것이지만, 아직 정적인 분석과 동일성을 해체한 데까지 나아가지 못하였다. 정체성이란 그 자체가 정적인 것이 아니라 타자에 따라, 시공간에 따라, 맥락에 따라 변하는 역동적인 것이다. 인간과 인간, 민족과 민족, 나라와 나라의 관계는 찰나의 순간에도 서로 조건과 원인으로 작용하며 서로 영향을 미치면서 서로 생성하는 상호의존적이고 인과적인 생성자inter-dependent and

91 사카이 나오키, 앞의 글, 45쪽.
92 박상진, 앞의 글, 296쪽.

casual becoming의 관계에 있다. 한국의 정체성이 변하면 일본도 따라 변하며, 이는 동양과 서양 사이에도 마찬가지다. 정체성은 기업, 국가, 화폐처럼 허구이지만 그 안의 구성원들의 사고와 실천에 영향을 미치면서 현실을 구성하는 상호주관적 실재로 작동한다. 그러기에 우리는 제국과 국가가 동일성의 배제와 폭력을 행할 때는 이에 저항하는 주체로서 정체성을 가지면서도 우리가 타자에 대한 배제와 폭력, 전쟁을 행사하려 할 때는 이를 해체하는 이중의 실천을 해야 한다. 임지현의 민족주의는 반역이라는 식의 논리는 정체성의 허구적인 면만을 보고 후자는 보지 못한 단견이다.[93] 민족주의란 이름으로 포장된 동일성의 폭력에 대해서는 비판의 칼날을 휘둘러야 하지만, 제국과 신자유주의 체제가 동아시아와 이의 호모 사케르나 서발턴을 타자화하며 가혹하게 수탈하고 억압하는 맥락에서 이런 주장은 무장해제하자는 것과 별반 다를 것이 없다. 제국의 식민지 경영과 수탈을 경험한 곳에서는 유럽이든 일본이든 제국에 대한 민족적 저항 과정 자체가 근대를 구성한다.

사카이 나오키가 지적하는 '세습적 희생자 의식hereditary victimhood'도 비판의 여지가 많다. 한국인이 세습적으로 이어져 온 피해 의식 내지 희생자 의식에서 벗어나 미래를 바라보며 더 너른 지평에서 동아시아 질서를 구축해야 하는 것은 너무도 당연하다. 하지만, 먼저 전제가 되어야 하는 것은 진상규명과 가해자의 반성과 진정어린 사과다. 이것이 선행되지 않은 채 피해자의 기억을 지우라고 하는 것은 폭력이다.

작가인 요코 가와시마 왓킨스Yoko Kawashima Watkins가 일본의 야만성을

93 임지현, 『민족주의는 반역이다』, 소나무, 1999.

고발하고 전쟁을 반대하는 평화주의자의 입장을 견지하였음에도, 왜 『요코이야기』는 한중일 모든 나라에서 문제가 되고 거부되었는가.[94] 한국의 대중은 일본이 35년 동안 경제와 산물의 60~80%를 수탈하고 수십만 명의 민간인을 구속하거나 가혹하게 고문하고 학살하고 또 수백만 명의 청장년을 강제 징용 노동자, 학도병과 위안부로 희생시킨 식민통치의 야만성을 은폐한 채 해방 공간에서 일부의 한국인이 몇몇 일본인에게 보복한 것을 일반화시켜 한국인을 가해자로 묘사한 것에 분노하였고, 이는 미국 내에서 교포들과 이에 동조하는 미국 정치인과 대중의 교과서 퇴출운동으로 번졌다. 30만 명을 집단학살한 난징대학살의 기억이 뚜렷이 남아있는 중국인은 반일감정이 드센데다가 정부가 강력한 통제력을 가지고 있어 출간을 허락하지 않았다. 일본의 출판사로부터는 책 내용 중에 요코 어머니가 전쟁을 도발한 일본 정부를 강한 어조로 비판하고 전쟁 중 일본 정부가 저지른 나쁜 행위를 사실적으로 묘사하여 거부당하였다.[95]

『요코이야기』는 동아시아 문학이나 근대성 논의가 앞으로 어떤 길을 걸어야 할지 시사하는 바가 많다. 첫째, 동아시아 문학은 침략과 수탈, 학살 등 근대에 관련된 기억을 재현할 경우 철저히 사실에 입각하여 기술하되, 설혹 객관적 사실일지라도 성급한 일반화의 오류를 범하지 않도록 전체를 조망하는 가운데 부분을 기술해야 한다. 주인에 대한 복수를 담은 「추신구라忠臣蔵」가 가부끼, 드라마와 영화로 끊임없이 공연/상영되는 국민서

94 요코 가와시마 왓킨스, 윤현주 역, 『요코이야기』, 문학동네, 2005.
95 한국과 중국, 일본에서 이 소설이 모두 출판이 거부되거나 비판된 사실은 위의 책, 「옮긴이의 말」, 291쪽; 「'얼빠진 한국' …일본마저 거부한 '요코이야기' 번역 판매」, 『동아일보』, 2007.1.17 참고. 이런 사실과 논쟁은 여러 신문에 보도되었고 〈위키피디아〉와 〈나무위키〉에도 상세하게 기술되어 있다.

사인 것처럼, 살인에 이르는 복수조차 이유가 타당하면 정당화하는 것이 일본 문화의 한 특성이다. 그럼에도 원인을 언급하지 않은 채 복수로 행해진 폭력만 묘사하는 것은 원인으로 작동한 폭력을 은폐하는 것이다. 작가가 조선인의 폭력을 묘사하면서 그 보복의 직접적 원인, 곧 일본인이 35년 동안 조선인에게 야만적으로 가했던 고문과 학살, 생체실험, 위안부 동원과 성폭력 등에 대해 단 한 문장이라도 언급하였다면, 한국 대중과 중국 대중이 분노 대신 환대를 하였을 것이다.

둘째, 동아시아의 역사와 문화에 대해 민족주의, 국민국가, 각 국가의 정체성 등 동일성을 해체하고 고정된 정체성을 넘어 연기적이고 생성적인 정체성으로 전환해야 하며, 눈부처의 차이로 바라보아야 한다. 특히, 동아시아 공동의 기억과 성찰이 필요하며 이는 대대待對, 혹은 눈부처 차이의 관계로 기술되어야 한다. 동아시아가 서로 자국의 정체성을 확보하고 민족의식을 고양하기 위한 역사를 기술하고 있는 상황에서, 공동의 기억으로서 『미래를 여는 역사』의 편찬은 바람직한 전환이다. 하지만, 삼국의 관점을 나열만 하였다. 대대의 기술로 상향할 필요가 있다.

셋째, 서발턴과 호모 사케르의 입장에 서서 타자성을 획득하고 결을 거스르는 읽기와 쓰기를 해야 한다. 이 소설에서 타자인 조선인의 시점에서 대대적으로 바라본 대목은 "조선인들은 수십 년간 일본의 지배를 받다가 이제 자유의 몸이 된 것이다. 한 남자가 언니의 가슴에 커다란 손을 집어 넣었다"[96] 문장이 유일하다. 『요코이야기』가 위의 두 가지를 수용하면서 타자성을 획득하고 결을 거스르는 읽기를 하였다면, 한국 대중은 99.9%

96 요코 가와시마 왓킨스, 앞의 책, 153~154쪽.

의 한국인이 일제의 피해자였을지라도 0.1%의 가해자가 있을 수 있으며 일본의 서발턴 또한 피해자이며, 진정한 가해자는 일본인 전체가 아니라 일본의 군국주의자와 식민주의자들이란 점을 성찰하였을 것이다. 나아가 조선과 일본의 서발턴들이 권력이 행한 폭력과 전쟁이 만든 고난과 위기를 극복한 실상을 잘 묘사하며 평화를 추구한 수작이 되었을 것이다.[97]

근대화 과정에서 서양적/일본적인 것과 각 나라의 정체성이 충돌하는 과정을 잘 묘사한 한중일의 대표 작품인 박경리의 『토지』, 모옌莫言의 『홍까오량가족』, 오에 겐자부로의 『만엔 원년의 풋볼』을 비교분석한 결과, 노벨상을 받거나 그에 필적할 만한 문학성을 갖고 있고 각각 차이들을 드러냈지만, 그럼에도 세 작품 모두에서 동일성을 해체하는 차이의 타자성, 서발턴이나 호모 사케르의 입장에 서서 타자성을 획득하고 결을 거스르는 읽기와 쓰기를 한 것이 전혀 나타나지 않았다.[98]

앞으로 동아시아 문학이든, 근대의 분석이나 서술이든, 중화주의, 국가주의, 엘리트주의와 가부장주의를 해체하고 중심—파워엘리트, 남성, 다수민족—에서 주변—서발턴과 호모 사케르, 여성, 소수민족—으로 시선을 옮기고, 그들이 스스로 목소리를 내도록 하고 그렇지 못할 경우 지식인과 작가들이 그를 대변해야 한다.

동아시아의 근대 과정에서 한국만이 아니라 미국, 일본, 중국, 소련이 모두 관련을 맺고 계급모순과 민족모순, 이념 대립, 국가와 국민, 중심과

97 예를 들어, "조선인의 일본인에 대한 폭력은 당연한 업보다. 우리는 35년 동안 그들을 잔혹하게 고문하고 학살하고 수탈하였다. 내 아버지를 죽이고 내 누이를 위안부로 희생시켰는데 어느 자식이나 동생이 분노하지 않겠는가?"라는 식의 문장을 삽입하는 것이다.

98 상세한 분석은 이도흠, 「동아시아 문학에서 타자의 재현과 타자성의 구현」, 『한국언어문화』 73집, 한국언어문화학회, 2020, 219~239쪽을 참고.

주변, 대륙과 섬의 문제들이 얽혀서 일어난 비극이 제주 4·3항쟁과 학살이다. 이 사건의 경우 진실이나 객관적 사실은 물론 '4·3'이라는 낱말 자체가 금기어였다가 지난한 투쟁을 통해 50년이 넘은 시점에서야 대통령이 사과했지만, 아직 미국을 비롯하여 가해자들의 사과가 전적으로 행해지지 않았고 진상규명도 완전히 이루어지지 않았다. 이는 서발턴이나 호모 사케르 등이 자신의 목소리를 내는 것이 얼마나 어려운지 짐작하게 하는 사례다. 이들이 목소리를 낼 수 있도록 진상 조사, 가해자에 대한 심판과 사과, 가해자를 둘러싼 권력 카르텔의 해체, 법과 제도의 개선, 공동체의 복원 등이 따라야 함은 당연하다.

하지만, 최고의 대안은 서발턴과 호모 사케르 스스로가 눈부처-주체가 되어 목소리를 내면서 저항하며 동아시아의 근대와 현재를 다시 읽고 쓰는 것이다. 권력에 저항하는 대대의 주체와 동일성을 해체하는 눈부처-차이의 프레임에서 타자성을 획득한 자가 바로 타자의 고통에 공감하여 연대하는 눈부처-주체다. "눈부처-주체는 모든 억압과 구속으로부터 벗어나려는 소극적 자유freedom from, 노동을 통한 진정한 자기실현과 수행이나 자기노력을 통한 거듭남을 종합하는 적극적 자유freedom to, 타자를 자유롭게 하여 자유를 완성하는 대자적 자유freedom for를 모두 구현한다."[99] 이성이 없는 주체가 맹목적이고 주체가 없는 이성이 공허하다면, 공감이 바탕이 되지 않은 이성은 배타적/폭력적일 수 있다. 이에 주체와 이성의 변증법적 종합을 하되, 그 동력은 분노가 아니라 제국과 국가, 정권, 엘리트, 가부장 등의 권력으로부터 억압/배제당하는 서발턴과 호모 사케르의 고통을 자신

99 눈부처 주체에 대한 상세한 논증은 『원효와 맑스』, 249~256쪽을 참고.

의 병처럼 아파하는 공감과 연대가 바탕이 되어야 한다.

앞으로 동아시아의 근대가 근대성의 위기를 극복하고 근대성을 올바로 완성하려면 동아시아인들이 서로 차이 그 자체를 인정하는 바탕 위에서 동아시아 평화 공동체를 수립해야 한다. 이때 이의 주체는 동아시아의 타자들, 곧 중심으로부터 주변화한 서발턴과 호모 사케르여야 하고 여기에 동아시아 작가와 지식인이 눈부처 주체로서 연대하여 이들의 고통에 공감하고 연대하는 글쓰기를 하고 목소리를 내야 한다.[100] 그럴 때만 동일성과 고정된 정체성을 밑바닥으로부터 해체하고 국민국가 체제와 신자유주의 체제에 균열을 내고 민족주의를 극복한 동아시아 문학의 정립이 가능할 것이다.

3) 실증주의를 넘어 차이의 문화론으로

내재적 발전론이든 식민지 근대화론이든, 근대화론이나 근대를 분석한 대다수의 논문이나 책들이 실증주의에 기대고 있다. 이 방법론은 관찰을 통하여 가설을 세우고 그에 부합하는 실험을 하거나 실증을 찾고 분석하

100 2010년 12월에서 2011년 11월에 걸친 5차례의 희망버스에 이어 쌍용자동차 비정규직 대량해고 사태가 벌어지자 2012년 2월 3일에 희망버스 기획단과 민교협 등의 단체가 연대하여 정리해고와 비정규직 없는 세상 만들기를 추구하는 '희망뚜벅이' 걷기 행사를 진행했다. 이때 일본의 이데쿠보 케이치 나카마 유니온 위원장과 구쯔자와 다이죠 민주주의적 사회주의 운동 서기장이 동참하였다. 한국과 일본의 노동자들은 2012년 7월 26일부터 29일까지 일본 도쿄, 오사카에서 '비정규직 노동 철폐를 위한 한일 노동자 심포지엄'을 개최하였고 송경동 시인 등이 참여하였다. 저자는 민교협의 공동 상임의장으로서 백기완 선생과 둘이 함께 '쌍용자동차 해고 노동자 복직 대책위원회' 구성을 제안하고 공동대표를 맡아 기자회견, 성명서 발표, 토론회, 1인 시위, 연대발언, 농성, 릴레이단식, 오체투지 등으로 연대하였고 그 일환으로 공동 상임의장인 조희연 교육감 등 민교협 교수들과 함께 동아시아 지식인에게 동참을 호소하는 운동을 하였는데, 촘스키 교수를 비롯하여 800여 명에 이르는 동아시아 지식인과 활동가가 연대 서명하였다.

여 진리로 판별되면 채택하고 허위면 버린다. 주관을 배제하고 이미 객관적으로 인식된 것, 검증된 것, 이해된 것을 대상으로 한다.

실증주의가 표층적으로는 객관적 타당성을 갖는 것처럼 보이지만 오히려 진리를 은폐하는 경우가 많다. 우선 실증은 반증이 나올 때까지만 진리로 인정받는 운명을 지녔다. 수많은 사료에서 조선의 근대성을 입증하거나 부정하는 실증을 찾아 발표된 썩 훌륭한 논문도 이를 반박하는 다른 반증이 발견되면 한 순간에 무너진다. 그럼에도 연구자들은 자신의 가설에 부합하는 실증만을 찾아 이를 논증하려는 경향이 강하다.

근대화론의 장에서도 마찬가지다. 내재적 발전론자들은 조선조 후기에서 자본주의 맹아 등의 실증을 찾고, 식민지 근대화론자들은 19세기에서 이것이 쇠퇴하고 1910년대 이후에 이것이 본격적으로 진행된 실증을 제시한다. 대다수 연구자들이 조선 후기의 문화예술을 '중세 질서 및 양반의 옹호 대對 이의 모순과 부조리에 대한 풍자와 비판', '봉건의 질곡과 성리학적 억압 대 성정의 자유로운 희구와 욕망의 표출', '중세적인 무지몽매함 대 근대적 합리성'의 이분법으로 재단한다. 내재적 발전론자들은 후자의 실증을 문학 텍스트에서 찾아 자생적 근대성을 입증한다. 식민지 근대화론자들은 이를 부정하고 일제강점기 이후에서 이에 부합하는 실증을 찾아 식민지 근대성을 옹호한다. 이처럼 실증을 바탕으로 진리를 검증하는 방법은 아전인수식의 논증을 이어가는 경향이 강하다.

이를 극복하는 방법은 실증의 논증에서 우선 반증反證의 과학으로 도약하고 나아가 문화연구와 같은 방법론으로 전환하는 것이다. "과학과 사이비 과학을 구별하는 확실한 준거는 검증 가능성이 아니라 반증 가능성의 원칙이며, 이론의 과학성을 구성하는 것은 그 이론을 전복할 수 있는 가능성, 혹은 그 이론의 반증 가능성이다."[101] 내재적 발전론자들이건 식민지 근대화론자들이건 자신들의 추론과 가설에 부합하는 실증만 찾아 조합하려 하지 말고 반증의 가능성을 열어두고 이를 찾아서 변증법적 종합을 모색해야 한다.

실증주의는 흔히 말하듯 실증의 나무에만 집중하여 문화나 역사 전체라는 숲을 드러내지 못한다. 많은 실증을 동원하여 논증한 주장 또한 객관적 타당성을 갖더라도 장님 코끼리 만지기식으로 실증을 넘어서서 문화나 역사 전체를 드러내지 못한다. 실증만이 아니라 반증까지 최대한으로 수집하여 논증한다 하더라도 그것이 그려주는 세계는 실증과 반증으로 표현되는 세계로 국한될 뿐이며 이를 넘어선 분석과 비판, 해석으로 이루어진 세계는 드러나지 않는다.

무엇보다도 실증주의적 이해와 관찰 방식은 선입견에 뿌리를 두고 있으며 철저하게 과거에 얽매인다. 앞에서 예를 든 대로, 백인의 범죄율이 0.45%이고 흑인의 범죄율이 2.306%라는 근거로 흑인이 더 불법적이거나 폭력적이라고 결론을 내린 논문은 이를 구성한 인종적 편견에 따른 흑인의 높은 검거율, 백인보다 낮은 흑인의 평균 소득, 흑인에 대한 정치적이고 문화적인 차별, 미디어와 학교에서 벌어지는 재현의 폭력을 은폐한다. 이처럼 실증주의는 표층의 실증을 구성한 이데올로기, 사회구조적 모순, 실증에 영향을 미치는 다양한 변인을 무시하고 실증을 넘어 비판적으로 해석하는 눈을 차단한다.

문학의 장에서도 내재적 발전론자와 식민지 근대화론자들 사이에 실증

---

101 칼 포퍼, 이명현 역, 『열린 사회와 그 적들』 2, 민음사, 1982, 359쪽.

의 싸움이 전개되고 있으나, 문화론에서 이를 보면 양자 모두 실증의 좁고 낡은 세계에서 벗어나지 못하고 있다. 한 예로, 연애에 초점을 맞추어 동아시아 근대성을 논하면서 팽팽한 논쟁이 있었다. 권보드래는 "한국어에서 '사랑하다'는 오래도록 '생각하다'의 뜻이었고, 'love'라는 '이국의 언어감정을 번역하기 위해 계발된 단어'인 '연애'가 일본에서는 19세기 말에 본격적으로 쓰였으며, 1910년대 말 이후 조선에 들어온 이래 1919년 3·1운동이 지나가고 난 후 곧, 교육열과 문화열이 팽창해오던 무렵에 시대의 주인공이 되었다"[102]라고 주장하였다.

이에 대해 김홍규는 "'ᄉᆞ랑'이 16세기 이후 '생각하다'의 의미가 현저히 쇠퇴하고 오늘날의 '사랑'과 동일한 의미로 접근하며 18~19세기 시조, 가사, 잡가, 민요 등의 다양한 운문문학에서 남녀 간의 사랑은 아주 중요한 소재였으며 여타 용법을 압도할 만큼 분포가 많다"며 반박한다.[103] "옛시조 5,180수를 대상으로 311개의 내용 요소 색인어를 설정하고 출현 양상을 조사한 결과, 남녀 간의 사태와 애정, 그리움 등을 관심사로 한 작품들은 시대가 갈수록 증가하며, 19세기 중·후반의 작품군에서 '남녀, 애정' 색인어가 상위 1, 2위를 차지할 뿐 아니라 그 비율 또한 각각 29.5%와 18.8%에 달했으니 시조사에서 이 시기를 일컬어 '사랑의 시대'라 일컬어도 무방할 듯하다."[104]

왜 두 주장이 평행선을 달렸을까. 사랑과 연애가 다른 개념인데 이를 동일화한 데서 문제가 생겼지만, 근본적으로 총체적 문화론으로 접근하지 못

102 권보드래, 『연애의 시대－20세기 초반의 문화와 유행』, 현실문화연구, 2003, 15~16쪽.
103 김홍규, 「조선 후기 시조의 불안한 사랑 모티프와, '연애시대'의 전사」, 『한국시가학회 국제학술대회－동아시아의 시가문학과 근대의 발견』, 한국시가학회, 2007.11.23~24, 14~15쪽.
104 위의 글, 19쪽.

한 채 문학 텍스트, 그와 연관된 역사적 실증에만 주목하였기 때문이다. 김흥규가 사랑, 특히 '불안한 사랑'에 대하여 시대적 배경을 추론한 것은 기존의 논의보다 진일보한 것이지만, 그의 손을 전적으로 들어주기도 곤란하다.

자유로운 사랑이 곧 바로 근대성으로 동일화할 수 없다. 자유로운 사랑을 노래한 민요나 한시들이 이미 춘추전국시대나 고려조에 나타나는데 근대의 기점을 춘추전국시대나 고려로 끌어올릴 것인가. 성정의 자유로운 희구와 욕망의 표출 또한 근대성의 징후로 곧 바로 동일화하기 곤란하다. 인류가 사회를 형성한 이후 억압은 시작되었으며, 온갖 규율과 제도, 도덕에서 벗어나 욕망을 추구하는 것은 인간의 본능이며 이의 시적 구현은 고대시대부터 있어왔다. "봉건체제, 혹은 양반 사회에 대한 풍자와 비판이나 봉건체제의 질곡 속에서 억압되었던 개인의 성정의 자유로운 희구나 사랑과 성의 추구=근대성"이란 도식은 민족주의적, 엘리트주의적 선입관에서 비롯된 동일성의 오류다.

중요한 것은 어떤 주체가 어떤 맥락에서 어떤 이데올로기와 권력관계를 형성하며 사랑을 하느냐이다. 김흥규가 제시한 사설시조들은 오히려 봉건성을 심화한 것이다. 사람 사이에서 신분 및 계급, 나이, 남녀관계, 지식의 정도, 자본 등은 미시권력을 형성한다. '신분이 높은 자, 나이가 많은 자, 지식이 많고 깊은 자, 자본이 더 많은 자, 남자'가 상대적으로 '신분/나이/지식/자본 등이 낮거나 적은 자, 여성'에 대하여 권력을 형성한다. 자유로운 사랑과 적나라한 성애를 표현했다 하더라도 그 주체가 양반 남성이고 대상이 첩이나 기생이라면, 이는 권력관계에서 상위에 있는 양반/남성이 축첩제와 기생제도를 매개로 하위에 있는 서민 내지 기녀/여성을 성적으로 지배하고 착취한 전형적인 중세식 사랑이다. 반면에 근대적 사랑은 주체로서 인식한 개인이 신분과 젠더 사이의 위계에 따라 권력과 부를 불평등하게 분배하는 관계를 인정하지 않거나 해체하고, 봉건제도와 지배 이데올로기인 성리학의 윤리와 도덕에서 탈주하거나 저항하여 서로 평등한 관계에서 상대방과 마음과 정을 주고받으며 그를 아끼고 보살피고 섬기고 공동의 의미를 추구하면서 육체적이나 정신적으로 존재의 합일과 연속성을 추구하는 것이다.

그러기에 과연 어떤 주체에 의한 어떤 맥락에서의 사랑이고 저항이며, 이것이 당시 사회문화의 장場에서 도덕과 윤리, 이데올로기 등과 어떤 관련을 맺으며 재현되었는가에 대해 총체적으로 고찰해야 논의는 객관적 보편타당성을 획득할 수 있다. 사랑을 억압하는 것은 무엇이고 그것이 제도든, 이데올로기든, 도덕과 규약이든 이 메커니즘 속에서 당시 주체들은 어떻게 욕망을 추구했으며, 이를 무엇을 매개로 하여 문학으로 형상화하였는가, 해석과 감상의 과정에서 다시 어떤 의미를 형성하고 이것이 사회문화의 장에서 일으킨 변화는 무엇인가에 대하여 논의해야 한다.

권보드래의 주장에 대해서도 "식민지 이후 조선에서 유행한 연애의 개념은 무엇이고 이것이 기존의 조선 사람들이 행한 자유로운 사랑과 차이가 무엇인가?"라고 물을 필요가 있다. 류종렬 등에 따르면, "'연애'라는 용어는 영어 'love'의 번역을 위해 1870년에 생성된 신조어로, (…중략…) 기존의 전통적인 사랑 곧 연戀과는 독립적인 개념",[105] "'진정의 영혼에서 발한 애愛', (…중략…) 개화라는 새 시대에 걸맞는 새로운 애정의 형태 즉, 정신적 가치의 절대성을 주장하는 love",[106] "기독교적 세계관을 근간으로 유

105 류종렬, 남부진, 이태숙, 정혜영, 「근대의 성립과 연애의 발견－기생과 여학생을 중심으로 한 한일 비교문학 연구」, 『한국문학논총』 제43집, 2006.8, 144쪽.

한한 육체관계를 배제하고 무한을 추구하는 고원高遠한 사모思慕"[107]를 뜻하며 상대방에 대한 존중, 남녀평등을 지향한다. 연애는 한마디로 근대적, 기독교적, 서양적 사랑의 개념이기에 기존의 사랑과 분명히 차이를 갖는다.

그럼에도 연애 개념이 일본으로부터 수용되기 이전에 모든 조선인이 봉건적 사랑을 했다거나 연애한 모든 식민지 청년이 근대적 사랑을 했다고 단정할 수 없다. 당시 모던 걸과 모던 보이들이 행하거나 소설에서 재현된 연애가 근대적인 사랑이면서도 여성의 정조를 강조하여 이를 상실한 여인을 타락으로 규정하여 배제한 것은 봉건성으로 퇴행한 것이다.[108]

당시 '실제 근대'를 보면, 18세기에 들어 도시와 상공업, 유흥업이 발달하고 활발하게 무역이 행해지고 은화가 축적되면서 경제적으로 풍족해졌다. 중인과 상인이 성장하면서 신분체제, 사농공상士農工商의 질서도 무너지기 시작하였으며, 가부장적 질서에도 균열이 가해졌다. 남녀관계를 억압하던 유교 이데올로기도 상대화하면서 봉건적 압제가 느슨해졌고, 머슴과 상전의 따님이나 마나님이 눈이 맞아 도망간 사례가 많이 나타나며, 노奴가 양인층의 여인과 결혼한 예가 너무도 많이 발생했다. 이에 정조 사망 직후 집권한 보수적인 노론정부조차 아비나 어미 중 어느 한 쪽이 노비여도 그 후손을 노비로 삼던 일천즉천一賤則賤의 조례를 깨고 어미가 양인이면 그 자식도 양인으로 규정하는 노량처소생종모종량법奴良妻所生從母從良法을 새로 세울 정도였다.[109]

---

106 위의 글, 145쪽.

107 위의 글, 146쪽.

108 당시 연애는 육체의 부정과 정신의 긍정, "남녀관계의 정신화, 영화(靈化)를 통해 구질서로부터 여성의 해방을 기획했던 '연애'의 제의식이 오히려 여성의 성(性)에 대해 훨씬 더 강력한 보수성을 견지하(고) (…중략…) '연애'의 실현에 있어서도 정신화의 보증으로서의 '정조', 즉 육체적 순결성의 준수는 역시 필수적 조항이었다."(위의 글, 151쪽.)

이의 재현 양상을 18~19세기 시조 텍스트에서 찾아보면, 신분이 낮은 남성이 양반집의 여성을 사랑하고 성애까지 즐기고, 할머니가 젊은 남자를 사랑하여 산을 넘어 달려가며, 유부남과 유부녀가 밤에 담을 넘어 통정을 하고, 여성이 집도, 종도, 논밭도 다 싫고 글 잘하고 섹스를 잘하는 남자가 최고라는 진술도 한다. 시조에 묘사된 당시 남녀들은 신분, 가부장주의, 권력 관계, 보상여부를 초월하여 양자의 평등에 입각한 자유로운 사랑을 하고, 윤리와 도덕을 초탈하여 성행위를 열망하고 섹스의 쾌락이나 존재의 합일을 부귀영화나 권력보다 더 추구하였으며, 본남편보다 성행위를 잘하는 샛서방이나 유부남이나 유부녀를 자유로이 욕망하였다.[110]

연애의 중세성과 근대성에 대한 연구가 올바로 이루어지려면 첫째, 연애에 대한 계보학적 분석을 행하고, 둘째 이를 바탕으로 기존의 봉건적 사랑과 차이를 명확히 하는 가운데 연애에 대한 개념 정립을 하며, 셋째 실제 현실로서 연애와 당대 이념과 이상으로서 연애, 텍스트로 재현된 연애, 해석된 연애를 구분하고 넷 사이의 역동적인 관계를 당대사회의 경제적 토대, 사회문화적 맥락, 아비투스, 권력, 젠더, 이데올로기를 종합하여 해석해야 하며, 넷째 동아시아 사이의 공통점과 차이를 규명해야 한다. 다섯째, 여러 가치와 해석, 담론과 실천이 충돌하고, 작용과 반작용, 소통과 되먹임[feedback], 인정과 기억투쟁, 이데올로기와 헤게모니 투쟁이 일어나는 역동적인 장에 대해 될 수 있는 한 총체적인 차이의 문화론의 관점에서 분석해야 한다.[111]

---

109 이상의 논의는 이도흠, 「18~19세기 조선조 시가의 변모양상과 근대성 문제」, 89~92쪽.
110 이도흠, 「18~19세기의 시조에 나타난 사랑의 태도 유형 분석」, 『한국문학이론과 비평』 41집, 한국문학이론과 비평학회, 2008, 36쪽. 구체적 논의는 2부 6장 「사랑과 욕망의 표출과 권력, 이데올로기, 시선」을 참고.

이제 한국과 동아시아의 근대성에 대한 연구는 자료와 텍스트의 내적 분석에 충실하되 이를 당대 사회경제적 맥락, 이데올로기, 사회문화적 맥락 등과 연관시켜 해석하고, 실증과 텍스트에 대해 담론의 층위에서 이데올로기, 인종, 젠더, 권력의 문제와 연관시켜 해석하는 총체적인 문화론의 관점을 가져야 한다.

4) 단일한 근대성론에서 대대의 차이에 따른 진보적이고 탈식민적이며 탈포스트모던적인 근대성론으로

식민지 근대화론자들의 주장처럼 '서양의 근대성'이 조선에 없었다고 해서 조선의 근대성을 부정할 수는 없다. 근대와 근대성은 모든 나라에 천편일률적으로 진행된 것이 아니다. 쉬무엘 아이젠스타트는 "서양의 근대화가 역사적으로 선진을 구가하며 지금도 계속해서 다른 나라에 근본적인 참조체계로 작용한다 하더라도, 서양의 근대성 유형이 유일하게 '진정한' 근대성은 아니다"[112]라고 밝힌다. 아이젠스타트를 비롯하여 리델 등은 근대는 서구적 근대만이 아니라 다양한 지역에서 그 지역의 사회경제적 맥락, 전통, 역사적 경험, 문화 등에 따라 다양하게 나타났고 이를 복수의 근대성multiple modernities으로 받아들여야 한다고 주장한다.[113]

이에 대해 폴커 슈미트는 복수의 근대성론이 세 가지 면에서 문제가 있

111 이도흠, 「동아시아 문학, 새로운 패러다임과 방법론」, 『비교문학』 77, 한국비교문학회, 2019, 109~110쪽 요약하며 다섯째를 추가함.

112 Shmuel N. Eisenstadt "Multiple Modernities", *Daedalus : Proceedings of the American Academy of Arts and Science*, V.129, no.1, winter, 2000, p.3 : "Western patterns of modernity are not the only "authentic" modernities, though they enjoy historical precedence and continue to be a basic reference point for others."

113 Dominic Sachsenmaiser & Jens Riedel, *Reflections on Multiple Modernities : European, Chinese, and Other Interpretations*, Boston: Brill Academic Publishers, 2002. pp.1~320.

다고 비판하며 대안으로 다종의 근대성론varieties of modernities을 제시한다. 복수의 근대성론은 비근대사회의 대립항으로서 근대에 대해 정확히 설명하는 데 실패하였기에 사회학적으로 의미를 갖지 못한다. 이론적으로 의미 있는 것과 그렇지 못한 것 사이의 차이를 구분하는 명확한 기준을 제시하지 못하기에 개념적으로 결점이 있다. 세계의 근대화와 발전 양상에 대해 부정확하게 진술하기에 경험적으로 입증된 것이 아니다.[114]

자본주의가 똑같은 양상으로 발전한 것이 아니며 다종의 자본주의varieties of capitalism가 있다. 영국, 미국 등의 자본주의가 자유주의를 기반으로 한 자유주의 자본주의liberal Capitalism라면, 독일과 일본은 비자유주의 자본주의non-liberal Capitalism 체제이다.[115] 다종의 자본주의가 있는 것처럼, 서양의 근대성이라는 개념과 범주로 충분히 이해할 수 없거나 서양의 근대성을 수용한 이후에도 서양의 제도적 형식이나 구조로 수렴되지 않는 '서양 외부의 근대성modernities of outside the West'이 있다.[116] "사실상 유럽에서조차 근대화는 문화적 · 제도적으로 다양하게 진행되었다."[117] 프랑스의 근대화와 독일의 근대화, 스페인의 근대화는 제도적 · 문화적으로 차이를 보

114 Volker H. Schmidt, "What' Wrong with the Concept of Multiple Modernities?", *38th World Congress of the International Institute of Sociology*, Budapest, Hungary, 26~30, June, 2008. pp.1~16.

115 Kozo Yamamura and Wolfgang Streeck eds., *The End of Diversity? Prospects for German and Japanese Capitalism*, Ithaca : Cornell University Press, 2003, pp.306~333.

116 Volker H. Schmidt, "Multiple Modernities or Varieties of Modernity?", *Current Sociology*, Vol. 54, No.1, 2006, pp.81~82 : "Their main point is that there are modernities outside the West that cannot be fully understood in terms of the categories and concepts developed to make sense of Western modernity, or at least that do not and will not converge with the institutional forms and structures that modernity has come to adopt in the West."

117 Ibid., p.79 : "In fact, even Europe, where it all began, exhibits a great deal of cultural and institutional diversity."

인다. 그렇다면 다종의 근대성이 있음을 인정하고 각 나라나 지역의 제도적, 문화적 차이의 관점에서 근대성을 고찰해야 한다.

슈미트의 다종의 근대성론이 복수의 근대성론을 극복한 것이기는 하지만, 이 또한 차이의 관점에서 각 나라나 지역의 다양한 근대성의 양상을 제시하는 데 그치고 있다. 이를 지양하려면, 복수의 근대성론을 받아들이고 다종의 근대성론을 적용하여 차이의 관점에서 각 나라나 지역의 사회경제적 토대, 문화, 전통, 제도 등과 아울러 총체적으로 연구하되, 헤게모니와 담론이 투쟁하는 역동적인 과정에 대한 조사와 해석을 병행하여야 한다. 왜냐하면 근대화 과정에서 전통과 현대, 내부와 외부, 동양과 서양, 진보와 보수가 서로 섞이기도 하고 이데올로기 투쟁과 헤게모니 투쟁, 인정 투쟁과 기억 투쟁을 벌이기 때문이다.

차이의 근대성론의 철학적 지향은 분명하다. 그 핵심은 동일성에서 대대의 차이로 전환이다. 이 이론은 동일성, 실체론과 존재론을 지양하고 차이, 연기론과 생성론으로 근대의 텍스트와 사건을 분석한다. 근대의 실체에 주목하기보다 다양한 변인과 요소들의 관계에 주목한다. 모든 사건은 내재적으로 의미를 갖는 것이 아니라 다른 사건과 연기적 관계에서 의미를 갖는다. 대대의 논리로 동일성이 구성한 이분법을 해체한다. 개념으로 바라보지 않고 물질과 사건, 경험을 직시한다. 보편과 추상에 휘둘리지 않고 다름과 차이가 형성한 차이들을 관찰한다. 서구적 근대든, 엘리트들의 권력이든 중심으로부터 배제된 주변과 타자에 공감한다. 귀속과 통합으로부터 탈주한 것들에 더 초점을 맞추어 분석한다.

둘째, 차이의 근대성론은 유럽의 보편적 근대성이란 동일성을 해체하고 각각의 나라나 사회에서 중세를 탈주한 것 가운데 기존 사회의 모순을 드러내면서 지속적으로 일어나며 다른 사건에 영향을 미치면서 비전을 제시하여 미래 사회와도 연계되는 것을 근대로 규정하고 이를 차이로 밝힌다. 앞에서 논증한 대로, 근대와 근대성은 그 토대와 상부구조에 따라, 프로젝트의 방향에 따라, 기획하고 실천한 주체들의 성향과 이들 사이의 권력의 역학관계에 따라 다양한 모습으로 전개되었다. 세계는 나라나 사회마다 다른 중세를 형성하였으며, 유럽과 접촉 여부와 상관없이 그런 중세로부터 탈주하려는 흐름이 있었다.

이 탈주가 모두 근대로 이행한 것은 아니다. 자유로운 사랑과 관능적인 성행위를 묘사한 사설시조는 이를 강력하게 억압한 유교국가의 중세로부터 탈주이지만, 실제로는 신분과 젠더에서 우위에 있는 양반 남성들이 주도한 억압적 탈승화repressive desublimation로[118] 기존 사회의 모순을 은폐한다. 탈주 중에서도 민란처럼 기존 사회의 모순을 드러내는 것이어야 한다. 또, 12세기에 망이·망소이의 난에서 만적의 난에 이르기까지 천민과 노비들의 반란은 가장 낮은 계급이 평등과 권력 쟁취를 목표로 하였고 왕후장상王侯將相의 씨가 따로 없음을 표방하여 중세로부터 분명한 탈주였지만 20여 년간 꽤 많은 이들이 참여하였음에도 그 이상의 지속성을 갖지 못한

---

118 승화(sublimation)란 조선조의 과부가 성적 충동을 시를 쓰는 것으로 전이하는 것처럼 쾌락이나 만족의 수준을 문화적으로 낮은 차원에서 높은 차원으로, 리비도가 성적 대상에서 비성적 대상으로 옮겨가는 것을 뜻한다. 탈승화(desublimation)란 이와 반대로 쾌락이나 만족의 수준이 문화적으로 낮은 차원으로, 리비도가 성적인 대상으로 옮겨가는 것을 의미한다. 억압이란 전체주의적 대중문화 속에서 이런 탈승화가 예술적 부정이나 저항성을 상실하고 체제에 순종하게 만드는 것을 뜻한다. 대중문화시대라 볼 수는 없지만, 아무런 에로티즘이나 예술적 부정(negation) 없이 양반과 기생 사이의 성관계를 묘사한 사설시조는 성적 충동을 저급한 차원으로, 리비도를 성적 대상으로 옮겨가게 하는 동시에 억압을 강화한다. 구술문화시대에서 중인들은 이 사설시조를 공유하면서 양반이나 봉건사회에 대한 분노나 저항을 간접적인 성적 만족으로 풀어버리고 체제에 순응할 수 있다.(H. 마르쿠제, 김인환 역, 『에로스와 문명』, 나남, 2017, 213~240쪽 참고)

채 그것으로 끝나버렸다. 탈주 중에서도 한때의 유행으로 그치는 것이 아니라 지속성을 갖고 일어나는 사건이어야 변화를 이끌어낼 수 있다. 세습적 귀족제에서 과거제를 통한 등용은 탈주였지만 그 이상의 비전을 제시하지 못하면서 권력이나 신분질서의 변화를 이끌어내지 못하였다. 따라서 탈주 가운데 새로운 사회에 대한 비전을 제시하여 미래를 구성하여 미래의 사회, 다시 말해 21세기의 사회와도 연계되는 것이어야 근대라 할 수 있다.

그러기에 차이의 근대성론은 유럽의 근대성과 1, 2, 3, 4차 오리엔탈리즘을 해체하고 각 나라나 사회의 중세를 분석하고 다양한 맥락에서 각 주체들이 이로부터 탈주하는 흐름을 주목하여 관찰하고, 이 가운데 기존 사회의 모순을 드러내고 지속성을 갖고 일어나며 비전을 제시하여 상상력, 담론, 사회의 변화를 이끌고 미래의 사회와도 연계가 되는 것을 차이로서 밝힌다.

셋째, 차이의 근대성론은 그동안의 근대 분석이 실제로서 근대, 재현된 근대, 해석된 근대를 동일화하는 오류를 범하였다고 보고, 역사적 현실인 실제로서 근대, 재현된 근대, 해석된 근대를 구분하여 분석한 후 종합한다. 정체성처럼 근대성은 자기인식(근대성에 대한 인식), 소개(근대성에 대한 재현), 지칭(근대성에 대한 타자의 해석과 평가, 헤게모니 투쟁)으로 분절할 수 있다.[119] 실제로서 근대는 실재계the real, 재현된 근대는 상상계the imaginary, 해석된 근대는 상징계the symbolic에 대응된다. 실제로서 근대는 체體이고, 재현된 근대는 체가 용用을 통해 사건이나 텍스트로 드러난 것이며, 해석

119 나탈리 하이니히, 임지영 역, 『정체성이 아닌 것』, 산지니, 2021, 82~92쪽에서 정체성에 대해 서술한 것에서 아이디어를 얻음.

된 근대는 권력, 헤게모니, 맥락에 따라 체가 용을 매개로 상相을 구성하는 것이다. 실제 현실로서 근대가 재현이 되고 해석되는 과정에서 기호의 한계, 형식의 매개, 세계관의 투영, 이데올로기의 반영, 권력의 개입, 시간과 기억 투쟁, 주체의 맥락과 지향에 따라서 왜곡과 굴절이 일어난다. 이 이론은 각각에 대해 구분하여 분석하되, 왜곡과 굴절을 시키는 변인들을 함께 아우르며 종합한다.

넷째, 차이의 근대성론은 근대화가 식민화와 세계체제화의 과정이라는 전제 아래 서양과 아시아, 제국과 식민, 중심과 주변, 엘리트와 서발턴이 구성한 동일성은 물론 권력이 형성한 우월관계를 해체하고 대대의 차이, 곧 각각에 내재하는 대립자 내지 외부의 역동적인 관계에 대해 생성적으로 분석한다. 먼저 서양과 아시아, 제국과 식민, 중심과 주변, 엘리트와 서발턴이 서로 모방하거나 저항/구별짓기를 하면서 혼성성을 구성하고 근대성을 축적한 양상을 밝힌다. 이 양상을 구성하는 심층적 변인, 모순, 권력에 대해 대대의 차이, 곧 각각의 내부 안에 대립자나 외부를 품으며 서로 생성한 차이들을 밝힌다.

> 이중체double는 내재적인 것의 투사가 결코 아니며, 반대로 외부의 내재화이다. 그것은 일자l'Un의 이중화가 아니라, 타자l'autre의 재이중화다. 그것은 동일자Même의 재생산이 아니라 차이différent의 반복이다. 그것은 나Je의 발산이 아니라, 다른 것autre이나 나 아닌 것Non-moi을 항상 내면 속에 위치시키는 어떤 것이다. 이중화 과정에서 이중적인 것은 결코 타자가 아니라 타자의 이중체로서 나 자신을 살고 있는 나moi인 것이다. 나는 외부 위에서 자신을 만나지 않고, 나 안에서 타자를 발견한다. 그것은 발생학에서 세포조직의

함입이나 시침질couture에서의 이중화행위, 즉 뒤틀림, 주름, 멈춤 등등과 정확히 닮았다.[120]

한 사람이나 집단, 국가의 정체성이 홀로 구성되는 것이 아니라 타자를 전제로 하여 변증법적이거나 대대적인 과정을 거치는 것처럼, 유럽이든 아시아든, 제국이든 식민이든, 엘리트든 서발턴이든 서로 타자를 거울로 삼아 모방하고 성찰하면서 근대성을 형성한다. "무엇인지 물을 때 유사idem 정체성을 구성하고 누구인지 물을 때 차이ipse 정체성을 구성하는 것처럼",[121] 근대의 동일성 또한 근대성의 내용과 개념에 바탕을 둔 유사 동일성으로서 근대성이 있고, 그 주체들의 다양성에 주목하는 차이 동일성이 있다. 차이의 근대성론은 유사 동일성보다 차이 동일성에 주목하되, 근대성의 내부의 외부, 외부 안의 내부에 대해 대대의 생성성의 차이로 분석하며 차이 동일성마저 해체한다.

이때 엘리트와 서발턴 사이에서 거시권력과 미시권력이 서로 얽히고설키며 빚어내는 사건들과 그 심층에 대해 분석한다. 내재적 발전론과 식민지 근대화론 모두 자본주의 체제를 목표로 하고 엘리트주의에 입각하여 해석하는 동일성을 강화한 점을 성찰하고, 자본주의가 야기한 모순에 대한 비판적 입장에 서되, 엘리트와 서발턴 사이에서 거시권력—주권권력, 규율/훈육권력, 생명권력—과 미시권력이 서로 얽히고설키며 헤게모니 투

---

120 질 들뢰즈, 권영숙·조형근 역, 『들뢰즈의 푸코』, 서울: 새길, 1995. 149쪽. 저자는 들뢰즈가 프랑스어에서 이에 해당하는 용어가 없어서 이중체를 'double'로 표현했다고 본다. 만약 들뢰즈가 대대(待對)라는 낱말을 알았다면 이로 표현했을 것이라 추정한다.

121 Paul Ricoeur, *Soi-meme, comme un autre*, Paris, Seuil, 1990; 나탈리 하이니히, 앞의 책, 59쪽 재인용.

쟁을 한 차이들, 근대를 기획하고 실천한 다양한 주체들이 어우러지고 갈등하고 투쟁하는 양상, 서양이든 동양이든, 제국이든 식민이든, 엘리트든 서발턴이든 양자가 특정한 장場에서 작용과 반작용, 모방과 저항을 되풀이하면서 혼성된 양상을 토대와 상부구조를 결합하여 화쟁시학을 통해 밝혀낸다.

다섯째, 근대성의 포섭에 의해 재배치된 체계와 권력을 분석하되, 그것이 서로 조건과 원인이 되고 모방하고 저항하면서 차이를 만들고 다시 배치한 것들을 살펴서 해체의 틈을 낸다. 근대성은 자본주의의 토대 위에서 사람, 집단, 사상, 제도, 국가를 포섭하고 포섭되지 않는 것들은 배제하고 포섭한 것은 필요와 이해관계, 권력에 따라 재배치하며 위계를 설정하며 동일성을 강화하였다. 차이의 근대성론은 포섭과 배제의 과정, 이에 의해 다시 배치된 체계와 권력, 다양한 주체와 변인들이 서로 조건이 되고 인과를 형성하며 다시 배치된 것들을 분석한다.

여섯째, 중세, 근대, 탈근대, 서양과 아시아, 일본과 한국에 대해 동일화하지 않고 불일불이不一不二의 논리로 서로 거울인 동시에 타자인 관계를 파악한다. 씨가 스스로 공하지만 자신을 소멸시켜서 열매를 맺고 열매 또한 그러하듯, 탈근대는 스스로 의미를 갖지 못하지만 근대를 구성하고, 근대 또한 그렇게 탈근대와 중세를 드러낸다. 중세를 성찰하며 근대가 구성되고, 근대를 성찰하며 탈근대가 구성된다. 근대가 드러날 때 중세는 타자화하며, 탈근대를 내세우는 순간에 근대는 타자화한다. 앞에서도 논하였듯, 서양과 아시아, 일본과 한국 또한 거울인 동시에 타자다.

일곱째, 근대가 동시성과 갖는 것이 아니라 '비동시적인 것의 동시성'을 형성하였다고 보고 이 양상을 드러낸다. 문화와 역사는 일방적으로 이루어지거나 발전하지 않는다. 여러 주체와 조건, 변인이 서로 작용하며 대립하기도 하고 어우러지기도 한다. 18~19세기에 상품화폐가 발생하자 안빈낙도를 추구하던 조선조 사회에 점점 물질주의를 추구하고 화폐증식의 욕망으로 인하여 인륜을 거스르는 일들이 나타난다. 상공업이 발전하고 유흥업이 번성하면서 성적 자유가 확대된다. 여기에 더하여 민란과 정치변란마저 발생하자 지배층은 유교 이데올로기를 강화하고 대중교화를 하여 민심을 수습하고 사회통합을 모색하고자, 특히 1728년에 영조를 몰아내려는 무신란戊申亂에 충격을 받은 영조가 주도하여 "영조 6년을 전후하여, 『삼강행실도三綱行實圖』와 『이륜행실도二倫行實圖』를 전국에 보급하고, 평양과 상주에서 경민편警民編을 증보하여 보급"하였다.[122]

서민들의 도덕 교화와 실천이 하향적으로 이루어진 것만은 아니다. 이전 시대에 유교 윤리와 도덕이 상층에만 머문데 반하여, 18~19세기에는 이의 서민화가 일어난다. 이의 실례로, 18세기 후반에 서민층이 대거 서당을 운영할 수 있는 기틀을 마련하고, 서민층의 훈장이 등장하며 『동몽선습童蒙先習』의 언해본이 출간되고, "일곱 살배기 어린아이마저 공맹을 외운다", "날품팔이거나 정치가나 뛰어난 문학가도 인의예지신仁義禮智信을 말한다"라는 소문이 떠돌다 기록되며, 서민과 여성이 「오륜가」의 창작 주체로 등장하였다.[123] 당시 서민들은 유교적 가치를 자발적으로 내면화하고

---

122 정호운, 「1728년의 정치변란에 대한 정부의 대책과 규범서」, 『歷史와 實學』 76, 역사와 실학학회, 2021, 77쪽. 저자는 이 논문에서 삼강행실도 등의 대대적 간행부분만 수용한다. 정호운은 무신란을 직접적 원인으로 보았다. 하지만, 무신란의 원인과 삼강행실도의 대응은 부합하지 않는다. 이는 근본적으로 노론과 소론의 대결이 원인이기에 탕평책이 대안이고 영조도 그 직후 이를 실시했다. 또, 삼강행실도의 발행은 그 전이나 후대에서도 행해졌다. 영조의 제안에 당시 조정이 동의한 것은 그들이 도덕의 타락에 위협을 느끼고 있었기 때문이다. 무신란은 촉매 정도다.

123 이상, 신성환, 「조선 후기 유교의 통속화와 愚夫歌」, 『한국시가연구』 41, 한국시가학회,

일상화하여 생활규범으로 삼는다. 이는 한 편에서는 지배 이데올로기와 통치를 강화하고 체제의 생활세계 침투가 성공한 것이다. 하지만, 당시 조선조 사회에서는 본연지성과 예의 구현 여부가 정당성을 확보하고 권력과 명예, 헤게모니를 수립하는 바탕인 동시에 양반과 서민을 나누는 핵심 준거였다. 이런 상황에서 서민들은 자신들을 양반과 다름없이 유교적 도덕을 구현하는 주체로 각성하였고 일부는 양반계급에 저항하였다. 그럼에도 식민지 근대화론자들은 전자에만 주목하여 조선의 자생적 근대성을 부정하고, 내재적 발전론자들은 후자의 실증이나 사례에 기반한 해석만을 견지한다.

한 시대의 같은 장소에 주동적 세계관, 부상적 세계관, 잔존적 세계관; 중세적 시공간관, 근대적 시공간관, 탈근대적 시공간관; 중세적 실천양상, 근대적 실천양상, 탈근대적 실천양상이 공존한다. 이 이론은 이런 세계관, 시공간, 실천양상들의 비동시적인 것이 동시에 존재하는 차이의 양상을 드러낸다.

여덟째, 근대가 단일성으로 동일성을 확보한 것이 아니라 같은 자본주의 맥락에서도 주체들의 해석과 지향, 실천에 따라 다양하게 전개된 차이들을 드러낸다. 프레드릭 제임슨은 종교나 문화적 다양성을 근거로 그리스 정교회적 근대성, 러시아 정교회적 근대성, 유교적 근대성 등의 근대성을 주장하는 것들이 "근대성의 또 하나의 근본적인 의미, 즉 전 세계적 자본주의 그 자체라는 의미를 간과하는 셈이다"[124]라고 비판하면서 "근대성

2016, 174~183쪽; 하윤섭, 『조선조 오륜 시가의 역사적 전개 양상』, 고려대 민족문화연구원, 2014, 제5장을 참고. 이 논의의 바탕인 야스마루 요시오(安丸良夫)의 '통속도덕(通俗道德)'에 대해서는 김필동, 「'통속도덕'론 소고」, 『동북아 문화연구』, Vol.1 No.48, 동북아시아문화학회, 2016, 269~283쪽 참고.

의 유일하게 만족스러운 의미론은 자본주의와의 연관에 있다"[125]라고 하면서 '단일한 근대성'을 제안한다. 헌팅턴과 같은 이들은 토대가 상부구조를 결정함에도 근대성을 구성하는 토대인 자본주의적 생산양식을 무시하고 있다. 근대성을 결정하는 최고의 변인이 자본주의 체제다. 목적적 합리성, 민주주의, 인권, 휴머니즘, 대중문화 등은 모두 자본주의의 토대에 의해 형성된 상부구조다. 근대성의 위기를 구성하는 제1의 모순은 계급모순이다. 이를 간과하고 세대나 젠더, 종교와 같은 부차적 모순이나 미시적 요소에 기울어지면 주요모순을 은폐하고 부분으로 전체를 일반화하는 오류를 범한다. 그런 점에서 제임슨의 주장은 타당하다.

하지만, 유럽 자본주의의 발전은 식민지의 경영과 수탈로부터 형성되었으며, 똑같은 자본주의의 토대에서도 주체들은 다양한 해석과 실천을 행하였기에 이 차이들을 배제하면 동일화에 빠진다. 그럼에도 이에 동일화를 하여 제국의 수탈에 희생된 제3세계를 자본주의 모순 속에 소거하는 것은 백인좌파들의 편견이거나 오만이다. 제임슨의 주장 또한 유럽중심주의에서 벗어나지 못한 것이다. 계급모순을 제1모순으로 인식하되, 제국과 주권권력에 희생된 제3세계 민중, 난민, 천민, 장애인, 여성, 노인들의 실상을 분석하고 더 나아가 자유롭고 평등한 대안을 모색해야 한다.

아홉째, 사건과 텍스트의 해석에서 탈역사화와 탈맥락화를 지양한다. '나무'가 '풀'과 차이를 통하여 '목질의 줄기를 가진 여러해살이의 식물'이라는 의미를 갖지만, 저 나무가 지금 그림으로 그려지는 것은 그 나무 아래서 김구 선생이 일본 순사를 향하여 돌을 던졌다는 역사가 스며 있기 때

124 프레드릭 제임슨, 황정아 역, 『단일한 근대성』, 창비, 2020, 20쪽.
125 위의 책, 20쪽.

문이다. 사건은 맥락에 따라 의미를 달리하고 구체성을 갖는다. 그럼에도 형식주의, 대다수의 구조주의와 기호학적 비평은 역사와 맥락을 제거하였다. 이에 차이의 근대성은 텍스트내적 분석을 하면서도 이를 사회경제적, 이데올로기적, 문화적 맥락과 종합하여 해석하여 구체성을 드러낸다.

열째, 근대의 실재를 전적으로 파악할 수 없음을 인정하되, '지금 여기에서' 맥락과 지향성에 따라 진리를 확정한다. 이성으로 인식할 수 있고 언어로 표현할 수 있다면 궁극적 진리가 아니다. 그것은 이성과 언어 너머에 있다. 하지만, "'결정불가능성'에 대한 교리적인 강박관념이 생기는 것은 주로 해체 때문이다. 우리가 페이지 위에 있는 기표들의 연쇄로서 언어를 사색적으로 바라본다면, 의미는 궁극적으로 결정되지 못할 것이다. 반면에, 우리가 언어를 우리가 행하는 것으로서, 우리의 실천적인 삶의 형식과 불가분하게 얽혀있는 것으로서 생각한다면 의미는 결정 가능한 것이 되고, '진실', '현실', '지식', '확실성' 같은 낱말들은 그 힘을 회복하게 된다."[126] 히틀러에 대해서도 악으로 규정하는 것을 유보하고 회의해야 하는가? 당대 사회의 맥락에서 인류 사회가 인권과 자유와 평등을 지향하였기에 히틀러를 악으로 규정하고 저항하는 것이 옳다. 이성이 없으면 주체는 자기 동일성에 대한 강박관념 속에 갇히게 된다. 주체를 상실하면 이성은 권력의 도구가 된다. "근대성은 모든 형태의 전체성에 저항한다. 자유

126 Terry Eagleton, *Literary Theory*, Minneapolis : University of Minnesota Press, 1983, pp.146~147 : "It is largely because of this that the doctrinal obsession with 'undecidability' arises. Meaning may well be ultimately undecidable if we view language contemplatively, as a chain of signifiers on a page; it becomes 'decidable', and words like 'truth', 'reality', 'knowledge' and 'certainty' have something of their force restored to them, when we think of language rather as something we do, as indissociably interwoven with our practical forms of life."

를 향한 길을 열어주는 것은 단절될 수도 없고 끝날 수도 없는 이성과 '주체' 사이의 대화이다."[127] 이처럼 이성의 도구화나 한계를 성찰하지만 계몽성과 주체성을 종합하고, 텍스트에 맥락과 지향성을 부여하여 진리를 규정한다.

이처럼 차이의 근대성론은 내재적 발전론이나 식민지 근대화론, 제국주의와 민족주의, 오리엔탈리즘과 옥시덴탈리즘을 모두 넘어서되, 전혀 다른 패러다임과 방법론을 가지고 총체적으로, 생성적으로, 차이의 눈으로 분석하고 종합한다. 이 이론은 민족의 울타리를 넘어 세계체제 속에서 바라보되, 유럽중심주의나 오리엔탈리즘을 넘어서서 한국의 근대성을 그 자체로, 동일성을 넘어 차이로 조망한다. 민족주의의 고루한 아집에서 벗어나지만, 근대성의 모순을 심화하는 제국과 자본을 비판하고 이에 맞서는 주체를 긍정한다는 면에서 보면 새로 옷을 갈아입은 탈식민 담론이다. 역동적이고 생성적인 양상들을 총체적이면서도 객관적인 조망을 하면서 각각의 차이들을 편견 없이 분석한다는 점에서 보면 가치중립적인 것 같지만, 자본주의의 모순을 주요 모순으로 간주하고, 제국과 자본의 종속과 억압, 소외, 공동체의 해체 등 근대성의 모순을 비판하고 가지지 못한 자와 소수자가 더 평등하고 해방된, 더 나은 유토피아로서 근대를 모색한다는 점에서 보면 진보적이다. 이 이론은 역사적 현실인 실제로서 근대, 재현된 근대, 해석된 근대를 구분하고 종합한다. 재현과 실재를 동일하지 않은 것으로 보거나 이성의 도구화나 한계를 성찰하는 점에서는 포스트모던적인 듯 보이지만, 언제나 현실에 발을 굳게 디딘 채 그것이 재현되고

127 알랭 투렌, 정수복·이기현 역, 『현대성 비판』, 문예출판사, 1995, 469쪽.

굴절된 양상을 아우르고 텍스트에 맥락과 지향성을 부여하면서 해방의 근대성을 추구한다는 점에서는 반포스트모던적이다.

4. 화쟁시학의 방법론

문학을 현실의 반영으로만 보려 한 관점이나 문학을 현실과 유리된 꿈의 양식으로 보려 한 관점, 문학과 미학을 사회문화적 맥락에 종속시켜 해석하는 방식이나 텍스트 외적 요인을 배제하고 텍스트 그 자체만을 분석과 감상의 대상으로 삼는 방식 모두 반쪽의 비평일 수밖에 없다. 마르크스주의 비평이나 타율성의 미학은 텍스트를 현실이나 사회적 맥락에 종속시키고 문학 텍스트의 시학적 구성을 회피하여 결국 텍스트 자체의 미적 특질과 문학성을 앗아간다. 반면에 광의의 형식주의 비평이나 칸트식의 자율성의 미학은 문학을 현실로부터 일탈시켜 삶의 구체성을 제거하며 문학해석의 지평을 축소한다. 이런 방식은 현실의 모순을 은폐하고 문학에 영향을 미치는 외적인 사회적 요인이 문학 자체의 고유요인으로 작동하면서 문학의 내적 요소로 변화하고 미적 자질을 형성하는 것을 허용하지 않는다.

서양은 오랫동안 실체론적 사고, 동일성의 사유를 해 왔다. 이런 사유는, 이데아를 설정하고 이성을 통하여 이에 이를 수 있다는 이성중심주의 logo-centrism를 가져오거나 동일성의 사유를 통해 타자를 배제하는 폭력을 낳는다. 화쟁和諍은 이를 해체하고 '관계의 사유'를 하고 '차이의 읽기'를 행하여 텍스트와 맥락, 기표와 기의, 현실의 반영과 굴절, 텍스트와 이데올로기, 작자와 독자, 부재-텍스트absence-text와 현전-텍스트presence-text 등에 대해 이분법을 넘어서서 화쟁의 원리로 하나로 원융시켜 비평한다.

화쟁시학은 먼저 원효의 화쟁의 원리를 따라 상체용相體用과 은유와 환유의 원리를 결합하여 세계의 인식과 그 의미작용을 종합한다. 인간이 세계를 인식하고 이를 표명하는 방식을 '유사성simlarity'을 바탕으로 세계를 유추하고 기호화하는 은유metaphor[128]와 '인접성contiguity'을 바탕으로 유추하고 이를 기호화하는 환유metonymy로[129] 나누고 이를 상체용의 틀로 체계화한다. 여기서 중요한 것은 체體는 용用을 통해 드러나고, 용用은 상相을 만들며 상相은 체體를 품는다는 점이다. 차이를 만들면서 영겁의 순환을 하는 것이다. 예를 들어, 그믐달의 품相은 '손톱, 눈썹, 부메랑, 쪽배', 하늘과 땅을 오고가는 짓用은 '(신과 인간의) 중개자', 달이 사라졌는데 다시 나타나는 몸體은 '소생, 부활, 순환, 재생' 등의 은유를 형성하며 환유도 마찬가지다. 물질이든 사람이든 작용하는 것이나 짓거리用로 본질/본성體을 유추하지만,

128 저자는 은유를 창조의 장, 수사의 장, 해석의 장, 소통의 장 등 네 장을 결합하여 정의한다. 은유는 한 개념이나 대상을 다른 개념이나 대상과 견주어 양자 사이의 유사성이나 차이를 발견하고 이를 바탕으로 세계를 유추(analogy)하여 한 대상이나 개념을 다른 무엇으로 전이하여 비유하는 것이자, 담론 안에서 작동 시 독자가 주어진 세계관과 문화 안에서 형성된 개념 체계와 상상력에 따라 원관념과 매체관념 사이의 관계를 유추하여 의미작용을 일으키는 방식이자 소통하고 행동하는 양식이다. 창조의 장에서 보면 은유는 두 개념이나 대상 사이의 유사성을 유추하는 것이다. 수사의 장에서는 은유는 전이와 대체이다. 해석의 장에서 보면 이는 원관념과 매체관념 사이의 동일화이다. 소통의 장에서 보면 은유는 상호작용을 통해 해석한 의미의 실천이다.

129 저자는 환유도 위의 네 장을 결합하여 정의한다. 환유는 한 개념이나 대상을 다른 개념이나 대상과 견주어 양자 사이의 인접성을 발견하고 이를 바탕으로 세계를 유추(analogy)하여 한 대상이나 개념을 다른 무엇으로 대치하여 비유하는 것이자, 담론 안에서 작동 시 독자가 주어진 세계관과 문화 안에서 형성된 개념 체계와 경험에 따라 원관념과 매체관념 사이의 관계를 경험에 비추어 유추하여 의미작용을 일으키는 방식이자 소통하고 행동하는 양식이다. 창조의 장에서 보면 환유는 두 개념이나 대상 사이의 인접성을 유추하는 것이다. 수사의 장에서 환유는 바꾸기다. 해석의 장에서 보면 이는 원관념에 물질성을 부여하기다. 소통의 장에서 보면 환유는 바꾸기를 통해 물질성을 부여한 기호의 물질화이다.

그것은 물질이나 사람이 가진 극히 한 부분일 뿐이다. 광합성 작용이나 증산작용에 따라 그에 맞춤하여 줄기와 이파리를 가지고, 그렇게 하여 차이를 형성한 존재는 다른 본질/본성을 갖는다. 그리고 달라진 본질/본성에 따라 다른 작용을 하고, 또 그에 따라 다른 품을 갖게 된다.

다음으로 텍스트의 현실을 거울처럼 반영한 반영상反映相과 프리즘이 한 줄기 빛을 무지개로 바꾸듯 현실을 굴절시킨 굴절상屈折相으로 분절하고, 각 텍스트에 담긴 세계를 화엄철학의 사법계로 나누어 분절한 후 기호학적 분석을 한다. 반영상에는 현상계와 원리계가 포개진다. 현상계를 시학에 적용할 때, 현상계는 시적자아가 마주친 사물이나 현실이다. 시적자아가 현상계의 경계를 무너뜨리고 사물과 새로운 만남을 이루어 세계를 형성하고 그에 내재하는 보편원리라고 직관으로 깨달은 경지는 원리계이다. 진자계는 시적자아가 지향의식에 따라 현실과 사물, 그리고 이들에 내재하는 원리를 발견한 후 이 원리를 통하여 현실을 바라보며 현실과 욕망, 이상과 현실, 당위와 존재, 이데올로기와 삶, 개별적 삶과 보편적 삶, 절대와 상대, 현상과 본질, 역사적 존재와 실존적 존재 사이를 시계의 진자처럼 왔다 갔다 하고 있는 경계이다. 승화계는 모든 대립과 갈등을 승화하여 이룩한 총체성의 세계이다. 반영상은 마르크스주의 비평처럼 현실, 텍스트 바깥의 사회경제적 토대, 이데올로기, 사상, 권력 등의 맥락과 대비하여 해석하면서 구체성과 진정성을 드러낸다. 굴절상은 내적 구조를 시학적으로/기호학적으로 분석하여 낯설게하기와 문학성을 드러낸다.

텍스트는 타자의 수많은 흔적이 중첩되고 다른 텍스트가 끊임없이 반복되고 변형되는 열린 체계다. 이런 인식을 바탕으로 앞 장에서 의미작용 체계에 적용하였던 상용체相用體의 범주를 '품, 짓, 몸, 참'으로 범주화하여 형식주의와 역사주의, 마르크스주의 사회학과 구조적 시학, 해석학과 수용미학, 공시태와 통시태를 종합하는 체계로 활용하고자 한다. 텍스트의 몸은 텍스트의 짓을 통하여 드러나며, 텍스트의 짓은 텍스트의 품을 형성하며, 텍스트의 품은 다시 몸을 품는다. 작자는 독자로서 그가 읽거나 경험한 수많은 텍스트를 바탕으로 자기 안에 독자눈부처독자를 상정하고 텍스트를 만들면서 텍스트에 의미를 담고 미적인 구성을 하며, 독자는 텍스트와 만나 상관을 하면서 자기 안에 작자눈부처작가를 상정하고 의미를 캐고 미적 체험을 하며, 더 나아가 텍스트를 만든다.

텍스트 읽기와 쓰기에 주동적 세계관과 잔존적 세계관, 부상적 세계관이 작용한다. 세계관과 주어진 문화체계 안에서 읽는 주체는 세계를 형성하고 코드code를 해독하여 의미작용을 일으키는데 주체가 자신의 취향과 입장, 이데올로기, 의식, 태도, 발신자와의 관계 등을 종합하여 어디에 더 중요한 가치를 부여하느냐에 따라 텍스트는 크게 나누어 지시적 가치, 문맥적 가치, 표현적 가치, 사회역사적 가치, 존재론적 가치를 갖는다.

이것으로 텍스트의 의미가 모두 드러나는 것은 아니다. 텍스트의 진정한 체는 드러날수록 감춘다. '텍스트의 참'은 텍스트의 품, 몸, 짓이 서로 화쟁을 이루면서 기존의 코드체계를 해체하고 텍스트의 숨은 의미를 새롭게 드러내는 경지이다. 고도의 텍스트 분석력을 가진 비평가가 텍스트의 품, 몸, 짓의 의미를 여러 입장에서 제시하였다고 해도 이는 텍스트가 품고 있는 의미의 일부분만 드러낼 뿐이다. 체라고 파악한 것, 곧 텍스트의 참은 텍스트가 숨기고 있는 의미 가운데 하나일 뿐이다. 원효의 비유대로 '진여의 절대적 의미'란 있을 수 없는 것이며 우리가 체라고 파악한 것 또한 상과 용에 비교해서 세계의 본질에 좀더 가까이 간 것일 뿐이지 이 또한 세계의 부분, 또는 허위일 뿐이다. 따라서 세계와 기호에 절대성을 부여할 수 없을 뿐더러 체가 세계의 절대적 의미에 이르지 못하였다고 해서 체가 아니라고 부정할 수도 없다.

이처럼 텍스트의 의미는 고정되어 있는 것이 아니라 이것 자체가 ᄎᆞ이 différance로서 차이에 의해서 드러나고 맥락에 따라 끊임없이 연기된다. 텍스트는 현실을 반영하는 것보다는 작자와 텍스트, 독자간에 끊임없이 일어나는 읽기의 과정을 통하여 읽는 주체를 자유롭게 한다. 인간 주체는 중중무진重重無盡의 읽기를 통하여 이미 낯익은 세계를 낯설게 만나고 세계의 숨겨진 의미에 다가가며 자신을 억압하던 관념에서 해방되어 궁극적으로 자유롭게 된다.[130]

마무리

유럽중심주의와 오리엔탈리즘만이 아니라 문화제국주의론과 대다수의 탈식민론 또한 서양의 동일성과 실체론에 갇혀 있다. 이에 동일성으로 다시 환원하지 않는 대대待對의 차이, 혹은 눈부처-차이의 사유로 전환해야 동일성의 오류에서 벗어날 수 있다.

실제로서 근대와 재현으로서 근대, 해석으로서 근대는 동일하지 않으며, 현실(R)과 재현된 현실(R′), 해석된 현실(R″)은 늘 같지 않으며 차이를 생성한다. 이에 세 영역을 각각 분석하고 차이를 드러내면서 종합하는 작

130 이도흠, 『화쟁기호학, 이론과 실제』, 173~220쪽의 핵심을 담으면서도 될 수 있는 한 짧게 요약함.

업이 필요하다. 근대의 해석에서도 동일성과 실체론, 탈역사화, 탈맥락화를 지양하여 연기적 관계를 따지며 의미를 추출하고, 맥락과 텍스트를 종합하여 구체적인 해석을 수행해야 한다.

동일성을 해체하는 차이로 바라볼 때, 각 나라와 사회에는 각각의 중세가 있다. 하지만, 중세로부터 탈주, 탈중세성을 모두 근대성으로 동일화할 수 없다. ① 중세로부터 탈주하는 탈중세적 변화 가운데 ② 기존 사회의 모순을 드러내고 ③ 지속성을 갖고 나타나면서 다른 사건에도 영향을 미치는 사건으로서 ④ 비전을 제시하여 ⑤ 미래의 사회와도 연계되는 것을 근대로 규정한다. 이에 대해 차이의 사유로 분석하되, 서양/동양, 제국/식민, 중심/주변, 엘리트/서발턴 사이의 관계에 대해 이분법이 아니라 대대待對의 논리로 서로 모방하거나 저항하면서 거울이자 타자, 내 안의 남과 너 안의 남으로서 서로 생성하는 과정에 대해, 비동시적으로 동시에 존재하는 것에 대해 권력, 헤게모니, 사회경제적 토대를 종합하여 해석한다.

이를 위해 화쟁시학을 방법론으로 적용한다. 이를 통해 18~19세기의 조선조 사회의 사회경제적 토대, 이데올로기, 정치와 권력 등의 맥락에 대한 해석과 문학 텍스트의 내적구조를 시학적/기호학적으로 분석한 것을 하나로 아울러 해석할 수 있을 것이다.

제2부

18~19세기 한국문학에서 차이의 근대성과 재현

제1장

상품화폐의 발생과 문학적 재현

글을 열며

일상에서도 성리학의 이념을 강력하게 추구하여 본성을 되찾아 예를 구현하고자 한 조선조 사회는 재물욕을 극단적으로 배제한 사회였다. 개인적으로 재물욕이 생기더라도 이를 드러내지 않으려 노력했으며, 집단적으로는 이를 도덕률, 제도, 시선으로 억압하였으며 이를 노골적으로 표출하는 자는 경멸하거나 추방하였다. 신분질서 안에서도 양반 아래에 사농공상士農工商의 위계를 설정하여 상인을 서민 가운데서도 가장 낮은 존재로 자리매김하였다. 지배층인 양반들은 안빈낙도安貧樂道를 삶의 목표로 삼았으며 개인의 수양과 학문과 예술, 정치행위를 일치시키려 하였으며 죽어서는 묘비명에 '불치산업不治産業', 곧 돈을 벌거나 재물을 불리는 일을 하지 않았음을 그 사람의 중요한 치적으로 기록하였다. "조선 후기 문집에 소재한 수많은 묘비명에서 묘지명의 대상에 대해 '불치산업'을 포함하여 그와 유사한 문구들로 채워진 경우는 도처에 산견된다."[1]

그러던 조선조 사회를 살펴보면, 18세기에는 그 전 시대와 달리 돈과 재물을 추구하고 상품화폐를 매개로 한 교환이 빈번해지고 상공업이 발전함에 따라 사람과 사회문화에서 분명하게 변화의 흐름이 나타났다. 상품화폐의 출현과 발전은 기존의 이념과 가치관, 삶에 대한 전면적인 부정을 의미한다. 앞 장에서 말한 대로, 자본주의는 근대를 살아가는 모든 이들의 사유, 행위, 해석, 지향을 규정하는 전 지구적 조건이다. 자본주의의 토대를 구성하는 것 가운데 핵심은 상품화폐다. 다음 절에서 논증하겠지만, 상품화폐 관계는 인간이 사람과 사물을 돈을 매개로 한 교환가치로 바라보게 하고 화폐증식의 욕망을 키우며 서로 경쟁하도록 이끌며 삶과 사물의 객관화와 물화, 소외를 심화하고 사회 전체가 목적적 합리성을 추구하게 한다. 대신 개인이 인격적인 자유를 누리면서 모든 장에서 자유로이 생산하고 소비하면서 중세의 수직적 인간관계를 수평적 인간관계로 전화하며 중세의 신분사회를 해체한다.

그럼, 18~19세기 조선조 현실에서 상품화폐 경제가 성립되었고 이것이 문학작품에 재현되었는지, 재현되었다면 그에 대한 다양한 태도가 나타날 터인데 이를 범주화할 수 있는지, 범주화한다면 그것을 어떻게 유형화하고 그 의미는 무엇이었는지에 대해 알아본다.

화쟁시학을 응용하되, 그 안에서 그레마스의 이론을 이용하여 태도 유형을 범주화하고 그람시의 헤게모니론을 중심으로 문화의 장 안에서 역동적인 과정을 분석한다. 그레마스의 공시적인 구조 분석과 텍스트, 그람시의 통시적인 해석과 사회문화적인 맥락을 결합하여 주체, 계급, 욕망, 이데올로기, 시선, 권력 등과 아울러 총체적으로 해석하는 것은 화쟁시학

1 하윤섭, 「가부장적 이데올로기의 모순과 상상적 봉합－「복선화음가」에 대한 연구사 검토와 새로운 독법의 마련」, 『한민족어문학』 63, 한민족어문학회, 2013, 228쪽.

에 기댄다. 단, 지면 관계상 시조와 달리 서사가 담겨 있어 주체를 파악할 수 있으면서도 소설과 달리 한눈에 행위를 분석하고 판단할 수 있는 가사를 대상으로 하며, 소설은 간단히 부연한다. 가사텍스트는 18~19세기에 창작되고 널리 향유된 작품 가운데 각 유형에 대해 전형적인 작품을 하나씩만 예로 들며 기술한다.

1. 상품화폐 경제와 근대성의 상관관계

화폐와 문학작품의 관계를 다룰 때 중요한 것은 단순히 소재나 주제적 차원에서 접근하거나 '화폐욕의 부상과 이에 따른 타락과 비판=근대'라는 단순 도식을 지양하는 것이다. 화폐욕이나 물욕은 인류의 문명사와 함께한다. 처음에 돈은 종교적이거나 의례적인 목적으로 사용되었지만, 아득한 고대부터 인간이 필요에 따라 교환을 하면서 조개껍데기, 철편, 금, 은, 쌀, 면포 등이 화폐의 구실을 했다. 이러면서 화폐증식의 욕망이 싹트고 이에 대한 반작용으로 이를 제한하는 도덕과 법이 출현하였으며, 이런 양상들을 재현하는 서사들도 향유되었다. 화폐가 인간관계를 왜곡하고 도덕을 타락시킨다는 메시지를 담은 문학작품은 우리나라에서도 이미 고려조의 「공방전」에 나타난다. 중요한 것은 화폐가 요소, 소재, 주제로 활용되는 점이 아니라 개인의 가치관과 사회관계, 생산관계에 분명한 전환을 야기한 면에 대해 살피는 것이다.

상품 없이 자본주의는 존재하지 못한다. 자본에 의한 생산은 바로 상품생산이다. "자본주의적 생산양식이 지배적인 사회에서 부는 하나의 '거대한 상품집적'으로 나타나고, 하나하나의 상품은 이러한 부의 기본형태로 나타난다. (…중략…) 상품은 우선 외적 대상으로, 그 속성을 통해 인간의 여러 가지 욕망을 충족시키는 물적 존재Ding이다."[2] 상품은 인간이 필요로 하는 쓸모와 유용성 — 사용가치 — 을 담고 있어서 인간의 일정한 종류의 욕망을 만족시켜주는 물적 존재로, 직접 교환되지 않고 시장에서 화폐를 통해 매매되는 — 교환가치 — 생산물이다.

"가치척도로 기능하고, 따라서 스스로 또는 대리인을 통해 유통수단으로도 기능하는 상품이 화폐이다."[3] 화폐는 오랜 시간 동안 상품의 교환과정에서 자연발생적으로 생긴 것으로 다른 모든 상품들의 가치의 크기를 표현해주는 가치형태이자 일반적 등가물이다. 화폐는 본디 실체 없이 관계 속에서만 가치를 지니며, 상품생산 사회에서 다섯 가지 기능 — 가치척도, 유통수단, 축적수단, 지불수단, 세계화폐 — 을 수행한다. 즉, 화폐는 모든 상품의 가치를 측정해주는 '가치 척도의 기능'을 행하며, 상품의 가치를 시장 체제에서 화폐로서 표현한 것이 가격이다. 화폐는 자신의 중개로 상품교환이 이루어지게 하는 유통수단의 구실을 하여, 화폐의 매개를 통하여 한 상품은 판매자로부터 구매자로 전달된다. 사람들은 일반적 등가물인 화폐를 가지고 있으면 어느 때든지 상품을 소유할 수 있으므로 나중에 필요한 물건을 구매하기 위하여 화폐를 축적해둔다. 화폐는 상품을 사고 값을 치르는 지불 수단의 기능을 한다. 마지막으로 화폐는 국가들 사이에 형성된 세계시장에서 상품을 매매하고 채무를 지불하는 세계화폐의 기능을 행한다.[4]

---

2 카를 마르크스, 강신중 역, 『자본』 I-1, 길, 2014, 87쪽.

3 위의 책, 202쪽.

이 다섯 가지 기능으로 그치는 것이 아니다. "교환과정 속에서 대상들은 자신들의 가치를 상호적으로 표현하며, 대상의 가치는 그것이 다른 대상과 교환됨으로써 객관화한다."[5] "대상사물들이 물물교환되지 않고 화폐와 교환된다면 사물들은 개별성을 상실하게 된다."[6] 짐멜의 이런 예리한 통찰은 여기서 머무는데, 마르크스와 루카치는 이를 자본주의 체제와 인간관계 사이의 핵심으로 파악하여 물화와 소외이론으로 발전시킨다.

"상품구조의 본질은 사람들 간의 관계가 사물의 성격을 지닌다는 사실, 그래서 이로부터 일종의 '유령적 대상성'이 성립되며 이것이 대상성의 근본적 지반인 인간들 간의 관계를 겉보기에는 완전히 완결적이고 합리적인 듯이 보이는 엄격한 자기법칙성으로써 은폐한다는 사실에 기초를 두고 있다."[7] 상품화폐가 삽화적으로 등장하는 사회와 달리 본격적으로 모든 생의 표현에 삼투하여 지배형식으로 작용하는 자본주의 교환체계에서 사물과 인간 모두 객관화하면서 본래 가치를 상실하고 물화reification한다. 이 체제에서 생산자의 인격과 삶의 본질로부터 생산이 분리되어 객관화한다. 시장에서 모든 상품은 교환가치로 교환이 이루어지며 사용가치는 그 아래로 숨어버린다. 이 전도된 관계는 인간의 삶마저 지배하여 인간의 삶과 본질 또한 교환가치로 대체되며 객관화하고 획일화한다. 개인의 특수한 삶과 인격은 보편성에 매몰되고, 인간의 참된 가치보다 교환가치가 우선한다. 이 체제는 사랑과 자비 같은 추상적인 가치는 물론 인간의 정신과 육체마저 교환가치로 대체하도록 강제한다. 노동생산물이 상품으로

---

4 이상 화폐의 기능은 위의 책, 160~220쪽을 참고하여 간단히 요약하였다.
5 게오르그 짐멜, 안준섭·장영배·조희연 역, 『돈의 철학』, 한길사, 1983, 102~104쪽.
6 위의 책, 159쪽.
7 게오르그 루카치, 박정호·조만영 역, 『역사와 계급의식』, 거름, 1986, 154쪽.

바뀌고 이것은 다시 화폐를 매개로 교환되기에 상품생산 사회는 시장경쟁원리에 의해 지배되는 사회이며, 상품과 금전에 대한 욕구로 가득 찬 화폐만능사회이다. 이의 극단적인 표출이 물신주의fetishism이다.

원래 노동이란 개인이 자연의 장애에 맞서서 자기 앞의 세계를 자신의 의지와 목적대로 변형시키면서 새로운 가치를 생산하여 주체로서 자신의 본성을 구체적으로 실현하는 것이기에 본질적으로 자유이자, 생산을 통하여 타자를 자유롭게 하기에 정의를 구현하는 방편이다. 하지만, 자본주의의 맥락 속에서 노동은 생산한 가치 가운데 일부만 임금으로 돌려받고 나머지는 착취당하는 과정으로 전락한다. 자본주의 체제에서는 인간은 자신이 생산한 것으로부터도 낯설게 되며, 노동을 통하여 자신의 본성을 구현하는 것이 아니라 기계에 종속되고 자본에 착취당하여 노동은 소외의 양식이 된다. 사용가치를 교환가치가 대체하면서 물화가 일어나고 소외로 전화한다. 인간은 타자를 인격을 갖춘 존재로 바라보지 못하고 상품화폐 관계의 눈으로 바라본다. 결국 인간은 대상이나 타자뿐만 아니라 자기 동일성으로부터도 소외를 느낀다. 이에 소외는 자본주의의 상품화폐 관계 속에 있는 현대인의 경우 누구든 겪을 수밖에 없는 보편적인 병이 되었으며, 『세일즈맨의 죽음』이나 『변신』에 잘 나타나듯, '소외된 개인'은 현대사회에서 현대인의 부조리한 삶의 양상을 가장 압축적으로 표현해주는 의미가 되었다.

마르크스와 마르크스주의자들이 화폐에서 소외를 읽었다면, 막스 베버와 베버리안들은 이에서 합리성을 읽는다. 자본 축적에 프로테스탄티즘의 윤리가 정당성을 부여하고, 이의 축적이 합리적인 투자로 이어진다. 화폐는 토지의 가치, 개인의 노동력 등 추상적 영역으로 남아 있던 것을 '합리적으로 계산이 가능한 것'으로 교체한다. 화폐의 매개에 의해 토지의 가치는 지대로, 인간의 가치는 생산성에 따른 임금으로 대체된다. 자본가는 다른 시대의 부자와 달리 돈을 쌓아두기보다 모든 것을 합리적으로 계산하여 투자하는 데 주력하고 이는 산업(자본)의 발전에 기여한다.

화폐가 다섯 가지 기능을 제대로 수행하려면 합리적인 교환과 계산, 유통이 바탕이 되어야 한다. 상품 생산의 목적은 이윤을 통한 자본의 축적이다. 이는 생산자가 생산도구와 원료, 노동을 합리적으로 구매를 하여 좋은 제품을 만들고 이에 합당한 가격을 매겨 유통시키면서 잉여가치를 적절한 수준에서 착취하여 이윤으로 전화할 때 발생하는 것인데, 이 모든 과정에서 판단기준은 '합리성'이다. 소비자 또한 상품이 가격에 대비하여 효용성이 없다고 생각하면 구매하지 않는다. 소비자에게도 상품 선택과 소비에서 가장 중요한 것은 상품의 가치와 가격 사이의 합리성이다. 유통에서도 이 점은 마찬가지다. 일정한 기간에 상품 유통에 필요한 화폐의 양은 유통되는 상품의 가격 총액과 같아야 한다. 그런데 유통에 필요한 화폐량은 이를 액면이 같은 단위 화폐의 평균 회전 속도로 나눈 값이다.[8] 화폐가 회전될수록 가치가 증가하기에 이를 굴리는 사람은 일정 기간에 회전속도를 늘릴 수 있는 방안을 합리적으로 계산한다. 그러기에 상품이 생산·소비되고 화폐가 유통되면 될수록 사회는 목적적 합리성을 추구하는 사회로 변한다.

화폐가 교환되고 축적되면 될수록 중세적 신분체계는 무너진다. 화폐는

---

8 예를 들어 1년 동안 시장에서 10억 원 어치의 상품이 판매되는데 10원짜리 화폐가 평균 20회전 한다면 전체 상품을 유통시키는 데 5백만 원만 있으면 가능하다. 저자가 아침 9시에 아파트 단지에 있는 상가의 이발소에서 머리를 깎고 1만 원을 지불하고, 그 이발소 주인이 이 돈으로 옆의 빵집에 가서 빵을 사고, 빵집 주인이 다시 상가의 마트에서 밀가루를 산다면, 돈 만 원이 한 시간만에 3만 원의 가치를 창출한 것이다.

중세의 수직적 인간관계를 수평적인 인간관계로 바꾸며, 이는 다시 신분과 관계없이 자본을 축적한 자가 권력을 갖는 자본주의적 인간관계로 전화하는 매개로 작용한다. 나아가 상품화폐 경제는 자유로운 노동자의 출현을 야기한다. "화폐의 자본으로의 전화를 위해서 화폐 소유자는 상품시장에서 자유로운 노동자를 발견해야 한다. 이 자유롭다는 것은 이중적인 의미가 있는데, 즉 한편으로는 그 노동자가 자유로운 인격체로서 자신의 노동력을 자신의 상품으로 마음대로 처분한다는 의미이며 다른 한편으로는 판매할 아무런 다른 상품도 가지고 있지 않을 뿐만 아니라 자기 노동력의 실현에 필요한 모든 물적 조건에서도 분리되어 있다는 의미이다."[9] 신분상의 자유, 이주의 자유, 신체의 자유, 선택의 자유와 함께 인격적 자유가 주어질 때, 자신의 노동력 외에 팔 다른 무엇이 아무 것도 없고 생산수단도 소유하지 않았을 때 개인은 자신의 노동력을 자유롭게 판매하는 것이 가능하다.

자본의 축적이 가능하려면, 노동자는 토지와 신분의 예속에서 풀려나 노동력을 판매해야 하고, 자본가는 노동력과 원료를 구입하여 기계와 같은 생산수단과 결합하여 생산을 하고 이를 판매하여 더욱 많은 이윤을 확보하고 이를 통해 자본을 축적하여 끊임없이 확대재생산을 하여야 한다. 자본가는 귀족으로부터 차츰 권력을 양도받아 시장과 자유로운 노동자를 확대하고 토대를 생산과 소비 및 착취가 용이한 양식으로 전화하며, 노동자는 더 자유로운 시장에서 더 좋은 가격으로 노동력을 판매하고 상품을 구매하기를 원한다. 이런 열망과 힘이 결국 중세를 무너트리고 근대를 열었다.

---

9 카를 마르크스, 앞의 책, 253쪽.

이처럼 상품생산 사회에서 화폐는 가치척도, 유통수단, 축적수단, 지불수단, 세계화폐의 기능을 수행하면서 대상의 객관화와 물화, 소외를 심화하며 사회 전체가 목적적 합리성을 추구하게 한다. 대신, 화폐는 개인이 인격적인 자유를 누리면서 모든 장에서 자유로이 생산하고 소비하면서 중세의 수직적 인간관계를 수평적 인간관계로 전화하여 신분사회를 해체한다. 다른 요인도 작용했지만, 상품화폐 관계가 없었다면 긍정적이든 부정적이든, 합리성, 개인의 자유, 신분사회의 해체, 물화와 소외와 같은 근대성이 구현되기 어려웠을 것이다.

2. 18~19세기 조선조에서 상품화폐 경제의 발생 문제

다음의 문제는 조선조의 실제 현실에서 18~19세기에 상품화폐 경제가 나타났느냐, 나타났으면 그 양상이 구체적으로 어떠하냐는 점이다. 18세기 이후 조선조의 사회경제적 토대는 급격한 변화를 맞는다. 이전 시기인 17세기에 대동법이 실시되면서 농민의 부담이 경감하고 공인이 출현하여 상품유통관계가 증대하였고, 1633년부터 상평통보를 주조하기 시작하였으며, 1678년 4월 1일에 이의 유통을 공포하고 대량으로 생산하여 명실상부한 화폐로 사용하였다.[10] 이를 바탕으로 18세기에 들어 상품화폐 경제가 본격적으로 발생한다.

쌀, 베 등의 현물화폐, 은화와 상평통보가 활발히 교환되면서 물물교환

10 사회과학원 역사연구소, 『조선통사』, 오월, 1988, 424쪽. 참고로 1779년경 서울에서 한 개 로에 21명의 장공인을 붙인 50개의 로에서 모두 1,050명이 작업하는 큰 규모의 관영주전소가 있을 정도로 동전이 활발히 주조되었다.

을 대체하였다. 『영조실록』 40권을 보면, 11년1735 12월 5일 영조는 "크게 물건을 매매하고자 한다면 은화와 미곡을 사용하도록 하라. 동전을 쓰는 것을 금지하고 싶지만 우리나라에 은이 적으니, 어떻게 할 것인가?"[11] 라고 말하며 동전과 은화, 미곡 등 화폐 유통의 문제점을 의논하고 있다. 정조는 8년1784에 홍수와 가뭄으로 계속 흉년이 들자 "15만 7천 냥이란 숫자에 꼭 차니, 그 이식利息을 없애고 그 구전口錢을 금지시켜 골고루 나누어 주는 밑거리로 삼도록 하라"라며 15만 7천냥을 내놓는다.[12] 흉년이 들어 백성을 구휼하는 가대假貸로 쌀 대신 돈을 내놓고 그 돈이 15만 7천 냥에 달하였다는 것은 그만큼 화폐 사용이 보편화하였음을 방증한다.

당시 세계 교역에는 은화가 국제통화의 구실을 하였는데, 조선은 인삼을 중심으로 한 일본과 중국 사이의 중개무역으로 중국에 해마다 수십만 냥의 은을 수출할 정도로 은이 풍부하였으나, 1747년 일본이 나가사끼를 통하여 청과 직접 무역을 하면서 은이 부족하게 된다.[13] 정조 16년1792에는 국내의 은이 부족하자 아예 중국과 돈 무역을 행하며,[14] 정조 17년1793에는 상평통보의 원활한 유통과 경비 절감을 위해 십전통보十錢通寶를 발행하기도 한다.[15] 이는 당시 조정이 교환 및 유통수단으로서 화폐가 경제에서 차지하는 중요성을 충분히 인지하고 이를 위해 노력하였음을 보여주는 실례다.

상평통보가 활발히 유통되고 화폐로서 가치가 인식되면서 1713년 이후

---

11 『조선왕조실록-태백산사고본』(이후 『태백사고본』으로 약함), 30책 40권, 51장 A면(국역본의 번역문과 인용과 면수는 http://sillok.history.go.kr를 이용함).

12 위의 책, 17책 17권 32장 A쪽.

13 『조선통사』, 449쪽. 일본은 인삼수입을 위해 1710년에 인삼대왕고은(人蔘代往古銀)이라는 특수화폐를 발행하기까지 할 정도로 적극적이었으나 이후 자체적으로 인삼재배에 성공한 것도 한 요인이다.

14 『태백사고본』, 36책 36권 5장 A쪽.

15 위의 책, 38책 38권 55장 B쪽.

지대를 돈으로 내는 일이 빈번해졌다. 화폐지대의 발생으로 자립적 생산자와 토지 소유자 사이의 전통적인 신분관계는 소작상의 순수한 화폐관계로 전환되었다. 일부 지역에 한정되는 것이지만, 화폐지대의 발생은 농민과 지주와의 관계에서 종래의 신분적 예속관계가 화폐에 의한 경제적 관계로 전환하는 시초적 관계의 발생을 의미하였으며 봉건적인 착취관계에서 신분적 속성을 거세·약화시키며 농민들의 사회적 지위의 상대적인 향상을 의미하였다.[16] 1750년영조 2년에 실시된 균역법은 농민의 세 부담을 경감하였고 교환경제를 더욱 활성화하였다. 정조실록 22년 11월 30일조를 보면, 농사에 관련된 배의裵宜 등 27인의 상소문, 농서農書를 올린 허호許顥 등 40인의 글을 요약하고 이에 대한 정조의 답을 싣고 있다.[17] 이를 보면, "농사짓는 근본은 부지런함과 수고함에 달려 있는데, 그 요체는 역시 수리 사업을 일으키고 농작물을 토질에 맞게 심으며 농기구를 잘 마련하는 것뿐이다. 이 세 가지가 그 요체인데, 그 가운데서도 수리 사업을 일으키는 것이 첫 번째를 차지한다"라며 제언의 복구에서부터 농기구 개선, 영농기술에 이르기까지 상세하게 당시 농사의 현황과 대안을 제시하고 있다. 이 글에 잘 나타나듯, 모내기법, 이모작, 영농기술과 비료의 사용, 생산도구의 발전, 수리시설의 복구와 신설 등의 사유로 생산력이 증대하였다. 아울러 토지의 사유화가 증가하여 곡물의 상품화와 상업적 농업이 발생하였다. 곡물의 상품화와 상업적 농업의 발전은 자급자족적 자연 경제의 장벽을 그 밑뿌리부터 흔들어놓기 시작하였다.[18]

---

16 『조선통사』, 461쪽.

17 이 부분을 국역한 것이 5만 1천여 자에 달할 정도로 방대한 양이다(『태백산사고본』, 50책 50권 16장 B쪽).

18 『조선통사』, 437쪽.

정치와 경제가 안정되고 생산력이 증대하고 상공업이 발달하면서 인구가 증가하고 도시가 발달하였다. "『동국문헌비고東國文獻備考』 등의 자료를 분석한 결과 1770년 경에 경상도와 전라도의 경우 각 읍당 평균 4곳, 충청도에는 평균 3곳, 전국적으로 총 1,064곳에 달하는 장시가 형성되어 발달하였다."[19] "각지의 지방시장은 행정관부의 소재지인 각 도읍과 연안의 포구를 비롯하여 교통의 요지·물화의 집적지 등의 향시鄕市를 거점으로 형성되었다."[20] "이 중에서 지방 도읍에 속하는 수원, 원주, 충주, 공주, 경주, 대구, 안동 등은 관영수공업이 소멸하였지만 민영수공업과 시장교환이 점차 발달하였다. 이외에 부산, 마산, 목포, 인천, 해주 등의 연안 포구와 그 밖의 물화집산지·교통요지도 발달하였다. 지방시장인 향시와 각 도읍, 교통의 요지는 18세기 이후에 한성을 중심으로 연결되는 전국적인 유통망을 형성하였다."[21] "18세기 이후에는 육로가 여럿이 열리고 『택리지』에서 '경강 상인들이 안흥량태안반도 끝을 가기를 자기 집의 뜰을 밟듯이 한다'고 묘사할 정도로 육상, 해상 교통이 발달하여 전국이 서울을 중심으로 한 단일한 상품유통권으로 통합되어 갔다."[22]

시장의 경우, 시전市廛과 난전亂廛의 대립에서 국가에 의한 전매특권인 금난전권禁亂廛權이 완화와 강화를 되풀이하는 가운데 자유경쟁에 바탕을 둔 사상私商인 난전이 점차 우위를 점하며 시장과 상업이 더욱 발달하게 되었다. "정조 15년1791 1월 25일 조를 보면, 당시 난전과 시전의 양상과 양자

19 한상권, 「18세기 말~19세기 초의 場市發達에 대한 基礎硏究－慶尙道地方을 중심으로」, 『韓國史論』 7집, 1981, 196~197쪽.

20 김호범, 「前近代 東아시아에서의 商品貨幣經濟 發展에 관한 비교·고찰－韓中日의 商品貨幣經濟를 중심으로」, 『經濟硏究』 제5권 1호, 한국국민경제학회, 1996, 571쪽.

21 위의 글, 571쪽.

22 고동환, 「서울 600년 조선 후기 시장과 상인」, 『역사비평』 24호, 1994.2, 112쪽을 요약.

의 대립과 난전의 횡포, 당시 상업활동에 대해 잘 짐작할 수 있다. 채제공蔡濟恭은 도거리 장사가 활개를 치며 물건 값을 자신이 젊었을 때보다 3~5배나 받을 정도로 난전의 독점이 많은 폐단을 낳고 있음을 알리고 이에 정조는 저자의 백성들에게 육전 이외에서도 매매할 수 있도록 허락한다."[23]

"서울의 경강상인京江商人은 1702년숙종 2년에 이미 쌀 1천석 내지 2~300석을 실을 수 있는 배를 300척이나 소유하며 조운漕運을 담당하여 1년간 선가船價로 1만 석을 받았으며, 축적한 상업자본을 상품생산에 투자하여 직접 생산자를 상인자본에 예속시킨다. 개성開城의 송상松商은 서울을 제외한 전국적인 시장의 매매와 중국 및 일본과 무역으로 축적된 상업자본을 인삼의 재배와 가공, 광산개발에 투자한다. 의주義州의 만상灣商은 독자적으로 밀무역을 하였다."[24]

서울의 경우 18세기 말 인구 20만의 서울에서 소비되는 식량을 약 100만 석으로 추정하고 조세租稅와 부가富家나 사대부가士大夫家 등 부재지주가 받아들인 소작미小作米로 확보한 40만 석을 제외한 60만 석 정도가 상인에 의하여 지방장시에 공급되었으리라 본다.[25] 반면에, 고동환은 1720년대의 한성 인구를 25만 명, 1770년대에 30만 명으로 추정한다.[26] 고동환은 「호구단자」, 「준호구」, 「간이국세조사」 등의 구체적인 인구통계자료를 근거로 추출한 것이라 더 신빙성을 갖는다. 그렇다면 당시에 대략 90만 석에 이르는 쌀이 시장체제에 의하여 공급되었을 것이다.

---

23 『태백산사고본』, 32책 32권 9장 A쪽.

24 강만길, 『조선 후기 상업자본의 발달』, 창비, 2018, 86·165쪽 참고; 『조선통사』, 433~539쪽 참고.

25 김영호, 「조선 후기에 있어서의 도시 상업의 새로운 전개」, 31쪽.

26 고동환, 「조선 후기 서울의 인구 추세와 도시문제 발생」, 『역사와 현실』 28, 1998.6, 210쪽.

16세기 이후 민영수공업이 발전하였으며, 일정 정도 자본을 축적한 상업자본에 의해 선대제先貸制 생산방식이 발전하였다. 특히 금, 은, 동의 수요가 많자 상업자본이 금점金店, 은점銀店, 동점銅店에 진출하자 금속가공업 및 광업 생산에서는 공장제수공업이 나타나게 된다. 축적된 상업자본의 생산 부문 투자도 이어진다. 앞에서 말했듯, 경강상인은 조선업의 도고都賈에 투자하고, 개성상인은 인삼의 재배업과 홍삼 가공업에 투자한다.

이들 자본은 점꾼을 고용하였고,[27] 점꾼은 자본의 지휘 아래 분업에 기초한 협업노동을 하고 이 대가로 임금을 받았다. 당시에 임노동이 부농형 농업, 수공업, 광업, 상업 등의 분야에서 광범위하게 발생하고 정착하였다. 이에 따라 18세기 이후 농촌과 도시에서 자유로운 임노동자가 대량으로 발생하였다. "첫째, 경영형 부농이 임금을 주고 농사를 짓게 하자 품팔이 농민이 곳곳에서 형성되었다. 둘째, 요역제가 점차 물납제인 대동세나 잡역세로 대체되자 국가가 강제로 노동력을 동원하였던 대규모 공사에 물납재원을 바탕으로 품삯을 주고 고용하는 노동고용제가 정착되었다. 한 예로, 1760년에 청계천 준설공사를 했을 때 총 동원된 21만 5675명 가운데 품삯을 주고 고용한 사람이 6만 3천 300명에 달하였고 공사비로 쌀 2,300석, 돈 5만 5천여 냥이 소요되었다. 셋째, 상공업과 수공업, 광업의 발전으로 유민들이 상품의 하역과 운반, 잡상인, 다양한 수공업의 공인工人, 장빙역藏氷役, 품팔이꾼, 금광이나 은광의 일꾼으로 고용되었다."[28]

종로 외곽, 배오개나 경강 등에 난전이 속속 열리고 점점 이곳의 거래가

---

27 1799년 황해도 수안 홀동광산에만 점막집이 700여 동일 정도임.(『조선통사』, 465쪽)

28 고동환, 「근대이행기 빈민의 삶과 저항」, 『역사비평』 46호, 역사비평사, 1999, 150~151쪽 참고하되 저자가 약간 수정하여 보완.

활발해지면서 "시전 중심의 상업체계가 붕괴하고 자유상인인 사상私商 중심의 상업체계가 자리를 잡게 되었다".[29] 상품들도 『한양가』를 보면, 약가게의 약재가 중국이나 동남아시아에서 수입한 빈랑나무껍질大腹皮, 낙타쓸개駝黃, 침향沈香, 정향丁香, 중국사향唐麝香, 용뇌수결정龍腦, 무환자나무열매龍眼 등 51종에 이르고 어물전이나 포목전 등 다른 가게의 상품들도 보통 2~30종에 이를 정도로 다양하였다. 모군, 상품의 하역과 운반, 장빙역藏氷役, 잡상인, 관련 수공업의 공인工人 등 고용노동자들이 삼문 밖에 거주지를 마련하면서 "한성부 (…중략…) 도성 밖 인구는 1789년정조 13에 이르면 거의 50%로 증가하였다".[30] 특히 배가 닿는 양화진, 서강, 마포 등의 경강변에서 교역이 활발하게 이루어졌는데, "1789년에 경강변의 인구만 11,136호, 34,545명에 달하였다".[31]

당시 발생한 상품화폐 관계는 물욕을 멀리하고 인의仁義를 추구하던 조선조 사회에 균열을 일으켰다. "영조 즉위년1724에 빚 독촉으로 매질을 하여 김씨 성을 가진 부부夫妻가 자결하는 데까지 이르자 당상관堂上官과 낭관郞官을 파면시키고",[32] "영조 8년에는 악성부수樂城副守 이단李壇이 빚을 주고 이자를 불려 남의 전민田民을 위협하여 취했으므로 고신告身을 빼앗으며",[33] "영조 40년1764에는 영의정 홍봉한이 궁방宮房에서 백성의 전답을 강제로 사들이고 돈을 주어 이자를 불리며 결박지어 놓고 징수를 독촉하는 폐단을 금할 것을 청하니, 임금이 모두 엄히 금지하라고 명하였다."[34]

---

29 고동환, 「서울 600년 조선 후기 시장과 상인」, 113쪽.
30 고동환, 「조선 후기 서울 삼문(三門) 밖 지역의 특성」, 『서울학연구』 59집, 2015, 168쪽.
31 고동환, 「조선 후기 경강지역 행정편제의 변동과 인구추세」, 『서울학연구』 24집, 2005, 22쪽.
32 『태백산사고본』, 2책 2권 5장 B쪽.
33 위의 책, 24책 31권 14장 A쪽.
34 위의 책, 70책 104권 29장 A쪽.

상품화폐 경제의 최극단이라 할 고리대도 이미 양반 사대부 사이에서 성행하였다. 정조 4년1780 12월 21일에 암행어사 이시수李時秀는 대구 영의 관료들이 14만 냥이나 되는 막대한 공금을 30년에 걸쳐 백성을 대상으로 원전의 2~3배에 달하는 고리대를 하고 이를 갚지 못하면 일가붙이는 물론 이웃에게 떠넘기는 바람에 "잡아들인 죄수가 감옥에 가득하고 매를 맞는 죄인이 뜰에 꽉 차 있어서 근심하고 괴로워하는 기색과 울부짖는 소리가 촌락마다 발생하고 있습니다. 만일 지금 깨끗이 탕감해 주지 않고 몇 해를 더 경과한다면 온 경내에 자리 잡고 사는 백성이 장차 드물게 될 것입니다"[35]라고 서계를 올리고 있다. 다산茶山도 『목민심서牧民心書』에서 "부잣집 자식이 글자 한자도 배우지 않고 — 대작을 하는 자인 거벽巨擘을 통해 — 글을 사고 글씨를 사서 뇌물을 바쳐서 합격자에 끼이게 되는 자가 그 태반을 차지"한다 했으니,[36] 당시 상품화폐 관계가 안빈낙도安貧樂道를 선비의 덕목이자 존재이유로 알던 사대부층에도 깊숙이 스미어 사고와 실천에 지배적으로 작용하고 있었음을 짐작할 수 있다.

민民 또한 상품화폐에 대한 인식을 분명하게 한다. 정조 대의 상언과 격쟁 가운데 사회경제적인 비리문제의 시정을 요청하는 민은民隱에 관한 등소等訴를 분석하면, "전체 260건 가운데 상공업이 98건 · 37.7%로 가장 높고, 다음 부세 77건 · 29.6%, 읍폐시폐가 35건 · 13.5%로 세 번째다. 이처럼 상공업 문제를 호소하는 데 연명하여 집단적으로 올리는 등소가 많았다는 점은 주목할 만하다. 상공업 문제를 둘러싸고 등소가 활발하였다는 사실은 상공업인이 높은 결속력과 집단성을 지니고 있음을 보여주는 것

35 위의 책, 10책 10권 55장 A쪽.
36 丁若鏞, 다산연구회 역주, 『譯註 牧民心書』 2, 창비, 1979, 137쪽.

이기 때문이다."[37]

이처럼 이 시기에 자본주의의 발생의 조건이라 할 상품화폐 경제, 전국적인 시장체제, 자본의 축적, 생산수단의 사유화, 선대제 수공업과 공장제 수공업, 상업 자본의 산업부문 투자, 자유로운 임노동의 대량 형성과 자본 사이의 자본주의적 관계 등이 모두 구비된 것은 엄연한 현실이다. 상품화폐 경제가 토대뿐만 아니라 당시 조선조 사람들의 사고와 행위에도 심대한 영향을 미쳐 상당수의 양반들이 뇌물을 주고받고, 고리대와 거벽까지 행할 정도로 유교적 도덕관을 상실한 채 화폐증식의 욕망을 추구한 것도 사실이다.

하지만, 공장제 수공업은 금속가공업과 광업에만 국한되었고 면방직 등 여타 산업으로 발전하지 않았으며, 영조와 정조 실록을 보면 은점과 금점, 동점을 허가하는 것과 함께 폐단을 지적하며 닫아버리는 기술도 빈번히 등장한다. 자유로운 임노동자가 100만에 이를 정도로 발생하였지만, 농민 대부분이 토지에 매여 있어 이들이 자본주의의 주역인 노동자로 나설 정도까지는 나아가지 못하였다. 1789년에 베이징의 인구가 105만여 3천여 명, 항저우의 인구가 37만 6천여 명, 에도江戶의 인구가 68만 7천 명인데 비하여, 한성은 1770년대에 30만 명에 달하였다.[38] 그동안 여러 연구에서 조선의 자본주의의 내재적 발전을 부정하거나 미흡한 근거로 한성의 인구가 20만, 에도의 인구가 100만이라는 근거를 댔지만, 이는 잘못된 것이다. 당시 한성의 인구가 에도나 베이징보다 적기에 도시와 시장의 발

37 한상권, 『朝鮮後期 社會와 訴寃制度－上言・擊錚研究』, 一潮閣, 1996, 232쪽.

38 한성을 제외한 각 도시의 인구는 Jeff Desjardins, "Ranking the world's most populous cities, over 500 years of history", *Visual Capitalist*, July 18 2019(https://www.visualcapitalist.com/worlds-most-populous-cities-500-years-history/)에 근거함.

전이 이들보다 상대적으로 왕성하지 못했던 것은 사실이지만, 30만은 미발전 단계로 치부할 수도 없는 인구다. 더구나 그중 15만 명은 자본주의 발전에 따라 이 원리대로 노동의 대가로 돈을 벌어 살고자 농촌에서 새롭게 이주한 사람들이다. 이런 여러 사유를 종합하면, 조선의 18세기에 자본주의의 초기 단계의 발전이 있었음은 분명하지만, 본격적인 산업 자본주의로 이행하였다고 보기는 어렵다.

3. 상품화폐의 문학적 재현과 태도 유형

현실의 장에서 상품화폐 경제가 펼쳐진 양상에 대해 알아보았다. 이번 절에서는 이것이 문학적으로 재현한 것에 대해 분석한다. 본격적으로 가사를 분석하기 전에 다음 시조를 보자.

> ᄃᆡᆨ들에 연지臙脂라 분粉들 사오 져 장ᄉᆞ야 네 연지분臙脂粉 곱거든 사쟈
> 곱든 비록 안이되 ᄇᆞᆯ음연 네 업든 온갖 교태嬌態 절로 나는 연지분臙脂粉이외
> 진실眞實로 글어ᄒᆞ 량이면 헌 속써슬 ᄑᆞᆯ만졍 대엿 말이나 사리라.(『일석본 해동가요』 0546/1329.1)[39]

이 시조는 손님과 장사 사이의 대화체 구조로 구성되어 있다. 시적 화자

39 김흥규 외, 『고시조대전』, 고려대 민족문화연구원, 2012, 291쪽. 앞으로 인용한 시조의 경우 숫자는 가집의 번호와 『고시조대전』의 번호를 병기하며 텍스트는 가집을 병기한 것을 원본으로 함. 이하 이 책의 인용은 번호로 대신함. 이하 시조나 가사 등의 인용문은 원문을 그대로 인용하되, 출판사의 요청에 따라 원문 한자에 한글을 병기함.

가 시장이나 거리에서 상거래가 벌어지는 풍경을 묘사하고 있다. 초장은 장사의 상품에 대한 소개와 손님의 상품의 사용가치에 대한 의문으로 이루어져 있다. 이에 대해 장사는 바르면 없던 교태가 절로 나는 연지분이라며 상품의 사용가치에 대해 상대방에 맞추어 과장하여 묘사한다. 손님도 이에 설득되어 이 연지분에 대해 쌀 대여섯 말에 이르는 교환가치를 지불하겠다고 언명하고 있다. 상품, 상품에 대한 소개, 가치 평가, 이에 대한 교환가치를 매개로 한 거래가 압축적으로 묘사되어 있다. "댁宅들에 ( ) 사오." 유형의 시조는 68수에 이른다.[40] ( ) 자리에 나무, 단술, 거울, 게젓, 돗자리 등 당시 시정에서 사고팔던 다양한 상품들로 교체하여 장사와 손님이 주고받는 구조는 같다. 나무가 19종의 가집, 단술이 18종의 가집, 게젓이 17종의 가집, 돗자리가 7종의 가집, 연지분이 6종의 가집, 거울이 1종의 가집에 실린 것을 보면 이 유형의 시조는 당시에 상당히 유행하였다. 그만큼 상업행위가 일상화한 것이다.

> ᄯᅥᆺᄯᅥᆺ상常 평ᄒᆞᆯ평平 통ᄒᆞᆯ통通 보뷔보자寶字
>
> 구멍은 네모지고 사면四面이 둥그러셔 ᄶᅧᆨᄃᆡ글 구으러 간 곳마ᄃᆞ 반기ᄂᆞᆫ고나
>
> 엇더타 죠고만 금金죠각을 두창이 닷토거니 나ᄂᆞᆫ 아니 죠홰라.(『육당본 청구영언』 0862/1506.1)

초장에서 상평통보常平通寶의 훈과 음을 빌려서 '떳떳하면서도 공평하게 서로 통용하는 보배'로 돈을 정의하고 있다. 떳떳함은 정의에 관한 것이

---

40 위의 책, 289~292쪽.

고 공평함은 분배에 관한 것이고 통용은 유통에 관한 것이고 보배는 돈의 가치에 관한 것이다. 즉, 돈의 이상은 정의롭게 사용하고 공평하게 분배하면서 서로 교환하는 것으로 아주 귀중한 것이다. 유통수단과 가치척도로서 화폐의 기능을 명시하고 있다.

중장은 돈에 대한 생김새의 묘사와 사람들의 반응이다. 네모지고 둥그렇게 생긴 것은 천원지방天圓地方의 동양의 우주관을 반영한 돈의 생김새를 묘사한 것이다. 이 생김새를 기술한 목적은 서술어, 곧 화폐의 유통수단의 기능과 이에 대한 사람들의 반응과 태도를 드러내려는 데 있다. 돈은 둥글어 잘 굴러다니며 간곳마다 사람들이 반긴다. 돈은 회전이 될수록 가치가 증대하는 특성을 지니며 이것과 상품의 교환이 가능하기에 인간의 욕망을 충족시켜 준다. 이에 대중들은 돈을 반기며 화폐증식의 욕망을 드러낸다. 안빈낙도安貧樂道를 추구하며 인의를 숭상하는 당시 사회에서는 전혀 낯선 풍경이다.

종장에서는 조그만 쇳조각에 불과한 돈을 차지하려고 사람들이 부스럼이 날 정도로 다툰다며 시정의 화폐에 대한 물신주의적 태도를 비판하고 있다. 단순히 화폐증식의 욕망만을 추구하는 것이 아니라 이것이 타자의 욕망과 마주치면서 경쟁과 갈등을 빚는 세태를 풍자하고 있다. 자신은 이 때문에 좋아하지 않는다고 분명히 반물신주의적인 태도, 다시 말해 유교적 가치관을 표명하고 있다.

이렇게 두 시조를 통해 화폐를 매개로 한 시장체제가 시조로 자주 표현될 정도로 서민들의 생활영역까지 침투해 있으며, 물욕을 지극하게 경멸하는 유교국가임에도 이미 물신주의가 팽배하였으며, 이에 대한 저항도 있었음을 알 수 있다.

이처럼 안빈낙도를 당연시하던 조선조에서 상품화폐 관계가 발생했을 때 이에 대한 이데올로기와 헤게모니 투쟁이 활발하였을 것으로 보인다. 이를 복합적이고 총체적으로 보기 위해, 상품화폐 경제에 대한 태도 유형을 분류하고 각 유형을 가사 텍스트 자체에서 찾아 재현된 양상을 살핀다.

이론상으로 상품화폐 경제에 대한 태도를 대략 네 가지로 분류할 수 있다. 범주의 오류나 중복을 지양하기 위하여 그레마스의 기호학적 사변형 semiotic square을 이용한다. 기호학적 사변형을 통해 담론의 기본구조에 대해 네 가지 틀로 의미론적 분석을 행하는 것, 담론 분석에서 더 나아가 어떤 사항에 대해 부정과 긍정, 모순과 반대의 네 차원에서 의미의 논리적 구조를 해명하는 길이 가능하고, 이분법은 동일성으로 환원되지만 이렇게 4원론적으로 부정과 긍정, 모순과 반대를 유형화할 경우 어느 정도는 차이를 드러낼 수 있기 때문이다.

〈모형 1〉 상품화폐 경제에 대한 태도 유형의 기호학적 사변형

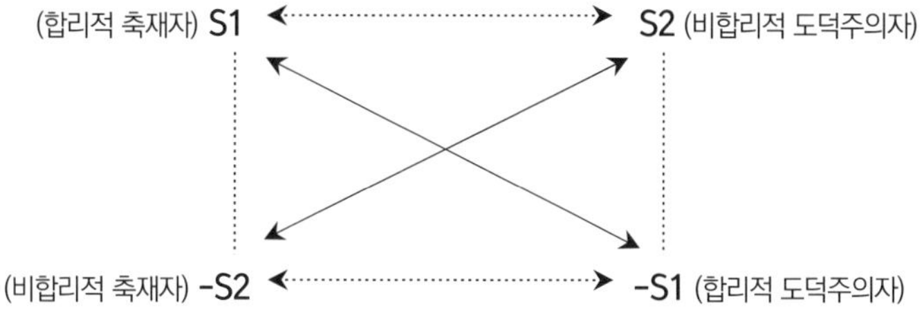

S1과 -S1, S2와 -S2는 모순관계이다. S1과 -S2, S2와 -S1은 보완관계이다. S1과 S2, -S2와 -S1은 반대관계이다. 기호학적 사변형은 의미분절을 통해 드러나며, 각각의 요소들이 다른 요소들과 맺고 있는 관계를 보면 계열체적 성격을 가지지만, 'S1 → -S1 → S2 → -S2 → S1'의 경로를 따라 논리적으로 읽으면 결합체적 성격을 갖는다.[41]

S1은 합리적 축재자蓄財者다. 여기서 '합리적'이란 근대적 합리성, 즉 도구적이고 목적 지향적이며 계산이 가능한 합리성을 의미한다. '합리성'을 "어떤 개인이 설정한 목적을 달성할 수 있도록 이성의 준칙과 과학적인 방법에 따라 판단을 하고 계산을 하여 합당한 수단—사물과 인간을 시공간에 적절하게 배치하고 이에 자신을 투여하여 목적을 이루려는 방법—을 사용하여 세계에 대응하고 변형하려는 다양한 사고와 실천과정"으로 정의한다. 합리적 축재자는 상품화폐 경제 관계를 이해하고 이용하면서 계산이 가능한 합리적인 방식으로 축재와 치산治産에 진력하는 인간 유형이다. 이들은 개인이나 가족의 부귀영화를 욕망한다. 이들은 상품화폐 관계의 속성을 인식하였기에 도덕이나 윤리, 체면치레를 넘어서야 함을 깨닫고 법과 공동체 질서의 범위 안에서 합리적인 수단을 활용하여 돈을 벌고 모으는 자들이다. 이들은 타자의 시선을 무시하지 않지만, 적극적으로 돈을 벌고 모아 부를 축적하면 이의 힘으로 타자의 인정을 받을 것이라 생각하기에 타자의 시선이 축재행위를 억압하는 규율로 작용하지 않는다.[42]

이와 반대관계인 S2는 비합리적 도덕주의자이다. 여기서 '비합리성'을 "개인이 어떤 목적을 달성하는 데 감성과 직관, 미신적이거나 이념적인 편견, 습관, 도그마적인 도덕관, 비과학적인 방법에 따라 판단한 수단을 사용하여 세계에 대응하고 변형하려는 다양한 사고와 실천과정"으로 정

---

41 A. J. Greimas, tr. Paul Perron and Frank H. Collins, *On Meaning, Selected Writings in Semiotic Theory*, Minneapolis : University of Minnesota Press, 1987, pp.49~53.

42 상품화폐를 처음 접하며 다른 삶과 풍속이 전개된 때문에 돈에 관련된 속담도 대개 18~19세기에 많이 형성되었을 것으로 보인다. 실질적으로 사용된 낱말과 배경문화가 조선조의 것이 절대 다수다. 이 유형은 "신발 두 켤레 벗어놓은 때 돈을 벌어야 한다", "자식 촌수보다 돈 촌수가 가깝다", "가난이 대문으로 들어오면 사랑이 창문으로 나간다", "소같이 벌어서 쥐같이 먹어라", "돈만 있으면 장사를 잘하고 소매가 길면 춤을 잘 춘다" 등의 속담에 담긴 가치관을 추구하는 자들이다.

의한다. 이들은 상품화폐 경제에 맞서서 중세의 가치관을 '교조적'으로 추구하는 인간유형이다. 이들은 개인과 사회의 도덕적 구현을 욕망하기에 타자의 시선을 중요하게 여긴다. 때문에 타자들의 시선이 이들을 규율하는 권력으로 작용하며, 이들은 자연스레 개인의 화폐증식의 욕망을 도덕으로 억제한다.[43]

-S2는 비합리적 축재자이다. 이들은 상품화폐 경제에 종속되어 인간성과 도덕성을 저버리고 비합리적인 방법과 수단을 동원하여 축재만 하고 이를 투자하지 않는 자이거나 수단과 방법을 가리지 않고 비합리적인 방식으로 축재를 하여 이를 개인의 부귀영화나 향락에 소비하는 인간 유형이다. 이들이 욕망하는 것은 재부의 축적이거나 돈을 매개로 한 향락이다. 이들은 이 욕망을 달성하기 위해서는 타자의 시선을 전혀 의식하지 않는다.[44]

이와 반대관계인 -S1은 합리적 도덕주의자다. 이들은 상품화폐 경제를 어느 정도 인식하고 중세의 윤리와 도덕이 허용하는 범위에서 돈벌이에 나서지만 도덕과 돈이 맞설 때 도덕을 선택하는 인간유형이다. 이들이 욕망하는 것은 도덕과 윤리의 구현 및 가문의 흥성이다. 이들은 돈을 벌기 위하여 도덕과 윤리를 저버리는 일을 하지 않으려 노력하며, 자신이 아니라 가족, 가문, 공동체를 위하여 축재와 치산을 행한다. 이들은 욕망과 타자의 시선 사이에서 갈등하는 자이기에 타자의 인정을 받는 범위에서 소극적으로 축재와 치산행위를 한다.[45]

---

43 이 유형은 "돈은 만악의 근본이다", "부자와 재떨이는 모일수록 더러워진다", "돈을 빌려주는 날이 친구를 잃는 날이다", "돈이 원수다", "돈이 자가사리 끓듯 한다", "황금보기를 돌같이 하라" 등의 속담에 담긴 가치관을 추구하는 자이다.

44 이 유형은 "돈에 눈이 어두우면 부모형제도 안 보인다", "돈에 환장하면 처자식도 모른다", "돈만 있으면 과거에도 급제한다", "돈만 있으면 도깨비도 부린다", "돈이 있으면 처녀 불알도 산다" 등의 속담의 동인이 된 자들이거나 이를 추구하는 자이다.

4. 18~19세기 가사에서 상품화폐 관계의 재현과 지향

상품화폐 경제가 18~19세기에 조선조에 발생하고 개인의 가치관만이 아니라 조선조 사회와 인간관계에 엄청난 변화를 일으켰다. 이 현실과 이것이 인간과 관계를 맺는 양식과 문학작품으로 재현된 것 사이에는 메울 수 없는 간극이 있다. 앞 장에서 말했듯, 현실은 기호, 세계관, 권력 및 이데올로기, 형식과 구조, 시간의 개입 내지 매개, 지향성에 따라 왜곡되거나 굴절되기 때문이다. 이번 장에서는 실제 가사 작품을 대상으로 상품화폐 관계의 재현 문제와 이에 대한 태도를 중심으로 살펴본다.

1) 「오륜가五倫歌」 – 비합리적 도덕주의자

18~19세기에 상품화폐 경제 관계와 초기 단계의 자본주의의 발전이 있었지만, 조선조는 유교 이념이 세계관에서 이데올로기와 일상의 다양한 실천에 이르기까지 강력하게 강제되던 사회다. 젖을 먹듯 어릴 때부터 유교의 논리와 사상을 주입받은 사대부 계층은 물론 대다수 서민들도 『삼강오륜행실도』와 같은 문자 텍스트, 일상의 대화, 사회문화적 소통, 참여와 실천, 공동체 내의 타자의 시선을 통해 이를 마땅히 지켜야 할 천명天命과 천륜天倫으로 여겼다. 이 이념과 윤리에서 바라볼 때 상품화폐 경제는 극복 대상이다.

이런 관념을 잘 반영한 것이 「오륜가」다. 조선 초기부터 많은 「오륜가」

---

45 이 유형은 "부는 이웃을 살리고 덕은 만인을 살린다", "사람 나고 돈 났다", "돈 주고 못 사는 것은 지개(志槪)라", "돈 천 냥이 자식 교육만 못하다", "돈은 바닷물과 같아서 마실수록 목이 마르다"라는 속담에 담긴 가치관을 추구하는 이들이다.

가 백성들을 교화대상으로 삼아 창작되고 향유되었다. 18~19세기에는 오륜담론이 여성과 일반 민중에까지 확산된다. 이들이 교화대상인 점도 있지만, "여성과 민중이 오륜 담론의 생산 및 소비의 주체로 등장한다".[46] 흔히 「초야농부草野農夫의 오륜가」로 불리는 「오륜가」는 『(고려대본) 악부樂府』에 실려 있는 가사다. 이는 1933년 경에 70세혹은 60세로 작고한 것으로 전해지는 이용기李用基가 젊을 때부터 교방을 출입하며 10여 년이라는 오랜 세월에 걸쳐 수집한 가요를 모아 1933년 이전의 어느 시점에 편찬한 가집歌集이다.[47] 『삼국유사』가 고려조인 충렬왕 7년1281에 출간되었다고 해서 여기에 실린 향가를 고려 시대의 노래로 규정할 수 없다. 이본도 많아 시대를 어느 한 시기로 단정 짓는 자체가 오류를 범한다. 이 가집이 여러 해에 걸쳐 수집한 것이고 「오륜가」 텍스트 자체가 오랜 시간 동안 구전되던 것이며 이에 쓰인 어휘와 문체를 보나 교방이 일제 이후에도 19세기 문화가 잔존하던 공간인 것을 고려하면, 설혹 이 가집이 20세기에 편찬한 것이라 하더라도 「오륜가」를 19세기의 텍스트로 간주해도 무방하다. 당시 사회가 문자문화 시대가 아니고 구술문화 시대이고 이들 텍스트가 주로 음영이나 구송에 의해 향유된 맥락을 고려하면 기록된 시점보다 중요한 것은 창작되어 향유된 때다.

> 왼 세상을 다 단닌들 우리 형제 쏘 잇스며
> 쳔만 인을 모왓슨들 갓튼 륜긔 뉘 잇슬가
> 천륜을 싱각허면 각별 ᄉᆞ랑 허련마는

46 하윤섭, 『조선조 오륜 시가의 역사적 전개 양상』, 고려대 민족문화연구원, 2014, 제5장 참고.
47 李用基 編, 鄭在皓 · 金興圭 · 田耕旭 註解, 『註解 樂府』, 고려대 민족문화연구소, 1992, 5쪽.

위이구러 금셰 사람 형제 불목 ᄌᆞ심헌고
물욕의 눈 어두어 인의를 ᄇᆡ반허고
쳐ᄌᆞ의계 ᄉᆞ익허여 동긔를 멀니허니
아오 업고 형 업스면 ᄂᆡ 몸의 우익 업ᄂᆡ
우익 업ᄂᆞᆫ ᄉᆡ를 보쇼 어듸 가 탁신헐가
적막허고 고단헌 게 형제 업ᄂᆞᆫ 사람이라
가ᄃᆡ젼답 죠타 허되 갑슬 쥬면 살 거시오
노비 춍쳡 즁타허되 돈을 쥬면 살연만는
쳔하ᄌᆡ물 다 드린들 형제조ᄎᆞ 어들숀야
즁허고 사랑허게 이밧긔 업셧스니
한 말 곡식 한 ᄌᆞ 뵈를 형제 어이 못난호며
밥 한 그릇 슐 한 잔을 형제 어이 못난홀가
어려은 일 페치 마쇼 형의 일이 ᄂᆡ 일이라
즐거운 일 혼자 마쇼 아우 일이 뉘 일인가.[48]

작자인 초야농부草野農夫는 "형제 불목不睦이 자심滋甚하고, 물욕에 눈이 어두워 인의仁義를 배반하는" 당시 세태를 비판한다. 화폐경제가 본격화하자 물욕이 증대하여 인의를 저버리고 형제 사이에도 다투는 일이 많았던 모양이다. 작가의 입장에서 볼 때 이는 천륜天倫을 어긴 것이며 의지할 데를 잃은 적막하고 외로운 삶이다. 이에 작가는 재물을 멀리 하고 형제 사이에 화목하고 우애를 두텁게 할 것을 천명하고 있다. 그는 충군효친忠君孝親, 부부

48 위의 책, 650~651쪽.

유별夫婦有別, 붕우유신朋友有信의 도리와 함께 형제 사이의 우애를 강조하면서 이를 집과 논밭, 노비와 첩보다 더 중요한 것이라고 강한 어조로 주장하고 있다. 가사의 마지막에서 "오륜에는 충효가 으뜸이고 행실에는 제가齊家가 으뜸이니 세상 사람들은 부디 이를 명심하여 잊지 말라"라고 맺고 있다.

〈모형 2〉 초야농부(草野農夫)의 행위소 모형

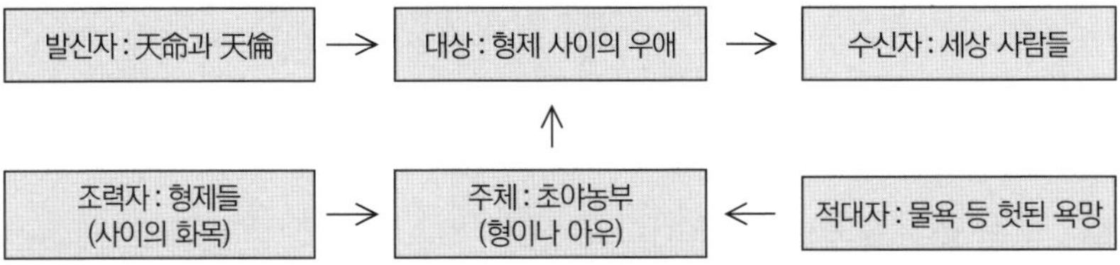

이를 그레마스의 행위소 모형actantial model에 대입하면 위와 같다. 이는 이야기를 인물 행위소의 기능별로 구조적, 압축적으로 분석할 수 있는 장점이 있다.[49]

주체는 욕망을 추구하는 자이니 작자인 초야농부다. 「오륜가」 가사 텍스트 안에서 주체는 형이나 아우다. 그가 추구하는 대상은 삼강오륜의 덕목과 형제 사이의 우애이다. 조력자는 주체를 제외한 형제, 추상화하면 형제 사

49 여기서 세로 축은 주체가 대상을 추구하는 욕망의 축이다. 상부의 가로의 축은 발신자가 수신자에게 대상을 전달하는 전달의 축이다. 하부의 가로 축은 주체를 방해하거나 도와주는 능력의 축이다. 주체(subject)는 대상을 추구하거나 원하는 존재, 인간의 욕망과 관련시킬 때는 그 욕망을 실현하는 자이다. 대상(object)은 주체가 추구하는 객체, 주체가 욕망하는 대상이다. 발신자(sender)는 대상을 주체와 만나도록 이끄는 자, 욕망을 일으켜 발하는 곳이다. 수신자(receiver)는 주체가 대상을 구현함으로써 그 혜택을 받는 자, 실현된 욕망을 누리는 자이다. 조력자(helper)는 주체가 대상을 추구하는 것을 도와주는 자, 욕구를 강화하는 자이다. 적대자(opponent)는 주체가 목적을 구현하려는 행위를 방해하고 주체에게 해악을 끼치는 기능을 수행하는 자, 욕망에 대한 억압, 꿈에 대한 현실을 구체적으로 표상한 자이다(A. J. Greimas, tr. Daniele McDowell, Ronald Schleifer and Alan Velie *Structural Semantics*, Lincoln : Univ. of Nebraska Press, 1966, pp.197~221).

이의 화목이다. 주체의 욕망 추구 행위를 방해하는 적대자는 물욕 등 헛된 욕망이다. 천륜이 발신자가 되어 형제 사이의 우애를 수신자인 세상 사람들에게 가져다준다. 능력의 축에서 보면 물욕이 주체와 조력자의 합인 형제 사이의 화목을 넘어설 경우 형제 사이의 우애는 깨진다. 반대로, 형제 사이의 화목이 물욕을 이길 경우 천륜에 따라 형제 사이의 우애가 도탑게 된다.

이처럼 위 가사에서 작자나 시적화자는 비합리적 도덕주의자의 태도를 취하고 있다. 이 유형의 인간은 당시 나타나기 시작한 상품화폐 경제에 맞서서 조선조의 윤리와 도덕을 '교조적'으로 수호하는 이들이다. 이들은 돈을 벌기 위하여 도덕과 윤리를 저버리는 일을 절대 하지 않는다. 가난하더라도 한잔 술과 밥을 나누며 형제애를 더욱 돈독히 한다. 『논어論語』, 「술이述而」편의 "나물 먹고 물 마시고 / 팔 구부려 베고 누웠을지라도 / 즐거움이 그 가운데 있으니 / 불의와 부귀는 나에겐 뜬 구름 같아라"[50]와 같은 문구를 가슴에 담고 안빈낙도를 추구하기에 이들에게 가난은 장애가 아니라 오히려 형제 사이의 우애를 두텁게 하고 개인을 삼강오륜을 실천하는 주체로 거듭나게 하는 방편일 뿐이다. 인용 가사에서 부귀영화를 누리더라도 형제로부터 멀어진 자는 날개를 잃은 새와 같다고 말한다. 가장 소중한 것은 부귀영화가 아니라 형제나 주변 사람들로부터 형제 간 화목과 인의를 추구하는 자라고 인정을 받는 것이다.

1708년에 지은 곽시징郭始徵, 1644~1713의 「오륜가」, 유영무柳榮茂, 1788~1873의 「오륜가」, 유언형柳彦馨, 1856~1930의 「삼강오륜가」가 비합리적 도덕주의자 유형의 가사다. 이 유형은 인정욕망을 추구하고 타자의 시선을 중요시

50 "飯蔬食飮水 曲肱而枕之 樂亦在其中矣 不義而富且貴 於我如浮雲"

하기에, 아우나 노비 등 정치적으로 낮은 위상에 있는 자라 할지라도 타자의 시선이 이들을 규율하는 권력으로 작용한다. 때문에 이들은 개인의 물욕을 유교적 윤리와 도덕으로 억제한다.

2) 「덴동어미화전가」 - 합리적 축재자

18~19세기에 상공업이 발전하고 이에 따라 상품화폐 경제가 발달하자 이의 속성을 먼저 인식한 이들은 도덕이 아니라 돈이 힘이고 행복의 수단임을 깨달았다. 이 과정에서 계산이 가능한 목적적 합리성을 터득한 이들은 합리적인 방법으로 돈을 벌어 풍요롭게 사는 삶을 욕망하고 실천하였다.

이들의 의식과 실천을 잘 드러낸 가사가 「덴동어미화전가」다. 『소백산대관록小白山大觀錄』에 필사된 이 가사는 덴동어미를 중심으로 하층민의 곤궁한 삶과 고통스런 경험을 액자구조를 통해 장편의 가사양식으로 재현한 작품이다.

고혜경은 작품 속에 나오는 '병술년 괴질'을 근거로 이 작품의 창작시기를 1916년에서 1938년 사이로 본다.[51] 독자층이 이 작품을 현재로 수용하는 맥락에서 보면, 이 주장은 충분히 개연성을 가진다. 하지만 텍스트 자체를 보면, 한문 어투와 중국 고사와 한시의 용사用事, (교술적) 말하기 방식 등은 19세기 이전의 시가 양식과 통하는 요소이고, 이방과 호방, 군뇌 등이 서민보다 우월한 부와 권력관계를 형성하는 것과 이포吏逋 등의 제도는 조선조의 문화적 양상이다. 반면에, 자연과 동물을 활용한 복선,[52] 순

---

51 고혜경, 「'덴동어미 화전가' 연구」, 『한국언어문학』 35, 한국언어문학회, 1995, 180쪽.

52 복선에 대해서는 정무룡, 「〈덴동어미화전가〉의 형상화방식과 함의」, 『한민족어문학』 52, 한민족어문학회, 2008, 273~278쪽을 참고.

우리말투의 서정적 묘사, 보여주기, 고통스런 현실에 대한 구체적이고 핍진逼眞한 묘사, 대화장치를 이용한 갈등 구조, '신부녀新婦女' 어휘 등은 조선조 말에서 20세기에 이르는 양식이나 양상과 통한다. 이는 이 가사가 여러 계층이 오랜 세월에 걸쳐 구전하고 필사하면서 변개시켜 혼효된 복합체임을 의미한다.[53] 현전하는 『소백산대관록』 자체도 가필을 한 흔적이 많이 있다.[54] 덴동어미가 후반부에서 "첫째 낭군은 그네에 죽고 / 둘째 낭군은 괴질에 죽고 / 셋째 낭군은 물에 죽고 / 넷째 낭군은 불에 죽고"라고 회상하고 있는 것처럼 서사의 핵심은 둘째 남편이 괴질로 죽었다는 것이지 그 시기가 아니다. 현종顯宗, 재위 : 1659~1674이 즉위한 17세기 중엽부터 철종哲宗, 재위 : 1849~1864이 즉위한 19세기 중엽까지 총 79회의 비교적 큰 규모의 전염병이 발생한 것을 고려하면,[55] 당시 사람들은 언제든 괴질에 걸릴 수 있었다. 시기와 상관이 없이 이승발이 괴질로 죽는 것으로 구전되다가 작자 및 향유층이 1886년 병술년 괴질의 참상을 겪고 나서 이후에 경험의 구체성을 공유하려는 의도로 괴질 앞에 병술이란 간지를 추가하였다면, 이를 근거로 이 작품의 창작연대를 추정한 주장들은 타당성을 잃는다.[56]

---

53 계급적으로 보더라도 한문투에 능하고 한시를 향유한 상층의 부녀와 우리말투의 민요나 잡가를 향유한 서민 부녀층이 함께 화전놀이에 참여하면서 여러 양식과 문체가 혼효되었을 것으로 보인다.

54 김용철, 「〈덴동어미화전가〉 연구 1」, 『19세기 시가문학의 탐구』, 고려대 고전문학 · 한문학 연구회 편, 집문당, 1995, 257쪽.

55 정홍모, 「〈덴동어미화전가〉의 세계인식과 조선 후기 몰락 하층민의 한 양상」, 『어문논집』 30, 민족어문학회, 1991, 88쪽.

56 허구적 인물을 실존인물처럼 동일시하여 덴동어미의 나이가 발화하는 현재 60세이고 30대에 괴질을 겪었다고 보아 1886년에서 30여 년을 더한 해에 창작했다고 규정할 필요는 없다. 기존 논의대로, 원래부터 병술년 괴질이 기술되어 있었다고 해도 수치 계산에 수정을 요한다. 고혜경은 위의 논문에서 괴질이 발생한 것을 덴동어미의 나이 21~23세이고 이 노래의 발화 시점을 50대로 보아 1886년에서 30년을 더한 1916년부터 필사된 1938년 사이로, 김종철, 「운명의 얼굴과 신명－〈된동어미화전가〉」, 『한국고전시가작품론』 2, 집

무엇보다도 당시에 이 가사를 향유한 이들이 소설에도 접하며 장르혼효 현상이 자주 나타나는 것을 감안하면 덴동어미 자체가 소설적 상상에 의한 허구적 인물일 가능성이 더 크다. 이 경우 '병술년 괴질'은 현실성을 부여하기 기법에 지나지 않으므로 이를 근거로 창작연대를 추정하는 것은 무의미해진다. 가사의 내용을 보면 19세기의 현실을 반영하고 있으므로 19세기 가사로 간주해도 무방하다.

이 작품은 '화전서사-화전 장면 묘사와 청춘과부의 신세 한탄-덴동어미의 세 차례의 개가와 적극적 축재행위, 네 차례의 상부喪夫를 포함한 일생담-덴동어미와 청춘과부의 갈등과 대화-청춘 과부의 봄춘자 노래-소낭자小娘子의 꽃화자 타령-화전 결사'로 이루어져 있다. 전체 구조로 보면 이렇게 일곱 단락으로 나눌 수 있지만, 초점은 덴동어미의 파란만장하면서도 비극적인 일생담에 놓여 있으며 양으로 보아도 이 부분이 808행 중 543행으로 과반을 넘는다.

다음은 이포로 인해 재산을 다 털린 부부가 유리걸식하다 경주로 가서 남의 집의 드난살이를 하여 많은 돈을 모으는 부분이다.[57]

> 젼젼걸식 가로라니 경쥬읍닉 당두ᄒᆞ여

문당, 1992와 김용철, 위의 글은 1886년에 덴동어미가 30대였다고 추정하고 있다. 덴동어미는 17세에 과부가 되며, 17세 이후의 어느 날 이승발의 후취로 들어가 시부모 상을 당하고 3년간 드난살이를 하여 돈을 모아 네 해째 돌아가려다 남편이 괴질로 죽는다. 황도령에게 개가할 때 덴동어미는 자신을 30대라 한다. 후반부에 귀향해서는 "이 닉 나이 육십이라"라고 말한다. 그렇다면, 덴동어미가 21세부터 30대 사이에 괴질을 겪은 것이고 화전가의 발화 시점은 60대일 때다.

57 백 보 양보하여 이 작품의 20세기 창작설을 받아들인다 하더라도, 작품 안에서 덴동어미와 이승발이 드난살이를 하고 이자놀이를 하는 시기는 1886년 이전이므로, 인용한 부분만큼은 19세기의 형상이다.

쥬인人불너 차자드니 손굴노의 집이로다

(…중략…)

우리난본ᄃᆡ 살기ᄂᆞᆫ 청쥬읍ᄂᆡ 사다가셔

신명팔자 괴이ᄒᆞ고 가화가 공참ᄒᆞ셔

다만두몸이 사라나셔 이러케ᄀᆡ걸 ᄒᆞ나니다

사ᄅᆞᆷ을乙보ᄋᆞ도 슌직ᄒᆞ니 안팍담사리 잇셔쥬면

밧사ᄅᆞᆷ은 일백오십양一百五十兩쥬고 자ᄂᆡ사젼은 ᄇᆡᆨ양줌셔

(…중략…)

셔방임사ᄆᆡ 부여잡고 졍다이일너 ᄒᆞᄂᆞᆫ마리

주인主人마노라 ᄒᆞᄂᆞᆫ마리 안팍담사리 잇고보면

이백오십양二百五十兩 쥴나ᄒᆞ니 허락ᄒᆞ고 잇사이다

나ᄂᆞᆫ부억 에미되고 셔방임은 즁늠이되여

다셧ᄒᆡ작졍만 ᄒᆞ고보면 ᄒᆞᆫ만금을乙 못버릿가

만양돈만 버럿시면 그런ᄃᆡ로 고향가셔

이젼만치난 못사라도 나무게 쳔ᄃᆡᄂᆞᆫ 안바드리

셔방임은 허락ᄒᆞ고 지셩으로 버사니다

셔방임이 ᄂᆡ말듯고 둘의낫틀 ᄒᆞᆫᄃᆡᄃᆡ고

눈물ᄲᅮ려 ᄒᆞᄂᆞᆫ마리 이사람아 ᄂᆡ말듯게

임상찰의 ᄶᅡ임이요 니상찰의 아들노셔

돈도돈도 좃치만ᄂᆞᆫ ᄂᆡ사ᄂᆡ사 못ᄒᆞ긴ᄂᆡ

그런ᄃᆡ로 다니면셔 비러먹다가 쥭고마지

아무리 신세가 곤궁ᄒᆞ나 굴노놈의 사환되여

ᄒᆞᆫ슈만갓듯 잘못ᄒᆞ만 무지ᄒᆞᆫ욕을乙 웃지볼고

ᄂᆡ심사도 ᄒᆞᆯ말읍고 자ᄂᆡ심사 웃더ᄒᆞᆯ고

나도울며 ᄒᆞᄂᆞᆫ마리 웃지ᄉᆡᆼ젼의 빌어먹소

사무라운ᄀᆡ가 무서워라 뉘가밥을乙 조와쥬나

밥은비러 먹으나마 옷션뉘게 비러입소

셔방임아 그말말고 이젼일도 ᄉᆡᆼ각ᄒᆞ게

궁팔십八十 강ᄐᆡ공도 광장삼천三千죠 ᄒᆞ다가셔

쥬문왕을乙 만난후의 달팔십八十 ᄒᆞ여잇고

표묘긔식 ᄒᆞᆫ신이도 도즁소연 욕보다가

ᄒᆞᆫ고죠을乙 만난후의 ᄒᆞᆫ즁ᄃᆡ장 되어시니

우리도 이리ᄒᆡ셔 버러가지고 고향가면

이방을乙 못ᄒᆞ며 호장을乙 못ᄒᆞ오 부러울게 무어시오

(…중략…)

힝쥬치마 털트리고 부엌으로 드리달나

사발ᄃᆡ졉 동지졉시 몃쥭몃ᄀᆡ 세아려셔

날마다 즁구ᄒᆞ며 솜씨나게 잘도ᄒᆞᆫ다

우리셔방임 거동보소 돈이백양二百兩 바다노코

일日슈월月슈 체게노이 ᄂᆡ손으로 셔긔ᄒᆞ여

냥쥬의다 간슈ᄒᆞ고 ᄉᆞᆨ자슈건 골동이고

마쥭쓔기 소쥭쓔기 마당실기 봉당실긔

상드리기 상ᄂᆡ기와 오면가면 거드친다

평ᄉᆡᆼ의도 아니ᄒᆞ든일 눈치보와 잘도ᄒᆞᄂᆡ

삼三연을乙 나고보니 만여금돈 되어고나

우리ᄂᆡ외 마음조와 다셧ᄒᆡ거지 갈것읍시

돈츄심을ᄅ 알드리ᄒᆡ여 ᄂᆡ연의ᄂᆞᆫ 도라가셔[58]

덴동어미와 이승발은 청주를 떠나 영남의 대도시로 민영 수공업과 상업, 시장이 발달한 경주로 걸식을 하며 간다. 주인인 손군노孫軍牢의 아내는 드난살이를 하면 남자인 이승발에게는 1백 50냥, 여자인 덴동어미에게는 1백 냥을 주리라 제안한다. 덴동어미의 남편인 이승발은 체면을 앞세워 이를 거부한다. 덴동어미는 이방인 임상찰의 딸이고 이승발도 아전인 이상찰의 아들이다. 이승발은 둘 다 중인신분인데 돈도 좋지만 차라리 빌어먹다 죽겠다고 한다. 이에 덴동어미는 사나운 개가 무서워 밥 빌어먹기 힘들고 밥은 그런다 쳐도 옷은 누구에게 빌려 입을 것이냐며 현실논리를 내세운다. 이에 그치지 않고 주문왕周文王을 만나서 가난했던 궁팔십窮八十을 접고 국사國師가 되어 달팔십達八十의 경륜을 펼친 강태공, 빨래하던 여자에게 의탁하던 시절에 무뢰배들의 다리 밑을 기어가는 수모를 겪었으나 한고조漢高祖를 만나 장수가 되어 천하를 통일한 한신韓信의 예를 든다. 우리도 그들처럼 고난이나 수모를 견디며 벌어서 고향 가서 이방이든 호장이든 하자고 남편을 설득한다. 이에 남편도 동의하여 각각 중노미와 부엌데기의 일을 한다. 이들은 설거지, 소죽 쑤기. 마죽 쑤기, 마당 쓸기, 상 들여가고 내가기 등을 하여 돈을 모으고, 이 돈으로 일수와 월수까지 놓는다. 이렇게 하여 3년 만에 1만 냥을 모아 다섯 해만에 돌아가기로 한 고향행을 앞당겨 네 해째에 돌아가려 한다.

하지만, 병술년 괴질이 닥쳐 이승발과 돈을 빌려준 사람이 모두 죽는다.

58 『小白山大觀錄』; 김문기, 『서민가사연구』, 형설출판사, 1983, 자료편 21, 313~315쪽.

이후 덴동어미는 포구상업이 발달한 울산까지 걸식으로 가서는 황도령을 만나 사기그릇 도부到付장수로 나서지만 남편이 산사태로 죽는다. 또 다시 엿장수 조첨지에게 개가하지만, 엿을 고다가 불이 나서 남편은 죽고 만득자까지 화상을 입는다. 결국 그녀는 모든 것을 잃은 채 고향으로 돌아온다. 성실하게 사는데도 운명은 매번 덴동어미를 저버린다. 그럼에도 덴동어미는 좌절하지 않고 그때마다 세계의 부조리에 적극적으로 대응한다. 네 남편이 죽고 모은 돈을 모두 잃어버리고 아들마저 덴동이가 되었는데도 그녀는 포기하지 않고 일어서서 삶을 꾸려나간다.

덴동어미는 운명에 굴복하거나 타자의 시선에 휘둘리지 않고 개가를 하고 돈을 벌어 자신의 삶을 스스로 개척하는 현실적이고 강인한 주체이다. 그녀가 당시 민영수공업과 내륙의 상업이 발달한 경주와 포구상업이 흥기한 울산으로 갔다는 것은 상업의 중심을 판단하는 능력과 그리 삶의 터전을 옮기는 결단력이 있음을 나타낸다. 윤리와 도덕, 체면치레의 굴레를 벗어버리고 적극적으로 장사를 하고 고리대를 하여 이윤축적을 도모했다는 것은 상품화폐의 속성에 대해 충분히 이해하고 있음을 의미한다.

그녀의 첫 남편은 예천 읍내 그중 큰집인 장이방의 아들이고, 둘째 남편은 가세가 웅장한 이방인 이상찰의 아들이며, 셋째 남편은 사기 행상을 하는 삼십대 총각이고, 넷째 남편은 기상이 든든한 엿장수 영감이다. 첫째와 둘째 남편은 재력이 있는 자이고, 셋째와 넷째는 장사를 하는 자다. 덴동어미가 남편을 선택하는 기준이 상당히 현실적이고 잘 살려는 목적을 이루기 위한 방편으로 개가를 한 것이란 추정이 가능하다. 덴동어미는 달라진 상황마다 어디에 가서 어떤 방식으로 돈을 벌어야 하고 돈을 어떻게 굴려야 하는지에 대해 합리적으로 계산하고 이를 위해 윤리와 체면을 내던질 줄

아는 자다. 그녀는 돈을 벌어 이방이든 호방이든 하자고 남편을 설득하고 있다. 이는 그녀가 돈으로 관직을 사고 그 관직이 가지는 부와 권력을 누리려 할 정도로 물신주의자였음을 뜻한다. 덴동어미는 남편과 달리 적극적 축재를 하여 부를 축적하면 타자의 인정을 받을 것이라 생각하기에 타자의 시선을 그다지 의식하지 않는다. 당연히 타자의 시선이 적극적 축재를 억압하는 규율로 작용하지 않는다. 이를 행위소 모형에 대입해보자.

〈모형 3〉 덴동어미의 행위소 모형

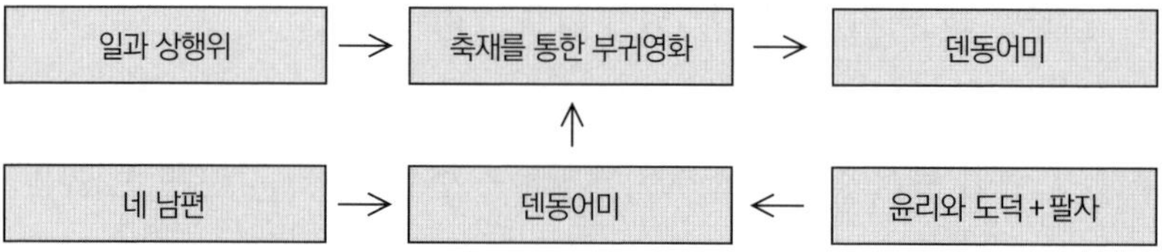

주체는 합리적 축재자인 덴동어미다. 그녀는 상품화폐 경제를 이해하고 계산이 가능한 합리적인 방식으로 적극적으로 축재와 치산에 진력하는 인간 유형이다. 덴동어미가 욕망하는 것은 잘 살자는 것이다. 잘 살자는 것은 그녀의 말대로 수부귀壽富貴와 다자손多子孫인데, 이방이나 호방을 돈을 주고 사자는 대목을 보면, 부귀영화와 권력이 욕망의 대상이다. 여기서 적대자는 윤리와 도덕, 그리고 운명 뒤에 숨어 있는 팔자다. 그녀는 상품화폐 경제를 인식하였기에 체면치레, 도덕이나 윤리의 굴레에서 벗어나 개가를 하고 돈을 벌기 위하여 어떤 궂은일과 수모도 마다하지 않는다. 능력의 축을 보면, 덴동어미와 조력자인 네 남편을 합친 힘이 윤리와 도덕보다 우월할 때 돈을 벌거나 잘살지만, 네 차례 모두 적대자 가운데 팔자의 힘이 주체와 조력자를 합친 힘보다 앞서면서 덴동어미는 패배한 주체가 된다. 때문에 윤리와 도덕의 굴레를 탈출하여 잘 살라치면 팔자가 작용하여 남편을 죽이고, 덴동어미는 다시 가난한 삶으로 전락한다.

패배한 것으로 그린 것을 두고 민중의식이나 비전의 결여로 볼 수 있지만, 민중층이 패배할 수밖에 없는 현실을 객관적으로 인식하고 묘사한 것으로 해석할 수도 있다. 물론 항상 패배하게 하는 당대 사회의 구조적 모순을 인식하지도, 첨예하게 맞서지도 못한 것은 사회의식이 결여된 것이고, 팔자에 휘둘린 것은 중세적 세계관이 지배적 세계관으로 작용한 것이다. 하지만 덴동어미는 최악의 상황에서도 언제나 적극적으로 상행위를 하여 자신의 삶을 개척하였고, 이는 예순이 넘어 발화하는 현재 시점에도 계속되고 있다. 가사의 서사 부분에서 "엿ᄒᆞᆫ고리 이고가셔"라 한 것을 보면, 덴동어미가 모든 것을 잃고 고향에 돌아와서도 화상을 입은 자식을 돌보면서 엿을 고아 생계를 꾸리고 있었다고 짐작할 수 있다. 덴동어미는 일생담을 마치면서 "마음 심자가 제일이라 / 단단하게 마음을 잡으면 / 꽃은 절로 피는 것이요 / 새는 여사로 우는 것이고 / 달은 늘 밝은 것이요 / 바람은 일상 부는 거라 / 마음만 여사로 태평하면 / 여사로 보고 여사로 듣지 / 보고 듣고 여사하면 / 고생될 일 별로 없소"라고 맺고 있다. 마음먹기에 따라 자연이 달리 보이고 천지운행이 달라지며 자기 앞의 세계와 삶이 변한다는 차원이 높은 도리를 설파하고 있다. 바로 이런 이치를 깨닫고서 얻은 '태평한' 삶이 그녀가 파란곡절 끝에 도달한 세계다.

여성들의 대인관계에서 권력을 형성하는 요소는 신분과 사회적 지위, 경제력, 지식, 나이, 용모, 자식과 남편의 위상과 사랑이다. 화전가를 부르는 상황에서 보면 덴동어미는 신분도 낮고 가난하며 60대로 늙은 데다 더해 화상을 입은 추한 모습이다. 게다가 남편도 없고 자식도 수족조차 성하지 않은 덴동이다. 청춘과부나 소낭자가 중국의 전고를 이용해 한문투로 노래하는 것과 대조하면 지식도 열세다. 나이도 너무 늙으면 오히려 힘을 잃는다. 모든 면에서 하위에 있는 덴동어미가 화전놀이의 분위기를 주도하고, 참여한 여성들이 신선놀음하였다고 느낄 정도로 흥興의 절정에 이르게 한다. 모든 면에서 하위에 있을지라도 그녀는 달관의 세계를 사는 자이자 흥의 주재자이다. 그녀는 말 그대로 산전수전을 다 겪고 불교적 달관의 세계에 도달하여 남자에 의지하지 않고 여성과 연대하며 자연의 아름다움과 함께 하는 삶으로 귀결한 것이다. 이는 외적으로는 패배했는지 모르지만 내적으로 승리한 삶이다.

「화전가花煎歌 3」 등 화전가 가운데 치산治産을 적극적으로 실천하는 가사가 합리적 축재자 유형의 가사에 속할 것이다. 「덴동어미 화전가」를 보면 덴동어미의 축재행위에 대해 긍정적 시선이 유지되고 있음은 괄목할 만한 사항이다. 그럼에도 이 유형의 가사가 활발하게 향유되지는 못하였던 것으로 보인다.

3) 「우부가」-비합리적 축재자형

상품화폐 경제의 역기능은 물화와 소외이다. 상품화폐 경제 관계가 발달한 곳에서 항상 나타나는 문제가 물신주의의 팽배이다. 앞에서 기술한 대로, 18~19세기의 조선조에도 상업의 발달과 함께 유흥업이 번성하였다. 물신주의에 빠진 이들은 돈 때문에 사람을 이용하거나 해를 끼치고 공동체의 규율을 어기며, 대개의 경우 육체적 향락에 탐닉한다. 이런 자들의 세태를 잘 반영한 것이 「우부가愚夫歌」다.

내말솜 광언狂言인가 저 화상을 구경허게

남촌한량南村閑良 개똥이는 부모덕에 편히놀고
호의호식好衣好食 무식허고 미련허고 용통하여
눈은 높고 손은 커서 가량업시 주저넘어
시체時體따라 의관衣冠하고 남의눈만 위하것다
장장춘일長長春日 낫잠자기 조석朝夕으로 반찬투정
매팔자로 무상출입無常出入 매일장취每日長醉 게트림과
이리모여 노름놀기 저리모여 투전鬪牋질에
기생첩妓生妾 치가治家하고 외입장이 친구로다
사랑에는 조방군이 안방에는 노구老嫗할미
명조상名祖上을 떠세하고 세도勢道 구멍 기웃기웃
염량炎凉보아 진봉進奉하기 재업財業을 까불리고
허욕虛慾으로 장사하기 남의 빗이 태산이라
(…중략…)
윤의倫義는 내 몰라라 입구멍이 제일이라
돈 날 노릇 하여보세 전답田畓 팔아 변돈주기
종을 팔아 월수月收 주기 구목 버혀 장사하기
서책書冊 팔아 빗주기와 동네 상놈 부역賦役이요
먼데 사람 행악行惡이며 잡아오라 꺼물리라
자장격지自將擊之 몽둥이질 전당典當 잡고 세간 뺏기
계집 문서文書 종 삼기와 살 결박結縛에 소 뺏기와
불호령에 솥 뺏기와 여기저기 간곳마다
적실인심積失人心 하겼고나 사람마다 도적이요
원망하는 소리로다

(…중략…)

뉘라서 돌아볼가 독부獨夫가 되단 말가

가련可憐ᄒᆞ다 저 인생아 일조一朝에 걸객乞客이라[59]

「우부가」가 실려 있는 "『초당문답가』의 이본은 19종에 이른다. 서지적 사항을 종합해 보면, 『초당문답가』는 19세기 중반쯤에 이미 형성되어 향유층의 지지를 받으면서 전파되기 시작해, 19세기 후반에는 소설류나 단가류와 함께 인기 있는 향유물로 자리 잡았으며, 20세기에 들어와 이 같은 대중적 영향력을 감지한 출판업자들에 의해 상업적 독서물로서 활자화되어 출간되기에 이른 것으로 생각된다".[60]

위 텍스트의 주체는 남촌南村의 한량閑良 개똥이다. 주지하듯, 남촌은 무반武班들이 살던 곳이고 한량은 아직 무과武科에 급제하지 못한 호반虎班을 의미한다. 그는 부모 덕에 편히 놀면서 잘 입고 잘 먹는 자로 집안에서는 종손이다. "윤의는 내 몰라라 입구멍이 제일이라"라고 진술하여 개똥이가 도덕을 저버리고 먹고 즐기는 일에 치중하였음을 노골적으로 기술하고 있다. 개똥이는 유행 따라 옷을 입고 빚을 내서까지 술과 여자와 노름으로 소일하는 타락한 양반이다. "주막 깃발이 길거리 곳곳에 펄럭이고 술과 매음을 영업종목으로 하는 색주가色酒家가 성업 중이던"[61] 당시의 환경에서 무절제한 소비를 일삼다 몰락한 양반의 전형이다. 그는 놀이와 감각적 욕망만을 추구하는데, 이를 행하려면 돈이 필요하다.

---

59 김성배 · 박노춘 · 이상보 · 정익섭 편저, 『주해 가사문학전집』, 집문당, 1961, 266~268쪽.

60 조해숙, 「근대 전환기 국문시가의 '장르적' 변환과 근대성」, 『고전문학과 교육』 8, 한국고전문학교육학회, 2004, 231쪽.

61 강명관, 『조선시대 문학예술의 생성공간』, 소명출판, 1999, 162쪽.

그의 축재 행위, 즉 돈이 생길 요량으로 하는 일은 다양하다. 그는 매품을 팔고 노름과 투전을 하여 돈을 벌고자 한다. 전답, 종, 서책을 팔아 이자놀이를 한다. 이는 그의 치산 방식이 합리성을 지니고 있지 않음을 의미한다. 그는 당시 윤리에서는 마지막까지도 매매해서는 안 되는, 제향祭享 비용을 마련하기 위해 경작하는 토지인 위전位田과 묘를 장식하는 나무인 구목丘木까지 팔아 장사를 한다. 이는 그의 치산방식이 윤리적 정당성을 상실하였음을 의미한다. 더 나아가 그는 자신이 소유한 것에 그치지 않고 타자의 재물까지 강탈한다. 동네 상민을 강제로 부역에 동원하며, 문서를 위조하여 남의 종이나 여인네를 종으로 삼으며, 전당 잡고 세간을 빼앗고 불호령을 하여 솥단지를 약탈하고 살결박을 하여 강제로 소를 강탈한다. 이는 개똥이의 축재가 타자 및 공동체에게도 해를 미치고 있음을 뜻한다. 이에 대한 공동체의 반응은 그를 도적으로 단정하고 공동체에서 추방하는 것이다. 결국 그는 공동체로부터 소외되어 독부獨夫가 되고 걸객乞客이 된다. 이를 그레마스의 행위소 모형에 대입하면 다음과 같다.

〈모형 4〉 개똥이의 행위소 모형

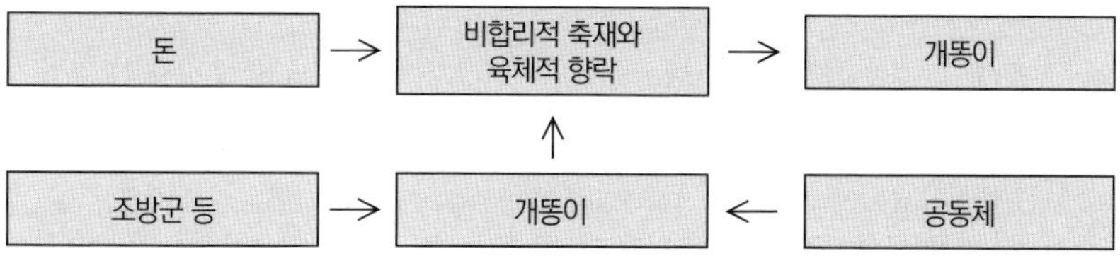

욕망을 추구하는 주체는 개똥이다. 그가 추구하는 대상은 술, 노름, 여자 등 육체적 향락과 이를 위해서 비합리적인 방식으로 돈을 모으는 것이다. 전답과 종, 책을 팔아 장사를 하고 세간을 빼앗는 것은 모두 비합리적인 축재방식의 동위소들이다. 주체가 욕망을 추구하는 것을 돕는 조력자는 기생첩과 오입장이 친구, 조방군, 노구할미 등이다. 주체의 욕망 추구 행위를 방해하는 것은 공동체의 사람들과 윤리다. 돈은 개똥이란 주체가 육체적 향락과 축재를 가능하게 하는 발신자이고, 이를 누리는 수신자는 개똥이 자신이다. 하지만 능력의 축에서 보면 처음에 조력자와 주체를 합친 힘이 적대자를 넘어설 때 개똥이는 마음껏 육체적 향락을 누렸으나, 곧 이 힘은 역전이 된다. 적대자가 조력자와 주체의 합친 힘을 넘어서자 개똥이는 실패한 주체가 되어 공동체로부터 추방당하고 걸인이 된다.

이처럼 개똥이는 비합리적 축재자다. 그는 상품화폐 경제에 종속되어 인간성과 도덕성을 저버리고 비합리적인 방식으로 축재를 하여 이를 육체적 향락에 소비하는 인간 유형이다. 그는 육체적 욕망을 위하여 돈을 버는 행위를 하며, 이를 행하는데 타자의 시선을 전혀 의식하지 않는다. 그는 일시적으로 축재와 이를 통한 향락에 성공하지만, 공동체로부터 추방당하여 결국 패배하는 주인공이 된다.[62] 이외에도 「괴똥어미사적」, 「장탄가長歎歌」 등이 비합리적 축재자 유형의 가사에 속할 것이다.

62 「우부가」 중 개똥이라는 인물유형이 비합리적 축재자라는 것이다. 당대의 사회문화의 장 안에서 「우부가」의 해석은 이중적이었을 것이다. 오륜가들을 모아놓은 『초당문답가(草堂問答歌)』에 실려 있고, 이것이 "가족 구성원들에게 헛된 욕망에 사로잡혀 젊은 시절을 허송하지 말고 자신의 분수를 지켜 수신제가에 힘쓸 것을 훈계하려는 의도에서 편집된 가사집이다"(권순회, 「초당문답가의 이본 양상과 주제적 의미」, 고려대 고전문학·한문학연구회 편, 『19세기 시가문학의 탐구』, 집문당, 1995, 364쪽)이란 면에서 보면, 「우부가」는 대체로 훈계나 풍자의 의미, 혹은 '유교의 통속화의 전형'(신성환, 191쪽)으로 해석되는 경우가 많았을 것이다. 하지만, 개똥이, 꼼생원, 꾕생원의 타락상을 구체적이고 장황하게 과도하게 묘사함으로써 변한 세태를 재현하고 더 나아가 정서적인 연루(emotional involvement), 곧, 수용자들이 자신을 개똥이 등의 인물에 동일화하여 이들의 타락을 모방하거나 남들도 다 그러는다는 식으로 자신의 도덕적 규제를 풀어버릴 수도 있다(I. Ang, *Living Room Wars-Rethinking Media Audience for a Postmodern World*, London : Routledge, 1996, p.92).

4) 「효부가」 – 합리적 도덕주의자

물욕을 극단적으로 경계하는 유교 윤리를 삶의 준칙으로 삼았던 당시 사대부들이 상품화폐 경제에 노골적인 거부 반응을 보인 것은 당연하다. 하지만, 중세 질서 안에서도 돈의 위력은 막대하였기에 상인뿐만 아니라 사대부들도 돈을 부정의 대상이 아니라 이용의 대상으로 활용하고자 했다. 돈이 있으면 중국 서책, 첩, 안경처럼 욕망하던 것을 소유할 수 있었다. 상품화폐 경제가 발생하기 전부터 이들은 사농공상으로 상업을 멸시하는 구조를 유지하면서도 유교 윤리를 강요하는 보수적 성향의 「계녀가」에도 '치산治産'을 따로 한 장으로 설정할 정도로 이를 강조하였다. 그 이전과 17세기 이후의 계녀가의 내용이나 주제에서 가장 큰 차이는 상품화폐에 대한 태도다. 전기 계녀가는 어떤 어려움에서도 유교윤리, 특히 효를 실천할 것을 강조한다면, 후기 계녀가에서는 상대적으로 유교윤리를 실천하라고 말하고 치산에 힘쓸 것을 권면하고 있다. 한마디로 말해, 전기 계녀가에서 이상적 부인상은 어떤 고난과 시련 속에서도 시부모와 남편을 잘 섬기고 아이를 잘 키우는 것이었지만, 후기 계녀가에서는 정절 등 유교적 가치를 준수하는 범위에서 살림을 규모 있게 잘하고 베짜기, 가축 키우기 등을 잘하여 가산家産을 잘 불릴 줄 알아야 좋은 부인이었다. "이는 17세기에 장자 상속제가 확립된 이후 양반 남성이 막대한 제사비용을 감당하면서도 '안빈낙도安貧樂道와 불치산업不治産業'이 권력과 헤게모니의 바탕인 딜레마를 해결하기 위해 치산의 책임을 여성에게 전가한 가부장적 폭력의 소산이다.[63] 후기의 계녀가를 향유한 이들 중 상당수는 상품화폐

---

63 하윤섭, 「가부장적 이데올로기의 모순과 상상적 봉합–「복선화음가」에 대한 연구사 검토와 새로운 독법의 마련」, 『한민족어문학』 63, 한민족어문학회, 2013, 231~234쪽 참고하

경제가 발생하자 이를 수용하고 유교 윤리와 화폐의 갈등을 해결하는 방안을 모색하였다. 이들은 도덕과 윤리를 지키는 가운데 종래의 치산을 확대하는 것으로 조화를 모색하고자 하였다.

이들 계층의 의식과 실태를 잘 재현한 노래가 복선화음가류의 가사들이다. "양반 남성의 치산행위에 대한 부정적 인식, 주자학적 의례의식에 대해 보다 강화된 사회적 요구, 이 둘 사이의 모순으로 인한 여성의 적극적인 치산활동. 이 세 항목의 순차적 연계가 바로 「복선화음가」와 만나는 지점이다."[64] 다음에 인용하는 「효부가孝婦歌」는 규방가사 중 가장 광범위하게 퍼진 「복선화음가류」의 이본이다. 이 작품은 계녀가류의 가사에 포함되지만, '치산'에 대한 독자의 공감이 더해지면서 전국적으로 많은 이본이 생겨나고, 19세기 말에서 20세기 초에 걸쳐 널리 읽힌 대중적 독서물로 자리잡게 되었다.[65]

> ᄇᆡ힝왓던 오라반님 나을보고 ᄒᆞ넌말니
> 가계가 이러ᄒᆞ니 할릴읍ᄃᆞ 도로가자
> 어엿분 우리누의 이고ᄉᆡᆼ을 읏지ᄒᆞ랴
> 잔말말고 도로가자 참마혼자 갈길읍다
> 이말슴이 웬말이요 올아바님 실언이요
> 여자유힝 잇셔쓰니 부모형제 멀니ᄒᆞ고
> 혼인ᄃᆡ사 지ᄂᆡᆯ적에 ᄌᆡ물을 의논키난

되 보완함.

64 위의 글, 234쪽.

65 임기중 편저, 『한국가사문학주해연구』 20, 아세아문화사, 2005, 441쪽.

이젼의 증ᄒᆞᆫ풍속 사군자의 경계로다
슈간초옥 쳥강상허슈ᄒᆞ나 구고계신 ᄂᆡ집이라
안팟즁문 조흔집언 친부모의 옛집이라
하날이 증ᄒᆞᆫ팔자 슌슈ᄒᆞ면 복이되ᄂᆡ
시ᄃᆡᆨ이 간구ᄒᆞᆫ들 쳔경비필 잇써스니
굴머쥭어도 ᄒᆞᆫ할소야 가도가 심ᄒᆞ여도
글언말ᄉᆞᆷ 다시말고 평안진즁 도라가셔
시ᄃᆡᆨ이 간구ᄒᆞᆫ덜 친부모계 부ᄃᆡ마오
ᄋᆡ자지즁 우리부모 이ᄆᆞᆯᄉᆞᆷ 드르시면
갓득히 늘근얼골 침식이 불평ᄒᆞᆯ가
헛우슴 조흔말노 허ᄎᆞ고 갸록타층찬ᄒᆞ고
오라반님 ᄒᆞᄂᆞᆫ말리 갸록ᄒᆞ다 우리누의
오히려 몰나더니 지금이야 다시보니
ᄇᆡᆨ힝의 졔일졍셩 무궁복녹 누리리라
젼송ᄒᆞ고 그잇튼날 사ᄃᆞᆼᄋᆡ 현구고라
삼일이 지난후ᄋᆡ 부엌헤 드러가니
찬바람 스실ᄒᆞᆫᄃᆡ 질솟ᄒᆞ나 섄이로다
삼시ᄋᆡ 부모봉양 무어스로 ᄒᆞᄌᆞᆫ말가
쳔황씨 셔방님은 글밧계 무엇알며
ᄃᆡ사랑의 늘근ᄉᆡᆨ부 다만망영 섄이로다
영ᄆᆡ을 얼는불너 이웃집ᄋᆡ 보ᄂᆡᆺ더니
도라와서 ᄒᆞᄂᆞᆫ말이 젼힛쌀쌀 아니갑고
염치읍시 쏘왓나야 두말말고 도라가라[66]

위 가사의 시적화자는 부엌에 들어가니 솥 한 그릇만 뎅그러니 놓이고 찬 바람만 휑하니 불고 이웃에 쌀을 꾸러 보냈더니 작년에 꾼 쌀도 갚지 않았다며 쌀조차 얻지 못할 정도로 가난한 집에 시집온 새색시다. 너무도 가난한 상황을 보고 배행 왔던 오라버니는 어여쁜 누이동생이 이 고생을 어찌하겠느냐며 차마 혼자 돌아갈 수 없으니 함께 돌아가자고 한다. 이에 새색시는 당당하게 대응한다. 그녀는 오라버니의 말을 실언이라 규정하며, 여자가 때가 되면 출가를 하여 부모를 멀리하는 것이고 혼인 대사를 치를 적엔 재물을 거론하는 것은 군자가 경계할 일이라 한다. 이어서 그녀는 작고 누추한 집일지언정 시부모가 계신 내 집이고 하늘이 정한 팔자를 따르면 복이 되며, 시댁이 가난한들 하늘이 정한 배필이니 굶어죽어도 한탄할 것이 없다고 응대한다. 이어서 친정 부모가 걱정할 터이니 시댁이 가난하다는 말은 하지 말라고 당부한다. 이에 그의 오라버니는 누이의 처신을 칭찬하며 축원한다.

이 부분을 보았을 때, 그녀에게 중요한 가치는 물질이 아니라 도덕과 윤리다. 그녀의 오라버니도 형제애 때문에 돌아가자고 했지만 누이의 말을 듣고 이를 인정해주는 도덕주의자다. 이 부분만 보면 새색시의 재물이나 화폐에 대한 태도는 비합리적 도덕주의자와 같다.

사ᄉᆞ의ᄉᆡᆼ각 ᄒᆞ자ᄒᆞᆫ덜 ᄋᆞᆸ난거시 ᄒᆞᆫ이로다
분ᄒᆞᆫ심사 ᄊᆡ쳐먹고 다시고쳐 ᄉᆡᆼ각ᄒᆞ니
김부자와 리부자ᄂᆞᆫ 씨가근본 부잘년가

---

66 위의 책, 442쪽.

슈쪽이 셩셩ᄒᆞ며 이목리 구비ᄒᆞ여

ᄂᆡ가심써 ᄂᆡ먹으면 부자을 부러하리

비단초마 입던허리 휘건치 두루치고

슈침당혀 신던발ᄋᆡ 셕ᄉᆡ집신 무슴일고

산밋ᄐᆡ 무근밧쳘 갈고ᄆᆡ고 긔경ᄒᆞ여

외가지을 굴계길너 시졍ᄋᆡ 파라모고

압뒤논 병작으러 심써농사 할졔

슈쳔반빗 쓸ᄯᆡ읍다 영ᄆᆡ츈당 신칙ᄒᆞ여

낫지면 기음ᄆᆡ고 밤이면 몰네질예

계견얼 만이길너 장시ᄋᆡ 파라모고

ᄉᆡᆼ을ᄊᆞ셔 뉘ᄋᆡ쳐셔 오ᄉᆡᆨ당사 고은실은

무한키 큰벼틀ᄋᆡ 필필리 짜아ᄂᆡ니

ᄋᆡᆼ무공쟉 원앙ᄉᆡ와 긔인봉황 나비로다

문ᄎᆡ도 조커이와 슈법도 더욱좃타

외오자은 고은고은실언 슈노키ᄋᆡ 다진ᄒᆞᆫ다

혼상의 은쳔양언 비단갑시 부족ᄒᆞ다

사이사이 바날질품 칠십노인 핫옷시며

쳥사복건 소년의복 녹의홍상 여자의복

어린아희 ᄉᆡᆨ옷시며 쥬셔할님 조복이라[67]

하지만 비합리적 도덕주의자와 다른 것은 치산에 힘써 가문을 일으킨다

67 위의 책, 442~443쪽.

는 점이다. 그녀는 우선 전당을 잡혀 끼니를 해결한 다음 "사사로이 생각하니 없는 것이 한이로다. 분한 심사 고쳐먹고 다시 고쳐 생각하니 김부자와 리부자의 씨가 근본 부자인가. 수족이 성하고 이목을 구비하였으니 내가 힘써 일을 하면 부자를 부러워하겠느냐?"라고 깨닫고 치마로 허리를 들쳐 매고 짚신을 신고 치산에 나선다. 묵은 밭을 갈고, 오이를 길러 시장에 팔고, 벼를 경작하고, 낮에는 밭에 김을 매고 밤이면 물레질을 하고, 닭을 치고 개를 길러 장시場市에 팔고, 뽕을 따서 누에를 기르고 비단을 짜고, 사이사이 삯바느질로 핫옷, 녹의홍상, 색동옷, 조복朝服 등 다양한 옷을 만들어 판다. 이렇게 하여 돈을 모아 각장角壯 장판에 소란반자를 한 집에서 4천 석의 쌀을 추수하는 부자가 된다. 이를 그레마스의 행위소 모형에 대입하면 아래와 같다.

〈모형 5〉 새색시의 행위소 모형

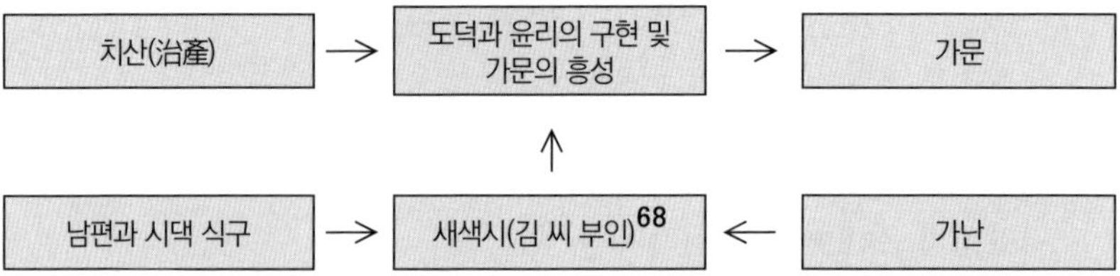

주체는 시적 화자인 새색시다. 그녀가 추구하는 대상은 도덕과 윤리 및 가문의 흥성이다. 그녀는 가난한 시댁에 실망하기는커녕 친정으로 돌아가자는 오라버니의 제안을 단호하게 물리치고 부녀로서 덕을 추구한다. 그녀에게 가난이란 현모양처로서 덕을 구현하는 방편일 뿐이다. 주체가

68 「효부가」와 내용이 비슷한 「福善禍淫歌」에 시적화자와 유사한 성격과 행위를 가진 주인공이 김 씨부인이므로 '김 씨부인'을 괄호 안에 집어넣었다.

욕망을 추구하는 것을 돕는 조력자는 문면에 드러나지 않았지만 함께 치산행위를 한 남편과 시댁 식구다. 주체의 욕망 추구 행위를 방해하는 것은 가난이다. 치산은 그녀가 가문을 융성하게 하는 방편으로서 발신자로 기능을 하고, 이를 누리는 수신자는 그녀 자신이 아니라 가문이다. 능력의 축에서 보면 처음에 적대자인 가난의 힘이 조력자와 주체를 합친 힘을 넘어설 때 가난의 고통을 겪었지만, 이 힘은 역전이 된다. 그녀와 시댁식구는 축재와 치산을 하여 가난을 극복하고 가문을 일으킨다.

이처럼 복선화음가류의 주인공인 새색시나 김씨 부인은 합리적 도덕주의자다. 그들이 욕망하는 것은 가문의 흥성이다. 이들은 상품화폐 경제를 어느 정도 인식하고 조선조의 유교 윤리와 도덕이 허용하는 범위에서 축재와 치산을 행하지만 도덕과 돈이 맞설 때 도덕을 선택하는 인간유형이다. 이들은 상품화폐 관계를 이해하고 축재와 치산에 힘쓴다는 면에서 비합리적 도덕주의자들과 차이를 갖는다. 조선조 부녀가 할 수 있는 농업생산에 머물고 도덕과 치산이 마주쳤을 때 도덕을 따른다는 점, 개인의 부귀영화를 위한 것이 아니라 가문이나 공동체를 위하여 치산을 한다는 면에서는 합리적 축재자와 다르다.[69] 새색시, 김씨 부인 등은 개인의 욕망과 타자의 시선 사이에서 갈등하기에 타자의 인정을 받는 범위에서 소극적으로 축재와 치산행위를 한다.

---

69 김석회는 「복선화음가」를 '적극적 치산자'로 규정하고 있는데, '적극적/소극적' 개념을 일반 개념으로 받아들이면 이는 타당하다(김석회, 『조선 후기 시가 연구』, 월인, 2003, 335쪽). 하지만, 세계에 대한 순응이냐 대응이냐, 당대 윤리와 질서가 허용하는 축재와 치산이냐, 이를 일탈한 축재와 치산이냐, 농업생산에 머무느냐 상업생산으로 확대하느냐, 타자의 시선 안에서 축재와 치산을 하느냐, 타자의 시선을 의식하지 않고 축재와 치산을 하느냐의 네 범주에 따라 전자는 소극적 치산 행위, 후자는 적극적 치산행위로 봄이 더 체계적이다. 「복선화음가」류에 나타난 치산을 보면 전자에 충실하다. 이는 소극적 치산행위다.

"복선화음가류의 가사의 이본은 80종이 훨씬 넘는다."[70] 계녀가류의 가사는 처음에는 아버지나 할아버지, 곧 어머니나 할머니가 시집가는 딸에게 양반 여성이 지켜야 할 덕목을 가사의 양식에 담아 두루마리에 필사하여 전해 주고 그 딸이 여성들 앞에서 이를 음영하면 다른 여성들이 기억하였다가 구송하는 식으로 소통이 이루어졌다. 이러는 과정에서 "계녀가는 (…중략…) (양반 여성들에게) 하나의 교양의식으로 자리 잡고 있다".[71] 이들 가사에는 그 시대의 양반층이 요청하던 보편적인 현부賢婦상에 더하여 가문이 바라던 여성상이 담겨 있다. 치산이 한 조목으로 들어간 복선화음가류의 가사들은, 설혹 여성이 창작자/발신자라 하더라도, 막대한 제사비용을 마련해야 하면서도 안빈낙도의 체면을 유지해야 하던 딜레마를 안고 있던 양반 남성들이 여성들에게 책임을 전가한 가부장적 폭력의 소산이다. 발신자의 측면에서 보면 이들 가사에는 가부장적 이데올로기만이 아니라 유교의 이데올로기가 강하게 반영되어 있다. 하지만, 수신자들은 발신자의 의도대로만 텍스트를 해석하지 않는다. 모든 텍스트를 조사하지 않았지만, 전기형의 복선화음가의 경우 시집살이에 대한 고달픔, 첩과 그 자식에 대한 기술과 포용, 규방을 탈주한 기행이나 견문 등에 대해서도 서술하고 있다. 또, 여성들은 치산을 하면서 상품화폐 경제에 눈을 뜨고 경제권을 확보하며, 가정의 단위든, 마을의 단위든 상품화폐 경제가 유교적 삶을 대체하는 만큼 점점 발언권을 높였을 것으로 보인다.

70 성무경, 「'복선화음가' 류 가사의 이본현황과 텍스트 소통」, 『민족문학사연구』 22, 민족문학사학회, 2003, 88쪽.

71 위의 글, 95쪽.

마무리

극단적으로 물욕을 배제하고 안빈낙도와 도덕적 가치를 추구한 조선사회에서 상품화폐의 발생은 엄청난 변화를 가져왔다. 18~19세기에 조선조 사회는 아직 본격적인 산업 자본주의로 진입하지 못했지만, 상품화폐 경제가 발생하고 초기 자본주의의 발전이 있었다. 오히려 이 시기에 유교 이데올로기는 양반층의 도덕으로부터 내려와 서민화하여 어린아이도 공맹을 외운다 할 정도로 이들의 삶에 내면화/일상화하였다. 그럼에도 상품화폐는 유교 이데올로기를 근본에서부터 서서히 해체하였고 양반과 서민 모두의 가치관을 혁신적으로 바꾸었다. 이는 유교 이데올로기에 압도되고 신분질서에 종속된 조선조 봉건사회의 모순을 여실히 드러내고 대중들이 목적적 합리성을 추구하도록 부추기면서 봉건적 생산양식과 신분질서를 해체하고 자본주의 사회로 이행하는 동력이 되었다.

이런 맥락은 문학으로 재현되었다. 서정의 영역에서는 상품화폐나 이로 인한 사건들이 주요 소재나 주제로 등장하였다. 서사의 영역에서는 유교적 이념을 구현하는 자와 그렇지 못한 자 사이의 대립과 갈등에서 차츰 화폐증식의 욕망으로 타락한 사회와 유교적 가치를 비롯한 진정한 가치를 추구하는 자 사이의 대립과 갈등이 핵심 구조를 이루는 서사로 전환하였다. 이에 대한 조선조 사람들의 태도를 비합리적 도덕주의자, 합리적 축재자, 비합리적 축재자, 합리적 도덕주의자의 네 유형으로 범주화할 수 있으며, 이는 당시 향유된 가사 텍스트에도 재현되었다.

「오륜가」의 시적 화자는 비합리적 도덕주의자다. 초야농부는 당시 나타나기 시작한 상품화폐 경제에 맞서서 형제간의 우애 등 조선조의 윤리와 도덕을 '교조적'으로 수호하는 인간 유형이다. 그는 물욕에 어두워 인의仁義를 배신하는 세태를 비판하고 삼강오륜과 형제 간의 우애를 추구한다. 안빈낙도를 추구하기에 이들에게 가난은 장애가 아니라 오히려 자기실현의 방편이다. 이들은 인정욕망을 추구하고 타자의 시선을 중요시하기에, 아우나 노비 등 정치적으로 낮은 위상에 있는 자라 할지라도 타자의 시선이 이들을 규율하는 권력으로 작용하며, 이들은 개인의 물욕을 도덕으로 억제한다. 18~19세기에 유교의 도덕과 윤리가 서민화하면서 여성과 서민도 오륜가를 창작하고 향유하였다.

「덴동어미화전가」의 덴동어미는 합리적 축재자다. 덴동어미는 상품화폐 경제 관계를 이해하고 이용하면서 계산이 가능한 합리적인 방식으로 축재와 치산에 진력하는 인간 유형이다. 덴동어미는 잘 사는 것, 그 중에서도 물질적 풍요를 욕망한다. 덴동어미는 체면치레, 도덕이나 윤리의 굴레에서 벗어나 개가를 하고 돈을 벌기 위하여 어떤 궂은일과 수모도 마다하지 않는다. 이들은 적극적 축재를 하여 부를 축적하면 나중에 타자의 인정을 받을 것이라 생각하기에 타자의 시선을 그다지 의식하지 않는다. 이에 시선이 축재를 억압하는 규율로 작용하지 않는다. 덴동어미의 물질추구적 삶에 긍정적 시선이 유지되지만, 이 유형의 가사가 활발히 향유되지는 않았다.

「우부가」의 개똥이는 비합리적 축재자다. 개똥이는 상품화폐 경제에 종속되어 인간성과 도덕성을 저버리고 비합리적인 방식으로 축재를 하여 이를 육체적 향락에 소비하는 인간 유형이다. 그는 육체적 욕망을 위하여 돈을 버는 행위를 하며, 이를 행하는데 타자의 시선을 전혀 의식하지 않는다. 이들은 일시적으로 축재와 이를 통한 향락에 성공하지만 공동체로부터 추방당하여 결국 패배하는 운명을 지닌 자들이다.

「효부가」, 또는 「복선화음가」류의 가사에서 새색시나 김씨 부인은 합리적 도덕주의자다. 새색시가 욕망하는 것은 가문의 흥성이다. 이들은 상품화폐 경제를 어느 정도 인식하고 조선조의 유교 윤리와 도덕이 허용하는 범위에서 축재와 치산을 행하지만 도덕과 돈이 맞설 때 도덕을 선택하는 인간유형이다. 새색시, 김씨 부인 등은 개인의 욕망과 타자의 시선 사이에서 갈등하기에 타자의 인정을 받는 범위에서 소극적으로 축재와 치산행위를 한다. 복선화음가류의 가사는 이본이 80여 종에 이를 정도로 많이 향유되었다.

당시 소설의 경우, 비합리적 도덕주의자는 『삼한습유』의 향랑, 합리적 축재자는 「허생전」의 허생, 비합리적 축재자는 「흥부전」의 놀부, 합리적 도덕주의자는 「광문자전」의 광문에서 전형을 발견할 수 있다.

네 유형 분류보다 중요한 것은 각 유형이 갈등하고 대립하는 양상이다. 18~19세기엔 자본주의적 토대는 미미했고 유교적 세계관이 지배했고 도덕과 윤리의 서민화가 진행되었기에 비/합리적 도덕주의자들이 압도적으로 강력한 헤게모니를 획득하였으나 토대가 차츰 변화하고 유교적 세계관에 균열이 가해지면서 합리적 축재자들이 서서히 헤게모니를 강화하면서 초기 단계의 자본주의의 발전을 이끌었다. 1910년 이후 일제의 필요에 따라 수탈적 자본주의로 토대가 급속히 바뀌고 일제가 (매판적) 비/합리적 축재자들과 야합하여 식민지를 경영하자 (매판적) 비/합리적 축재자가 헤게모니 투쟁에서 승리하여 식민지적 자본주의의 발전을 도모하였다.[72] 자본주의의 모순과 식민지의 모순이 겹쳐지면서 물신화와 소외, 빈부격차, 야만적인 수탈과 탄압, 민족 자본의 몰락과 공동체의 파괴 등이 심화하자 (매판적) 비/합리적인 축재자에 맞서서 새로운 사상과 이념의 수혈을 받은(민족적/진보적) 합리적 도덕주의자들이 건전한 사회의 길을 지향하며 헤게모니 투쟁을 벌였다. 합리적 도덕주의자들의 이런 서사를 잘 형상화한 것이 『삼대』, 『두만강』과 같은 소설이다.

72 이것이 서양의 근대화와 가장 다른 점이다. 서양에서는 프로테스탄티즘으로 무장한 합리적 도덕주의자들이 헤게모니 투쟁에서 승리하여 자본주의 발전을 이끌었고, 이들은 제국의 중심을 형성하였기에 애국심도 강하며 기층민과 타협적이다. 반면에 한국 자본주의는 비/합리적 축재자가 이런 윤리적인 바탕 없이 식민지 토대에서 식민 정권과 유착관계를 맺은 대가로 헤게모니를 구축하였고, 이들이 독립 이후에도 미군정과 이승만 정권과 야합하여 지배층을 구성하였기에 비도덕적, 매판적, 반민중적 성격을 갖는다.

제2장

근대적 주체의 형성과 문화창조

글을 열며

조선조를 지배한 것은 양반이다. 그 아래로 중인과 서민, 천민이 있었다. 계급은 특정한 사회경제적 조건에서 그들만의 의식과 이데올로기를 가지고 아비투스를 형성하고 구별짓기를 하며, 의식하든 의식하지 않든, 여러 사회적 실천을 행한다. 새로운 세계는 저절로 얻어지는 것이 아니라 낡은 세계를 해체하고 새로운 세계를 만들려는 주체들에 의해 형성된다. 18세기에 낡은 세계에 대해 피로감과 상투성, 반감을 느끼고 새로운 문화창조를 한 이들은 중인과 각성한 민중이다.

중인층은 이중적이다. 그들은 양반층의 수탈과 억압, 차별, 배제에 대해 반감을 갖기는 했지만, 양반의 필요에 따라 권력과 토지를 위임받을 수 있기에 양반으로부터 인정을 받으려 하였고 신분상승을 모색하였다. 중인은 양반 문화를 모방하면서도 구별짓기에 따라 다른 형식과 내용을 가진 사설시조를 향유하였다. 극히 일부 중인들은 민중과 함께하면서 판소리의 제작과 연행, 후원에 가담하였으며 탈춤에도 관여하였다.

양반층의 수탈과 착취가 심해지자 민중들은 점차 계급적 각성을 하였고 봉건사회의 모순에 대해서도 인식하기 시작하였다. 이들은 두레에서 공동으로 생산하며 끈끈한 공동체적 유대를 하였고 장시에서 서로 의식과 정보를 소통하고 공유하며 사회변화의 꿈을 키웠다. 이들은 하위문화로서 판소리, 탈춤 등의 민중문화를 창조하고 향유하였는데, 이들이 계급의식을 형성하고 변혁의 꿈을 꾸면서 여기에 이를 담게 되었다.

이에 사설시조를 중심으로 중인들의 문화 향유의 네 양상과 지향에 대해 알아보고 민중들이 두레와 장시를 중심으로 공론장을 형성하고 여기서 서로를 각성시키며 변혁의 주체로 부상하여 판소리와 탈춤, 변혁운동을 이끈 것에 대해 알아본다.

1. 18~19세기 조선조 사회의 계급 구성

그동안 조선조 계급에 대해 관습적으로 양반, 서민, 천민으로 나누거나 중인을 포함시키기도 하였다. 중인을 포함하더라도 필요에 따라 중간계급으로 설정하거나 아니면 서민과 같은 계급 범주에 포함시키기도 하였다. "위항인委巷人은 양반을 제외한 모든 계급을 말한다. 중인 또한 위항인에서 중서층中庶層을 따로 떼어 협의로는 기술관醫, 譯, 觀象, 律, 寫字, 圖畵, 籌을 가리키는 말이지만, 광의로는 기술관과 비슷한 처지에 있는 서리胥吏, 향리鄕吏, 군교軍校, 서얼庶孼 등을 포함하여, 위로는 양반, 아래로는 서민 및 천민과 구별되는 범주로 사용하였다."[1] 하지만, 이는 관습적 분류일 뿐이다. 개념 범주가 학문적 타당성을 가지려면, 그를 구분하는 준거가 있어야 하고 그것이 객관적 타당성을 가져야 하며, 유개념과 종개념의 차이가 명확해야 한다.

라이트와 페론의 계급 범주가 이에 부합한다. 그들은 생산수단의 소유 유무와 노동력의 착취 여부로 계급을 범주화한 기존의 마르크스이론을 수정한다. 당시에 클라이슬러 자동차사의 회장인 아이어코카는 연봉이 수백억 원에 달하며 노동자를 해고하거나 징계할 수 있다. 하지만, 마르크스의 계급범주로만 보면 그는 회장에게 고용된 경영자로 생산수단의 소유주가 아니고 임금을 받는 자로 프롤레타리아 계급에 속한다. 이에 라이트와 페론은 노동력의 통제 여부를 계급 범주를 나누는 새로운 준거로 제시하고 자본가와 노동자 사이에 매니저 집단을 추가한다. 아이어코카는 프롤레타리아 계급이 아니라 매니저 계급인 것이다. 아울러, 라이트와 페론은 자영업자라 하더라도 고용인이 한 명도 없는 경우와 여러 명을 둔 경우가 다르고 자본가 사이에도 부의 차이가 천차만별이기에 좀 더 합리적으로 계급을 구분하기 위해 고용인 여부 등 다른 준거도 적용하지만, 이는 현대 사회에 해당하는 것이다. 이에 라이트와 페론의 모형을 조선조 사회에 맞게 적용하였다. 조租는 원칙적으로 서민이 부담하는 것이지만, 토지를 가진 일부 양반과 중인도 부담하였으므로 제외하였다. 노동력의 착취 부문의 경우 역관은 무역을 통해, 의관 등 기술직은 가업을 통해, 향리들은 서민을 착취하여 부를 축적하는 등 중인은 다양한 방법으로 경제 행위를 했기 때문에 이를 하나로 규정할 수 없다.

조선조의 신분을 구분할 수 있는 객관적 준거는 "생산수단의 소유 여부,

---

1 윤재민, 「중인문학(中人文學)의 개념과 성격」, 『韓國漢文學硏究』 17, 한국한문학회, 1994, 394~400쪽 참고.

노동력을 착취하는가/착취당하는가, 노동력을 통제하는가/통제당하는가, 부역[庸]과 공물[調]의 의무를 지는가/아닌가, 한문으로 읽고 쓰기가 가능한가/아닌가"이다.

대다수 양반이 주요 생산수단인 토지를 소유한 반면에 중인은 그렇지 못하였다. 극히 일부의 중인과 서민은 생산수단을 소유하였다. 양반은 서민이 생산한 잉여가치를 착취하는 반면에 서민은 이를 착취당하였으며, 중인은 직업이나 개인에 따라 다양하였다. 이들은 대개 양반으로부터 착취당하지만 양반으로부터 위임받은 권력을 이용하여 자신들이 부리거나 고용하는 이가 생산한 잉여가치를 착취하였다. 하지만, 같은 의원이라 하더라도 허준이 종1품인 숭록대부에 오른 것처럼 양반의 지위에 오른 자나 자신이 직접 의료원을 개설한 경우 자신이 부리거나 고용하는 이의 잉여가치를 착취하였다. 중인들은 자신들이 부리거나 고용하는 이를 징계하거나 불이익을 주는 등 노동력을 통제하는 자였다. 조용조租庸調 가운데 조租는 부담하였지만 부역과 공물은 부담하지 않았다. 무엇보다도 이들은 양반을 보조하여 공무나 실무를 수행하여야 했기에, 직분과 개인에 따라 편차는 크지만, 한문으로 읽고 쓰는 것이 어느 정도 가능하였다. 한문으로 읽고 쓴다는 것은 읽기와 쓰기를 넘어 그로 이루어진 정보와 지식을 공유하고 더 나아가 지적 능력의 수준과 헤게모니가 비례하는 선비사회에서 이것으로 헤게모니를 획득함을 의미한다. 이처럼, 중인은 생산수단을 소유하지 않고 잉여가치를 착취당하는 동시에 착취하였으며 노동력을 통제하는 자이자 부역과 공물의 부담이 없으며 어느 정도 한문으로 읽고 쓰기가 가능한 이들이다.[2]

---

2 혈통적 신분을 중시한 조선조이지만, 이것이 현재의 지위를 넘어서지는 않는다. 원래 서민인데 중인으로 신분상승을 이룬 이도 있고, 반대로 중인에서 서민으로 전락한 이도 있다.

일부 자영농을 제외한 절대 다수의 서민은 생산수단을 소유하지 않고 노동력을 착취당하는 자이자 통제당하는 자로 조세와 부역, 공납을 담당하고 한문으로 읽고 쓰기가 불가능하여 이로 이루어진 지식과 정보로부터 배제된 자이다. 이들 중 다수가 18~19세기에 임노동자로 전환하면서 프롤레타리아 계급이 되었다. 이를 표로 정리하면 다음과 같다.

〈표 1〉 조선조 후기의 계급구조[3]

신분/ 객관적 준거	생산수단의 소유 여부	노동력의 착취/피착취	노동력의 통제 여부	庸調	한문으로 읽고 쓰기
양반	소유	착취	통제	부담없음	가능
중인	무소유	–	통제	부담없음	일부 가능
서민	무소유	피착취	피통제	부담함	불가능
천민	무소유	피착취	피통제	부담없음	불가능

2. 중인의 사회경제적 토대와 구술문화 맥락에서 청중지향 장르로서 사설시조 향유

사설시조의 작자층 내지 담당층에 대해 많은 논쟁이 있었다. 서민인가, 중인인가, 양반인가. 해방 이후 고정옥에서 비롯된 이 논쟁은 최근까지도 치열한 쟁점이다. 김학성, 김대행 등의 사대부설과 강명관, 고미숙 등의 중서인계층설이 팽팽하게 대립하고 있다.[4] 이제 아전인수식의 실증적 해

드물지만 서민 출신의 가객도 있다. 하지만, 출신이 서민인 자도 일단 가객이 되어 한문으로 읽고 쓰기를 하며 가창을 하는 것으로 일상을 영위하면 중인 신분의 삶을 사는 것이다.

3 이 표와 지금까지 계급범주에 관한 논의는 Erick Olin Wright & Luca Perrone, "Marxist Class Categories and Income Inequality", *American Sociological Review*, vol. 42, No.1, American Sociological Association, Feb. 1977, pp.33~34 참고하여 보완함.

4 고정옥, 『古長時調選註』, 정음사, 1949; 김대행, 『시조유형론』, 이화여대 출판부, 1986;

석, 작가와 독자의 이분법, 자신 논의의 성급한 일반화와 상대 논의의 허점 비판, 국민문학론과 근대성에 대한 도그마 등의 문제를 넘어서서 이 문제를 바라보아야 한다. 결론부터 말하면 초기의 사설시조 작자층은 양반이었지만 18세기 이후에 주도한 담당층은 중인이며 중인은 양반도 아니고 서민도 아니다.

우선 조선조 문학과 예술을 보는 시각의 대전환이 필요하다. 왜 구술시대의 문화를 문자문화의 프레임으로 분석하고 비평하는가. 그동안 사설시조만이 아니라 중세의 문학과 예술에 대해 논할 때 학자들은 그 시대의 예술이 구술문화적으로 향유되었음에도 불구하고 20~21세기의 문자문화의 틀에서 분석하는 오류를 범하였다. 사설시조는, 극히 제한적인 경우를 제하고는, 구술문화 시대에 다수가 모인 곳에서 노래로 연행된 시가로 청중지향적 장르다. 발신자로서 창자唱者나 가객歌客은 청중을 고려하여 노래를 짓거나 선택하였기에 청중은 발신자 안에 이미 들어와 있으며, 노래를 부르면 수신자로서 청중은 노래를 들으며 청각적 총합을 이루었다. 중인 가객이 사설시조를 창작하고 가창하였다 하더라도 청중이 양반이라면 개혁적이거나 배짱이 두둑한 사람이 아니라면, 양반의 취향, 미학, 이데올로기, 세계관에 맞추어 노래를 할 수밖에 없었을 것이다.

자유롭게 노골적으로 성애를 묘사하고 욕망을 표출한 사설시조가 봉건적 질서와 억압, 금기로부터 탈주이고 그래서 근대성을 갖는가. 신분과 젠더에서 평등한 사랑을 꿈꾸는 연인들이 그런 시조를 향유한 것이라면, 유

고미숙,「사설시조의 역사적 성격과 그 계급적 기반 분석」,『어문논집』 30집, 1991; 강명관,「사설시조의 창작향유층에 대하여」,『민족문학사연구』 제4호, 민족문학사연구소, 1993; 김학성,「사설시조의 담당층」,『한국고시가의 거시적 탐구』, 집문당, 1997.

교적 윤리와 이데올로기, 규율/훈육체계가 개인의 성정과 실천을 강하게 억압하는 조선조 사회에서 봉건적 질서로부터 탈주일 수 있다. 하지만 당시 이런 사설시조를 향유한 풍류방, 기방, 색주가에서 남성이 그 자리의 여성을 대상화하여 가창한 현장에서 이는 억압적 탈승화에 가까우며, 양자의 권력관계에서 보면 이는 관음증의 표출이거나 하층 신분의 사람이나 여성을 타자로서 배제하고 폭력을 행하면서 양반/남성의 동일성을 강화하려는 이데올로기적 재현이며, 결국 가부장적인 봉건성을 심화한 것이다.

〈표 2〉 구술문화와 문자문화, 영상문화의 차이[5]

구술문화	문자문화	영상문화
시	산문과 소설	영화와 하이퍼텍스트
청중	개인(독자)	다중
소리와 음악(청각적 총합)	문자(시각적 분할)	문자와 소리, 이미지 통합
생활세계에 밀착, 구체적	추상적	감성적/추상적
감정에 충실	이성에 충실	감정과 이성이 혼합
타인지향적	개인지향적	개인적인 동시에 타인지향적
정형구 있음	정형구 없음	정형구 있음
참여	소외	참여
비위계적	위계적	비위계적
언령(言靈) 존재함	언령 사라진 대신 지식과 정보의 습득, 의식화	언령의 부활

구술문화는 문자문화와 다르다. 쓰기가 객관적 거리를 유지하려 한다면, "구술문화에서 배운다거나 안다는 것은, 알려지는 대상과 밀접하고도 감정이입적이며 공유적인 일체화를 이룩한다는 것을 뜻한다. 즉 그것은

5 월터 J. 옹, 이기우·임명진 역, 『구술문화와 문자문화』, 문예출판사, 2000; 이도흠, 「기호와 이미지, 문자 세대와 영상 세대의 소통」, 『인간연구』 11, 가톨릭대 인간학연구소, 2006, 79쪽 참고하여 보완함.

'하나가 된다'는 것이다".[6] 문자시대의 독자는 특정 공간에서 홀로 읽으면서 텍스트를 객관화하여 시각적 분할에 충실하다면, 구술문화의 독자는 함께 참여하며 소리를 들으면서 청각적 종합과 공동체적 참여를 한다. 문자시대의 독자는 글을 읽으며 지식과 정보를 습득하지만, 구술문화의 말에는 생명력과 힘이 있었다. 그에 영靈까지 깃들여 있다고 생각하였으며 감정에 더 충실하게 말을 하였다. 사람들은 자연과 가까이 지내며 농사를 지으며 생활세계에 밀착되어 있었다. 자연과 사물에 대해 구체적으로 사고했고, 타인과 집단의 시선을 늘 의식하였다. 기억을 위해, 음률에 맞추기 위해, 노동이나 연대를 위하여 정형구를 활용하였고, 소리 사이에 위계질서 같은 것은 없었다.

상자를 두드려 속이 비어있나 알아보는 데서 알 수 있듯, 청각은 내부에 손을 대는 일없이 내부를 감지한다. 인간의 목소리는 인간 몸의 내부에서 나온다. 소리는 듣는 사람의 내부로 쏠려 들어간다. 소리의 현상학이 인간의 존재감각 깊숙이 파고 들어가 있다. 즉 존재는 말해지는 말에 따라서 처리된다. 구술문화에서 코스모스는 그 중심에 있는 인간과 더불어 병행하는 사건인 것이다.[7]

구술문화의 특성상, 사설시조가 연행될 경우 발신자와 수신자로 참여한 가객과 청중들은 사설시조를 들으면서 텍스트에 청각적 종합과 공동체적 참여를 한다. 청중들은 자신들의 경험이나 정서, 처지, 신분을 사설시조의 내용과 일치시켜서 해석하려는 경향을 가지며 사설시조의 시적 화자와 피화자에 자신을 동일화한다. 이에 시적화자와 피화자는 발신자와 수신

6 월터 J. 옹, 위의 책, 74쪽.
7 위의 책, 112~115쪽 참고.

자, 가객과 청중으로 대체되며, 청중은 자신의 경험, 정서, 신분에 비추어 화자나 피화자에 자신을 동일화하고 다른 경험, 정서, 신분의 사람들을 타자화하는 경향을 갖는다.[8]

이는 사설시조가 텍스트로서 존재하는 것으로 그치지 않고 담론discourse으로서 기능을 하였음을 의미한다. "담론이란 발신자가 수신자를 가정하고 메시지, 의미, 이데올로기를 언술로 전환시키는 기호학적 과정이자 어떤 힘의 행사를 은연중에 수행하는 이데올로기적 과정을 의미한다."[9] "모든 담론은 누구인가를 향한 것이고 위한 것이며",[10] "직접, 또는 간접적으로 상반되는 담론들과 입장들 사이에서 벌어지는 다소간 불평등한 투쟁의 장이다."[11] 그러기에 사설시조가 연행되는 장은 작가와 창자, 가객, 청중이 상호 권력관계를 바탕으로 담론을 매개로 하여 기억투쟁, 인정투쟁, 헤게모니 투쟁이나 타협을 벌이는 역동적인 장이다.

이에 사설시조를 정적인 텍스트가 아니라 역동적인 담론의 층위에서 발신자와 수신자 사이의 미시적 권력관계,[12] 욕망, 연행공간, 담론에 담긴 규

---

8 위의 표와 지금까지 구술문화와 문자문화에 대한 기술은 위의 책을 참고하되, 저자가 대폭 보완하여 「기호와 이미지, 문자 세대와 영상 세대의 소통」, 71~87쪽에 기술했고, 이를 다시 보완하여, 이도흠, 『4차 산업혁명과 대안의 사회2권-4차 산업혁명과 간헐적 팬데믹 시대』, 특별한 서재, 2020, 21~28쪽에서 이 장의 내용과 연관되는 부분만 간략히 요약함.

9 이도흠, 『화쟁기호학, 이론과 실제』, 91쪽.

10 위의 책, 203쪽.

11 위의 책, 87쪽.

12 저자는 권력을 "사람이나 집단 사이에서 누르는 힘과 버티는 힘의 역학관계에서 생성되는 것으로 한 개인이나 집단이 다른 개인이나 집단을 자신(들)과 구분하고서 자신에게 유리한 힘을 이용하여 자신의 의도대로 타자가 행위하도록 하거나 잠재적이든 명시적이든 버티지 못하도록 억압하거나 좌절시키는 힘"으로 정의한다. 사회적 지위, 젠더, 나이, 지식의 정도, 주변의 지지 등 여러 요인이 권력으로 작용한다. 예를 들어, 접촉사고가 났을 경우 상대 운전사가 여성일 경우 남성의 목소리가 커지는 것은 가부장적 사회에서 남성이 젠더에서 우위에 있기 때문이다. 이 경우 여성이 자신의 나이가 많음을 내세워 젊은 남성 운전사에게 반발하는 것에서 보듯, 개인은 자신에게 불리한 권력 요인은 감추고 유리한 권력 요인을

칙과 코드체계, 세계관 등을 종합하여 연구할 필요가 있다. 단, 성급한 일반화의 오류를 범할 수 있지만, 지면관계상 각 주제당 2수씩 인용하여 분석하기로 하며, 사설시조 텍스트가 현실을 반영하기도 하지만 근본적으로 개인 사이의 상상적 관계를 재현한 가상이라는 점도 염두에 두고자 한다.

양반계층설이든 중인계층설이든 서민계층설이든, 발신자와 수신자 사이에 사설시조 담론을 놓고 오고 간 역동적인 관계, 연행공간과 담론이 소통되는 맥락의 사회문화적 층위에서 문제를 파악해야 한다. 양반계층설의 지지자들은 18세기 이후 상공업과 유흥문화의 발전과 함께 성장한 중인이 양반과 구분되는 세계관과 미의식과 수사를 가지고 사설시조의 향유에 주도적으로 참여한 것, 특히 양반의 간섭을 받아 유가적 이데올로기를 주제로 표출하고 있는 사설시조에서도 서민문화의 수사나 미학을 일부 차용하고 있는 것을 인정해야 한다. 반대로, 중인이나 서민계층설 지지자들은 중인의 사설시조 창작과 향유에 미친 양반의 영향과 간섭, 그들의 세계관과 미학의 반영, 양반이 청중이거나 후원자였을 경우 사설시조의 청중지향성, 특히 자유로운 성애를 표출한 사설시조조차 양반의 수사나 미학을 지향한 점을 감안해야 한다.

여기서 사설시조의 작자층에 대한 그간의 논쟁을 되풀이하거나 정리하는 것은 지면 낭비다. 저자는 전체적인 틀에서는 "처음 생성시킨 계층은 양반 사대부층이지만 숙종 이후 작가의 주류는 중인계층이며 특히 영조 일대의 반세기 동안이 사설시조의 전성기"[13]라는 최동원의 견해와 주도적 담당층의 개념을 동원하여 "17세기 이전에 개인문집에 전하는 파격형식의 시

내세워 상대방을 지배하려 한다.

13 최동원, 「장시조의 생성과 그 시대적 전개」, 『고시조론』, 삼영사, 1986, 61쪽 요약.

조들이 존재하며 그 형성과 중심 담당층은 양반 사대부였으며, 사설시조가 일반에게 보편화한 징후는 18세기 초 『진본 청구영언』에 의해서 발견되며, 가객에 의한 사설시조의 창작은 18세기 중반 김수장에게서 처음 발견되며, 가객이 가창을 통하여 적극적 향유집단으로 변모한 이때부터 한 세기 동안이 사설시조의 전성기다"[14]라는 조해숙의 주장에 대체로 동의한다. 단, 결론은 유사하지만 그에 이르는 분석 과정과 방법은 달리 한다.

사설시조를 처음 생성시킨 계층은 양반 사대부이며 그 시기는 17세기 이전이다. 고응척高應陟, 중종 26년~선조 38년의 6수, 정철鄭澈, 중종 31년~선조 26년의 2수, 강복중姜復中, 명종 18년~인조 17년의 3수, 백수회白受繪, 선조 7년~인조 20년의 2수, 채유후蔡裕後, 선조 32년~현종 1년 1수 등은 평시조의 정격을 벗어나 파격을 지향하였다.[15] 이에 대해 강명관은 "정철의 「장진주사將進酒辭」가 성주본 『송강가사松江歌辭』에 편입되어 있으며 백수회 등의 작품도 부분적인 파형으로 단시조에서 음보량이 늘어나면 곧장 사설시조로 처리하는 방식은 문제가 있다"라고 지적한다.[16] 김학성은 이런 강명관의 주장이 노랫말과 악곡과의 관련을 너무 밀착시켜서 단선적으로 이해하는 사례라고 비판한다. "노랫말은 어느 한 악곡으로 고정되어 가창되는 것만이 아니라 시대의 흐름에 따라 유행되는 새로운 악곡에 얹어 가변적으로 부를 수 있는 것이다."[17] "이들은 단독으로 실현되는 것이 아니라 평시조를 향유하는 과정에서 좀더 흥취가 고조되거나 감정의 변화를 요구하게 되는 후반부에

---

14 조해숙, 「사설시조 담당층과 문학적 성격」, 『국문학연구』 9집, 서울대 국문학연구회, 2003, 85~92쪽 요약.

15 최동원, 앞의 글, 57~61쪽.

16 강명관, 앞의 글, 406쪽.

17 김학성, 앞의 책, 387~388쪽.

집중적으로 실현되고 끝마무리는 대체로 평시조로 향유된다."[18] 따라서, 17세기 이전에 양반 사대부층이 평시조와 분명히 구분되는 파격의 시조를 향유한 것은 사실이다.

하지만, 이 시기에서 17세기 중반에 이르기까지 사설시조는 평시조에 비하여 소극적으로 향유되었으며, 17세기 중반 이후 이를 주도한 계층은 중인이다. "『해동가요海東歌謠』의 「고금창가제씨古今唱家諸氏」에 창가자로 숙종조 이전에 활동이 가능했던 인물은 허정許珽, 장현張炫, 탁주한卓柱漢, 박상건朴尙健, 박대길朴大吉, 고선흥高善興, 김유기金裕器, 최서봉催瑞鵬, 김우정金宇鼎, 이만매李萬梅, 이정섭李廷燮, 이차상李次尙, 박후웅朴厚雄, 성룡서宋龍瑞, 김정희金鼎熙, 김천택金天澤, 김수장金壽長, 최태양催泰陽, 김만주金萬冑, 오삼석吳三碩, 김우규金友奎, 문수빈文守彬 등이다. 이 가운데 허정과 이정섭만이 사대부이고 나머지는 모두 중인이다."[19]

중인은 노동력을 통제하고 부역과 공물의 부담이 없고 한문으로 읽고 쓸 줄 안다는 면에서는 양반과 유사한 입장에 있었다. 하지만, 양반으로부터 통제와 착취를 당하였다. 때문에 이들은 정치적으로는 양반과 서민의 중간계층으로 양반에게 배제되고 억압당하면서 아래로는 서민을 통제하고 억압하였다. 그러면서도 그 중의 극히 일부는, 의도하든 의도하지 않든 사회적으로, 중간자로서 양 계층의 갈등을 조장하거나 중재하는 기능을 수행하였다.

사회경제적으로 볼 때, 중인은 상당수가 양반으로부터 위임된 일정한 부와 권력을 누렸다. "중인들은 삼의사三醫司, 관상감觀象監, 역관譯官, 산원算員, 율관律官, 사자관寫字官, 화원畵員에서 공인工人, 전인廛人, 서리胥吏에 이르기

---

18 위의 책, 412쪽.

19 강명관, 앞의 글, 413~414쪽.

까지 각자 귀속할 바가 있어 거처가 없다는 탄식과 가난으로 굶주린다는 우려가 없다."[20] 18~19세기에 이들 중 대다수는 양반과 결탁하여 부를 축적하여 경제적으로 여유가 있었다. 상공업의 발달로 상인은 많은 부를 축적할 수 있었으며, 역관은 북경과 사무역私貿易을 통해 역인자본을 형성했으며, 아전들은 양반의 행정실무를 맡거나 중앙집권적 통치와 수탈의 이중구조를 물적 기반으로 하고 혈연, 지연, 신분적 유대를 인적 기반으로 하여 잉여생산물의 일부분을 중간횡령, 착복하거나 역가役價를 임의로 올려서 축재하였으며, 기술관들은 기술공여를 대가로 부를 축적하였다. 이들은 고리대를 운영하거나 수공업과 상업에 투자하여 막대한 부를 축적하여 이를 소비와 유흥에 소모한다.[21] 강명관이나 고미숙의 주장대로 중인의 이런 물적 기반과 당시의 생산력과 상품화폐 경제의 발달, 상공업의 발전과 유흥문화의 번성 등이 사설시조의 창작과 향유에 깊이 반영된 것은 사실이다. 관념적이고 추상적인 것에서 물질적 세계와 구체적 현실로 전환, 노골적인 성애의 묘사, 드물고 제한적이지만 봉건사회에 대한 비판과 풍자는 이런 물적 토대를 기반으로 한다.

하지만, 이런 반영적 관점을 그대로 고수하면, 토대가 상부구조를 일방적으로 결정하는 것으로 간주하여, 토대가 상부구조를 결정하는 힘의 차이, 상부구조 사이의 역동적인 관계를 무시하고 문학을 사회경제적 토대의 종속물로 귀착시킨 기계론적 마르크시즘이 범한 것과 유사한 오류를 반복한다.

크게 네 가지 점을 고려해야 한다. 중인의 권력과 부의 축적이 독자적으

20 이이화 편, 『조선서얼관계자료집』, 여강출판사, 1985, 491~492쪽.
21 고미숙, 앞의 글, 68~69쪽의 일부를 참조하여 저자가 보완하여 기술함.

로 이루어진 경우는 극히 드물며 양반으로부터 위임된 것에 한정되고 봉건체제의 수탈 시스템으로부터 얻는 것이었기에 중인은 양반에 종속적이었고 봉건체제에 기생적이었다. 모든 중인이 중인으로서 계급의식을 가졌던 것은 아니다. 오늘날의 노동자들이 재테크를 하면 자신도 모르게 성장정책을 선호하고 보수 정당을 지지하는 경향을 나타내어 '자본가형 노동자capitalist worker'나 1차원적 인간one dimensional man으로 전락하듯, 어떤 계급이 계급의식을 철저히 형성하지 못하거나 지배계급이 만든 이데올로기에 조작될 경우 계급배반적인 태도를 취한다. 중인들의 대다수는 중인의 계급의식을 갖기보다 양반을 지향하였고 양반에 대해서는 복종적이었다. 계급의식을 갖고 양반과 봉건사회에 대해 비판적인 태도를 유지하며 근대적 주체에 부합하는 의식과 실천을 행한 자들은 극소수였다. 아울러, 토대가 상부구조를 결정한다 하더라도 상부구조로서 문학은 나름대로 자율적인 영역을 갖는다. 인간의 삶에서 사회경제적 요인이 절대적이지만, 이를 넘어서서 상상하고 재현하는 영역이 있다. 개인이나 집단의 정치적 지향과 예술적 지향은 서로 모순될 수 있다.

문화적으로 볼 때, 중인은 한문 텍스트를 읽고 쓸 수 있는 계층으로서 양반 엘리트의 문화를 향유하는 동시에 민요, 민속악 등 서민문화에도 접촉할 수 있었다. 이들이 양반으로부터 위임받은 업무를 수행하기 위해서는 한문으로 읽고 쓰기를 어느 정도 수행해야 했으며, 이들 중 상당수는 일정한 실력을 갖추기도 하였다. "당시에 한성 북부의 중인은 인왕산 아래 옥류계玉流溪의 맹주인 송석원松石園 천수경千壽慶, 1757~1818을 중심으로 '송석원시사松石園詩社'를 조직하고 대규모의 시회詩會를 자주 열었다. 이와 같은 시사詩社가 여럿 있었으며, 중인은 자신들이 쓴 한시를 모아 1737년에 9권 2책의 시선집인 『소대풍요昭代風謠』를 간행하고 이어서 60년 만인 1797년에 『풍요속선風謠續選』, 다시 60년 후인 1857년에 『풍요삼선風謠三選』을 간행하였다."[22] 이들은 그 정도로 한문으로 읽고 쓰기에 능하였으며, 자신들의 문화에 대한 자부심도 있었다.

양반과 중인, 서민 사이에는 뚜렷한 구분이 있었다. 양반의 입장에서 중인은 엄연히 타자였다. 향리계급의 재부 축적과 이들의 양반지향성에도 불구하고 중인의 지위는 상대적으로 고정되어, 양반 엘리트와는 구분되는 정체성과 문화를 형성하였다.[23] 양반은 이들을 서민과 함께 미천한 계급으로 배제하면서 상층 계층으로서 동일성을 강화하였다. 반대로, 중인들은 양반의 동일성에 포획되거나 양반으로부터 인정받으려는 경향이 강하였다. 이를 위하여 그들은 신분상승을 꾀하거나 양반의 문화를 모방하는 한편, 서민을 타자화하여 강력하게 배제하거나 억압하였으며 서민문화와 구별짓기를 하였다. 중인이 주체로서 계급의식을 형성하고 자신의 집단정체성을 인식하며 양반에 저항한 예는 극히 드물다. 박후웅이 소용騷聳이란 새로운 악곡의 장르를 개발한 것처럼 소수의 중인들은 자신들의 풍류나 기악을 즐기면서 자신들의 문화를 양반문화와 구분하고 이에 자부심을 갖기도 하였다. 이들은 하위문화sub culture로서 중인문화를 형성하면서 양반이 독점하던 문화적 헤게모니를 일부 분점한다. 반면에 그중 극히 일부는 서민, 천민층과 어울려 판소리와 탈춤의 문화창조에 나선다. "조선 후기 탈춤이나 판소리의 발전을 주도한 것은 향리들이며, 조선 후기 두드러진

---

22 정옥자, 「19세기 초 中人文學의 새로운 結集形態－溪社遺唾」, 『泰東古典研究』 10, 한림대 태동고전연구소, 1993, 439, 445쪽을 참고하여 보완함.

23 이훈상, 「朝鮮 後期의 鄕吏와 近代 이후 이들의 進出－仲裁엘리뜨의 談論과 그 歸結」, 『역사학보』 제141집, 역사학회, 1994, 249쪽.

발전을 보여준 탈춤은 통상 읍치邑治의 제의를 배경으로 발전하였다."[24] 이들은 18~19세기 양반들이 향유하던 한시와 시조를 모방하거나 이에 맞서서 사설시조, 탈춤, 판소리를 창조하거나 주도적으로 향유한다.

중인의 문화 향유에 중요한 맥락으로 작용한 것은 유흥문화의 발달이다. 18세기의 상공업의 발전은 본격적인 산업자본의 축적으로 이어지지 못하였지만, 소비문화와 유흥문화의 번성을 가져올 정도로는 충분하였다. 당시에 부를 축적한 경아전들은 기방妓房을 중심으로 한 도시유흥 문화의 주요 소비자였으며, 적지 않은 수의 사설시조 작품들이 당시 경아전의 그런 생활상을 반영하고 있다.[25] 여기에 남녀의 정을 자유로이 표출하는 것을 긍정하는 성령설性靈說의 시론詩論이 중국으로부터 유입되고 성정지정性情之正과 온유돈후溫柔敦厚의 교화론에 맞서서 성정지진性情之眞과 온유격절溫柔激切을 주장하는 시론이 더해지면서 인간 성정을 자유롭게 표현하는 것이 정당성을 갖게 되었다. 게다가 만횡과 낙희조의 가락이 더욱 분화하면서, 소용, 우롱羽弄, 우락羽樂 등 다양한 악곡이 발달하였으며, 중인가객층中人歌客層이 형성되었다.

이에 중인들은 그들의 사회상이나 생활상을 새로운 악곡에 얹어 잔치, 놀이, 동호인 모임, 북악과 인왕산 등의 명승지, 기방, 생업의 현장 등 다양한 장에서 연행하였다. 초삭대엽初數大葉, 이삭대엽二數大葉, 중거中擧, 평거平擧, 두거頭擧, 삼삭대엽三數大葉 등 점잖은 악곡들에는 대개 유명씨의 건실한 내용 위주의 작품을 노랫말로 얹어 불렀다. 소용, 농弄/언롱言弄, 락樂-계락界樂, 우락羽樂, 언락言樂, 편編-편락編樂, 편삭대엽編數大葉, 언편言編등 유희적

24 위의 글, 268쪽.
25 강명관, 『조선 후기 여항문학연구』, 창비, 1997, 159~170쪽 참고.

이고 풍아적인 악곡에는 대체로 무명씨의 외설적이고 황탄한 내용의 작품들을 노랫말로 얹어 가창하였다.[26] 이들은 전문 가창집단을 형성하고 창법을 연수하고 가곡창이나 시조창을 향유하는 문화생활을 영위하면서 『청구영언』, 『해동가요』 등의 가집을 편찬하였다. 이처럼, 이 시기에도 양반 사대부층이 직접 창작과 가창에 참여하기도 했지만, 주도층은 중인이었다. 대신 양반은 후원자나 청중으로서 사설시조의 내용과 형식에 지대한 영향력을 행사하였다. 발신자가 중인으로 동일하더라도 사설시조는 다양한 지향을 하였다. 작가로서 중인의 지향과 미학적 선택은 청중이 누구냐에 따라서 역동성을 띤다. 이렇듯 사설시조는 양자의 사이에서 연행되며, 의미 또한 작가와 독자, 가객과 청중, 독자 속의 작가와 작가 속의 독자 사이의 대화의 과정에서 파생된다.

19세기 이후 정조가 사망하고 노론이 집권하면서 보수적인 세도정치로 기울고 무역과 상공업의 발전 또한 퇴보하면서 조선조는 전반적으로 문화적 활력을 잃게 된다. 중인들의 물적 기반 또한 약화하고 사설시조가 대중으로부터 관심을 끌었던 특성인 산문성, 유흥성, 통속성, 해학성, 관능성, 혼성성,[27] 탈중세성을 잡가, 판소리, 소설이 대신하면서 사설시조에서 이런 특성은 미약해진다.

26 장사훈, 『국악총론』, 정음사, 1976, 268~272쪽 참고하여 보완하여 기술함.

27 여기서 혼성성은 장르 혼효성만이 아니라 제국과 식민, 지배층과 피지배층, 고급문화와 저급문화, 상층의 양반 문화와 하층의 서민문화, 진지성과 통속성의 미학이 서로 구별짓기를 하는 동시에 서로 모방하여 뒤섞여 어우러지는 것을 뜻한다.

3. 사설시조 담론 주도층으로서 중인의 문화 창조의 네 양상

유가적 미학, 놀이와 풍류의 흥, 통속성, 탈중세성

1) 유가적 미학의 지향

앞에서 말했듯 사설시조는 구술문화시대에서 청자를 대상으로 반주에 맞추어 악곡에 얹어 가창되던 청중지향의 시가장르다. 문자문화 시대처럼 작가에 맞춘 해석과 비평은 오류를 범한다. 작가 및 가창자가 양반일 경우 당연하지만 중인이라 하더라도 청중이 양반이고 연행공간이 잔치자리 등 양반이 마련한 자리라면 사설시조는 청중인 양반의 취향과 기호, 이데올로기에 맞추어서 부르는 것이 상식적이다. 다음의 시조는 중인가객이 부른 사설시조가 청중인 양반과 어떤 관계를 형성하고 이것이 작품의 내용과 형식에 어떤 영향을 미치는지 잘 보여주는 텍스트다.

> 태산泰山이 불양토양不讓土壤 고故로 대大ᄒᆞ고 하해河海 불택세류不擇細流 고故로 심深ᄒᆞᄂᆞ니
>
> 만고천하萬古天下 영웅준걸英雄俊傑 건안팔자建安八字 죽림칠현竹林七賢 이적선李謫仙 소동파蘇東坡 ᄀᆞᄐᆞᆫ 시주풍류詩酒風流와 절대호사絶對豪士를 어듸 가 어더 니로 다 사괴리
>
> 연작燕雀도 홍곡鴻鵠의 무리라 여유광객旅遊狂客이 낙양재자洛陽才子 모드신 곳에 말지末地에 참여參與ᄒᆞ여 놀고 간들 엇더리(『진본 청구영언』 561/5122.1)

이는 『진본 청구영언』을 비롯하여 50종의 가집에 실려 있으니, 상당히 유행한 노래다. 위 시조는 발화자와 수신자, 시적화자와 청중을 직접 표현

하고 있다. '여유광객'은 시적화자이자 가객인 자신을 낮춘 겸양의 표현이다. '낙양재자'는 청중이자 잔치의 주빈들을 당시 세계의 중심인 낙양에서도 최고의 영웅준걸, 후한後漢 때 순검荀儉을 비롯한 여덟 영웅, 완적과 혜강 등의 죽림칠현, 이태백과 소동파처럼 시 잘하고 술 마시며 풍류를 즐길 줄 아는 호방한 대시인의 반열에 올려 띄워주고 있다. 청중을 최고의 인물에 비유하는 데서 그치지 않고 그런 인물이 작은 것을 품어주어 그리된 것임을 초장에 전제하고, 다시 진승陳勝의 "제비와 참새와 같은 새가 어찌 기러기와 고니와 같은 새의 뜻을 알겠는가[燕雀安知鴻鵠之志]"라는 고사를 끌어와 작은 새든 큰 새든 새 무리에 속하니, 자신과 같이 미천한 자도 말석에서나마 놀고 가게 해달라고 청하고 있다. 양자 사이의 현격한 차이와 그들의 권위를 인정하는 언술을 통하여 높은 자가 낮은 자를 품어주는 아량을 베풀 것을 요청하고 있다. 양반에 내재한 만고천하의 영웅준걸이나 호방한 시인이 되고픈 욕망을 부추기는 한편, 가객의 입장에서는 인정욕망을 드러내고 있다. 한시의 수사인 고사와 전고를 통하여 양반층의 기호와 취향에 부합하는 내용으로 청중의 기분을 한껏 올려주는 가운데 자신을 타자화하지 말고 동일성의 영역으로 포함시켜 달라고 요구하고 있는 것이다.

작품 내 세계는 둘이며 서로 대립한다. 시적 화자가 포착한 세계1은 양반과 중인이 구별되고 차별받는 부조리한 사회이다. 청자인 양반이 누리는 세계2는 반상班常의 구분이 엄격하여 안정된 사회인데, 시적 화자는 이를 그들의 판타지인 중국의 당송시대에서 번창하였던 낙양에서 마음껏 풍류를 즐기는 집단으로 재현한다. 시적화자인 여유광객은 놀이를 통해 세계1의 부조리를 극복하고 두 세계를 하나로 통합하려 한다. 인접성에 있는 구체적인 낱말을 나열하는 것은 환유이지만, 청중인 양반을 중국의 영웅호걸이나 시인에 비유하는 것은 양자의 동일성을 지향하는 은유다. 이 순간 연행공간에 있는 양반과 중국의 영웅준걸과 시인 사이의 차이는 사라진다. 부패했든 자질이 모자라든, 죽림칠현이나 이태백과 같은 반열에 오르는 것이다. 여기에 중인으로서 주체의식이나 문화적 자부심은 없다. 한문으로 된 전고에 충실하는 등 철저히 청중인 양반의 수사를 취하고 있으며, 양반의 미의식과 취향을 지향하고 있다.

하지만, 가객이 자신의 권력을 전적으로 포기한 것은 아니다. 이 텍스트만 놓고 보면 위의 해석이 맞지만, 연행의 전 과정을 보면 이는 중인 가객의 전략일 수 있다. 가객은 놀이판의 흥을 돋을 수 있는 면에서는 권력을 가지고 있다. 놀이에서 신분과 권력은 무의미해진다. 초장과 중장은 양반을 향하여 자신처럼 미친한 길손을 호방한 영웅호걸과 같은 양반들이 품어줌에 대하여 감사하고 치하하고 있다. 하지만, 미천한 중인인 자신도 양반과 같은 인간이니 말석에나마 참여하여 한데 어울려 놀자고 청유하고 있다. 시적 화자는 엄연히 존재하는 신분의 차이를 인정하는 가운데 놀이를 통해 이를 무화하자고 권유하고 있는 것이다.

이 노래를 시조 한바탕에서 서두에 연행할 경우 초반부에 청중인 양반들의 권위를 한껏 높여 예를 표한 후 후반부에는 서로 어울려 마음껏 놀 수 있는 자리를 여는 기능을 하고 있다. 이런 기능 때문에 이 노래는 잔치의 초입에 연행되기에 좋은 속성을 가지고 있다. 이 노래가 내용과 형식에서 그리 대중성을 확보할 뚜렷한 이유가 없는 데도 50종의 가집에 실려 당대에 상당히 유행한 이유는 노래의 이런 특성과 기능에서 비롯되었을 것이다.

진국명산鎭國名山 만장봉萬丈峰이 청천삭출금부용靑天削出金芙容이라

거벽巨壁은 흘립屹立ᄒᆞ여 북조삼각北祖三角이오 기암奇巖은 두기斗起ᄒᆞ여 남안잠두南案蠶頭ㅣ로다 좌룡左龍은 낙산駱山 우호인왕右虎仁旺 서색瑞色은 반공盤空ᄒᆞ여 상궐象闕에 어릐엿고 숙기淑氣ᄂᆞᆫ 종영鍾英ᄒᆞ여 인걸人傑을 비저내니 미재美哉라 아동산하지고我東山河之固여 성대의관聖代衣冠 태평문물太平文物이 만만세지금탕萬萬世之金湯이로다

연풍年豊코 국태민안國泰民安ᄒᆞ여 구추九秋 풍국楓菊에 인유麟遊를 보려 ᄒᆞ고 면악등림面岳登臨ᄒᆞ여 취포반환醉飽盤桓ᄒᆞ오며셔 감격군은感激君恩ᄒᆞ여이다(『진본 청구영언』 0578/4485.1)

위는 『진본 청구영언』을 비롯하여 59종의 가집에 실린 사설시조다. 대개 작자미상으로 실렸지만, 『연민본 청구영언』에는 김춘택金春澤이 지은 것으로 표기되어 있다. 나중에는 창자가 판소리를 부르기 전에 목을 풀기 위해 부르는 단가, 「진국명산鎭國名山」으로 자주 불렸다.

조선풍수에 따라 진산인 삼각산을 중앙으로 하여 왼편에 좌청룡인 낙산, 오른편에 우백호인 인왕산이 둘러 있는 경복궁 주변의 한양의 아름다운 풍경을 노래한 뒤 이런 상서로운 빛과 맑은 기운이 모여 좋은 인재를 빚어내고 태평성대가 이어지리라고 노래하고 있다. 그러니, 성인이 세상에 나올 전조로 나타난다는 기린을 보기 위하여 앞산에 올라 요순시대에 격양가를 부른 농부처럼 배불리 먹고 취하여 돌아다니면서 가슴 가득히 임금님의 은혜에 감격해 한다. 아름다운 산세에 대한 예찬, 국태민안의 기원도 깔려 있지만 핵심은 군은君恩이다. 여기서 세계는 전혀 모순이 없이 조화로운 곳이며 태평성대의 이상과 현실은 일치한다. 텍스트 전체가 현

실과 유교적 이상국가를 동일화하는 은유를 형성하고 있다. 유교적 이상이 구현되는 정점에는 임금이 있다. 화자와 청자가 구분이 없이 모두 그 은혜에 대하여 감격할 일이다.[28]

비판적이고 담대한 중인 가객들이라 하더라도 양반 청중 앞에서 그들과 대립하는, 양반을 풍자하는 사설시조를 부르기는 쉽지 않았을 것이다. 주지하듯, 안민영安玟英은 아예 내용과 형식 양면에서 후원자인 왕실과 대원군, 양반의 이데올로기와 미의식에 철저히 부합하는 사설시조를 창작하였다.

이처럼 발신자가 중인이라 하더라도 청중이 양반이고 연행공간이 양반이 마련한 자리이고 그 자리가 점잖은 분위기일 경우 사설시조는 양반 사대부의 미학에 부응하는 군은君恩, 안민安民 등의 주제를 담아 한문으로 된 전고 등 양반의 수사를 차용하거나 군자나 풍류객에 자신을 동일화하는 미적 쾌락을 지향하였으며, 비유에서는 은유를 위주로 하여 편삭대엽 등의 악곡에 담아 노래하였다.[29]

---

28 판소리의 단가 「진국명산」의 경우 마지막 문장 전까지는 위의 가사에 더하여 태평성대와 군은을 노래하는 것은 같은데 마지막 문장에서는 "日暮途窮허면 蠟燭을 도와 켜고 男女風流郞이 모두 다 늘어 앉아서 거드렁 거리고 놀아보세"라고 노래하고 있다. 이 노래는 본격적인 판소리를 하기 전에 소리꾼이 목을 풀면서 청중의 분위기를 돋우기 위해 불렀기에 군은에 더하여 놀이와 풍류의 흥의 미학을 지향하고 있는 것으로 보인다.

29 유가적 미학은 여러 층위의 양상을 보인다. 문이재도(文以載道)론이나 교화론의 연장선에서 군은, 안민 등 유교적 이데올로기를 주제로 구현하는 것을 미적 이상으로 삼는 것이 주류이지만, 그 반대로 백성의 입장에서 군주나 탐관오리를 비판하고 풍자하여 성정지정의 경지에 이르려는 간쟁론(諫諍論)의 입장도 있었으며, 문화적으로 출사하여 자신의 포부를 펼치는 경지, 안분지족(安分知足), 물아일체(物我一體) 등 선비나 군자로서 부합하는 삶의 경지를 형상화하며 미적 쾌에 이른 입장도 있다.

2) 놀이와 풍류의 흥興의 미학

놀이나 풍류의 장에서는 신분의 구분 자체가 의미를 상실한다. 놀이는 다른 목적을 지향하지 않고 놀이 자체를 지향한다. 발신자가 중인이라 하더라도 청중이 어떤 신분에 있는 사람이든 함께 풍류를 즐기는 이들이고 연행공간이 풍류 마당, 놀이나 잔치의 자리, 기방이라면, 또는 발신자와 수신자가 양반이든 중인이든 관계없이 여색과 음주, 가무가 벌어지는 질탕한 유흥의 장이라면, 사설시조는 놀이 자체를 지향하였다.

> 옥루사창玉樓紗窓 화류중花柳中의 백마금편白馬金鞭 소년少年들아
>
> 긴 노래 칠현금七絃琴과 적笛 피리 장고長鼓 혜금嵇琴 알고 저리 즑이나냐 모르고 즑이나냐 조음체법調音體法을 날다려 뭇게 되면 현묘玄妙ᄒᆞᆫ 문리文理를 낫낫치 이르리라
>
> 우리는 백년百年 삼만육천 일三萬六千日에 이갓치 밤낮 즑이리라(『증보 가곡원류』 1324/3467.1)

위의 시조는 『증보 가곡원류』와 『해동악장』에 실려 있다. 이 시조의 연행공간은 풍류마당이다. 발신자는 작자인 노가재가단老歌齋歌壇의 김태석金兌錫, 혹은 가창자인 시적 화자이며 1차 수신자는 소년이다. 하지만, "손약정孫約正은 점심點心을 ᄎᆞ리고 이풍헌李風憲은 주효酒肴을 장만ᄒᆞ소…"(2751.1)의 시조를 참고하면, 함께 풍류를 즐기러 온 동호인 격의 중인들이 숨어있는 인물이자 2차 수신자다. 사회적 신분으로 보면 권력은 시적화자보다 양반인 소년들이 높다. 하지만, 나이와 예능의 실력의 면에서는 시적 화자의 권력이 앞선다. "소년들아"라고 하대할 정도로 나이가 들었고, 조음체

법을 잘 터득하고 놀기 때문이다. 시적화자는 자신에게 불리한 사회적 신분의 권력요소는 감추고 나이와 예능의 실력을 내세워 권력의 전복을 꾀한다. 이는 소년과 시적 화자 모두 신나는 놀이를 욕망하기에 효력을 발휘한다. 예나 제나 놀이판에서는 잘 노는 사람이 권력을 갖는다. 또 "저리 즐기느냐?"라고 말한 것은 소년과 어느 정도 거리를 두고 있음을 의미한다. 소년은 먼 청중이고, 가까운 청중은 같이 놀고 있는 중인이다.

이 시조의 작가인 김태석이 수신자인 소년과 중인 풍류객을 향하여 발신한 상황에서 보면, 이는 자신의 가단, 더 나아가 중인들의 예능에 대한 자부심의 표출이다. 이들은 한마디로 놀 줄 아는 예능인이다. 양반 소년들이 칠현금과 피리, 장고, 해금을 연주하며 이에 맞추어 노래를 하는 모습을 보면, 조음체법도, 그에 담긴 이치도 잘 모른 채 행하고 있는 것이다. 이에 화자는 양반 소년에 대해서는 예능에서는 고수인 자신들이 그들에게 한 수 가르치겠노라고 선언하고 있다. 양반에 대해 신분에서는 뒤지지만 예능에서는 앞선다는 자부심과 인정욕망, 악기연주와 함께 어울려 노는 것에 고조되어 흥의 열락에 이른다. 이에 수신자로 전환하여 함께 노는 중인 동호인을 향하여 백 년 3만 6천 일을 밤낮 놀이를 즐기겠고, 또 더불어 즐기자고 청하고 있다.

전체 문장은 명령형과 청유형이고, "옥루사창 화류, 백마금편"에서는 미화법이, 악기 이름을 나열하는 대목에서는 환유가 활용되고 있다. 여기서 세계는 문화적 구별짓기에 따라 양반 문화와 중인문화 사이에 차이와 대립이 있는 현실이다. 이에 대해 시적 화자는 자신들의 놀이에 자부하며 즐겁게 노는 것으로 대응하며 이를 통하여 이 차이와 대립을 해소하고 흥興에 이른다.

노ᄅᆡ갓치 죠코 죠흔 줄을 벗님네 아돗던가

춘화류春花柳 하청풍夏淸風과 추월명秋月明 동설경冬雪景에 필운弼雲 소격昭格 탕춘대蕩春臺와 한북漢北 절승처絶勝處에 주효酒肴 난만爛漫ᄒᆞᆫ듸 죠흔 벗 가즌 혜적嵇笛 아름다운 아모가히 제일명창第一名唱들이 차례次例로 벌어 안ᄌᆞ 엇결어 불을 쩍에 중中한닙 삭대엽數大葉은 요순우탕문무堯舜禹湯文武 갓고 후정화後庭花 낙시조樂時調는 한당송漢唐宋이 되엿는듸 소용搔聳이 편락編樂은 전국戰國이 되야이서 도창刀槍 검술劒術이 각자등양各自騰揚ᄒᆞ야 관현성管絃聲에 어ᄅᆡ엿다

공명功名도 부귀富貴도 나 몰ᄅᆡ라 남아男兒의 이 호기豪氣를 나는 죠화ᄒᆞ노라

(『해동가요 주씨본』 0548/1034.2)

위의 시조는 『주씨본 해동가요』에 김수장의 작으로 실린 노래다. 유사한 노래까지 합치면 23종의 가집에 실려 있다. 작자 및 발신자는 김수장이다. 수신자는 벗, 곧 풍류를 같이 즐기는 동호인들이다. 벗들과 모여 노래를 하며 풍류를 즐기는 것이야말로 가장 좋은 것이다. 연행장소는 서울의 경치가 빼어난 필운대, 소격서, 탕춘대와 한강의 절경처 등이다. 청중은 함께 풍류를 즐기는 벗들과 명창, 기녀들이다. 필운대 등 아름다운 곳에서 술 마시고 벗들과 악공, 기녀, 명창들이 모여 가곡 한바탕을 엮어 부른다. 중대엽, 삭대엽, 후정화와 낙시조, 소용과 편락을 이어서 부르는 가곡 한 바탕의 연행과정을 중국의 요순시대에서 한당송에 이르는 나라와 비교하여 묘사하였다. 소용과 편락을 연주할 때는 마치 전국시대에 사람들이 창과 칼을 쓰는 듯하여 그 모습이 해금과 피리 소리에 어리여 들리는데, 그 경지의 흥에 이르면 조선조의 남성이 꿈꾸던 이상인 공명과 부귀도 부럽지 않으니, 공명과 부귀를 초탈하여 풍류의 흥에 젖는 것이야말로 남아의 호기이

며, 그 경지를 지극히 좋아하노라고 감정을 그대로 표출하고 있다.[30]

유교이념에 따른 목적도, 그에 입각한 삶의 자세도 보이지 않는다. 세속적 욕망인 부귀와 공명도 마다하고 있다. 여기서 추구하는 것은 오로지 놀이의 흥 그 자체다. 김천택과 달리 양반층의 눈치를 보지 않고 풍류를 즐긴 김수장의 삶과도 부합하여 더욱 그 흥취에 공감이 간다.

전체 문장은 감탄형이고, "춘화류"부터 "불을 썩에"까지는 나열에 의한 환유가, "중한닙"부터 "어릐엿다"까지는 은유, 그 중에서도 직유가 활용되고 있다.

이처럼, 양반이어도 상관이 없지만, 발신자로서 중인 가객이 중인 청중들과 어울려 풍류마당, 놀이와 유흥의 현장에서 연행할 경우 발화하는 사설시조는 청유형과 감탄형, 명령형의 수사를 주로 취하고 있으며 환유를 위주로 놀이에 동원되는 악기와 정경을 묘사하되 은유도 활용하고 있으며 놀이 자체의 즐거움과 흥興을 지향하고 있다.

3) 통속성의 미학

청중이 중인이나 서민 대중일 경우도 있다. 불특정 다수인 서민이나 중인을 청중으로 시정이나 생업의 현장에서 연행하는 경우, 특히 상업적 목적일 경우 가창자는 전적으로 청중의 공감과 반응에 의존하기 마련이다. 이 경우 사설시조는 극단적으로 청중지향적 장르로 기울며, 청중의 취향과 기호, 지적 수준, 관심사, 욕망, 코드체계 등을 고려하게 되며, 이는 통속성으로 표출된다.

---

30 이 시조로 유추할 때, 현재는 가곡 한 바탕이 〈초삭대엽〉에서 시작하여 〈태평가〉로 끝나는데, 당시는 이와 차이가 있었던 듯하다.

통속성의 미적 범주를 박성봉의 논의를 따라 성의 관능성, 폭력의 선정성, 몽상의 환상성, 웃음의 해학성, 눈물의 감상성 등 다섯 가지로 나누어 권력 등의 요인과 상관하여 고찰해보았다.[31] 상세한 분석과 논증은 '2부 7장 문학의 대중화와 통속성의 미학'으로 미루고, 이 장에서는 논지의 전개상 성의 관능성과 눈물의 감상성에 해당하는 사설시조를 각각 한 수씩 들기로 한다.

니르랴 보쟈 니르랴 보쟈 내 아니 니르랴 네 남진 ᄃᆞ려

거즛 거스로 물 깃ᄂᆞᆫ 쳬ᄒᆞ고 통으란 ᄂᆞ리와 우물 젼에 노코 ᄯᅩ아리 버서 통조지에 걸고 건넌 집 쟈근 김서방金書房을 눈 ᄀᆡ야 불러ᄂᆡ여 두 손목 마조 덥셕 쥐고 슈근슈근 말ᄒᆞ다가 삼밧트로 드러가셔 므스 일 ᄒᆞ던지 ᄌᆞᆫ 삼은 ᄡᅳ러지고 굴근 삼대 ᄡᅳᆺ만 나마 우즑우즑ᄒᆞ더라 ᄒᆞ고 내 아니 니르랴 네 남진ᄃᆞ려

져 아희 입이 보도라와 거즛말 마라스라 우리ᄂᆞᆫ ᄆᆞ을 지서미라 실삼 죠곰 ᄏᆡ더니라(『진본 청구영언』 576/3770.1)

유형이 유사한 시조까지 합치면, 위의 시조는 『진본 청구영언』을 비롯하여 33종의 가집에 실려 있다. 초장과 중장의 발신자가 고자질하겠다는 아희이고, 종장의 발신자는 사건을 저지른 마을 지어미여인1다. 아희는 어린아이로 마을의 총각이나 처녀 모두가 해당된다. 초장과 중장의 수신자는 아이이고, 종장의 수신자는 여인1이다. 이것이 마을사람들 앞에서 연행하였다면 제2수신자는 마을사람이며, 사건이 일어난 마을과 상관이 없

31 박성봉, 『대중예술의 미학』, 동연, 1999.

는 곳에서 연행하였다면, 제3수신자는 청중들이다.

초장에서 아이가 불륜현장을 남편에게 고자질하겠다고 여인에게 말한다. 중장에서는 삼대의 모습을 빌려 구체적으로 불륜현장을 묘사한다. 이에 대해 여인은 실삼을 캔 것이라 둘러댄다. 이 시조에서는 여인1과 아이가 대화체로 서로 말을 주고받고 있다. '아희'가 꼭 어린아이를 칭하는 것이 아니고 대화체로 전환하거나 종장 첫음보의 구실을 하기 위하여 쓰이기는 하지만, 어른이라 할지라도 '아희'라 칭하면 일단 상대를 아랫사람으로 간주하는 것이다. 아희라고 칭하고 있는 것으로 보아 여인1이 아이보다 나이가 많다. 나이가 많은 여인1이 권력을 갖는 것이 원래 맞지만, 이는 역전된다. 아이가 총각일 경우 가부장사회인 조선조에서 미시권력인 젠더의 면에서는 아이가 우월하며, 무엇보다도 공동체에서 시선은 규율/훈육체계의 감시를 내포한 권력으로 작동한다. 아이가 여인1을 감시하다가 결국 불륜 현장을 목격하였기 때문이다. 아이는 이를 근거로 여인1에게 남편에게 고자질하겠다고 협박하고 있다.

아이의 묘사는 구체적이다. 우물에 물을 길러 가는 체하며 김서방과 삼밭에 가서 불륜을 행했다는 것이다. 이를 "잔삼은 쓰러지고 굵은 삼대 끝만 남아 우즐우즐하더라"라고 실감이 나면서도, 누구나 성애의 모습을 충분히 연상할 수 있도록 환유를 활용하여 관능적으로 표현한다. 쓰러지는 잔삼, 우즐거리는 굵은 삼대의 환유를 통하여 구체적인 묘사를 하면서도 그 아래에서 벌어지는 모습에 대해 마음껏 성적 판타지를 하도록 이끈다. 그런 후 "내 아니 이르랴. 내 남편에게"라고 못을 박는다. 정녕 여인1의 위기다.

하지만, 이는 종장에서 반전이 된다. 여인1은 아이의 말을 거짓말이나 착각으로 단정함은 물론, “우리는 마을 지어미라 실삼 조금 캐더니라”라고 둘러댄다. 이 반전이 웃음을 유발한다. 아이의 구체적인 묘사로 인하여 청중들은 아이의 말이 여인1의 말보다 진실일 것으로 생각한다. 그런데, 여인1은 불륜을 부정하고 실삼 캐러 갔다고 변명하고 있다. 그 앞의 말은 “우리는 마을 지어미라”이다. 이는 다르지 않은 두 여인을 동일성으로 포획하는, 지배와 통합의 수사로서 은유다. 이의 내포적 의미는 “아이가 도덕적인 것처럼 여인1도 같은 마을의 지어미로서 그런 불륜을 할 리 없다. 마을의 지어미가 그러듯 농사일로 실삼을 캐러 갔다”는 것이다. 또는 아희가 총각이 아니라 처녀일 경우 같은 여인이니 여인끼리 연대하여 설혹 남편이 그리 의심을 하더라도 실삼을 캐러 갔다고 둘러대라고 청하고 있는 것이다. 여인1은 봉건의 질곡에서 벗어나 자유로운 성애를 욕망하고, 아희는 이를 감시하는 규율/훈육체계의 하나로 작동하고 있다. 하지만, 여인1은 이를 보기 좋게 농사일로 둘러댐으로써 규율/훈육체계를 해체하고 있다. 이것은 여인1만이 아니라 아희 또한 어느 정도는 자유로운 성애를 욕망한다는 여인1의 판단, 아희가 처녀일 경우 여인1과 아희 모두 남자로부터 가부장적 폭력을 당하는 약자라는 점, 여인1이 아희보다 나이가 많아 미약하게나마 권력을 가진 것 등이 복합적으로 작용하였기 때문으로 보인다. 제3의 청자의 입장에서는 성적 판타지에 젖게 하는 이는 여인1인 아니라 이를 환유를 써서 관능적으로 표현한 아희이다. 이형대가 잘 묘파한 대로, “이는 이 작품의 시선이 객관적 진실의 탐구를 넘어 관찰 주체의 성적 욕망을 관음증의 형식으로 실현하고 있음을 시사한다.[32] 아니

32 이형대, 「사설시조의 근대성－사설시조의 시적 시선과 근대적 시각 場의 연관에 대한 시론적 탐색」, 『한국시가연구』 28집, 한국시가학회, 2010, 113쪽.

면, 여인1과 김서방이 만난 것만으로 상상한 성적 판타지일 수도 있다. 전자든, 후자든 아이의 성적 욕망 또한 적지 않다.

여기서 작품 내 세계는, 이문열의 소설, 『익명의 섬』이 연상되는, 서로 생산도구를 공유하고 숟가락 몇 개 있는 것까지 알 정도로 규율/훈육체계와 감시의 시선이 촘촘히 작동하는 시골마을 공동체라는 폐쇄된 체제와 이를 해체하고 욕망을 추구하려는 개인 사이에 대립과 긴장이 발생하는 현실이다.[33] 이 세계에서 여인1은 규율/훈육체계와 감시의 시선을 피하여 욕망의 해방을 추구하고, 아이는 드러내놓고 욕망하지는 못하지만 관음증이나 성적 판타지로 대신한다. 이를 연행할 경우, 시골마을은 연행공간으로 동일화한다. 연행공간 자체가 성적 욕망을 억압하고 감시하는 세계가 된다. 청중들은 아이에 자신을 이입시켜 감시체계와 욕망 사이에서 잠시 주저하기도 하지만, 설혹 감시체계에 걸린다 하더라도 둘러대면 그뿐이라며 여인1에 자신의 이입하여 (간접적으로라도) 욕망의 탈주를 하였을 것이다.

전체 문장은 대화체이다. 대화체를 활용하여 한 사건에 대한 양자의 다른 시선과 관점을 보여주어 청중이 이 중 한 시선이나 관점, 아니면 양자를 종합하여 해석하도록 유도하고 있다. 순우리말로 환유를 활용하여 '똬리', '통조지' 등 서민이 주로 사용하는 사물이나 삼밭 등 풍경을 나열하고 성행위를 구체적으로 묘사하고 있다.

이제는 못 보게도 ᄒᆞ애 못 볼시는 적실的實커다

33 이 시조에 담긴 서사 자체가 현실에 담긴 목격담을 바탕으로 한 것이 아니라 상상에 의하여 재현된 가상일 수 있다.

만리萬里 가ᄂᆞᆫ 길헤 해구海口 절식絶息ᄒᆞ고 은하수銀河水 건너ᄯᅴ여 북해北海 ᄀᆞ리지고 풍토風土ㅣ 절심切甚ᄒᆞ듸 심의산深意山 ᄀᆞᆯ가마귀 태백산太白山 기슭으로 골각골각 우닐며 ᄎᆞ돌도 바히 못 어더 먹고 굶어 죽ᄂᆞᆫ 싸희 내 어듸 가셔 ᄎᆞ자 보리

아ᄒᆡ야 님이 오셔든 주려 죽단 말 ᄉᆡᆼ심도 말고 ᄡᅡᆸᄡᅡᆸ이 그리다가 어즐 병病 어더서 갓고 ᄲᅢ만 나마 달바조 밋트로 아장밧삭 건니다가 쟈근 쇼마 보신 후後에 니마 우희 손을 언ᄭᅩ ᄒᆞᆫ 가레 추혀들고 쟛바져 죽다 ᄒᆞ여라(『진본 청구영언』 0579/3887.1)

위의 시조는『진본 청구영언』을 비롯하여 35종의 가집에 실려 있다. 여기서 시적 화자는 님과 이별을 맞은 이다. 초장에서는 "이제야 못 보게도 하여 못 볼 때에는 적실하다"라며 이별의 마음을 표현한다. 중장에서는 님을 찾아 세상 끝까지 찾아 헤맨 것을 절절하게 묘사하고 있다. 종장에서는 임 그리다가 죽었다는 말을 과장스러우면서도 애절하게 묘사하고 있다.

발신자는 시적 화자이고 1차 수신자는 아이, 2차 수신자는 님이다. 시적 화자는 님과 이별에서 맞는 슬픔을 죽음의 이미지까지 겹치게 하여 절절하게 묘사하고 있다. 세계는 님과 이별하였으나 그를 잊지 못하고 죽음까지 이르게 된 현실이다. 욕망하는 것은 님과 사랑이다. 님이 사랑 하나로 시적화자를 살리고 죽일 정도로 절대적인 권력을 가지고 있다. 그는 님을 찾아 바다 끝, 은하수 건너, 북해의 끝, 태백산 기슭으로 헤맨다. 그러다가 님을 너무 그리워한 나머지 골수에 병이 들어 뼈만 남아서 달뿌리풀로 엮은 울타리를 거닐다가 몸의 모든 기운과 활력을 다 탕진한 후 마지막 소변을 본 후에 아직 몸에 기운에 남았는가 이마에 손을 얹어 본 후 다리

가랑이 하나 치켜들고 자빠져서 죽었다고 임께 전해 달라 한다. 죽음에 이르는 사랑을 과장을 섞어 애절하게 표현하고 있다. 떠난 임에 대한 원망은 없기에 이 슬픔과 한은 더욱 간절하게 감정이입된다.

연행의 공간에서 시적화자는 모든 이별의 체험이 있는 사람의 환유가 된다. 눈물의 감상성에서 가장 중요한 것은 공감이다. 공감하는 자리에 권력은 작동하지 않는다. 이는 신분과 젠더를 넘어 이별의 상황에 있는 사람의 죽음에 이를 정도의 슬픔과 한에 대한 공감을 이끌어낸다.

위의 시조는 크게 다섯 가지 유형—위협형, 애원형, 질투유발형, 만류형, 승화형—이 있는데, 종장만으로 한정하면 세 가지로 갈라진다. 압도적으로 많이, 『박씨본朴氏本 시가詩歌』를 비롯하여 30종의 가집에 실려 있어 가장 유행한 것으로 보이는 것은 죽은 뒤에 님의 몸에 칭칭 감겨 님을 잡아가겠다는 위협형이다. 위의 『진본 청구영언』처럼 자신이 님을 절절하게 그리워하여 찾아 헤매다 죽었다고 알리라는 애원형은 4종의 가집에 실려 있다. 반면에, 『병와가곡집瓶窩歌曲集』에만 죽은 후 월궁月宮에 올라가서 항아姮娥를 만나 팔극을 주유하며 장생불사하겠노라고 말하는 질투유발형도 있다. 위협형도 애원형과 거의 내용이 유사하고 시적 화자의 죽음을 절절하게 묘사한 후 그에 더하여 님을 잡아가겠다는 말을 첨언하고 있는 형식이다. 1차 수신자인 청자, 2차 수신자인 님, 3차 수신자인 대중들에게 자신이 님을 너무도 그리워하여 찾아 헤매다 죽는 모습을 절절하게 묘사한 후에 님을 잡아가겠다고 표현한 것은 표층적으로는 위협이기는 하지만, 심층적으로는 죽어서도 님과 함께 하겠다는 하소연이다. 이 점은 질투유발형도 마찬가지다. 님을 그리워하여 죽음에 이르는 과정을 처연하게 묘사한 것은 애원형과 유사하며, 그 뒤에 항아의 만남을 운운하고 있다.

겉으로는 질투를 유발하려는 것이지만, 심층적으로는 그렇게까지 하여 님과 사랑을 지속시키고 싶다는 열망을 담고 있어 더욱 애처롭다.

이처럼 청중이 중인이나 기녀, 서민이고 연행공간이 기방이나 생업의 현장이라면 사설시조는 청중의 취향과 기호, 지적 수준, 관심사, 욕망, 코드체계 등을 고려하여 통속성, 곧 성을 관능적으로, 폭력을 선정적으로, 판타지를 몽환적으로, 사건이나 비유를 해학적으로, 정서나 그에 얽힌 서사를 감상적으로 묘사하였다.

4) 탈중세성의 미학

사설시조에 봉건사회나 양반에 대한 풍자와 비판이 많다는 기존의 정설과 달리 이런 사설시조로 확정할 수 있는 것은 만횡청 116수 가운데 5수에 불과할 정도로 극히 드물다. 봉건사회나 양반에 대한 풍자와 비판을 하지 않았더라도 청중이 봉건적 질서, 신분체제와 양반, 유교 이데올로기와 규율/훈육체계에 대립하거나 저항하는 의식이나 태도를 가졌거나 계급의식을 가졌거나 탈중세적 삶을 지향한 소수의 중인이고 연행공간이 그들만의 사적인 자리일 경우에 간혹 탈중세성을 지향하는 사설시조가 불려졌다.

> ᄃᆡ들에 동난지이 사오 져 쟝스야 네 황후 긔 무서시라 웨ᄂᆞᆫ다 사쟈
>
> 외골내육外骨內肉 양목兩目이 상천上天 전행후행前行後行 소小아리 팔족八足 대大아리 이족二足 청장靑醬 흑장黑醬 ᄋᆞ스슥 ᄒᆞᄂᆞᆫ 동난지이 사오
>
> 쟝스야 하 거복이 웨지 말고 게젓이라 ᄒᆞ렴은(『진본 청구영언』 0532/1328.1)

위 시조는 『진본 청구영언』 등 17종의 가집에 실려 있다. 이 시조는 상행위에 대한 장사꾼과 고객의 대화체 구조를 형성하고 있다. 초장에서는 장사꾼이 게젓을 사라고 하자 고객이 황화荒貨, 곧 파는 물건이 무엇이냐고 묻는다. 그러자 장사꾼은 중장에서 한문투로 게젓에 대해 묘사한다. 바깥은 뼈고 안은 살이며 두 눈은 하늘을 향하였고 앞으로도 가고 뒤로도 가며 작은 다리 여덟 개에 큰 다리가 두 개로 맑은 장으로 담그든 진한 장으로 담그든 씹으면 아스슥 소리를 내는 게젓을 사라고 설명한다. 이에 대해 고객은 거북하게 유식한 체 외치지 말고 그냥 간단하게 게젓이라 말하라며 면박을 준다. 표층으로 읽으면 장사꾼과 고객 사이의 상품을 놓고 오간 흥정이다.

하지만, 당시에 경전을 중심으로 한문으로 읽고 쓰기, 이에 바탕을 한 정보와 지식을 양반이 독점한 맥락에서 보면, 이 시조는 양반의 이런 행태를 풍자한 것이다. 간단하게 말할 수 있는 것을 한자를 써서 어렵게 묘사하여 자신의 유식함을 포장하는 것이 바로 양반들이다. 유식함을 드러내려는 것만이 아니다. 양반은 한문으로 읽고 쓰기, 혹은 경전의 문구 몇 구절 아는 것을 내세우며 자신의 권력과 헤게모니를 강화하는 한편, 이것을 하지 못하는 이들을 '상것들'로 배제한다. 하지만, '게젓'이라 하면 무식한 서민들도 금세 알아듣는다. 사물에는 그를 표현하는 정확한 낱말이 있다. 굳이 돌려서 말하는 것은 낭비이자 허위다. 그러니 한문으로 표현하는 것보다 서민들의 입말로 표현하는 것이 더 정확하고 더 우월한 표현이다.

이처럼 이 시조는 한문으로 읽고 쓰기보다 서민들의 입말로 읽고 쓰기가 더 정확하고 우월한 표현이라고 손을 들어주고 있다. 또, 청중을 고려하면 비단 양반만이 아니라 장사꾼처럼 한자어나 고사성어를 써서 양반을 어설프게 흉내내며 유식한 척하는 중인이나 서민을 풍자한 것으로도 읽힌다. 양반 문화를 모방하는 것도 비판하고 있는 것이다. 이 시조는 한문으로 읽고 쓰기보다 우리말로 읽고 쓰기를, 양반 문화가 아니라 서민 문화를 지향하고 있다. 중세 질서에 대한 전복이다.

> 어이려노 어이려노 싀어마님아 어이려노
>
> 쇼대남진의 밥을 담다가 놋쥬걱 잘를 부르쳐시니 이를 어이ᄒᆞ려뇨 싀어마님아
>
> 져 아기 하 걱정 마스라 우리도 져머신 제 만히 것거 보왓노라.(『진본 청구영언』 0478/3233.1)

위의 시조는 『진본 청구영언』을 비롯하여 9종의 가집에 실려 있다. 이 시조는 한 가정의 부엌에서 일어난 단순한 사건을 놓고 시어머니와 며느리 사이에 벌어진 대화를 묘사하고 있다. 여기서 발신자는 시적 화자인 며느리와 시어머니이고, 1차 수신자는 시어머니와 며느리, 2차 수신자는 청중이다. 순수한 우리말의 활용, 민요조의 반복적 형식의 차용으로 추정하면, 시적 화자는 중인이나 서민 여성이다. 하지만, 18세기 이후 서민들도 놋그릇을 사용하는 것이 점차 일반화하지만 서민들이 나무주걱 대신 놋주걱을 쓴 예는 드물었던 것을 감안하면, 시적 화자는 어느 정도 재력을 갖춘 중인층 집안의 며느리일 가능성이 더 크다.

며느리가 샛서방의 밥을 담는 것이니 며느리가 집안 식구 몰래 감행하다 벌어진 사건이다. 시적화자인 며느리가 샛서방의 밥을 담다가 놋주걱을 부러트렸다. 아주 오랜 동안 사용한 경우를 제하면, 방짜기법으로 만든 놋주걱은 단단하여 부러지기가 쉽지 않다. 시적 화자가 몰래 만나는 불륜

의 상대는 가난하여 밥을 제대로 먹지 못하는 서민의 남성인 모양이다. 그에게 한 톨이라도 더 먹이려고 놋주걱에 힘을 주어 밥을 퍼서 그릇에 꾹꾹 눌러 담다가 너무 힘을 준 데다가 놋주걱도 어느 정도 낡은 탓에 그만 잘록한 허리가 똑 부러졌다. 이는 사랑의 환유다.

마침 그 광경을 시어머니가 목격하였다. 주방의 중요한 도구인 놋주걱을 부러트린 일도 큰일이지만, 불륜을 행한 것에 비하면 조족지혈이다. 유교적 가부장적 질서에서 볼 때 반도덕적이다. 뿐만 아니라, 남성의 불륜은 자신의 유전자를 확대하는 길인 반면에 여성의 불륜은 이것과 아무런 상관이 없거나 자칫 다른 유전자를 가진 자식을 양육하는 것이기에 짐승조차 의심이 되는 자식을 죽일 정도로 꺼리는 일이다. 밥과 복이 나가지 말라고 솥에서 밥을 풀 때도 집안 쪽으로 향하도록 '들이푸는' 것이 조선조의 부엌문화다. 이런 맥락에서 그 귀중한 밥을 엄한 놈에게 더 많이 가져다주려고 놋주걱이 부러지도록 온힘을 다하여 푼 것은 보통 사악한 것이 아니다. 불륜죄, 주방도구 훼손죄, 집안의 쌀을 빼돌린 죄를 범하였으니 칠거지악七去之惡 중에서도 불순부모不順父母, 부정不貞, 절도竊盜의 삼거三去를 범한 것이요, 당장 두들겨 패서 쫓아내도 무방하다.

하지만, 시어머니의 반응이 의외다. 초장엔 불륜이 탄로난 며느리의 놀라움과 민망함을 경악의 감탄사로 반복하고 있다. 중장에서는 그 경악의 구체적인 실상을 풀어놓는다. 종장은 그에 대한 시어머니의 전혀 뜻밖의 반응이다. 시어머니는 며느리를 혼내기는커녕 자신을 포함하여 여러 시어머니들이 젊었을 때 샛서방의 밥을 담다가 여러 개의 놋주걱을 부러트렸노라며 며느리를 달래고 있다. 이는 두 가지 의미를 내포하고 있다. 하나는 며느리의 불륜을 포용하는 해학적인 진술이며, 둘은 '내가'라고 하지 않고 '우리가'라고 하여 시어머니 세대들 다수가 행하였음을 실토하고 있다. 공동의 범죄를 저지른 사실을 고백하는 동시에 며느리의 불륜을 용서하고 포용하고 있다.

이를 조선조 가족구조 내의 미시적 권력관계로 해석하면, 해학과 용서 이상의 의미가 숨어 있다. 조선조 사회에서 고부지간은 가장 치열하게 갈등하고 대립하는 관계이며, 여기서 시어머니가 일방적으로 권력을 갖고 있지만, 출산과 자녀들의 교육, 치산治產, 남편 및 집안 어른의 사랑, 대소사의 처리, 칠거지악의 해당 여부 등이 변수로 작용한다. 구조적으로 시어머니가 우월한 권력을 갖고 있는 상황에서 며느리가 불륜을 행하였고 집안의 귀한 양식을 축내었다. 이는 그나마 부여하였던 며느리의 권력을 송두리째 상실하는 행위이자 그 권력관계에서 완전히 배제해도 변명조차 하지 못할 죄를 범한 것이다.

그런데, 시어머니는 탈윤리의 연대를 형성하고 있다. 왜 연대를 행하였을까. 일상에 존재하는 권력관계에서 연대를 취하는 경우는 더 강한 공동의 적이 있을 때와 공동의 죄를 범하여 특정의 개인이나 집단으로부터 배제를 당할 위기에 있을 때다. 시어머니는 며느리와 관계에서는 절대 권력을 휘두를 수 있는 위상에 있지만, 가부장질서와 관계 속에서는 약자다. 시어머니는 며느리처럼 불륜의 죄를 저지른 경험을 공유하고 있다. 공동의 죄의식과 가부장에게 억압당하고 착취를 당하였다는 피해의식이 시어머니와 며느리 사이에 불륜의 연대를 구성한 바탕이 되었다. 표층적으로 보면, 위 시조에서 남성에 대한 언급이 없다. 하지만, 심층적으로 보면, 불륜을 행하고 양식을 축내는 일은 가부장에게 가장 큰 상처를 주고 손실을 입히는 것이다. 21세기 오늘날에 여성 동창들이 모여 서로 불륜을 행하고 재산을 빼돌리자는 노래를 부른다고 상상해보자. 불륜의 연대가 향하는 화살은 가부장이다. 그러기에, 불륜의 연대는 가부장에 대한 저항의 연대로 전환한다. 서로 적대적이었던 시어머니들과 며느리들이 남성으로부터 억압당하고 배제당하던 여성으로서 연대하여 가부장과 가부장의 권력을 정당화하는 유교 이데올로기와 규율/훈육체계를 전면으로 거부하며 그들의 권력 기반인 가족질서와 재력에 균열을 가하겠다는 선언을 하고 있는 것이다.

여기서 세계1은 양반 사대부층이 거의 모든 물적 기반과 성의 자유를 독점한 채 이를 유교적 이데올로기로 정당화하고 규율/훈육체계를 통하여 권력을 유지하던 조선조 봉건체제의 가부장적 사회다. 세계2는 이 질서에 균열을 가하여 양반 사대부층의 물적 기반에 훼손을 가하고 성의 독점체제를 깨고 성의 자유를 추구하는 사회다.

이처럼 같은 중인에 의해 가창된 사설시조라 하더라도 극히 드물지만, 청중이 봉건적 질서나 양반 사대부층, 가부장적 질서에 불만을 가진 중인이거나 여성이고 연행공간이 그들만의 사적인 자리라면 사설시조는 조선조의 유교 이데올로기, 규율/훈육체계, 봉건적이고 가부장적인 가족질서에 대립하거나 균열을 가하는 탈중세성을 지향하였다.

5) 중인의 계급적 기반과 이중성

『청구영언』에 '만횡청'으로 분류된 사설시조 116수 전편에 대해 청중과 연행공간에 따라 분석하였다. 그 결과, 중복을 허용하면, 만횡청류의 사설시조는 유가적 미학을 지향한 것이 17수, 놀이와 풍류의 흥의 경우 20수, 통속성의 미학을 담고 있는 것이 88수에 이르며, 탈중세성을 띠고 있는 것은 5수에 지나지 않는다. 2부 7장 '문학의 대중화와 통속성의 미학'에서 후술하겠지만, 통속성 가운데 사랑의 정한을 노래한 시조가 압도적으로 많은 27수에 달하며, 성애나 성행위을 관능적으로 묘사한 시조 21수와 눈물의 감상성에 속하는 시조 19수 가운데 13수가 사랑을 상실한 데서 기인한 비극을 감상적으로 노래한 것이므로 전체의 절반이 넘는 61수가 사랑에 관련된 시조이다.

탈중세성으로 분류한 5수의 시조만이 아니라 사랑의 정한을 노래하거나 성을 관능적으로 묘사한 시조 또한 성을 과도하게 억압한 유교윤리와 이데올로기를 벗어나 개인의 자유로운 사랑과 욕망의 해방을 추구하기에 중세성으로부터 탈주하는 경향을 보여준다고 말할 수 있다. 하지만, 1부 3장에서 지적했듯, 모든 탈중세성이 근대성으로 이행하는 것은 아니다. 사회모순의 드러냄, 지속성, 비전, 미래사회와 연계가 있어야 비로소 근대성으로 이행할 수 있다.

당시에 상품화폐의 발생과 생산력 증대로 인한 생산관계와 모순이 발생하였다. 이런 토대에서 양반으로부터 일정 정도의 부와 권력을 위임받은 중인들은 어느 정도 물질의 풍요를 누렸으며 이를 기반으로 현세적 삶의 쾌락에 탐닉하였다. 그럼에도 성애나 성행위를 관능적으로 묘사한 사설시조의 절대 다수는 에로티즘보다 포르노그래피에 더 가깝다.[34] 거의 모두 당시 신분과 젠더에서 우월한 위상에 있는 양반 남성이 서민이나 천민 여성에게 행한 억압적 탈승화이기에 오히려 봉건사회의 모순을 은폐한다. 성행위 묘사에 관음증적 시선이 주로 나타나며 현세 삶의 찰나적 쾌락을

34 저자는 에로티즘과 포르노그래피의 차이에 대해 전자가 미적 쾌를 느끼는데 후자는 그렇지 못한 것, 전자가 은유와 환유를 매개로 표현하는 데 반하여 후자는 직설적으로 묘사한 것, 전자가 표현하는 과정에서 욕망의 절제가 보이는 데 후자는 노골적으로 발산한 것, 그래서 전자가 정서적 감동과 의미를 생산하는 데 반하여 후자는 이의 생산이 없는 것으로 구분한다.

지향하고 있다. 미래에 대한 비전은 전혀 없으며 신분과 젠더의 권력을 해체한 모든 억압으로부터 해방을 지향한 근대적 사랑이나 성과도 연계되지 않는다. 이는 근대성이라기보다 극복되어야 할 모순이자 장애다.[35] 위의 "어이려뇨 어이려뇨…"의 시조처럼 기존 질서의 모순을 드러내고 새로운 비전을 펼칠 때 자유로운 성애를 묘사한 시조도 비로소 근대성을 담보할 수 있다.

중인은 대개의 경우 양반으로부터 인정받고 위임받을 때만 생산수단과 권력을 가질 수 있었다. 중인은 태생적으로 양반에 종속적이다. 그러면서도 그들은 농민이나 장인처럼 직접 노동을 하여 새로운 가치를 창출하지도 못한다. 이런 취약한 물적 토대로 인하여 중인의 물질주의는 구체성을 획득하는 순간에도 모순에 대한 첨예한 비판, 당대 현실에 대한 객관적 묘사, 이를 바탕으로 한 비전으로 나아가지 못하였다. 양반과 서민 사이에서 양반으로 신분상승을 꾀하거나 인정을 받으려하지만 쉬운 일이 아니며, 서민들에게는 권력을 행사하고 구별짓기를 하여 자신을 분별하고 그들을 배제하려 한다.

하지만, 중인 가운데 극히 일부는 농민들의 참상을 직접 목도하고 당대 사회모순에 대해 비판적인 사고를 가졌으며, 서민은 물론 천민과도 함께 하며 판소리, 탈춤 등 새로운 문화 창조에 나섰다. 이들이 이렇게 할 수 있었던 것은 중인으로서 계급의식을 가졌던 것, 도시가 아니라 농촌에 거주

35 고미숙은 이런 사설시조들이 "개체일반의 창조성, 역동성과 결합되지 못하고 있으며, (…중략…) 현실 깊숙이 침투하지 못한 채 그 언저리에서 맴도는 단순반복적 유희일 뿐이며, (…중략…) 객관세계의 내적 모순을 은폐하고, (…중략…) 역사의 합법칙적 발전에 따라 도래하는 새로운 시대에의 전망을 함축하다고 보기는 어려울 듯하다"라고 지적한 바 있다. (고미숙, 「사설시조의 역사적 성격과 그 계급적 기반 분석」, 『어문논집』 Vol.30 No.1, 안암어문학회, 1991, 52~53쪽)

하여 농민의 노동의 고통과 생활의 참상을 목도할 수 있었던 것, 아울러 두레나 향촌에서 그들과 함께한 데서 비롯된 것으로 보인다.

4. 두레와 장시의 공론장과 근대적 주체의 형성

18~19세기 조선조 사회의 봉건모순은 심화하였으며 이 모순의 최대 희생자는 농민과 도시빈민이었다. 당시 부농이나 자작농을 제외한 대다수 농민들의 삶은 비참하였다. 국가는 조세와 부역, 공물로 생산물과 노동력을 수탈하였고, 지주들은 지대를 가혹하게 책정하여 착취하였다. 소빙기가 세 차례에 걸쳐 찾아오며 이상기온을 조성하는 바람에 가뭄과 흉년이 자주 일어나고, 여기에 부패한 관료들에 의한 과도한 세금 징수, 군정, 전정, 환곡의 비리와 고리대로 인하여 농민들은 대다수가 생존위기에 놓였다. 중앙과 지방의 기득권의 권력과 유교 이데올로기가 지배하는 향촌에 소속된 농민들은 이에 거의 저항하지 않았으나 이로부터 어느 정도 거리를 두고 있는 두레에 소속된 농민들은 달랐다.

조선조에 군왕은 보통 신하들에게 의견을 물었고 특별한 경우에 서민의 의견을 직접 들었다. 군왕은 지방 통치, 특히 군역과 조세 수취를 원활히 하고자 수령을 파견하고, 수령은 재지사족在地士族과 향민鄕民의 의견을 수렴하여 통치했다. 향약을 실시하자 향민은 관官에 직접 여론을 형성하기도 했으며, 재지사족은 향약을 통해 향촌민의 의견을 수렴할 수 있었다. 하지만, 이는 쌍방향적이지 못하였다. 사족의 향촌자치라는 면에서는 향약이 향론鄕論을 형성하는 데 지대하게 공헌했으나, 그 향론 형성에 향민은 별다른 영향을 미치지 못했다. 향약은 오히려 유교 이데올로기와 규율/훈육체계를 촌락 공동체의 향민의 생활세계에까지 작동시켜 그들의 공동체 문화와 자율, 저항을 억제하는 데 기여했다.

향약을 벗어난 영역에 있는 농촌 공동체가 두레다. 사족을 중심으로 조직된 동계洞契와 달리 두레는 농민이 주도하여 각각의 촌을 중심으로 만들었다. "향촌과 달리 양반은 참여하지 않았고, 부농들도 대개 노비나 머슴을 참여시켜서 서민과 천민이 주축이 되고 머슴과 품팔이가 참여하는 방식으로 구성되었다."[36] 두레는 자연마을을 조직 기반으로 했으며, 모든 마을 사람이 강한 공동체 정신을 갖고서 최대한으로 노력 동원을 했다.

"두레는 민주적 방식으로 좌상座上, 영좌嶺座, 공원公員, 유사有司, 총각대방總角大方 등의 소임을 맡은 역원役員을 선출했으며, 역원들에게 나름의 역할을 부여했다."[37] 그들은 농청農廳에 모여 민주적으로 회의를 하여 상부상조했다. "과부, 노인, 환자가 있는 집안, 어린아이가 있는 집의 농사는 두레에서 거들어주었다. 마을 조직에서 보이는 큰 특징은 우선 평등의 원칙이다. 마을 구성원은 누구나 동등한 책임과 권한을 가지면서 참여하고, 권익을 분배받는다. 상부상조의 부담이나 지원, 호역의 균등한 분배, 공동 노역 등등에서 마을민은 동등하다. 이는 물리적 단순 평등이 아니다. 두레는 더 상위의 공평公平을 추구했다. 경제적 능력과 신분, 기타 공지되는 능력에 따라 공평의 지혜와 자율적 참여를 보장했다. 예컨대, 소지, 성금모연, 걸궁, 두레 등에서 분등分等과 수분守分의 관념적 룰이 존재했다. 그리고 그에 걸맞게 참여와 분담을 했다."[38]

---

36 신용하, 「두레공동체와 농악의 사회사」, 『한국사회연구』 2집, 한길사, 2005, 15~17쪽 요약.
37 주강현, 「두레의 조직적 성격과 운영방식」, 『역사민속학』 제5권. 1996, 136쪽.

이렇기에 "두레로 상징되는 농촌의 공동체 문화는 '모둠살이의 지혜'이자 '공생共生의 지혜'였다. 그것은 눈빛과 숨소리만으로도 무슨 생각을 하는지 알 수 있을 만큼 다정하고 끈끈한 인간관계[情]가 밑바탕에 있었기 때문에 가능했던 문화였다. 또 그것은 법제적 배경이나 관념, 추상적인 것이 아니고 실제적이었다. 구성원들의 사적인, 그리고 자율적인 필요와 목적을 기반으로 만들어졌고 지켜졌다."[39]

이와 같은 공동체를 형성한 두레는 18세기에 들어 봉건모순이 격화하고 기후마저 소빙기에 놓여 가뭄이 자주 발생하고 이로 인하여 농민이 생존위기에 이르자 이의 타개책을 서로 모색하기 위하여 논의하면서 자연스레 공론장을 형성한다. 공론장을 형성하는 토대는 두레이고, 장소는 마을의 회당과 평의회였다. 그리고 각각의 두레는 장시를 매개로 서로 네트워크를 형성하였다.

> 두레 성원들은 공동 노동, 공동 식사, 공동 휴식, 공동 오락을 통해 강고한 공동체 의식을 가졌으며, 자신들의 연대를 '한솥밥을 먹는다'라고 상징적으로 표현하였다. '주먹 다드미'를 거쳐 정식 입회하면 여타 성원과 동등한 대우와 자격을 인정받았으며, (…중략…) 때로 필요에 따라 두레끼리의 대동두레나 일종의 평의회를 구성하였다. 갑오농민전쟁에서도 두레가 가장 효과적인 조직자원이었다. 때문에 양반 관료들은 두레가 농민 봉기에 활용될 것을 두려워하여 금압하였다.[40]

---

38 이해준, 「한국의 마을문화와 자치 · 자율의 전통」, 『한국학논집』 제32집, 계명대 한국학연구원, 2005, 216~217쪽.

39 위의 글, 229쪽..

40 정진상, 「갑오 농민 전쟁 시기 집강소의 조직 자원」, 『사회와 역사』 62, 한국사회사학회,

두레의 구성원들은 공동으로 노동하고 식사하고 휴식과 오락도 함께 하였다. 당연히 구성원들의 유대는 가족처럼 긴밀할 수밖에 없었다. 두레의 조직은 농민의 난과 동학농민전쟁 때 전투조직으로 전환되었다.

> 보통 음력 2월 초하룻날을 '농군의 날'이라고 불렀으며, 그해 두레가 시작되는 모임이 열리는 날이기도 했다. (…중략…) 회당에 모여 한해 농사지을 요령을 상의하고 두레를 새로 조직했다. (…중략…) 두레가 끝나고 나서는 음력 칠월 그믐 피사리 때, 혹은 칠월 백중이나 스무 날 경에 농사를 마무리 짓는 결산회의를 열었다. 이날은 '회계 닦는 날'이라고 해서 식공원 집을 택해 술도 차려놓고 푸짐하게 안주도 장만하였다. 이 날은 영좌와 앉은 공원이 주도하여 셈을 보았다. (…중략…) 회계원칙은 움팡집이라도 굴뚝나는 집은 모두 굴뚝 수대로 몫을 나누어 놓고 논이 없는 사람들은 '품값'을 받아가는 방식이었다. 이렇게 함으로써 일한 대가가 조금이라도 손해 안보게끔 공평히 했다.[41]

위의 인용문은 주강현이 1985년 2월에서 1987년에 걸쳐서 서산, 밀양, 고창의 두레를 현지 조사한 것 가운데 충남 서산군 대산면 독곶리의 사례다. 다른 곳도 대동소이하다. 두레의 성원들이 지정된 장소에 모여 민주적으로 회의를 하여 농사일 등 생산에 관한 일과 그 생산물의 공정한 분배, 마을 공동의 일에 대해 논의하였다는 것이다. 두레의 성원들은 동청洞廳, 공청公廳, 목청牧廳, 회당會堂 등에서 수시로 민주적으로 회의를 하고 합의를 보고 결정하면 단단한 결속력과 규율을 가지고 이를 수행했다. "전라도 모

2002, 48~49쪽 요약.

41 주강현, 「조선 후기 변혁운동과 민중조직」, 『역사비평』 2, 역사비평사, 1988, 198쪽.

정의 경우 두레의 회의는 자치적 집회소, 공동 노동, 공동 제전祭典, 공동휴식, 정신적 구심점의 공간이었으며, 때로 자치 재판소의 기능도 하였다."[42]

마을 단위의 두레는 두레 사이의 대동두레나 공동평의회로 확대되었으며, 더 크게는 장시로 확대되어 공론장을 넘어 변혁운동의 시발점이나 실행처가 되었다. 1부 1장에서 말한 대로, 1770년에 전국의 시장수가 1,064군데에 이르렀다. 읍마다 평균 3~4개의 장시가 선 것이다. 사람들은 하루 걸음으로 갈 수 있는 장에 가서 온갖 상품을 사고팔고 구경하고, 사람들을 만나서 밥과 술을 먹고 판소리나 광대 패거리의 연희를 구경하고 서로 이야기하며 정보를 주고받았다.

> 장은 농민이 보다 큰 사회에 참여하는 가장 중요한 곳, 약속의 장소, 여론이 형성되어 집산되어 확산되는 시발점, 모든 여론이 조정, 전파되는 정보전달의 구심점, 농민의 공동체적 삶이 촌락을 벗어나 동일 공동 생활권으로 확산되는 공간이다. 여러 신분 계층이 망라된 집결지였다. (…중략…) 특히 시장권과 통혼권이 일치한다는 사실은 전체 향촌 사회가 장을 중심으로 얼마나 강고하게 인적으로 엮어지고 있었는가를 시사해 준다.[43]

유럽의 경우 교회 바깥에 시민사회가 형성되고, 여기에 르네상스 이후의 과학혁명과 계몽사상, 산업화와 도시화, 보통교육, 금속인쇄와 출판의 대중화 등이 보태지면서 살롱과 카페 중심으로 공론장이 형성되었다.

---

42 위의 글, 206쪽 요약.
43 위의 글, 207~208쪽 요약.

> (시민들이) 지속적인 독서습관을 갖게 되면서 사적 영역의 한 가운데에서 상대적으로 두터운 의사소통망이 형성되었다. 서적, 잡지, 신문의 현저한 생산확대, 문필가, 출판사, 서점의 증가, 대본貸本 도서관과 열람실의 설립, 그리고 무엇보다도 새로운 독서문화의 사회적 구심점으로서 독서회의 설립에 상응하여 독자수가 비약적으로 증가한다. (…중략…) 계몽회, 교양협회, 프리메이슨 비밀결사, 광명회는 창립회원들의 자유로운, 다시 말해 사적 결의에 의해 구성된 결사체로서 자유의사에 따라 회원을 충원하였고 내부적으로는 평등한 교류 형식, 토론의 자유, 다수결 등을 실천했다.[44]

유럽의 시민들은 책을 읽고 신문을 보며 살롱 등에 모여 모든 사람들이 원칙적으로 동등한 기회와 권력을 갖고서 과학과 이성에 근거하여 의견을 피력하고 토론을 하고 여론public opinion을 형성하고 때로는 합의consensus에 이르렀다. 부르주아의 공론장public sphere을 만든 것이다. 공중public은 공론장에서 합리적으로 토론을 하며 신의 죽음을 선언하고 흑사병, 연금술, 면죄부로 대표되는 어두운 주술의 정원에서 탈출하여 계몽의 빛이 환하게 비추는 세계로 나아갔다. 그들은 이 공론장에서 합리성을 바탕으로 근대 국가 체제, 근대 민주주의 체제, 보편적 인권, 계몽사상, 과학적 발견에 대해 논의하고 공유했다. 공론장은 시민혁명과 민주주의, 근대성의 토대가 되었다.

두레와 장시를 중심으로 한 조선의 공론장은 유럽의 공론장과 유사하면서도 차이를 갖는다. 유럽의 공론장이 활자매체를 매개로 문자문화를 바

44 위르겐 하버마스, 한승완 역, 『공론장의 구조변동』, 나남, 2019, 17쪽.

탕으로 하였다면 조선의 공론장은 구술을 매개로 구술문화를 바탕으로 한다. 유럽의 공론장의 주체들이 부르주아 시민이라면, 조선의 공론장의 주체는 민중을 중심으로 천민도 포용했고 일부 중인과 양반도 가담하였다. 유럽의 공론장이 신분 내에서만 평등한 토론이 행해졌지만, 조선의 공론장은 신분이 다르더라도 평등하게 토론을 행하고 합의를 하였다. 유럽의 시민들이 노동과 동떨어진 살롱 등에 모여 공론을 형성하였다면, 한국은 노동이나 상품교환과 만남과 교류의 현장인 두레의 회당과 장시에 모여 공론장을 형성하였다. 유럽의 시민들이 공론장에서 설혹 개혁과 혁명을 논의하더라도 바로 행동에 옮기지는 않았지만, 조선의 민중은 그 자리에서 농기구과 죽창을 들고 봉기를 했다.

향회도 어느 정도 공론장을 형성하였다. 하지만, 향회는 근본적으로 향촌 사회의 지배층인 사족들이 결속을 강화하고 피지배층에 대한 통치를 강화하기 위한 모임이며, 향약은 이들을 규율/훈육권력을 통해 통제하기 위한 수단일 뿐이다. 그렇기에 향회도 변혁운동에 일부 참여하기는 하였지만 제한적이거나 기회주의적 태도를 취하였으며 결국 기존질서에 포섭되었다.[45]

반면에 민중들은 두레와 장시를 중심으로 한 공론장에서 서로 정보를 교환하면서 여론을 형성하고 서로 학습을 시키면서 봉건모순을 인식하였고 계급의식과 민권의식을 형성하며 각성한 근대적 주체로 거듭났다. 근

45 손석춘이 하버마스의 공론장이론을 한국에 적용하여 『한국 공론장의 구조변동』(커뮤니케이션북스, 2005)을 기술하였다. 일제 이후의 작업에 대해서는 대체로 동의하고 역작이라고 생각한다. 하지만, 18~19세기의 공론장에 대해 향회를 말하면서(33~34쪽) 양이나 질, 변혁성에서 향회와 비교가 되지 않을 정도로 왕성한 공론장을 형성하였던 두레와 장시를 전혀 언급하지 않은 것은 아쉽다.

대적 주체란 봉건사회 말기의 특정의 역사적이고 사회경제적인 조건에서 계급의식을 형성하고 봉건사회의 모순을 인식하고 이에 비판적인 태도를 취하면서 이에서 탈주하여 새로운 비전을 펼치고 사회적 실천을 행하면서 자신의 본성을 구현하는 동시에 그렇지 못한 타자와 자신을 구분하여 자신의 정체성을 구성하는 자다. 이들은 인식에 그치지 않고 변화를 모색하고 이를 향한 실천을 하였다. 이들은 합법적인 저항으로 상언과 격쟁에 적극 참여하였고, 19세기에는 이것이 여의하지 않자 민중봉기로 표출하였고 나중에는 동학농민전쟁으로 분출하였다.

민권을 가늠하는 시금석은 지배층에 대한 합법적 소송과 비합법적 저항 여부다. "정조 대에 올린 상언上言과 격쟁擊錚은 총 4,427건인데 이 중 상언 3,092건, 격쟁 1,335건으로 상언이 격쟁에 비하여 두 배 이상 많았다. (…중략…) 상언·격쟁에 반영된 민의는 크게 은전恩典을 요청하는 간은干恩, 사회경제적인 비리문제의 시정을 요청하는 민은民隱, 억울한 처벌을 호소하는 신원伸冤, 산림과 묘지 문제를 둘러싼 산송山訟, 후사를 잇는 문제에 관련된 입후立後 등의 다섯 주제로 나누어 볼 수 있다. (…중략…) 민은과 관련된 상언·격쟁인의 직역별 분포비를 보면, 양인良人이 전체 상언·격쟁의 1/4 이상을 차지하여 유학幼學을 제치고 수위를 차지하였다. (…중략…) 민은의 내용으로는 부세수탈, 토지침탈, 상공업 이익의 침탈, 노비추쇄奴婢推刷, 징채남징徵債濫徵, 비리횡침非理橫侵, 토호무단土豪武斷, 읍폐邑幣 등이 있었다. (…중략…) 상공업에 관한 상언·격쟁이 많았다는 사실은 18세기 후반의 사회변화상을 잘 보여준다. 상공업에 관한 상언·격쟁은 금난전禁亂廛, 공인권貢人權, 운송권運送權 등의 세 가지 범주로 나누어 볼 수 있다. (…중략…) 민은을 호소한 상언·격쟁에 나타난 특징으로는 집단성과 저항성

두 가지를 들 수 있다."[46] 이들은 민은이 해결되지 않을 경우 침묵만 하지 않았다. "민인들은 등소나 호소와 같은 합법적인 수준의 청원 외에도 무리를 모아[結黨] 폭력적인 항쟁[作難]을 벌이는 이른바 '결당작난結黨作難'을 감행하기도 하였다."[47]

18세기에 대토지 사유화, 50% 이상에 이르는 지주들의 과도한 착취, 삼정의 문란에 의한 가혹한 수탈, 신분제 동요, 세도정치 등으로 봉건모순이 심화하였다. 여기에 더하여 고리대 등의 상품화폐 경제적 착취가 더욱 극심해지고 가뭄으로 기근이 발생하고 전염병마저 돌자 민으로서 권리를 인식한 민중들은 비합법적인 투쟁으로 저항하였다. "1703년 천안, 포천, 서흥 등 전국 각지에서 민란이 일어났고, 1708년 장흥의 농민폭동, 1710년 노령 주변의 유민의 무장폭동, 1721년 서흥과 안악의 농민폭동, 1727년 변산반도와 월출산의 유민 무장폭동, 1733년 연해의 무장폭동, 1738년 삼등의 유민 무장폭동, 1741년 강원도, 평안도, 황해도 등의 농민폭동, 1808년의 단천의 농민폭동, 1811년의 곡산의 농민폭동, 1811~1812년에 걸친 홍경래를 중심으로 한 대규모의 집단적 농민항쟁, 1862년의 진주 농민폭동이 이어졌다. 봉건제도의 청산을 투쟁의 목표로 내세우지 못하고 조직적으로 이루어지지 못하여 실패하긴 했지만 봉건 지배층에 일정한 타격을 가하였다. 처음에는 비밀리에 조직하였으나 이들은 마을에서 대중적인 집회를 열고 반공개적으로 모집할 만큼 계급의식이 고양되어 있었고 투쟁의 정당성을 깊이 인식하고 있었다."[48]

---

46 한상권, 『朝鮮後期 社會와 訴寃制度－上言·擊錚研究』, 일조각, 1996, 341~346쪽 발췌.
47 위의 책, 243쪽.
48 사회과학원 역사연구소, 『조선통사』 上, 1988, 450~451, 506~522쪽 참고하여 요약.

“도시의 빈민들도 5부에 소송하고, 이 단계에서 해결되지 않으면 한성부와 형조에 제소하고, 그래도 자신의 뜻이 관철되지 않으면 상언을 하거나 격쟁을 하였다. 지배층이나 특권층의 착취와 수탈이 선을 넘었다고 생각하면 이들은 죽음을 무릅쓰고 항쟁에 나섰다. 1735년영조 11년에 한양 경강의 빈민들은 400여 명의 군병과 더불어 네 차례에 걸쳐 정부의 공용물자를 운반하는 일을 하는 마계인馬契人의 집을 습격하여 집단적으로 폭행하고 재물을 탈취하였다. 1833년순조 33년에는 미곡상인들의 쌀값 조종에 항의하여 미곡전과 잡곡전에 쳐들어가 방화하고 주인을 공격하였다가 7명이 효수당하고 11명이 원악지遠惡地에 충군充軍을 하고 27명이 곤장을 맞았다. 1851년철종 2년에는 포청의 군관 유해룡이 뚝섬민 고덕철을 끌고가서 조사를 하자 동계洞契를 중심으로 조직적으로 폭동을 일으켜 유해룡을 살해하고 동료를 구출하였다. 1860년철종 11년에는 경희궁 공사에 동원된 목수가 기찰포교에게 체포되어 옥에 갇히자 목방木房을 중심으로 20여 명의 목수들이 포도대장의 집을 습격하는 등 조직적으로 폭동을 일으켰다.”[49]

두레와 장시를 중심으로 형성된 공론장은 동학농민전쟁을 맞아 혁명을 준비하고 실천하는 집강소로 전환하였다. “집강소에서는 실질적인 신분평등이 실현되었으니, 집강소를 운영하고 통치하는 힘의 원천은 농민군의 대중집회로부터 나왔다. 이는 곧 바로 농민군의 주축을 이루는 생산주체들의 일상적인 단결된 조직훈련, 민주적 회의방식에서 기왕에 축적된 힘인 것이다.”[50]

---

49 고동환, 「근대이행기 빈민의 삶과 저항」, 『역사비평』 46, 1999, 157~160쪽을 요약.
50 주강현, 앞의 글, 210쪽.

5. 민중의 각성과 문화 창조_판소리와 탈춤의 중세성과 근대성

"성종成宗, 재위 : 1469~1494년 3년에 삼년상을 행하겠다고 요청한 서인들이 경상우도에서만 천여 명에 달하였으며 (…중략…) 중종中宗, 재위 : 1506~1544년 7년에는 향리들이 집단적으로 삼년상을 요청하고 있다."[51] 조선조에서 사대부와 민을 구분하는 기준은 신분보다 도덕적 실천여부에 있다. 사대부는 본연지성을 추구하며 예제를 실천하기에 우월한 권력과 권위를 가질 수 있는 것이었다. 그런데 서민이나 중인이 삼년상을 치른다는 것은 민의 입장에서는 우리도 사대부와 다름없이 예제를 구현할 수 있는 도덕적 인간임을 표방하는 것이며 사대부의 입장에서는 도덕의 실천으로 갖게 된 자신들의 권력과 권위를 위협하는 것이었다.[52] 무엇보다도 사대부가 백성을 도덕적으로 교화한다는 명분으로 중인과 서민을 통치하는 정당성을 가졌던 것인데, 서민이나 중인의 삼년상 참여는 이를 무력화할 수 있다.

이처럼 민은 유교적 지배질서와 이데올로기의 울타리 안에서라는 한계를 가지기는 했지만 이미 18세기 이전부터 의식의 성장을 보이기 시작했다. 그러던 민은 모순의 심화와 토대의 변화에 따라 이를 넘어서는 계급의식과 민권의식을 형성하였고 봉건체제의 모순을 겪으며 이에 대한 비판과 불만을 키웠으며 격쟁과 같은 합법적인 투쟁만이 아니라 무장 폭동을 일으키기 시작하였다.

당시 근대적 주체로 각성된 민중들은 이런 현실을 예술로 재현하였다. 당시에 창작되고 향유된 민요와 가사에는 봉건사회의 모순에 대한 비판

51 이석규, 『조선 전기 민본사상과 민』, 국학자료원, 2020, 476~478쪽.
52 위의 책, 480~489쪽 참고.

과 민중의 고통스런 삶을 핍진하게 묘사하고 있다. 「시탄사」, 「합강정가」, 「향산별곡」, 「임계탄」, 「갑민가」, 「거창가」와 같은 가사들은 '현실비판가사'로 장르로 묶을 정도로 삼정의 폐단, 가혹한 수취체제와 이로 인한 민중의 신산한 삶의 현실을 구체적으로 잘 묘사하고 있다. 하지만, 왕과 봉건체제 자체에 대한 개혁과 새로운 사회에 대한 비전은 보이지 않는다. 비판의 화살은 지방의 관료들에 머물고 유교 이데올로기에 기대어 인정仁政을 베풀고 민본정치를 구현할 것을 요청하고 있다.

반면에 판소리는 형식과 내용 모두에서 현실비판가사를 넘어 새로운 지평을 열고 있다. 18~19세기에 두레는 삼남 지방에서 경기도에 이르기까지 거의 모든 농촌에 두루 편재하였다. 18세기까지는 두레와 장시는 판소리와 탈춤의 주요 공연장이었다. 판소리와 탈춤의 주도층은 민중이고 소수의 중인이 집단창작에 참여하거나 후원자가 되었다. 민요나 무가처럼 직접적인 연관을 맺지는 않았지만, "판소리는 마을공동체와 지역공동체 속에 일정한 기반을 가지고 있었고, 그것을 떠나서 존재하지 않았다. 대부분의 판소리 창자들은 출신지역에 근거를 두고 전문 연행자로서 성장했으며, 지역을 넘어선 활동도 애당초에는 지역을 기반으로 가능했던 것이다."[53]

판소리는 형식에서도 새로운 문화 창조를 이룩한다. 시가에서 장편 서사로 장르의 중심을 이동하였으며, 1인 작가가 아니라 여러 민중들이 집단적으로 참여하며 그들이 향유하였던 여러 장르를 담았다. 판소리는 한마디로 융합장르다. 고수의 연주에 맞추어 가락에 얹어 소리를 하는 것은 음악, 서사를 말로 풀어놓는 아니리는 문학, 소리꾼의 몸짓 연기인 발림은 연극 장

53 김종철, 「19~20세기 전반기 공동체의 변화와 판소리」, 『구비문학연구』 21, 한국구비문학회, 2005, 294쪽.

르에 속한다. 판소리의 가사도 설화, 민요, 시조, 한시, 가사가 뒤섞여 있다. 어디든 병풍을 두르고 돗자리를 깔면 '판'이라는 무대가 이루어진다.

판소리는 초기에는 촌락, 장시, 과거 급제자의 유가遊街, 잔치 자리에서 연행하였으며, 19세기로 가면서 점차 읍치邑治의 관아, 감영의 영방, 유흥 공간, 동호인의 모임, 관광지, 분원공소分院貢所, 포목전, 여관 등에서 연행했다.[54] 18세기에 촌락과 장시에 연행할 때는 주로 민중이 참여하고 일부 양반과 중인이 가담하였고, 19세기에 관아에서 연행할 경우 상층좌상객인 중인과 양반이 주로 참여하고 민중들이 함께 구경하였다.

유럽의 극과 달리 무대로 배우와 관객이 분리된 것이 아니라 원형의 마당에서 연희자와 청중의 구분이 없이 연행했으며, 청중의 반응과 추임새가 바로 되먹임[feedback]되어 텍스트에 반영되었다. 그러기 때문에 촌락과 장시에서 연행할 경우 민중들의 참여로 민중성이나 변혁성이 더 부각되고 민중적 전망을 지향한 반면에 관아에서 연행할 경우 중인 및 양반층의 이데올로기를 수용하게 된다. 박희병, 김종철, 김흥규 사이에 논쟁이 있었지만, "19세기 전기의 판소리는 다수의 양반, 중인, 부호 청중을 획득하고 나아가는 추세에 있었다. 아울러 '소수인에 의한 다액多額'의 물적物的 보상 방식과 패트론형의 창자-청중 관계가 이 시기에 더 중요한 몫을 차지하게 되고, 청중층의 영향력 중심은 그쪽으로 옮겨져 갔다."[55] 이처럼 당시 민중과 일부 중인은 열려있으면서도 생성적인 서사 중심의 융합 장

54 연행장소는 이훈상, 「조선 후기 사회 규범들간의 갈등과 향리사회의 문화적 대응-판소리 흥보전과 중재 문화의 발전」, 『판소리연구』 16, 판소리학회, 2003, 142~148쪽; 김종철, 「'하재일기(荷齋日記)'를 통해 본 19세기 말기 판소리 창자와 향유층의 동향」, 『판소리연구』 32, 판소리학회, 2011, 74쪽 참고.

55 김흥규, 「19세기 전기 판소리의 연행환경과 사회적 기반」, 『어문논집』 30, 안암어문학회, 1991, 15쪽.

르를 창조한 것이다.

내용에서도 판소리는 유교 세계관이 압도하는 조선조 사회에서 검열을 의식하여 어느 정도 사대부층과 민중 사이에 '타협적 평형compromise equilibrium'을 취하지 않을 수 없는 환경이었지만, 전 시대의 예술은 물론, 동시대의 중인이 향유한 사설시조와도 다른 탈중세성을 지향하였다.[56]

(아니리) (…중략…) 한 농부 허는 말이, "아 이 사람들아. 우리 고을 원님은 치민 치정이 엉망이란 말이여. 백성들은 굶는지 먹는지도 모르고 밤낮으로 놀기만 힘을 쓰니 큰일이며, 춘향을 잡어다가 수청 들어라 하니 수청들 리가 있나. 안 듣는다 해서 삼십도 형장을 때려 험옥 중에 다가 가둬두고 뭐 십오일 날 본관 생신 잔치 끝에 춘향을 올려 죽인다니 그런 사또가 어디 있겠나. 자네들 가만히 보고 있을라나. 우리 농군들이 뭉쳐 동헌 대들보를 막 밀어버리세." "그 말이 옳습네." 한참 이리 헐 제 어사또 들어서며, "어~농부들 수고허는고. 좋소. 저 농부 하나 이리 나오면 말좀 물어보게." "무슨 말씀이요?" "이 고을에 춘향이라는 기생이 있다는데 본관의 수청을 들어 아주 재미스럽게 지낸다는 데 그 말이 옳소?"

(자진모리) 젊은 농부 냅떠서 주먹 쥐고 하는 말, "용심불통의 저 걸인. 열녀 춘향을 몰라보고 거짓부렁이 출현하는 입을 쿡 찌여 비벼주자".

---

56 시민사회의 성장과 더불어 부상계급으로 떠오른 부르주아들은 정치적, 경제적, 군사적 힘을 강제하여 지배하기보다는 학교, 가족, 교회 등 시민사회의 제도를 통해 지배의 권위를 확보한다. 지배계급은 피지배계급이 자발적으로 지배계급의 이익에 동의하도록 설득하고 타협을 통해 조정을 한다. 때문에 문화는 현실원리나 지배층의 이데올로기가 일방적으로 작용하기도 하지만, 수용의 과정에서, 혹은 하위주체(subaltern)와 교섭이 활발해질수록 이것이 이들의 불만과 저항에 의해 도전을 받고 그들의 동의를 얻기 위해 끊임없이 타협과 절충, 조정이 일어나 '타협적 평형(compromise equilibrium)'을 이룬 장이다.(Antonio Gramsi, *Selection from the Prison Notebooks*, p.373)

(아니리) "우리 고을에 열녀로 소문이 나 가가호호에 돈을 거두어 열녀비를 해 세울라는 그런 만고 열녀에다가 못된 누명을 둘러씌워? 여봐라, 너희들 저것들 어서 논귀에다 처넣어 버리자."[57]

위의 인용문만 보더라도 "춘향에 대한 연대감이 극명하게 드러나 있다. 민란을 일으켜서라도 춘향의 죽음을 좌시하지 않겠다고 하고, 고을 전체 민중들이 집집이 돈을 거두어 열녀비를 세우겠다고 하는데서 군현郡縣 단위의 지역공동체 내부에 연대의식이 작동하고 있음을 알 수 있다. 마을공동체 또는 지역공동체의 주민들이 보이는 유대감과 연대의식은 그러면 무엇에 대한 유대이며 연대인가? 그것은 우선은 주인공이 처한 현실에 대한 공감이며, 나아가서는 주인공의 지향 또는 이념에 대한 유대이고 연대이다. 이점에서 그 연대의식은 새로운 공동체에 대한 전망도 내포한다고 할 수 있다".[58]

판소리를 주도한 민중층은 당시의 봉건사회의 모순을 온몸으로 겪어야 하는 이들이기에 그들은 사설시조 담론 주도층인 중인들과 달리 노동과 생산에서 비롯된 구체성을 획득한다. 판소리가 청중과 소통과 되먹임이 연행 내내 이어지는 열려있으면서도 생성적인 서사 장르이기에 판소리의 성패는 얼마나 많은 청중이 깊이 감흥하느냐에 달려 있다. 청중이 상층이건 하층이건, "서로 다른 자리에 앉아 판소리를 감상하였음에도 (…중략…) (송만재가 대해탈이라고 표현할 정도로) 공동의 감흥에 몰입하고 있었

57 박봉술 창, 「춘향가」, 『판소리연구』 4, 판소리학회, 1993, 389쪽; 김종철, 앞의 글, 312쪽 재인용.

58 김종철, 위의 글, 312쪽.

다".[59] 판소리는 민중층의 공감을 획득하기 위해서도 민중들의 분노와 불만, 꿈을 담아내야 한다. 때문에 판소리는 당시 봉건사회의 모순을 객관적이고 구체적으로 묘사하고, 나아가 현실과 이상을 종합한 비전을 제시한다. 그러면서도 유교적 세계관이 압도하는 당시 조선조 사회의 검열을 의식하는 한편, 후기로 갈수록 다수의 민중이 아니라 소수의 양반, 중인, 부호 청중으로부터 큰 액수의 보상을 받아 연행하면서 변질된다. 민중층의 참여로 변혁성과 민중적 전망을 담았던 내용은 점차 물적 보상을 하는 소수의 청자의 취향에 맞추어져 갔다. 검열의 문제와 함께 이런 요인들이 판소리가 중세성과 근대성을 모두 내포하게 만들고 이는 판소리 텍스트 안에서 이중구조를 형성한다.

완판본『춘향전』을 그레마스의 행위소 모형을 이용하여 다음과 같이 크게 세 구조로 분석할 수 있다.

〈모형 6〉『춘향전』 표층 서사의 행위소 모형

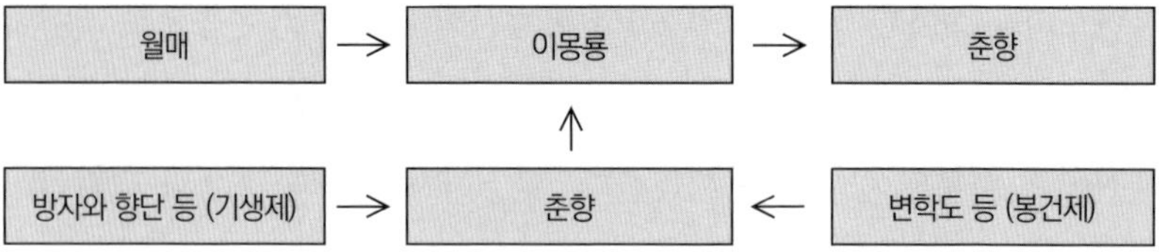

위는『춘향전』을 표층적으로 읽을 경우의 행위소 모형이다. 양반층이 수용한 한문본의 경우 이몽룡이 주체일 경우도 간혹 있지만, 대부분의 서사에서 주체는 이몽룡을 욕망하는 춘향이다. 대상은 이몽룡이다. 발신자는 춘향과 이몽룡을 만나도록 중개하고 허락을 하는 월매다. 수신자는 주

59 정출헌,「판소리 담당층의 변화에 따른 19세기 판소리사와 중고제의 소멸」,『민족문화연구』 31, 고려대 민족문화연구소, 1998, 312쪽.

체가 대상을 구현함으로써 그 혜택을 받는 자, 실현된 욕망을 누리는 자이므로 다시 춘향 자신이다. 조력자는 주체가 대상을 추구하는 것을 도와주는 자, 욕구를 강화하는 자이니 방자와 향단이다. 적대자는 주체가 목적을 구현하려는 행위를 방해하고 주체에게 해악을 끼치는 기능을 수행하는 자, 욕망에 대한 억압, 꿈에 대한 현실을 구체적으로 표상한 자이니 변학도이다. 제도로 보면 봉건제다. 이렇게 분석할 때 통사론적 구조의 핵심은 '만남→이별→지순한 사랑→다시 만남'이며, 『춘향전』의 주제는 이별의 한을 극복하고 사랑의 완성을 이룬 지순한 사랑이며, 이렇게 분석하는 이들은 춘향을 한 편의 낭만적 사랑을 다룬 염정소설로 읽는다.

염정 소설로 읽는 자에게 세계는 사랑하는 이를 여러 사유로 헤어지게 만들고 이별의 한을 품게 하는 장애로 가득한 부조리한 곳이다. 이에 대하여 자아는 참사랑의 가치를 견지하고서 부조리한 세계에 맞선다. 그는 이별을 하게 만드는 여러 장애를 극복하고 다시 만나 사랑의 완성을 이루는 것이다. 여기서 장애를 변학도 등 개인으로 한정할 경우 사회적 맥락에 따른 해석은 거의 가능하지 않다. 이별, 이별을 만든 장애는 모두 개인적인 성격과 이를 바탕으로 한 인간관계에 의한 것이다. 장애를 봉건사회로 볼 경우 봉건사회에 대해 적대적인 자세를 취하게 되지만, 이는 단지 감정적 차원일 뿐 봉건사회에 대해 비판적이고 사회적인 인식으로 전환되지 않는다.

〈모형 7〉『춘향전』 심층 서사의 행위소 모형

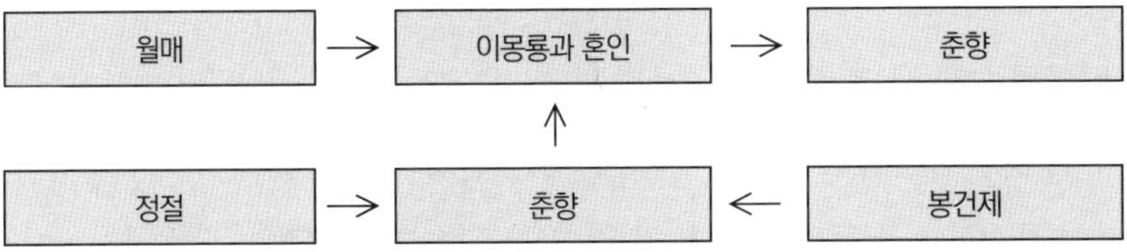

〈모형 7〉은 『춘향전』을 심층적으로 읽을 경우의 행위소 모형이다. 주체는 이몽룡이라는 양반집 도령과 혼인을 욕망하는 기생의 딸 춘향이다. 대상은 이몽룡과 혼인하는 것이다. 여기서 적대자는 표면적으로 변학도이지만 심층적으로는 미모, 성품, 재능 등 모든 면에서 부족함이 없지만 단지 기생 신분이라는 것 하나만으로 이몽룡과 혼인하지 못하고 변학도로부터 갖은 압박을 받게 하는 조선 봉건 사회의 신분제와 이를 합리화하는 이데올로기다. 조력자는 춘향의 정절貞節이다. 춘향은 정절을 무기로 인정투쟁에서 승리한다. 춘향을 조선조 신분질서 체계에서 가장 열등한 계층인 천민으로 치부하고 감히 신관사또의 명령을 거부하는 '무례하고 방자한 기녀'로 보려는 자와 신분을 떠나 인격을 가진 존엄한 주체로 보려는 자 사이에서 인정투쟁이 벌어진다. 이 투쟁에서 춘향의 선택은 정절이다. 춘향은 남성 양반층이 성의 쾌락을 독점하면서 기생에게까지 강요한 정절 이데올로기를 수용한다. 목숨을 걸고 이를 지킨 보상은 그들로부터 인정과 신분상승이다. 남성 사대부층은 성의 독점을 유지하고 정절 이데올로기를 더욱 확산할 수 있는 이익을 얻는다. 춘향이 변학도로부터 탄압을 받으면 받을수록 춘향의 정절이 빛나고, 그럴수록 춘향과 이몽룡의 혼인, 이를 통한 인정과 신분상승은 보장되는 것이다. 발신자는 춘향과 이몽룡을 만나도록 중개하고 허락을 하는 월매다. 수신자는 다시 춘향 자신이다.

이렇게 분석할 때 통사론적 구조의 핵심은 '(기생의 딸이라는 신분상의) 결핍→결핍으로 인한 시련과 위기→정절을 무기로 한 인정 투쟁→혼인에 의한 결핍의 충족'이며, 『춘향전』의 주제는 '신분상의 차이를 뛰어넘어 기생과 양반집 도령을 혼인하게 이끈 춘향의 목숨을 건 정절'이다. 이렇게 분석하는 이들은 춘향을 한 편의 지극한 수절가守節歌 내지 정절서사貞

節敍事로 읽는다.

도덕 소설로 읽는 자에게 세계는 신분이 낮다는 이유로 상층의 벼슬아치가 한 여인에게 정절의 박탈을 강요하는 부조리한 곳이다. 이에 자아는 정절의 가치를 목숨보다 소중하게 추구하며 부조리한 세계에 맞선다. 결국 그는 정절로 인정 투쟁에서 승리하여 신분을 초월하여 양반집 도령인 욕망의 대상과 혼인을 이룬다. 이 경우 사회적 맥락에 따른 해석이 행해지지만 소극적이고 개량적이다. 비극을 만든 신분제 자체를 변혁하기보다는 신분제의 모순에 반감을 품는 것으로 그치고, 양반층에 대해 전면적으로 저항하기보다는 수청을 강요하는 탐관오리에 대한 응징 등 개량적인 반발에 머문다. 무엇보다 양반 남성의 성의 독점을 강화하고 정절 이데올로기를 내면화하게 된다.

〈모형 8〉『춘향전』 맥락 서사의 행위소 모형

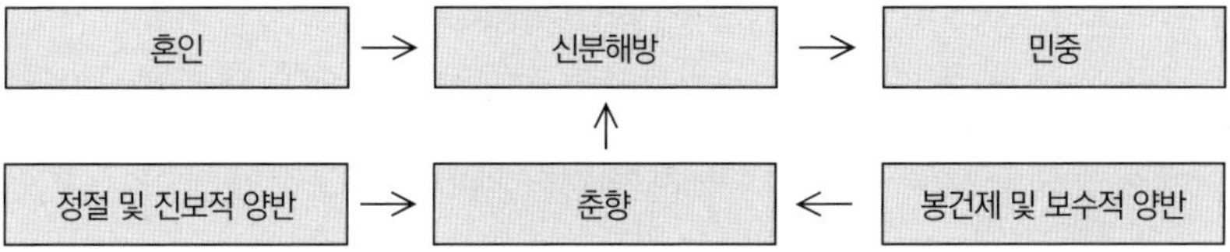

위는『춘향전』을 맥락에 따라 읽을 경우의 행위소 모형이다. 당대 사회의 맥락에서 진보적 양반층이나 민중층이『춘향전』을 수용하였을 경우 그들은 당대 사회와 그들이 놓인 신분적 처지에 따라『춘향전』을 해석하였고 이에서 더 나아가 다시쓰기를 시도하여 남원고사본과 같은 이본을 만들었다.

주체는 기생이라는 신분상의 차이를 극복하고 양반집 도령과 혼인을 하여 신분 해방을 이루려는 춘향이다. 대상은 신분 해방이다. 여기서 적대자는 표면적으로 변학도이지만, 심층적으로는 신분 차이를 합리화하는 조선 봉건 사회의 신분제와 이데올로기다. 조력자는 춘향의 정절, 정절을 바탕으로 신분을 초월하여 춘향의 인격과 혼인을 인정하는 이몽룡과 진보적 양반이다. 발신자는 춘향이 기생의 딸임에도 정렬부인이 되고 그의 자식 또한 출사出仕하는 것을 용인하는 혼인이다. 수신자는 이로 신분상의 차이에서 오는 억압과 갈등으로부터 카타르시스를 느끼거나 신분해방의 비전을 품게 되는 민중이다. 춘향이 받는 수모와 억압은 단지 기생의 출신이라는 것 때문에 겪는 것이며, 춘향이 변학도에게 시련을 당하면 당할수록 민중층의 분노는 커지며, 춘향이 결국 이몽룡과 재회하여 혼인에 이르는 순간 민중층의 환희는 증대한다. 이렇게 분석할 때 통사론적 구조의 핵심은 '신분의 차이→이로 인한 시련과 위기→춘향의 인정투쟁→혼인에 의한 신분해방'이며, 『춘향전』의 주제는 '정절을 바탕으로 기생의 딸에서 양반집 도령과 혼인하여 정렬부인에 오르는 신분해방'이며, 이렇게 분석하는 이들은 춘향을 한 편의 사회소설로 읽는다.[60]

사회 소설로 읽는 자에게 세계는 양반과 천민이 신분 차이로 인하여 다 같이 평등하게 사랑하고 혼인을 하는 것이 제한된 부조리한 곳이다. 이에 대해 자아는 인간이 신분을 초월하여 다 같이 평등하고 존엄하다는 휴머니즘적 가치를 지향하며 부조리한 세계와 대결한다. 결국 그는 신분 차이에서 오는 갖은 장애를 극복하고 신분을 초월한 혼인을 하고 정렬부인에 올라 신분해방을 이룬다. 이 경우 수용자는 강하게 사회적인 해석을 하며, 이는 개량주의에 머물지 않고 체제 자체를 부정하는 전복성을 띤다. 그들은 봉건 이데올로기를 부정하고 휴머니즘이라는 근대적 가치를 품게 되

60 성현경, 「南原古詞本 春香傳의 구조와 의미」, 『고전소설연구의 방향』, 한국고전문학회, 1985, 299~331쪽에서 시사를 받은 것이 약간 있음.

고 신분제를 비롯한 봉건제를 해체하고 모든 인간이 신분 차이에 관계없이 다 같이 존엄하고 평등한 세상을 지향한다.

이처럼 『춘향전』은 크게 세 가지 행위소 모형으로 분석될 수 있으며, 수용자들은 이 모형 가운데 하나, 또는 두 개의 모형으로 이 작품을 읽었고, 이에서 더 나아가 다시쓰기를 시도하여 자신의 계급적 입장과 세계관에 따라 한 모형과 주제, 이데올로기 및 세계관을 더욱 부각시켜 이본을 만들었다. 수용하고 다시쓰기를 하는 과정 자체가 맹렬한 헤게모니 투쟁의 장場이었다.

『춘향전』 담론에 얽힌 헤게모니 투쟁은 358종의 판본 및 이본으로 나타났다. 완판본의 주인공 성춘향成春香은 부계도 참판인 양반이며 그 성격 또한 모든 이들로부터 존경을 받는 완벽한 정절녀로 형상화한 반면에, 남원고사본南原古詞本의 김춘향金春香은 허봉사와 친분이 두터운 천민의 딸로 갈등도 하고 의심을 품기도 하면서 숱한 사람으로부터 천대와 조롱을 받는 복합적이고 서민적인 정절녀로 그려졌다.[61] 1754년의 『만화본晩華本 춘향전』, 혹은 설성경 교수의 주장대로 진사 출신 조경남趙慶男, 1570~1641의 창작에서 20세기에 이루어진 『최남선 고본崔南善 古本 춘향전』에 이르기까지의 과정, 그리 여러 판본과 이본이 간행되고 세책점貰冊店에서 대여되어 읽힌 것이 바로 헤게모니 투쟁의 과정이다. 다양한 판본 및 이본이 각자의 작품이 담고 있는 주제와 이데올로기를 내세우며 당대 사회에서 균형을 이룬 자체가 타협적 평형이다. 하지만, 이는 일시적이었을 뿐, 근대 지향적 세력과 봉건 수구적 세력 사이에서 치열한 헤게모니 투쟁이 전개되고

61 상세한 논의는 김동욱 · 김태준 · 설성경, 『춘향전 비교연구』(서울 : 삼영사, 1979)와 최정락, 「두 春香의 性格 比較－南原古詞와 烈女春香守節歌를 중심으로」, 『어문학』, 44 · 45집, 한국어문학회, 1984, 271~295쪽을 참고.

이는 갑오개혁, 동학농민전쟁 등으로 표출되다가 일제강점기를 맞는다.

『춘향전』의 주제에 대해, 조동일은 "열녀의 교훈은 표면적 주제이고 인간적 해방의 사상은 이면적 주제"라고 주장하였으며,[62] 이상택은 "주제란 궁극적인 의도이기 때문에 한 작품에 두 개의 주제가 공존한다는 것은 있을 수 없는 일이라며 열녀 갈등은 주인공의 신분적 동기화를 성취하기 위한 방어 동기로서 수단적 갈등이며 작품의 주제는 춘향의 신분적 동기화의 성취라 하였다".[63] 성현경은 양자를 모두 비판하며 "정조를 팔면서 살아야 하는 주인공이 그것을 거부하고 인간 기본권의 하나인 정조권을 주창·수호·획득하는 이야기"로 결론을 짓는다.[64] 이런 주장들은 소설을 닫힌 체계로 간주한 채 실증주의나 역사주의적 비평을 고집한 데서 비롯된다. 텍스트의 내적 구조를 분석하거나 문화론의 차원에서, 담론의 층위에서, 작가만이 아니라 수용자의 측면에서 실현양상을 분석하면, 『춘향전』만이 아니라 모든 서사들이 수용자에 따라, 사회문화적 맥락에 따라, 내적 구조에 따라 다양한 의미나 주제를 함유할 수 있는 것이다.

앞 시대에 비하여 어느 정도 활발한 문화교섭이 일어나는 조선조 말의 상황에서는 문화는 이미 미리 규정되고 주어진 것이 아니다. 18~19세기의 조선조 문화는 다양한 해석과 가치들이 만나고 대립하고 섞이면서 의미를 만들고 그 의미에 따라 실천하는 장이다. 위에서 본 것처럼, 그람시의 이론과 그레마스의 기호학을 종합하면, 기존의 실증주의, 혹은 역사적

62 조동일, 「갈등에서 본 춘향전의 주제」, 이상택·서대석·성현경 편, 『한국고전소설』, 계명대 출판부, 1974, 239쪽.

63 이상택, 「고전소설의 사회와 인간」, 『한국사상대계』 I, 성균관대 대동문화연구원, 1973, 355~358쪽.

64 성현경, 앞의 글, 329쪽.

방법론에 의해 작품의 주제와 이데올로기나 사상을 일치시켜 해석하는 방식을 넘어설 수 있다. 곧, 각 수용자층에 따른 다양한 헤게모니 투쟁과 그 결과물인 『춘향전』 이본의 양상을 역동적, 복합적으로 고찰할 수 있는 길이 열린다. 나아가 작품 속에 갇힌 해석을 넘어서서 작품과 사회를 소통시킬 수 있으며, 수용자의 활발한 의미 및 담론 생산과 관련하여 역동적인 해석 또한 가능하다.

다음으로 미학적 구조에 대해 분석하자. 우선 심층구조를 보면, 판소리 또한 정-한-아우름[화쟁]이라는 한국문학과 예술이 갖는 심층구조를 내포하고 있다. 판소리에서 정情은 양반과 서민, 적자와 서자, 남자와 여자가 아무런 갈등 없이 삶을 영위하는 단계이다. 한마디로 말하여 조선조 사회는 위계序에 따라 다름別을 두어야 세계가 조화를 이룬다고 보아 군주와 신하, 양반과 서민, 부모와 자식, 지아비와 지어미, 어른과 아이, 남자와 여자 사이에 위계를 두고 이 위계에 따라 철저히 보상과 대우를 달리해야 가정과 사회, 국가가 조화를 이룬다는 원리를 주동적 세계관으로 삼던 시대이다. 그런데 위계序에 따른 차이別를 통한 조화가 깨지거나 열등한 위상에 있는 자가 이 조화를 차별이라고 인식하면 불만이 생겨 양자 사이에 갈등이 야기된다. 이것이 아래 질서에 있는 자에게 내재화하여 맺히면 한이 된다. 판소리는 이 한을 해학과 조화로 승화시키고 다시 삶의 평형과 세계의 조화를 꾀하려고 한다. 때문에 판소리는 마당의 판에서 보면 양반과 남성에 대하여 신랄한 풍자와 비판을 하여 봉건사회를 부정하고 근대 사회를 지향한다.

『춘향전』에서 정은 춘향과 이몽룡이 신분을 떠나 사랑하는 것이며, 한은 이것이 신분 차이와 변학도라는 장애로 인하여 시련과 고통을 겪는 것이요, 아우름은 어사또로 출두한 이몽룡이 변학도를 징계하고 춘향과 해후하여 사랑을 완성하는 것이다. 이 심층구조에 사회경제적 토대에서 비롯된 당대 민중의 인식과 비전이 결합한다. 이 판소리는 천민과 양반이라는 계급 차이로 인한 사랑의 장애, 변학도를 환유로 한 봉건 지배층의 부패와 부조리, 반민중성, 반인간성에 대한 신랄한 풍자와 비판 등 당대 봉건사회의 모순을 객관적으로 잘 반영하고 있다. 반면에, 이몽룡을 환유로 대체하여 진보적 양반계급을 전형화한다. 또, 천민인 춘향이 이몽룡과 혼인하여 정실부인이 되고 그가 낳은 자식 또한 당대 사회에서 임금 아래 가장 높은 직책인 정승이 되는 것으로 형상화하여 인간이 다 같이 존엄하고 평등하다는 휴머니즘을 표방하고 그 신분과 출생에 관계없이 평등하고 자유롭게 사랑하는 근대적 비전을 지향하고 있다.

당대에 민중문화를 대표하는 것은 하회별신굿이다. 전통의 하회별신굿의 마지막 연행자인 이창희본을 따르면, 별신굿의 서사구조를 11개로 나눌 수 있다.

강신은 성황당에 올라가 성황님의 신내림을 받기 위하여 기원하는 것으로 신대에 당방울을 달아 당방울이 울리면 신이 내린 것이다. 서낭대에 당방울을 옮겨 달면 성황님이 서낭대에 머무는 것이기에 서낭대를 꽂은 자리가 성소의 마당이 되며 여기서 탈춤을 시작한다.

무동마당에서 성황당에서 신내림을 받은 놀이패가 마을로 내려올 때 서낭대를 앞세우고 각시광대를 어깨 위에 무동을 태운다. 각시는 성황님의 현신으로 받들어져서 땅을 밟아서는 안 되며 사람 위에 있어야 하기에 무동을 탄다. 이는 마을의 수호신인 성황신을 마을로 맞이하는 것을 상징하며, 곧 마을의 평안과 풍년농사를 기원하는 것이다. 마당으로 보면, 성황님이 머무는 성소가 성황당에서 마을로 옮겨짐을 의미한다.

〈표 3〉 별신굿의 마당과 의미[65]

마당	마당의 개별 의미	마당의 위상	삼재	보편 의미
강신	청신(請神)과 신내림	강신(降神) 통한 성소의 마당	천(天)	풍자와 전복, 어울림 통한 상층비판과 사회통합
무동마당	신과 성소의 이전, 마을의 평안과 풍년을 기원함			
주지마당	잡귀와 사악한 것의 구축과 마당의 정화			
백정마당	성의 해학과 풍자 통한 일탈	오신(娛神) 통한 풍자와 해학과 전복의 마당	지(地)	
할미마당	유교적 가부장 질서의 파괴와 전복			
파계승마당	성 본능의 제시와 승려의 타락상 풍자			
양반과 선비 마당	양반과 선비의 가식과 허위의식의 신랄한 풍자와 신분의 전복			
당제	신의 배웅	신의 달램 통한 송신(送神)과 풍농과 평안 기원의 마당	인(人)	
혼례마당	허도령과 처녀의 혼례 통한 신의 위로			
신방마당	서낭신의 위로와 다산 통한 풍농 기원			
헌천거리굿	잡신을 돌려 보냄			

주지마당에서 주지는 무서운 상상의 동물인데 실제 모습은 사자다. 사자 암수가 서로 어울려 격렬한 춤을 추는데, 이는 잡귀와 사악한 것을 쫓아내어 탈판을 정화한다는 의미를 갖는다.

백정마당에서 백정이 도끼와 칼을 넣은 망태를 메고 나와 소를 잡아 소의 염통과 우낭牛囊(소불알)을 끊어들고 구경꾼들에게 사라고 한다. 백정은 공자도 자식을 낳고 살았고 자식을 보려면 양기가 있어야 하고 양기가 세려면 불알을 먹어야 한다고 해학적인 말을 늘어놓는다. 이는 성을 억압하는 지배층의 유교 이데올로기를 풍자하는 것이다.

65 이도흠, 「마당-열림과 닫힘의 세미오시스」, 『기호학연구』 27, 한국기호학회, 2010, 95쪽.

할미마당에서 쪽박을 허리에 차고 흰 수건을 머리에 쓰고 허리를 드러낸 할미광대가 나와 15살에 청상과부가 되어 살림살이로 베를 짜며 한평생 고달프게 살아온 신세타령을 베틀가에 얹어서 부른다. 그 후 영감이 어제 사 온 청어를 벌써 다 먹었느냐고 묻자 할미는 "어제 저녁에 내가 아홉 마리 당신 한 마리, 오늘 아침에 내가 아홉 마리 당신 한 마리씩 다 먹었다"고 대답한다. 귀한 음식을 여자가 남자보다 많이 먹었다고 대답함은 여성의 순종과 희생을 미덕으로 강요하였던 질서의 파괴다. 이 순간 남성 우위의 유교적 가부장 질서는 전복된다.

파계승마당에서 기생 부네가 나와 오금춤을 추다가 오줌을 누자, 중이 등장하여 이 광경을 엿본다. 중은 오줌을 눈 자리의 흙을 긁어모아 냄새를 맡고 흥분하여 날렵하게 부네를 옆구리에 차고 도망간다. 인간의 성 본능을 제시하는 한편, 승려들의 타락을 풍자하고 있다.

양반과 선비 마당에서 양반과 선비가 거들먹거리며 등장하여 춤을 추다가 서로 기생 부네를 차지하기 위하여 다툰다. 양반과 선비는 서로 자기의 지체가 높고 학문이 깊다고 자랑한다. 백정이 우랑을 들고 나타나 "양기에 좋다"고 하자 소불알을 서로 차지하기 위하여 "이건 내 불알일세"라고 하며 다툰다. 양반이 사서삼경을 읽었다고 으스대는 선비에게 팔서육경을 읽었노라고 응수하자, 초랭이가 나와 육경을 팔만대장경, 중의 바라경, 봉사의 안경, 약국의 길경, 처녀의 월경, 머슴의 새경이라고 조롱하고, 이매가 맞장구를 쳐서 양반과 선비를 모두 끌어내린다. 양반층의 가식과 위선을 조롱하고 초랭이가 양반과 선비를 싸움붙이고 풍자하며 신분의 전복을 꾀한다.

당제는 별신굿의 기간 동안 함께 즐겼던 신을 본디 자리로 돌려보내는 송신送神의례다. 제의 절차는 서낭대를 서낭당에 기대어 세운 후 정성껏 마련한 제물을 진설陳設하고 잔을 올리며 재배再拜한다. 그 후 마을의 안녕과 풍농을 기원하는 내용의 축문祝文을 읽고 소지燒紙를 올린다. 제사가 모두 끝나면 마지막으로 광대들은 풍물을 치며 탈춤을 행한다. 해질 무렵 서낭대에 매단 당방울을 풀고 광대들은 그 동안 썼던 탈을 거두어 넣고 모두 하산하여 각자 집으로 돌아가면 별신굿이 끝나게 된다.

그렇지만 양반, 각시, 선비광대는 돌아가지 않고 남아서 혼례와 신방마당을 치른다. 허도령은 자기를 사모하던 처녀에 의하여 신이 내린 금기를 어기게 되어 탈을 완성하지 못하고 죽게 되고, 처녀 또한 허도령의 죽음으로 번민하다 스스로 목숨을 끊게 된 데서 이 탈춤이 비롯된 것이다. 마을 입구에 있는 정결한 밭에서 혼례를 치른다. 양반광대의 창홀唱笏-진행 사회를 보는 것에 따라 혼례가 진행되는데 신부는 성황신의 현신으로 받드는 각시광대가 되고, 선비광대가 신랑의 대역이다. 혼례 마당은 허도령과 처녀의 이루지 못한 사랑을 혼례로 성사시켜 신을 달래는 장이다.

신방마당에서 총각이 각시의 저고리 고름을 풀면서 각시에게 접근하여 각시를 끌어안고 자리에 눕힌다. 이는 처녀의 몸으로 죽은 서낭신을 혼인시키는 일종의 신성혼神聖婚으로 아무도 보지 않는 곳에서 비의秘儀로 진행된다. 17세 처녀인 서낭신을 위로하기 위해 치르는 것이자 다산을 통한 풍농 기원굿의 의미도 있다. 의례의 장소도 마을 어귀의 밭에서 거행한다. 마지막으로 무당들이 헛천거리굿을 하여 별신굿을 하는 동안 마을에 들어온 잡신들을 보내는 것으로 끝낸다.[66]

66 이상 하회탈춤 각 마당에 관한 기술은 임재해, 『하회탈 하회탈춤』(지식산업사, 1999)을 참고함.

강신, 무동, 주지 마당에서 마당의 위상은 강신降神을 통하여 일상의 마당이었던 곳이 성소 마당으로 전환한다. 백정, 할미, 파계승, 양반과 선비 마당은 그 자리에 좌정한 성황당신을 즐겁게 하는 동시에 인간사의 여러 영역에서 남성과 여성, 양반과 상민의 위상을 전복시키고 기존의 윤리와 이데올로기에 저항하며 억눌렸던 욕망을 발산하는 풍자와 해학의 마당이다. 당제와 혼례, 신방, 헛천거리 마당은 신을 달래서 보내며 풍농과 마을의 평안을 기원하는 장이다.

삼재三才의 원리로 볼 때, 강신降神의 세 마당은 신을 청하여 일상의 마당을 신이 정좌하는 성소로 만드는 것이니 천天이다. 오신娛神은 지상계의 둘, 곧 양반과 상민, 남성과 여성, 유교 이데올로기와 성욕망의 대립과 갈등을 전복시켜 풍자하니 지地이고, 송신送神은 인간이 주체가 되어 신을 달래고 인간의 평안과 복을 빌고 하나를 이루고자 하니 인人이다.[67]

탈춤과 판소리 텍스트 자체와 연희와 수용의 구조를 도식화하면 다음과 같다.

〈모형 9〉 탈춤과 판소리 텍스트의 구조

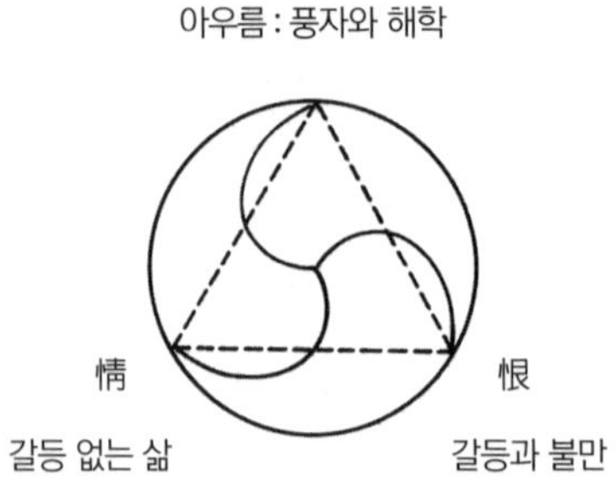

67 하회탈춤과 마당에 대한 이제까지의 기술은 이도흠, 「마당-열림과 닫힘의 세미오시스」, 『기호학연구』, 한국기호학회, 27호, 2010, 94~98쪽 참고함.

〈모형 10〉 탈춤과 판소리의 연희와 수용 구조

아우름의 수용

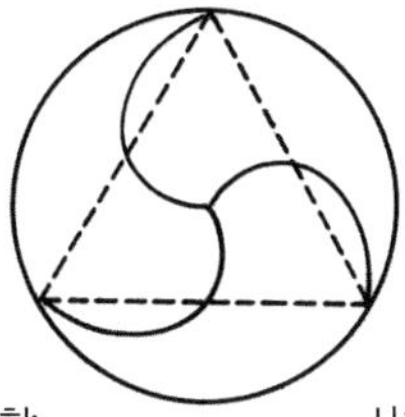

마당/연희:	사회/예술의 기능:
체제비판적:	체제보존적:
봉건사회에 대한 풍자와 비판	기존체제에 대한 갈등과 불만의 해소:

판소리와 탈춤이 열리는 장은 풍자와 비판, 해방, 해학, 통합이 한데 어우러지는 축제의 마당이다. 당시 중인과 민중들이 상층에 있던 양반과 남성을 조롱하고 풍자하고 지배 이데올로기였던 유교에 저항하고 억눌렸던 욕망을 발산함은 이 마당이 비판과 저항의 장이었음을 의미한다. 하지만, 축제가 끝나면 모든 것이 일상으로 되돌아간다. 판소리와 탈춤이 연행되던 마당에서 서민들이 양반과 남성을 조롱하면서 억눌렸던 불만을 풀어버리고, 또 한데 어울려 술을 먹고 춤을 추며 화합을 하고 다시 일상으로 돌아가 생업에 종사하고 기존 체제에 봉사하였다. 때문에 판소리와 탈춤은 마당의 판에서 보면 양반과 남성에 대하여 신랄한 풍자와 비판을 하여 봉건사회를 부정하고 근대적 사회를 지향한다. 그러나 마당을 넘어서면 서민, 여성 등 양자 중 열등 계층은 이 풍자와 비판을 통하여 그동안 가졌던 지배계층, 자신보다 상위에 있는 계층에 대한 갈등이나 불만을 누그러트리고 일상으로 돌아가 지배층을 위한 노동을 하며 기존사회에 동화된다. 결국 판소리는 텍스트 자체로 보면 봉건사회에 비판적이나 사회적으

로는 체제보존적 기능을 수행하는 것이다. 양반층이 동헌마당에서 이를 구현하게 하고 물적으로 후원한 것도 여기서 기인한다.[68]

서구의 연극과 다른 점은 관객과 연희자의 구분이 없이 화쟁을 이루는 점이다. 이 때문에 판소리와 탈춤 판의 구조에서 수용자들은 풍자와 비판을 통하여 기존 체제의 모순과 부조리를 인식하고 계급의식이나 남녀평등 의식 등 근대적 의식을 고취하는 동시에 한데 어울려 계급갈등, 젠더갈등을 풀어버린다. 탈춤과 판소리는 봉건과 근대, 체제보전과 체제부정, 마당과 사회, 연행과 기능이 화쟁을 이루는 마당이다.[69]

그럼에도 이 마당에서 민중이 형성한 비판의식은 마당에서 돌아간 일상에서 화해가 불가능하다고 판단할 경우 언제든지 사회변화를 지향할 수 있는 잠재적 변혁의식의 바탕을 이룬다. 판소리와 탈춤의 연행에 참여하여 얻은 메시지들은 사회의 장에서 헤게모니 투쟁을 하였고, 근대적 메시지들이 중세적 메시지들과 헤게모니 투쟁에서 승리할 경우 이는 민란이나 변혁운동의 바탕을 형성하였다. 판소리와 탈춤은 중세성 안에서 중세를 탈주하려는, 다시 말해 '내재하는 외부' 혹은 '내 안의 대립자'로서 작동하며 중세의 균열을 가하였으며, 이는 동학농민전쟁으로 이어지는 변혁운동에도 일정 정도 영향을 미쳤다. 이는 다음 장에서 다룬다.

---

68 지금까지 판소리와 탈춤의 정-한-아우름의 미학적 구조, 이중구조에 대해서는 이도흠, 『화쟁기호학, 이론과 실제』, 한양대 출판부, 1999, 166~167쪽 참고.

69 조동일, 김흥규 등이 『판소리의 이해』, 창비, 1978과 『탈춤의 역사와 원리』, 홍성사, 1979에서 탈춤과 판소리를 봉건사회를 신랄하게 풍자하고 비판한 것으로 보아 탈춤과 판소리의 부정성과 근대성을 강조하고, 반면에 김욱동이 『탈춤의 미학』, 현암사, 1994에서 이들 예술양식이 실제로는 체제보전적 기능을 수행하였다고 서로 다른 주장을 편 것은 이런 화쟁의 구조를 인식하지 못하고 각자 단면만 보았기 때문이다.

마무리

조선조에는 크게 생산수단 소유 유무, 노동력의 착취/피착취, 노동과정의 통제 여부 등으로 구분할 경우 양반, 중인, 서민, 천민의 네 계급이 있었다. 각 계급은 그들만의 의식과 이데올로기를 가지고 아비투스를 형성하고 구별짓기를 하며, 의식하든 의식하지 않든, 여러 사회적 실천을 행하였다. 하층계급인 중인과 서민에 초점을 맞추어 사회경제적 토대와 문학적 재현에 대해 분석하였다.

중인은 계급적으로 양반으로부터 차별과 억압을 당하여 반감을 가지고 신분상승을 꾀하면서도 양반으로부터 인정받으려 한다. 그들은 양반 문화를 모방하면서도 동시에 구별짓기에 따라 사설시조를 향유하였다. 그동안 사설시조가 봉건사회를 풍자하고 비판하거나 자유로운 성과 사랑을 추구하였기에 근대성을 지향하였다고 평가하였다. 하지만, 봉건사회를 풍자하며 탈중세성을 지향한 사설시조는 5수에 지나지 않는다. 자유로운 사랑과 성애를 묘사한 사설시조도 유교 이데올로기와 윤리로부터 탈주이기는 하지만, 절대 다수가 당시 신분과 젠더에서 우월한 위상에 있는 양반 남성이나 중인이 풍요해진 물적기반을 바탕으로 당시 번성한 유흥문화의 맥락에서 서민이나 천민 여성에게 행한 억압적 탈승화이기에 오히려 봉건사회의 모순을 은폐하며 생산에 바탕을 둔 구체성도, 미래에 대한 비전도 전혀 없이 순간의 쾌락을 지향하고 있다.

중인은 태생적으로 양반에 종속적이다. 중인은 양반으로부터 인정받고 위임받을 때만 생산수단과 권력을 가질 수 있었다. 또, 그들은 직접 농업생산을 담당하지는 않았다. 이런 물적 토대로 인하여 그들의 물질주의는 구체성을 획득하는 순간에도 모순에 대한 첨예한 비판, 당대 현실에 대한 객관적 묘사, 이를 바탕으로 한 비전을 제시하지 못하였다. 그럼에도 일부 중인은 농민들의 비참한 현실을 공유하며 봉건사회의 모순을 인식하고 서민은 물론, 천민과도 함께하며 판소리, 탈춤 등 새로운 문화창조에 나섰다.

반면에 민중들은 두레와 장시를 중심으로 한 공론장에서 서로 정보를 교환하면서 여론을 형성하고 서로 학습을 시키면서 봉건모순을 인식하였고 계급의식을 형성하며 각성한 근대적 주체로 거듭났다. 고리대 등의 상품화폐 경제적 착취가 심화한 토대에서 대토지 사유화, 50% 이상에 이르는 지주들의 혹독한 착취, 삼정의 문란에 의한 가혹한 수탈, 신분제 동요, 세도정치 등 봉건모순이 심화하자 민으로서 권리를 인식한 민중들은 합법적인 저항으로 상언과 격쟁에 적극 참여하였고, 이것이 여의하지 않자 민중봉기로 표출하였다. 특히, 가뭄으로 기근이 발생하거나 전염병이 돌았음에도 수탈이 심하였을 경우 더욱 저항이 자주 발발하였다. 이들은 두레에서 생산을 하며 끈끈한 공동체적 유대를 한 것을 바탕으로 문화적으로 봉건사회의 예술양식에 반립하는 판소리와 탈춤이라는 새로운 문화창조를 수행하였으며, 정치적으로 숱한 민란을 주도하고 마침내 동학농민전쟁을 거행하였다.

판소리와 탈춤은 정-한-아우름[화쟁]의 심층구조 속에서 봉건사회에 대한 첨예한 인식과 비판, 새로운 사회에 대한 비전을 담고 있다. 판소리와 탈춤은 텍스트 자체는 봉건사회에 비판적이지만, 감영의 영방이나 관아에서 연행될 경우 카니발처럼 풍자와 비판을 하면서 양반에 대한 불만과 갈등을 해소하고 다시 일상으로 복귀하는 사회적 기능을 수행한다. 더구나, 『춘향전』은 정절을 중심으로 하는 서사와 신분해방을 중심으로 하는 서사가 이중적으로 겹쳐있다. 판소리와 탈춤은 봉건과 근대, 체제보전과 체제부정, 마당과 사회, 연행과 기능이 헤게모니 투쟁을 하는 장이다. 판소리와 탈춤은 중세성 안에서 중세를 탈주하려는, 다시 말해 '내재하는 외부' 혹은 '내 안의 대립자'로서 작동하며 중세에 균열을 가하였으며, 이는 동학농민전쟁으로 이어지는 변혁운동에도 일정 정도 기여하였다.

제3장

새로운 세계관에 따른 표상체계/미학/담론의 변화

글을 열며

1부 3장에서 말한 대로, 세계관이란 세계의 장애와 부조리에 대한 집단 무의식적 대응양식의 체계, 기호체계의 바탕체계, 상호주관적인 의미망의 체계이기에, 이는 세계에 대한 해석, 표상체계, 담론 구성, 가치지향과 사회적 실천에 결정적인 영향을 미친다. 사회경제적 토대가 세계관을 결정하지만 세계관이 구조로 작용하면 주체를 규정한다. 하지만, 주체가 구조에 종속되지만, 주체가 구조를 구성할 수도 있기에 세계관의 구조와 주체 사이의 변증법적 종합이 필요하다.

어느 특정 시대에 하나의 세계관이 존재하는 경우는 전체주의 사회에서도 쉽지 않으며, 대개 주동적 세계관, 잔존적 세계관, 부상적 세계관이 공존한다. 집단과 주체에 따라 다양한 세계관을 지향하며 이 세계관에 따라 구성한 이데올로기, 담론, 가치에 따라 치열하게 헤게모니 투쟁을 하며, 한 인간 안에서도 세 세계관이 맞설 수 있다.

정도전을 중심으로 한 조선조의 건국 세력은 유교를 건국이념이자 정치이념으로 채택하고 이를 왕에서 천민에 이르기까지 실천할 수 있도록 국가와 사회 체제를 구성하였고 불교와 샤머니즘을 철저히 타자화하여 배제하였다. 조선조 사회에서 유교는 정치이념과 이데올로기만이 아니라 개인의 삶과 일상까지 통제하는 윤리와 가치관으로 작동하였다.

유럽의 근대가 기독교의 내세관과 초월적 신관을 부정하고 세속주의를 천명한 데서 시작되었다는 기준을 맹목적으로 적용하여 불교의 부정과 유교국가의 출발이 근대인가? 이는 관료적 합리성이라는 서구적 기준으로 신분이 아니라 능력주의와 공정한 선발에 바탕을 둔 과거제를 중심으로 한 동아시아의 관료제를 근대로 해석한 우드사이드의 실수를 그대로 반복하는 것이다. 세속주의를 표방하면서 종교적 비합리성에서 벗어났지만, 신분에 따른 차별, 왕권王權과 신권臣權을 두 축으로 한 양반의 지배와 착취/수탈, 가부장주의적 지배, 강력한 위계질서와 권위, 공리공론, 충효열忠孝烈의 이데올로기와 윤리의 강제와 이에 따른 개인의 자유와 욕망의 과도한 억압을 유교이념으로 합리화/정당화한 것이 서양과 차이를 갖는 조선의 중세다. 반면에, 신분에 따른 차별의 극복과 평등 사회 지향, 양반의 지배와 착취/수탈에 대한 저항, 젠더평등, 모든 위계와 권위의 타파, 실사구시實事求是, 충효열忠孝烈의 이데올로기 비판과 개인의 자유와 욕망 추구가 탈중세성의 흐름들이고 이 중 몇몇은 근대성과 연결될 것이다.

조선조의 지배적 세계관은 유교적 세계관이다. 잔존적 세계관은 불교와 샤머니즘이다. 이에 대한 부상적 세계관은 실학, 물질주의, 민중주의, 동학, 천주교, 휴머니즘 등이다. 이 중 외부로부터 수용된 천주교와 휴머니즘을 제외하고, 나머지 부상적 세계관이 후자를 지향하는 것에 초점을 맞추어 분석하고 이것이 문학으로 재현된 양상에 대해 살펴본다.

1. 주자주의에 대한 성찰과 실학 문학 담론의 구성

1) 주자주의에 대한 성찰과 실학의 형성

"유교의 정치이념은 크게 '명분론'과 '민본론'으로 구성되어 있다. (…중략…) 유교가 명분론에 근거하여 사대부층의 지배를 정당화하는 논리를 갖추고 있는 것은 분명하다. 그러나 동시에 유교는 그 지배의 폭력성과 일방성을 막기 위한 장치로 '민民'은 나라의 근본[民惟邦本]'이라는 민본론을 마련하였다. 지배층이 나라의 근본인 민을 위한 정치를 행하는 한 그들의 지배는 정당성을 획득할 수 있지만, 그렇지 않을 경우 극단적인 '혁명'도 가능했다."[1] 조선조 사회는 명분론과 민본론, 관학파와 사림파의 헤게모니, 군주의 자질, 왕권과 신권 사이의 견제와 균형, 사회경제적 상황과 민의 의식이라는 변수와 맞물려 요동을 쳤다. 사회경제적 상황이 안 좋을 때 의식이 있는 민은 민본론의 복귀를 주장하며 저항하였다.

명분론과 민본론이 정치이념의 두 축으로 작동하는 가운데 사대부층은 성리학에 대한 논쟁을 한다. 조선조 사회에서 사대부층이건 민이건 삶과 정치의 목표는 본연지성을 성취하는 것이다. 개인의 도덕적 목표와 정치적 목표가 다르지 않다. 그럼에도 이것이 이루어지지 않는 것은 어떤 이유인가. 이를 놓고 조선조의 사대부들은 치열한 논쟁을 하였다. 모든 사물의 궁극적

1 이석규, 『조선 전기 민본사상과 민』, 국학자료원, 2020, 5쪽.

리理가 하나로 같다고 볼 수도 있고 사물마다 제 각각의 리가 있다고 볼 수도 있다. 또, 똑같이 깨끗한 물임에도 그릇에 따라 달라지듯, 모든 사물의 궁극적 리는 같은데 사물의 각각이 기질에 따라 달라질 수도 있는 것이고, 사람과 짐승의 본성이 다르듯 사물마다 각각의 리가 있다고 볼 수도 있다.

성리학을 리理보다 기氣를 중심으로 해석한 주기론主氣論은 서경덕徐敬德, 1489~1546과 이이李珥, 1537~1584로부터 나타났다. 이황을 중심으로 한 주리론主理論에서는 본연지성本然之性과 기질지성氣質之性을 별개의 것으로 보지만, 주기론은 하나로 본다. 주리론에서는 외부의 상황이나 사물과 관계없이 언제든 인간의 마음속에 존재하는 본연지성을 지키고 발현하는 것이 인간의 목표가 되는 반면에, 주기론에서는 인간의 마음이란 외부의 상황과 사물에 인간이 감응하면서 마음속의 기氣가 발하여 드러나는 것이다.

조선조 사회에서 리보다 기, 본연지성보다 기질지성을 중시하면서 유물론적 해석, 충효열 이데올로기의 상대론적 해석의 길이 열렸다. 쉽게 말하여 당위적으로 충효열을 강요하는 것이 아니라 나쁜 왕, 나쁜 부모, 나쁜 남편에게는 직언을 하는 것이 필요하다는 식의 해석과 실천들이 나타난 것이다.

이후 주자주의에 균열을 가하는 진보적 해석들이 나타났는데 그 중 대표적인 이는 허균과 박세당이다. 혁명을 기도하였던 허균許筠, 1569~1618은 봉건체제와 성리학에 당당하게 저항하였다. 다음 장에서 상세히 논하겠지만, 그는 남녀의 사랑이 하늘로부터 부여받은 것이고 하늘이 공자와 맹자와 같은 성인보다 높으니 충효의 윤리보다 남녀의 사랑을 우선해야 한다는 파격적인 주장을 편다. 그는 「호민론豪民論」에서 "천하에 두려워해야 할 바는 오직 백성뿐이다. 물과 불, 범, 표범보다도 훨씬 더 백성을 두려워해야 하는데, 윗자리에 있는 사람이 항상 업신여기며 모질게 부려먹음은 도대체 어떤 이유인가?”[2]라며 백성을 윗사람에게 부림을 당하는 항민恒民, 윗사람을 탓하는 원민怨民, 시대적인 변고라도 있다면 자기의 소원을 실현하는 호민豪民으로 나누고, 조선조 사회의 문제점을 지적하면서 호민이 난을 일으키기 전에 개혁을 하자고 주장하였다.

노론으로부터 사문난적斯文亂賊으로 몰려 삭탈관직을 당하고 유배되었던 박세당朴世堂, 1629~1703은 『맹자孟子』 진심盡心 장을 주석하며 “좋은 정치는 백성이 두려워하고 좋은 가르침은 백성이 사랑한다. 좋은 정치는 백성이 재물을 얻게 하고 좋은 가르침은 백성의 마음을 얻는다. 정치란 금지하고 명령하며, 또 백성을 위하여 이로운 것을 일어나게 하고 해로운 것을 제거하기 때문에 백성들이 이를 두려워하는 바이며, 또 재물을 넉넉하게 씀으로써 백성들이 풍족해져서 윗사람도 이로 이익을 얻게 된다”[3]라고 말한다. 좋은 정치란 유교적인 공리공론이나 윤리덕목을 강제하는 것이 아니라 백성들을 이롭게, 재물을 얻게 하고 해로운 것을 제거하는 것이다. 또, 나라의 재물을 넉넉하게 백성에게 분배하면 백성들이 풍족해지고 이로 백성들이 생산에 진력하니 윗사람도 이익을 얻게 된다고 설파하고 있다.

이와 같은 논의를 바탕으로 중국으로부터 유럽의 과학기술과 천주교, 사상을 수용하면서 봉건모순이 심화한 당대의 상황에 대한 성찰과 맞물려 17세기부터 20세기 초에 이르기까지 실학사상운동이 전개되었다. 이들은 주자주의에 대해 공리공론의 관념성과 도그마적 교조주의를 비판했

---

2 許筠, 『惺所覆瓿稿』11卷, 「豪民論」: “天下之所可畏者 唯民而已 民之可畏 有甚於水火虎豹 在上者方且狎馴而虐使之 抑獨何哉” 이하 한문 번역은 한국고전번역원의 ‘한국고전종합DB’ 검색이나 번역을 참고하되, 저자가 일부 수정하여 다듬음.

3 朴世堂, 『思辨錄』 5, 「孟子」, ‘盡心’: “善政 民畏之 善敎 民愛之 善政 得民財 善敎 得民心 政者 有禁有令 又爲民興利去害 故旣爲民所畏而能裕其財用 民足而上賴之也”

다. 실학의 근대성과 관련한 논의에 대해서는 남북한에서 수천 편의 논문과 책이 쏟아져 나왔고 교과서에도 상당한 분량을 기술하고 있기에 여기서 다시 논의하는 것 자체가 지면낭비일 것이다. 다만, 중농주의와 중상주의, 자연과학의 수용을 대표하는 글을 인용하며 간단히 근대성과 관련하여 첨언한다.

다산은 『전론田論』에서 "각 사람의 하루 노동량을 여장의 장부에 기록한다. 가을이 되면 무릇 오곡五穀의 수확물을 모두 여장의 집여 안의 都堂으로 보내어 그 양곡糧穀을 분배하되, 먼저 국가에 바치는 공세公稅를 제하고, 다음으로 여장의 녹봉祿俸을 제하며, 그 나머지를 하루 노동량을 기록한 장부에 따라 분배한다. (…중략…) 사람들이 노력을 다하면 땅 또한 이득을 내는 데 진력한다. 땅이 이득을 내면 백성의 자산이 부유해지고, 백성의 자산이 부유해지면 풍속이 도타워지고 백성이 효제孝悌를 행하게 된다. 그러므로 이것여전제은 토지를 다스리는 가장 좋은 방책이다"[4]라고 했다.

다산 정약용은 두레를 바탕으로 여전제閭田制를 구상했다. 그는 촌락의 공동경작과 노력보수제를 조화시킨다. 산과 냇물의 형세에 따라 경계를 정하여 여閭라 하고, 여 셋을 리里로 만들고, 리 다섯을 방坊으로 만들고, 방 다섯을 읍으로 만든다. 여마다 여장閭長을 두며, 한 여 안의 토지는 그 여 안에 사는 사람들이 공동으로 경작한다. 그 여 안에서는 따로 경계를 긋지 말고, 여장의 지시만을 따른다. 노동하는 자가 토지를 소유하고 공동생산하고 공동 분배하되, 노동량에 따라 차등을 인정하였다. 인간이 성실하게

---

4 丁若鏞, 『與猶堂全書』, 「第一詩文集」, 第十一卷, '田論' 3 : "每役一日 閭長注於冊簿 秋既成 凡五穀之物 悉輸之閭長之堂{閭中之都堂也} 分其糧 先輸之公家之稅 次輸之閭長之祿 以其餘 配於日役之簿 (…중략…) 人莫不盡其力而地無不盡其利 地利興則民產富 民產富則風俗惇而 孝悌立 此制田之上術也"

노동을 하면 하늘도 이에 응하여 토지의 이용도를 높여주고, 백성의 자산이 풍족해야 인심이 순후해지고 윤리와 도덕이 확립된다. 다산은 경제가 인간의 본성은 물론 윤리와 도덕에도 영향을 미치는 결정적 요인임을 간파하고 있다. "여전제는 농민만의 공동 소유 원칙을 내세워 밭가는 자가 밭을 갖는다는 경자유전耕者有田의 원칙과도 차별이 되는, 비생산자의 토지 소유를 원천적으로 부정하고 철저히 생산자 소유의 원칙을 견지하고 있다. 공동생산과 공동분배를 하면서도 노동량에 따른 분배 원칙을 제시하여 비생산자의 분배를 막는 한편, 농민의 노동 의욕을 유발하여 생산력 발전을 꾀하고 있다. 반면에 연구와 기술 지도에 종사하는 상층 노동자에게는 특별 보수 체계를 적용하여 농업생산력을 높일 수 있는 길을 열어놓고 있다."[5] 이처럼 여전제는 당시의 피폐해질 대로 피폐해진 농민에 대한 개혁적인 대안이다. 균전제와 두레를 바탕으로 다산의 애민사상과 실사구시의 자세가 결합된 것이다. 그럼에도 중세 농업사회의 개량에 초점을 맞춘 것으로 당시 인구의 대다수를 차지하는 농민의 현실을 개혁한다는 면에서는 타당성을 갖지만 새롭게 부상하고 있는 상공업의 발전 등 근대성과는 거리가 있다. 오히려 자본주의의 모순을 극복하는 탈근대적 대안으로서는 유효한 점이 있다.

박제가朴齊家, 1750~1805는 청나라에 다녀와서 새로운 문물에 충격을 받고 이것을 빨리 수용하여 조선조 사회를 개혁하자는 열정과 의지로 『북학의』를 기술하였고, 다시 이를 간추려 『(진소본)북학의』를 써서 정조에게 올렸다.

---

5 최상천, 「정약용의 여전제의 기본원리」, 『한국전통문화연구』 제10집, 1995, 25~26쪽 참고.

> 이재理財를 잘하는 사람은 위로는 천시天時를 잃지 않고, 아래로는 지리적 이점을 놓치지 않으며, 가운데로는 사람이 할 일을 잃지 않는다. 기물을 편리하게 사용하지 못하여 남들이 하루에 할 일을 나는 한 달 두 달 걸려 한다면 이것은 천시를 잃는 것이다. 밭 갈고 씨 뿌리는 방법이 잘못되어 비용은 많이 들었는데 수확은 적다면 이것은 지리적 이점을 놓치는 것이다. 상인들이 교역을 하지 않고 놀고먹는 자들이 날로 많아진다면 이것은 사람이 할 일을 잃는 것이다. 우리가 이상 세 가지 조건을 모두 잃은 것은 중국을 배우지 않은 결과이다.[6]

이재를 경멸하는 조선조 사회에서 이를 잘하는 방편 세 가지를 기술하고 있는 자체가 기존 사회에 대한 부정의 언명이다. 공리공론에 몰두하느라 경세제민經世濟民을 하지 못하고 있는 조선조 사회에 청에 가서 배운 이재의 방편을 알리고 있다. 그 방편이란 도구를 잘 사용하여 시간을 절약하는 것, 토지 등 지리의 특성을 파악하여 그에 맞는 농법을 적용하고, 성실하게 교역에 힘써야 한다는 것이다. 화폐가치로 분명히 명토 박지는 못하였지만, 시간이 가치로 환산되는 것을 인식하고 있었다. 또 교역에 힘쓸 것을 주문하고 있다. 농업과 함께 상업을 중시하고, 시간을 가치화하고, 교역을 활성화할 것을 주장하고 있다. 물론 김문용의 주장대로, "박제가의 경세론이 농본주의를 벗어나지 못하였지만",[7] 이 책의 「시장과 우물市井」 편에서 "10의 3"이라는 구체적 수치까지 동원하여 상인의 비중을 강조한 것은 농업이 압도하던 당대 사회에서는 상당히 개혁적인 요청이다.

홍대용은 지구구형설과 지구자전론, 우주무한설을 편 것만으로도 기존

6 박제가, 안대회 역, 『북학의』, 돌베개, 2003, 271쪽.
7 김문용, 『홍대용의 실학과 18세기 북학사상』, 예문서원, 2005, 255쪽.

의 우주론과 중국 중심의 천하관에 커다란 충격을 주었다. 그는 자연과 인간관계에 대해서도 혁신적인 관점을 제시했다.

> 초목草木에는 전혀 지각이 없다고 말할 수 없다. 비와 이슬이 내린 뒤에 싹이 돋아나는 것은 측은한 마음[仁]이요, 서리와 눈이 내린 뒤에 가지가 흔들리고 이파리가 떨어지는 것은 악을 부끄러워하는 마음[義]이다. 인仁이 곧 의義요, 의가 곧 인이니 '리理'라고 하는 것은 이 둘을 하나로 한 것에 다름 아니다. 털끝처럼 아주 작은 곳에도 다만 인의仁義가 있고, 광대한 천지에도 다만 인의가 있다. 커도 더 보탤 것이 없고 작아도 더 덜 것도 없으니 지극히 미묘하구나!
>
> 초목의 '리理'가 곧 금수禽獸의 '리'요 금수의 '리'가 곧 사람의 '리'요 사람의 '리'가 곧 하늘의 '리'이니 '리'라고 하는 것은 인과 의에 지나지 않는다. (…중략…) 주옥珠玉이 지극한 보물이고 거름[糞壤]이 아주 천한 것은 '기氣'이며, 주옥이 보배롭게 되고 거름이 천하게 되는 바는 인의仁義인데 이는 곧 '리理'이다. 그러므로 주옥의 '리'가 곧 거름의 '리'요 거름의 '리'가 곧 주옥의 '리'라고 하는 것이다. 선한 일이건 악한 일이건 모두 인의예지 네 가지에서 벗어나지 않는다.[8]

홍대용은 서양의 자연과학과 성리학을 결합하며 자연에 대해 전혀 새로운 관점, 곧 인물人物균등론을 주장하였다. 그가 볼 때 사람과 자연, 짐승,

---

8 洪大容, 『湛軒書』, 「內集」卷1, 「心性問」: "草木不可謂全無知覺 雨露既零 萌芽發生者 惻隱之心也 霜雪既降 枝葉搖落者 羞惡之心也 仁卽義 義卽仁 理也者 一而已矣 毫釐之微 只此仁義也 天地之大 只此仁義也 大而不加 小而不減 至矣乎 草木之理 卽禽獸之理 禽獸之理 卽人之理 人之理 卽天之理 理也者 仁與義而已矣 (…중략…) 珠玉至寶也 糞壤至賤也 此氣也 珠玉之所以寶 糞壤之所以賤 仁義也 此理也 故曰珠玉之理 卽糞壤之理 糞壤之理 卽珠玉之理也 事無善惡不出乎四端"

하늘의 본성은 모두 똑같다. 말 없는 초목을 보고 지각이 없다고 하지만, 비와 이슬이 내린 뒤에 싹이 돋아나는 것은 사람이 우물에 빠지는 아이를 보고 측은한 마음이 일어나서 구하는 마음과 같으니 초목에도 인仁이 있다. 가을이나 겨울에 서리와 눈이 내린 뒤에 가지가 흔들리고 이파리가 떨어지는 것은 사람이 나쁜 짓을 하고 부끄러워하는 것과 같으니 초목에도 의義가 있다. 홍대용은 인과 의를 합한 것이 리理라 본다. 인과 의, 곧 리가 아주 작은 벌레와 먼지에도 있고 우주와 같은 장대한 것에도 있다고 본다. 사람들이 옥구슬을 보고 귀한 보물이라 하고 거름을 보고 천한 것이라고 하지만, 그것은 거름을 주어 풀과 나무에서 귀한 열매를 얻는 것을 생각하지 못한 채 하는 말이다. 영양이 부족한 풀과 나무에 거름을 주어 싱싱하게 하는 것이 측은지심이고, 나무가 바이러스에 감염되어 죽어가는 것을 보고 거름을 주어 나무가 병을 이기도록 하는 것은 수오지심이다. 그러니, 사람과 짐승, 초목, 하늘이 하나같이 인의, 곧 리를 가지고 있고, 그래서 똑같이 존귀한 것이다.[9]

내재적 발전론자들의 주장대로 실학은 개혁적이고 진보적인 면이 있으며 나름대로 근대의 지평을 여는 데 기여했다. 실학은 당대 사회의 모순을 올바로 인식하고 유교적 공리공론에서 벗어나 실사구시實事求是할 것을 외쳤다. 균전제 등 토지 제도를 비롯한 제도의 개혁을 추구하며 경세치용經世致用을 펼치고, 청나라와 서양의 앞선 문물을 적극 수용하여 상공업 발전 및 기술 혁신을 하자는 이용후생利用厚生의 개혁을 추진하려 하였다. 서양의 과학기술을 적극적으로 수용하여 자연관과 세계관에 혁신을 불러왔다.

9 이제까지 인물균등론에 대한 논의는 김용현, 『주자학에서 실학으로』, 고려대 민족문화연구원, 2019, 454~470쪽에서 시사를 받았음.

민족의식을 가지고 민족의 언어와 문학, 역사, 지리, 생활사 등에 대해 연구를 하였다. 이런 것들은 근대를 향한 중요한 전진이었다. 북학파의 사상과 인물들은 개화파로 이어지기도 하였다.

하지만, 실학은 성리학에 대한 저항이데올로기counter-ideology를 편 것이 아니라 주자주의 안에서 민본民本과 실사구시에 부합하는 것에 초점을 맞추어 재해석한 것이다. 왕을 정점으로 한 당시 봉건체제를 혁파하자는 것이 아니라 중간급과 지방의 관료들의 부패와 부조리를 개혁하려는 데 초점을 맞추었다. 가장 큰 한계는 이들의 사상이 수용되어 실제 개혁에 반영된 것은 극히 드물었으며 사상운동에 그쳤다는 점이다. 무엇보다도 이들은 민중과 연대하지 않았다. 다산과 같은 일부 실학자들이 당대 민중의 고통에 대해 공감하였지만, 봉건사회의 모순의 가장 큰 피해자이자 일종의 퓨즈 구실을 하는 그들과 연대하지 못함으로써 민중성을 획득하지 못하였을 뿐만 아니라 결국 봉건사회의 모순을 근본적으로 극복하고 근대로 나아가지 못하였다.

2) 「허생전」의 풍자와 한계

「허생전」은 실학자 가운데 한 명인 박지원朴趾源, 1737~1805이 쓴 『열하일기熱河日記』 중 「옥갑야화玉匣夜話」에 수록되어 있는 한문 단편 소설이다. 작자인 박지원이 중국에서 돌아오는 길에 옥갑에 들렀을 때 여러 사람들과 나눈 이야기를 적은 형식으로 기술되어 있으며, 「허생전」은 그중 윤영尹映으로부터 들은 부호 변승업卞承業의 이야기다. 이를 행위소 모형으로 분석하면 아래와 같다.

〈모형 11〉「허생전」 서사의 행위소 모형

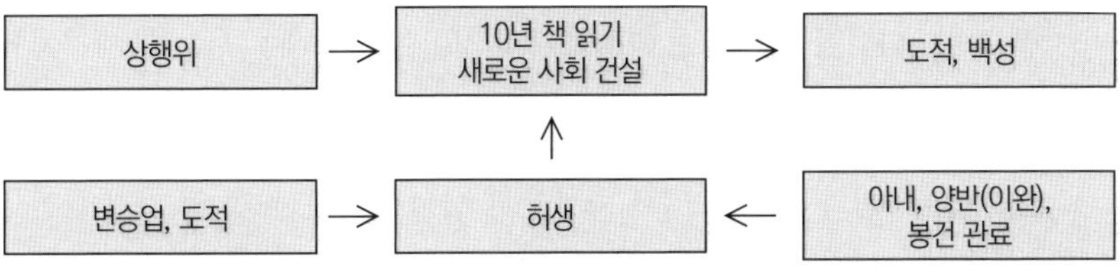

이 서사에서 주체는 허생이다. 그는 남산 아래 묵적골의 오막살이집에 살고 있는 가난한 선비다. 그가 추구하는 1차 대상은 10년을 목표로 책읽기를 하는 것이다. 1차 적대자는 아내다. 남의 삯바느질로 입에 풀칠만 해오던 아내는 7년을 맞아 더 이상 참지 못하고 타박한다. 이에 허생은 책을 덮고 밖으로 나서서 한양에서 제일 부자인 변승업을 찾아 가서 1만 냥을 빌려달라고 하고, 사람 보는 눈이 있는 변승업은 곧 바로 1만 냥을 꾸어준다. 1차 조력자는 변승업이다. 허생은 곧 바로 안성으로 가서 대추, 밤, 감, 배 등 과일을 두 배로 매점매석하여 열 배로 판다. 이러고 나서 그는 "겨우 만 냥으로 나라를 기울였으니 나라 경제의 얕고 깊음을 알겠구나"[10]라고 탄식한다. 그는 다시 제주도에 들어가서 말총을 매점매석하여 또 망건 값이 열 배로 오르게 한다. 그는 무인도에 도적들을 이주시키고 3년 동안 농사를 짓게 하여 추수한 농산물을 흉년이 든 나가사키長崎 장기에 팔아 백만금을 얻는다. 도적은 2차 조력자로 기능한다. 허생은 변승업을 찾아가서 열 배인 10만 냥을 갚는다. 허생과 변승업은 서로 술을 나누는 막역한 사이가 된다. 변승업이 5년 만에 백만 냥을 번 비결을 묻자 허생은 다음과 같이 말한다.

10 박지원, 「허생전」, 간호윤 역, 『연암 박지원 소설집』, 새물결플러스, 2016, 275쪽.

이건 알기 쉬운 일일세. 아, 우리 조선은 외국에 배가 통하지 않고, 나라 안에 수레도 다니질 못하잖나. 때문에 온갖 것이 그 자리에 나서는 그 자리에서 사라진단 말이지. 무릇 천 냥은 적은 돈이니, 한 가지 물종이라도 모두를 사들일 수 없네. 허나 그 돈을 열로 쪼개면 백 냥이 열이라. 또한 열 가지 물건을 살 수 있지. 물건이 적으면 굴리기가 쉽기 때문에 한 물건에서 밑졌다손 쳐도 다른 아홉 가지 물건에서 만회할 수 있단 말이야. 이것이 보통 이문을 취하는 방법이지. 그저 사소한 잇속만 챙기는 조그만 장사치들이 하는 짓이지. 무릇 만 냥이면 족히 한 가지 물종을 독점할 수 있기 때문에 수레에 실린 것이라면 수레의 것을 모두, 배에 실린 것이라면 배의 것을 모두, 한 고을에서 나는 것이라면 한 고을의 것을 모두, 마치 그물의 그물코가 있어 모든 것을 촘촘히 훑어내듯 할 수 있단 말일세.[11]

변승업은 한양의 최고 갑부로 누구보다 상업과 재물경영에 능한 자다. 하지만 그도 조선이라는 한계 속에 있다. 이 서사에서 허생은 그런 변승업에게 일종의 자문을 하고 있다. 실학자 연암이 중국에 가서 배운 시장과 화폐의 원리를 허생의 입을 통해 설파하고 있다. 배로 무역도 하지 않은 채 작고 얕은 조선 시장에서 천 냥 정도로 장사를 할 것이 아니라 만 냥 정도로 통 크게 매점매석하면 독점이 가능하기에 그물로 물고기를 다 잡듯이 돈을 쓸어 담을 수 있다는 것이다. 정확한지 알 수 없지만 조선 시장의 크기를 가늠하고 있고, 돈이 굴릴수록 가치가 상승하며, 매점매석을 하면 큰 이윤을 남길 수 있음도 이해하고 있다. 이 책이 당시 독서층에게 읽히

11 위의 책, 283쪽.

면서 이와 같은 시장과 화폐의 원리를 알려 자본주의가 뿌리를 내리는 데 적게나마 일조하였을 것이다.

조력자와 주체를 합친 힘과 지혜가 적대자인 이완과 봉건관료에게 뒤질 때 허생은 새로운 사회를 건설하려는 욕망을 유보하며, 반대로 이를 능가할 때 돈을 벌고 무인도에 유토피아를 건설한다. 발신자는 상행위다. 상행위가 있기에 허생은 돈을 벌어 도적을 선량한 농민이자 유토피아 건설자로 전환시키고 새로운 사회건설의 욕망을 달성한다. 이의 수신자는 직접적으로는 허생 자신과 도적이지만, 도적은 사회모순으로 핍박당하거나 죄를 짓게 되는 모든 민중의 환유다.

단편인 탓에 완성도는 떨어지지만, 허생은 전형을 창조하고 있다. 처음에 허생은 살림살이에는 관심을 두지 않고 책만 읽으며 이를 아내에게 전가하는 가부장적이며 비합리적인 도덕주의자의 태도를 취한다. 그러다가 아내의 타박을 계기로 허생은 매점매석이 나쁜 줄 알면서도 이를 통해 많은 돈을 벌 정도로 상행위를 통해 자본을 축적하는 비합리적 축재자로 행세한다. 선량한 농민들을 도적으로 만드는 당대 사회의 모순을 직시하고 이들을 유토피아 건설의 주체로 내세운다. 민족적 자존감을 갖고 양반들의 고루하고 위선적인 행태를 비판하고 당시 천하의 중심인 청나라에 맞서 싸우려는 기획과 실천방안도 제시한다. 그러면서도 돈과 물질을 멀리하고 도덕과 개인의 수양을 중시하는 선비정신을 잃지 않는다. 그는 결국 합리적 도덕주의자로 돌아간다. 이 점만큼은 근대의 자본주의적 인간으로 거듭나는 데 한계로 작용하는 것이 사실이지만, 당대 사회에서 나름대로 유교적 윤리와 자본주의적 축적 욕망의 조화를 모색한 것이다.

이 서사에서 연암은 현실을 비판하고 풍자하는 데 그치지 않고 객관적 현실인식에 바탕을 둔 비전을 펼치고 있다. 일본의 나가사키 인근의 무인도라는 유토피아를 제시하고 있다. 이곳에 대해 사공은 "꽃과 나무들이 저절로 자라나고 온갖 과실과 채소들은 스스로 여물었으며, 노루와 사슴들이 무리를 지어 놀았습죠. 심지어는 물고기가 사람을 보고도 놀라지 않았습니다"[12]라고 말한다. 그는 이곳에서 살 주체로 도적을 택한다. 허생의 질문에 도적은 "아, 밭이 있고 마누라가 있으면 무엇 때문에 고생스런 도적질을 하겠소?"라고 반문한다. 도적들은 허생으로부터 돈을 받아 소와 마누라를 구하여 왔고, 허생은 이들을 데리고 무인도로 가서 집을 짓고 농사를 짓는다. 그리고는 3년 만에 일본에 팔아 백만금을 벌 정도의 농산물 생산을 한다. 이는 도적들이 악한 것이 아니라 사회적 모순으로 가난하기 때문이며 결혼을 하고 약간의 땅과 소만 있으면 누구나 선량하게 농사를 짓고 많은 생산을 이룰 수 있다는 메시지를 담고 있다. 당시에 토지겸병으로 땅을 잃은 농민들이 유민으로 전락하고 그 중 일부가 도적이 된 모순을 반영한 것이자 무조건 사회모순을 개인의 문제로 환원하여 도덕과 교화를 대안으로 내세우는 당시 지배층을 풍자한 것이다.

그는 무인도의 배를 모두 불태워 무역이 불가능한 고립된 섬으로 만들고 여분의 돈을 바다에 버린다. 현실을 무시했을 때 그가 꿈꾼 사회는 권력과 자본이 작동하지 않는 아나키즘 사회이며 이때 그는 합리적 도덕주의자의 태도를 취한다.[13]

---

12 위의 책, 276쪽.

13 허생이 진정으로 꿈꾼 사회가 아나키즘의 사회라는 강명관의 주장(강명관, 『허생의 섬, 연암의 아나키즘』, 휴머니스트, 2017)에 일부 동의한다. 하지만, 이는 현실을 소거했을 경우에 한한다. 허생은 적극적으로 상행위를 하고 있고 비합리적 축재자의 모습도 보여주고 있다.

이처럼, 「양반전」이 단순히 양반을 풍자한 데 그쳐 근대성과는 거리가 많은 것과 달리 「허생전」은 당대 사회 모순을 객관적으로 잘 반영하고 있을 뿐만 아니라 시장과 상품원리에 대해 묘사하고, 더 나아가 대안으로서 유토피아의 비전을 제시하고 있다. 다만, 당대 민중들의 곤고한 삶에 대한 핍진한 묘사, 사회모순에 대한 객관적인 인식이 부족하며 비전이 있지만 당시 현실과 부합하는 대안은 아니다. 민중이 주체로 나서지 못한 채 수동적으로 행동하고 있으며 유토피아는 사회모순과 결합하지 못한 채 구체성을 결여하고 있다.

2. 물질주의의 전개와 사설시조에서 하체의 미학

1) 물질주의의 전개와 재현

성리학은 우주의 본질과 인간의 본성을 탐구하고 개인의 수양, 예악의 조화와 완성을 이룬 사회를 추구한다. 개인은 충효열忠孝烈의 이데올로기와 가치를 따르고 돈과 재물을 경시하고 도덕의 완성을 도모한다. 선비들은 안빈낙도安貧樂道를 존재의 이유로 삼았다. 하지만, 17세기에 틈이 보이기 시작하더니 18세기에는 여기에 분명한 균열이 생겼다. 조선조의 정치적 목표는 도덕을 어느 정도 실현한 이가 치자治者가 되어 무지하고 도덕실현에서 열등한 백성들을 본연의 본성을 되찾도록 교화하는 데 있다. 하지만, 상품화폐가 발생하고 시장에서 많은 상품들이 판매되고 소비되면서 사람들은 점점 유교의 도덕보다 물질과 재물을 더 숭상하게 되었다. 그러면서 도덕주의는 물질주의로 서서히 이행했다.

“물질주의는 물질을 소유하려는 강한 욕망과 함께 물질을 삶의 중심에 두고 추구하려는 가치관을 뜻한다. 물질과 이의 획득수단을 가치 있는 것으로 여기며 추구하고 부의 축적이 인생의 목표로 설정된다. 물질주의의 하위개념으로는 더 많은 물질을 소유하려 하고 이를 잃으면 상실감을 갖는 소유욕possesiveness, 타인의 소유물이나 성공을 부러워하는 감정인 부러움envy, 타인에게 베풀거나 기부하는 것을 싫어하는 비관용nongenerosity 등이 있다.[14] 2부 1장에서 말한 대로, 양반 관료들이 수십만 냥에 달하는 공금으로 고리대를 하고 돈을 주고 과거시험에 부정합격하는 자가 태반에 이를 정도로 18세기에는 물질주의가 강하게 뿌리를 내렸다. 물질주의는 문학에도 일대 전환을 야기하였다. 곧, 물질욕이 지배하는 사회를 세계의 타락이나 부조리로 인식하고 물질욕을 추구하는 자에 맞서서 유교의 이념, 인간이나 공동체의 가치를 추구하는 자가 대결하는 서사를 만들기 시작한 것이다. 문학적 재현의 사례로 「우부가」의 한 대목을 보자.

> ᄃᆡ모관ᄌᆞ 어ᄃᆡ가고 물네쥴은 무삼일고
> 통냥갓슨 어ᄃᆡ가고 헌파립에 통모ᄌᆞ라
> 쥬체로 못먹든밥 ᄎᆡᆨ녁보아 밥먹ᄂᆞᆫ다
> 양복기ᄂᆞᆫ 어ᄃᆡ가고 쓴바귀를 단꿀쌔듯
> 쥭녁고 어ᄃᆡ가고 모쥬한잔 어려워라[15]

---

14 R. W. Belk, “Materialism : Trait Aspects of Living in the Material World”, *Journal of Consumer Research*, 12, 1985, pp.265~280.

15 임기중, 「우부가」, 『한국역대가사문학집성』(www.krpia.co.kr 활용).

바다거북의 껍질인 대모玳瑁로 만든 고급스런 관자貫子는 어디 가고 물레에 달린 줄로 갓끈을 한 것은 무슨 일인가. 통영에서 생산하는 명품 갓인 통영갓은 어디 가고 찢어진 갓에 통모자를 썼다. 다 먹지 못할 만큼 밥이 많았는데 이제는 달력을 보아 가며 밥을 먹는다. 당시 최고의 안주로 쳤던 소의 밥통을 썰어 볶은 밥은 어디가고 쓰디 쓴 씀바귀 나물을 단 꿀 빨듯 한다. 대나무로 거른 고급술인 죽력고竹瀝膏는 어디 가고 찌끼술 한 잔 먹기도 어렵다.

간단히 약술했지만, 이 사설은 "반자와 장지문이 있는 좋은 집/벽이 허물어진 단칸방, 은銀 안장을 장식한 준마와 많은 하인을 둔 호사스런 삶/짚신을 신고 지팡이에 의지해 걷는 삶, 비단 옷에 담비 모자/베로 만든 소창옷"의 대립으로 이어진다. 이 이항대립에서 전자는 향락적인 소비를 일삼는 풍요로운 삶이고 후자는 가난하고 구차한 생활이다. 전자는 '과거/이상/당위'이고, 후자는 '현재/현실/존재'이다. 안빈낙도安貧樂道를 추구해야 하는 당시 선비의 가치관으로 볼 때 전자가 오히려 부끄러운 삶이고, 후자는 선비가 추구해야 할 안빈낙도의 덕목이다. 하지만, 여기서는 전자에서 후자로 전락한 것은 비극이며, 화자와 서사 주체가 꿈꾸고 있는 것은 전자다. 이 구절은 양자 사이의 괴리에서 오는 비극을 고발하는 동시에 전자를 향한 욕망을 노골적으로 드러내고 있다. 물질주의가 팽배하지 않았다면 "임 향한 일편단심은 어디 가고 대모관자가 무슨 일인고/효심은 또 어디 가고 통영 갓만 귀하다 여기는가" 식으로 유교 이념 대신 물질을 더 추구하는 세태를 풍자하는 식으로 기술하였을 것이다.

2) 사설시조에 나타난 하체의 미학

당시의 물질주의가 반영된 시조를 보자.

> 고대광실高臺廣室 나는 마다 금의옥식錦衣玉食 더옥 마다
>
> 은금銀金 보화寶華 노비전택奴婢田宅 비단치마 대단大緞장옷 밀화주蜜花珠 겻칼 자지향직紫芝鄕織 져고리 ᄯᅡᆫ머리 석웅황石雄黃 오로 다 ᄭᅮᆷ자리 ᄀᆞᆺ고
>
> 진실眞實로 나의 평생平生 원願ᄒᆞ기는 말 잘ᄒᆞ고 글 잘ᄒᆞ고 얼골 ᄀᆡ자ᄒᆞ고 품자리 잘ᄒᆞᄂᆞᆫ 져믄 서방書房이로다.(『진본 청구영언』 0559/0266.1)

위의 시조는 33종의 가집에 실려 있으니 당시에 상당히 유행한 것으로 보인다. 주로 만횡이나 농에 얹어서 희학적으로 부른 것으로 보인다. 이 시조는 당시 여성들이 욕망하던 물질을 나열하고 있다. 물론, 시조의 초점은 성적 욕망에 맞추어 있지만, 그보다 못하다 하더라도 물질욕도 적지 않음도 드러내고 있다. 여기에 도덕이나 도덕에 의한 수치나 죄의식에 대한 표현은 전혀 없다.

초장에서는 크고 좋은 집과 좋은 옷과 음식이 싫다고 일반화하고 있다. 중장에선 당시 양반 여성들이 꿈꾸던 금은보화와 집과 밭과 노비, 지금으로 치면 명품에 드는 비단 치마와 수입산 장옷 등 욕망의 대상들을 나열하면서 그들도 모두 꿈자리 같은 것이라 한다. 여성인 시적 화자가 이런 모든 것에 우선하여 원하는 것은 글 잘하고 말 잘하고 얼굴 잘생기고 잠자리를 잘하는 젊은 남성이다. 중세 시대에 여성들이 꿈꾸던 모든 것을 부정하고 권력과 재력과 부귀영화보다도 지적 매력과 성적 능력이 출중한 남성이야말로 가장 원하는 대상이라고 노골적으로 진술하고 있다. 중장에서

나열한 사물들이 부귀영화의 환유라면, 말을 잘하는 것과 글을 잘하는 것은 편지 잘 쓰고 대화를 잘하는 것, 곧 소통疏通의 환유다. 잠자리는 성애의 환유다. 여기서 우월한 가치는 전자가 아니라 후자다. 종장에 결론을 설정하는 시조의 형식에서 보면, 이 시조를 향유하던 여성들의 욕망의 대상은 부귀영화보다 잘생기고 지적인 자와 서로 소통하며 만족스런 성관계를 갖는 것이다.[16]

여성들에게 만족스런 성행위란 양자가 소통하면서 합일을 이루는 것이다. 초중장의 것들이 당대 규율/훈육체계에서 용인한 기표들이라면, 종장은 그 규율/훈육체계 너머의 기표다. 그렇다면 이 시조는 당대 규율/훈육체계를 벗어난 욕망의 기표로 표출한 것이다. 이 시조를 간단히 하면, "부귀영화<소통이 잘 되고 성교의 쾌락을 누릴 수 있는 남성"의 부등호가 성립한다. 욕망의 우열관계, 곧 부귀영화의 욕망보다 사랑의 소통과 성적 합일의 욕망이 더 강함을 피력하고 있는 것이다.[17]

그럼에도 표면적으로는 싫다고 표현했지만, 이는 성애와 비교할 경우의 반응일 뿐이다. 그보다도 성애를 더 원한다는 시적 화자의 태도를 강조하기 위하여 비교의 수사를 취한 것이지만 역설적으로 당대 여성들이 열렬히 욕망하던 사물들이다. 당시 여성들은 비단치마, 수입명품 비단으로 만든 장옷, 밀화주로 장식한 장도, 자주빛 명주저고리, 장신구, 땋은 머리, 맛난 음식, 노비, 크고 좋은 집, 금은 보화, 토지와 같은 재물들도 욕망하였다. 똑같이 '오우五友'를 소재로 한 다음 시조를 비교해 보자.

---

16 이도흠, 「18~19세기의 시조에 나타난 사랑의 태도 유형 분석」, 33쪽.
17 이도흠, 「18세기 시조에서 탈중세성의 지향과 근대성 문제」. 89~90쪽 참고.

내 버디 몃치나 ᄒᆞ니 수석水石과 송죽松竹이라
동산東山의 ᄃᆞᆯ 오르니 긔 더옥 반갑고야
두어라 이 다ᄉᆞᆺ밧긔 또 더ᄒᆞ야 머엇ᄒᆞ리(『고산유고』 0013, 0944.1)

불 아니 ᄶᅴ일지라도 절노 익ᄂᆞᆫ ᄉᆞᆺ과 녀무죽 아니 먹어도 크고 ᄉᆞᆯ져 ᄒᆞᆫ 건ᄂᆞᆫ ᄆᆞᆯ과
질ᄉᆞᆷᄒᆞᄂᆞᆫ 여기첩女妓妾과 술 ᄉᆡᆷᄂᆞᆫ 주전자酒煎子와 앙䍧보로 낫ᄂᆞᆫ 감은 암쇼 두고
평생平生의 이 다ᄉᆞᆺ 가져시면 부를 거시 이시라(『병와가곡집』 0961, 2148.1)

두 시조 모두 사물과 이상의 대상을 나열하고 있다. 하지만, 상단의 시조에 표현된 사물들은 유교적 이상에 부합하는 관념을 드러내는 은유이지만, 하단의 시조에 나열된 사물들은 현실을 바탕으로 이상화한 사물들의 환유다.

상단의 시조는 윤선도尹善道, 1587~1671가 지은 「오우가五友歌」다. 내 벗이 몇인가 하니 물과 돌과 소나무와 대나무다. 더불어 하나를 추가하니, 동산 위로 두리둥실 달이 떠오르니 그것이 더욱 반갑다. 시적 화자가 친구처럼 가까이하는 사물은 늘 맑고 그치지 않고 흐르는 물, 항상 변함이 없는 돌, 눈과 서리가 내려도 푸른 소나무, 네 계절에 늘 푸르고 곧은 대나무, 그리고 만물을 두루 비추는 달이다. 이 다섯 사물, 혹은 이 다섯 사물이 표상하고 있는 만고상청萬古常靑의 영원성, 지절志節 말고 달리 추구할 것이 없다. “이들 상징은 유교적 덕목의 이상적 지향인 청결성, 항상성, 강직성, 중용성, 통달성, 고고성, 겸선성, 침묵성을 표상함으로써 사대부적 미의식의 한 극치를 보여준다.”[18]

하단의 시조는 『병와가곡집』이나 『육당본六堂本 청구영언靑丘永言』을 비롯

하여 27종의 가집에 실려 있어 당시 꽤 유행한 시조다. 이것은 윤선도의 「오우가」를 패러디parody하고 있다.[19] "불 아니 땔 지라도 저절로 익는 솥"의 간단한 어구에도 서민이 현실의 장에서 겪는 고통과 꿈이 담겨 있다. 당시 서민들은 한겨울에 땔나무를 구하기 위하여 가까운 산은 동네 사람이 이미 다 베어갔기에 새벽부터 수십 리 떨어진 깊은 산으로 가 나무를 한 짐 해선 해 질 녘에나 능선을 타고 돌아왔으며 때로는 굴러 떨어져서 다치기도 했다. 그렇듯 연료 문제에서만도 많은 고통을 겪어야 했다. 시적 화자는 이 고통을 극복하려는 판타지로 연료 없이 저절로 익는 솥을 상상한다. 하루에 엄청난 양을 먹어치우는 말에게 여물을 먹이는 일도 쉬운 일이 아니다. 본처는 일을 잘하지만 예쁘지 않고, 기생첩은 예쁘지만 노동을 잘하지 못한다. 그러니 변증법적으로 길쌈을 잘하고 미모도 출중한 기생첩을 꿈꾼다. 풍류나 여흥을 즐길 수 있는 술이 샘처럼 무한정 솟아나는 주전자, 끼니를 때우기 어려운 조선조 서민들이 가장 먹고 싶은 고기인 소의 밥통 또한 그들이 욕망하는 사물이다. 당시 서민들이나 가난한 중인들에게 절실한 것은 관념이 아니라 생활이고 현실이며, 유교의 도덕이 아니라 물질이다.

ᄉᆞ랑ᄒᆞ올손 우리 님군 귀ᄒᆞ실샤 우리 샹감

---

18 윤성근, 『윤선도작품집』, 형설출판사, 1977, 182~189쪽 참고; 김학성, 『국문학의 탐구』, 성균관대 출판부, 1987, 185쪽 재인용.

19 패러디 이론이 들어오면서 이를 기존의 용사(用事)와 비교하는 논문이 여럿 있고 현대문학 분야에서도 원전에 대한 변용 정도로 넓게 사용하고 있으나 이는 올바르지 않다. 원전 텍스트의 변용이란 면에서 패러디와 용사는 통하지만, 실제에 있어선 정반대다. 용사는 원전의 메시지와 이데올로기를 충실히 따르며 약간의 변용을 가하는 것이지만, 패러디는 원전에 대한 완전한 이해를 바탕으로 원전이 담고 있는 이데올로기를 비틀어 부정하거나 전복할 경우에 한한다.

구즁 심쳐의 자고 새야 ᄇᆡᆨ셩 근심

우리도 이 은덕 잊지 말고 갈츙보국 ᄒᆞ오리라(『경민편무진구월본』 0004, 2266.1)

님으란 회양淮陽 금성金城 오리남기 되고 나ᄂᆞᆫ 삼사월三四月 츩너출이 되야

그 남긔 그 츩이 낙거믜 나븨 감듯 이리로 츤츤 져리로 츤츤 외오 프러 올이 감아 밋부터 ᄭᅳᆺ가지 ᄒᆞᆫ 곳도 뷘틈 업시 주야장상晝夜長常에 뒤트러져 감겨 이셔

동冬셧ᄯᆞᆯ ᄇᆞ람비 눈셔리를 아모리 마즈들 풀닐 줄이 이시랴(『병와가곡집』 0958, 4067.1)

상단의 시조는 춘파春坡 이정소李廷熽, 1674~1736가 지은 시조로 영조 24년 1748에 편찬된 『경민편무진 구월본警民篇戊辰九月本』에 실려 있다.

시적 화자가 사랑하는 대상은 임금이다. 귀한 존재 또한 임금이다. 그 임금은 구중심처에서 자나 깨나 백성을 근심하니 그 은덕에 대한 보답으로 충성을 다하자는 것이다. "님=임금", "사랑=충忠"으로 동일화하고 있다. 이 시조의 주제는 '갈충보국竭忠報國'에 압축되어 있다.

하단의 시조는 『병와가곡집』을 비롯하여 31종의 가집에 실려 있으니 당시에 상당히 유행한 모양이다. 곡조도 주로 우락에 얹어 불렀고 이삭대엽은 『주씨본 해동가요』와 『UC본 해동가요』뿐이다. 사랑을 식물의 은유를 이용하여 구체화하고 있다. 님이 오리나무라면 시적화자는 칡넝쿨이 되어 거미가 나비를 잡아 거미줄로 칭칭 감아 절대로 도망가지 못하게 하는 것처럼 자신도 낮이건 밤이건 발끝부터 머리끝까지 님의 몸에 칭칭 감겨서 한 겨울의 비바람과 눈과 서리로 은유화한 시련이나 방해를 받더라

도 풀지 않겠다고 말하고 있다. 추상적인 사랑, 관념적인 일편단심을 식물의 은유와 환유를 빌려 구체적이고 육체적으로 구현하고 있다. 사랑의 속성과 동식물 사이의 유사성을 비유한 것은 은유이지만 감각을 구체화한 것은 환유다.

이처럼 상체의 미학을 추구하는 문학이 관념을 추구한다면, 하체의 미학을 추구하는 문학들은 현실을 추구한다. 상체는 감각으로 느낀 대상을 사유한다면, 하체는 먹은 것을 배설하고 성애를 행하지만 아기를 낳는다. 그처럼 하체는 엄숙한 것을 끌어내려 웃음을 유발하고 전복을 행하고 새로운 것을 생산한다. 전자가 고상한 미를 은연중 드러내고자 한다면, 후자는 질박質朴한 미를 뿜어댄다. 전자가 본능을 철저히 숨기고 성리학의 이념을 당위로 내세우고 있다면, 후자는 중서인의 욕망을 그대로 표출하고 있다. 전자가 틀의 미학을 지향한다면, 후자는 그를 해체하려 한다. 전자가 성리학이 추구하는 관념을 평시조의 엄격한 틀에 형상화하고 있다면, 후자는 노동과 일상의 현장에서 욕망하는 것을 사설시조의 풀어진 구조에 나열하고 있다. 전자가 은유를 통해 동일성의 세계를 함축하는 정적인 구조를 이루고 있다면, 후자는 환유를 통해 은유의 이상화하고 동일화하는 경향을 허물어뜨리고 경험과 노동과 일상으로 회귀하여 물질성을 회복하여 삶과 세계에 대해 구체적이고 경험적으로 바라보게 한다.[20]

---

20 오우(五友)를 소재로 두 시조를 비교한 것은 김학성, 『국문학의 탐구』, 184~185쪽에서 시사를 받았다. 저자는 그 아이디어를 빌리되, 바흐찐의 하체의 미학으로 해석하였다. 하체의 미학은 미하일 바흐찐, 박건용 역, 『프랑수아 라블레의 작품과 중세 및 르네상스의 민중문화』, 아카넷, 2001, 제5장의 '라블레에 나타나는 그로테스크한 봄의 이미지와 그 기원', 제6장의 '라블레 소설에 나타나는 물질적, 육체적 하부의 이미지'를 참고.

3. 표상체계의 변화_심성론에서 활물론으로

세계관은 의미를 구성하고 해석하는 바탕의 체계이므로 세계관이 바뀌면 표상체계 또한 변한다. 앞 절에서 살펴 본 바와 같이 홍대용은 사람, 하늘, 산천의 초목, 하다못해 거름과 같은 미물까지 모두 본성을 갖고 있으며 평등하다고 보았다. 이런 세계관의 변화는 언어기호와 표상체계에도 혁신을 가져왔다. 이덕무는 "만물은 모두 나의 문장이다"[21]라고 했다. 이들은 기존에 성인의 도道를 글에 담으려는 관점에서 벗어나 "천지만물은 매순간 새로운 생명을 낳고 변화한다. 살아 움직이는 사물을 활물活物이라 부른다. 그러니 글은 곧 활문活文이다"라는 논의를 펼친다.[22] 활물론과 활독서론은 연암에게서 홍길주로 이어진다. 특히, 홍길주는 "책을 읽듯이 세계를 읽어내고 그 속에 파악된 구조에 맞게 세계를 재편함으로써 새로운 형태의 글을 완성하게 된다. 활물이 세계를 기호로 치환하여 이해하는 방식이라면 문시활물文是活物은 기호를 세계로 치환하여 이해하는 방식이다."[23] 그에 따르면, "마음에 서 있는 것을 뜻이라 하고, 뜻이 가득 찬 것을 기氣라고 하며, 기를 드러낸 것을 말이라 하고, 말에서 가려낸 것이 글월이다."[24]

이렇게 심성론에서 벗어나 물 자체에 초점을 두고 모든 사물 그 자체가 기호이고 텍스트라는 관점을 취하자 사물들과 사물을 표현하는 기호들은

---

21 李德懋, 『雅亭遺稿』 八, 「內弟朴稚川」 : "則萬物皆吾文章也"; 박수밀, 「조선 후기 언어 문자관의 토대와 전개-18세기 연암그룹 및 다산, 항해와의 비교를 중심으로」, 『한국한문학연구』 40, 한국한문학회, 2007, 469쪽 재인용.

22 박수밀, 위의 글, 471쪽.

23 이홍식, 「19세기 초 沆瀣 洪吉周의 글쓰기 경향」, 『국제어문』 42, 국제어문학회, 2008, 49쪽.

24 홍길주, 「原文」 : "立乎心之謂志, 充乎志之謂氣, 發乎氣之謂言, 擇乎言之謂文"; 정민, 「沆瀣 洪吉周의 독서론과 문장론」, 『대동문화연구』41, 성균관대 대동문화연구원, 2002, 107쪽 재인용하되 번역은 약간 수정함.

도道가 투영된 대상이 아니게 된다. 그러니 굳이 그 사물에 내포된 도를 드러낼 필요가 없어지니 사물을 은유와 환유를 매개로 마음대로 표상하며 다양한 의미를 드러내는 것이 가능하게 된다.

> 나뷔야 청산靑山에 가쟈 범나뷔 너도가쟈
>
> 가다가 져무러든 곳듸 드러 자고 가쟈
>
> 곳에서 푸대접對接ᄒᆞ거든 닙헤셔나 ᄌᆞ고 가쟈(『육당본 청구영언』 0419, 0747.1)

품: 위의 시조는 『육당본 청구영언』을 비롯하여 11종의 가집에 실려 있다. 위 시가는 민요적 수사와 표현을 수용하고 있다. 각 장이 "-고 가쟈"로 끝맺고 있는 반복의 리듬감은 경쾌함을 준다. 청유형의 어미를 써서 독자들로 하여금 시적 화자의 제안을 따를 것을 의도하고 있다. 형식은 민요를 취하고 있지만 메시지를 해독하는 것이 쉽지 않다. 현실을 고도로 굴절시킨 데다가 자아 내면의 감성을 표현하고 있어 무엇을 말하는지 얼핏 짐작할 수 없다.

몸: 그러나 나비와 꽃을 소재로 한 다른 시조와 대비하면 위 시조의 의미를 짐작할 수 있다. "나뷔 모를 쏫시 업고…" 등의 시조를 보면 중세 시대의 표상체계에서 '꽃과 나비'는 남과 녀, 혹은 둘 사이의 연정戀情의 은유다. 꽃은 '수동성, 고착성, 아름다움'의 유사성이 '여성'으로, 나비는 '능동성, 이동성, 수정의 매개자'의 유사성이 '남성'으로 은유화할 수 있는 바탕이다.[25] 성리학이 추구하는 인간상은 "열녀는 두 남자를 사랑하지 않고 충신은 두 임금을 섬기지 않는다"는 말에 함축되어 있다. 이 시조에

성리학의 세계관이 작용하면 꽃과 나비 사이에 내재해야 하는 원리계는 '절개와 지조'이다. '자고 가자'는 것은 숙박의 의미를 넘어서서 '성행위'의 환유다. 그러나 위 시가의 작가가 이 꽃 저 꽃으로 날아다니는 나비의 짓[用]에서 유추한 원리계는 '자유로움'이다. 나비는 꽃에서도 자고 꽃이 푸대접하면 잎에서도 자면 된다고 설득하고 있다. 꽃이 아름다운 여자라면 '잎'은 '수동성, 고착성'을 갖지만 '아름다움'은 담고 있지 않고 꽃에 비하여 다수이니 '뭇여성'의 은유다. 그렇다면 이 시조는 아름다운 여자, 뭇여성을 가리지 말고 자고 청산으로 가자는 의미로 해독된다. 이는 남녀의 유별과 남자의 여자에 대한 우월성을 인정한 바탕 위에서 지조와 절개의 윤리로 양자의 공존을 추구하던 당시 사회의 이념과 맞선다. "어른쟈 나븨야 에어른쟈 범나븨야…"(3149.1)에서도 범나비는 온갖 꽃의 향을 따라 춤을 추는 '바람둥이'의 은유다. 종장에서는 숱한 꽃들을 찾아 춤추는 범나비처럼 춤추자고 권유하고 있다.

짓 : 수용자가 이 노래를 해독할 때 관건은 맨 앞에 나오는 '청산'과 핵심어인 '나비'를 무엇으로 보느냐이다. '청산'에 대하여 조선조 사대부가 흔히 코드 엮기encoding를 하였듯이 '속세의 대립개념'으로 코드 풀기decoding하면, 이 시조는 속세를 떠나 청산에 은거하자고 조용히 청하고 있는 시조이다. 이때 나비는 속세를 등지는 사람, 또는 은일군자隱逸君子이다. 이렇게 본다면 이 노래는 도가적道家的 소요逍遙를 지향하고 있다. 명名과 리利, 세속과 문화 등 모든 인위人爲의 굴레를 벗어나 무위無爲의 자유로움을 펼치고 있다. 이때 '청산, 꽃, 잎'은 자연의 환유일 뿐이다. 즉 이 노래는 수용자가

25 드물기는 하지만, 이를 '임금과 신하'의 은유로 보기도 한다.

은일을 꿈꾸는 사대부일 경우 도가적 소요를 지향한 은일의 노래이다.

반면에 수용자가 유락적遊樂的 삶을 지향한다면, '나비'는 '남자'로, '꽃'은 '아름다운 여성'으로, '잎'은 '뭇여성'으로 코드 풀기가 이루어진다. 이 시조는 이 여자 저 여자 가리지 말고 평범한 여자라도 상관하지 말고 자고 가자고 역설하고 있다. 이 경우 '청산'은 '가장 아름다운 꽃이 핀 곳, 곧 이상적 여성이 있는 공간'으로 코드 풀기가 이루어진다. 그렇다면 이 노래는 자유연애를 구가하라는 메시지를 담고 있다고 평해도 과잉해석은 아니다. 사랑의 열정이나 그리움을 아무리 절절하더라도 절제적으로 표출해야 하고 그렇지 못한 표현은 외설적이라고 여긴 조선조 전기 사회의 맥락에서 보면 이는 분명 파격이다.

참 : 이 시조의 구조를 보면 여행의 구조를 이루고 있다.

여행 주체	중간 경유지	최종 목적지
나비와 범나비	꽃, 또는 잎	청산

목적지는 청산이고 여행자는 나비와 범나비이다. 꽃과 잎은 중간 경유지이다. '청산'은 무릉도원이든, 입신양명이든, 조선조 봉건체제 너머의 유토피아든, 이상적 여인이 있는 공간이든, 부귀영화든 당시 수용자들이 추구한 이상의 공간이다. 청산에 가자는 것이 종장에 서술되어 있다면 달리 볼 이유는 크게 없다. 그러나 중간 경유지인 꽃이 푸대접하거든 대신 잎에서 자고 가자는 것으로 종장을 삼고 있다. 그렇지 않은 경우도 있지만, 대개 종장에 핵심의미를 담는 시조의 구조로 볼 때, 작가는 청산으로 가자는 것보다 꽃에서 잎으로의 대체에 초점을 맞추고 있다.

이런 구조에 유의하여 나비를 자유분방한 인간 주체로 보면 텍스트의 화자는 이 주체에게 청산이든, 꽃이든, 잎이든 구애받지 않고 날아다니고 자고 가라고 권유하고 있다. 그것이 단순히 장소를 의미하든 사람을 뜻하든, 아니면 이념의 표상이든, 나비의 행위는 위계序에 따른 위상과 가치를 누리던 기존질서를 파괴하는 것이다. 나비를 자유로운 주체로 은유한 것 자체가 중세의 '나비=일편단심'의 표상체계를 깨고 새로운 표상의 세계를 연다.

> 어른쟈 너추리야 에어론쟈 박너추리야
> 어인 너출이완듸 담을 너머 손을 주노
> 어른님 이리로셔 져리로 갈 졔 손을 쥬려 ᄒᆞ노라.(『병와가곡집』 0947, 3150.1)

위 시조는 『병와가곡집』을 비롯하여 26종의 가집에 실려 있다. '어른쟈'는 '얼씨구나, 얼싸, 지화자' 등의 뜻을 갖는 감탄사다. '에-'는 접두사다. 초장은 "얼씨구나, 넝쿨이야!, 얼씨구나, 박넝쿨이야!"로 박넝쿨이란 대상과 자아의 만남을 서술하고 있다. 중장에선 "어떤 넝쿨인데 담을 넘어 손을 주는가"라고 묻고 있다. 넝쿨의 여러 속성 가운데 담을 넘어 넝쿨을 뻗는 작용을 하는 것을 은유의 동인으로 하겠다는 것이다.

종장에서 '어른님'은 '어른 님', 곧 '정을 통하다'라는 뜻을 가진 '어르다'의 관형형에 님이 붙은 것이니 '정을 통한 님'이다. 정을 통한 님이 이리 저리 갈 때 손을 쥐려 한다고 답하고 있다. 박넝쿨처럼 님의 손을 잡고, 더 나아가 님을 붙들고, 칭칭 감기고 싶다는 소망을 은근히 피력하고 있다. "어-"자가 각 장의 서두에서 압운을 형성하여 "어른쟈"는 자연스레 "어른님"과 대응한다. "어른쟈"는 '어른+쟈'이다. 이 감탄사에는 "나와 정을 통한 자"라는 뜻이 담겨 있으니 동음이의어를 이용한 유희, 즉 펀pun이다. '어'가 초, 중, 장의 서두에서 압운을 이루고 있음은 물론, '너출'은 세 번 반복되고 있다. 민요처럼 순우리말로 되풀이되는 반복의 구조를 취하고 있다. "박넝쿨=님의 몸을 접하거나 붙잡음"의 은유다. 님을 붙잡을 수 있는 것이 비단 이것만이 아니다. 그럼에도 이를 선택하여 환유로 읽을 수 있게 하는데, 박넝쿨은 농작물의 환유다. 이는 농사를 짓는 서민의 질박한 삶을 환기한다. 기존의 공식적인 프레임frame을 깨고 새로운 은유를 창조하는 동시에 환유로 서민들의 삶을 떠오르게 하고 있으며, 내용에서도 자유롭고 질박한 사랑을 추구하고 있다.[26]

성리학의 세계관에서는 "달 : 가장 높이 떠서 산과 들에 고루 빛을 비춤=임금의 은유, 달=어두운 하늘에 늘 밝게 빛남=지절의 은유, 하늘에서 환하고 밝게 빛남 : 님", 구름 : 해나 달을 가림=간신의 은유", "나비=일편단심의 사랑이나 충신", "소나무와 대나무 : 겨울에도 푸르름=세한고절歲寒孤節, 또는 충신의 은유", "까마귀 : 새끼가 어미를 부양함=효의 은유"였다.

하지만, 세계관이 변하자 원리계가 변하고 이에 따라 표상 체계를 형성하고 코드를 엮고 푸는 원리가 변한다. '달'은 #1205.1의 "달같이 두렷한 가슴"에서는 여성의 풍만한 가슴의 은유로 변한다. "백화산白華山 상상봉上上峰에 낙락장송落落長松 휘여진……"1942.1에서는 "'소나무=위국충절爲國忠節의 주석柱石之臣'이란 (…중략…) 공식적 관념의 틀을 과감하게 깨뜨리고 (…중략…) 사대부적 신성관념과는 거리가 먼 성기의 셋팅 정도로 인식함으로써 그 신성적 가치를 전도시켜 비속화하고 있다.[27] 반면에, "내 쇼시랑

---

26 이도흠, 「18세기 시조에서 탈중세성의 지향과 근대성 문제」, 『한국시가연구』 28, 한국시가학회, 2010, 85쪽 참고.

일혀 ᄇᆞ린지 오ᄂᆞᆯ조ᄎᆞ ᄎᆞᆫ 삼 년三年이오려니…(0960.1)"의 시조에서 여성의 성기를 '자루 들일 구멍'으로 표현한 것처럼 오목한 것이나 구멍이 있는 도구는 여성 성기의 은유가 되었다.[28] '까마귀'는 시체에서 자주 발견되는 경험에 의하여 '죽음의 전령'이라는 환유가 된다.

이처럼 새로운 세계관을 수용한 계층은 새로운 원리계에 따라 새로운 표상체계를 만들고 이에 따라 은유와 환유를 구사하면서 중세를 부정하는 텍스트 생산과 수용에 참여하였다.

4. 민중의 저항과 민중문학의 담론 형성

앞에서 말한 대로, 계급의식과 민권의식을 갖춘 민중들은 가혹한 수탈, 삼정의 문란, 관료들의 부패와 세도정치 등의 현실을 몸으로 겪으면서 봉건사회의 모순에 대한 비판과 불만을 키웠으며 의식에만 그치지 않고 합법적으로 상언과 격쟁, 비합법적으로 무장 폭동을 하며 지배층과 지배질서에 저항하였다.

이들은 투박하나마 봉건모순에 대한 인식과 새로운 사회에 대한 비전을 담은 사상을 형성했을 것으로 보이는데 문자화하지 않아 그 전모를 알 수는 없다. 당시 민중은 사상을 구체적으로 기록하는 대신 이를 문학으로 재현하였다. 그 중 현실비판가사는 봉건사회의 모순과 이로 인한 민중의 고통스런 삶을 객관적이고 구체적으로 잘 묘사하긴 했지만 변혁성이나 새

---

27 김학성, 『국문학의 탐구』, 195쪽.
28 「18세기 시조에서 탈중세성의 지향과 근대성 문제」, 86쪽을 한 문장으로 요약함.

로운 사회를 향한 비전은 거의 보이지 않는다. 반면에 판소리, 그 중에서도 「수궁가」에는 당시 민중들의 변혁적 비전이 잘 반영되어 있다. 각성을 한 민중들이 기존의 여러 설화들을 모아 우화 형식으로 봉건사회의 모순에 대해 치열하게 비판한 판소리가 「수궁가」이다. 특히 다른 작품이 비판의 화살을 양반 관료들에게만 한정한 데 비하여 이 작품은 봉건체제의 수장인 왕에게 바로 초점을 맞추고 있다.

봉건과 근대가 교차하던 18~20세기 초 사이에 「수궁가」 담론에 대해 양반층과 서민층, 보수주의자와 진보주의자 사이에 치열한 헤게모니 투쟁을 벌였고, 이는 100여 종의 판본 및 이본으로 나타났다. 「수궁가」의 앞선 텍스트에 대해 당시 독자들은 개작에 참여하며 새로운 텍스트를 창출하였다. 이들은 형식에서는 인물을 전형화하거나, 서사적 결함을 메우거나, 서사적 완성도를 높이거나, 배경을 바꾸거나, 위기나 에피소드를 추가하거나, 소설적 재미를 더하거나, 문장을 다듬거나 하면서 앞선 작품을 개작하였다. 내용에서는 이데올로기와 세계관, 특정인물에 대한 공감을 키우거나, 리얼리티를 높이거나, 진정성을 강화하거나 하면서 텍스트를 바꾸었다.[29] 저자는 이 중 이데올로기와 세계관, 특정인물에 대한 공감 여부를 중심으로 분석한다. 이 지점에서 봉건성과 근대성이 첨예하게 부딪히기 때문이다.

「수궁가」는 주지하듯 당대 사회 현실과 알레고리 관계를 갖는다. 수궁水宮은 왕을 정점으로 한 지배층 사회, 산중山中은 서민사회의 구도를 형성한

29 정충권은 다양한 변이 양상을 분석하면서 개작동기이자 변이원리로 "빈틈 메우기, 서사적 의문해소, 특정인물 편들기, 논쟁적 이의제기"를 제시하고 있다. (정충권, 「「토끼전」 결말의 변이양상과 고소설의 존재 방식」, 『새국어교육』 71, 한국국어교육학회, 2005, 534쪽)

〈모형 12〉 가람본 「별토가」 계열 서사의 행위소 모형

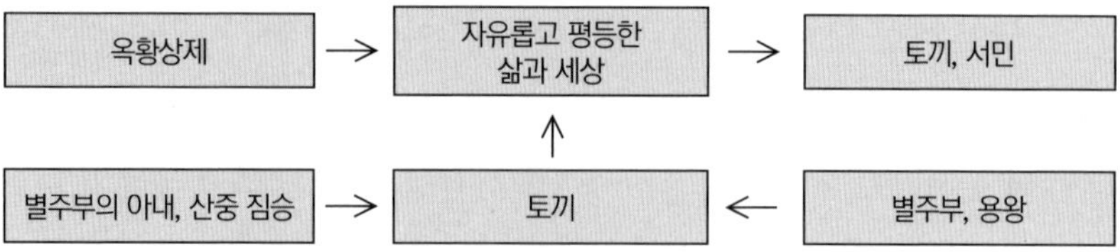

다. 인물 또한 용왕은 봉건 군주, 토끼는 민중, 자라는 충忠을 고루하게 수호하는 봉건관료를 뜻한다. 「수궁가」 자체가 정치담론의 성격을 갖기에 이를 어떻게 해석하느냐에 따라, 해석에 그치지 않고 '다시쓰기'를 감행하여 어떤 이본을 형성하느냐에 따라 헤게모니 투쟁이 치열하게 일어난다.

지배층은 경판본京板本 「토싱젼」 계열의 작품이나 강산제 「수궁가」처럼 용왕이 병에 걸린 원인을 백성을 다스리려고 고민하고 애를 쓴 데서 찾고 별주부의 충忠에 초점을 맞추어 이야기를 구성하며, 결국 용왕이 도망간 토끼를 재포획하여 토끼의 간을 먹고 쾌차하여 태평성대를 이루는 이야기를 향유한다. 자라의 비장한 죽음과 용왕의 승리에 방점을 찍으면서 조선조 말의 위기의 상황에서도 변함없이 충의 이데올로기를 수용할 것을 강조하고 있는 것이다.

반면에 서민층은 가람본 「별토가」 계열의 작품처럼 용왕이 주색잡기를 지나치게 하여 병이 든 것으로 병의 원인을 삼고 용왕과 별주부 등 봉건사회 지배층에 대해 신랄한 조롱과 풍자를 한다. 만민의 주인인 자신을 위해 목숨을 달게 바치라는 용왕의 요구에 토끼는 "남이 죽는 것이 내 고뿔만 못하다"라며 이를 거부하며, 옥황상제는 용왕과 토끼의 생명이 동등하다며 토끼의 손을 들어주며, 토끼와 별주부 부인이 동침하고 토끼가 떠나고 별주부는 소상강에 망명한 후 별주부 부인이 토끼를 그리워하다가 상사

병에 걸려 죽었는데 수궁에서는 열녀문을 세워주고 별주부는 자결한다. 용왕은 부패한 데다 더하여 토끼의 간, 곧 민중의 희생과 착취 없이는 존속이 불가능한 자다. 별주부의 충忠과 별주부 부인의 열烈에 대해 한껏 조롱하고 있고, 용왕에 대해 서민의 승리를 구가하고 있다.[30]

여기서 주체는 서민의 환유인 토끼다. 그가 욕망하는 대상은 자유롭고 평등한 삶과 세상이다. 적대자는 그를 죽여 자신의 목숨을 부지하고자 하는 봉건군주의 환유인 용왕과 용왕에 대한 충성을 절대화하는 근본주의적 유교주의자 관료의 환유인 별주부다. 조력자는 별주부의 아내와 산중 짐승 가운데 토끼를 돕는 이들이다. 조력자와 주체를 합친 힘과 지혜가 별주부와 용왕에게 뒤질 때 토끼는 위기에 처하고 반대로 이를 능가할 때 토끼는 살아남는다. 발신자는 옥황상제다. 옥황상제는 휴머니즘에 입각한 합리적인 판결을 하여 토끼에게 자유롭고 평등한 삶을 부여한다. 이를 직접 수신하는 자는 토끼이지만, 최종 수신자는 토끼로 환유화한 당대 민중이다.

논의의 편의를 위하여 단순화하여 살펴봤지만, 「수궁가」를 이렇게 범주화하는 자체가 다양한 이본이 갖는 무수한 해석의 가능성을 닫고 일반화하는 것이다. 선인의 약을 먹고 용왕이 쾌차하는 것처럼 절충으로 끝난 이본도 많으며, 산중에 오른 토끼가 숱한 위기를 겪는 이야기나 용왕이 토끼를 다시 잡아오는 과정도 이본에 따라 매우 다양하게 전개된다. 하여튼 이본의 향유층이 「수궁가」의 우의寓意를 통하여 당시 조선조 사회에 대한 해석과 대안 모색에 대하여 각자의 계급적 입장과 세계관에 따라 치열한 헤

30 정출헌, 「봉건국가 해체와 토끼전의 결말구조」, 『고전문학연구』 13집, 한국고전문학회, 1998, 153~185쪽; 정충권, 「토끼전 결말의 변이양상과 고소설의 존재방식」, 『새국어교육』 71호, 한국국어교육학회, 2005, 521~539쪽; 권순긍, 「토끼전의 매체변환과 존재방식」, 『고전문학연구』 30집, 한국고전문학회, 2006, 61~88쪽을 참고.

게모니 투쟁을 한 것이다.

「수궁가」는 당대 조선조 사회에서 권력의 정점에 있는 왕을 조롱하고 풍자하는 데 그치지 않고 성리학에 대한 저항이데올로기counter ideology로서 휴머니즘을 명백하게 드러내고 있다. 천상에서 토끼를 잡아 보내자는 의견과 그 반대의 의견이 분분하자, 옥황상제는 용왕과 토끼를 모두 불러들여 각각의 의견을 직접 듣는다. 그리고는 아래와 같이 판결한다.

> 대저 천지天地는 만물이 머물고 가는 여관과 같고, 광음光陰은 백대에 걸쳐 지나가는 손님과 같다. (…중략…) 동해 용왕 광연廣淵은 병이 들었으나 도리어 살고 만수산 토끼는 죄가 없으나 도리어 죽는다면, 이는 마땅히 죽어야 할 자가 살고 마땅히 살 자가 죽는 것과 같다. 광연廣淵이 비록 살아날 약이 있다고 하니 토끼인들 어찌 죽음을 싫어하는 마음이 없겠는가? 광연은 용궁으로 보내고 토끼는 세상으로 놓아주어 각기 그 천명天命을 즐기게 함이 천의天意에 순응하는 것이리라.[31]

이 판결에 앞서서 토끼는 "사는 것을 좋아하고 죽는 것을 싫어하는 마음에 어찌 대소大小가 있을 것이며 목숨을 보전하고자 하는 데는 귀천貴賤이 없을 것이니, 죄 없이 죽음에 이르는 것은 속여서라도 삶을 도모하는 것만 못하다"라고 자신을 소명한다.[32] 신분에 따라 권력과 부를 차등화하는 것이 당연한 당시 사회에서 목숨의 소중함이 모두 똑같이 평등함을 피력하

31 고대본 「토공전」, 인권환 역주, 『토끼전』, 고려대 민족문화 연구소, 1993, 450쪽; 정출헌, 「봉건국가 해체와 「토끼전」의 결말구조」, 『고전문학연구』 13, 한국고전문학회, 1998, 164쪽 재인용.

32 정출헌, 앞의 글, 164쪽 재인용.

고 있다. 이것이 토끼/민중만의 소망으로 그치지 않는다. 절대자인 옥황상제가 토끼의 손을 들어주는 것이다.

옥황상제는 명문으로 동아시아에 즐겨 회자되는 이백李白의 「춘야원도리원 서春夜宴桃李園 序」의 첫 문장 "夫天地者萬物之逆旅 光陰者百代之過客"으로 시작하여 용왕이 병으로 죽는 것은 마땅히 죽어야 하는 것이고 토끼가 죄가 없으므로 사는 것 또한 마땅하다고 말한다. 마땅하다는 것은 올바름을 뜻한다. 이어서 그는 용왕이 용궁으로 돌아가서 천명대로 곧 죽게 하고 토끼는 세상에 놓아주어 마음껏 생을 누리게 함이 곧 하늘의 뜻에 부합하는 것이라고 말한다. 용왕/왕과 토끼/민중이 평등함은 마땅히 올바른 것이자 하늘의 뜻이다.

이처럼, 가람본 「별토가」 계열의 「토끼전」은 알레고리 수법을 빌려 봉건사회를 신랄하게 풍자할 뿐만 아니라 조선조 봉건사회를 지배하는 성리학 이데올로기를 부정하고 신분을 초월하여 모두가 평등한 휴머니즘의 세상이라는 새로운 비전을 펼치고 있다.

5. 동학사상의 변혁성과 용담유사의 개벽 담론

1) 동학사상의 변혁성

위와 같은 민중들의 각성과 저항의 이념과 새로운 비전이 19세기의 맥락에서 최제우崔濟愚, 1824~1864를 매개로 동학으로 집대성되었다. 최제우가 보기에, 동학을 창시하던 19세기의 조선조 사회는 크게 세 가지 위기에 놓였다. 첫째, 국내로는 관료의 부패와 전정田政·군정軍政·환정還政, 곧 삼정三

政의 문란 등 봉건사회의 모순이 극에 달하여 백성들의 삶이 도탄에 빠졌다. 각성된 민중들은 이 모순을 인식하고 더 나아가 무기를 들고 봉기했다. 1811년에는 평안도와 황해도 일대에서 홍경래란이 일어났으며, 1862년에는 경상도, 전라도, 충청도, 삼남지방에서 진주민란 등의 민란이 연이어서 발생하였다. 둘째, 해외로는 아편전쟁1839~1842의 충격이후 서세동점西勢東漸의 여파로 외세 위협이 고조되었다. 천하 지배를 자처하던 중국은 아편전쟁에 이어서 제1차 영·불 연합국 전쟁1857~1858과 제2차 영·불 연합국 전쟁1859~1860에서 패배함으로써 북경北京에 이들의 군대가 점령하는 치욕을 당하였다. 미국의 페리 제독이 군함을 이끌고 일본에 강력하게 통상을 요구하자 아편전쟁의 충격과 공포에 있었던 에도 막부는 1854년에 이에 굴복하여 미·일 화친 조약을 맺고 2개 항구를 개방하였다. 이런 국제질서는 조선에 외세에 대한 공포와 경계의 분위기를 조성하였다. 셋째, 상하를 가리지 않고 사람들은 천명을 거스르면서 각자위심各自爲心에 빠져 윤리적으로 타락하였다. 이에 최제우는 이런 현실의 모순을 직시하고 이를 극복하기 위하여 자신이 깨달은 사상을 바탕으로 기존의 유불도 사상을 창조적으로 해석하고 당시 민중들의 사상을 종합하여 서학에 대립하는 동학사상을 창시하였고, 이를 『동경대전東經大全』에 집적하였다.

모심은 안으로는 신령이 있고 밖으로는 기화가 있어 온 세상 사람들이 각각 알아서 옮기지 않는 것이다. 주인이라는 것은 존엄하게 여겨 부모와 같이 섬긴다는 것이다. 조화라는 것은 아무것도 하지 않으면서 변화를 만드는 것이요, 정한다는 것은 그 덕에 합하여 마음을 정한다는 것이다. 영세라는 것은 사람의 평생이요, 잊지 않는다 함은 언제나 생각을 보존한다는 뜻이요, 온갖

> 일이란 것은 수가 많은 것이요, 앎이라는 것은 그 도道를 알아서 그 지혜를 받는 것이다. 그러므로 그 덕을 밝고 밝게 하여 늘 생각하며 잊지 않으면, 지극한 기운에 화하여 지극한 성인에 이르게 된다.[33]

동학사상을 한 낱말만 남긴다면 '인내천人乃天', 곧 사람이 하늘이라는 것이다. 한국인에게 하늘은 '궁극적 진리, 절대자, 가장 존엄한 자, 대의 중의 대의, 만물의 주재자, 가장 공정한 심판자' 등의 뜻을 갖는다. 지금도 사람들은 "하늘이 두렵지 않느냐, 하늘이 보고 있다"라고 말한다. 동학은 이를 한울님이라 칭한다. 그리하여 모든 이들이 한울님처럼 존귀하다. 또, 모든 이들이 한울님을 모실 수 있으니 만인이 평등하다.

하지만, 한울님이 서양의 'God'처럼 초월적 절대자를 뜻하지 않는다. 그것은 만물의 주재자인 동시에 우주에 가득한 기운이라서 태어날 때의 어린이 마음과 같은 것이요, 잃었더라도 사람이 자신을 닦으며 이에 호응하면, 자신의 몸 안에서 한울님을 다시 찾을 수 있다. "내유신령이란 처음 포태될 때 한울님으로부터 받은 가장 순수한 마음을 다시 회복하는 순간을 말하는 것이며, 외유기화란 처음 인간의 생명이 형성될 때, 즉 무형의 생명에서 유형의 생명이 될 때 우주의 기운, 즉 한울님의 기와 접하게 되는 신비함을 체득하는 그 순간을 말하는 것이다."[34] 실제의 삶에서도 "최제우는 노비를 수양딸로 삼고 노비를 해방시켰고, 최시형은 (…중략…) 노

---

33 최제우, 윤석산 주해, 『동경대전』, 「논학문(論學文)」, 동학사, 1996, 83쪽 : "侍者內有神靈 外有氣化 一世之人各知不移者也 主者稱其尊而與父母同事者也 造化者無爲而化也 定者合其德定其心也 永世者人之平生也 不忘者存想之意也 萬事者數之多也 知者知其道而受其知也 故明明其德念念不忘則 至化至氣 至於至聖"(『동경대전』의 번역은 윤석산 주해본을 참고하여 약간 더 다듬었으며, 쪽수는 한문 원문을 인용한 부분을 적음)

34 위의 책, 84쪽.

비 및 어린이, 부녀자를 존중하도록 가르침을 펴고 있으며, 폐정개혁에서도 노예해방, 신분철폐, 과부개가허용 등을 주장하고 있고, 이후에도 천도교들은 어린이운동, 신여성운동을 주도하였다."[35] 이처럼 동학은 신분, 계급, 젠더, 나이에 구분 없이 모든 이들의 존엄과 평등을 주장한다.

> 경신년에 이르러 전해 오는 말들을 듣자니 서양 사람들은 천주의 뜻이라 하여 부귀를 취하지 않되 천하를 쳐서 취하여 교회당을 세우고 그 도를 행한다 하더라. 이런 까닭으로 나 역시 그것이 그럴까, 어찌 그럴까 하는 의심이 있었다.[36]

> 무릇 경신년 4월에 천하가 어지럽고 민심이 효박하여 나아갈 방향을 잘 알지 못할 즈음에 또한 괴상하고 어긋나는 말이 세간에 요란하게 떠돌되 '서양 사람들은 도를 이루고 덕을 세워 조화의 경지에 이르러 못하는 일이 없다 하며 무기로 공격하여 싸움을 하면 그 앞에 당해낼 사람이 없다'고 한다. 중국이 소멸하면 어찌 순망치한脣亡齒寒의 환란이 없겠는가.[37]

> 거룩한 내집부녀婦女 이글보고 안심安心하소
> 소위서학所謂西學 하는사람 암만봐도 명인名人없데
> (…중략…)

35 윤석산, 「동학가사에 나타난 근대의식 연구」, 『한국학논집』 25, 한양대 한국학연구소, 1994, 109쪽 참고.

36 위의 책, 16~17쪽 : "至於庚申 傳聞西洋之人 以爲天主之意 不取富貴 功取天下 立其堂 行其道 故吾亦有其然 豈其然之疑"

37 위의 책, 58~59쪽 : "夫庚申之年 建巳之月 天下紛亂 民心淆薄 莫知所向之地 又有怪違之說 崩騰于世間 西洋之人 道成立德 及其造化 無事不成 功鬪干戈 無人在前 中國燒滅 豈可無脣亡之患耶"

개같은 왜적倭賊놈아 너희신명 돌아보라
너희역시 하륙下陸해서 무슨은덕恩德 있었던고
전세임진前世壬辰 그때라도 오성한음熬城漢陰 없었으면
옥새보전玉璽保全 뉘가할꼬 아국명현我國名賢다시없다
나도또한 한울님께 옥새보전 봉명奉命하네[38]

최제우는 외세 침략으로부터 민족과 국가를 보전하고 백성을 평안히 하자는 보국안민輔國安民을 주장하였다. 서양이 중국을 침략한 것에 대한 위기감이 우선하지만, 사대주의에 빠지지 않고 중국에 대해서도 적대적이고 자주적인 입장을 취하였다.[39] 경신년인 1860년 4월 5일에 수운은 한울님과 문답을 서로 주고받은 이후 도를 깨달았다. 깨닫고 보니 서양의 침략이 더욱 걱정이 된다. 서양은 하나님의 뜻이라 하여 중국을 쳐서 빼앗고 거기에 교회를 세우고 천주교의 가르침을 전하고 있다. 아편전쟁의 충격적인 사례를 보니 서양을 당할 자가 없다. 최제우는 앞으로 중국이 서양문명의 침략을 이기지 못하고 소멸하면, 입술이 사라지면 이가 시리듯 조선 또한 위기에 놓일 것이라고 걱정하고 있다. 일본에 대해서도 '개같은' 이라는 수식어를 붙이며 적대감을 드러내고 있다. 임진왜란까지 소환하

38 최제우, 『용담유사』, 「안심가(安心歌)」. 『용담유사』는 최제우, 윤석산 주해, 『용담유사』, 동학사, 1999에 기록된 텍스트가 원본에 가장 가까우리라 본다. 하지만, 문학적 분석을 하는 것보다 사상을 추출하는 것에 초점을 맞추었고 이것과 천도교 청년회에서 누리집에 올린 텍스트를 대조한 결과 틀린 곳이 없고 가독력의 면에서는 굳이 중세어 한글 표기보다 국한혼용이 더 나을 듯하여 천도교 청년회에서 누리집에 올린 것을 저본으로 하였다. (http://www.podok.com/bbs/board.php?bo_table=documents&wr_id=7&sfl=&stx=&sst=wr_hit&sod=desc&sop=and&page=1)

39 중국에 대해서는 『용담유사』에서 "대보단(大報壇)에 맹세하고 한이(汗夷) 원수 갚아보세"라고 말하고 있다.

며 오성 이항복과 한음 이덕형이 임진왜란 당시에 나라를 지켰듯이 그와 같은 위기를 맞아 수운 자신이 한울님의 명을 받아 나라를 지키겠노라고 말하고 있다. 아울러 당시에 서학을 하는 이들도 경계하고 있다. 이 가르침에 따라 동학농민군은 보국안민輔國安民과 함께 척왜양창의斥倭洋倡義의 깃발을 높이 들었다.

전주화약이 성립된 이후 농민군은 전라도 53개 군현에 집강소를 설치하고 스스로 정치일선에 나섰다. 그들은 좀더 실질적인 폐정개혁의 실행을 원하였다. "집강소는 집강執綱, 서기書記, 성찰省察, 집시執事, 동몽童蒙의 직책이 하나의 관청을 이루어 운영하였지만",[40] 향회, 동학조직, 두레가 집강소 조직의 토대를 형성하였으며, "두레는 농민군이 군사적 대오를 원활하게 갖추고 집강소의 운영을 민주적으로 하는 데 중요한 원천이 되었다".[41] 집강소는 12조의 폐정개혁안을 제시하고 이를 수행했다.

① 도인道人과 정부와의 사이에는 숙혐宿嫌을 탕척蕩滌하고 서정庶政을 협력할 것,

② 탐관오리는 그 죄목을 사득查得해 일일이 엄징할 것,

③ 횡포한 부호배富豪輩를 엄징할 것,

④ 불량한 유림儒林과 양반배兩班輩는 못된 버릇을 징계할 것,

⑤ 노비 문서는 불태워버릴 것,

⑥ 칠반천인七班賤人의 대우는 개선하고 백정白丁 머리에 쓰는 평양립平壤笠은 벗어 버릴 것,

40 鄭碩謨, 「甲午略歷」, 『東學亂記錄』 上卷, 국사편찬위원회, 1971, 65쪽 : "設執綱所 (…중략…) 置執綱 書記 省察 執事 童蒙之名色 宛成一官廳"

41 정진상, 「농민 집강소를 통해서 본 갑오농민전쟁의 사회적 지향」, 『사회와 역사』 27, 한국사회사학회, 1991, 269쪽.

⑦ 청춘과부青春寡婦의 개가를 허락할 것,

⑧ 무명잡세無名雜稅는 일체 거두어들이지 말 것,

⑨ 관리 채용은 지벌地閥을 타파하고 인재를 등용할 것,

⑩ 왜倭와 간통奸通하는 자는 엄징할 것,

⑪ 공사채公私債를 막론하고 기왕의 것은 모두 무효로 할 것,

⑫ 토지는 평균으로 분작分作하게 할 것 등이다.[42]

위의 내용을 분석하면, 1, 2, 3, 4, 9는 탐관오리와 부호배의 처벌을 포함한 봉건정치 개혁이며, 5와 6은 신분해방, 7은 여성해방, 8과 11은 세제개혁, 10은 반외세, 12는 토지개혁에 관한 것이다. 집강소는 폐정개혁을 명시한 것만이 아니라 "환곡의 무효화 및 환상제도의 폐지, 고리채와 사채의 엄금, 미곡의 일본유출 금지, (…중략…) 삼정의 개혁, 백성들이 제출한 인민소장의 처리, 관리들이 작성하였던 문서의 검열과 집강소 정책의 문서화 등 체계적인 개혁정책을 시행해 나갔다. 그리고 집강소는 향촌의 치안과 외세개입에 따른 만일의 사태에 대비하기 위해 농민군을 증대하였으며 횡포한 부호들로부터 부당하게 수탈한 재산을 압수하여 군수전과 군수미를 확보하였다. 특히 천민출신의 부대를 창설함으로 무력의 증강과 함께 신분해방정책도 실행하였다".[43]

"농민군의 주력을 이룬 계층은 사회적으로는 평민 · 천민층, 경제적으로는 영세농민 · 농촌노동자 · 영세상인 · 영세수공업자층에 해당하는 이들이

---

42 「폐정개혁안」, 『한국민족문화대백과사전』(https://100.daum.net/encyclopedia/view/14XXE0060112).

43 황묘희, 「집강소의 농민사회 신질서 수립을 위한 개혁활동」, 『동학학보』 제10권 2호, 동학학회, 2006, 382쪽.

었다. (…중략…) 경제적 지향에 관해 살피면, (…중략…) 삼정의 개혁을 요구하였다. (…중략…) 농민군측은 중세적 수취체제의 모순에서 파생된 여러 폐단을 들어 그 시정을 요구하고 있을 뿐, 중세적인 수취체제 그 자체에 대한 거부단계까지는 나아가고 있지 못하였다. (…중략…) 정치적으로 민씨정권의 축출, 그리고 대원군의 섭정 복귀를 목표로 하고 있었다."[44]

"요컨대 갑오농민전쟁 시기 농민군의 사회적 지향은 봉건적 지배가 실현되는 향촌 사회에서의 양반 지배체제를 부정하고 자생적인 권력기구를 수립하여 이를 토대로 봉건체제의 중요한 한 지렛대인 사회 신분제를 폐지함으로써, 봉건적 질서를 전면적으로 부정하고 자유와 평등에 기초한 근대적 사회 질서를 주체적으로 건설하려고 한 것이었다."[45] 동학농민전쟁은 처음에 항쟁으로 시작했지만, 최소한 집강소 설치 이후에는 사회혁명을 분명히 지향한 것이다.

최제우는 봉건사회를 비판할 뿐만 아니라 대안으로 후천개벽의 세상을 제시한다. 그의 개벽관은 『용담유사』에 압축적으로 표현되어 있다.

> 부富하고 귀貴한사람 이전시절以前時節 빈천貧賤이오
> 빈貧하고 천賤한사람 오는시절時節 부귀富貴로세
> 천운天運이 순환循環하사 무왕불복無往不復 하시나니
> (…중략…)
> 그럭저럭 할길없어 없는정신精神 가다듬어
> 한울님께 아뢰오니 한울님 하신말씀

---

44 박찬승, 『근대 이행기 민중운동의 사회사』, 경인문화사, 2008, 307~311쪽.
45 정진상, 앞의 글, 271쪽.

너도역시 사람이라 무엇을 알았으며
억조창생億兆蒼生 많은사람
동귀일체同歸一體 하는줄을 사십평생 알았더냐
(…중략…)
그런생각 두지말고 정심수도正心修道 하였어라
시킨대로 시행施行해서 차차차차次次次次 가르치면
무궁조화無窮造化 다던지고 포덕천하布德天下 할것이니
차제도법次第道法 그뿐일세 법法을정定코 글을지어
입도入道한 세상사람 그날부터 군자君子되어
무위이화無爲而化 될것이니 지상신선地上神仙 네아니냐[46]

근심말고 돌아가서 윤회시운輪廻時運 구경하소
십이제국十二諸國 괴질운수怪疾運數 다시개벽開闢 아닐런가
태평성세太平聖世 다시정定해 국태민안國泰民安 할것이니
개탄지심慨歎之心 두지말고 차차차차 지냈어라
하원갑下元甲 지내거든 상원갑上元甲 호시절好時節에
만고萬古없는 무극대도無極大道 이세상에 날것이니
너는또한 연천年淺해서 억조창생億兆蒼生 많은백성
태평곡太平曲 격양가擊壤歌를 불구不久에 볼것이니
이세상 무극대도無極大道 전지무궁傳之無窮 아닐런가
천의인심天意人心 네가알까 한울님이 뜻을두면

46 최제우, 「교훈가(教訓歌)」, 『용담유사』, 천도교 청년회본.

금수禽獸같은 세상사람 얼픗이 알아내네
나는또한 신선神仙이라 이제보고 언제볼꼬
너는또한 선분仙分있어 아니잊고 찾아올까
잠을놀라 살펴보니 불견기처不見其處 되었더라[47]

지금 상황을 보면 너무도 암울하다. 수운은 당위로서, 희망으로서 개벽을 주장하는 것이 아니라 이것이 천리에 따른 당연한 법칙이며 귀결이라고 말한다. 이는 윤회시운에 따른 것이며, 육십갑자 가운데 쇠약해지는 단계인 하원갑이 가고 첫째 갑자 60년의 상원갑, 좋은 시절이 열리는 것으로 천리天理에 입각한 것이다.

후천개벽의 세상은 겨울이 끝나고 오는 봄과 같이 모든 죽은 것이 소생하고 부활하는 곳이다. 농민들이 배불리 먹고 격양가를 부르는, 동양에서 오랜 동안 꿈꾸었던 요순 태평시대와 같은 곳이다. 부富하고 귀貴한 사람이 가난한 자와 천한 자로 되고, 가난한 자가 부자가 되고 천했던 자가 귀한 자로 바뀌는 전복顚覆이 일어나는 곳이다. 모든 이들이 각자위심을 떠나 한울님의 뜻을 받들어 한울님을 마음속에서 발견하여 다함없이 지극한 큰 도가 열리는 곳이요, 지상신선/군자가 다스리는 지상천국이다.

개벽이 오는 것은 천리에 따라 당연히 오는 역사적 필연이지만 저절로 오는 것은 아니다. 이는 주체의 각성과 실천이 따라야만 가능하다. 개벽을 절절하게 소망하며 자신을 수양하여, 영부靈符를 품고 주문을 외우며 각자위심을 말끔히 소멸시키는 수련을 쌓아 한울님을 부단히 모셔서 그를 내

47 최제우, 「몽중노소문답가(夢中老少問答歌)」, 『용담유사』, 천도교 청년회본.

안에서 발견하고 성경신誠·敬·信을 지극하게 실천하는 이들이 바로 그 주체다. 그가 바로 지상신선이다. 후천개벽은 지상신선이 다스리는 세상이다. "그러므로 동학적 낙원사상의 특징은 정치적·사회적 제도의 개혁을 통해 낙원을 이룩하고자 하는 사상이 아닌, 보다 인성에 중점을 둔Utopia of man, 그러므로 정신의 개벽을 통해 이 지상에 천국을 이룩하겠다는 낙원사상인 것이다. 이는 바로 물질개벽도 궁극적으로는 정신개벽을 통해서만 이룩될 수 있다는, 동학의 개벽사상을 단적으로 반영한 모습이라고 할 수 있다."[48] 그러니, 후천개벽은 사회개벽과 인간 정신의 개벽을 종합한 낙토다. 이 점이 서양의 유토피아와 가장 다른 점이다.

이처럼 동학은 농민을 중심으로 천민까지 아울러 탐관오리와 부호배의 처벌을 포함한 정치 개혁이며, 신분해방, 여성해방, 조세개혁, 토지개혁 등 봉건모순을 극복하는 운동이며, 서양만이 아니라 청과 일본까지 반대하며 반외세의 민족자립을 추구하며, 집강소처럼 민중적이고 민주적인 의사결정체제를 수립하고, 사회개벽과 인간정신의 개벽을 종합한 후천개벽의 사회를 비전으로 제시했다. 무엇보다 농민과 동학교도들은 이념에 머물지 않고 직접 죽창을 들고 혁명운동에 나섰다.

2) 용담유사의 개벽 담론

동학사상을 담은 문학작품 가운데 백미는 단연 『용담유사龍潭遺詞』다. 동학교조 최제우가 서민과 부녀자들에게 자신이 깨달은 동학사상의 교리를 널리 포교하기 위하여 한글 가사체로 직접 지은 것이어서 동학사상이 잘

48 윤석산, 『용담유사 연구』, 모시는 사람들, 2006, 320쪽.

반영되어 있고 널리 읽혔을 뿐만 아니라 득도에서 개벽의 결의에 이르기까지 전체 서사를 9편으로 나누어 4·4조의 가사형식에 잘 담아낸 수작이며, 이후의 동학가사와 달리 변혁성을 잘 견지하고 있기 때문이다.

「교훈가敎訓歌」는 수운의 자식과 조카에게 열심히 도를 닦을 것을 당부하는 가사다. 「안심가安心歌」는 자신의 부인에게 자신이 득도한 이후에 겪은 일과 작금의 좋지 않은 상황을 말하는 동시에 곧 좋은 세상이 오리라며 부인을 안심시키는 노래다. 「용담가龍潭歌」는 자신이 태어나고 자란 경주 구미산 용담 주변 경치의 아름다움을 묘사하면서 1860년에 득도를 한 환희를 표현하였다. 「몽중노소문답가夢中老少問答歌」는 자식이 없던 노인이 금강산에서 옥동자를 얻고 이 아이가 세상을 돌아다니다가 꿈에 득도하였다는 서사를 중심으로 개벽사상을 편 것이다. 「도수사道修詞」는 경주를 떠나면서 제자들에게 성誠 경敬을 중심으로 정심수도正心修道할 것을 당부하면서 개벽된 세상에서 다시 만나자고 다음을 기약하고 있다. 「권학가勸學歌」는 험난한 세상에서 성誠과 경敬을 다하여 한울님을 섬기고 공경하여 동귀일체同歸一體를 이룰 것을 권하는 가사다. 「도덕가道德歌」는 지벌地閥이나 문필文筆보다 도덕이 중요함을 강조하면서 정심수도하며 도덕을 닦을 것을 권하고 있다. 「흥비가興比歌」는 시경의 한 장르인 흥과 비를 이용하여 이치를 깨우치고 무궁한 진리 안에서 무궁한 나를 찾으라는 내용을 담고 있다. 마지막으로 「검결劍訣」은 최제우가 용천검龍泉劍을 써서 세상을 바꾸겠다는 개벽의지를 강렬하게 묘사한 가사다.

『용담유사』는 동학의 교리를 포교의 목적으로 가사 양식을 빌려 풀어쓴 것이지만, 봉건사회 비판, 반외세의 민족 자주, 여성평등, 개벽에 대한 비전 등을 내포하고 있다.

그모르는 처지妻子들은 유의유식裕衣裕食 귀공자貴公子를
흠선欽羨해서 하는말이 신선神仙인가 사람인가
일천지하一天之下 생긴몸이 어찌저리 같잖은고
앙천탄식仰天歎息 하는말을 보고나니 한숨이오
듣고나니 눈물이라 내역시亦是 하는말이
비감회심悲感悔心 두지말고 내말잠간暫間 들었어라
호천금궐昊天金闕 상제上帝님도 불택선악不擇善惡 하신다네
자조정自朝廷 공경이하公卿以下 한울님께 명복命福받아
부귀자富貴者는 공경公卿이오 빈천자貧賤者는 백성百姓이라
우리또한 빈천자로 초야草野에 자라나서
유의유식 귀공자貴公子는 앙망불급仰望不及 아닐런가
복록福祿은 다버리고 구설앙화口說殃禍 무섭더라
졸부귀猝富貴 불상不祥이라 만고유전萬古遺傳 아닐런가
공부자孔夫子 하신말씀 안빈낙도安貧樂道 내아닌가
우리라 무슨팔자八字 고진감래苦盡甘來 없을소냐
흥진비래興盡悲來 무섭더라 한탄恨歎말고 지내보세[49]

양반층은 농사를 짓지 않고 놀아도 좋은 옷에 좋은 음식을 먹지만, 농민들은 빠빠지게 일해도 먹고 살기 어렵다. 이런 세상의 부조리함과 불평등을 묘사하며 같은 하늘 아래 태어난 몸인데 출신 하나로 이렇게 다른 삶을 살아야 하는가 라고 반문한다. 하지만, 고생이 다하면 좋은 일이 오고, 흥

49 「안심가」, 『용담유사』, 천도교 청년회본.

한 것이 다하면 슬픔이 오는 것이 이치라고 말하며 불평등한 세상이 곧 다른 세상으로 바뀔 것임을 암시하고 있다.

> 현숙賢淑한 내집부녀婦女 이글보고 안심安心하소
> 대저생령大抵生靈 초목군생草木群生 사생재천死生在天 아닐런가
> 하물며 만물지간萬物之間 유인惟人이 최령最靈일네
> 나도또한 한울님께 명복命福받아 출세出世하니
> (…중략…)
> 우리라 무슨팔자八字 고진감래苦盡甘來 없을소냐
> 흥진비래興盡悲來 무섭더라 한탄恨歎말고 지내보세
> (…중략…)
> 그말저말 듣지말고 거룩한 내집부녀婦女
> 근심말고 안심安心하소 이가사歌詞 외워내서
> 춘삼월春三月 호시절好時節에 태평가太平歌 불러보세[50]

이는 수운이 자신의 부녀에게 말하는 형식을 빌려 노래한 가사다. 문면에 노골적으로 남녀평등을 말한 것은 아니다. 이 말의 수신자는 부인이다. 수신자에게 말하면서 오로지 인간이 최고의 신령이라고 표현한 것은 그가 바로 그런 것임을 뜻한다. 남자들에게만 한정하여 사용하던 만물의 최령이란 말을 여성에게도 발화하고 있다. 더불어 고진감래나 흥진비래로 희망을 불어넣어 주고, 춘삼월 호시절로 표현된 새로운 세상을 함께 누릴

50 위의 글.

것을 권하고 있다. 이제 선천先天 5만 년이 지나가고 후천後天 5만 년의 새로운 세상이 열리고 있다. 이 세상은 무엇보다 만인이 신분, 젠더, 나이에 관계 없이 모두가 한울님처럼 존귀하고 또 한울님을 모실 수 있는 평등한 세상이다.

> 개벽시開闢時 국초國初일을 만지장서滿紙長書 나리시고
> 십이제국十二諸國 다버리고 아국운수我國運數 먼저하네
> (…중략…)
> 요순성세堯舜聖世 다시와서 국태민안國泰民安 되지마는
> 기험崎險하다 기험하다 아국운수我國運數 기험하다
> (…중략…)
> 개같은 왜적놈이 전세임진 왔다가서
> 술싼일 못했다고 쇠술로 안먹는줄
> 세상사람 뉘가알꼬 그역시亦是 원수怨讐로다[51]

> 하원갑下元甲 경신년庚申年에 전해오는 세상世上말이
> 요망妖妄한 서양적西洋賊이 중국中國을 침범侵犯해서
> 천주당天主堂 높이세워 거소위 하는도道를
> 천하天下에 편만遍滿하니 가소可笑절창 아닐런가[52]

일본에 대해서는 앞에서 '개같은'이라고 관형어로 한정하고, 서술어에

51 「안심가」, 『용담유사』, 천도교 청년회본.
52 「권학가」, 『용담유사』, 천도교 청년회본.

서는 원수라고 규정한다. 서양은 '요망한'이라는 관형어로 한정하고 서양을 도적으로 칭하고 있다. 그리고 서양이 중국을 침범한 것 자체가 말세인 하원갑임을 드러내는 징표다. 우리나라의 상황이 상당히 위험하다고 인식하는 동시에 서양과 일본이라는 두 적대세력을 경계하며, "십이제국 다 버리고 아국 운수 먼저 하자"라며 중국 중심의 사대주의적 역사관에서 벗어나 민족의 문제에 대해 주체적으로 대응할 것을 요청하고 있다.

가련可憐하다 가련하다 아국운수我國運數 가련하다
전세임진前世壬辰 몇해런고 이백사십 아닐런가
십이제국十二諸國 괴질운수怪疾運數 다시개벽開闢 아닐런가[53]

춘삼월春三月 호시절好時節에 태평가太平歌 불러보세[54]
춘삼월春三月 호시절好時節에 또다시 만나볼까[55]
춘삼월春三月 호시절好時節에 놀고보고 먹고보세[56]

차제도법次第道法 그뿐일세 법法을정定코 글을지어
입도入道한 세상사람 그날부터 군자君子되어
무위이화無爲而化 될것이니 지상신선地上神仙 네아니냐[57]

---

53 「안심가」, 『용담유사』.
54 「안심가」, 『용담유사』.
55 「도수사」, 『용담유사』.
56 「권학가」, 『용담유사』.
57 「교훈가」, 『용담유사』.

조선의 상황이 암울하다는 탄식에 이어서 '다시 개벽'을 주장하고 있다. 이어서 세 군데에서 개벽의 은유로 '춘삼월 호시절'에 태평가를 부르거나 만나자거나 놀고보고 먹고보자고 말하고 있다. "수운은 이러한 '봄'이라는 상징을 통해 모든 사람들이 심화기화心和氣和하여 동귀일체同歸一體할 수 있어야 하며, 이를 통해 지상천국을 이룩해야 함을 암시적으로 나타내고 있다. 상징된 '봄'은 곧 동귀일체로서의 봄이며, 동학의 핵심사상인 정신개벽의 또 다른 표현"[58]이자 조선조 봉건사회의 모순을 극복하고 이룩해야 하는 대안의 사회이다.[59] 이는 지상신선/군자들이 다스리는 지상천국이다. 무엇보다 중요한 것은 지상신선/군자는 따로 존재하는 것이 아니라는 점이다. 수운은 용담유사 전 편에 걸쳐 반복하여 이 위기가 닥친 원인은 사회모순만이 아니라 개인이 각자위심에 빠져 타락한 데 있기에 도를 닦는 행위를 통해 정신개벽도 함께 이루자고 강조하고 있다. 서민이든 천민이든 누구든 각자위심을 버리고 성誠과 경敬으로 도道를 닦아 한울님을 섬기며 내 안에 모시면 지상신선이 될 수 있다. 민중들이 가장 최고의 완성된 인격에 도달할 수 있으며 새로운 세상의 주체로 거듭날 수 있는 것이다.

"동귀일체는 '우리'라는 공동의 장으로 사회를 인식하게 하는 개념인 동시에, '너와 나'라는 반상班常, 부귀, 노소, 남녀 등이 지닌 봉건적인 구분에서 벗어나, '지상신선의 공동체'를 이루고자 하는 개념, 즉 동학이 지향하고 있는 지상천국의 또 다른 표현이다."[60]

---

58 윤석산, 「용담유사에 나타난 낙원사상 연구」, 『한국학논집』 8, 한양대 한국학연구소, 1985, 222쪽.

59 동학의 두 바퀴는 정신개벽과 사회개벽이다. 논자에 따라 양자 가운데 하나만 강조하는 것은 동학을 편협하게 바라보는 것이다.

60 윤석산, 「동학가사에 나타난 근대의식 연구」, 105쪽.

이처럼 『용담유사』는 포교의 목적으로 수운 최제우가 지은 가사인데, 봉건사회의 불평등과 양반독점에 대한 신랄한 비판, 청과 일본을 반대하는 반외세의 민족 자주, 여성평등, 봉건사회의 모순을 극복한 대안으로서 정신개벽과 사회개벽의 종합을 통한 후천개벽의 세상에 대한 비전, 민중이 그 주체인 지상신선으로 거듭나는 수행방법 등을 제시하고 있다. 이에 『용담유사』는 당시 조선조 사회의 모순에 대해 첨예하게 인식하고 이를 객관적으로 묘사하고 있을 뿐만 아니라 새로운 비전을 제시하고 있다. 아직 왕이나 대원군에 의존하고 토지개혁이나 전면적인 수취체제 개혁을 내세우지 못하고 유교 이데올로기를 일부 수용하는 등 한계가 없는 것은 아니지만, 이런 탈중세성은 18~19세기의 민중에게든 민족에게든 봉건사회에서 새로운 사회로 나아가는 올바른 길을 제시한 것으로 상당 부분 그 후의 운동과 역사로 이어지면서 근대성과 부합한다.

마무리

조선조의 주동적 세계관인 유교적 세계관에 맞서서 크게 실학, 물질주의, 민중의 사상, 동학이 새로운 세계관으로 부상하였다. 이 중 실학은 유교적 세계관 내에서 개량적인 개혁에 치우쳤지만, 물질주의는 상품화폐를 토대로 유교적 세계관의 공리공론과 도덕주의에 상당한 균열을 가했으며, 민중의 사상은 봉건모순이 심화하고 민중들이 도탄에 빠진 상황과 맞물려 양반의 지배와 독점에 저항하는 바탕이 되었다. 동학은 유교적 세계관을 일부 수용하면서도 전면적으로 부정하고 개벽을 주장했으며, 실제로 농민들이 죽창과 총을 들고 계급전쟁에 나섰고 집강소를 만들어 대대적인 개혁을 단행했다.

각각의 세계관을 반영한 문학의 재현 양상을 보면, 실학사상을 반영한 「허생전」은 당대 사회 모순을 객관적으로 잘 반영하고 있을 뿐만 아니라 시장과 상품원리에 대해 묘사하고, 더 나아가 대안으로서 유토피아의 비전을 펼치고 있다. 다만, 실학자와 마찬가지로 민중성을 구현하지 못하였으며 유토피아 또한 구체성을 결여하고 있다.

상품화폐는 상부구조의 의식과 가치를 변동시켰고, 당시 중인과 서민, 상당수 양반들은 물질주의에 기울어졌다. 물질주의를 바탕으로 한 사설시조의 담당층은 하체의 미학을 지향하였다. 기존의 시조가 관념을 추구한다면, 사설시조는 현실을 추구하였으며, 전자가 성리학이 추구하는 관념을 평시조의 엄격한 틀에 형상화하고 있다면, 후자는 노동이나 일상의 현장에서 욕망하는 것을 사설시조의 풀어진 구조에 나열하고 있다. 전자가 은유를 통해 동일성同一性의 세계를 함축하는 정적靜的인 구조를 이루고 있다면, 후자는 환유를 통해 은유의 이상화하고 동일화하는 경향을 허물어뜨리고 경험과 노동과 일상으로 회귀하여 물질성物質性을 회복하여 삶과 세계에 대해 구체적이고 경험적으로 바라보게 한다.

당시 민중은 사상을 구체적으로 기록하는 대신 이를 문학으로 재현하였다. 그 중 현실비판가사는 봉건사회의 모순과 이로 인한 민중의 고통스런 삶을 객관적이고 구체적으로 잘 묘사하긴 했지만 변혁성이나 새로운 사회를 향한 비전은 거의 보이지 않는다. 반면에 판소리, 그 중에서도 「수궁가」에는 당시 민중들의 사상이 잘 반영되어 있다. 가람본 「별토가」 계열의 「토끼전」은 알레고리 수법을 빌려 봉건사회를 신랄하게 풍자할 뿐만 아니라 모두가 평등한 휴머니즘의 세상의 비전을 펼치고 있다.

동학은 농민을 중심으로 천민까지 아울러 탐관오리와 부호배의 처벌을 주장한 정치 개혁이며, 신분해방, 여성해방, 조세개혁, 토지개혁 등 봉건 모순을 극복하는 운동이며, 서양만이 아니라 청과 일본까지 반대하며 반외세의 민족자립을 추구하며, 집강소처럼 민중적이고 민주적인 의사결정 체제를 수립하고, 사회변혁과 인간정신의 혁명을 종합한 후천개벽의 사회를 비전으로 제시했다. 무엇보다 농민과 동학교도들은 이념에 머물지 않고 직접 죽창을 들고 혁명운동에 나섰다. 전면적인 토지개혁과 왕정의 폐지를 내세우지 못하고 전주성 회군의 전략적 과오를 범한 것과 일본군의 개입 등 내외적 요인으로 인하여 구체제를 해체하고 권력을 쟁취하여 새로운 세상을 여는 데까지 나아가지는 못했지만, 일제강점기는 물론 해방 이후부터 21세기 오늘에 이르기까지 동학농민전쟁은 의병항쟁, 3·1운동, 독립운동, 4·3제주민중항쟁, 4·19학생운동, 5·18 광주민중항쟁, 87 민주화운동, 촛불항쟁 등의 민족/민중운동으로 면면히 이어져오면서 혁명이나 개혁의 마르지 않는 샘과 지표의 구실을 하고 있다. 이는 시대의 상황과 민중과 민족의 미래에 부합하는 근대성을 구현한 것이다.

『용담유사』는 포교의 목적으로 수운 최제우가 지은 가사인데, 봉건사회의 불평등과 양반독점에 대한 신랄한 비판, 청과 일본을 반대하는 반외세의 민족 자주, 신분, 젠더, 나이를 극복한 평등, 봉건사회의 모순을 극복한 대안으로서 정신혁명과 사회변혁의 종합을 통한 후천개벽의 세상에 대한 비전, 민중이 그 주체인 지상신선으로 거듭나는 수행 등을 제시하고 있다.

제4장

탈중세성의 시론과 실제

글을 열며

동아시아는 18~19세기에 변혁을 겪었다. 상품화폐 경제가 나타나고 도시가 발전하면서 사람들의 존재양식이 달라지고, 삶의 방식, 의식과 세계관, 표상체계가 변모하였다. 상공업의 발달로 상인과 중간층이 성장하였으며, 이들은 엘리트들과 다른 시공간에서 다른 문화와 일상을 구성하였다. 상당수 사람들이 관념보다 물질적이고 구체적인 사유를 하기 시작하였으며, 그 중 일부는 봉건사회의 모순을 인식하였고, 유교 윤리의 굴레에서 벗어나 성정의 자유를 희구하기를 원하였다. 이런 조류는 당대 시가의 창작과 향유에도 반영되어 새로운 내용과 형식의 시가가 창작되고 향유되었다. 기존의 시론으로는 이런 경향을 설명할 수 없게 되자 몇몇 선구자를 중심으로 달라진 사회문화 현실과 시풍詩風을 해명하거나 방향을 제시할 수 있는 이론이 제기되었다.

중국에서 공안파公安派가 이를 선도하였다면, 한국에서는 실학파實學派가 주도하고 중인이 가세하였고, 일본에서는 에도[江戶]시대 후기의 곤톤쉬샤

[混沌詩社]와 고코쉬샤[江湖詩社]의 한시인漢詩人들이 선편을 잡았다. 이 시론은 기존의 유가의 교화론적 시론을 부정하고 성정의 자유, 형식과 내용의 창신創新, 서민적 리얼리즘realism, 상대주의적 세계관 등을 추구하거나 긍정하였다. 때문에 이들의 시론은 새로운 시풍을 설명하거나 정당화하는 시론이 되기도 하고, 반대로 새로운 상상력을 지향하는 이들에게 이를 시로 표출할 수 있는 정당성을 부여하거나 지표가 되기도 하였다. 실제로 조선에서는 이 시론에 부합하는 수많은 한시와 한문 산문이 생산된다. 물론, 당대에 이들의 시론과 이런 자유로운 시풍은 주류로부터 거센 비판을 받았지만, 지금에 와서 보면 이들 중 상당한 부분은 '차이의 근대성'과 부합하는 것이기에 의미를 갖는다. 이에 진정론眞情論, 간쟁론諫諍論, 창신론創新論, 서민성庶民性으로 나누어 당대의 시론의 변화를 살피고,[1] 또 한시와 한문 산문에 비해서는 소극적이었지만, 이 시론에 부합하는 시조텍스트가 있는지 찾아보고 이를 시론과 관련지어서 설명한다.[2]

---

1 리펑(李鵬)은 공안파, 성령설의 영향이 일본과 달리 한국에는 미미했다고 보고(李鵬, 「18~19세기 동아시아 漢詩圈에서 '性靈說'의 수용 양상」, 『韓國學論集』, 한양대 한국학연구소, 2008.5), 반면에 강명관은 연암 등이 이를 절취하였다고 할 정도로 절대적이었다고 주장한다(강명관, 『공안파와 조선후기 한문학』, 소명출판, 2007). 저자는 공안파의 영향이 지대했지만, 한국은 이규보, 최립 등으로부터 계승된 독자적인 시론과 시풍에서 이를 수용하였고 연암도 이를 비판적으로 극복하였다고 본다. 이규보와 공안파, 실학파의 시론을 상호 대비하는 이유가 여기에 있다.

2 시론과 시창작 및 향유 사이의 변증법을 모색하는 것이 당연하다. 하지만, 저자가 과문한 탓이지만, 한시와 달리 시조의 작가층과 시론 주도층이 다르고 양자의 직접적인 연관관계를 입증할 수 있는 구체적인 논거는 시조집의 서발(序跋)을 보아도 『청구영언(靑丘永言)』에서 '정지진(情之眞)'을 옹호한 부분을 제하면 거의 없다. 이 문제는 한시와 연관을 지어 해석하거나, 시론을 편 이들과 시조 작가층과 관계를 논증한 별도의 논문으로 미루기로 한다. 이 논문에서는 당대에 변모한 시론과 서로 내용이 통하는 시조 텍스트를 발굴하고 이를 해석하는 정도로 그치고자 한다.

1) 유흥문화의 발달과 새로운 시론의 요청

2부 1장에서 말한 대로, 18~19세기에 상공업이 발달하고 인구가 증가하면서 도시가 비약적으로 발전하였으며 이에 따라 유흥문화도 번성하였다. "이는 도시의 경관을 크게 변화시켰을 뿐만 아니라 도시에 새로운 기능과 공간을 형성하였다. 서비스업의 성격을 갖는 주사酒肆, 음식점, 기방妓房, 색주가 등이 시정에 출현하기 시작하였다."[3] "한편으로는 도시 구성원의 계층과 직업을 다양하게 분화하여, 정치권력은 아직 양반 사대부에 있었지만 부의 중심은 상인과 이에 준하는 계층으로 이동하였다."[4] "이들은 행락行樂, 도박, 기악妓樂 등의 유흥문화의 주체가 되었으며, 이들의 놀이 행각은 가사와 시조 가창에서 소설 읽기에 이르기까지 다채롭게 펼쳐졌고, 특히 가곡과 시조는 기방과 풍류방을 중심으로 수용층을 넓혀갔다."[5]

"풍류방은 전대 사대부 문화의 전통을 시정문화에 걸맞게 계승한 것이라면, 기방과 색주가는 상업적 수요에 맞춰 새롭게 등장한 유흥공간이라 할 수 있다. (…중략…) 풍류방은 기녀와 전문 음악인을 매개로 하여 시와 음악이 결합된 시가의 전문화를 주도하였고, 기방에서는 가무의 소비와 함께 향락적인 성애의 담론을 양산하였다."[6]

유흥문화에 가장 큰 영향을 미친 것은 크게 세 가지다. 첫째, 상공업의 발달로 획기적으로 생산이 늘어나고 여유자본이 축적되고 여가가 증대하

---

3 강명관, 「조선 후기 서울과 한시의 변화」, 민족문학사학회, 『민족문학사연구』 6집, 1994, 102쪽.

4 위의 글, 103쪽.

5 박애경, 「조선 후기 시조에 나타난 도시와 도시적 삶」, 한국시조학회, 『시조학논총』 16집, 2000, 386쪽.

6 박애경, 「조선 후기 유흥공간과 일탈의 문학」, 『여성문학연구』 14집, 한국여성문학학회, 2005, 34쪽.

면서 유흥문화의 발달을 촉진하였다. 둘째, 중인층이 시사詩社나 가단歌壇을 형성하고 율계律契를 조직하고 후원하면서 유흥문화를 향유하고 선도하는 집단이 형성되었다. 셋째, 장악원의 여기女妓를 혁파하자 기생들이 한양에 머물면서 춤과 노래를 연행하고 사교를 활성화하고 성적인 봉사도 제공하는 일을 활발하게 수행하게 되었다.[7]

이런 현실의 변화는 당시 시가무를 중심으로 유흥문화를 선도하던 이들에게 몇 가지 과제를 부여하였다. 첫째, 실제 기생과 질펀하게 성애를 즐기고 이를 노래로 재현하려는 욕망과 유가적 시가관이나 시론과 괴리를 메우는 것이다. 둘째, 전고나 용사로는 혁신적으로 변화한 세상을 노래할 수 없기에 창신創新을 정당화하는 논리가 요청되었다. 셋째, 사대부에서 중인층으로 주도층이 넘어가면서 사대부의 미학과 변별되는, 중인들의 미적 감수성과 삶에 부합하는 새로운 미학이나 시론이 필요했다. 이런 상황에서 기존의 우리의 시론에서 주변화했던 창신론 등의 논리에 주목하는 한편 중국으로부터 공안파의 성령설 등이 유입되면서 진보적인 시론이 헤게모니를 갖게 되었고 이는 새로운 시창작과 향유에 정당성을 부여하고 촉진했다.

1. 진정론眞情論과 성정의 진솔한 표출

1) 진眞에 대한 새로운 해석의 지평

주지하듯 공자는 『시경』을 편찬한 후 "시 3백 편을 한마디로 포괄하여

7 첫째와 셋째는 위의 글, 39~41쪽을 참고.

말한다면 생각하는 데 삿됨이 없는 것이다"라 하였다.[8] 유가에서 볼 때, 시란 사무사思無邪, 곧 성정의 바름[性情之正]을 추구하는 양식이다. 성정의 바름을 구현한 군자들이 백성을 교화해야 한다는 상이풍화하上以風化下의 교화론敎化論의 입장에서 볼 때, 진眞이란 성性이나 리理, 도道와 부합하는 것이었다. 시라는 것은 궁극적 진리인 도를 싣거나, 밝히거나, 꿰뚫거나, 형상을 이루는 매개체이고文以載道, 文以明道, 文以貫道, 文以形道, 우매한 백성을 깨우치고 교화하여 세상의 질서를 바로잡고 예의를 세우는 방편이다. 곧, 기氣의 세계는 선과 악, 바른 것과 삿된 것, 아름다운 것과 추한 것이 공존하니, 보이지 않는 선하고 바르고 아름다운 이치를 글월[文]에 담아 드러내고, 인간이 이 글을 접하여 이에 담긴 도를 깨닫고 절대 선에 이르도록 하자는 것이다. 그러니, 시란 『모시毛詩』「대서大序」에서 밝힌 대로, 부부의 도리를 조리있게 하여 효孝과 경敬을 이루고, 인륜을 두터이 하고 교화를 아름답게 하여 풍속을 좋게 고치는經夫婦 成孝敬 厚人倫 美敎化 移風俗 수단이었다.

동아시아에서 주변부의 비주류로부터 이에 대한 반론도 꾸준히 제기되었다. 그 싹은 이미 도가에 있었다. 장자는 "지금 나는 천기를 따라 움직이지만, 그것이 왜 그렇게 움직이는지 그 까닭을 알 수 없다"[9]라고 말하였다. 자연自然은 인위人爲가 아니라 무위無爲에 따라 그저 그렇게 움직이는 것이다. 대자연의 본바탕이나 속성인 천기天機는 자연의 원리대로 작용하는 것이며, 음악이란 자연의 이치[自然之理]에 따라 천지합덕天地合德에서 비롯되는 것이다.[10]

---

8 孔子, 「爲政」, 『論語』: "詩三百 一言以蔽之曰 思無邪"(『논어』는 김도련이 풀어쓴 『주주금석 논어』, 웅진지식하우스, 2005를 참고)

9 莊子, 「秋水篇」, 『莊子』: "今予動吾天機 而不知所以然"(오강남 역, 『장자』, 현암사 1999를 참고)

10 이는 장자의 철학을 악론으로 체계화한 혜강(嵇康, 223~262)의 논지다. 혜강은 유가에 맞서서 성무애락론(聲無哀樂論)을 주장하였다. 그는 『성무애락론(聲無哀樂論)』에서 "무

세속의 이치나 인위로 이를 거스를 수 없는 것이니, "바라고자 하는 것이 깊은 자는 천기가 얕다."[11] 도가에서 보면, 유가처럼 정치적이거나 도덕적인 이념을 내세우는 예술과 문학이야말로 자연의 이치를 거스르는 것이기에 천기가 얕은 것이다. 반대로 인간과 자연이 품고 있는 그대로의 성정과 속성을 드러내는 것이 천기에 부합하는 음악이요 문학이다.

이규보李奎報, 1168~1241는 고려 시대에 "시란 본 것을 그대로 나타내는 것이다"[12]라고 말하면서 "시 3백 편을 외운다 한들 어느 곳에 풍자하여 보탬이 되리. 스스로 제 길을 걸어감이 옳지 않겠는가. 홀로 부른 노래를 사람들은 반드시 조롱하겠지만"[13]라고 말하였다. 공자 이래 『시경』에 실린 305편의 시가 시의 전범이었지만, 이규보는 그것보다 가치 있는 것은 설사 주류의 사람들이 이를 이해하지 못하고 조롱한다 하더라도 시인 자신이 사물을 본 대로 자신의 뜻을 펴는 것이 올바른 시의 길이라고 주장하였다.

최립崔岦, 1539~1612은 당시의 담론과 이념의 무게에 눌려 의고론擬古論에 가까운 논리를 폈고 강서시파江西詩派에 기울어졌지만, 도나 리理를 상대적으로 인식하고 기궤의 파격과 참신을 구사하고 문장의 기예는 시인이 하

릇 하늘과 땅이 그 덕을 합치자 만물이 이를 바탕으로 생겨났다. 그래서 추위와 더위가 차례로 바뀌므로 그로 인해 오행(五行)이 생겨났으며, 그것이 드러나 오색(五色)이 되고, 그것이 발하여 오음(五音)이 되었다.(夫天地合德 萬物資生 寒暑代往 五行以成 章爲五色 發爲五音)"라고 말한다(嵇康, 「第一答」, 蔡仲德 註釋, 『聲無哀樂論』, 美學文獻編輯部編 第一集(北京 : 書目文獻出版社, 1984). 한흥섭이 번역한 「嵇康의 聲無哀樂論」, 『한국음악사학보』 제21집, 한국음악사학회, 1998, 200~201쪽 참고.

11 莊子, 「大宗師篇」, 『莊子』 : "其耆欲深者 天機淺也"

12 李奎報, 「王文公菊詩議」, 「雜議」, 『東國李相國後集』 卷第11 : "詩者與所見也"(이하 『동국이상국집』, 『간이문집』, 『청장관전서』의 원문과 번역문은 한국고전번역원(www.itkc.or.kr)의 검색시스템을 이용하여 참고하였고 많은 도움을 받았다. 하지만, 분명한 오역도 있어 번역은 저자가 다시 하였다. 텍스트에 따라 10 내지 30% 정도의 차이를 보일 것이다.)

13 李奎報, 「古律詩」, 「論詩」, 『東國李相國後集』 卷第1 : "誦詩三百篇 何處補諷刺 自行亦云可 孤唱人必戲"

늘로부터 물려받은 천성과 자질이 드러난 바라고 주장하였다.[14]

이런 주장이 허균許筠, 1569~1618과 김창협金昌協, 1651~1708 등으로 이어졌지만, 성지진性之眞의 논리가 교화론에 맞서서 어느 정도 헤게모니를 형성한 것은 18~19세기다. 가장 큰 영향을 미친 것은 양명학, 이지李贄, 1527~1602의 동심설童心說과 이에서 영향을 받은 공안파의 성령설性靈說이다.

> 무릇 동심이란 것은 참마음[眞心]이다. 동심을 부정한다면 이는 참마음을 부정하는 것이다. 무릇 동심이라는 것은 거짓을 버리고 순수하게 참된 최초의 한 가지 근본적인 마음이다. 만약 동심을 잃게 된다면 참마음을 잃는 것이고, 참마음을 잃는다면 참된 사람을 잃는 것이다. 사람이 참되지 않으면 온전히 처음 상태를 회복하지 못한다. 어린이란 사람의 처음이요, 동심이란 마음의 처음이니, 무릇 마음의 처음을 어찌 잃을 수 있겠는가? 그런데도 어찌하여 동심을 갑작스레 잃게 되는가? 대개 처음에는 듣고 보는 것이 귀와 눈을 통해 들어와 마음의 주인이 되어 동심을 잃고 만다. 자라서는 도리道理가 듣고 보는 것을 좇아 들어와 마음의 주인이 되어 동심을 잃게 된다. 나중에는 도리와 듣고 보는 것이 날마다 더욱 많아지게 되면 아는 것과 느끼는 것이 날마다 더 폭넓어져서 이에 아름다운 이름이 좋아할만한 것임을 알게 되어 힘써 이름을 드날리고자 하여 동심을 잃게 되고, 아름답지 않은 이름이 추함을 알게 되어 힘써 이를 덮어 가리려 하는데서 동심을 잃게 된다. (…중략…) 동심이 막히면 이에 펼쳐서 말을 해도 말이 속마음으로부터 우러나오지 않으며, 드러나 실제의 일에 활용되더라도 근본이 없게 되며, 저술하여 문사文辭가 되어도 그

---

14 崔岦, 「如長老卷序」, 『簡易文集』 제3권 : "技無大無小 有得於天者 則雖殫極工巧 皆天機也 無得於天者 則雖若可奪造化 特專攻所至 而未必天機也"

> 문사는 통하지 못하게 된다. 안으로 머금어 아름다움이 드러나지도 아니하고, 도탑고도 알차서 환한 빛이 나는 것도 아니며, 한 구절의 덕이 있는 말을 구하려 해도 마침내 얻을 수가 없다. 그 까닭은 무엇인가? 동심이 이미 막히면 밖으로부터 들어온 견문과 도리를 가지고 자신의 마음으로 삼게 되기 때문이다.[15]

이지에 따르면, 거짓이나 가식이 없이 진심인 것이 동심이고, 좋은 문학이란 동심처럼 가식이나 거짓이나 꾸밈없이 순전한 진심을 그대로 드러내는 것이다. 동심을 가져야 하는데 어릴 땐 타인으로부터 듣고 보는 것이 편견으로 작용하여, 자라서는 어찌해야 한다는 도리를 따라 사물을 바라보고, 더 나중에는 기존의 선입관과 윤리관은 물론 명예욕에 사로잡혀 이름을 날리고 자신의 잘못된 점은 감추려고 하여 동심을 잃게 된다. 동심을 잃으면 밖에서, (특히 유가의 경전을 비롯한) 책을 읽고 얻은 학문과 도덕관, 타인으로부터 얻은 지식, 편견, 가치관 등에 따라 자신의 마음으로 삼게 되기에, 그런 마음으로 지은 글은 남의 글이지 순수한 자신의 글이 아니다.

> 무릇 어린아이가 즐거워하며 노는 것은 천진天眞 그대로의 것이요, 처녀가

15 李贄, 「童心說」, 『焚書』 卷三, 『李贄文集』 卷1, 北京 : 社會科學文獻出版社, 2000, p.62 : "夫童心者 真心也 若以童心為不可 是以真心為不可也 夫童心者 絕假純真最初一念之本心也 若夫失卻童心 便失卻真心 失卻真心 便失卻真人 人而非真 全不复有初矣 童子者 人之初也 童心者心之初也 夫心之初 曷可失也 然童心胡然而遽失也 蓋方其始也 有聞見從耳目而入 而以為主于其內 而童心失 其長也 有道理從聞見而入 而以為主于其內 而童心失 其久也 道理聞見 日以益多 則所知所覺 日以益廣 于是焉又知美名之可好也 而務欲以揚之 而童心失 知不美之名之可丑也 而務欲以掩之 而童心失 (…중략…) 童心既障 于是發而為言語 則言語不由衷 見而為政事 則政事無根柢 著而為文辭 則文辭不能達 非內含以章美也 非篤實生輝光也 欲求一句有德之言 卒不可得 所以者何 以童心既障 而以從外入者聞見道理為之心也"

> 부끄러워하여 감추는 것은 순수한 진정眞情 그대로의 것이다. 이 어찌 억지로 힘써서 하는 것이겠는가! (…중략…) 아, 아! 어린이여, 처녀여! 누가 시켜서 그리 하는 것인가. 즐거워하며 노는 일이 과연 인위적인 것이겠는가. 수줍어 감추는 것이 과연 거짓이겠는가. 옛날 사람은 문장을 짓더라도 보려 하지 않았으니 또한 이것과 비슷하다.[16]

위 인용문은 이덕무李德懋, 1741~1793의 글, 「영처고자서嬰處稿自序」이다. 어린아이는 닭의 깃을 머리에 꽂고 파잎을 뚜뚜 불면서 벼슬아치놀이를 하고 밀랍으로 봉황을 만들고 물동이로 연못을 만들며 즐거이 노닌다. 처녀는 중문 안에서 거닐다가도 멀리서 발자국소리나 기침소리가 들려오면 달아나 몸을 깊이 감추기에 여념이 없다. 그러니 천진하게 놀기로는 어린아이가 제일이고, 순수하게 진정성을 갖기로는 처녀만한 이가 없다. 어린아이가 노는 것처럼 천진하게, 처녀처럼 순수하게 성정을 표출하는 것이 자신의 글이다. 글의 제목을 어린아이와 처녀의 글이란 뜻의 '영처고'로 정한 까닭이다. 그는 이 글의 말미에서 "비록 (어린아이가) 장부가 되고 (처녀가) 부인이 된다 하여도 천진 그대로의 애연藹然함과 진실 그대로의 순연純然함은 백발이 되어도 변함이 없으리라"라고 자문자답하고 있다.[17]

교화론에서 진眞이란 궁극적이고 절대적인 진리로 하늘로부터 부여받은

---

16 李德懋, 『靑莊館全書』 卷三, 『嬰處文稿』 卷一, '嬰處稿自序' : "夫嬰兒之嬉弄 藹然天也 處女之羞藏 純然眞也 玆豈勉强而爲之哉 (…중략…) 噫 嬰兒乎 處女乎 孰使之然乎 其娛弄果人乎 其羞藏果假乎 古人之著文章 不要見 其亦類是也"

17 박지원(1737~1805)은 「영처고서(嬰處稿序』」에서 관운장의 소상을 어른의 경우 학질이 걸린 사람도 떠는 것을 멈출 정도로 무서워하지만 어린아이들은 눈을 후비고 콧구멍을 쑤셔대며 깔깔거린다고 말하고, 「답창애지(答蒼厓之) 3」에서는 천자문을 읽으며 하늘이 푸른데 왜 검다고 하느냐고 반문한다며 어린 아이는 순진하고 진정한 눈으로 사물을 바라보고 표현한다고 주장한다.

천도天道이고 성性이었으니, 진이란 성인의 말씀에 부합하는 것이었다. 그런데 이들은 어린 아이의 마음이야말로 진이라고 설파한다. 이런 주장은 당위의 진眞, 본연지성本然之性을 추구하였던 기존의 유가사상을 뒤흔드는 혁신적 발언이었다. 진眞이 성인의 말씀이 아니라 인간의 순전한 마음으로 해석되는 논리는 두 가지를 가능하게 한다. 하나는 정지진情之眞, 곧 인간의 자연스런 성정의 표출을 긍정하는 것이고, 다른 하나는 하이풍자상下以風刺上, 곧 윗사람의 그른 통치에 대한 원망과 풍자를 백성의 자연스러운 마음으로 수용하는 것이다. 글에서도 이는 유가의 경전과 성현의 말씀을 떠나 순수하고 진정하며 자연스러운 인간의 성정을 담는 것을 긍정하고 이를 자연스럽게 표현한 것이 좋은 문학이 될 수 있는 틈을 준다.

2) 정지진情之眞의 시론과 진솔한 마음과 욕망의 표현

18세기에 들어 천기론은 성정의 진眞을 긍정하는 시론으로 발전한다. 장유張維, 1587~1638는 시는 곧 천기라며 천기자명론天機自鳴論을 폈고, 김창협은 '성정의 진眞'을 '성정의 정正'과 대대待對 관계에 있는 그런 것이 아니라 성정의 정을 넘어선 성정의 진으로 발전시켜 성정의 규율에 구속받지 않는 자유로운 유출流出로서의 '성정의 진'을 추구하였다.[18] 이천보李天輔, 1698~1761는 시는 천기이고 천기는 사람의 지위를 가리지 않고 머물고 물질에 얽매이지 않으면 누구나 얻을 수 있으므로, 곤궁하고 천한 위항의 선비이지만 공명과 영리를 추구하지 않으므로 외려 천기가 있는 좋은 시를 쓸 수 있다고 주장한다.[19]

---

18 李東歡, 「朝鮮 後期 天機論」의 概念 및 美學理念과 그 文藝·思想的 聯關」, 한국한문학회, 『한국한문학연구』 제28집, 2001, 138~139쪽.

이밖에도 천기론을 주장한 이들은 허다한데, 주목할 만한 견해를 펼친 이는 최성대崔成大, 1691~1761다. 그는 신유한申維翰, 1681~1752과 시에 대해 대화를 하며 다음과 같은 시론을 편다.

> 나는 시에서 법도와 격률格律을 따지지 않으며, 소리, 모양새, 빛, 윤기 같은 겉모양을 중시하지 않는다. 내가 잡아 가지고 놀고자 하는 것은 천기이다. 하늘의 형상은 해, 달, 별, 바람, 비, 서리, 이슬로 나타나고, 땅의 형상은 산과 냇물, 풀과 나무, 새와 짐승, 물고기로 나타난다. 누가 이러한 사물을 빚어냈으며, 누가 이를 갈고 닦아 빛나게 하였으며, 누가 아무 일 없이 살면서 이토록 찬연하게 그 형상을 만들어놓았는가. 인간의 세계에서는 그것이 학사學士, 일민逸民, 협객, 승려, 요염하게 꾸민 여인, 청상과부의 노래와 말, 웃음과 울음이 되어 때로는 풀어내고 때로는 끊어지는 것 같지 않는가? 무릇 사물이 천만가지 빛깔로 난만하게 오르고 내리면서 자연스럽게 펴지고 자연스럽게 움직이는데, 사물마다 하늘이 낳은 것이요, 가지가지가 하늘의 뜻이다. 이들 모두가 성정의 바른 마음을 불러일으킬 만하고 사물을 통찰하게 하고 타자와 어울리게 하고 또 바르지 못함을 원망하게도 한다.[20]

---

19 李天輔, 「浣巖集 序」, 『浣巖集』; "무릇 시란 천기다. 천기가 사람에게 머무를 때 일찍이 그 지위를 가리지 않았으니 물질에 얽매이지 않고 담박하면 이를 얻을 수 있다. 위항의 선비는 오로지 곤궁하고 비천할 뿐이지만 세상의 공명과 영리로 육신을 어지럽히고 마음을 빠지게 하는 바가 없으니 쉽게 그 천성을 온전하게 하며 시 쓰는 일을 업으로 삼아 그를 즐기고 그에 모든 것을 다하니 그 형세가 그러한 것이다("夫詩者 天機也 天機之寓於人 未嘗擇其地 而澹於物累者能得之 委巷之士惟其窮而賤焉 故世所謂功名榮利 無所撓其外而汨其中 易乎全其天 而於所業嗜而且專 其勢然也)."

20 申維翰, 「筆園夜話有述五十韻」, 『青泉集』 제1권 : "吾于詩 不以規矩 不以格律 不以聲容色澤 而所把翫者天機也 天之象 日月星辰風雨霜露 地之象 山川草木鳥獸魚鼈 孰陶鑄是 孰磨光是 孰居無事 粲然而成象 其在人而爲學士逸民任俠僧胡冶女孀姬之歌言笑泣 繹如班如者 與夫物之千紅萬碧 爛熳低昂 自然而舒 自然而動者 色色天生 種種天趣 是皆可以興 可以觀 可以羣且

최성대가 볼 때, 저 산과 들에서 이름 없는 들꽃에 이르기까지 우주 삼라만상은 모두 하늘의 뜻에 따라 하늘이 낳은 것이다. 그러기에 거기엔 하늘의 속성이자 바탕이라 할 천기가 깃들여 있다. 그러니 사람이 그 어떤 사물을 대하든 그 사물에 깃들여 있는 천기를 느끼고 이로 성정의 바른 마음을 일으키고, 이 세계와 하늘의 이치를 통찰하게 하고, 모든 것들과 어울리게 하며, 바르지 못한 것에 대해 원망하게 한다. 최성대는『논어』「양화陽貨」편의 "시는 흥을 일으키고 통찰하게 하고 어울리게 하고 원망하게 한다詩可以興 可以觀 可以群 可以怨"를 패러디하여 '시詩'를 '시개是皆'로 대체하고 있다. 이는 '하늘과 땅에 존재하는 모든 사물'을 뜻한다. 시가 아니라 천기를 품고 있는 자연의 사물이 바로 감흥을 일으키고 통찰하게 하고 어울리게 하고 원망하게 하는 것이다. 그러니 시를 지을 때 격식이나 법도가 필요하지 않다. 달이든, 국화꽃이든 그 사물을 대하고서 그 사물에 깃든 천기를 느끼어 이를 자연스럽게 담아내면 된다.

이와 유사한 주장이 당시 중국에서도 제기되었다. 원굉도袁宏道, 1568~1610는 대개 정이 담긴 말은 사람을 감동시킬 수 있어 참된 시라 할 만하다며,[21] 시를 짓는 데 정이 참되고 말이 바를 것을[22] 주장하였고, 이를 더욱 체계화한 자는 원매袁枚, 1716~1797다.

> 무릇 시란 마음의 소리로 성정이 자연스럽게 표출된 것이다. 성정에 따라서 이루어진 시는 연꽃이 물에서 피어나듯 자연스럽고 사랑스러우나, 학문에

怨乎哉"

21 袁宏道, 〈陶孝若枕中囈引〉, 『袁宏道集箋校』 卷35 : "情眞而語直"

22 『袁宏道集箋校』, 권4, 「敍小修詩」 : "大槪情至之語 自能感人 是謂眞詩 可傳也"

> 따라서 지은 시는 마치 천지를 어지럽게 채색하듯 알록달록하게 물들여 억지로 이루어 놓은 것과 같다.[23]

원매는 전고典故와 격조格調를 벗어나 성정을 자유롭게 표출하는 시를 연못에서 연꽃이 피어나듯 자연스럽고 사랑스러운 것으로 비유하고, 반대로 의고론자들의 주장처럼 유가의 도리나 이치를 따져 짓는 시는 천지를 아무렇게나 채색한 것처럼 어울리지 않는 시로 본다. 성정의 바름보다 성정의 참됨을 추구하자는 주장은 인간 성정의 자연스러운 표출이라 할 남녀의 사랑을 긍정하는 논리로 나아가게 된다.

> 남녀의 정욕은 하늘의 가르침이고 윤리와 기강의 분별은 성인의 가르침이다. 그런데 하늘이 성인보다는 한 등급 위에 있으니, 나는 하늘의 가르침을 따를지언정 감히 성인의 가르침은 따르지 않겠다.[24]

> 또한 시란 정에서 생겨나는 것이다. 반드시 풀 수 없는 정이 있고 난 뒤에 반드시 변치 않는 시가 있는 것이다. 정에서 가장 앞서는 것이 남녀가 아닐 수 없다.[25]

---

23 袁枚, 「小倉山房文集」, 卷7, 「答何水部」, 王英志 校注, 『袁枚全集』 권5, 148쪽. 江蘇古籍出版社, 1993 : "芳夫詩者, 心之聲也, 性情所流露者也. 從性情而得者, 如水出芙蓉, 天然可愛; 從學問而來者, 如元黃錯采, 絢染始成"

24 李植, 「示兒代筆」, 『澤堂先生別集』 제15권 : "男女情欲天也 倫紀分別聖人之敎也 天且高聖人一等 我則從天而不敢從聖人"

25 袁枚, 「答蕺園論詩書」, 『小倉山房續文集』 卷30(『小倉山房詩文集』, 周本淳 標校, 上海 : 上海古籍出版社, 1998, 1802쪽) : "且夫詩者, 由情生者也. 有必不可解之情, 而後有必不可朽之詩. 情所最先, 莫如男女."

> 무릇 천지만물을 관찰하는 데 사람을 관찰하는 것보다 더 큰 것이 없고 사람을 관찰하는 데 정보다 오묘한 것이 없으며, 정을 관찰하는 데 남녀 사이의 정을 관찰하는 것보다 진실한 것이 없다. 정의 진실함을 관찰해보건대 유독 남녀의 정에서 그러하니, 이는 인생에서 참으로 진실된 일이요 천도天道요 자연의 이치인 것이다.[26]

상단의 인용문에서 허균은 윤리와 도덕, 곧 성정의 바름보다 하늘로부터 받은 자연스러운 남녀의 사랑을 우선해야 한다고 주장한다. 그에 따르면 남녀의 사랑은 하늘로부터 부여받은 '천품지본성天稟之本性'으로 천도이고, 천도이므로 성인의 가르침보다 우위에 있다. 그러니 성인의 가르침보다 더 우월한 가치를 부여하여 행해야 하는 것이 바로 남녀의 사랑이다. 이런 주장은 충효에 관련된 성인의 가르침을 절대적으로 추구할 가치이자 이념으로 강요하던 당시 사회에서 매우 급진적인 주장이다.

천기론과 남녀의 사랑을 긍정하는 이런 시론이 있었기에 김천택金天澤, ?~?은 1728년에 『청구영언』을 편찬하면서 사랑과 성행위를 묘사한 사설시조를 과감히 실을 수 있었던 것이고, 이것이 어떠냐는 질문에 마악노초磨嶽老樵 이정섭李廷燮, 1688~1744[27]은 발문에서 "진솔한 감정에서 표출된 것率情而發"이며 "무릇 그 기뻐 즐기고 원망하고 탄식하며 미쳐 날뛰며 거칠거칠한 모습과 색깔은 각기 자연의 진기에서 나온 것이다"[28]라고 대답할 수

---

26 李鈺, 「二難」, 〈俚諺引〉, 『藝林雜佩』 : "夫天地萬物之觀 莫大乎觀於人 人之觀 莫妙乎觀於情 情之觀 莫眞乎觀於男女之情 (…중략…) 以觀乎其情之眞 而獨於男女之也 則卽人生固然之事 亦天道自然之理也"

27 김윤조, 「樗村 李廷燮의 생애와 문학」, 『한국한문학연구』 제14집, 한국한문학회, 1991, 312쪽.

28 磨嶽老樵, 〈青丘永言 後跋〉, 金天澤, 『青丘永言』(珍本) : "率情而發 (…중략…) 凡其愉佚怨歎

있었다. 이제 조선에서 사랑과 성행위를 구체적으로 묘사한 시가는 음란한 시가 아니라 '자연의 진기眞機'에서 비롯된 것으로 인간의 진솔한 감정에서 표출된 참된 것眞의 위상을 갖게 된 것이다.

중단의 인용문에서 원매는 시가 정에서 생겨나는 것이고 풀 수 없을 지경의 정을 묘사한 시가 불후의 대작이 되는 것이며, 모든 정 가운데 가장 우선하는 것이 남녀의 정이라고 말한다. 이는 의고론이 주류를 형성하던 당시 시단에서 남녀의 정을 노래한 시를 긍정할 수 있는 논리를 제공한다.

하단의 인용문에서 이옥李鈺, 1760~1813은 원매의 주장을 계승하되, 정을 매개로 남녀의 사랑을 천도의 지위로 올려놓고 있다. "이 세상이 있으매 곧 이 몸이 있고 이 몸이 있으매 이 일이 있고, 이 일이 있으매 곧 이 정이 있으니",[29] 정이야말로 세상 모든 일의 근원이다. 또 남녀의 정이 연인과 부부를 만들고 이것이 결실을 맺어 가정을 이루고 가정이 모여 사회와 국가를 이루니, 정은 모든 것의 근본이다. 다른 정은 거짓과 진실이 섞여 있지만 남녀의 정은 거짓이 없이 하늘에서 물려받은 그대로의 본성이다. 그러니 남녀의 정을 시로 표출하는 것은 천도를 드러내는 것과 같다.

3) 진솔한 마음과 욕망의 표현

18~19세기에는 '사랑의 시대'라고 표현해도 무방할 정도로 많은 애정시조가 쏟아져 나온다.[30] 단순히 사랑노래만 많이 향유된 것이 아니라, 신

猖狂粗莽之情狀態色 各出於自然之眞機"

29 실시학사 고전문학연구회 역주, 『역주 이옥전집』 2, 소명출판, 2001, 296쪽.

30 19세기 중·후반의 작품군에서 '남녀, 애정' 색인어가 상위 1, 2위를 차지할 뿐 아니라 그 비율 또한 각각 29.5%와 18.8%에 달했으니 시조사에서 이 시기를 일컬어 '사랑의 시대'라 일컬어도 무방할 듯하다(김흥규, 「조선 후기 시조의 불안한 사랑 모티프와, '연애시대'의 전사」, 『한국시가학회 국제학술대회-동아시아의 시가문학과 근대의 발견』, 한국시가학

분과 가부장주의를 초월하거나 극복한 근대적 사랑을 읊은 시조도 다수 나타난다.

> 잊자 ᄒᆞ니 정情 아니요 못 이지니 병病이로다
> 장탄식長歎息 한 쇼ᄅᆡ에 속 셕은 물 눈의 가득
> 정녕丁寧이 나 혼자 일렬진ᄃᆡ 셕여 무삼 ᄒᆞ리요.(『일석본 가곡원류』 0678, 4115.1)

위 시조는 『일석본一石本 가곡원류歌曲源流』와 『시철가』에 실린 시조다. 한국인은 정이 깊어 사랑을 청산하거나 깨끗이 잊지 못한다. 이 시조는 정을 바탕으로 사랑하는 한국인의 심성과 그 상황의 딜레마를 잘 나타내고 있다. 님과 헤어져 상사병으로 가슴이 너무도 아파서 잊으려 하면, 그리 잊어지는 것이라면 정이 든 사랑이 아니다. 그렇다고 가슴에 품고 있자니 상사병이 된다. 이러지도 저러지도 못하고 길게 한 숨을 쉬니 속이 썩은 눈물만 눈에 가득하다. 하지만, 다른 님을 사랑하여 떠난 님은 가슴이 이리 아플 리 없고, 정녕 나 홀로 이리 가슴앓이를 할진대, 속을 썩어 무슨 소용이 있겠는가. 종장에서는 다른 임을 만나 잘 지내는 임과 자신을 비교하며 혼자 가슴앓이를 할 필요가 없다며 자신을 달래고 있다. 사랑의 아픔을 진솔하고 구체적으로 묘사하고 있다. 추상적 차원이 아니라 님과 자신을 비교하며 실속을 차리는 것으로 이별에 대응하고 있다. 이별의 한을 차원 높은 사랑이나 유교적 도덕으로 승화시키던 시풍과 분명한 차이를 보인다.

회, 2007.11.23~24, 19쪽).

칩다 네 품에 드ᄌᆞ 벼ᄀᆡ 업다 네 ᄑᆞᆯ 베자
입에 바ᄅᆞᆷ 든다 네 혀 믈고 ᄌᆞᆷ을 드ᄌᆞ
밤中만 믈 미러 오거든 네 ᄇᆡ 탈가 ᄒᆞ노라.(『박씨본 시가』 0398, 5025.1)

위 시조는 『박씨본朴氏本 시가詩歌』와 『가조별람歌調別覽』에 나오는 시조다. 이 시조는 자연의 변화와 성욕의 변화를 은유화한 다음에 사랑하는 사람의 욕망과 애무와 성행위의 과정을 점층적으로 잘 표현하였다. 배경은 추운 겨울날 찬바람이 부는 바닷가의 집이다. 시적 화자는 춥다는 핑계로 님의 품에 안기자고 요청한다. 이어 베개가 없다는 이유로 팔을 베자고 하고, 입에 바람이 든다는 사유로 입을 맞춘 채 잠을 자자고 한다. 마침내 밤중이 되어 밀물이 밀려들면 님의 배에 타겠노라고 선언한다. 'ᄇᆡ[bae]'는 '배[船]'이자 '배[腹]'이다. 동음이의어를 이용한 펀pun이다. 물이 밀려와야 배를 띄울 수 있다. 물은 욕망의 환유이기도 하다. 물이 밀려옴은 욕망이 가슴에 가득해짐을 뜻하기도 한다. 이처럼 이 시조는 날씨와 시간의 변화에 따라 애무의 강도를 높이고 사람의 배가 선박과 동음이의어인 것을 이용해 그 배를 타자성행위의 은유고 권한다.

이처럼 봉건사회가 서서히 해체되고 신분질서와 가부장주의가 틈을 보이고 유흥업이 발달하자 조선조 사람들은 사랑과 성행위의 자유를 희구하고 이를 시조에 담아 노래하였다. 기존의 시론에서는 정을 진솔하게 표현해도 문란한 노래라는 비판을 받았으나, 이제 새로운 시론으로 보면 정을 있는 그대로 표현하는 것이 오히려 하늘의 뜻과 부합하는 것이다. 기존의 교화론의 시각에서 보면 님을 그리는 마음을 '예리성曳履聲' 정도로 표현하는 것이 최대의 허용치였고 그 이상의 사랑과 성행위 표현은 음란한 것이었다. 하지만, 실학파의 시론으로 보면, 이렇게 사랑하는 마음을 진솔하게 표현하는 것이야말로 인간의 순수하고 진정한 성정의 바름을 추구하는 것이다. 하지만, 실학파의 시론도 성애를 노골적으로 묘사하는 것까지 정당화하지는 않았다. 당대 여성들은 시조를 통해 신분 질서와 가부장 질서에 맞서서 자유로운 사랑과 성애를 꿈꾸었고 실천하였으며, 유교 이데올로기와 열烈의 담론, 남근의 기표체계와 가부장적 규율/훈육체계에 맞서서 이것이 구성한 영토로부터 탈주의 욕망을 추구하였으며,[31] 물질, 권력, 명예 등의 가치보다 사랑과 성의 가치가 더 우월하다고 선언하였다. 당대의 대중들은 "드립더 ㅂ드득 안으니…"(1490.1)나 "얽고 검고 킈 크고…"(3284.1)의 시조처럼 이런 시론을 넘어서서 성행위를 구체적으로 묘사하고 성적 욕망을 노골적으로 표출하는 시조를 향유하였다.

31 이형대는 「사설시조와 성적 욕망의 지층들」, 『민족문학사연구』 17집, 민족문학사학회, 2000, 192쪽에서 "전제 군주의 기표체계에 포획되지 않는 탈주의 욕망을 추구한"것으로 해석한다. 물론 '전제군주적 기표체계'는 들뢰즈가 중세시대에 전제 군주가 모든 기의를 관장하고 통제하는 것으로 말한 것이 아니라 '전제 군주처럼' 끊임없이 미끄러지는 기표에 대해서 자신이 해석한 기의만을 허용하며 영토화하는 것을 의미한다. 그럼에도 상복을 2년 입느냐 3년을 입느냐의 문제로 양 세력이 치열하게 논쟁과 투쟁을 한 데서 잘 나타나듯, 조선조 사회에서는 유럽의 중세와 달리 왕권과 신권이 서로 견제하고 성리학 이념도 민본론과 명분론이 치열하게 맞섰기에 기표의 해석은 전제 군주가 전적으로 독점할 수 없었다. 들뢰즈에 따르면 그도 동일성으로 환원되며 재영토화를 하지만, 조선조에는 제한적이지만 탈기표적인 정염적 체제가 작동할 수 있는 여지가 있었던 것이다. 이런 맥락에서 양반이든 서민이든 일반 여성은 전제 군주가 무서운 것이 아니라 유교 이데올로기와 가부장주의에 구속되어 여성들에게만 지극한 정절을 강요한 아버지, 형제, 이웃의 시선이 더욱 두려웠기에 성적 욕망을 발산하지 못한 것이다. 이에 전제 군주의 기표체계라는 용어는 적절하지 않으며 남근의 기표체계가 더 타당하다고 본다.(질 들뢰즈 · 펠릭스 가타리, 김재인 역, 『천 개의 고원』, 새물결, 2001, 223~229쪽 참고)

2. 간쟁론諫諍論과 현실의 풍자와 비판

1) 간쟁론

공자는 "제자들아, 너희는 왜 시를 공부하지 않느냐? 시는 성정의 바른 마음을 불러 일으키고 사물을 통찰하게 하고 타자와 어울리게 하고 바르지 못함을 원망하게 하며, 가까이로는 어버이를 섬기고 멀리로는 임금을 섬기게 하며 새와 짐승과 풀과 나무의 이름을 잘 알게 한다"[32]라고 시의 효용에 대해 말하였다. 여기서 "가이원可以怨"을 두 가지로 해석할 수 있다. 하나는, 주희朱熹처럼 시를 교화론, 곧 상이풍화하上以風化下의 입장에서 도덕과 윤리를 깨달은 윗사람이 아랫사람을 교화시키는 수단으로 해석하면, 이는 "원망하되 성내지 않음[怨而不怒]"이다. 하지만, 공안국孔安國처럼 시를 간쟁론諫諍論, 곧 하이풍자상下以風刺上의 입장에서 천심天心을 가진 아랫사람이 윗사람의 잘못된 정치를 풍자하여 바로 잡는 방편으로 해석하면, 이는 "윗사람의 그릇된 통치를 원망하여 비판함"怨刺上政이다.[33]

> 공자가 시란 원망하는 것이라 했으니, 이는 마땅히 원망해야 할 것인데 원망하지 않음을 성인이 바야흐로 염려하고 시의 도道를 살펴서 시에서 원망할 것을 즐긴 것이다. 사마천은 소아小雅는 원망하고 비방하되 문란하지 않았다라고 했고, 맹자는 어버이의 잘못이 큰 데도 이를 원망하지 않는다면, 이는 오

---

32 孔子, 〈陽貨〉, 『論語』: "小子何莫學夫詩 詩可以興 可以觀 可以群 可以怨 邇之事父 遠之事君 多識於鳥獸草木之名"

33 十三經注疏8 : 論語(臺北 : 藝文印書館 影印), 156쪽; 論語集註大全, 經書(成大 大東文化研究員 影印), 399쪽. 金興圭 著, 『朝鮮後期의 詩經論과 詩意識』, 高麗大學校 民族文化硏究所, 1982, 12쪽 재인용. 참고하되 간서론을 간쟁론으로 바꿈.

> 히려 친하지 않은 것이라고 말하였다. 원망이란 것은 성인이 이를 공경하여 허용한 것으로 충신과 효자가 이로써 스스로 충성스럽고 효성스러운 마음을 통달하는 것이다. 원망의 말을 할 줄 아는 자라야 비로소 시를 함께 논할 수 있고 원망의 뜻을 아는 자라야 비로소 충효의 정을 함께 말할 수 있는 것이다.[34]

정약용丁若鏞, 1762~1836이 볼 때, 세상이 바르지 못하고 윗사람의 정치가 잘못되었을 때 이를 마땅히 원망하지 않는 것은 오히려 성인의 가르침에 어긋난 것이다. 그는 맹자의 말을 빌려 어버이가 잘못을 저질렀을 때 그것을 말해주어야 어버이와 자식의 관계가 진정으로 제대로 정립되고 친해지듯, 윗사람이 정치를 그르게 할 때 이에 대한 원망을 시로 표현할 때 통치자와 피지배자의 관계가 올바로 서고 양자가 외려 가까워질 수 있다. 그러기에 윗사람과 세상의 부조리에 대해 비판하고 풍자하는 자라야 시가 무엇인지 함께 논할 수 있을 정도로 시의 풍자와 비판은 시의 본령이다. 좋은 것만 말하지 않고 잘못된 점을 비판하는 시의 내포된 뜻을 헤아려 짐작할 수 있어야만 진정한 충효의 정을 말할 수 있는 것이다.

> 무릇 시의 본령은 부자와 군신, 부부의 윤리에 있다. 혹은 윤리의 실행을 즐거워하는 뜻을 선양하기도 하고, 성정이 바르지 못함을 원망하고 성정의 바름을 그리워하는 뜻을 이끌어 도달하게도 한다. 그다음으로는 세상의 그릇됨을 근심하고 백성을 불쌍히 여겨 늘 힘이 없는 사람을 구제하고 가난한 사

---

34 丁若鏞, 「原怨」, 〈原〉, 『與猶堂全書』 第1集詩文集第10卷 · 文集 : "故孔子曰詩可以怨 當怨而不得怨 聖人方且憂之 故察乎詩道而樂詩之可以怨也 司馬遷曰小雅怨誹而不亂 孟子曰親之過大而不怨 是愈疏也 怨者聖人之所矜許 而忠臣孝子之所以自達其衷者也 知怨之說者 始可與言詩也 知怨之義者 始可與語忠孝之情也"

람을 진휼하고자 방황하면서 불쌍해하고 가슴 아파하고 차마 버리지 못하는 마음을 가진 뒤에야 비로소 시가 되는 것이다. 단지 자신의 이해만을 주관하는 것은 시가 아니다.[35]

정약용은 시의 본령이 부자와 군신, 부부의 윤리를 세우는 데 있다는 기존의 유가의 시론을 인정한다. 하지만 정약용은 이에 더하여 세상이 그릇된 것을 근심하고 백성을 불쌍히 여기어, 힘이 없는 자를 구제하고 가난한 자들을 진휼하려는 마음, 그들을 어떻게 돕고 구제할 것인가 번민하고 가슴 아파하는 것이 있을 때 비로소 시가 된다고 주장한다. 그가 볼 때 자신의 이해관계에 충실하게 쓰는 시는 시가 아니다.

이처럼 정약용의 입장에서는 시대의 모순과 통치자의 부조리를 비판하고 풍자하는 것이 성정의 바름을 추구하는 것이자 시의 본령을 다하는 것이다. 이런 맥락에서는 당연히 시는 온유돈후溫柔敦厚한 것이 아니라 온유격절溫柔激切한 것이다.[36] '풍風'의 의미가 평성으로 읽으면 풍화風化와 교화의 뜻이지만, 거성으로 읽으면 풍자諷刺의 뜻이다.[37] 태평성대처럼 마음에 느낀 바나 뜻이 바름과 부합하면, 온유돈후한 시가 나오지만, 그리 한 바

---

35 丁若鏞, 「示兩兒」, 〈書〉, 『與猶堂全書』 第一集詩文集 第21卷 · 文集 : "凡詩之本 在於父子君臣夫婦之倫 或宣揚其樂意 或導達其怨慕 其次憂世恤民 常有欲拯無力 欲賙無財 彷徨惻傷 不忍遽捨之意 然後方是詩也 若只管自己利害 便不是詩"

36 丁若鏞, 「五學論三」, 〈論〉, 『與猶堂全書』 第1集詩文集第11卷 · 文集 : "가까이로는 사람을 감동시키고 멀리로는 천지를 감동시키고 귀신을 바로 잡는 바로 그것을 일러 문장이라 한다. 문장은 밖에서 구하는 것이 아니다. 문장이 우주의 삼라만상 사이에 존재하기 때문이다. 정밀하고 자세하고 공교롭고도 묘한 것이 역(易)이고, 온유하면서도 격절(激切)한 것이 시다(邇之可以感人 遠之可以動天地而格鬼神 斯之謂文章 文章不可以外求也 故文章之在宇宙之間 其精微巧妙者易 溫柔激切者詩)."

37 丁若鏞, 「國風」, 〈詩經講義 補遺〉, 『與猶堂全書』 第2經集 第20卷 : "上以風化下者 風敎也 風化也風俗也 其音爲平聲 下以風刺上者 風諫也 風刺也風喩也 其音爲去聲"

가 바름에 부합하지 않으면 바름과 그름 사이의 괴리, 곧 현실 세계의 모순과 부조리에 대해 격렬하게 원망하는 시가 표출되는 것이다. 그러기에 "임금을 사랑하고 나라를 걱정하지 않으면 시가 아니며, 시국이 잘못됨을 가슴 아파하지 않고 풍속이 타락함을 분노하지 않으면 시가 아니며, 올바른 것을 아름답다 하고 그릇된 것을 비판하고 선을 권하고 악을 징계하는 뜻이 없다면 시가 아니다."[38] 이처럼 혼돈의 시대를 치열하게 살았던 정약용은 『시경』의 논지를 부정하지 않는 범위에서 시대의 대안으로서 하이풍자상의 정당성을 펴고 있다.[39]

2) 봉건사회에 대한 풍자와 비판의 시조

18~19세기에 봉건사회 및 양반층의 모순을 풍자하고 비판하는 시가가 활발하게 창작되고 향유된다. 가사 장르보다 덜하지만 시조에도 적지 않은 작품이 수록되어 전한다. 특히 이세보李世輔, 1832~1895는 458수의 시조 작품을 창작했는데 그 중 60여 수가 다산茶山과 비교될 정도로 관료 비판시이거나 위민시爲民詩이다.[40]

> 힘 잇고 강포ᄒᆞ니 용ᄒᆞᆫ 사름 치디 말아
>
> 은돈 만히 두고 가난ᄒᆞ 니 앗디 말아
>
> 하늘히 쉬ᄒᆞᆫ 것 ᄯᅵ시면 양얼 면키 어려오니.(『아악정음 속편』 0001, 5557.1)

---

38 丁若鏞, 「奇淵兒」, 『與猶堂全書』 第1集詩文集 第21卷 · 文集? : "不愛君憂國 非詩也 不傷時憤俗 非詩也 非有美刺勸懲之義 非詩也"

39 이런 그의 시론을 '託古的 變革'이라 지적한 김흥규의 지적은 타당하다. 이상 정약용의 시론에 관한 논의는 김흥규의 『朝鮮後期의 詩經論과 詩意識』, 191~222쪽에서 시사받은 바 크다.

40 이에 대한 상세하고 구체적인 논증은 朴魯埻, 「李世輔의 官僚批判과 爲民意識」, 『조선 후기 시가의 현실인식』, 고려대 민족문화연구원, 1998, 92~119쪽을 참고.

위 시조는 『아악정음雅樂正音 속편續篇』 상에 실린 것이다. 시조가 홀로 독백하는 것이 아니라 여럿이 모인 자리에서 가창되는 장르라는 점을 고려하면, 어떻게 공식적인 검열을 통과하여 시조집에 실렸을까 의아할 정도로 상층의 권력층과 부자계층에 대해 신랄하게 비판하고 있다. 힘이 있고 사납고 포악한 이, 곧 권력을 가진 상층의 지배층을 이른다. 이들의 권력 행사를 통치로 보는 것이 아니라 사나운 폭력으로 규정하고 있다. 부자들은 부를 한껏 축적하고도 가난한 사람들의 것을 빼앗는다. 이렇게 지배층이 폭력을 행하고 부자가 가난한 자를 착취하는 부조리가 자행되고 있는 것은 하늘이 하늘의 원리대로 작동하지 않기 때문이다. 왜 그런가? 시적 화자는 하늘의 원리나 본성을 부정하지 않으면서 현재의 부조리를 설명할 수 있는 이유로 하늘이 잠시 취한 때문이라고 한다. 이 시조의 한문 제목은 악이 선을 범하지 말고 부자가 가난한 자를 삼키지 않음이라는 뜻의 "무이악능선無以惡凌善 무이부탄빈無以富呑貧"이다. 이는 도덕과 정의를 추구하는 자의 희망일 뿐 실제 현실은 여기서 '무無'자를 제외한 것이다. 곧, 악이 선을 능멸하고 부자가 가난한 자를 탐하는 부조리한 세계다. 시적 화자는 권력층이 하층민을 억압하고 부자가 가난한 자를 착취하는 부조리한 세계를 하늘이 취한 것으로 규정한다. 악한 권력층과 부자계층에 대해 정의가 서게 되면 재앙을 면하지 못할 것이라고 말한다. 이는 상층에 대해서는 경고요, 하층에 대해서는 절대 선으로서 하늘을 긍정하는 것이자 정의를 향한 비전이다. 어떤 고통과 억압이 있더라도 기댈 언덕이 있는 한 삶은 덜 곤고한 법, 한국의 민중은 하늘에 기대어 현실의 고통을 달랠 수 있었다. 하늘은 늘 절대 선과 정의의 세계였다. 이 시조는 그런 하늘이 올바로 자리하지 않는 데 대한 분노 및 좌절과 하늘에 대한 기대감을 동시에 품고

서 이를 시적으로 형상화하고 있다.

"일신一身이 사쟈 ᄒᆞ니 물것 계워 못 살리로다…"(4004.1)에서도 당시 보통사람의 피를 빨거나 고통을 안겨주는 물것, 곧 해충을 나열하고 있다. 이 해충이 탐관오리의 은유가 아니라고 해석할 수도 있지만, '삿기 사령使令 ᄀᆞᆺ튼 등에'라고 표현하고 있고, 종장에서 "그 듕에 ᄎᆞᆷ아 못 견될 슨 오뉴월五六月 복伏더위에 쉬ᄑᆞ리가 ᄒᆞ노라"라고 맺고 있다. 왜 쉬파리를 피를 빠는 모기나 벼룩보다 더 못 견딜 대상으로 지목하였는가. 이는 쉬파리가 더운 여름에 음식에 입을 대고 이에 오줌을 싸고 도망가는 속성을 지닌 동물이자 떼로 달려드는 해충이기 때문이다. 쉬파리는 곧 서민들의 밥을 축내는 존재다. 더운 여름은 서민이 처한 어려운 상황이고, 쉬파리는 그처럼 어려운 상황에도 불구하고 떼로 달려들어 서민의 양식을 착취하는 하급 관료의 은유인 것이다.[41]

> 싀어마님 며느라기 낫바 벽 바흘 구루지 마오
>
> 빗에 바든 며ᄂᆞ린가 갑세 쳐오 며ᄂᆞ린가 밤나모 서근 들걸에 휘초리나 니ᄀᆞᆺ치 알살픠신 싀아바님 볏 뵌 쇳동ᄀᆞᆺ치 되죵고신 싀어마님 삼년三年 겨론 망태에 새 송곳 부리ᄀᆞᆺ치 ᄉᆡᆷ쪽ᄒᆞ신 싀누의님 당피 가론 밧틔 돌피 나 니ᄀᆞᆺ치 ᄉᆡ노란 욋곳 ᄀᆞᆺ튼 피ᄯᆞᆼ 누ᄂᆞᆫ 아ᄃᆞᆯ ᄒᆞ나 두고
>
> 건 밧틔 멋곳 ᄀᆞᆺ튼 며ᄂᆞ리를 어듸를 낫바 ᄒᆞ시ᄂᆞᆫ고.(『진본 청구영언』 0573, 2915.1)

41 이도흠, 「18세기 시조에서 탈중세성의 지향과 근대성 문제」, 『한국시가연구』 28, 한국시가학회, 2010, 95쪽 요약.

"위 시조는 민간에서 불리어지던 민요인 〈시가에 항의하는 며느리 노래〉를 채록하여 사설시조로 재창작한 것으로 알려진 것이다."[42] 이 시조를 앞부분만 표층적으로 읽으면 시집살이의 어려움을 토로한 것이다. 하지만, 시조의 핵심이 종장에 있음을 염두에 두고 담론의 층위에서 읽으면 시어머니, 시아버지, 시누이에 맞서는 노래다. 며느리인 시적 화자는 자신을 나무라는 시어머니에 맞서서 자신이 빚 대신 온 것도 아니고 어디서 팔려온 것도 아니고 당당하게 시집을 온 처자이므로 이에 상응하는 대우를 해달라고 요구한다. 밤나무 썩은 등걸에 난 회초리와 같이 매서운 시아버님, 볕을 쬔 쇠똥같이 말라빠지신 시어머님, 삼 년간이나 걸려서 엮은 망태기에 새 송곳 부리같이 뾰족하신 시누이님으로 묘사하고 있다. 이를 은유로 읽으면, 시댁 식구들이 회초리, 쇠똥, 송곳부리처럼 자신에게 더럽고 호된 시집살이를 시킴을 은연 중 드러내는 것이다. 하지만, 이를 시적 화자가 자주 접하는 물건들로 환유로 읽으면, 이들은 모두 하찮고 열등한 존재들이다. 가부장사회의 권력층인 시어머니, 시아버지, 시누이를 모두 끌어내리면서 해학적으로 풍자하고 있는 것이다.

남편도 좋은 곡식을 갈은 밭에 나는 품질이 낮은 곡식처럼 샛노란 오이꽃 같은 피똥을 누는 병자로 풍자하고 있다. 이런 남편과 대칭적으로 자신은 기름진 밭의 메꽃, 곧 우량한 씨를 가진 좋은 집안사람이라 주장한다. 여기서 '아들'을 시적 화자의 남편이 아니라 아들로 보면, 지금도 대부분의 시댁이 자손의 문제를 며느리의 탓만으로 돌리는 것처럼 이는 샛노란 피똥을 누는 병약한 손자를 며느리에게 원인이 있다고 구박한 것을 전제

42 高晶玉,『朝鮮民謠研究－元始藝術로서의 民謠一般과 庶民文學으로서의 朝鮮 民謠』, 首善社 : 1949, 71~72쪽.

한다. 이에 대해 화자는 병약한 아들은 외려 당신네 집안이 좋지 않은 탓이고 자신은 좋은 씨를 타고 났다고 반박한다. 가문의 명예를 위해 목숨을 버릴 정도로 가문의식이 강하였고 모든 좋지 않은 것을 여자 탓으로 돌려 억압하고 심지어 추방을 하던 당대에서 이는 정녕 부정의 발언이다.[43]

조선조 봉건사회는 신분질서와 가부장주의가 개인을 강렬하게 억압하던 시대였다. 봉건사회가 서서히 해체되면서 하층에 있던 서민과 여성은 상층의 양반층과 가부장적 권력층에 서서히 저항하기 시작하였다. 간쟁론은 이를 긍정적인 것으로 옹호한다. 위 시조는 상층의 권력층과 부자, 가부장적 제도 속의 권력층인 시댁 식구에 대해 노골적으로 풍자하고 비판하고 있다. 위 시조에도 나타나는 것처럼 이는 천심을 가진 아래 계층이 타락한 상층을 비판하고 풍자하여 하늘, 곧 천도를 바로잡기 위한 정당한 행위다.

"술이라 ᄒᆞ면 ᄆᆞᆯ 믈 혀듯ᄒᆞ고 음식飮食이라 ᄒᆞ면 헌 ᄆᆞᆯ 등에 약藥 타오 듯…"(2866.1)에서는 여성으로 보이는 시적화자가 가부장의 정점에 있었던 남편의 못남에 대해 당시 여성이 상상할 수 있는 최대한으로 나쁘게 묘사하여 끌어내린다. 이것으로 그치지 않는다. 문 밖에 통을 메우라고 외치는 장사와 불륜을 행하겠다고 선언한다. 통을 여성의 성기의 은유로 보면 장사꾼의 성기로 메워달라는, 다시 말해 성적 충족감을 만끽하게 해달라는 욕망을 내포하고 있다.[44]

---

43 물론 이 시조가 시댁 식구 앞에서 직접 불리어져 저항의 담론을 형성하기는 어려웠을 것으로 보인다. 하지만, 며느리들끼리 모여 부르면서 해학과 부정이 교차하는 감정을 공유할 수는 있었을 것으로 추측할 수 있다.

44 이도흠, 「18세기 시조에서 탈중세성의 지향과 근대성 문제」, 『한국시가연구』 28, 한국시가학회, 2010, 97~98쪽을 요약함.

3. 창신론創新論과 새로운 형식의 창조

1) 창신론의 시론

"'시언지詩言志'에서 '지志'는 성현의 뜻과 말씀에서 작자 개인의 말씀, 집단의 가치, 도道 등 다양한 견해가 있었지만, 유가 시교설詩敎說이 굳게 확립된 뒤에 줄곧 중국 고대 문예이론의 주류가 되어 윤리교화와 미언대의微言大義의 미자美刺관념을 강조하면서 작자의 개성보다는 '풍風', '아雅'로 돌아가려는 경향이 나타났다."[45] 전후칠자前後七子의 의고론擬古論이 아니라도, 유학의 이상은 요순시대에 있었고, 시의 전범은 옛날의 시, 특히 시경의 시, 이백과 두보에 있었다. 그러니 동아시아에서 창신과 현재는 전고와 옛것에 늘 자리를 내주어야 했다. 이규보와 공안파, 그리고 실학파는 이런 시론에 반대한다.

그러나 저는 이와 달리 이미 옛 성현의 말씀에 익숙하지 못할 뿐 아니라 옛 시인의 체體를 본받기를 부끄러워하여, 만일 마지못해서나 갑자기 시를 읊을 경우에 소재가 메말라서 쓸 것이 없을 때는 반드시 새로운 말을 창조하였으므로 말이 어색하여 우스웠던 것이었습니다. 옛 시인들은 뜻은 창조하였으나 말은 창조하지 않았지마는, 저는 뜻과 말을 아울러서 창조하면서도 부끄럽게 여기지 않았으므로 세속의 시인이 눈을 흘겨 저를 배척하는 자가 많았습니다. 그렇거늘 그대 홀로 지나치게 저를 칭찬함이 이다지 간곡할 줄이야 알았겠습니까. 아아, 슬프도다. 요즘 사람들은 현혹됨이 심하여 비록 도적의 물건

45 金元中, 「'詩言志'說의 經學的 土臺에 關한 檢討」, 『中國語文學』 제35집, 영남중국어문학회, 2000.6, 24쪽.

이라도 볼 만한 것이면 바로 탐탐히 완상할 뿐, 그 누가 알고서 그 유래를 따지겠습니까. 백여 년 뒤라도 만일 그대와 같은 이가 있어서 참과 거짓을 판단한다면, 비록 남의 글을 잘 훔친 자라 할지라도 반드시 잡힐 것이요, 나의 생경한 말이 도리어 칭찬을 받는 것이 마치 지금 그대가 칭찬하는 것과 같을지도 알지 못할 일이 아니겠습니까.[46]

엽횡산葉橫山 선생은 "고인을 모방하기를 좋아하는 자는 고인의 시문을 훔쳐 비슷하게 되면 우맹優孟이 손숙오孫叔敖의 의관을 쓴 꼴이 되고, 이를 훔쳐서로 비슷하지 않으면 호랑이를 그리려다 개와 비슷해져 버리는 꼴이 된다. 남에게서 남은 불꽃을 빌려 망령되게 스스로 존귀하다고 하는 것은 기꺼이 부장 노릇을 하며 스스로 한 대오를 이끄는 것만 못한 것이다"라고 하였다.[47]

아! 옛것을 본뜨는 자는 옛것에 얽매여 헤어나지 못함이 병폐이고, 새 체를 창시하는 것은 도리에서 어긋남이 근심이다. 진실로 옛 체를 본뜨면서 변화할 줄 알고, 새 것을 창시하면서 전아할 수 있는 것을 안다면, 지금의 글도 옛날 글과 같다.[48]

---

46 李奎報, 『東國李相國全集』 卷第26, 「書」, 〈答全履之論文書〉 : "僕則異於是 旣不熟於古聖賢之說 又恥效古詩人之體 如有不得已及倉卒臨賦詠之際 顧乾涸無可以費用 則必特造新語 故語多生澁可笑 古之詩人 造意不造語 僕則兼造語意無愧矣 由是 世之詩人 橫目而排之者衆矣 何吾子獨過美若是之勤勤耶 嗚呼 今世之人 眩惑滋甚 雖盜者之物 有可以悅目 則第貪翫耳 孰認而詰其所由來哉 至百世之下 若有人如足下者 判別其眞贋 則雖善盜者 必被擒捕 而僕之生澁之語 反見褒美 類足下今日之譽 亦所未知也"

47 袁枚, 같은 책, 卷參, 「隨園詩話」, 卷3, #8, 68쪽. : "葉橫山先生云 : 好摹仿古人者 竊之似 則優孟衣冠 竊之不似 則畵虎類狗 與其假人餘焰 妄自稱尊 孰若甘作偏裨 自領一隊"

48 朴趾源, 「楚亭集序」, 〈煙湘閣選本 序〉, 『燕巖集』 권1 : "噫 法古者病泥跡 創新者患不經 苟能法古而知變 創新而能典 今之文 猶古之文也"

상단 인용문에서 이규보는 옛 성현의 말씀이나 옛 시인의 본체를 본받기를 부끄러워하고 반드시 새로운 말을 창조하여 뜻을 담아 시를 쓴다고 밝힌다. 반면에 세상 사람들은 옛 성현의 말씀이나 시인의 글을 모방하고 전고를 따르고 있는데, 이규보가 보기에 이는 도적질과 같은 것이다. 표절을 하고서도 그것이 좋아 보이기만 하면 이를 즐겨 감상하지 그것이 누구의 어떤 시를 도둑질했는지에 대해서는 따지지 않는다. 지금은 자신의 이런 행위를 사람들이 우습게 여기고 비방하지만, 백 년이 지나면 자신의 생경한 시가 도리어 칭찬을 받을 것이라고 확신하고 있다.

둘째 인용문에서 원매는 엽횡산 선생의 말을 인용하여 전고를 따르는 기존의 시 전통을 비판하고 있다.[49] 옛 성인이나 시인의 시를 모방하기를 좋아하는 것은 시문을 훔치는 것으로, 그리 표절하여 비슷한 수준의 작품을 만들게 되면, 초楚나라의 악인樂人 우맹이 이미 죽은 재상 손숙오의 흉내를 내 진짜처럼 행세한 것이니 독창성이라고는 전혀 없는 사이비에 지나지 않는다. 표절하거나 모방하였는데 성인이나 시인과 비슷한 수준의 작품이 되지 않았으면, 후한後漢 건무建武 16년A.D. 40에 마원馬援이 조카에게 당부한 말처럼, 자질도 없는 사람이 두계량杜季良과 같은 소인배의 흉내를 내면 마치 범을 그리려다 잘못 그리면 개가 되듯이 경박한 자가 된다. 시도 마찬가지다. 시재詩才가 모자라는 사람이 대가의 흉내를 내면 졸작을 만든다. 그러니 남의 부장 노릇을 하더라도 자신의 군대를 이끄는 것이 다른 장군의 흉내를 내는 것보다 나은 것처럼, 자신의 성정을 표현하는 것이 더 좋은 글이다. 그래서 원매는 시는 골骨, 즉 시인의 개성에 있지 격조에

49 엽횡산(葉橫山) 선생은 청대(淸代)의 유명한 문학이론가로 理, 事, 情을 중심으로 창조적 시론을 편 『原詩』의 저자인 엽섭(葉燮, 1627~1703)을 가리키는 것으로 보인다.

있지 않다고 선언한다.[50]

셋째 인용문에서 박지원朴趾源, 1737~1805은 법고창신法古創新의 뜻을 편다. 그는 "훗날로서 지금을 보면 지금이 오히려 옛날이다"라며 '옛날'과 '오늘'을 상대적인 것으로 간주한다. 그러니 옛날과 성현의 말씀을 절대적인 것으로 간주하여 과거나 고인의 말씀에 맞추어 오늘 나의 글을 제한할 필요가 없다. 그는 원굉도가 『원굉도집전교袁宏道集箋校』에서 제안한 것처럼 글이란 병법처럼 상황에 맞게 변화하여 독창성 있게 써야 한다고 생각하였다. 이런 점에선 공안파와 통한다. 하지만 연암은 공안파의 교묘하고 지혜로우면서도 깊이가 있고 신랄한 것은 수용하지만, 법도가 없고 전아하지 못함을 비판한다. 옛것을 모방하는 것은 옛것의 생각과 틀에 구속되어 새로움이 전혀 없는 남의 글이고, 새것을 창시만 하는 것은 법도에 어긋나고 전아함이 없다. 원매가 『속시품續詩品』 「저아著我」 1장에서 "옛 것을 토해버리고 새것을 들이쉬자는 토고흡신吐故吸新"을 주장한데 반하여, 연암은 옛것을 본뜨면서도 새로 변화를 모색하는 법고창신을 주장한다. 또, 앞 장에서 말한 대로, 이는 법고法古를 하면서 변통變通을 하고, 창신創新을 하면서도 전범을 준수하라는 것이다.

이규보와 원매, 박지원은 모두 전고와 "문필진한文必秦漢, 시필성당詩必盛唐"을 철저히 따르면서 법法과 격조格調를 중시하며 표절과 모방을 일삼던 기존의 의고적 시론을 비판한다. 고인이나 성현의 글을 모방하고 표절하는 의고주의적 시풍에 반대하고 개인의 성정을 자유로이 표출하는 시를 추구하였다. 이들의 주장은 파격적이었고 이단적이었다. 이규보가 여러

50 袁枚, 같은 책, 卷參, 「隨園詩話」, 卷1, #2, 2쪽 : "詩在骨不在格也"

군데서 언급한 것처럼 이런 시론과 시는 당시 시단으로부터 비웃음을 샀고, 연암은 문체반정文體反正에 휘둘려 문체순정운동에 전력하여 잡필을 금할 것을 맹세하였다. 원매도 당시 시단으로부터 "음탕한 여인과 간교한 아이의 성령을 근본으로 삼고 (…중략…) 해학과 유희를 풍취로, 조악하고 방자한 것을 호방한 것으로, 경박하고 비속한 것을 천진天眞으로, 음란하고 방탕한 것을 염정으로 잘못 알아 마귀의 생각과 요괴의 말로 시교詩敎의 둑을 무너뜨렸다."[51] 등의 비판을 받았다.

2) 새로운 형식과 기법의 창조

이런 시론이 시조에 직접 영향을 끼쳤다고 확인할 수는 없지만, 이것과 통하는 시조가 상당수 나타난다. 당시에 형식과 기법에서 새로운 실험이 행해진다. 주로 성리학의 이념을 표출하던 시조에서 의미를 버리고 정경의 아름다움을 그림처럼 묘사하는 것으로 그치기도 하고, 문체에서도 민요의 반복조, 순 우리말의 의성어 및 의태어를 도입하고 펀pun을 즐겨 사용하기도 한다. 내용에서도 유가적 이념을 떠나 자유로운 사랑과 놀이를 추구한다.

> 이바 우옵고야 우움도 우우올샤
> 우웁고 우우우니 우움 계워 못홀노다
> 아마도 히히 호호 ᄒᆞ다가 하하 허허 홀셰라.(『옥소고』 0055, 3838.1)

51 郭紹虞 編選, 『清詩話續編』, 富壽蓀 校點, 上海 : 上海古籍出版社, 1983, 2366~2367쪽; 李鵬, 「18~19세기 동아시아 漢詩圈에서 '性靈說'의 수용 양상」, 『韓國學論集』, 한양대 한국학연구소, 2008.5, 41~42쪽 재인용) : "袁既以淫女狡童之性靈為宗 (…중략…) 諧謔遊戲為風趣 粗惡頹放為雄豪 輕薄卑靡為天真 淫穢浪蕩為豔情 倡魔道妖言 以潰詩教之防", "風雅之蠹, 六義之罪魁"

"권섭權燮, 1671~1759은 벼슬자리의 뜻을 버리고 일생을 전국 방방곡곡 명승지를 찾아 탐승探勝 여행을 하며 보고 겪은 바를 문학으로 승화시켰는데, 전해진 것만 해도 한시 3,000여 수, 시조 75수, 가사 2편에 이른다."[52] 『옥소고玉所稿』는 그의 후손이 전 13권 17책으로 간행한 책이다.

위의 시조는 아무런 의미가 없다. 이봐 우습구나 웃음도 우습구나. 우습고 또 우스우니 웃음 겨워서 못하겠구나. 아마도 히히 호호 웃다가 하하 허허 웃을까 두렵구나. 여기엔 유교의 교리나 도덕, 주의 주장이 없다. 그냥 웃자는 것이다. 맥락을 결합하여 너무도 부조리하게 펼쳐지는 세상에 대해 웃자고 냉소적인 풍자를 한 것일 수도 있지만, 텍스트만 볼 때 웃음소리를 반복하며 말장난을 하고 있을 뿐이다.

> 바둑에 침착ᄒᆞ야 ᄒᆡ 지ᄂᆞᆫ 줄 몰나고야
>
> 청산靑山 멘 길노 젼나귀 밧비 모니
>
> 목동牧童이 ᄂᆞᆯ다려 닐으기를 그림 갓다 ᄒᆞ더라(『가람본 청구영언』 0227, 1766.1)

위 시조는 4종의 가집, 곧 『박씨본 시가』와 『가람본 청구영언』, 『권순회본 가사』, 『가조별람』 4종의 가집에 실려 있다.[53] 시적화자는 바둑에 빠져들어 시간이 가는 줄 몰랐는데 이미 눈을 뜨니 해가 졌다. 길은 멀고 구불구불하다. 청산 사이로 난 구불구불한 길로 젊은 나귀를 바삐 몰고 집으로

52 「권섭」, 『한국민족문화대백과사전』(http://encykorea.aks.ac.kr/Contents/Index?contents_id=E0006952)

53 모든 가집에 작자가 15세기 사람인 송찬(宋瓚)으로 명시되어 있다. 그럼에도 이 시조가 실린 가집을 볼 때, 18~19세기에 향유되었기에 사례로 든다.

돌아간다. 이를 보고 목동이 그림 같다고 한다. 의미는 후면화하고 시각적 이미지를 전경화하여 한 폭의 동양화를 연상하게 한다. 성리학의 이념을 표출하는 것이 시조창작과 향유의 목적인데 이 시조에서는 의미를 버리고 시각적 이미지를 부각시켜 정경의 아름다움을 그림처럼 묘사하는 것으로 그치고 있다.

이처럼 당시에 기존의 유교 이데올로기가 틈을 보이고 사회 전반적으로 권위가 무너지자 전고를 따르고 격식을 중시하는 것을 비판하고 형식과 기법에서 창신을 행하는 것을 긍정하는 시론이 나타난다. 새로운 세계의 여명이 보이자 시조는 내용에서도 반주자적인 성향을 보여 자유로운 사랑과 성정의 자유를 희구한다. 2부 3장에서 기술한 대로 공식적인 은유를 파기하고 새로운 은유를 창조한다. 더 나아가 내용과 의미를 없애고 아예 정경을 묘사하는 것으로 그치는가 하면 말놀이 자체를 즐기는데 그치는 시조도 향유된다.

4. 서민성의 시론과 서민미학의 구현

1) 서민성 긍정의 시론

상업과 도시가 발전하고 중간계층과 상인층이 성장하면서 이들을 대상으로 한 연극, 소설, 산대잡희, 판소리 등도 따라서 활발하게 전개되었고, 특히 시가의 향유와 풍류에 중인층과 상인들이 대거 참여하여 이를 주도하였다. 이런 변화는 서민 문화나 서민성을 긍정하는 논리를 요구하였다.[54]

지금 우리나라의 시문詩文은 자기 말을 버려두고 남의 나라 말을 배워서 표현한 것이니, 설사 아무리 비슷하다 하더라도 이는 단지 앵무새가 사람의 말을 흉내내는 것과 같다. 여염집 골목길에서 나무꾼이나 물 긷는 아낙네들이 에야디야 하며 서로 주고받는 노래가 비록 저속하다 하여도 그 참과 거짓을 따진다면, 정녕 학사대부學士大夫들의 이른바 시부詩賦라고 하는 것과 같은 입장에서 논할 수는 없다.[55]

시의 경지는 지극히 넓어서 학사대부學士大夫가 만여 권의 책을 독파하고 늙어버려 기운이 다해도 그 심오한 것을 터득하지 못하는 것이 있다. 그런데 부인여자와 시골 백성과 학식이 천박한 자가 우연히 한 두 구를 지은 것이 이백李白과 두보杜甫가 다시 살아나도 반드시 고개 숙일 만한 것이 있으니, 이것이 시가 위대한 까닭이다. 시를 짓는 이는 반드시 이 두 가지 뜻을 알고 난 뒤에야 책 안에서도 시를 찾고 책 밖에서도 시를 얻을 수 있다.[56]

상단의 인용문은 김만중金萬重, 1637~1692의 『서포만필西浦漫筆』의 글이고,

---

54 서민성이란 당대 서민 계급이 서민으로서 계급의식을 각성한 바탕 위에서 양반과 자신을 구별하면서 양반과 다른 세계관과 미의식, 생활태도, 취향을 지향하는 것을 의미한다. 서민의 삶을 핍진하게 묘사하고 진정성이나 구체성을 추구하는 것, 미학적으로는 성(聖)과 미(美), 관념, 공식문화, 우아 대신 속(俗)과 추(醜), 현실, 비공식문화, 해학을 지향하는 것을 뜻한다.

55 金萬重, 『西浦漫筆』 下, 159 : "今我國詩文 捨其言而學他國之言 設令十分相似 只是鸚鵡之人言 而閭巷間樵童汲婦咿啞 而相和者 雖曰鄙俚 若論眞贗 則固不可與學士大夫 所謂詩賦者 同日而論"(洪寅杓 譯註, 『西浦漫筆』, 일지사, 1987, 388~389쪽)을 참고함.

56 袁枚, 王英志 校點, 『袁枚全集』 卷參, 「隨園詩話」, 卷3, #50(江蘇 : 江蘇古籍出版社, 1993), 84~85쪽 : "詩境最寬 有學士大夫讀破萬卷 窮老盡氣 而不能得其閫奧者 有婦人女子 村氓淺學 偶有一二句 雖李杜復生 必為低首者 此詩之所以為大也 作詩者必知此二義 而後能求詩於書中 得詩於書外"

하단의 것은 원매의 『수원시화』에 나오는 글이다. 중국의 시문을 한자어로 그대로 모방하고 표절하는 것은 앵무새가 사람 말을 흉내내는 것처럼 비슷하지만 가짜다. 이는 우리말로 자주적인 문학을 하자는 것이자 모방하고 표절하는 것을 벗어나 자기만의 개성이 담긴 시를 쓰자는 뜻을 모두 내포하고 있다. 저잣거리의 아낙네와 나무꾼이 부르는 민요는 전고와 격식을 따지는 사대부의 미학에서 보면 저속하지만, 이들의 노래에 담긴 참뜻을 사대부의 시론과 다른 입장에서 바라보면 학사대부의 시부와 견줄 수 있다. 기존의 사대부의 미학을 부정하지 않으면서 서민층의 자발적인 성정의 표출로서 민요를 긍정하고 있다. 비슷한 시대를 산 홍세태洪世泰, 1653~1725도 "옛날부터 지금까지 죽 살펴보면 시를 잘 짓는 사람은 대다수가 산림과 초택草澤의 아래에서 나왔으니 부귀와 권세를 누리는 자들은 시를 잘 쓰지 못하였다"[57]라고 주장하였다.

원매는 강한 어조로 만여 권의 책을 읽은 학사대부보다 시골의 천박한 촌부가 우연히 한 두 구를 지은 것이 모든 시인들이 따라야 할 절대적인 전범으로 삼는 이백과 두보도 고개를 숙일 만한 가치가 있다고 주장한다. 이는 그가 후술하듯, 촌부가 자신의 자연스러운 성정의 참된 마음을 그대로 드러냈기 때문이다. 양자의 주장이 유사하다. 이백과 두보를 따르는 것만이 시의 전범이고 학사대부의 시만이 가치가 있다고 하던 당대 풍토에서 서민층의 진솔한 성정을 표상한 시를 긍정적으로 바라보는 것은 가히 혁신적이라 할 만하다.

---

57 洪世泰, 〈雪蕉詩集序〉, 『柳下集』 제9권 : "歷觀自古以來 工詩之士 多出於山林草澤之下 而富貴勢利者未必能焉"

2) 서민성 구현의 시조

이런 시론에서 보면 한문으로 윤리적 이념이나 성현의 가르침을 나열한 시보다 서민의 말로 서민의 성정을 진솔하게 표현한 질박한 시나 노래가 더 가치 있는 작품이다. 몇몇 사대부와 중인들은 기존의 산문에서는 금기시 하는 구어, 속어, 방언을 사용하고 서민의 속담이나 속신俗信을 차용하는가 하면, 서민의 실상을 사실적으로 반영하고 표출하거나 주변의 일상에서 진리를 발견하고자 하였다.

> 솟적다 솟적다커늘 그 ᄉᆡ 말를 고지 듯고
>
> 져근 솟 침쳐 주고 큰 솟 사 거러더니
>
> 지금至今에 풍년豊年을 못 맛ᄂᆞ니 그 ᄉᆡ 날 소긴가 ᄒᆞ노라.(『병와가곡집』 0725, 2780.1)

소쩍새의 울음소리는 한국인에게 "솥이 적다"라는 말로 들린다. 이에서 비롯된 서민의 속신이 "봄에 소쩍새가 울면 풍년이 온다"는 것이다. 왜냐하면 솥이 작아서 큰 것으로 바꾸라고 소쩍새가 권할 정도로 올 가을에 많은 쌀을 생산하리라는 것이기 때문이다. 이에 솥이 적다 솥이 적다 우는 소쩍새 소리를 곧이, 그대로 듣고 집안에 있던 적은 솥에 덤을 주어 큰 솥으로 바꾸어 걸었다. 그랬더니 풍년이 아니 들고 흉년이 들었다. 얼마나 실망이 크겠는가. 그 마음을 "그 소쩍새가 날 속인 모양이로구나"로 토로하고 있다. 서민의 속신을 바탕으로 한 풍년에 대한 기대와 흉년의 실망을 사실적으로 묘사하고 있다.[58]

콩밧틔 들어 콩닙 쓰어 먹는 감은 숑아지 암으리 쫏츤들 그 콩 닙 두고 저 어듸 감여

니불 아레 든 님을 발로 툭 차박 미젹미젹ᄒᆞᆷ여 어셔 나가라 ᄒᆞᆫ들 이 안인 밤의 날 ᄇᆞ리고 제 어드로 갈이

암아도 쌍ᄒᆞ고 못 말올쓴 님이신가 ᄒᆞ노라.(『일석본 해동가요』 0548, 5082.1)

『일석본 해동가요』와 『진본 청구영언』을 비롯하여 41종의 가집에 실렸으니 상당히 유행한 시조로 보인다. 콩 밭에서 콩을 먹는 암소의 용用에서 유추한 은유는 "송아지가 콩을 버리고 다른 곳으로 가지 않듯 님도 나를 두고 떠나지 않는다"이다. 송아지의 용에서 유추한 것은 은유이지만, "농부－송아지", "송아지－콩", "님－나", "님－이불"의 관계는 환유이다. 또 '이불'은 "님과 나의 사랑 및 성행위"와 환유이다. 이 시조는 "콩－송아지"의 환유를 "이불－님"의 관계로 대체하고 있다. 콩잎을 먹는 송아지가 아무리 쫓은들 콩잎을 두고 어디로 가지 않듯, 님과 내가 사랑을 맺은 이불을 두고 님을 발로 박차서 밀어내며 나가라고 한들 님은 이 밤중에 나를 두고 떠나지 않을 것이라 확신한다.

"콩－송아지"의 환유엔 소를 몰고 콩잎을 뜯기는 농사일을 하는 농부의 삶이 어려 있다. 그런 농부에게 사랑이란 것도 추상적인 것이 아니라 구체적이고 단순한 것이다. 아마도 시적화자의 님이 싸우고 집을 잠시 비운 모

58 이상 이도흠, 「18세기 시조에서 탈중세성의 지향과 근대성 문제」, 『한국시가연구』 28, 한국시가학회, 2010, 80쪽 참고함. "져 건너 월앙바회 우희 밤중마치 부헝이 울면"(『진본 청구영언』 0564, 4236.1)은 "밤에 월앙바위의 부엉이가 울면 사람이 죽는다"라는 속신을 바탕으로 대화의 구조 속에서 본처와 첩이 서로 상대편이 죽을 것이라고 저주하고 있다.

양이다. 그런 상황에서 싸우면서도 잊지 못하는 것이 부부라며, 콩잎을 버리고 암소가 떠나지 않듯 둘의 사랑의 기억이 뚜렷한 이불을 두고 님이 떠나지 않고 곧 돌아올 것이라는 기대가 담겨 있다. 가출한 님에 대한 변함없는 사랑과 돌아오리라는 확신으로 싸움에서 빚어진 잠깐 동안의 이별을 승화하고 있다. 싸움 속에서도 님에 대한 신뢰와 열정이 지극하다. 농사일처럼 구체적이고 건강한 부부애가 깔려 있는 시조다.

사대부의 시조들이 본능을 철저히 숨기고 은유를 중심으로 성리학의 이념을 당위로 내세우고 있다면, 서민의 미학을 지향하는 시조는 환유를 통해 은유의 이상화하고 동일화하는 경향을 허물어뜨리고 경험과 노동과 일상으로 회귀하여 물질성을 회복하여 삶과 세계에 대해 구체적이고 경험적으로 바라보고 욕망을 표출한다.

마무리

상공업이 발달하고 인구가 증가하면서 도시가 비약적으로 발전하였으며 이에 따라 유흥문화도 번성하였다. 중인층이 시사詩社나 가단歌壇을 형성하고 율계律契를 조직하고 후원하면서 유흥문화를 선도하고, 장악원의 여기女妓를 혁파하자 기생들이 한양에 머물면서 춤과 노래를 연행하고 사교를 활성화하고 성적인 봉사도 제공하는 일을 적극 수행할 수 있게 되었다. 이런 현실의 변화는 실제 기생과 질펀하게 성애를 즐기고 이를 노래로 재현하려는 욕망과 유가적 시가관이나 시론과 괴리를 메우고 사대부의 미학과 변별되는, 중인들의 미적 감수성과 삶에 부합하는 새로운 미학이나 시론을 요청했다. 이런 상황에서 기존의 우리의 시론에서 주변화했던 창신론 등의 논리에 주목하는 한편 중국으로부터 공안파의 성령설 등이 유입되면서 진보적인 시론이 헤게모니를 갖게 되었고 이는 새로운 시창작과 향유에 정당성을 부여하고 촉진했다.

진정론에 따르면, 기존의 시론에서 음란한 것으로 간주되던 사랑과 성애, 욕망을 자유롭게 표출한 시조가 오히려 성정의 바름을 진솔하게 추구한 시가 된다. 간쟁론에 따르면, 양반 관료층을 풍자하거나 가부장제도의 권력자인 시어머니나 남편을 풍자한 것이 외려 가정을 바르게 하는 길이다. 창신론에 따르면, 성현의 말씀이나 전고를 따라 짓는 것은 표절에 지나지 않고 개인이 자신의 상상력과 뜻을 담아 새로운 형식에 담아내는 것이 시의 정수다. 서민성에서 보면, 기존의 교화론의 시론에서는 금기시 하는 구어, 속어, 방언을 사용하고 서민의 실상을 사실적으로 반영하고 표출하거나 주변의 일상에서 진리를 발견하는 것이 사대부의 문장 못지 않은 것이다.

이런 시론들은 근대를 향하는 시적 실천에 지표를 제시하고 기존의 시론과 이데올로기에 맞서서 이런 행위에 정당성을 부여했다. 당대 시조 향유층의 이런 상상력과 실천이 있었기에 20세기에 전통과 단절된 유럽의 근대시가 주류를 형성한 가운데서도 만해처럼 중세적인 세계관과 이미지를 창조적 은유를 매개로 자유시 형식에 담아 고전시가와 현대시를 결합한 지평도 열 수 있었다.

제5장

근대적 시공간의 형성과 재현

글을 열며

황진이의 시조, “동짓달 기나긴 밤을 한허리를 버혀 내여 / 춘풍 니불 아래 서리서리 너헛다가 / 어론 님 오신 날 밤이여든 구뷔구뷔 펴리라”에 대해 많은 이들이 절창으로 꼽는다. 그렇게 평가하는 핵심은 황진이가 객관적 시간과 주관적 시간 사이의 괴리를 인식하고 시간을 공간으로 대체하되 환유를 매개로 구체적 사물로 형상화하였다는 점에 있다. 이별과 만남의 구도에 겨울과 봄, ‘서리서리’와 ‘굽이굽이’의 대조도 탁월하다. 그럼에도 이 시조에 나타나는 시간관은 중세의 틀에서 벗어나지 않는다. 자연의 패턴에 인간의 삶을 맞춘 순환의 시간관에 기대어 이별의 슬픔을 만남에 대한 기대와 회포로 승화하고 있다. 그렇다면 중세적 시간과 근대적 시간은 어떻게 다르고, 그 재현은 어떤 차이를 드러낼까?

한국인이 아파트를 만들고 그 아파트에 구속되어 중산층의 편리함과 욕망을 추구하지만 모두가 소외되고 고독한 ‘아파트적 인간’이 되는 것처럼, 인간은 공간을 만들고 공간은 또 인간을 만든다. 타계가 분명히 존재하는 공간관을 가졌을 때 천국에 간다는 것을 확신하고 기꺼이 성전에 참여하여 목숨을 던지는 이슬람 전사의 사례에서 잘 나타나듯, 중세시대 사람들에게 현실에 객관적으로 존재하는 공간은 타계로 가기 위하여 잠시 머무는 곳에 지나지 않았다. 반면에 근대의 공간관을 가진 우리들은 광신도가 아닌 한 천국에 간다는 말을 믿고 오늘 죽음을 선택하지 않는다. 그럼, 중세적 시공간과 근대적 시공간의 차이, 그 재현 양상은 어떻게 다를까.

1. 중세적 시공간과 근대적 시공간의 차이

누구나 하루 24시간, 1년 365일이라 말하며 이에 맞추어 계획을 하고 삶을 행한다. 하지만, 시간은 실재하지 않는다. 시간은 허구다.[1] 있다면 패턴뿐이다. "1950년대 초 생물학자들이 뉴헤이븐 항구에서 굴 12개 정도를 채취하여 거리로 1,609킬로미터, 시간대로 시차가 1시간 더 빠른 일리노이 주에 위치한 노스웨스턴대학으로 보냈다. 굴들은 처음에는 뉴헤이븐의 해수면의 최고 수위선과 최저 수위선에 맞추어 입을 여닫았지만, 차츰 일리노이주 에반스톤에 바다가 있다면 그곳에서 일어날 조수의 주기에 맞추어 규칙적으로 입을 여닫는 행위를 안정적으로 행했다."[2] 굴들은 몸의 유

1 중론에서는 시간이 과거의 인(因)으로 인하여 현재와 미래가 성립된다는 면에서는 시간이 존재하지만, 사물에 의존하여 시간이 작동한다는 면에서는 사물 자체가 인연에 따라 구성되고 무상하여 공하므로 시간도 존재하지 않는다고 생각하여, "사물을 원인으로 시간이 존재하니 사물을 떠나서 어떻게 시간이 존재하겠는가? 사물도 오히려 존재하지 않는데 하물며 시간이 존재하겠는가?"라고 말하였다.(龍樹菩薩, 鳩摩羅什 譯, 『中論』, 「觀時品第十九(六偈)」, (T30n1564_003), p.0026a26 : "因物故有時 離物何有時 物尚無所有 何況當有時")

2 월터 D. 미뇰로, 『서구 근대성의 어두운 이면』, 275쪽 요약.

전자에 기억된 달의 주기에 따라 입을 여닫는 패턴을 반복한 것이다. "지구는 24시간 3분 57초 만에 한 바퀴 자전을 하고 초속 29.8km속도로 태양을 365.25일 만에 한 바퀴를 돈다. 달은 자전축을 중심으로 27.3일 만에 1바퀴씩 자전하면서 지구 주변을 공전한다."[3] 주지하듯, 달의 인력으로 밀물과 썰물이 일어나고, 바다의 생명들은 굴처럼 이에 맞추어 숨을 쉬고 먹이활동을 하고 번식을 한다. 육지의 생명체들도 달과 지구, 태양의 운행에 따라 나고, 자라고, 변화하고, 번식을 하고, 사라진다. 이 패턴에 대해 언제부터인가 인간은 은유를 부여하였다. 지구 자전은 하루로, 달의 공전은 한 달로, 지구 공전은 한 해로 은유화하였다. 여기에 권력이 작용하면서 중국에서, 잉카와 마야에서, 로마에서 달력이 만들어졌다.

달력이 만들어졌음에도 인간은 자연의 패턴에 따라 생활을 하였다. 자연의 패턴과 인간의 패턴은 어긋나지 않았다. 해가 뜨면 일하러 가고 해가 지면 집으로 돌아왔다. 해가 길어지고 날이 따뜻해지면 씨를 뿌리고 선선한 바람이 불면 거두어 들여 저장하였다. 설날에서 동지에 이르기까지 절기에 맞추어 노동하고 놀이를 행하고 의례를 지냈다. 종교가 형성되면서 시간은 공간과 결합하였다. 겨울이 지나면 봄이 와서 죽었던 가지에 싹이 트고 꽃이 피듯, 이승의 삶이 끝나면 저승에서 다시 살 것이라고 생각하였다. 현실세계 저 너머에 타계他界를 설정하였다. 순환적 시간관 속에서 인간은 그 타계에서 와선 이승에서 살다가 다시 그곳으로 돌아간다고 생각하였다. 무덤에 새, 배, 천마 등 타계로 돌아가는 매개물을 부장품으로 함께 묻었다.

---

3 『다음백과』, 〈지구〉, 〈달〉 참고.
(https://100.daum.net/encyclopedia/view/b20j0492b)
(https://100.daum.net/encyclopedia/view/b04d2191a)

중세 유럽에선 직선의 시간관과 원환의 시간관이 혼재하였다. 기독교에서 시간은 천지 창조에서 종말을 향해 직선적으로 흐른다. 기독교도들은 죽음을 원수로 규정하고 하나님만을 굳세게 믿고 하나님의 뜻대로 살면 새로운 영을 덧입고 하늘나라에 오르고 종말의 세계에서도 구원을 받을 것이라고 생각하였다. 그럼에도 세속인 장원의 농경생활은 하루와 계절이 반복되는 순환의 연속이었다. 반면에, 불교도들은 인간의 죽음 또한 우주 삼라만상이 나고 존재하고 변하다가 사라지는 그 무한한 반복 가운데 하나인 것으로 받아들이며, 선업을 많이 쌓고 올곧게 수행정진을 하여 깨달음에 이르러 윤회를 벗어나 열반에 이르리라고 생각하였다. 윤회와 농경생활은 순환적이었지만, 열반을 향하고 그에 이르면 윤회가 멈추고 성불한다고 생각한 점에서는 직선적이다. 이처럼 기독교든 불교든, 유럽이든, 아시아든, 불멸의 꿈들이 타계와 내세를 만들고 종교에 깊이와 힘을 주었다. 산 자들에게는 현세의 복락福樂이나 쾌락을 절제하고 초월적 존재의 말씀에 따라 영적인 삶을 살게 하였다.

패턴을 은유화하면서 인간이 시간을 인식하기 시작하였는데, 중세 시대의 일상의 삶에서 시간은 순환적이지만, 우리 조상들은 절기마다 환유를 부여하여 차이를 빚어냈다. 시간은 환유로 체험되었다. 설날엔 몸을 삼가며 떡국을 먹고, 입춘일에는 보리뿌리를 뽑아 한 해 농사를 점치고, 청명에는 가래질을 하고 성묘를 가고, 망종일에는 씨를 뿌리고, 백중날엔 천신차례를 지낸 다음 여러 놀이를 하고, 한가위에는 새로 가을걷이한 곡식과 과일로 조상들께 차례를 올리고, 동짓날은 붉은 빛이 도는 팥죽을 먹고 뿌리며 나쁜 귀신을 쫓고 좋은 기운을 받아들였다.

허구임에도 모든 이들이 이를 믿으면서 시간은 상호주관적 실재로 작동한다. 근대에 들어 과학적이고 합리적인 사고를 하면서 신의 죽음을 선언하고 타계나 내세를 부정하였다. 시간은 더 이상 원환적이지 않다. 근대인들은 열역학 제2법칙에 따라 우주의 총 엔트로피는 증가하는 방향으로 일어나기에 시간은 과거에서 현재, 다시 미래로 직선적으로 흐른다고 생각하였다. 근대인들은 시간을 불가역적인 것으로서 객관적인 실재로 인식하였으며 시간에 방향과 속도를 부여하였다. 근대인들은 더 나은 인간과 사회, 역사라는 방향을 향하여 발전한다고 생각하였다.

중세까지는 우주와 자연의 패턴에 인간이 조응하였지만, 근대에 들어 인간은 시간에 자신의 패턴을 맞추었다. 자본주의 체제는 시간을 초 단위로 분할하고 거기에 인간을 배치하고 종속시켰다. 자본주의 체제는 시간을 가치로 평가하고 돈으로 계량화하였다. 자본은 노동자가 생산한 잉여가치를 착취하여 이윤으로 전환하고 나머지는 노동자가 생산한 가치와 시간을 따져 임금을 지급하되, 시간표, 출근부, 벌금, 감독, 감시체제 등을 통하여 최대한으로 노동자를 통제한다. 국가 또한 이를 학교에 그대로 적용하였다. "근대는 (…중략…) 시간표와 시간관이라는 기계에서 보이듯이 특정한 활동이나 동작을 선분화된 시간에 대응시킨다."[4] 이에 따라 "시간-기계는 사람들의 활동을 포섭하고 강제할 뿐만 아니라, 포섭된 사람들의 신체를 통해 내면에 침투한다. 그것은 특정하게 코드화한 행동이라는 양상으로, 혹은 습관이라는 양상으로 신체에 새겨지는 일종의 생체권력인데, 그 결과 그것은 자신의 신체에 대한 내적인 통제형식으로 일반화된다."[5]

시간은 더 이상 환유로 의미를 구성하지 못한 채 은유로만 동일화/추상

4 이진경, 『근대적 시 · 공간의 탄생(개정증보판)』, 그린비, 2012, 225쪽.
5 위의 책, 228~229쪽.

화하였다. 이에 따라 근대인들은 시간에 자신의 패턴을 종속시켰으며 차이들을 소멸시켰다. 시간이 돈으로 환산되면서 시간의 속도는 더욱 빨라지고 사람들의 정신과 육체를 통제했다. 시간은 점점 수백 분의 1초 단위로까지 분할되고 권력이 시간을 지배했다. 권력이 짜 놓은 시간표를 지키지 못하면 벌을 받거나 벌금을 물었다. 시간은 개인의 삶을 규정하고 통제하는 구조가 되었다. 시간은 두려움과 불안의 원천이 되고, 이에서 벗어나려는 인간들은 현재의 쾌락에 탐닉했다. 몇몇 사람들이 여행, 은둔 등으로 이에서 일탈을 시도하지만 자본주의 체제는 이것마저 상품화하였고, 결국 극소수의 은둔자를 제외하고 절대 다수의 사람들은 다시 투항하였다.

대신, 직선적 시간관은 본래의 시간성을 인식할 경우에 한하여 실존의 지평을 열었다. "죽음은 현존재의 '가장 고유한' 가능성인 것이다."[6] 시한부 선고를 받은 이들은 처음에는 부정하다가 결국 죽음을 수용한 이후에는 성인과 유사해진다. 그들은 남은 이들에게 무엇인가 베풀고 남기려 일분일초에 자신의 모든 것을 투여하며 본래성을 되찾는다. 이에서 잘 나타나듯, 죽음은 유한성을 인식하게 한다. 이것은 "어떻게 살 것인가?"에 대하여 생각하게 하고, 결국 실존으로 이끈다. 현존재의 본질은 죽음으로 가는 존재Sein zum Tode다. 어두울수록 별이 밝게 빛나듯 죽음에 다가갈수록 삶은 더욱 의미로 충만하게 되니, 죽음이 곧 삶이다. 죽음과 종말로 인하여 불안해 하지만 유한하기에 실존을 모색하고 더 나아가 무한을 추구한다. 물론, 시간성을 인식하지 못할 경우에는 근대인은 존재보다 소유를 추구하고 현재의 쾌락이나 행복에 탐닉한다.

---

6 마르틴 하이데거, 전양범 역, 『존재와 시간』, 시간과공간사, 1989, 348쪽.

시간은 중층적으로 흐르며 공간에 따라 굴절된다. 뉴턴의 역학에 바탕을 둔 근대적 시간은 아인슈타인으로 인하여 뒤집힌다. 속도가 일정한 빛이 중력으로 휘어진 공간을 지나면 시간이 더 걸리기에 중력이 강한 곳일수록 시간은 늦게 흐른다. 중력에 따라 시간이 다르게 흐르기에 아주 미세하여 원자시계로만 측정이 가능하지만, 우리는 이미 각자 다른 시간대에 산다.

기존의 공간이론을 넘어서서 공간론을 펼치면, 공간은 대상의 공간, 몸의 공간, 텍스트의 공간, 이상의 공간 등 크게 네 가지 공간이 공존하며, 네 공간은 몸의 공간을 중심으로 서로 깊은 연관관계를 갖는다.

대상의 공간은 인간 주체 앞에 대상으로서 존재하는 공간이다. 이것은 객관적으로, 보편적으로 존재하지 않는다. 138억 년 전 우주의 대폭발 이후부터 시작하여 지구와 한반도와 서울, 내가 거주하는 집과 동네가 형성된 그 뒤에도 공간은 끊임없이 변화하였다. 전혀 변화가 없더라도 타인을 만나는 순간 시공간은 변화한다. 아주 미세하지만, 내가 들고 내쉬는 숨만으로도 호기성 박테리아가 죽고 혐기성 박테리아는 늘어나면서 대기는 변하고 내 몸의 중력이 공간을 비틀고 그에 따라 시간도 속도를 늦추게 된다. 한 사람 안에서도 머리의 시간과 발치의 시간이 다르게 흐른다. 게다가 인간은 거기에 의미를 투여한다. 찰나의 순간에도 빛과 바람, 기의 흐름에 따라, 사람과 생명체에서 검불에 이르기까지 그 공간을 채우는 모든 것에 따라 공간은 모습과 내용, 구조를 달리 하고 의미가 달라진다. "공간은 중력에 따라 휘어지고 시간의 흐름에 따라 겹을 쌓고, 그 사이를 채우는 것들에 따라 주름을 잡히며, 임계치 이상의 영향을 받거나 차원을 달리 하면 비틀어진다."[7] 무엇보다 부재하던 것들을 현전시킬 때마다 공간은 춤을 춘다.[8]

몸의 공간은 몸을 구성하는 성분들이 어우러져 빚어내는 사이이자 몸이 대상의 공간과 관계하면서 삶을 지속시키는 터이다. 몸은 그 자체가 우주이고 우주와 교감하는 빈 곳이다.[9] 몸은 도道가 자리하는 곳이면서 타인과 관계 속에서 다양한 사고와 행동을 낳는 중심이자 우주와 소통하는 빈터이다. 우주 삼라만상이 도道에 따라 움직이듯, 우리의 몸도 도를 따른다. 매일 얼굴에 있는 수만 개의 세포가 죽고 새로운 세포로 교체되어도 얼굴을 이루는 원리는 변하지 않기에 그 사람의 얼굴을 알아볼 수 있는 것에서 잘 알 수 있듯, 우리의 몸은 도에 따라 형체를 이루고 타자 및 대상의 공간, 기의 운용에 따라 작용을 한다.

양자요동과 대폭발을 한 이후 물질이 탄생하고 이것이 온도와 중력, 기氣에 따라 모이고 흩어져 은하와 태양과 지구를 만들고 그 가운데 극히 일부분이 생명체로 전이하였고, 그 생명체가 진화하여 인간을 만들고 결국 우리까지 이어졌다. 수십 년 후 나는 죽어 미생물의 먹이와 흙이 될 것이고, 다시 수십억 년이 흘러 지구가 폭발하면 성간물질로 흩어졌다가 어디

---

7 이도흠, 「서울의 사회문화적 공간과 그 재현 양상 연구」, 『기호학연구』 제25집, 한국기호학회, 2009.6, 48쪽.

8 예를 들어, 저자가 지리산 실상사의 약수암에 머물 때다. 앞마당에 놓여있던 빈 의자도 빛에 따라 환하게 빛나기 시작하는가 하면 이내 그림자가 진다. 그림자에 따라 다양한 모습을 하다가 저녁놀에 물들고 이내 어둠이 깃든다. 바람이 불어 마른 풀 한 잎이 의자 위에서 춤을 추다가 이내 잠자리 한 마리가 앉았다 날아가고 다람쥐가 한참 동안 밤을 까먹다 내려간다. 몇 센티미터에 지나지 않는 사각형의 그 공간은 그림자에 따라 다양한 구도를 보여주고, 그럴 때마다 나는 석가모니, 성덕왕, 고흐, 데리다를 떠올린다. 의자의 공간은 석가모니가 가섭에 의자의 반쪽을 내준 까닭, 신라 시대의 성덕왕이 가장 높은 왕좌에 있으면서도 가장 낮은 데 처하여 어떤 생명도 죽이지 말라 교시를 내린 불교적 이상의 정치, 빈센트 반 고흐의 열정과 고독과 불안, 평안함에 대한 열망이 범벅이 된 의자, 그림자에 따라 의자가 다양한 가치와 의미를 드러내듯 부재한 것과 현전한 것들이 끊임없이 교차하며 대리보충의 관계를 갖는 산종(散種, dissémination)들로 세계를 형성한다. 지층처럼 시간에 따라 공간은 겹을 쌓고, 그 공간을 채우는 것들은 주름을 잡는다. 그러다가 4차원의 터널에 빠지거나 내가 퍼뜩 깨달음의 경지에 이른다면 저 의자는 심하게 비틀어져 다른 무엇이 되어 있을 것이다.

9 『화쟁기호학, 이론과 실제』, 100쪽.

선가 별이 될 것이다. 가까이로는 달에서 멀리 떨어진 안드로메다 성운과 북극성이 지구의 중력에 영향을 미치고 그에 따라 바닷물은 들고 나는 것을 반복하고 몇몇 생명들은 이에 직접 반응하여 보름달이 밝은 날 사랑을 나누고 알을 깐다. 어떤 춤꾼은 별빛을 손가락 끝에 받아 어깨를 들썩이며 춤을 추고, 나는 별들을 바라보다가 흥이 나서 술 한 잔을 걸치고 빛이 깔린 산허리를 밤새 돌아다닌다. 그러기에 나의 몸은 우주의 온 별들과 빛들과 소리와 관계를 맺고 있으며 반응한다. 별과 별 사이의 관계에 따라 태양은 폭발을 달리 하고 그에 따라 지구에 오는 빛과 열이 달라진다. 그 빛과 열에 따라 바람이 변하고 온도가 달라지고 기의 흐름이 바뀐다. 나는 조용히 앉아 우주의 기를 받아 그것이 수백 조 개의 세포에 스며드는 것을 느끼고, 대기를 들이쉬어 그 산소가 세포를 적시는 것을 감지한다. 수십만 년 전 인간보다 강한 맹수에 잡혔을 때 빠져나가기 위하여 땀을 흘린 것이 남아 무서운 영화를 보면 땀을 흘리는 것에서 보듯, 내 몸의 세포는 공간의 경험을 기억한다. 그러기에 내 몸은 그 자체가 우주이고 우주와 교감하는 빈곳이자, 통시적으로도 우주와 지구의 공간에서 벌어진 온갖 경험을 기억하는 메모리칩이다.

몸은 대상의 공간에 발을 디디고 있다. 내 몸의 감각은 대상을 느끼고 인식한다. 눈은 보고, 귀는 듣고, 코는 냄새를 맡고, 살갗은 촉감을 느끼고, 입은 우주의 기와 공기를 호흡하고 말로 소통하며, 의식은 인식한다. 호랑이가 오거나 추한 냄새가 나면 도망치고, 굉음이 들리면 귀를 막고 뱀 같은 것의 촉감을 느끼면 소리를 지르며 소스라친다. 숲이나 방에 있으면 아늑함과 평안함을 느끼고, 직장에서는 스트레스를 받고, 시위 현장에서는 분노한다. 우리는 호흡을 통하여 우주의 기를 끌어들여 온 몸에 퍼트리며 다시 몸의 기를 우주로 내준다. 이 순간 안과 밖, 대우주와 소우주인 몸이 하나를 이룬다. 시선, 눈길은 몸의 도와 마음이 형상을 띠고 나타난 기호이자 타자와 대상의 공간을 느끼고 이를 몸으로 품는 길이다. 귀는 보이는 것 너머의 소리, 우주 삼라만상과 타인들이 내는 소리를 담아 머리로 가져가 모든 기억을 조합하여 사고를 형성하고 마음을 이루는 길이다. 코는 대상의 공간에 속한 모든 대상과 타인들이 몸 저 깊은 곳으로부터 뿜어내는 향의 기, 혹은 페르몬 등을 통해 발하는 메시지를 잡아 뇌로 전달해서는 모든 기억을 재구성하여 몸이 반응하고 소통하도록, 그것에 다가가도록 하는 길이다. 살갗은 우주의 기, 대상의 기운과 촉감을 느껴 뇌로 전달하기도 전에 반응하거나 뇌로 전달하여 마음에 파문을 일으키고, 저 멀리 태초의 기억까지 더듬어 기억을 재구성하여 내린 결론을 신경을 통해 전달하여 몸이 반응하게 하는 통로이다. 이렇게 오감과 의식, 전의식pre-consciousness과 비의식not-consciousness, 무의식unconsciousness으로 느낀 공간은 기억을 구성하고, 몸은 기억의 재구성을 통해 공간의 주름을 펴고 겹을 분석한다.

인간은 공간의 경험을 그대로 기억하지 않는다. 인간은 몸의 메커니즘, 자신의 참조체계와 이해관계, 타인과 관계에 따라 기억한다. 그러기에 기억은 파편이며 몸에 흔적으로 남는다. 인간은 몸의 메커니즘과 참조체계, 혹은 자신의 이해관계나 타인과 관계에 따라 기억의 파편을 재구성하여 공간을 추상화하며 삶을 행한다. 공간의 기억이 존재의 집을 짓고, 공간의 흔적이 주체를 형성한다. 공간이 시시때때로 변하듯, 나의 삶도, 나라는 주체도 기억의 파편과 흔적에 따라, 공간 안에서 타인과 기억을 소통하는 데 따라 끊임없이 변화하는 사건일 뿐이다.

인간은 공간을 만들고 공간은 인간을 만든다. 구조와 주체의 관계처럼,

공간이 인간을 구속하지만, 공간 자체가 변동성을 가지고 인간 주체가 공간에 일정 정도 수준 이상의 정당한 실천을 행할 경우 인간은 공간의 구조와 논리에 지배를 받으면서도 공간을 넘어서서 자율성을 갖는다. 인간의 삶은 다양한 방식과 구조를 매개로 공간과 관계를 맺고 있다.

인간은 추상과 관념 속에서 이상의 공간을 만든다. 기억이 아니라 지향성이 인간의 이정표이다. 인간은 기억을 통해 지금 여기에서 공간을 경험하고 분석하고 미래에 있어야 할 공간을 꿈꾼다. 때로는 미래의 공간을 지금 여기에 끌어들여 과거의 기억을 재구성하고 현재의 공간을 비판하고 분석하는 이정표로 삼는다. 역사는 과거의 흔적을 기억하는 것이 아니라 미래의 흔적을 기억하는 것이다.

동일성은 현대성의 사유가 형성한 허상이다. 인간이 어떤 특정 공간에서 공간을 경험하고 이에 대응하여 실존하고자 할 때, 그는 동일성을 확보하지 못하고 쉼 없이 변화하고 타자와 관계 속에서만 드러난다는 점에서 가상이다. 가상이지만 찰나의 순간 무엇인가 사고하고 행한다는 점에서 주체가 된다. 이 가상의 주체는 몸의 공간의 입장에서 이상의 공간을 지향하면서 대상의 공간에 있는 사건을 해석한다. 그는 몸의 기억을 총동원하여 대상의 공간에 있는 겹을 분석하고 주름을 펴면서 해석한다. 이것이 바로 텍스트의 공간이다. 주체는 공간을 몸으로 느끼고 그 공간의 겹을 분석하고 주름을 펴고, 때로는 비틀어 해석하고 반응하면서 세계를 형성하고 그 세계 안에서 거주하고 의미와 진리를 찾으면서 존재한다. 텍스트의 공간은 무한한 흐름이며, 시간의 비가역성을 전복시켜 구세九世 — 과거의 과거, 과거의 현재, 과거의 미래, 현재의 과거, 현재의 현재, 현재의 미래, 미래의 과거, 미래의 현재, 미래의 미래 — 가 하나로 소통하는 자리다.[10]

텍스트의 공간은 무한한 타자들과 관련을 맺고 있고 무한한 시간으로 열려 있다. 인간 주체는 이 공간에 머물면서 삶을 형성하고, 대상의 공간과 텍스트의 공간, 이상의 공간을 아울러 더 나은, 혹은 의미로 가득한 삶을 지향한다.

이처럼 공간은 텅 비어 있는 자리나 빈 곳이 아니라 상징과 의미로 가득한 곳이며, 단순히 대상이나 실체가 존재하고 배열되어 있는 장이 아니라 인간 주체가 기억을 통해 재현하고 구성하는 텍스트이자 여러 실천을 행하면서 헤게모니와 권력 투쟁, 인정 투쟁을 벌이는 역동적인 장이며, 빛과 소리와 시간에 따라, 주체의 욕망과 지향성에 따라 점유되고 변화하는 세계이며, 무수한 타자 및 다른 공간과 관계를 맺고 무한한 시간에 열려 있는 빈곳이다.[11]

근대에서 공간은 경제적 목적과 권력에 따라 구획화한다. 중세가 타계와 대립되는 공간으로서 세속의 공간을 설정하고 이를 신분과 이에 관련된 권력에 따라 공간을 구획하였다면, 근대는 경제적 목적과 이와 결부된 권력에 따라 공간을 분할한다. 중세에서는 천국 등의 타계와 대립되는 세속의 공간에 대해 왕이 사는 궁성, 귀족들의 거주처, 신전과 교회나 절 등의 성소, 그리고 평민들의 거주처, 배제된 자들의 거주처로 분할하였다. 우리나라의 경우 신라 시대의 법흥왕이 산자와 죽은 자의 공간을 분할한 이후,[12] 통일신라와 고려에서는 왕경, 귀족 거주지, 절, 서민 거주지로 분

---

10 의상은 "끝이 없는 무량겁이 곧 한 생각이요 / 한 생각이 곧 무량겁이어라 / 九世, 十世가 서로 相卽하여 / 어지러이 뒤섞이는 일 없이 따로 떨어져 이루었어라.(無量遠劫卽一念 一念卽是無量劫 九世十世互相卽 仍不雜亂隔別成)"라고 말한다(義湘, 『華嚴一乘法界圖』, 『한불전』 제2권, 동국대 출판부, 1994, 3-上쪽).

11 「서울의 사회문화적 공간과 그 재현 양상 연구」, 52~53쪽.

12 "법흥왕은 전통적인 관념체계와는 전혀 다른 불교의 세계관을 적극적으로 이용하여 자신

할하고 그 바깥에 배제의 공간으로 천민 거주지인 부곡 등을 할당하였다. 조선조에서는 경복궁, 사대부 거주지, 서원과 향교, 서민 거주지로 분할하였으며 부곡 등 배제의 공간은 거의 소멸되었고 솔거노비는 주인집에 머물렀고 외거노비는 따로 독립하여 살았지만 주인과 가까운 공간에서 생활하며 농사나 신역을 담당하였다.

근대는 경제적 목적과 필요에 따라 시장과 공장이 들어서고 이를 연결하는 도로와 철도, 항만이 건설되고 그 주변에 여기서 일하는 이들의 거주처가 형성된다. 자본과 국가는 열려 있는 공간에 벽을 쌓고 통제한다. 근대는 학교, 감옥, 병원, 공장을 만들고 이를 다른 이들로부터 분리한다. "공장이라는 공간-기계는 공간 자체를 특정한 방식으로 분할하고 구획하는 방식을 포함하고 있다."[13]

자본주의의 제국주의적 발전과 세계화가 진행되면서 시공간은 또 다른 변화를 맞는다. 유럽은 식민화를 통하여 근대화를 추진하며 이 과정에서 시간도 식민화한다. "유럽은 유럽을 현재에 두고 나머지 대륙을 과거에 둠으로써, 이 지구는 느닷없이 다른 시간성들 속에서 살아가고 있었다. 인류학자인 요하네스 파비안은 개념상의 식민화 전략으로서의 시간을 강조하기 위하여 '동시대성의 부인denial of coevalness'이라는 표현을 만들었다."[14] 유럽은 공간을 시간으로 대체하였다. 유럽은 선진, 문명, 근대이고

의 개혁의지를 구체적인 공간상에 가시화시켰다. (…중략…) 삶과 죽음의 세계가 동일하지 않을 수도 있다는 불교의 윤회설을 바탕으로 무덤의 규모와 형식을 바꾸었을 뿐만 아니라 무덤의 위치도 도시 내부로부터 외곽으로 옮겨가게 했다. (…중략…) 그 결과 6세기 후반경에는 도시 내부에 더 이상 무덤이 조성되지 않음으로써 도시는 산 자의 공간만으로 변했다."(이기봉, 「중고기 신라 왕경에서 불교의 공인과 도시의 변화」, 『신라문화』 20권, 동국대 신라문화연구소, 2002, 285쪽)

13 이진경, 앞의 책, 234쪽.

14 월터 미뇰로, 『서구 근대성의 어두운 이면』, 278쪽.

비유럽은 후진, 야만, 중세였다.

근대성을 형성하는 과정에서 전통이 발명되었다. "근대성의 관념은 근대성으로 식별되기 위해 그 자체의 전통이 필요했다. 그리하여 근대성이 그 자체의 전통을 발명하고 시간을 식민화함으로써 확립되는 동안, 공간의 식민화 속에서 근대성의 수사학은 공교롭게도 식민화되었던 문명들의 '전통들'의 정통성을 부정하는 데 사용되었다. 문화적 차이들이 근대성, 혹은 전통에 대한 접근성에 따라 분류된 것은 시간 개념에 의해서였다. (…중략…) '시간'은 근대/식민 세계의 상상계를 형성하는 데 (…중략…) 근본적 개념이며 지식의 통제수단이면서 진보와 개발에 기초한 사회의 비전을 제시하는 수단이다."[15]

1부 2장에서 말한 대로, 탈근대에 와서 현실은 구체적으로 현존하지 않거니와 이의 재현은 불가능하다. 시간은 중층적으로 흐르며 공간에 따라 굴절된다. 공간은 중력에 따라 휘어지고 시간의 흐름에 따라 겹을 쌓으며 비틀어진다. 세계화와 인터넷에 의하여 공간의 압축이 일어난다. 한 거리에서 여러 나라의 음식, 패션, 예술 등을 체험할 수 있고, 책상에 앉아 인터넷만 두드리면 세계 어디든 소통할 수 있다. 공간은 가상현실과 증강현실 등 메타버스로 확대되고 이것이 실제 현실 사이의 경계를 무너트리고 인간은 두 세계 사이에서 매트릭스적 실존을 한다.

15 위의 책, 291~292쪽.

2. 근대적 시간의 출현과 문학적 재현

조선조의 사람들은 시간이 하늘에서 내려준 것이라는 상천수시上天授時의 사상을 바탕으로 한 시간관을 가졌다. 이 시간관에서는 자연의 패턴에 인간이 순응하여야 한다. 그들은 4계절의 순환에 맞추어 씨 뿌리고 가꾸고 거두고 저장하였다. 날이 밝으면 일하러 가고 어두워지면 돌아와 쉬었다. 그러는 중에도 세종대 이후에는 해시계, 물시계, 특히 휴대용 해시계까지 만들어 보급하였다.

> 처음으로 앙부일구仰釜日晷를 혜정교惠政橋와 종묘宗廟 앞에 설치하여 일영日影을 관측하였다. 집현전 직제학直提學 김돈金墩이 명銘을 짓기를, '모든 시설施設에 시각보다 큰 것이 없는데, 밤에는 경루更漏가 있으나 낮에는 알기 어렵다. 구리로 부어서 그릇을 만들었으니 모양이 가마솥과 같고, 지름에는 둥근 톱니를 설치하였으니 자방子方과 오방午方이 상대하였다. 구멍이 꺾이는 데 따라서 도니 겨자씨를 점찍은 듯하고, 도수度數를 안에 그었으니 주천周天의 반이요, 신神의 몸을 그렸으니 어리석은 백성을 위한 것이요, 각刻과 분分이 소소昭昭하니 해에 비쳐 밝은 것이요, 길 옆에 설치한 것은 보는 사람이 모이기 때문이다. 지금부터 시작하여 백성들이 일할 때를 알게 될 것이다.'[16]

이렇게 정확한 물시계, 해시계를 만들고 휴대용 해시계까지 보급하였다. 조선시대는 시간을 시時 또는 시각時刻이라고 하였다. 하루를 12시간으

---

16 『조선왕조실록』, 「세종실록」 권 66, 세종 16년 10월 2일.

로 분할하고 이를 12간지로 은유화하였다. 자시子時라고 하면 밤 11시~새벽 1시를 말하며, 축시丑時는 1시부터 3시를 뜻한다. "하루를 12시時로, 각각의 시時는 8각刻으로 이루어져 있었다."[17] 그러므로 하루는 12시×8각=96각이고, 1각은 15분이니 조선조 사회는 15분 단위로 시간을 분할하고 이에 인간의 삶을 배치할 수 있었다.

이것을 감안하면, 조선조 사회에 15분 단위의 시간에 삶의 패턴을 맞추는 근대적 시간관이 조금은 자리를 잡았다. 하지만, 이를 강제할 수 없었고 대다수가 직접 농사를 짓거나 짓지 않더라도 이와 밀접히 연관된 삶을 살았기에 절대 다수는 중세의 시간관을 그대로 유지했다.

하지만, 조선조의 시간관은 18~19세기에 고용노동이 광범위하게 형성되면서 변화를 맞는다. 2부 1장 '상품화폐의 발생과 문학적 재현'에서 말한 대로 농촌의 품팔이 농민, 국가 동원의 대규모 공사의 요역 대신 품삯 고용의 정착, 상공업의 발달에 따른 다양한 수공업의 공인, 하역과 운반, 품팔이군 등이 출현하고 이들이 당시 한성 인구 30만 명의 절반인 근 15만 명에 이를 정도로 번성하였다.

1857년의 기록에 의하면, "조리목전 시전 상인이 말하기를 인거장引居匠은, 즉 우리 시전이 돈을 주고 고용한 공장工匠인데 매월 9냥씩의 임금을 지급해 온 것이 상례이었으나 작년에는 갑자기 매월 26냥씩 받겠다고 하여 선공감繕工監에다 고소하였다"[18]라고 한다. 이처럼 "자영수공업체에서

---

17 전상운, 『한국과학사』, 사이언스북스, 2000, 99~100쪽.

18 『비변사등록(備邊司謄錄)』 244책, 철종 8년 1월 23일조 : 김영호, 「조선 후기 수공업의 발전과 새로운 경영 형태」, 『대동문화연구』 9, 성균관대 대동문화연구원, 1974, 193쪽 재인용 : "條里木廛市民等以爲 引居匠 卽矣廛 給價喚之工也 自前有每朔九兩出給之例 而恩方於昨年以二十六兩逐朔受去之意 誣訴繕工監"

는 임금 노동자를 고용하고 있었다. (…중략…) 임금 형태는 일급日給 내지 도급都給도 있었으나 월급제로 정규화하는 경우도 있었다."[19]

당시에 단순협업을 넘어 노동분업이 이루어졌고 일급 또는 월급제로 정기적으로 임금을 지불하였다. 그렇다면 당연히 고용주는 시간을 분할하고 시간에 노동자의 노동과 생활을 구속시켰을 것이며, 숙소와 일터를 구획하였을 것이다. 시간에 인간의 삶을 배치시키고 그에 따라 평가를 하고 보상을 하는 근대적 시간관이 자리를 잡은 것이다. 그럼, 당시에 근대적 시간관을 재현한 문학이 있었는가.

> ᄃᆞᆯᄀᆞᆺ치 두렷ᄒᆞᆫ 님을 뎌 ᄃᆞᆯᄀᆞᆺ치 오요두고
> ᄉᆞᆯᄃᆞ리 그리다가 어ᄂᆡ ᄃᆞᆯ에 맛나 볼고
> ᄃᆞᆯ갓치 두렷ᄒᆞᆫ 가ᄉᆞᆷ이 ᄃᆞᆯ 지ᄂᆞᆫᄃᆞᆺ ᄒᆞ여라.(『영언유초』 0331, 1205.1)

위 시조는 진솔한 사랑과 그리움을 순수한 우리말로 드러내고 있으며, 중세적 시간관에서 벗어나 근대적 시간관을 지향하고 있다.

글올의 품 : 달과 같이 둥그렇고 눈이 부시도록 아름다운 님을 하늘 높이 떠 있어 만인들이 우러러 보는 달처럼 마음속에 걸어두고 매일 매일 살뜰히 그리워했다. 오늘처럼 달 밝은 밤엔 더욱 님이 그리워 동구 밖으로 나와 달을 보며 저 달보다 더 환하게 빛나는 얼굴을 한 님이 저 달빛을 받아 훤히 꿈틀거리는 저 황톳길을 따라 오시기를 고대하지만, 과연 어느 달에나 만나보려나. 희붐하도록 밤새 눈을 크게 뜨고 지켜보아도 님은 오시지

19 「조선 후기 수공업의 발전과 새로운 경영 형태」, 215~216쪽.

않고 달은 이미 서쪽으로 기울고 있다. 님을 만날 기대감으로 한껏 부풀어 올라 달처럼 둥글고 풍성한 가슴은 그를 품어줄 님을 만나지 못한 채 달 지듯 고개를 수그린다.

서민의 일상언어에서 '지구의 위성'을 뜻하는 '달[dal]'과 1년을 열두 달로 나눈 단위인 달[月]이 '달[dal]'로 발음이 같은 것을 이용하여 동음이의어의 유희pun을 행하는 등 모든 낱말을 순수한 우리말로 표현하기도 하였지만, 반복과 압운을 적절히 이용하여 각 장의 첫 음절 뿐만 아니라 각 구의 첫 음절을 "ᄃᆞᆯ"로 통일하고 중장의 첫구만 "ᄉᆞᆯ"로 표현하여 "ᄋᆞᆯ"의 통일과 "ㄷ"에서 "ㅅ"으로의 파격을 동시에 추구하였다.

글올의 몸 : 달에 대하여 직유를 사용하고 있지만 그 직유는 신선하면서도 다양하다. 각 직유가 드러내고자 하는 의미는 각 비유마다 다르다. 달은 '님'이자 '만인의 표상'이며 '세월, 혹은 시간'이다. 더불어 '님에게 안기기를 고대하는 풍만한 가슴'이거나 '상심으로 둥그렇게 뚫린 가슴'의 은유이자 '세월이 감'의 환유다. "ᄃᆞᆯᄀᆞᆺ치", "ᄃᆞᆯ 지ᄂᆞᆫ듯"의 직유로 반복의 율격과 함께 내용에서도 날카로운 비유로 그리는 마음의 한을 서정적으로 잘 표현하였다. 초장과 종장이 "ᄃᆞᆯᄀᆞᆺ치 두렷ᄒᆞᆫ"으로 수미쌍관首尾雙關을 이루고 있다. 초장의 "ᄃᆞᆯᄀᆞᆺ치 두렷ᄒᆞᆫ 님"이 "달처럼 훤하고 아름답고 둥근 님"이라면, 종장의 "ᄃᆞᆯᄀᆞᆺ치 두렷ᄒᆞᆫ 가ᄉᆞᆷ"은 그에 부럽지 않게 "둥글고 풍성한 가슴"이다. 이것이 님을 만나지 못하여 제 구실도 하지 못한 채 다시 님 없는 일상으로 돌아간다. 반면에 "ᄃᆞᆯᄀᆞᆺ치 두렷ᄒᆞᆫ 가ᄉᆞᆷ"을 님을 만나지 못하여 달처럼 둥그렇게 뻥 뚫린 가슴으로 해석하면, 형식상으로는 수미쌍관이나 내용상으로는 대조를 이루고 있다. 또 초장 첫구의 "달같이"가 달의 모습에 초점을 맞추고 있다면, 후구의 "달같이"는 달과 나의 거리에

초점을 맞추고 있다. 전자가 시각적이자 물리적이고 미적인 거리라면, 후자는 정신적 거리이자 일상적 거리다. 달의 환하고 찬란한 모습과 그를 바라보는 자아 사이의 거리는 달과 지구처럼 먼 거리인 것이다. 보기만 할 수 있을 뿐 만질 수도, 품에 안을 수도 없다. 자연스럽게 님과 나와의 별리의 거리와 이로 인한 자아의 슬픔이 드러난다.

글올의 참 : 하지만 이것으로 그치는 것이 아니다. 이 시의 압권은 "달같이 둥그런 가슴이 달 지는 듯하여"란 종장에 있다. 이 시조는 달에 다양한 은유와 환유를 부여하고 천상과 지상, 성聖과 속俗, 이상과 현실, 님과 나를 하나로 아우르고 있다. 하늘 높이 떠 있는 달은 만인이 우러르는 님이자 이상이고 성스런 대상이다. 하지만 달은 하늘에만 있는 것이 아니다. 지상의 한 속인으로 님과의 포옹을 열망하며 한껏 달뜬 내 가슴도 달처럼 부풀러 올랐다가 님이 영영 오시지 않자 달처럼 져버린다. 이것이 엄연한 현실이다.

물리적인 공간을 정신적인 공간으로 상호치환하고 있다. 거기에 더해 이 공간에 시간을 개입시켜 시가 갖는 지평을 삼차원으로 비약시키는 한편, 그 삼차원에 존재하는 시적 자아에 대해서는 시간에 따른 실존적 성찰을 하도록 유도하고 있다. 중장에서 "어느 달에 만나볼고"라고 하여 이미 시간은 시조 속에, 시적화자와 청중의 마음 속에 들어왔다. 종장에서 "달 지는 듯하여라"란 기술로 인하여 시간은 시적 자아와 불가분의 관계를 갖는다. "오늘 또 님을 맞지 못한 채 달은 지고 그렇듯 세월은 또 무상하게 흘러가고 나도 그만큼 의미 없이 늙어간다"라는 의미가 숨어있다. 달을 반복하여 말하는 데 그치고 있는 것 같지만 각각의 달이 다른 의미와 세계를 안고 있고, 물리적 공간과 정신적 공간이 상호 치환하고 있는 위상에서 시간마저 결합하여 그 시공간에 놓인 존재에 대해 성찰하게 한다.

달이 지듯 시간은 흘러가고 그 끝은 죽음이다. 이 유한성에 대한 인식으로부터 시적 화자가 깨달은 대안은 실존이다. 그 실존할 수 있는 구체적 방안은 달처럼 환한 님을 달처럼 뚜렷하게 사랑하는 것이다. 그럴 때 삶은 의미를 갖는다. 유한한 인간은 타자를 받아들이고 타자를 내 안에 품고 타자를 사랑할 때 무한을 지향한다.

이처럼 이 시조는 대상인 자연의 패턴으로부터 시간을 인식하고, 그로부터 무상과 유한함을 깨닫고, 실존을 모색하며, 그 방편으로 사랑을 추구하면서 무한을 지향한다. 자연의 패턴으로부터 시간의 흐름을 유추하는 것은 중세적이다. 하지만, 근대적 시간관이 분명하게 담겨 있다. 첫째, 자연의 패턴과 시간의 흐름 사이의 괴리를 인식하고 시간의 흐름에 인간의 패턴을 맞추려 한다. 둘째, 그로부터 유한성을 인식하고 실존을 모색한다. 셋째, 그 실존의 방안으로 님을 뚜렷하게 사랑하며 무한을 지향한다.[20]

20 "중경이 雙雙綠潭中이오 皓月은 團團映窓櫳이라"(4509.1)도 이 시조와 유사한 시간관을 보이고 있다. 시조의 시공간에 대해 다룬 논문들에는 다음 논문들이 있다. 하지만, 중세의 시공간과 근대의 시공간을 구분하여 분석한 논문은 없다. 시가 텍스트에 나타난 시간의식이나 공간에 대해 포괄적이거나 관념적으로 다루고 있으며, 이형대의 논문이 삶의 구체성과 관련하여 미시적인 관점에서 시공간의 체험 양상을 분석하고 있기는 하지만 중세적 시간관과 근대적 시간관의 차이를 인식하고 이것과 관련하여 분석한 것은 아니다. (서대석, 「시조에 나타난 시간의식」, 『한국시가문학연구』, 신구문화사, 1983, 205~216쪽; 김일렬, 「시조에 나타난 시간의식－황진이 · 이황 · 이현보의 작품을 대상으로」, 『한국시가문학연구』, 신구문화사, 1983, 217~226쪽; 정혜원, 「시조에 있어서의 공간인식의 방법」, 『시조학논총』 창간호, 한국시조학회, 1985, 25~49쪽; 조해숙, 「시조에 나타난 시간의식과 시적 자아의 관련 양상 연구－〈청구영언〉과 〈가곡원류〉의 비교 검토를 중심으로」, 서울대 박사논문, 1999; 심상인, 「사설시조의 시간상 연구－16세기 강호시가와의 대비적 고찰」, 고려대 석사논문, 1989; 이형대, 「사설시조에 나타난 시 · 공간 표상의 양상」, 『한국시가연구』 12, 한국시가학회, 2002, 195~224쪽)

3. 근대적 공간의 출현과 문학적 재현

1) 근대적 공간의 출현

18세기 이후 서울만큼은 경제적 목적과 이에 따른 사람의 이동과 30만 명에 이르는 인구의 증가와 권력의 변화에 따라 중세적 공간에서 근대적 공간으로 빠른 속도로 변모하였다.

"조선 후기 서울의 행정체제의 변화를 요약한다면, 방제坊制의 확대와 계제契制의 성장으로 정리된다. 이러한 변화과정은 서울도시가 종래 왕도王都라는 중세적인 정치, 문화, 행정, 군사중심지라는 성격에서 점차 벗어나 상업도시로 전화되는 과정을 전면적으로 반영하는 것으로 이해될 수 있을 것이다."[21] "조선시대 양반이 거주하는 공간은 경복궁과 창덕궁 사이의 북촌北村과 남산 기슭인 남촌南村이었다. 권력을 독점한 노론가문은 주로 북촌에 거주하였고, 권력 핵심에서 멀어진 소론과 남인, 그리고 무반 가문들은 주로 남촌에 거주하였다. 기술직 중인, 경아전층, 시전상인인 중간신분층들은 우대[上村], 아래대[下村], 중촌中村에 거주하였다. 우대는 인왕산 기슭 일대, 아래대는 동대문, 광희문 일대의 동리였다. 한편 용산, 마포, 서강과 같은 한강변 지역을 강대라고 했는데, 이곳에는 뱃사람이나 선상船商, 객주 등이 주로 거주하였다."[22] "지역에 따라 옷차림, 풍속, 말투가 달랐다."[23]

2부 1장에서도 언급하였듯, 18세기 이후에 육로와 해상교통이 활짝 열

21 고동환, 「조선 후기 한성부 행정 편제의 변화」, 『서울학연구』 11집, 1998, 81쪽.
22 小春, 「녜로 보고 지금으로 본 서울 中心勢力의 流動」, 『개벽』 48호, 1924.6; 「옛날 京城 各級人의 分布狀況」, 『별건곤』 23호, 1929.9; 고동환, 「조선 후기 서울 삼문(三門) 밖 지역의 특성」, 『서울학연구』 59집, 2015, 163~164쪽 재인용.
23 고동환, 「조선 후기 서울 삼문(三門) 밖 지역의 특성」, 164쪽 참고.

리고 1,000곳이 넘는 장시가 열리자 전국이 서울을 중심으로 한 단일한 상품유통권으로 통합되었다. 물자, 상인, 돈이 집중되자 상인과 수공업자, 농토에서 유리된 유민들이 한양으로 몰려들어 하역과 운반, 장빙역藏氷役, 다양한 수공업을 행하며 임금을 받기 위해 몰려들어 곳곳에 집단으로 거주하였다. "이들은 숭례문[남대문], 소의문[서소문], 돈의문[新門], 곧 삼문 밖의 공간에 주로 주거지를 마련하고 장을 형성하면서 서울은 성곽도시의 성격에서 벗어났으며 시전이 독점하던 상권을 난전이 분점하면서 시전 중심의 상업체계가 붕괴하고 자유상인인 사상私商 중심의 상업체계가 자리잡게 되었다."[24] "1428년세종 10 성저십리에는 1,601호, 6,044명이 거주하였다. 성 밖의 인구는 전체 인구의 5.5%, 호는 8.6%에 지나지 않았다."[25] "한성부 (…중략…) 도성 밖 인구는 1789년정조 13에 이르면 거의 50%로 증가하였고",[26] "1789년에 경강변의 인구만 11,136호, 34,545명에 달하였으니",[27] 서울의 공간 절반 정도가 중세적 신분질서와 권력이 공간을 구획하던 데서 벗어나 경제적 목적과 이에 따른 권력에 의해 자유스럽게 공간이 구획된 것이다.

공간을 지배하는 권력도 변한다. 삼문 밖의 경우 17세기까지 주도세력이 사대부였지만, "18세기에는 칠패와 서소문 밖 시장이 번성하면서 이 지역의 주도 계층이 점차 상인과 수공업자, 유민들로 변모하였다. 이로 인해 삼문 밖 지역은 서울에서도 중세적인 억압을 벗어나 경제적 가치에 눈

---

24 고동환, 「서울 600년 조선 후기 시장과 상인」, 113쪽.

25 고동환, 「조선 후기 서울 삼문(三門) 밖 지역의 특성」, 166쪽.

26 위의 글, 168쪽.

27 고동환, 「조선 후기 경강지역 행정편제의 변동과 인구추세」, 『서울학연구』 24집, 2005, 22쪽.

뜨고 새로운 질서를 희구하는 공간으로 변모해 갔던 것이다."[28]

"고용노동제의 정착으로 인해 특정한 기술이나 자산이 없이도 서울에서 생계를 유지할 수 있게 되었기 때문에 경강주변에는 살꽂이벌의 신촌 중리와 서강의 신수철이 등과 같은 신생 촌락이 대거 생겨나기 시작하였다. 이와 같은 신생촌락의 증가로 인해 경강의 상업지대도 17세기 삼강三江에서 18세기 전반 오강五江, 18세기 후반 팔강八江, 19세기 전반에 십이강十二江으로 확대되었다. 경강 지역에 신설 촌락이 증가했기 때문에 한성부 행정체제의 변화가 뒤따랐다. 오부 산하의 행정기구로 존재했던 방坊이 17세기 후반에 경강지역에 집중적으로 신설되었던 것이다. (…중략…) 1645년 이후 1789년까지 경강지역의 인구추세는 17세기 최말기를 제외하고는 50년마다 2배로 증가하는 매우 높은 인구증가율을 보여주고 있다."[29]

2) 『한양가』에서 근대적 공간의 재현

"『한양가』는 한산거사가 1844년에 창작한 총 764행에 이르는 장편의 풍속가사다."[30] "작자는 서사, 본사, 결사로 구성하고, 본사는 궁궐 65행, 관아 133행, 시정의 상업공간 118행, 시정의 유흥공간 134행, 능행공간 128행, 과거장 124행으로 기능 중심으로 분할하였다."[31] 서사는 풍수지리의 입장에서 대상의 공간으로서 한양의 전경을 묘사하고 있다. 본사는 작가가 오감으로 체험하여 객관적으로 인식한 몸의 공간으로서 한양을

28 고동환, 「조선 후기 서울 삼문(三門) 밖 지역의 특성」, 184쪽.
29 고동환, 「조선 후기 경강지역 행정편제의 변동과 인구추세」, 24쪽.
30 남정희, 「'한양가'에 나타난 공간의 의미 탐색」, 『한어문교육』 26, 한국언어문학교육학회, 2012, 239쪽.
31 위의 글, 245쪽을 참고.

화자의 시각에서 객관적으로 묘사하고 있다. 결사는 작가가 바라는 이상의 공간으로서 한양을 서술하고 있다. "이때 궁궐과 관아로 대표되는 중심부 공간과 시장을 중심으로 형성된 시정의 주변부 공간은 그것을 구성하는 논리가 서로 다르다. 중심부는 왕조의 논리가 지배하고 유가적 제도와 체계가 틀을 이룬다. 반면에 시장으로 대표되는 주변부는 상업과 도시의 논리가 지배하고 경제적 이해관계가 사람 사이의 관계를 규정한다. 결국, 다음 시대를 견인할 공간의 논리는 왕조와 유학의 이념이 아니라, 상업과 경제의 논리였다."[32] 그럼, 『한양가』 가운데 시정의 상업공간을 묘사한 부분을 보자.

> 칠ᄑᆡ의 ᄉᆡᆼ션젼의 각ᄉᆡᆨ ᄉᆡᆼ션 다 잇구나
> 민어셕어 셕수어며 도미 쥰치 고등어며
> 낙지쇼라 오젹어먀 죠ᄀᆡᄉᆡ우 젼어로다
> 남문 안 큰 모젼의 각ᄉᆡᆨ 실과 다 잇구나
> 청실ᄂᆡ 황실뇌 건시 홍시 죠홍시며
> 밤 ᄃᆡ됴 잣호도며 포도경도 외얏시며
> 셕류유ᄌᆞ 복셩와며 룡안 여지 당ᄃᆡ츌다
> 상미젼 좌우 가가 십년지량 ᄊᆞᆨ아셔라
> 하미즁미 극상미며 찹ᄡᆞᆯ좁ᄡᆞᆯ 기장ᄡᆞᆯ과
> 록두 청ᄐᆡ 젹두팟과 마ᄐᆡ즁ᄐᆡ 기름ᄐᆡᆯ다
> 되를 드러 ᄌᆞ랑ᄒᆞ니 만무긔ᄉᆡᆨ 죠흘시고

---

32 위의 글, 263쪽.

슈각다리 너머셔니 각ᄉᆡᆨ 상젼 버러셔라

면빗참빗 어레빗과 ᄊᆞᆷ지ᄌᆞᆷ치 허리씌여

춍젼보료 모탄ᄌᆞ며 간지쥬지 당쥬질다

큰광통교 너머셔니 뉵쥬비젼 여긔로다

(…중략…)

ᄇᆡᆨ목젼 각ᄉᆡᆨ 방의 무명의 ᄊᆞ여셔라

강진목 ᄒᆡ남목과 고양ᄂᆞ이 강ᄂᆞ이며

상고목 군포목과 공물목 무녀포와

쳔은이며 경은이며 셔양목과 셔양쥬라

지젼을 ᄉᆞᆯ펴보니 각ᄉᆡᆨ죠회 다 잇구나

(…중략…)

구리ᄀᆡ 좌우집의 신롱유업 써 부치고

각ᄉᆡᆨ 약이 다 입구나 슈세졔제즁 ᄒᆞ리로다

인ᄉᆞᆷ ᄉᆞᄉᆞᆷ 현ᄉᆞᆷ이며 황연 황금 황ᄇᆡᆨ이며

진피 쳥피 ᄃᆡ복피며 감쵸 ᄌᆞ쵸 하고쵸며

우황 타 구황이며 웅담 구담 ᄉᆞ담이며

침향 졍향 당ᄉᆞ향과 룡뇌 룡안 룡골이며

쇼합환 광제환 ᄐᆡ을환 쇼침환과

쳥심환 안심환과 포룡환 만응환과

운모고 우황고며 오동고 신이고며

졔즁단 옥츄단과 벽운단 ᄌᆞ금단과

은셜금셜 진쥬셜과 은박 금박 호박셜과

민강 귤병 금젼병과 녹용고 경옥고다

샹ᄇᆡᆨ쵸 졔만민은 염뎨씨 공덕일셰

물즁지ᄃᆡ 장ᄒᆞᆯ시고 졔왕의 도읍알다[33]

위의 인용문을 보면, 화자는 먼저 종로거리의 육의전을 묘사한다. 칠패가 운영하는 생선전의 생선들, 남문 안의 모전의 과일들, 상미전의 쌀과 각종 곡식들, 남대문 앞 남산에서 흐르던 창동천에 놓여있던 수각다리 건너 편 상점의 각종 빗과 허리띠, 광통교의 육주비전, 백목전의 포목, 지전의 각종 종이, 베전의 각종 베, 청포전의 수입품, 선전의 비단, 어물전의 생선, 도자전의 여성 노리개와 장신구, 광통교 아래 그림가게의 온갖 그림들, 을지로입구인 구리개 좌우의 약재 등을 나열하고 있다.

각 가게마다 상품이 풍부하다. 약재의 경우 인삼, 더덕뿌리沙蔘, 현삼뿌리玄蔘, 미나리아재비뿌리黃蓮, 꿀풀뿌리黃芩, 황벽나무껍질黃栢, 귤껍질陳皮, 파란귤껍질靑皮, 빈랑나무껍질大腹皮, 감초甘草, 지치뿌리紫草, 말린꿀풀이삭夏枯草, 소쓸개牛黃, 낙타쓸개駝黃, 개쓸개狗黃, 곰쓸개熊膽, 개쓸개狗膽, 뱀쓸개蛇膽, 침향沈香, 정향丁香, 중국사항唐麝香, 용뇌수결정龍腦, 무환자나무열매龍眼, 약용 포유류뼈龍骨, 소합환蘇合丸, 광제환廣濟丸, 태을환太乙丸, 소침환燒鍼丸, 청심환淸心丸, 안신환安神丸, 포룡환抱龍丸, 만응환萬應丸, 운모고雲母膏, 우황고牛黃膏, 오독고五毒膏, 신이고神異膏, 제중단濟衆丹, 옥추단玉樞丹, 벽온단辟瘟丹, 자금단紫金丹, 은가루銀屑, 금가루金屑, 진주가루眞珠屑, 은박銀箔, 금박金箔, 호박가루琥珀屑, 생강閩薑, 귤병橘餠, 금전병金箋餠, 녹용고鹿茸膏, 경옥고瓊玉膏 등 51가지나 된다.[34] 다른 가게도 이보다 못하지만 다양한 상품들을 나열하고 있다.

---

33 고려대 목판본, 강명관, 『한양가』, 신구문화사, 2008, 148~153쪽을 참고.

34 강명관, 『한양가』, 신구문화사, 2008, 85~88쪽과 사전을 참고.

화자는 오늘날의 고객처럼 한양의 각각의 공간에 형성된 시장을 들러서 그곳에 진열된 무수한 상품들을 관찰하고 이를 고객의 시선에서 객관적으로 나열한 후 각 가게마다 "각식~다 잇구나"로 마무리하며 상품의 두루 갖춤과 물질의 풍요로움에 대해 경탄하고 있다. 상품에 대한 욕망에 따라 각 공간을 찾고 그 공간에 있는 다양한 상품들을 나열하고, 거의 모든 것을 구비한 상품과 그에 대한 사용가치에서 우러나오는 풍요로움을 드러내는 것으로 마무리하고 있다. 상인들의 상업적 욕망이 공간을 구성하고 그에 따라 공간에 맞추어 상품의 범주가 정해지고 그 범주 안에서 다양한 사용가치를 갖는 상품들이 나열되고, 고객은 상품의 사용가치에 대한 욕망을 갖고 그 상품이 구비된 공간을 찾는다. 대신 상인은 상품을 화폐와 바꾸어 교환가치를 얻는다.

이처럼 『한양가』는 상품의 사용가치와 교환가치에 대한 욕망에 따라 공간이 구성되고, 그 공간이 상품에 대한 사용가치와 교환가치의 의미로 가득 채워지는 것을 객관적으로 묘사하고 있다. 근대적 공간의 출현, 그리고 인식과 재현인 것이다. 물론, 삼문 밖의 난전이나 경강의 시장과 촌락을 대상으로 했다면 더욱 뚜렷하게 근대적 공간을 창출했을 것이고 서민과 천민의 고통을 배제한 채 부유한 중인이나 양반의 눈으로 상업행위를 묘사하는 데 그친 한계도 넘어섰으리라 본다.

3) 『포의교집』에서 근대적 공간의 재현

『포의교집布衣交集』은 19세기 후반, 적어도 1866년 이후에 창작된 것이다. 이 소설은 1864년 6월부터 1866년 6월 사이에 서울을 주무대로 하여 펼쳐진다.[35] 이 소설에서 주체는 초옥楚玉이다. 그녀는 원래 순조純祖의 부마로 남영위南寧尉로 봉해졌던 윤의선尹宜善의 시녀였다. 사람들이 양소부라고 부르는데, 이생과 그 주변의 인물들은 양파楊婆라고 부른다. 17살인 초옥의 미모는 매우 빼어났는데, 궁 밖의 한 미소년이 초옥에게 상사병이 걸려 다 죽어가는 데도 도도한 초옥이 거들떠보지도 않자 그 소년이 죽었다. 그 혼이 늙은 궁녀에게 들어가 미치게 되어, 초옥을 구타하자 강가로 피신해 있다가 지금의 시아버지 양씨에게 속량을 받아 며느리가 되었다. 초옥은 남영위궁에서 교육을 받아 지적 수준이 높고 한시와 문장에도 탁월하였다. 그녀가 욕망하는 것은 문장 잘하는 선비를 만나 밤낮으로 이야기를 나누며 일생을 보내는 것이다. 덧붙인다면 소진蘇秦의 아내처럼 남편이 과거에 급제하여 출사出仕하도록 내조하는 것이다. 하지만 그녀의 남편은 일자무식으로 잠시의 대화도 통하지 않는 사람이다. 초옥은 여러 남성이 수작을 걸어와도 전혀 미동조차 하지 않는다.

그러다가 초옥은 충청도 사람으로 양반이자 나이 마흔의 유부남으로 장진사댁에서 더부살이를 하고 있는 이생을 발견한다. 초옥은 이생이 자신이 머물던 중문 근처에서 얼씬거리던 행랑 사람들에게 호령을 하며 잡아다가 꿇리고 매를 때리는 것을 보고 한 눈에 반한다. 수작은 이생이 먼저 걸었지만, 초옥이 먼저 적극적으로 다가간다. 초옥은 이생을 진정한 포의지사布衣之士로 여기고 먼저 꽃을 꺾어 시와 함께 보내 자신의 연모하는 심정을 전한다. 이생이 "내 이 마음을 굴려야 하느냐, 접어버려야 하느냐?"154쪽라고 묻자, 초옥은 "원컨대 낭군께서는 하고 싶은 대로 하셔서 가슴에 깊은 응어리를 만들지 마셔요. 정이 있는데 토해내지 못하면 반드시

35 김경미 · 조혜란 역주, 『19세기 서울의 사랑 – 절화기담, 포의교집』, 여이연, 2003, 21쪽. (이하 인용문 뒤의 숫자는 이것을 정본으로 한 것의 페이지임)

병이 나고, 병이 생기고 나면 애초에 몰랐던 것보다 못하지요"155쪽라고 대답하여 잠자리를 허용한다. 이후 둘은 "밤이면 밤마다 만나 어울리지 않는 날이 없었다."158쪽

〈모형 13〉 초옥의 행위소 모형

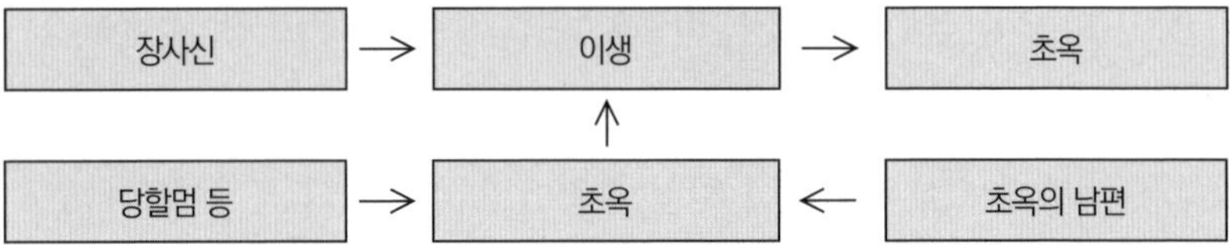

주체는 욕망을 추구하는 자이니 초옥이다. 그가 추구하는 대상은 잘생기지도, 뛰어난 문장력을 가진 것도 아닌 40대의 유부남 이생이다. 조력자는 양자의 매파 역할을 하는 당할멈을 비롯하여 달금, 씨동이다. 주체의 욕망 추구 행위를 방해하는 적대자는 초옥의 불륜을 알자 거의 죽을 정도로 폭력을 가하는 초옥의 남편이다. 장사신이 발신자가 되어 이생을 수신자인 초옥과 만나도록 마당과 서헌西軒을 제공한다.

〈모형 14〉 초옥의 사랑 행위와 공간 체험에 대한 기호학적 사변형

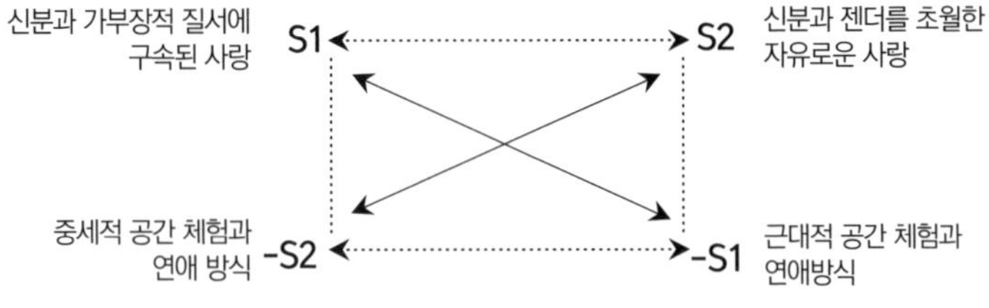

초옥은 자신이 주체적으로 나서서 사랑을 만들고 이를 실천한다. 그녀는 외모도, 능력도, 인격도 별로 탐탁지 않은 늙은 유부남을 능동적으로 사랑하며, 불륜을 행한데 대한 남편의 폭력에 맞서서 자신이 외려 정행貞行

을 행하였노라고 당당하게 처신한다. 그녀는 타자의 시선을 전혀 의식하지 않는다. 초옥은 이생을 만나지 못하게 되자 칼로 목을 찌르고, 우물에 몸을 던지고, 목을 매고 밥을 굶는 등 여러 차례에 걸쳐 자살을 시도한다. 초옥이 추구하는 사랑은 포의지사와 교양 있는 소통을 하며 타자의 시선이나 윤리, 도덕을 의식하지 않고 자유롭게 사랑하고 성애를 하는 것이다.

사랑과 성애는 20세기의 청춘남녀 못지않게 자유롭다. 둘은 시와 꽃을 주고받으며 사랑을 하고, 이생이 더부살이를 하고 있는 서헌에서 연애를 하고 운우의 정을 즐긴다. 여기서 구조로 작용하는 것은 조선조의 신분사회와 가부장적 질서이다. 초옥은 이 구조를 깨고 포의지사와 자유연애를 구가하려는 근대적 주체이다. 시녀를 지내다 겨우 속량을 한 상민 여자지만 글 잘하는 양반 남자와 지적 교류를 원망한다. 착각이지만, 그런 기회가 주어지자 사랑에 목숨마저 던진다. 하지만 신분사회 체제는 그녀를 여령女伶으로 옭아매고, 가부장적 질서는 남편의 폭력을 정당화한다. 여러 차례 자살을 시도할 정도로 극렬하게 이 구조에 맞서서 자유연애를 추구한 초옥은 결국 이생이 시골로 내려간 후 어느 정도 마음을 정리한다.

여기서 공간은 권력에 따라 구획되었다. 그녀가 이생을 처음 만난 것은 한양 남촌 죽동을지로 2, 3가에 있는 장진사의 저택의 헛청이다. 그곳은 양반이 행랑에 사는 여자가 바느질, 다듬이질을 하도록 허용한 공간이다. 장진사는 자신의 소유 공간에 권력을 행사하면서 그곳 가운데 헛청만을 떼어내 행랑채 여성들에게 권력을 위임하였다. 그녀는 이곳에서 이생과 사랑을 나눈다.

여기서 서울은 시골과 구획되어 이항대립관계를 형성한다. 서울은 양반인 이생과 상민인 초옥이 신분질서와 가부장 질서, 유교 이데올로기, 타인의 시선을 떠나 자유로운 연애를 구가하는 장소이다. 반면에 시골은 봉건체제가 그대로 적용되는 곳이며 이생이 유교 이데올로기에 얽매여 아내와 부부의 연을 유지하는 곳이다. 이생이 초옥을 떠나 과거 공부에 매진하면서 초옥을 그리워한 도선암은 양자 사이의 중간계의 위상을 갖는다. 사적 영역과 공적 영역의 통일 대 분리, 공동체의 일원 대 자유로운 익명의 개인, 지속성 대 일시성이라는 차이에서 보면 초옥과 이생이 사랑을 나누는 서울이 전자에서 후자로 이동하고 있으며, 이 이동이 근대성과 연관된다.

서울을 소재로 할 때, 공간적으로 재현한 것으로 대표적인 작품이 『천변풍경』과 『서울, 1964년 겨울』이다. 18~19의 조선조 사회에서 근대적 시공근대적 시공간을 찾는 것이기에 논증은 생략하고, 비교와 이후의 공간관의 전개를 위해 그 결과만 간략히 제시한다.

〈표 4〉 세 소설에 나타난 서울의 사회문화적 공간의 재현 양상

		『포의교집』	『천변풍경』	『서울, 1964년 겨울』
토대		19세기 (수공업적 자본주의)	1930년대(식민지 자본주의)	1960년대 (산업자본주의)
구조		신분사회+ 가부장적 질서	가부장적 질서+식민지 모순+자본주의적 모순	자본주의적 모순
중심 주체		초옥↔이생	이쁜이↔강석주	서적 외판원↔아내
(사랑) 행위	體(실체)	주체적이고 자유로운 사랑	행복한 사랑	소외되지 않은 사랑
	用(소통)	시와 정표	돈과 가부장질서에 구속된 사랑	탈서울, 탈직업
	相(사건)	지적 대화와 성애	오입과 폭행	소외 양식의 사랑
공간	공간	장진사댁 서헌↔ 충청도	청계천변↔관철동, 시골	서울↔탈서울의 공간
	마당	서울 (자유로운 사랑 마당) ↔ 시골 (봉건적 사랑 마당)	청계천변 (가난하나 공동체적 유대가 잔존한 마당) ↔ 관철동 (부유하나 여러 모순에 의해 타락한 마당)	서울 (자본주의의 모순 심화로 소외, 개인의 고독, 질서화 가 상당히 진행된 마당) ↔ 안양 등 탈서울 (아직 사랑을 할 수 있는 마당)

	『포의교집』	『천변풍경』	『서울, 1964년 겨울』
지향성	근대적인 자유로운 사랑과 섹슈얼리티	서민적 행복	소외되지 않은 주체와 공동체적 연대

『포의교집』이 창작되고 수용된 시대는 19세기로 초기 자본주의의가 싹트던 시기다. 상품화폐 경제가 출현하고, 임노동이 발생하고, 금속화폐가 전국적인 시장 체제에서 교환가치를 갖고 통용되고 상공업이 발전하던 시기다. 이는 초기 단계일 뿐 지배적인 생산양식은 봉건적 생산양식이며, 가부장적 질서와 성리학에 입각한 신분질서가 인간 주체의 행위와 사유를 통제하는 구조로 작용하였다.

이런 토대에서 초옥과 이생은 상민과 양반의 신분 차이, 유부녀와 유부남이라는 윤리적 질서를 벗어나 자유로운 사랑을 추구한다. 초옥은 자본, 나이, 성, 사회적 지위 등의 거의 모든 면에서 이생에 대해 열등한 존재이지만, 지식과 용모의 층위에서는 우월하다. 초옥은 이를 바탕으로 주체적으로 사랑을 주도한다. 시와 정표를 주고받으며 지적인 대화와 교류를 통해 사랑을 심화하고 장진사댁 서헌에서 성애도 즐긴다. 여기서 서울은 두 주체가 자유로운 사랑을 누리는 마당이며, 시골은 이생이 아내와 윤리적 질서로 되돌아가야 하는 마당이다. 대상의 공간으로서 서울은 아직 자본주의 도시의 특질인 공간의 균질화, 파편화, 위계화[36] 중 어느 하나도 나타나지 않는다. 하지만, 사적 영역과 공적 영역의 통일 대 분리, 공동체의 일원 대 자유로운 익명의 개인, 느림과 지속성 대 속도감과 일시성이라는 시골 대 도시의 이분법으로 바라보면,[37] 이생과 초옥의 서울에서의 삶에

36 정기용, 『사람 · 건축 · 도시』, 현실문화, 2008, 140~141쪽.

37 심혜련, 「놀이공간으로서 대도시와 새로운 예술체험－발터 벤야민 이론을 중심으로」, 『공

후자가 미약하게나마 나타난다. 이들이 지향하는 것은 신분을 초월하고 윤리적 질서도 초월한 근대적인 자유로운 사랑이다.

『천변풍경』이 창작되고 수용된 시대는 1930년대로 일제에 의해 강제로 수탈적 자본주의가 진행되던 시기다. 가부장적 질서와 성리학에 입각한 신분질서가 아직 잔존한 상태에서 식민지적 모순과 자본주의적 모순이 중층적인 구조로 작용하였다. 이쁜이와 강석주는 돈과 가부장적 질서에 구속된 사랑을 한다. 이쁜이는 사랑하지도 않는 이에게 시집을 가고, 강석주는 오입을 하고 아내를 폭행한다. 결국 이쁜이를 짝사랑하는 점룡이가 강석주를 때리고, 이에 강석주는 이쁜이를 친정으로 돌려보낸다.

여기서 대상의 공간은 여러 모순이 중층적으로 결합된 청계천변이며, 이상의 공간은 관철동처럼 부유하면서도 청계천변처럼 공동체의 유대를 맺고 상부상조하는 곳이다. 이 소설에 나오는 수많은 주체들은 이를 몸으로 느끼고 인식하면서 청계천변에서 기억을 떠올려 대화를 나누고 이 대화를 통하여 다시 기억을 재구성하여 대상의 공간에 대응을 한다. 서울은 청계천변과 관철동의 결합체인데, 청계천변은 가난하지만 아직 공동체적 유대가 잔존하여 서로 대화하고 상부상조하는 마당이며, 관철동은 부유하지만 자본주의와 가부장적 모순에 매몰되어 돈에 사랑을 팔고 남성이 권력을 가지고 타자인 여성을 배제하고 폭력을 행사하는 마당이다. 의미가 숨어 있지만, 시골은 공동체적 연대와 행복이 가능한 마당이었다가 일제의 가혹한 수탈로 생계가 불가능한 공간으로 변하였다. 때문에 이들은 고향을 버리고 서울에 와서 삶의 행복과 공동체적 연대를 꾸리려 한다.

간과 도시의 의미들』, 소명출판, 2004, 193~198쪽.

대상의 공간으로서 서울은 자본주의 도시의 특질인 공간의 균질화, 파편화, 위계화가 어느 정도 나타난다. 사적 영역과 공적 영역의 통일 대 분리, 공동체의 일원 대 자유로운 익명의 개인, 느림과 지속성 대 속도감과 일시성이라는 시골 대 도시의 이분법은 청계천에서는 뒤섞여 있다. 그나마 다방, 당구장 등 직장을 나가는 이들에게는 사적 영역과 공적 영역이 구분되어 있으나, 그들의 일터가 청계천변에서 멀지 않기에 그들의 공적인 행위는 일상의 영역과 쉽게 포개진다. 나머지 사람들에게 일상적으로 거주하는 곳이나 빨래하고 일하는 곳이 모두 청계천변이다. 그들은 자유로운 익명의 개인으로 나름대로 삶을 살지만, 모든 것은 청계천변에서 폭로되며, 이 공동체의 시선은 개인의 사고와 행동을 규정한다. 한약국집의 아들과 며느리는 전차를 타며 속도에 따라 일시적으로 스쳐 지나가는 근대적 풍경을 감지하고 이에 부합하는 사랑을 나눈다.[38] 반면에 청계천변의 사람들은 시골에 비하여 조금 속도를 가진, 그러나 지속성을 갖는 삶을 산다. 청계천변의 사람들이 지향하는 것은 소시민적인 소박한 행복이다.

『서울, 1964년 겨울』이 창작되고 수용된 시대는 1960년대로 군사독재 정권에 의해 미일 종속체제에 바탕을 둔 산업자본주의의 본격적인 발전과 압축적인 근대화가 진행되고 4·19 혁명의 희망과 자유, 혁명의 열정과 연대가 봉쇄되던 시기다. 군사정권에 의해 급속히 추진된 국가독점자본주의의 모순이 심화하면서 당시 사람들에게 사고하고 실천하는 구조로 작용하였다. 익명의 대중인 서적 외판원은 소외되지 않은 사랑을 하고자

---

38 "기차를 타고 가는 승객들에게 기차 여행은 파노라마 같은 새로운 시각적 구경거리를 제공한다. 즉 기차를 타고 가는 승객들에게 주변의 단조로운 풍경들은 새로운 풍경을 연출함으로써 풍경은 색다른 미적 체험으로 다가온다."(볼프강 쉬벨부쉬, 박진희 역, 『철도 여행의 역사』, 궁리, 1999, 81쪽)

서울을 떠나 지방으로 가고 직업에서 벗어나 영화관과 극장을 찾는다. 하지만 아내는 병에 걸려 죽고 장례를 치를 비용이 없는 외판원은 아내의 시신을 돈과 교환한다. 그는 결국 돈을 허비하거나 불에 던져버린다. 그는 선술집에서 만난 안과 나에게 구원을 청하지만 그들은 이를 외면하고 각자의 방으로 가서 침잠하며, 외판원이 죽은 뒤에도 별일 없다는 듯이 귀가한다. 그는 절대 소외와 고독 속에서 자살한다.

여기서 대상의 공간으로서 서울은 자본주의 도시의 특질인 공간의 균질화, 파편화, 위계화가 본격적으로 나타난다. 사적 영역과 공적 영역의 통일 대 분리, 공동체의 일원 대 자유로운 익명의 개인, 느림과 지속성 대 속도감과 일시성이라는 시골 대 도시의 이분법도 뚜렷하다. 서적 외판원은 출근하여 서적을 외판하는 일을 하고 집으로 돌아와 아내와 일상 행위를 한다. 그와 이 소설의 인물 모두 이름이 없는 익명의 개인일 뿐이다. 삶은 그들이 탄 택시처럼 매우 빠른 속도로 행해지고, 그것은 스쳐지나가는 풍경처럼 다시 반복되지 않는다. 대상의 공간은 독점자본주의의 모순이 심화한 서울이고, 이상의 공간은 소외가 없이 노동을 하고 아름다운 자연 속에서 사랑을 할 수 있는 공동체의 마당이다. 서적 외판원의 몸은 이미 소외를 내면화한 공간이다. 그는 소외를 극복하기 위하여 서울 교외에서 사랑을 나누지만, 결국 아내의 죽음으로 더 이상 대상의 공간에 저항할 수 없게 되자 자신의 몸을 해체한다. 서울은 자본주의의 모순 심화로 소외와 질서화가 상당히 진행되어 모두가 단절된 개인이고 고독한 마당이다. 이 맥락에서 서적 외판원이 지향하는 것은 소외되지 않은 주체와 공동체적 연대다.

이처럼 일제강점기 이후의 소설과 비교할 때 『포의교집』에 근대적 공간관이 분명하게 나타나지는 않는다. 상공업이나 광업이 활발하게 행해지던 곳을 배경으로 그린 소설이 있다면, 근대적 공간관이 구체적으로 나타났을 것이지만 아직 그런 작품을 발견하지 못하였다. 그럼에도 이 작품에서 한양은 시골과 이항대립관계를 가지며 공적 영역으로부터 분리, 자유로운 개인, 지속성 등의 근대적 성격을 갖는 공간을 형성한다.

마무리

우주, 자연, 모든 생명체는 패턴을 따라 나고 변하고 생성하고 사라진다. 중세까지는 이 패턴을 따라 생활했지만, 인간은 근대에 들어 시간에 패턴을 종속시켰다. 자본주의 체제는 시간을 분절하고 거기에 사람을 배치했다. 시간의 선분화가 이루어졌다. 이는 한 편에서는 현재의 행복과 쾌락을 추구하게 하였고, 또 한 편에서는 유한성을 인식하게 하여 실존을 모색하고 무한을 추구하게 하였다.

중세에서는 천국 등의 타계와 대립되는 세속의 공간에 대해 신분과 권력에 따라 왕이 사는 궁성, 귀족들의 거주처, 신전과 교회나 절 등의 성소, 그리고 평민들의 거주처, 배제된 자들의 거주처로 분할하였다. 근대에서 공간은 경제적 목적과 권력에 따라 구획화한다.

"달 같이 두렷한…" 시조에는 미약하나마 근대적 시간관이 보인다. 이 시조가 자연의 패턴으로부터 시간의 흐름을 유추하는 것은 중세적이지만, 자연의 패턴과 시간의 흐름 사이의 괴리를 인식하고 시간의 흐름에 자연과 인간의 패턴을 맞추고, 그로부터 유한성을 인식하고 실존을 모색하며,

그 실존의 방안으로 님을 분명하게 사랑하며 무한을 지향하는 것은 근대적이다.

『한양가』는 상품의 사용가치와 교환가치에 대한 욕망에 따라 시장의 공간이 구성되고, 그 공간이 상품에 대한 사용가치와 교환가치의 의미로 가득 채워지는 것을 객관적으로 묘사하고 있다. 19세기 한양의 시장이란 경제적 목적과 권력에 따른 근대적 공간의 출현인 것이고, 작자와 화자도 그렇게 인식하며 재현하고 있다.

『포의교집』은 여성 주인공이 유교 이데올로기, 가부장주의, 신분 질서 등 중세적 질곡에 대해 과감히 저항하며 능동적으로 사랑을 하고 성애를 나누는 서사도 근대적이지만, 헛청, 서울과 한양의 이항대립구조를 통해 공간을 구획하는, 중세와 다른 공간관을 드러내고 있다. 이 작품에서 한양은 시골과 구획되어 이항대립관계를 형성하며, 공적 영역으로부터 분리, 자유로운 개인, 지속성 등의 근대적 속성을 미약하게나마 담고 있다.

다른 장의 사례들은 넘쳐나는 것 가운데 전형적인 작품을 선택했지만, 이번 장의 경우 이에 해당하는 작품을 찾기가 쉽지 않았다. 자본주의가 구체적이고 사회적으로 실천되는 현장을 문학적으로 재현한 작품이 없기 때문이다. 실제의 경우 기업형 수공업이나 광업의 현장에서 시간을 돈으로 환산하여 일급이나 월급을 주었고 이를 바탕으로 사람들이 모여 마을을 형성하였기에, 이를 소재로 한 작품에서 좀더 분명하게 근대적 시공근대적 시공간을 재현한 양상을 분석할 수 있겠지만 아직 발견된 작품이 없는 듯하다.

제6장

사랑과 욕망의 표출과 권력, 이데올로기, 시선

글을 열며

1부 1장에서 말한 대로 자유로운 사랑과 성애, 욕망의 표출이 곧 바로 근대성으로 동일화할 수 없다. 인류가 문명사회를 형성한 이후 억압은 시작되었으며, 온갖 규율과 제도, 이데올로기, 도덕에서 벗어나 욕망을 추구하는 것은 인간의 본능이다. 이의 예술적 재현 또한 고대시대부터 행해졌다. 그렇다면 근대적 사랑은 무엇인가? 이것이 18~19세기의 조선조 사회에서 실제 행해졌고 문학으로도 재현되었는가.

개인의 사랑과 욕망은 그 자체만으로는 선악과 무관하며 사회적으로도 아무런 문제가 되지 않는다. 문제는 이를 정치적 · 사회적으로 '배치'할 때와 타자와 관계 속에서 실현할 때 일어난다. 사랑과 성행위에서 함께 고려해야 하는 것은 미시적이든 거시적이든, 양자의 관계, 아비투스habitus, 타자의 시선, 권력, 규율과 법, 제도, 이데올로기다.

이에 18~19세기에 분출된 사랑과 욕망에 대해 중세적인 것과 근대적인 것을 구분하고 상관관계를 파악하고, 영향을 미치는 변인들의 상관관계에 대해 분석한다. 거시권력으로는 주권권력, 규율/훈육 권력, 생명권력이, 미시권력으로는 신분, 젠더gender, 지식, 자본, 나이 등이 욕망을 제한하는 권력으로 작동한다. 텍스트의 층위에서는 거시권력은 이미 모두에게 주어진 조건으로 작용하므로 차이를 발견하기 어렵다. 미시권력 가운데 욕망의 억압과 해방에 가장 크게 작용하는 변인은 신분과 젠더, 규율과 법, 이데올로기, 제도 등이 내면화한 타자의 시선이므로 주로 여기에 초점을 맞추어 분석한다. 이의 재현이 소설에서 더 구체적으로 나타나지만 한 눈에 압축하여 이를 분석하고 파악하는 것은 시가 장르가 더 유용하기에 재현 양상에 대해서는 시가 텍스트를 분석 대상으로 한다. 단, 논문에서는 각각의 주장을 논증하는 사례로 유형마다 두세 편의 텍스트를 분석하며 논증하였지만, 이 책에서는 지면을 줄이기 위하여 각 유형별로 두 텍스트로 통일한다.

1. 사랑과 욕망의 개념과 권력, 이데올로기, 시선과 상관관계

38억 년 전에 원핵세포가 출현한 이후부터 27억 년 사이에 진핵세포가 출현했다. 인간은 진핵세포로부터 진화한 고등생물로서 그 전 단계의 생명체들의 유전자를 간직한 채 침팬지와 보노보 진화선에서 분기한 이래 700만 년 동안 집단을 이루어 자연과 상호작용하며 인류만의 진화를 수행한 유전적 키메라genetic chimera이자 복합적 존재다. 그렇기에 인간의 본성에 대해 규명하려면 진화생물학, 사회생물학, 뇌과학, 인류학, 사회학, 현상학 등을 융합한 해석이 필요하다.

"인간은 생물학적 존재로서 이기적 유전자가 조종하는 생존기계인 동시에 사회적 존재로서 사회를 형성하여 이타적 협력을 하며 혈연적 이타성kin altruism, 집단적 이타성group altruism, 호혜적 이타성reciprocal altruism, 윤리적 이타성ethic altruism을 증대해 왔다. 인간은 실존적 존재로서 세계를 구성하고 의미를 해석하고 이를 지향하고 실천하며 자신의 본성을 구현한다. 인간은 불안과 고독, 소외에 몸부림을 치다가 이를 극복하고 실존을 모색하는 존재being이자 타자와 서로 의존하고 조건과 인과로 작용하며 서로 생성하는 상호의존적이고 인과적인 생성자이다. 이에 윤리적 존재로서 인간은 진정한 자기실현을 위하여, 타자의 인정을 받기 위하여, 때로는 타자를 더 자유롭게 하기 위하여 욕망이나 이기적 본능을 억압하거나 절제하고 도덕적 합리성을 추구하거나 타자의 고통에 공감하고 연대한다. 미적 존재로서 에너지를 낭비함에도 더 아름다운 것을 추구하며, 초월적 존재로서 불완전에서 완전, 비속함에서 거룩함, 유한에서 무한을 추구한다."[1]

인간이 이런 존재이기에 사랑도 복합적이다. "사랑이란 생물학적 존재로서 인간이 자신의 유전자를 더 많이 복제하려는 이기적 유전자의 본능과 유전자와 뇌의 진화에 따라 육체적이나 정신적으로 매력을 느끼는 짝에 대한 에로스적 욕망과 성애 시의 쾌락을 추구하는 것이다. 사회적 존재로서는 상대방과 마음과 정을 주고받으며 친밀감과 유대감을 느끼고 열정을 다하여 그를 아끼고 보살피고 섬기는 것이자 부재 시에 그리워하는 것이다. 실존적 존재로서는 더 나은, 혹은 공동의 의미를 추구하면서 상대

1 이도흠, 「인간의 본성에 대한 융합적 연구와 새로운 지평」, 『한국언어문화』 76집, 한국언어문화학회, 2021, 341~369쪽을 한 단락으로 압축하여 요약함. 상세한 논증은 이 논문을 참고.

방과 존재의 연속성과 합일을 도모하는 것이다. 윤리적 존재로서는 상대방과 사랑을 유지하기 위하여 다른 이에 대한 성적 욕망과 이기적 유전자의 본능과 욕동을 절제하고 책무를 다하며 서로 신뢰를 높이고 존중하고 헌신하는 것이다. 미적 존재로서는 둘이 함께 타인/자연과 어울려 아름다운 서사를 창조하는 과정이다. 초월적 존재로서는 둘이 함께 완벽과 무한을 향하여 나아가는 것이다."[2]

성행위와 욕정도 마찬가지로 복합적이다. 성행위란 1차적으로 생물학적 존재로서 인간이 자신의 유전자를 복제하려는 이기적 유전자의 본능을 기반으로 한 욕동을 구현하는 것이자 유전자와 뇌의 진화에 따라 육체적이나 정신적으로 매력을 느끼는 짝에 대한 에로스적 욕망과 성애 시 도파민 분비 등에 따른 쾌락을 추구하는 것이다. 물론 예외도 있고 다른 요인도 작용하지만, 21세기인 오늘에도 대다수 남성들은 매력적인 여러 여자를 욕망하고, 대다수 여성들은 자식을 잘 양육할 능력 있는 남자를 열망한다. 자신의 짝이 다른 이성과 불륜을 행하였을 때 대다수의 남자가 성행위 여부를 묻는다면, 대다수의 여자는 사랑 여부를 따진다. 미시간대학의

2　위의 글, 361쪽을 요약하되 로버트 스타인버그의 사랑의 삼각형이론도 참고하여 약간 수정한다. 그는 사랑을 구성하는 핵심요소를 친밀감, 열정, 결정 및 책임과 헌신으로 본다."사랑의 삼각형 이론에 따르면, 사랑은 세 요소로 구성되는데, 이는 (a) 사랑하는 관계에서 경험하는 친밀감, 소속감 및 유대감의 감정을 포함하는 친밀감, (b) 로맨스, 육체적 매력, 성적 관계맺기로 이끄는 충동을 포함하는 열정, (c) 단기적으로는 다른 사람을 사랑한다는 결정과 장기적으로는 그 사랑을 유지하겠다는 약속을 포함하는 결정 및 책임과 헌신이다. (According to the theory, love has three components : (a) intimacy, which encompasses the feelings of closeness, connectedness, and bondedness one experiences in loving relationships; (b) passion, which encompasses the drives that lead to romance, physical attraction, and sexual consummation; and (c) decision/commitment, which encompasses, in the short term, the decision that one loves another, and in the long term, the commitment to maintain that love." (Robert J. Steinberg, "A Triangular Theory of Love", *Psychological Review*, Vol. 93, No. 2, 1986, p.119.)

데이비드 버스가 이에 대해 실험을 했는데, “남성의 60%가 성적인 불륜에 더 질투심을 느낀다고 답한 반면, 여성은 17%만 그쪽을 택했고, 83%는 연인이 상대에게 감정적으로 집착할 때 더 질투심을 느낀다고 했다”.[3] 남성들에게 가장 최악의 경우는 자신의 유전자를 가지지 않은 다른 개체의 새끼를 양육하면서 몸과 에너지를 낭비하는 것이다. 여성의 입장에서는 남성이 다른 여성을 더 사랑할 경우 제3의 여인에게 사냥감을 가져다주기에 자신의 자식이 굶어죽을 수 있다.

하지만, 인간은 사회생활을 하고 두뇌에 신피질을 형성하면서 짐승과 다른 성과 욕정을 형성하게 된다. 홀로 사냥을 나가서 한 달에 사슴 3마리를 잡던 원시인이 10명이 짝을 이루어 사냥한 후 평균 40마리를 잡았다면, 자신의 몫이 4마리로 늘어났고 맹수의 공격도 힘을 합쳐서 더 쉽게 막아냈을 것이다. 이것을 깨우치자 인간은 타자와 협력을 증대하며 본격적이고 능동적으로 사회생활을 하였다. 사회를 형성한 대신 대가도 따랐다. 어떤 이가 함께 사냥을 다니는 동료의 몫을 빼앗거나 그의 짝과 성행위를 한다면, 이를 당한 동료는 다시는 가해자와 함께 사냥을 하지 않을 것이다. 여기에 더 변화를 준 것은 두뇌세포의 돌연변이다. 대략 22만 년 전에 “뇌세포가 부분복제하는 과정에서 ARHGAP11B 유전자의 돌연변이가 일어나 신피질 주름을 형성하였고”[4] 이후 인간은 획기적으로 더 높은 단계의 지능을 구사하였고 점차 이성적 사고를 했다. 이처럼 인간은 사회와 문명을 수용하는

---

3 이한음, 『호모 엑스페르투스-실험, 인류의 미래를 열다』, 효형출판, 2008, 32쪽.

4 Marta Florio et.al., “Human-specific gene ARHGAP11B promotes basal progenitor amplification and neocortex expansion”, *Science*, v.347 no.6229, 2015, p.1465. : “ARHGAP11B arose from partial duplication of ARHGAP11A on the human lineage after separation from the chimpanzee lineage. (…중략…) Hence, ARHGAP11B may have contributed to evolutionary expansion of human neocortex.”

대가로 더 나은 목적이나 이해관계를 위하여 이성적으로 본능을 억제하고 이타적 협력을 했다. 유보된 본능과 욕정은 의식의 장에서 밀려나 무의식을 형성하였다.

이기적 유전자의 본능과 욕동, 사회적 협력, 욕정과 이성이 어우러져 진화를 되풀이하면서 인간은 본능과 욕동을 드러내려는 것과 억압하거나 승화하려는 것이 공존하게 된다. 프로이트에 따르면, 인간은 세 체계가 어우러져 인격을 형성한다. 이드id는 성적인 에너지로서 리비도가 방출되는 저장고다. 쾌락원칙에 따라 어떤 제한도 받지 않은 채 충족을 추구한다. 반면에 자아ego는 인간이 사회화하면서, 타인 및 외부 세계와 접촉하면서 형성된 것으로 현실원칙의 지배를 받아 이드와 초자아super ego의 욕동drive을 조절하고 통제한다. 자아는 욕구를 만족시켜줄 실제 대상이 발견되거나 산출될 때까지 리비도의 방출을 연기하며 이드의 본능적 충동이 파괴적 행동을 유발하지 않도록 조정한다. 초자아는 도덕과 종교, 윤리의 바탕으로 부모의 명령이나 도덕적 요구가 내면화하면서 욕동을 절제하려 한다. 초자아는 현실이나 쾌락보다는 완성이나 도덕을 지향한다. 때로 초자아가 이드에 조정되어 도덕의 이름으로 파괴본능을 표출하기도 한다. 이드가 암말에게 달려가 교미를 하려는 수말이라면, 자아는 이를 절제시키려는 마부이고, 초자아는 절제시키지 못한 말을 반성하는 마주다.

6개월 이전의 아기는 엄마 가슴에 안겨 젖을 빤다. 프로이트는 이를 구순기oral stage라 했고, 라캉은 이를 계승하되 기호학과 결합하여 무의식을 구성하는 것이 언어라 보고 상상계the imaginary라 했다. 아이는 입을 통해 젖을 빨며 생존만 하는 것이 아니다. 엄마 품에 안겨 젖을 빨며 아기는 일체감, 행복감과 충족감, 더 나아가 고통이 동반된 향락인 향유jouissance를 느낀다. 엄마 품에서 젖을 빨며 자신이 엄마의 일부분이라 착각하며, 아직 신경계가 발달하지 못하여 몸 전체를 하나의 시스템으로 움직이지 못하며, 이로 팔과 다리가 따로 이루어지거나 작동하는 '조각난 몸의 고뇌' 상태에 있다.

사람마다 조금씩 차이는 있지만, 생후 6개월에서 18개월 사이에 아기는 거울 속의 자기 모습을 본다. 아기는 거울을 통해 조각한 몸이 아니라 통합된 전체 모습으로, 독립된 자아로 자신을 인식하게 된다. 거울에 비친 모습이 자신의 육신을 보게 한다면, 거울단계mirror stage에서 정신적 자아를 형성하도록 이끄는 것은 엄마다. 엄마가 아기를 안고 거울 앞에 서서 아기를 보며 함빡 미소를 지을 때 아기 또한 자신이 엄마로부터 인정을 받는 독립적인 개체인 것에 충족감을 느낀다. 아기는 엄마의 인정을 받기 위하여 대소변을 마음대로 배설하는 쾌락을 유보한 채, 아주 짧은 시간이지만 괄약근을 조여 대소변을 참는 불쾌를 감수하며 이를 엄마에게 울음으로 알린다. 엄마는 이 단계에서 배고픔, 졸림, 불편함, 대소변의 마려움 등을 알리는 아기의 울음을 구분하고 대응을 한다. 괄약근의 조임과 풀어짐은 많은 의미를 내포한다. 조임은 억압과 불쾌, 풀어짐은 해방과 쾌락의 은유를 구성한다.[5] 아기가 억압과 불쾌임에도 괄약근을 조이며 대소변을 참는 것은 엄마의 인정이라는 보상이 있기 때문이다. 이 과정에서 사회화와 인격의 형성이 진행된다.

아기의 주체를 형성하는 것은 타자, 혹은 대상과 관계이다. 거울 속에

---

5 프로이트는 이 과정을 항문기(anal stage)로 본다. 프로이트는 괄약근의 조임을 통해 쾌락을 유보하면서 사회화하는 인격발달 단계로 해석하고 있다. 라캉은 여기에 거울 인식과 인정의 개념을 추가하여 주체가 실은 타자로부터 기인함에 초점을 맞추고 있다.

비친 영상, 엄마의 인정이 아기를 엄마로부터 분리시켜 독립된 인격을 가진 자아로 자라게 한다. 아기는 엄마의 인정을 받기 위하여 쾌락을 유보한다. 이렇듯 사회, 혹은 타자와 관계 속에서 인간은 주체를 형성하며, 주체는 '풀어짐-쾌락-해방'과 '조임-불쾌-억압'이 타자와 관계 속에서 인정을 매개로 서로 작용하는 사이에 존재한다.

상상계the imaginary에 있는 아기는 자신이 엄마의 일부분인 줄 알다가 거울에 비춘 대상인 자기 모습을 보면서 조각난 몸의 고뇌에서 하나의 전체성으로 자신을 통일시키며, 자신의 몸과 거울 속의 자신, 그 모습을 보고 엄마가 웃는 것 — 타자의 인정 — 을 통해 내면세계와 주위 세계와의 관계를 정립하여 자기 동일화를 이룬다. 곧 아기는 엄마의 남근이 되고자 하는 상상을 포기하고 아빠, 아빠 뒤에 있는 상징과 그 상징으로 이루어진 사회질서와 규약, 윤리와 법을 수용하게 된다. 아기는 '아버지의 이름the-name-of-the-father'을 받아들여 상징계the symbolic로 진입하고 언어로 이루어진 텍스트들, 법, 도덕과 윤리, 이데올로기를 받아들이면서 주체를 형성한다. 이후 주체는 부모가 바라는 바에 맞추어 자아를 형성하고 대타자의 법과 규칙에 복종하면서 사회화하며, 집단 안에서 역할을 부여받는다.

상징계에 이른 아기는 엄마로부터 떨어져 나왔다는 결여를 느낀다. 아기는 엄마와 합일이라는 상상이 사라진 결여도 느낀다. 아기는 이 결여를 채우기 위하여 어머니의 자궁과 같은 완전한 곳으로 돌아가려 하며 엄마와 합일을 다시 상상하지만 누구도 그에 이를 수 없다. 엄마를 떠나 주체가 될 때 욕망이 발생한다. 이렇듯 욕망은 결여에서 비롯된다. 욕망은 타자를 지향하기에 욕망할수록 자신에서 소외되기에, 다다를 것으로 상상하지만 그에 이르고서야 허상인 것을 알기에, 쾌락의 충족을 이루려 시도

하지만 그럴수록 부족과 불만을 느끼기에, 주체는 결여에서 벗어나려 욕망하지만 결여를 느끼고 다시 욕망하기에, 누구도 자궁 속으로 다시 돌아갈 수 없기에 욕망은 신기루다.

'들소'라 말하는 순간 따스한 피가 흐르는 들소는 없다. 들소의 사건과 기억에 따라 천차만별의 이미지와 의미들이 구성된다. 이처럼 언어는 사물에 대한 욕동을 대체하며 사물을 살해한다. 언어는 궁극적으로 채워지지 않는 결여이다. 기표는 의미가 끊임없이 미끄러지기에 언어에 대한 욕망 또한 완결과 충족을 모른 채 지속된다. 이처럼 언어로 인하여 사물에 대한 욕동은 포기되고, 우리는 상징으로 이루어진 대타자를 욕망하지만 이 또한 충족되지 못한다. "이처럼 상징은 처음에 사물의 살해로 그 자신을 드러내며, 이 죽음은 주체의 욕망을 무한히 영속화하는 것으로 귀결된다."[6] 그러기에 우리는 언어기호를 사용하는 한, 사물 그 자체에 다다를 수 없으며 주체의 욕망을 채울 수도 없다. 언어는 우리가 사물 그 자체나 완성에 이르는 것을 방해하는 장애다.

어떤 청년이 거의 매일 백합꽃을 꺾는 꿈을 꾸어 정신분석을 했더니 그가 마을의 귀족부인과 성행위를 하고 싶다는 욕동drive을 지니고 있었다. 귀족부인과 성행위를 하려는 쾌락원리pleasure principle는 신분상의 차이나 윤리에 어긋난다며 이를 제한하는 현실원리reality principle의 검열에 억압되어 '귀족부인'을 그와 유사한 '백합꽃'으로, '성행위'를 '꽃을 꺾는 행위'로 압축condensation하여 꿈으로 재현한다. 욕동이 은유metaphor의 매개

6 Jacques Lacan, *Écrits*, p. 262 : "Thus the symbol first manifests itself as the killing of the thing, and this death results in the endless perpetuation of the subject's desire."

에 의해 상징으로 전이transference되는 것이다.

온순하던 한 회사원이 진돗개를 선물로 받자마자 죽여 버렸다. 군사독재정권 시절에 자신을 고문한 경관의 별명이 '진돗개'였기 때문이다. 고문경관을 죽이고 싶은 욕동이 환유metonymy의 매개에 의해 상징으로 치환displacement된다. 실재계the real에서 회사원이라는 주체는 고문 경관을 살해하기를 원한다. 그러나 이는 법과 질서로 짜여 있는 현실원리의 검열을 받는다. 고문 경관의 살해 욕동은 억압되고 욕망은 환유를 매개로 이를 진돗개 살해로 치환하여 재현하는 것이다. 이처럼 채워지지 않는 실재계의 욕동은 거세와 검열에 의해 은유나 환유로 대체되어 상징계의 욕망으로 재현representation되면서 리비도의 에너지를 누그러뜨린다. 그러니 "욕망은 방어이다. 향유가 일정 수준을 넘어서서 진행되지 못하게 하는 방해다"[7] 욕망한다는 것은 리비도, 또는 욕동을 억제하는 것을 뜻한다.

"욕망은 욕망을 위한 욕망, 대타자의 욕망, (…중략…) 다시 말해, 대문자 법에 종속된 욕망이다."[8] 주체는 타인의 인정을 통해 주체의 동일성을 확보한다. 타인의 인정, 칭찬, 존경, 지지, 공감, 응원을 받으면 누구나 자아의 충족감을 느낀다. 자신의 아이가 공부를 잘했을 때 칭찬하는 부모의 예에서 보듯, 어떤 사람에 대한 인정은 내가 그에게 바라던 바를 그가 행했을 때 수행된다. 타인으로부터 인정을 받는다는 것은 내가 타인의 욕망의 대상이 되는 것이다. 아이가 부모의 욕망대로 공부를 잘하는 자아를 구성할 때 부모의 칭찬을 받듯, 타인의 욕망을 자신의 욕망으로 삼을 때 타

---

7 *Écrits*, p.699 : "For desire is a defence, a defence against going beyond a limit in jouissance."

8 *Écrits*, p.723 : "Desire is desire for desire, the Other's desire, (…중략…) , in other words, subjected to the Law."

인의 인정을 받아 주체의 동일성을 확보하는 것이다. 아이는 공부를 잘하여 부모로부터 칭찬과 지지를 받는 대신 놀이, 게임, 야동 보기, 수음 등에서 오는 향유를 절제하거나 유보해야 한다. 이렇듯 욕망은 법과 규율, 칭찬 등 상징으로 이루어진 질서로부터 비롯되는 것이며, 기표들로 이루어진 대타자의 욕망이다. 인간은 대타자를 욕망하고, 대타자의 욕망을 욕망하기에, 욕동을 억압한다.

록 그룹 도어즈the Doors는 〈끝The End〉이라는 노래에서 "아버지를 죽이고 싶어. 엄마와 떡치고 싶어"라고 노래한다. 이 노래를 지은 짐 모리슨은 실제로 오이디푸스 콤플렉스이론을 노래 가사에 차용하였으며 자신을 억압하는 모든 외계가 제거된 끝을 의미한다고 말하였다.[9] 여기에 잘 나타난 것처럼 프로이트와 라캉의 오이디푸스 콤플렉스론은 이중적이다. 억압의 기원을 이해하여 이를 벗어나는 길을 열어주는 동시에 이는 1부1처제를 바탕으로 한 사회체제가 요청하는 억압을 수용하게 만든다. 라캉이 전자를 강조한다면 들뢰즈는 후자만의 모습만을 보며 라캉을 비판한다.

욕망을 결여로 본 라캉과 "욕망은 결여, 즉 갈망이나 열망이 아니라, 욕망의 생산이요 또 생산하는 욕망이요, 욕망의 현실 내지 그 자체 현실적인 것"[10]이라고 한 들뢰즈를 어떻게 비판적으로 종합할 것인가. 결여를 환상으로 충족하려 할 때 목적에 종속되며 기존 체제가 만든 이데올로기에 포섭당하고 권력에 투항하게 된다. 이에 저자는 결여를 환상으로 충족되는 것이 아니라 도가 사상에서 자연을 만드는 '무위無爲의 허虛'와 같은 '빈틈'

9 "Father, yes son, I want to kill you. Mother…I want to…fuck you.", 영문 〈위키피디아〉, 'The End' 항목(https://en.wikipedia.org/wiki/The_End_(The_Doors_song)#cite_note-12).

10 질 들뢰즈 · 펠릭스 가타리, 최명관 역, 『앙띠 오이디푸스』, 민음사, 1994, 555쪽.

으로 의미를 전환하면 양자의 종합이나 절충이 가능하다고 생각한다. 어느 강에 오폐수가 하루에 99톤이 버려졌는데 그 강이 흐르면서 자연정화할 수 있는 양이 하루 100톤이라면, 거기 1톤의 '빈틈'이 존재한다. 이 1톤의 빈틈이 있는 한, 그리 오폐수를 버리더라도 그 강은 흐르며 자연정화를 하기에 늘 맑음을 유지한다. 반대로, 단 한 방울이라도 오염물질이 100톤을 넘어 배출되는 즉시 강물은 급속도로 오염된다. 빈틈이 있는 한, 자연自然이란 말 그대로 스스로 그 원리에 따라 그리 존재하는 것이다. 그래서 도道, 혹은 자연과 통하는 무위無爲란 아무것도 하지 않는 것이 아니라 '빈틈[虛]'을 만드는 것이다. 빈틈은 끊임없이 채우려하니 욕망은 결여에서 비롯되고 타자를 욕망하기에 신기루이며, 상징계로 이루어진 사회에서 충족될 수 없기에 끊임없이 흐름으로 작동하며 억압의 기제들을 해체하려 한다.

욕망에도 지층이 있다. 들뢰즈도 "공속면 위에 있는 충만한 기관 없는 신체, 한 지층 위에 있는 암적인 기관 없는 신체, 파괴된 지층의 잔해 위에 있는 텅 빈 기관 없는 신체"에 대해 말했다.[11] 공속면le plan de consistance, the plane of consistency 위의 충만한 기관 없는 신체corps sans organes, body without organs는 분명 차이가 있지만, 라캉의 순수욕망과 연계되는 것으로 억압을 해체하고 구속에 저항하는 욕망을 추구한다. 한 지층 위의 암적인 기관 없는 신체는 체제가 구성한 탐욕이나 이데올로기에 종속된 욕망을 갖는다. 파괴된 지층 위의 텅 빈 기관 없는 신체는 정신적 이상상태에서 타자와 자기를 파괴하려는 욕망을 품는다.

순수한 욕망은 근원적이고 직접적인 흐름으로 작용하기에 모든 기제에

11 위의 책, 312쪽.

저항한다. 빈틈은 끊임없이 채워지려하기에 결여에서 비롯된 욕망은 결핍의 충족을 지향하는 데, 상징계에서는 이를 목적으로 간주하고 이 목적을 달성하려는 것을 도덕과 이데올로기를 동원하여 선善으로 위장하며 욕망을 구속하고, 이에 포섭되지 않은 욕망은 악으로 규정하여 억압한다.

상징계는 욕망을 억압하는 장이다. 상징계에서 욕망을 가장 크게 억압하는 것은 권력과 이데올로기, 규율과 법의 은유이자 환유인 타자들의 시선이다. 주권권력은 예외를 설정하여 살아 있는 사람을 죽이고 살리는 데 작동하고, 생명권력은 죽어가는 사람의 생명을 살리거나 죽게 내버려두는 힘으로 작동하며, 규율/훈육권력은 사람들이 권력의 이런 힘과 억압에 대해 저항하지 않고 당연한 것으로 받아들이도록 길들이는 영역에서 작동한다. 이데올로기는 욕망을 억압하는 여러 모순을 은폐하며 권력의 행위를 정당화하는 허위의식으로 작동하면서 이데올로기가 구성한 상상을 실재로 착각하도록 이끈다. 타자들은 공동체의 규율과 법, 이데올로기를 내면화하고 질투를 포함하여 감시의 시선을 던지고 이는 각 개인의 초자아를 강화한다.

그럼에도 욕망은 삶의 동력이다. 욕망 없이 인간은 단 하루도 살 수 없으며, 욕망은 체제를 해체하는 바탕이다. 하지만, 모든 대상이 허상이고 실재는 존재하지 않는 데 욕망이 이 대상을 목적으로 삼을 때 권력과 자본의 음험한 기표, 법, 이데올로기가 작동하면서 욕망을 억압하거나 왜곡시킨다. 자본주의 체제는 노동을 재생산하는 단위로 가족을 축소시켜서 1부1처제로 욕망을 제한하고, 성공, 부자, 행복, 자아실현, 국가 발전 등 수많은 목적들을 만들어 그리로 욕망을 향하도록 조작/관리/통제하고, 체제를 해체하는 욕망들을 성매매, 성상품, 대중문화 소비와 같은 억압적 탈승화로 풀어버린다. 그러기에 모든 대상이 허상이고 은유임을 인식할 때, 이런 욕망을 억압하는 관념의 고리들을 비판하고 끊어낼 때, 타자성alteruty을 지향할 때, 자본주의 체제로부터 탈영토화를 시작할 때, 우리는 라캉의 순수한 욕망이나 들뢰즈의 끊임없이 변화하는 차이를 생성하는 욕망에 이를 수 있다.[12]

2. 조선조 사회의 섹슈얼리티와 권력/이데올로기/시선

조선조 사회는 왕에서부터 천민에 이르기까지 도덕실현을 최대의 목표로 추구하고 강요한 사회다. 이를 위하여 왕은 도덕을 함양해야 하고, 귀족은 무지한 백성을 잘 교화해야 하며, 백성은 본연의 성을 구현할 수 있도록 수양하고 절제해야 했다. 이는 삼강오륜과 "수신제가치국평천하修身齊家治國平天下"에 잘 압축되어 있듯이 일부일처제와 가부장제를 핵심으로 한 가정의 윤리를 토대로 하여 이를 사회와 나라로 확장하자는 것이었다. 유교는 통치이념만이 아니라 세계관과 도덕과 윤리, 생활의 준칙으로 작동

---

12 욕망에 대해 라캉은 결여로, 들뢰즈는 흐름으로 인식한다. 양자의 욕망이론은 대립적이다. 저자는 들뢰즈의 문제의식과 욕망과 사회, 권력, 해방을 연결하여 해석하는 것에 동의하지만, 정신분석이 욕망을 결여와 환상으로 해석하였기에 보수적이라 본 점은 비판한다. 이에 해방의 관점에서 욕망, 억압, 권력, 이데올로기의 관계에 대해 프로이트, 라캉, 마르쿠제, 들뢰즈를 비판적으로 종합하되 최대한으로 압축하여 기술하였다. 이제까지의 기술은 프로이트, 김대규 역, 『꿈의 해석』, 동서문화사, 1976; 프로이트, 구인서 역, 『정신분석입문』, 동서문화사, 1978; H. 마르쿠제, 김인환 역, 『에로스와 문명』, 나남, 2017; J. Lacan, tr. Bruce Fink, *Écrits*, New York : W.W. Norton & Company, 2006; 질 들뢰즈·펠릭스 가타리, 최명관 역, 『앙띠 오이디푸스』, 민음사, 1994을 참고하되, 저자의 인류학, 뇌과학, 사회생물학, 진화생물학에 대한 지식을 종합하여 될 수 있는 한 쉬우면서도 간략하게 요점만 기술하였다.

하였으며 이는 지역적으로는 향촌사회, 사회문화적으로는 백성들의 생활세계까지 속속들이 침투하였다.

이런 시스템은 조선조 사회에 특이한 섹슈얼리티를 형성하였다. 나라의 차원에서는 왕권과 신권, 명분론과 민본론이 계급과 파당, 해석의 차이, 헤게모니에 따라 치열하게 대립하면서도 서로 견제와 균형을 이루었다. 반면에 섹슈얼리티의 영역에서는 가부장적이고 교조적인 입장과 해석이 일방적으로 강요되었다. 여성들의 성은 재생산의 영역에서만 허용하고 쾌락적 성을 사악하고 비도덕적인 것으로 간주하였으며 열녀, 혹은 정절녀를 양반가의 여성만이 아니라 서민은 물론 성적 봉사를 직업으로 하는 기녀에게까지도 강제하였다. 여성이 10대에 남편을 잃어도 평생 수절을 강요했고 반면에 남성의 불륜과 외도에 대해서 불만을 표현하기만 해도 칠거지악七去之惡의 하나인 질투를 범한 것으로 간주하여 내쫓을 수 있었다. 함께 부모의 삼년상을 치렀을 경우 등 내쫓지 못하는 삼불거三不去가 있기는 하지만, 이것이 적용되는 경우는 드물었다. 여인이 정절을 상실하면 죽음에 내몰리고 가문도 따라서 몰락할 정도로 유교 이념과 가부장주의에 입각한 이데올로기와 규율/훈육체계가 강력하게 작동하였다. "조선조 사회는 17세기 중엽 이후에 벌렬閥閱에 의한 관료체계의 독점과 같은 정치적인 요인, 시장경제의 발달과 같은 경제적 요인, 친족 중심의 동족부락同族部落의 형성과 같은 사회적 요인, 그리고 종법적宗法的 가족질서를 강조하는 예학禮學의 보급과 같은 문화적인 요인과 더불어 환향녀 딜레마가 야기한 불편감과 불안감을 해결하고자 부계 적장자 상속제를 확립한다."[13] 이로

13 김진영 · 고영건, 「조선 후기 적장자 상속에 대한 역사심리학적 분석」, 『담론 201』, Vol.12 No.1, 한국사회역사학회, 2009, 5~6쪽.

인하여 여성들은 더욱 정절을 강요받고 성은 더욱 억압받게 되었다.

반면에 남성에 대해서는 축첩제와 기녀제를 통하여 쾌락의 성을 추구할 수 있는 길을 열어주었다. 축첩제는 조선조의 양반과 서민 남성이 성리학의 윤리가 엄격한 가운데서도 가부장주의적 특권에 따라 가정 안에서 쾌락적 성을 향유하고 재생산을 행하는 것을 합법화한 제도이다. 어숙권魚叔權, ?~?의 『패관잡기稗官雜記』에 의하면 조선 중기의 양반들은 보통 2~3명의 첩을 두고 있었다.[14] 서민의 경우 50세 등 일정한 연령에 이르러서도 자식이 없을 경우에만 첩을 두는 것을 허용하였으나 양반들은 한두 명의 첩을 두는 것은 제한하지 않았다. 축첩, 첩과 사랑을 하고 성애를 즐기는 것, 바꾸어 말해 성적으로 매력이 있는 종이나 기녀나 양가의 처녀를 첩으로 들여 마음대로 성적 욕구를 충족하는 것은 양반 남성의 당연한 권리였다.

기녀제는 양반과 중인, 극히 일부의 서민 남성이 가정의 바깥에서 시가무詩歌舞의 유흥을 제공받고 성적 봉사를 받는 것을 합법화한 제도다. 기생들은 궁중 연향, 공식적인 연회나 사적인 연회나 모임에서 전문 예능인으로 악기를 연주하고 노래를 부르고 춤을 추는 활동을 하는 것이 주업이지만 일패의 기생을 제외하고는 남성의 성적 관계 요청을 거부할 수 없었다. "실질적으로 서울기들은 비공식적으로 베풀어지는 상층 양반들의 사적 모임에 참석하면서 연향 이후의 성적 봉사의 수행을 요구받게 된다. 외방여기들 역시, (…중략…) 실질적으로 방기房妓, 수청기守廳妓라 하여 지방 관리나 군인 및 사신들을 위한 성적 봉사가 또 다른 중요한 임무로 주어지게 된다."[15]

14 민족문화추진회, 『국역 대동야승』, 민중서관, 1971, 508쪽.

15 서지영, 「조선시대 기녀 섹슈얼리티와 사랑의 담론」, 『한국고전여성문학연구』 No.5, 한국고전여성문학회, 2002, 294쪽.

이처럼, "재생산과 쾌락의 성을 모두 실현하려 했던 남성 지배체제는 권력 기제를 통해 여성의 성을 이중적으로 관리하게 된다. 그 결과 성리학적 사유 속에 자리 잡은 '정貞/음淫, 덕德/색色'의 이분적 지표는 신분적 위계와 결합되어 정숙한 사대부 여성, 음란한 기생과 같은 신분에 따른 섹슈얼리티의 배치를 낳게 된다. 먼저 유교 이념은 일반 여성에게 있어 지적 존재로서의 개발을 허용하지 않았으며, 여성을 자기표현의 주체로서도 인정하지 않았다".[16]

주권권력은 충효 이데올로기를 통하여 백성들을 가정 안에서는 효를 매개로 가부장적 질서에 복종하고 나라의 단위에서는 국가와 왕에게 충성하도록 강제하였다. 훈장과 수령, 향리만이 아니라 지역 안의 모든 양반들은 백성교화의 책임을 가졌기에 서당, 향촌 사회를 기반으로 한 양반과 향리들의 네트워크는 규율/훈육권력으로 강하게 작동하면서 일상의 장에서 철저히 성적 욕망을 억제하였다. 특히, 가부장제와 결합하여 양반과 중인 남성에게만 성적 쾌락을 허용하는 대신, 그밖의 백성들은 통제하면서 숱한 효녀와 열부를 만들어 권장하였다.

이런 흐름은 18~19세기에 와서 변화를 맞는다. 조선조는 이 시기에 상공업이 비약적으로 발달하고 인구가 증가하였으며 도시가 발전하였다. 앞 장에서 말한 대로, 유흥업이 발달하고, 새롭게 부를 축적한 상공인과 중인들이 이의 주체로 나서게 되었다. 이런 분위기에서 상당수 사람들이 중세적 질곡, 특히 유가적 윤리관에서 벗어나 인간의 자유로운 성을 희구하고 욕망을 발현하고자 하였고, 이를 시가에 담아 표출하였다.

16 위의 글, 297쪽.

이 상황에서 이를 긍정하는 시론詩論은, 2부 4장에서 기술한 대로, 성애를 억압하는 유교 이데올로기와 윤리관에 균열을 가하였으며, 자유로운 성애를 표현하는 시적 경향에 정당성을 부여하였다. 자유로운 사랑과 적나라한 성애를 표현한 시가가 더 이상 음란한 것이 아니라 '자연의 진기眞機'로 격상하였다.

그럼에도 18~19세기의 조선조 문학에서 시선은 이중적이다. 이형대는 "원근법은 기하학적 비례의 원리에 입각하여 시각 공간을 합리화시키는 한편, 시각 장의 중심인 소실점과 보는 사람의 눈을 일치시킴으로써 보는 사람을 '보여지는' 대상 세계를 통어하는 주체로 전환시켰다. 이로써 보는 주체와 보이는 세계는 분리된다. 다시 말하자면, 세계의 외부에서 세계를 바라 볼 수 있을 뿐만 아니라, 대상 세계에 통제력을 행사하는 새로운 주체가 탄생한 것이다"[17]라는 주은우의 주장을 그대로 사설시조에 적용하여 "세계의 외부에서 세계를 선택적으로 구성(재현)할 수 있는 자율적 주체가 탄생하고 있다는 점, 그리고 그것은 근대성의 단초로 간주될 수 있다는 점을 확인할 수 있다"라고 주장하고 있다.[18] 하지만, 일부 사설시조에서 시각 장이 대상세계와 분리된 위치에 당대의 문화적 관습과 시학적 전통에서 벗어난 지점에 형성되고 객관화하고 있는 것은 사실이지만, 이것이 근대 서양의 회화처럼 합리적으로 공간을 인식한 것도 아니며 시각 장의 중심인 소실점과 보는 사람의 눈을 일치시킨 것도 아니다. 무엇보다 그 시선에는 중세의 도덕률과 이데올로기가 담겨 있고 여러 권력이 작동

17 주은우, 『시각과 현대성』, 한나래, 2003, 24~25쪽; 이형대, 「사설시조와 근대성 – 사설시조의 시적 시선과 근대적 시각 場의 연관에 대한 시론적 탐색」, 『한국시가연구』 28, 한국시가학회, 2010, 111쪽 재인용.

18 이형대, 앞의 글, 112쪽.

하고 있다. 시선만을 이유로 근대적 주체로 규정하기에는 무리가 따른다. 서양 회화의 원근법에 담긴 근대성을 논리적인 연결고리 없이 그대로 유추하여 사설시조에 투영시켰기 때문이다. 18~19세기의 문학에 투영된 시선은 이중적이다. 유교 이데올로기와 규율/훈육권력이 작동하는 장이자 탈주의 욕망을 타자에 투사한 음험한 관음증의 표출이었다.

3. 시조에서 사랑과 욕망 표현의 네 양상

1) 18~19세기 시조에서 사랑의 개념

앞에서 사랑의 개념을 알아보았다. 그럼, 18~19세기 당대 조선인들, 그중에서도 사랑의 노래를 부르던 시조의 향유층은 사랑을 무엇이라 생각했는가. 사랑을 소재나 주제로 노래한 시조 텍스트를 분석하고 종합하면, 21세기 오늘의 관점에서 해석하는 것이 아니라 당대인들이 관념화한 사랑을 파악할 수 있을 것이다.

ᄉᆞ랑 ᄉᆞ랑 긴긴 ᄉᆞ랑 ᄀᆡ천ᄀᆞ치 내내 ᄉᆞ랑
구만리九萬里 장공長空에 넌즈러지고 남ᄂᆞᆫ ᄉᆞ랑
아마도 이 님의 ᄉᆞ랑은 ᄀᆞ업슨가 ᄒᆞ노라.(『진본 청구영언』 0457, 2253.1)

영조 4년에 편찬된 『진본 청구영언』을 비롯하여 40종의 가집에 실려 있는 시조다. 여기서 사랑은 개천처럼 길게 흐르는 것이며, 구만리 하늘에 늘어지고도 남을 정도로 끝이 없는 것이다. 당시 시조 향유층이 인식한 사랑이란 상대방을 향한 마음이 끝이 없고 상대방을 향하여 애정을 펴주고, 또 펴 주어도 남음이 없는 가없는 무엇이다.

사ᄅᆞᆼ思郞 모여 블이 되어 ᄀᆞ슴에 푸여나고
간ᄌᆞᆼ肝腸 셕어 물이 되여 두 눈으로 소사난다
일신一身이 수화상침水火相侵ᄒᆞ니 ᄉᆞᆯ동말동 ᄒᆞ여라.(『병와가곡집』 0780, 2251.1)

위는 『병와가곡집』, 1834년 이후의 어느 시점부터 시작하여 1852년에 편찬된[19] 『육당본 청구영언』을 비롯하여 24종의 가집에 실려 있는 시조다. 사랑의 이중적인 속성을 은유를 통해 잘 드러낸 시조다. 이 시조에서 시적 화자가 파악한 사랑이란 두 양상의 공존이다. 우선 사랑이란 상대방을 향한 그리움과 하나가 되려는 욕망이 불처럼 타올라 가슴에서 피어나는 열정이다. 그와 동시에 또 사랑은 상대방을 그리워하고 기다리고 갈망하고, 때로는 상대방의 사랑을 의심하고 상대방과 자신의 사랑 사이의 괴리에 대해 번뇌하면서 간장이 썩어 눈물로 흐르는 고통이다. 열정과 고통의 쓰라림이 갈마들며 찾아들기에 사랑의 열병을 앓는 자는 죽을지 살지 모를 지경에 놓이게 마련이다. 이처럼 이 시조는 사랑을 상대방을 향한 열정과 고통이 교차하는 이중적인 열병으로 파악하고 있다.

사ᄅᆞᆼ思郞이 어인 거시 삭 나며 움 돗ᄂᆞᆫ다
장안長安 백만가百萬家에 너추러도 지건졔고

19 김용찬, 「청구영언(육당본)의 성격과 시가사적 위상」, 고려대 고전문학·한문학연구회 편, 『19세기 시가문학의 탐구』, 집문당, 1995, 60쪽.

아모리 풀려 ᄒᆞ여도 못 다 풀가 ᄒᆞ노라.(『영언유초』 0101, 2261.1)

위는 대략 19세기경 편찬된 것으로 추정되는 『영언유초』에 실린 시조다. 사랑을 식물, 호박과 같은 넝쿨식물의 은유를 통해 해석하고 있다. 사랑은 호박처럼 상대방을 향한 마음이 처음에 싹처럼 나고 이어서 움이 트듯 그 마음이 심화하며, 마침내 어느 순간에 이르면 넝쿨이 되어 서울의 수십만 가구를 다 휘감는 것이다. 이 정도 상황이 되면 그 사랑을 무엇으로도 풀어낼 수 없다. 이처럼 사랑이란 인간의 마음에 싹이 나듯 발생해서 점점 심화하여 아무도 그를 말릴 수 없는 지경까지 이르는 것이다.

ᄉᆞ랑인들 님마다 ᄒᆞ며 이별離別이라 다 셜우랴
평생平生에 처음이오 다시 못 어더 볼 님이로다
니후에 다시 만나면 연분緣分인가 ᄒᆞ노라.(『규장각본 영언』 0487, 2263.1)

『규장각본 영언』, 『육당본 청구영언』을 비롯하여 28종의 가집에 실린 시조다. 위 시조에서 사랑이란 지고지순한 것과 그를 배반한 것 사이의 변증법적 종합이다. 여기서 시적 화자는 사랑과 이별을 충분히 겪을 대로 겪고서 이를 관조하는 자다. 상대방이 잘나고 매력이 넘친다 해서 사랑하는 것이 아니며, 마음이 조금 끌린다고 해서 모두 사랑의 단계로 발전하는 것도 아니다. 이별이라 해서 모두 서러운 것도 아니다. 진정 사랑하지 않으면 이별이 서럽지 않다. 그러니, 지금 행하고 있는 사랑을 평생에 처음이라 생각하고 지금 만나고 있는 님을 이제 다시는 보지 못할 마지막 님이라며 자신의 모든 것을 던져서 하는 것이야말로 사랑이다. 인간의 영역에서 모든 것을 던지는 것이 사랑이라면, 하늘의 영역에서는 하늘이 준 연분으로 알고 운명적으로 받아들이는 것이 바로 사랑이다. 이 시조에서 사랑이란 그 님을 처음이자 마지막이라, 하늘의 연분이라 생각하고 자신의 모든 것을 던지는 것이다.

> 사랑이 웬 거신지 잠들긔 전에는 못 잇기네
> 잠시나 잇자 허고 향벽허여 누어드니
> 그 벽이 거울이 되여 눈에 암암.(『조調 및 사詞』 0017, 2262.1)

위는 19세기경에 편찬된 것으로 추정되는 『조調 및 사詞』에 실려 있는 시조다. 여기서 사랑이란 잠들기 전에는 잊히지 않고 늘 의식에서 맴도는 것이며, 억지로 잊으려 해도 잊을 수 없고, 잊기 위해 잠들려 돌아본 벽이 오히려 거울이 되어 사랑의 추억과 님의 모습을 되풀이하여 보여준다. 이처럼 사랑이란 잊으려 해도 잊지 못한 채 사랑하는 자의 마음에서 끊임없이 반추되는 기억이자 가없이 상대방을 그리고 갈망하는 마음이다.[20]

이를 종합하면, 당시 시조 향유층이 인식한 사랑이란 인간의 마음에 싹이 나듯 발생해서 아무도 그를 말릴 수 없는 지경까지 이르는 것으로 지금 만나는 님이 처음이자 다시는 보지 못할 마지막 님이고 하늘이 부여한 연분이라며 자신의 모든 것을 던지는 것이며, 상대방을 향한 열정과 고통이

---

20 이밖에 2245.1, 2245.2는 사랑에 따른 불면, 2249.1, 2250.1, 2250.2는 기다림, 2248.1과 2255.1은 님의 마음을 모르는 안타까움, 2251.1과 2254.1은 열정과 고통의 종합, 2252.1, 2253.1, 2253.2, 2260.1, 2260.2, 2260.3, 2261.1, 2262.1은 무한함, 2257.1, 2257.2, 2257.3, 2257.4, 2263.1, 2263.2, 2263.3, 2263.4, 2263.5, 2265.1은 이별과 대조, 22581.은 미련, 2259.1은 거짓말로 묘사하고 있다. 지면관계상 논증과 해석은 생략한다.

교차하는 이중적인 열병으로, 잊으려 해도 잊을 수 없고 상대방을 향한 마음이 끝이 없고 상대방을 향하여 애정을 퍼주어도 절대 남음이 없는 무한한 무엇이다.

2) 사랑에 대한 태도 유형

사랑이 무엇이든, 이론적으로 볼 때 사랑방식에 대한 개인의 태도는 대략 네 가지로 분류할 수 있다. 범주의 오류를 지양하기 위하여 그레마스의 기호학적 사변형semiotic square을 활용한다.

〈모형 15〉 사랑방식의 태도유형에 대한 기호학적 사변형

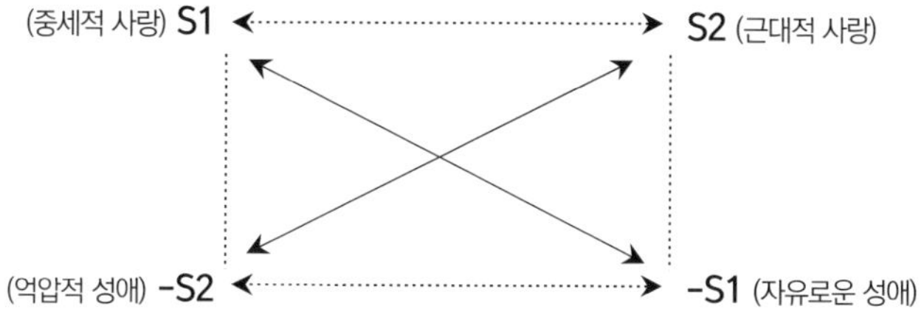

S1은 중세적 사랑이다. 앞 장에서 말한 대로, 조선조 사회에서 중세적 사랑이란 개인이 봉건체제의 신민으로서 자기인식을 한 채 신분과 젠더 사이의 위계에 따라 권력과 부를 불평등하게 분배하는 관계를 인정한 바탕 위에서 지배 이데올로기인 성리학의 윤리와 도덕에 입각하여 사랑하는 것이다.

이와 반대관계인 S2는 근대적 사랑이다. 근대적 사랑은 주체로서 인식한 개인이 신분과 젠더 사이의 위계에 따라 권력과 부를 불평등하게 분배하는 관계를 무시하거나 해체하고, 봉건제도와 지배 이데올로기인 성리학의 윤리와 도덕으로부터 탈주하거나 저항하여 서로 평등한 관계에서 상대방과 마음과 정을 주고받으며 친밀감을 더하면서 그를 아끼고 보살

피고 섬기고 공동의 의미를 모색하고 육체적이나 정신적으로 존재의 합일과 연속성을 열정적으로 추구하면서 완성과 무한을 지향하는 것이다.

-S2는 억압적 성애이다. 이는 중세적 신분 질서, 성리학적 이데올로기와 도덕률, 가부장주의, 혹은 공동체의 시선에 억압되어 사대부와 중인, 일부 서민의 남성만이 축첩제와 기생제를 통해 부부관계 이외의 성적 욕망을 충족하는 것을 허용하고 모든 여성과 그 외의 계급에 대해서는 재생산의 수단과 일부일처제의 부부관계로 축소하고 그 밖에 대해서는 금기의 영역으로 제한하는 섹슈얼리티이다.

이와 반대관계인 -S1은 자유로운 성애이다. 이는 중세적 신분 질서, 성리학적 이데올로기와 도덕률, 가부장주의, 공동체의 시선을 넘어서서 매력 있는 짝에 대해 에로스적 욕망을 충족하고 성애 시의 쾌락을 추구하면서 금기를 위반하는 관능을 즐기고, 생명의 절정인 동시에 죽음의 심연을 맛보고 아름답고 성스런 것을 더럽히려는 욕망을 충족하려는 에로티즘의 욕망을 구현하는 섹슈얼리티다.[21] 자유로운 성애를 추구하는 자들은 신분 질서, 남녀관계, 성리학의 윤리관과 도덕률, 공동체의 시선에 얽매이지 않고 상대방과 성적 교감과 이에서 비롯되는 쾌락을 열망하고 실천한다.

3) 중세적 사랑의 재현

> 만고萬古 이별離別ᄒᆞ든 듕에 누고누고 더 셟던고
>
> 항우項羽의 우미인虞美人은 검광劍光에 향혼香魂이 나라나고 한공주漢公主 왕

21 조르주 바타유, 조한경 역, 『에로티즘』, 민음사, 1989, 15~25・41쪽 참고.

소군王昭君은 호지원가胡地遠嫁ᄒᆞ야 비파현琵琶絃 홍곡가鴻鵠歌의 유한遺恨이 면면綿綿ᄒᆞ고 석숭石崇의 금곡번화金谷繁華로도 녹주綠珠를 못 진여ᄂᆞ니

우리ᄂᆞᆫ 연리지連理枝 병대화並大華를 님과 나와 것거 쥐고 원앙침鴛鴦枕 비취금翡翠衾에 백년동락百年同樂ᄒᆞ리라.(『병와가곡집』 0938, 1542.1)

위 시조는 영조재위 : 1724~1776 때의 가객인 김묵수金默壽의 시조로 『병과가곡집』과, 영조 4~9년1728~1733에 편찬된 『악학습영』을 비롯한 28종의 가집에 실려 있다.

위 시조는 사설시조의 형식을 취하고 있지만, 중세적 사랑을 담고 있다. 중장과 종장이 원래의 형식보다 길게 파격을 취하고 있다. 초장에서 역사상 가장 애닯고 서러운 이별이 무엇이냐고 전제한 후 중장에서 이를 구체적 사례로 제시하고 있다. 항우B.C.232~B.C.202의 애첩인 우미인은 「해하가垓下歌」에 「우희가虞姬歌」로 답하고는 자결하였다. 한나라 원제元帝, 재위 : B.C.49~B.C.33 때 궁녀인 왕소군이 화공 모연수毛延壽 때문에 미앙궁未央宮에서 사흘만 사랑을 나눈 채 황제와 이별하고 고향을 떠나 흉노의 왕 호한사呼韓邪, 재위 : B.C.58~B.C.31에게 시집을 가면서 원통함을 참지 못하며 말 위에서 비파를 타며 「홍곡가」를 부른 한이 면면히 이어지면서 시인묵객의 심사를 슬프게 한다. 진晉의 부호인 석숭石崇, 249~300이 낙양 교외의 금곡원金谷園에 별장을 짓고 호화롭게 살았어도 그의 애첩인 녹주가 다락에서 떨어져 죽는 것을 막지 못하였다. 그러니, 한 나무의 가지가 다른 나무의 가지와 맞닿아 결이 서로 통하는 연리지와 한 뿌리에서 두 개의 꽃이 피는 병대화처럼 백년을 함께 해로하며 행복하기를 바라자는 것이다.

초장에서 이별의 슬픔을 일반화하고 중장에서 환유로 구체화한 다음,

종장 첫음보 "우리는"으로 서정성을 고조시키는 가운데 시상을 전환하면서 연리지와 병대화 등 부부화합을 상징하는 시어를 매개로 백년동락의 주제로 종합하고 있다. 사랑하는 남녀의 사랑을 읊었지만 이 사랑은 지절과 신의를 바탕으로 한 성리학의 윤리관 및 부부관에 입각한 사랑이다. 그 주장에 설득력과 공감을 높이기 위해 동원한 사건들도 3세기 이전에 벌어진 중국 고대의 애절한 사랑과 이별 장면이다. 형식은 사설시조인데, 담긴 내용은 전형적인 중세의 사랑이다.

> 믜온 님 괴려ᄂᆞ니 괴ᄂᆞᆫ 님을 쳑괴리라
> 새님 번오 마오 녜 님을 조ᄎᆞ리라
> 눈 속의 솔가지 것거 이ᄂᆡ 뜻을 알외리라.(『고금가곡』 0040, 1757.1)

위의 시조는 "편자와 연대가 미상이지만 대략 영조 때인 1764년 경으로 추정되는"[22] 『고금가곡古今歌曲』 등 3종의 가집에 실려 있다. 여기서 미운 님은 내가 짝사랑하거나 어느 정도 마음을 두고 있으나 나를 사랑하지 않아 미운 님이다. 사람의 욕망이 한이 없어 사랑하는 님을 곁에 두고도 한눈을 판다. 이 시의 시적 화자도 잠시 그랬던 모양이다. 하지만 변함없는 사랑이야말로 진정한 사랑이라는 사실을 곧 깨달았다. 이에 시적 화자는 그 님에 쏟을 열정과 기운을 사랑하는 님에 더 쏟고 새 님에 끌려 마음을 변하지 않고 옛님을 육체적으로, 정신적으로 따르겠다고 다짐한다. 이렇게 초장과 중장에 병렬적으로 묘사한 마음을 종장에서 마무리한다.

---

22 『한국민족문화대백과사전』, 「고금가곡」 항목.

추상하여 종합하는 은유로 시적 화자가 찾은 물적 대상은 눈 속에 피는 솔가지다. 『논어』, 「자한子罕」편의 "歲寒然後 知松栢之後凋"라는 말처럼, 날씨가 추워진 후에 소나무와 전나무가 시들지 않음을 아는 것이요, 군자와 요조숙녀의 지절은 역경에서 더욱 빛나는 법이다. 시적 화자는 눈 속에서 더욱 푸르게 보이는 솔가지를 꺾어 님에게 보내 자신의 일편단심의 마음을 전하겠다는 것으로 시상을 마무리한다. 잠시 번민하였던 자신을 반성하고 이를 계기로 자신이 진정으로 사랑하고, 또 그리 해왔던 옛님에 대한 변함없는 사랑을 다짐한다. 이 시조에 제시된 사랑은 지절이라는 중세 윤리에 바탕을 둔 그것이다.

이처럼 당시 18~19세기에도 큰 흐름으로 작용한 것은 성리학의 윤리와 신분 및 가부장적 질서에 입각한 사랑이다. 이 세계관과 사랑 태도를 취한 이들은 연인, 혹은 부부에 대한 일편단심의 사랑을 추구하고 실천한다.

4) 근대적 사랑

각시님 물너 눕소 내 품믜 안기리 이 아ᄒᆡ놈 괘심ᄒᆞ니 네 날을 안을소냐

각시님 그 말 마소 됴고만 닷졋고리 크나큰 고양감긔 쌩쌩 도라가며 제 혼쟈 다 안거든 내 자ᄂᆡ 못 안을가 이 아ᄒᆡ놈 괘심ᄒᆞ니 네 날을 휘울소냐 각시님 그 말 마소 됴고만 도샤공이 크나큰 대듕선을 제 혼자 다 휘우거든 내 자ᄂᆡ 못 휘울가 이 아ᄒᆡ놈 괘심ᄒᆞ니 네 날을 붓흘소냐 각시님 그 말 마소 됴고만 벼록블이 니러곳 나게 되면 청계라 관악산을 졔 혼ᄌᆞ 다 붓거던 내 자ᄂᆡ 못 붓흘가 이 아ᄒᆡ놈 괘심ᄒᆞ니 네 날을 그늘을소냐 각시님 그말 마소 됴고만 ᄇᆡᆨ지댱이 관동팔면을 졔 혼자 다 그늘오거든 내 자ᄂᆡ 못 그늘올가

진실노 네 말 굿틀 쟉시면 빅년동쥬ᄒᆞ리라.(『고금가곡』 0288, 0067.1)

위는 『고금가곡』과 『교주校註 가곡집歌曲集』에 실려 있는 작자미상의 시조다. 한 여성과 그보다 낮은 위계에 있는 남성 사이의 사랑과 성에 대해 대화체로 엮은 사설시조다.

먼저 남성이 제안한다. "각시님 물러 누우시어 내 품에 안기시오." 이에 여성은 자신보다 낮은 위계에 있고 덩치도 작은 남성이 자신을 감히 넘볼 수 없음을 확인시키며 하대의 어투로 질책한다. "이 아이놈! 괘씸하구나. 네가 어찌 감히 나를 안을 수 있느냐?" 이에 남성은 사랑이 신분이나 연령, 위계에 있지 않음을 환유를 사용하여 대답한다. "각시님 그 말 마소. 조그만 딱따구리가 크나 큰 홰나무[槐楊木]에 뻥뻥 돌아가며 제 혼자 다 안는데 내가 당신을 못 안으리요." 그러자 여성은 다시 반박한다. "이 아이놈! 괘씸하구나. 네가 어찌 감히 나의 허리를 휘어지게 할 수 있느냐?" 이에 남성은 "각시님 그 말 마소. 조그만 도사공都沙工이 크나 큰 대중선大重船을 제 혼자 다 휘어지게 하거늘 내가 당신의 허리를 휘어지게 못 하리요" 여성은 더 강도를 높인다. "이 아이놈! 괘씸하구나. 네가 어찌 감히 나와 붙을 수 있느냐?" '붙다'는 것은 남녀가 교합하는 것을 의미한다. 이에 남성은 남녀 사이의 성관계 또한 신분이나 연령, 위계에 있지 않음을 환유를 사용하여 대답한다. "각시님 그 말 마소. 조그만 벼룩이 일어나기만 하면 청계산과 관악산과 같이 큰 산에 붙어 버리는데 내가 당신과 교합하지 못 하리요?" 이에 여성은 성관계를 넘어 자신을 그늘을 수 있느냐고 묻는다. "이 아이놈! 괘씸하구나. 네가 어찌 감히 나를 그늘을 수 있느냐?" "그늘우다"는 것은 보호하고 돌봄을 뜻한다. 여성을 보호하고 돌본다는 것은 사랑에 대한 책임과 헌신을 의미한다. 생계를 책임진다는 뜻도 있는데 이는 가정을 이룸, 곧 두 사람의 혼인을 의미한다. 너와 내가 사랑도 하고 성관계도 맺는 것이 가능하다면 둘이 가정을 이루어 네가 나를 부양하는 것이 가능하냐는 물음이다. 이에 남성은 사랑에 대한 책임과 헌신, 더 나아가 생계의 부양과 이를 통한 결혼이 신분이나 연령, 위계에 있지 않음을 환유를 사용하여 답한다. "각시님 그 말 마소. 조그만 백지장—공문서의 환유—이 대관령 동쪽의 여덟 고을을 다 돌보고 보호하는데, 내가 당신을 보호하고 돌보지 못하리요?" 이에 여성도 마침내 동의한다. 종장에서 "진실노"라고 첫음보에서 전환을 한 다음, 너의 대답대로라면 한 평생을 해로하겠노라고 화답한다.

위 시조에서는 중세적 사랑을 구성하였던 신분과 젠더 관계가 역전된다. 여성이 상위에 있고 남성이 하위에 놓여있다. 어투도 하대를 하고 있고 '아이놈'이라고 아예 상대방을 낮춰 호명하고 있다. 사랑을 제안하는 것은 남성이지만, 사랑 행위의 강도를 점점 높이면서 결국 사랑을 주도하고 부부관계로 끌고 가고 이를 허락하는 것도 여성이다.

여성은 신분이나 연령, 위계의 차이를 들어 사랑 행위가 가능하지 않음을 질책하고, 남성은 환유를 이용하여 직유의 수사법을 써서 남녀 사이의 사랑이 신분과 연령, 위계의 차이를 충분히 극복할 수 있음을 천명하고 있다. 점층법을 써서 포옹, 애무, 성교, 혼인이나 생계 부양으로 남녀의 사랑에 대해 점점 강도를 높이고 있다. 이에 계속 두 사람의 차이를 부각시키던 여성 화자도 남자의 사랑을 받아들여 백년해로를 하겠다고 화답하였으니, 두 사람은 여러 차이를 극복하고 사랑을 이룬 것이다.

이를 종합하면, 여성이 신분이나 연령, 위계의 차이를 들어 사랑을 거부했다기보다 여성도 이미 그를 초월하여 사랑할 의사가 있지만 정치적이고 사회적인 시선을 고려하여 확인 절차를 밟았다는 것이 더 올바른 유추일 것이다. 이 시조가 신분이 높거나 권력이 상위에 있는 여인과 신분이 낮거나 권력이 하위에 있는 남성 사이에 가창될 경우 그 관계를 초월하여 사랑하고 성관계를 갖고, 더 나아가 부부생활도 가능하다는 메시지를 강하게 설파하였을 것으로 보인다.

> 백발白髮에 환양 노는 년이 져믄 서방書房 ᄒᆞ랴 ᄒᆞ고
>
> 셴 머리에 흑칠黑漆ᄒᆞ고 태산준령泰山峻嶺으로 허위허위 너머가다가 과그른 쇠나기에 흰 동졍 거머지고 검던 머리 다 희거다
>
> 그르사 늘근의 소망所望이라 일락배락 ᄒᆞ노매(『진본 청구영언』 0507, 1890.1)

위는 『진본 청구영언』을 비롯하여 27종의 가집에 실려 있는 시조다. 백발인 나이 든 여성과 젊은 남성 사이의 사랑을 해학적으로 그린 시조다.

중세 질서 안에서 벌어지는 중세적 사랑은 나이 많은 남자가 나이가 적은 여자를 탐하는 것이다. 하지만 위에서는 그것이 역전되어 나타난다. 바람난 늙은 여인이 젊은 서방과 관계를 맺고 지낸다. 젊은 서방과 연애하려니 늙음이 늘 열등감으로 자리한다. 중세식 사랑에서 권력을 가진 자는 신분이나 가부장적 권력 관계에서 상위자인 양반이나 남성이다. 하지만 이를 초월한 근대식 사랑에서는 덜 사랑하는 자가 권력을 갖기 마련이다. 위 시조에서 권력을 가진 자는 젊은 서방이다. 그는 늙은 여인이 태산준령을 숨을 헐떡이며 내달려 만날 정도로 사랑하고 있는 대상이다. 여인은 젊은 서방과 사랑을 지속하기 위해 자신이 가지고 있는 가치를 높이려 한다. 이

것은 옷을 곱게 차려 입고 흰 머리에 먹칠을 하는 행위로 나타난다. 하지만 이를 자연의 운행이 방해한다. 소나기로 인해 검은 머리는 흰 머리로 돌아가고 흰 동정은 외려 검게 물들어 흉측하게 변한다. 의복과 몸 모두 미美에서 추醜로 전환한 것이다. 아마 여인은 남자를 만나려는 것을 포기하고 돌아섰을 것이다.

종장에서 잘못이라고 질책하는 대상은 셋이다. 주체가 제3자, 대상이 늙은 여인으로 해석하는 것이 순리인데, 질책 대상이 늙은 여인이라면 나이 먹은 여인이 젊은 남자와 불륜을 행하고 이를 위해 치장하는 것을 질타하는 것이다. 젊은 남성을 향하는 것이라면, 여인의 단점까지 아우르는 사랑을 하여 여인이 머리에 먹칠을 하지 않고도 자신을 만날 수 있도록 큰 사랑을 베풀지 못하는 젊은 서방을 나무라는 것이다. 그것이 갑자기 소나기를 내리는 하늘을 향한 것이라면, 남녀가 만나 사랑을 나누는 것은 천리天理인데 그를 방해한 자연 환경을 탓한 것이다. 어느 것이든, 젊은 남자와 연애하려는 늙은 여인의 소망은 사회여건을 비롯하여 자연의 조화에 이르기까지 상황에 따라 이루어지기도 하고 이루어지지 않기도 한다. 그것이 당대 사회에서 바라본 사랑의 이치다.[23]

이처럼 18~19세기의 시조 향유층 가운데 일부는 신분, 남녀, 권력 관계를 초월하여 사랑을 하였으며 윤리의 틀을 깨고 불륜도 마다하지 않았으며, 그 사랑은 밤에 몰래 담을 넘거나 태산을 넘어 달려갈 정도로 적극적이었다.

---

23 이도흠, 「18세기 시조에서 탈중세성의 지향과 근대성 문제」, 『한국시가연구』 28, 한국시가학회, 2010, 91~92쪽 참고.

5) 윤리와 신분 및 가부장 질서에 구속된 억압적 성애

첩妾을 조타 ᄒᆞ되 첩妾의 설폐說幣 드러보소

눈의 본 종 계집은 기강紀綱이 문란紊亂ᄒᆞ고 노리ᄀᆡ 여기첩女妓妾은 범백凡百이 여의如意ᄒᆞ나 중문中門 안 외방관노外方官奴 긔 아니 어려오며 양가녀良家女복첩卜妾ᄒᆞ면 그즁의 낫건마는 마루 압 발초發草짝과 방 안의 쟝옷귀가 사부가士夫家 모양模樣이 져절노 글너 간다

아마도 늘고 병病 들러도 규모規模 직히기는 정실正室인가 ᄒᆞ노라.(『육당본 청구영언』 0705, 4711.1)

죽취당竹醉堂 신헌조申獻朝 : 1752~1807가 지은 시조다. 『육당본 청구영언』을 비롯하여 5종의 가집에 실려 있다. 예뻐 보여 눈요기하는 계집종을 첩 삼으면 기강이 문란해지고, 노리개로 기생을 들어앉혀 첩을 삼으면 갖가지 모든 일이 뜻과 같되, 중문 안에 지방의 관아에 매인 관기를 들어 앉히는 일이 어렵다.[24] 양가의 처녀를 뽑아서 첩으로 삼으면 그 중 낫건마는, 안마루의 마른 신이 제대로 닦여 있지 않고 방안의 장옷 귀퉁이가 헤져도 바느질이 잘 되지 않는 것에서 보듯 사대부 집의 가풍이 저절로 잘못되어 간다. 그러니 아무리 늙고 병들어도 가풍과 집안의 규모를 지키는 자는 본처뿐이라는 것이다.

당시에 축첩, 첩과 사랑을 하고 성애를 즐기는 것, 바꾸어 말해 성적으로 매력이 있는 종이나 기녀나 양가의 처녀를 첩으로 들여 마음대로 성적 욕

24 '外方'이 첩의 방을 뜻하는 '外房'의 오기일 수 있다. 이 경우 "중문 안에 첩의 방인 외방을 꾸며 관기를 들어 앉히는 일이 그 아니 어려우며"로 해석된다.

구를 충족하는 것은 양반의 당연한 권리였다. 반면에 이 시조는 종, 기녀, 양인 등 여러 계층의 여성을 첩으로 들인 경우의 문제점을 일일이 비판하고, 본처만 들여 사대부 가풍과 집안의 규모를 지키자고 역설하고 있다. 당대의 사회문화적 맥락에서 보면 이 주장은 양반의 성적 욕망을 제한한다.

> 눈아 눈아 얄믜온 눈아 두 손 장長가락으로 질너 머르칠 눈아
> 놈의님을 볼찌라도 본동만동 ᄒᆞ라 ᄒᆞ고 내 언제붓터 정情 다솔라터니
> 아마도 이 눈의 지위예 말 만흘가 ᄒᆞ노라.(『박씨본 해동가요』 0385, 1113.1)

위의 시조는 『박씨본 해동가요』와 『병와가곡집』을 비롯하여 10종의 가집에 실려 있다. 이 시조는 욕망과 도덕 사이의 갈등을 잘 표현하고 있다.

너무도 아름답지만 남의 님인 이를 목격했다. 눈에 맺힌 감각은 그 남의 님과 사귀고 그 이상으로 관계를 맺고 싶은 욕망으로 전이한다. 하지만, 시적 화자는 이를 단호히 절제한다. 초장에서는 자신의 눈을 찔러 멀게 하고 싶다고 말한다. 중장에서는 그 님을 본체만체하면서 마음 속에 일어난 욕정을 모두 없애버리겠다고 말한다. 종장은 두 가지로 해석될 여지를 갖는다. 하나는 이런 초, 중장에서 보여준 단호한 의지와 관계없이 너무도 아름다운 님을 보고 싶은 욕정을 완전히 끊지 못한 채 갈등할 것이라는 진술이다. 또 하나는 그런 상황을 인정하면서도 이것이 자신의 지위에서 잘못된 것이고 타인의 시선에서도 마찬가지이기에 구설수에 오를 것이라고 염려를 하며 자책을 하는 것이다. 아무리 도덕군자라 하더라도 아름다운 여인에게 왜 눈길이 가지 않겠는가. 이 시조는 이런 인간에게 내재한 욕망을 인정하면서도 이를 강하게 절제하려는 의지와 타인의 시선에 대한 두

려움을 표현하고 있다.

이처럼 18~19세기에도 충효와 지절의 윤리를 강조하고, 부부유별의 오륜을 외치고, 조선조의 국법이 허용하는 양반 남성의 첩을 통한 성적 욕망의 발산도 억제하자는 시조가 불려졌다. "눈아 눈아 얄믜온 눈아"(1113.1)처럼 무조건적으로 도덕률을 주장하는 것이 아니라 욕망을 인정하면서도 이를 절제하려는 의지도 보인다.

6) 윤리와 신분 및 가부장적 질서를 초탈한 자유로운 성애

2부 3장에서 보았듯이 "고대광실高臺廣室 나는 마다"(0266.1)에서 당대 여성들은 집이나 금은보화보다 지적 매력과 성적 능력이 출중한 남성을 더 원한다고 욕망을 노골적으로 표출하고 있다. 이런 욕망은 구체적으로 성행위에 투사되고 있다.

> 얽고 검고 킈 크고 구레나롯 그것조ᄎᆞ 길고 넙다
>
> 잠지 아닌 놈 밤마다 ᄇᆡ에 올라 죠고만 구멍에 큰 연장 너허 두고 흘근할적 ᄒᆞᆯ 제ᄂᆞᆫ 애정愛情은ᄏᆞ니와 태산泰山이 덥누로ᄂᆞᆫ 듯 ᄌᆞᆫ방기放氣 소릐에 졋 먹던 힘이 다 ᄡᅳ이노ᄆᆡ라
>
> 아모나 이 놈을 ᄃᆞ려다가 백년동주百年同住ᄒᆞ고 영영永永 아니 온들 어ᄂᆡ 개 ᄡᆞᆯ년이 싀앗 새옴 ᄒᆞ리오.(『진본 청구영언』 0569, 3284.1)

위는 『(진본)청구영언』을 비롯하여 21종의 가집에 실려 있는 시조다. 여기서 시선의 초점은 남성의 성기다. 초장과 중장에서 상대와 성행위에 대해 객관적으로 묘사하고, 종장에서는 동의를 구하는 질문으로 마무리

하고 있다.

초장에서 크고 잘생긴 남성의 성기를 묘사하는 것부터 시작하고 있다. 이것이 열정적인 성행위를 보장한다는 화자의 생각이 전제되어 있다. 중장에서는 상대방과 성행위로 인하여 오르가즘에 올라 자주 방귀까지 뀌면서 체력을 소진할 정도라고 말한다. 성행위의 과정과 이에 대한 여성의 흥분상태를 노골적으로 묘사하고 있다. 여기서 신분도, 재력도, 권력도 전혀 언급되어 있지 않다. 상대방이 신분이 높지 않아도, 돈이 많지 않아도, 권력을 가지지 않았어도 좋은 성기를 가지고 성행위를 잘하면 백년을 동락할 반려자다. 그것은 자기만의 가치관이나 판단이 아니다. 어느 여자인들 샘내지 않겠느냐고 마무리를 하여 다른 여자들도 이에 동의할 것이라고 단언하고 있다. 신분, 재력, 권력 등 모든 가치에 우선하여 성적 능력이 제일이라고 진술하고 있는 것이다.

> 밋난편 광주廣州ㅣ ᄡᆞ리뷔 장ᄉᆞ 쇼대난편 삭녕朔寧 닛뷔 쟝ᄉᆞ
>
> 눈경에 거론 님은 뜻짝 뚜두려 방방치 쟝ᄉᆞ 돌호로 가마 홍도깨 쟝ᄉᆞ 뷩뷩 도라 물레 쟝ᄉᆞ 우물젼에 치ᄃᆞ라 ᄀᆞᆫ댕ᄀᆞᆫ댕 ᄒᆞ다가 워렁충창 풍 ᄲᅡ져 물 듭박 ᄡᅥ내는 드레곡지 쟝ᄉᆞ
>
> 어듸 가 이 얼올 가지고 죠릐 쟝ᄉᆞ를 못 어드리(『진본 청구영언』 0565, 1762.1)

위 시조는 『진본 청구영언』을 비롯하여 39종의 가집에 실려 있는 것을 보면 당시 상당히 유행한 노래다. 이 시조의 핵심은 본남편과 샛서방을 빗자루와 바가지, 조리의 은유로 비교하고 있는 것이다.

본남편은 마당을 쓰는 싸리비처럼 거칠게 애무한다면 샛서방은 메벼로 만든 잇비처럼 부드럽게 애무한다. 중장에서는 방망이 장사, 홍두깨 장사, 물레 장사, 두레꼭지 장사 등 정을 둔 여러 남성을 나열하고 있다. 종장에서는 자신의 얼굴 가지고 조리 장사 정도는 얻지 못하겠느냐고 반문하면서 맺고 있다. 〈박씨본 시가〉를 보면 종장을 "아마도 못 잇출 님은 됴ᄅᆡ박掌肆ㅣ가 ᄒᆞ노라"〈박씨본 시가〉 0676, 1762.3로 맺고 있다. 수많은 장사들과 정을 둔 관계를 맺었지만 그 중에 가장 못 잊을 남자는 조리박 장사라는 것이다.

이유는 무엇일까? 중장의 사물은 모두 남성 성기의 은유다. 시적 화자는 홍두깨처럼 큰 성기를 가진 남성에서 두레꼭지와 같이 작은 성기를 가진 남성에 이르기까지 다양한 남성편력을 가졌다. 하지만 이 시조에서 좋은 남성의 기준은 앞의 시조와 달리 성기의 크기가 아니다. 애무의 기술과 이를 통한 교감이다. 초장에서도 크고 억센 싸리비와 같은 본남편과 작지만 부드러운 잇비와 같은 샛서방을 비교하고 있다. 가장 잊지 못할 사람은 조리로 쌀을 이듯이 부드럽게 한 질 한 질 애무하면서 소통을 하고 두 존재의 합일을 이루는 자다.

이들 시조를 통해 볼 때, 당시 이 시조의 향유층은 윤리와 도덕, 신분질서를 초탈하여 성행위를 열망하였으며, 성행위의 즐거움을 부귀영화나 권력보다 더 추구하였으며, 자연히 본남편보다 성행위를 잘하는 샛서방, 남의 집의 유부녀와 유부남을 자유로이 욕망하였고, 때로는 성기가 큰 남성을, 때로는 부드럽게 애무하고 잘 교감하는 남성을 열망하였다.

7) 네 유형의 상관관계

18~19세기에 향유된 시조 텍스트를 중심으로 이에 나타난 사랑에 대한 태도 유형을 분석한 결과, 중세적 사랑과 근대적 사랑, 억압적 성애와 자유로운 성애의 네 유형이 모두 나타났다.

18~19세기에도 큰 흐름으로 작용한 것은 성리학의 윤리와 신분 및 가부장적 질서에 입각한 중세적 사랑이다. 이 세계관과 사랑 태도를 취한 이들의 시조를 보면, '사랑=충忠'의 태도를 취하거나 연인에 대한 사랑이라 하더라도 연인, 혹은 부부에 대한 일편단심의 사랑을 추구하고 실천한다. 성리학적 도덕률을 추구하면서도 인간에게 내재한 욕망을 인정하는 가운데 도덕적으로 절제하려는 의지와 타인의 시선에 대한 두려움을 표현하고 있다. 반면에 신분, 남녀, 권력 관계를 초월하여 사랑을 하고 윤리를 깨고 불륜도 마다하지 않고 밤에 몰래 담을 넘거나 태산을 넘어 달려갈 정도로 적극적인 근대적 사랑을 보여주는 시조도 많이 나타난다.

성애의 경우, 충효와 지절의 윤리를 강조하고, 부부유별의 오륜을 외치고, 조선조의 국법이 허용하는 양반 남성의 첩을 통한 성적 욕망의 발산도 억제하자는 시조가 불린 반면, 윤리와 도덕, 신분 및 가부장적 질서를 초탈하여 성행위를 열망하고 성행위의 즐거움을 부귀영화나 권력보다 더 추구하였으며, 자연히 본남편보다 성행위를 잘하는 샛서방이나 유부남이나 유부녀를 자유로이 욕망하는 시조 또한 나타났다.

네 유형 분류보다 중요한 것은 각 유형이 갈등하고 대립하는 양상이다. 여러 유형이 한 개인에게 복합적으로 잠재할 수도 있고, 한 개인이나 집단이 한 유형을 전형화할 수도 있다. 전자의 경우 내적 갈등 양상을 보이지만, 후자의 경우 각 유형은 다른 유형과 치열한 헤게모니 투쟁을 벌인다.

이런 갈등 양상이 전형화하거나 '타협적 평형'을 이루는 가운데 초기에는 중세적 사랑과 억압적 성애가 우월하였으나 근대적 사랑과 자유로운 성애가 서서히 헤게모니를 가지면서 근대의 문을 열었다. 이에 반발하여 정권과 보수층은 『오륜행실도』 등을 더 발간하는 등 대대적인 윤리강화의 태도를 보인다. 자유로운 사랑이나 성애의 재현의 장도 시가에서 소설 등 다른 장르로 이동하여 시조에서는 오히려 줄어든다.

4. 시조에서 욕망 표출과 권력, 이데올로기, 시선의 관계

1) 시적화자가 양반 남성인 경우

갓 스믈 선머슴 쩍에 ᄒᆞ던 일이 다 우읍다
아렛녁 주탕酒湯들과 알간나희며 개성부開城府 통직桶直이와 덩덕궁 치는 巫당년드리 날 몰ᄂᆡ라 ᄒᆞ 리 뉘 이스리
우리도 소년少年 쩍 마음이 어제론듯 ᄒᆞ야라.(『육당본 청구영언』 0854, 0116.2)

16세기만 하더라도 정철鄭澈, 1536~1593의 시조, "계집이 가는 길을 사내가 둘러가듯이 / 사내가 가는 길을 계집이 돌아가듯이 / 제 남편 제 부인 아니거든 이름조차 묻지 마라"와 유사한 담론이 통용되었다. 하지만 위의 시조는 이를 전복한다. '선머슴'이라 했으니 시적 화자는 남성이다. 계집종인 통지기를 성적으로 유린할 수 있는 계층이니 양반이다. 『육당본 청구영언』을 비롯하여 4종의 가집에 실려 있다. 수사는 초장에서 회상하는

형식이며, 중장에서는 자신과 놀아난 여성들을 나열하면서 그런 다양한 부류의 여성들이 자신과 깊은 관계였음을 설의법의 형식에 담고 있다. 중장에서는 같은 집단의 무리에게 그런 것이 모두 소년 시절의 추억임을 공유하는 형식이다.

위 시조에서 작자와 화자는 일치하며, 모두 양반 남성이다. 종장의 "우리는"으로 볼 때, 청자 또한 같은 집단이다. 시적 화자는 신분과 젠더 면에서 대상보다 우월한 위상에 있다. 대상은 술집 기생, 계집종, 무당 등 천민 여성들이다. 시선은 과거에 자신을 상대하던 여자들을 대상화하고 있다. 이름도 없이 자신과 성관계를 맺었던 대상으로만 한정하여 의미를 부여하고 있다. 하지만, 이는 양반 남성이 젊은 체력을 가지고 여성으로부터 마음대로 섹슈얼리티를 착취하여 성적 쾌락을 얻던 과거를 추억하는 용도로만 호명될 뿐이다. 권력은 양반 남성에게 있고 가부장적 이데올로기가 작동하고 있으며 시선은 성적 쾌락의 도구로서 여성을 향하고 있다.

앞에서 말한 대로, 축첩제와 기생제를 기반으로 한 양반층의 자유로운 성행위는 신분이나 젠더의 면에서 권력을 가진 양반 남성이 그보다 낮은 천민 여성을 대상으로 성을 착취한 것이기에 오히려 봉건성을 강화한 것이다. 하지만, 조선조 전기와 달리 중세적 이데올로기와 규율/훈육체계에 균열을 내고 있다. 이 시조에서는 윤리, 도덕 자체를 아예 단 한마디도 언급하지 않고 무시한 채 성애의 쾌락에 대한 향수를 추억하며 이를 긍정하고 있다. 반면에 "반半여든에 첫 계집을 ᄒᆞ니…"(1824.1) 시조에서는 나이 마흔에 성행위를 처음으로 한 뒤의 충족감을 표현하면서 종장에서 "진실로 이 재미를 알았으면 기어다닐 때부터 할 것이었다"라고 선언하며 남녀칠세부동석을 강요하며 성애를 강력하게 억압한 유교 이데올로기를 정면으로 부정하고 있다. 당시 양반이 즐긴 성애의 구체적 실상은 다음 시조에 잘 나타나 있다.

> 드립더 ᄇᆞ득 안으니 셰 허리지 ᄌᆞ늑ᄌᆞ늑
>
> 홍상紅裳을 거두치니 설부지풍비雪膚之豐肥ᄒᆞ고 거각준좌擧脚蹲坐ᄒᆞ니 반개半開ᄒᆞᆫ 홍목단紅牧丹이 발욱어춘풍發郁於春風이로다
>
> 진진進進코 우又 퇴퇴退退ᄒᆞ니 무림산중茂林山中에 수용성水春聲인가 ᄒᆞ노라
>
> (『진본 청구영언』 0519, 1490.1)

작자, 혹은 시적 화자는 여성을 상대로 성애를 행하고 있으니 남성이며, 한문 문구를 자유롭게 사용하고 있는 것으로 볼 때 한문과 한시에 능숙한 양반이다. 당시에 일부 중인도 한시를 향유하였기에 중인일 가능성도 있다. 위의 시조는 24종의 가집에 기록되어 있으니 당시에 상당히 유행한 것으로 보인다. 초장과 중장의 수사는 여성의 몸을 철저히 대상화하여 묘사하는 형식이다. 종장은 윗사람이 어떤 사실을 선언하거나 공포할 때 쓰는 종결어미인 "~노라"를 써서 남근이 주도한 성체험을 공공의 장에서 공론화하고 있다.

가는 허리에 이어서 홍분한 여자 성기를 붉은 모란꽃이 봄바람에 활짝 핀 것으로, 성교 시 나는 소리를 물절구 소리로 표현하였다. 상투적인 은유metaphor를 사용하여 성행위를 구체적으로, 아주 적나라하게, 또 감각적으로 묘사하고 있다. 초장에서 여성의 가는 허리를 안았을 때의 촉감을 '자늑자늑'이란 의태부사로 표현하고, 중장에서는 붉은 치마, 눈처럼 흰 허벅지, 성행위의 자세, 붉게 홍분한 성기를 시각적으로 묘사하고, 종장에

서는 성행위에 대한 시각 이미지와 교성의 청각적 이미지를 결합하여 공감각화하고 있다.

시선은 시적화자인 남성만의 시선이며 가부장주의와 남근주의가 자리한다. 여성의 인격이나 사랑에 대한 묘사도, 배려나 존중도 없다. 여성은 철저히 타자화하여, 여성의 몸은 관음의 대상일 뿐이다. 남성의 성적 욕망을 고조시키는 대상으로서만 여성의 몸을 묘사하고 있다. 시선은 허리에서 치마로, 사타구니로, 다시 성기로, 남성의 욕정을 고조시키는 방향으로 이동하고 있다. 애무부터 성행위를 주도하는 것 또한 남성이다. 남성과 여성 사이의 소통과 합일은 없다. 초장과 중장은 여성의 몸을 대상화한 것을 공유하고 있다. 종장에서는 성행위의 구체적 묘사를 통해 남성의 일방적인 욕망을 표출하고 있다. 당시 사회관계 속에서 정당성을 부여받은 남근주의의 욕망을 활짝 펼치면서, 남자 청중끼리만 서로 관음적인 성적 쾌락을 공유하고 있는 것이다.

이처럼 대다수 양반 남성은 여성과 서민을 유교 윤리로 통제하는 한편, 자신들은 낮은 계층의 여성들을 타자화하여 그들과 자유로운, 그러나 남성이 일방적으로 여성의 육체를 바라보고 주도하면서 권력을 행사하는 성애를 즐겼다. 여기서 여성과 여성의 몸은 남근주의의 관음과 성적 쾌락의 대상일 뿐이다. 이들 시조에서 시선은 남성이 권력을 가지고 여성의 몸을 관음의 대상으로 바라보는 데 한정되어 있다. 수사는 남성이 위에 서서 수직적으로 여성의 몸을 대상화하여 묘사하거나 남근이 주도하는 성체험을 공론화하는 형식이다. 시조가 지향하는 바는 당시 사회관계 속에서 정당성을 부여받은 남근주의의 욕망과 상상력을 활짝 펼치면서 성적 쾌락을 공유하는 것이다. 이 시조 또한 유교의 이념이나 윤리, 도덕에 대한 언급은 없다. 하층의 여성의 몸을 통한 유교 이데올로기의 일탈을 추구하고 있다. 그러면서도 가부장주의 이데올로기는 오히려 강화하고 있다.

2) 시적화자가 양반 여성인 경우

이 절에서는 시적화자가 양반 여성인 경우에 사랑과 성애와 권력, 욕망, 이데올로기의 관계가 어떻게 나타나는지 분석해 보자.

> 님이 오마 ᄒᆞ거ᄂᆞᆯ 져녁밥을 일 지어 먹고
>
> 중문中門 나서 대문大門 나가 지방地方 우희 치ᄃᆞ라 안자 이수以手로 가액加額ᄒᆞ고 오ᄂᆞᆫ가 가ᄂᆞᆫ가 건넌산山 ᄇᆞ라보니 거머횟들 셔 잇거ᄂᆞᆯ 져야 님이로다 보션 버서 품에 품고 신 버서 손에 쥐고 곰븨님븨 님븨곰븨 쳔방지방 지방쳔방 즌 듸 ᄆᆞ른 듸 ᄀᆞᆯ희지 말고 워렁충창 건너가셔 情엣말 ᄒᆞ려 ᄒᆞ고 겻눈을 흘귓보니 상년上年 칠월七月 열사흔날 ᄀᆞᆯ가 벅긴 주추리 삼대 ᄉᆞᆯ드리도 날 소겨다
>
> 모쳐라 밤일싀만졍 ᄒᆡᆼ혀 낫이런들 ᄂᆞᆷ 우일번 ᄒᆞ괘라(『진본 청구영언』 0580, 4093.1)

위 시조에서 시적화자는 수동적으로 님을 그리워하며 기다리고 있고 버선을 신는 이니 여성이다. 비슷한 유형의 시조를 보면 자신이 직접 안방의 장롱에서 버선을 꺼내고 있다. 중문과 대문까지 있는 집의 주인이니 양반이다. 이 노래가 실린 가집만 31개이고, 비슷한 유형의 시조까지 합하면 41곳에 이르니 상당히 유행한 노래로 보인다. 수사는 초장에서 중장까지는 자신의 행위를 묘사하고 있고, 종장에서는 그 행위에 대한 평가를 하고 있다.

이 시조에서 시적 화자는 양반 여성이지만 권력은 덜 사랑하는 남성에게 있다. 시적 화자는 말 그대로 오매불망 님을 기다리고 있다. 그러다가 님이 온다는 소식을 듣고 님이 올 고갯마루만 바라보다가 저녁 어스름이 되어 희미하게 님이 고개를 넘어 오는 모습을 보았다. 그러자 님을 한시라도 빨리 보려는 마음으로 아예 길로 가지 않고 논이든, 밭이든, 냇물이든 그리로 직진할 요량으로 버선을 벗어서 소매에 넣었다. 빨리 달려갈 마음에 신도 신지 못한 채 손에 들었다. 그리 와당탕 야단스럽게 달려가서 님의 품에 안겨 대화를 하려고 보니 작년에 껍질을 벗기고 세워놓은 삼대줄거리가 아닌가. 그러자 시적 화자는 계면쩍은 마음에 밤이어서 남의 눈에 띄지 않아서 다행이지 낮이었으면 남들의 웃음을 샀을 것이라며 위안하고 있다.

시적 화자가 님을 만나자마자 첫 번째로 행한 것은 정이 담긴 말, 곧 소통이었다. 초장과 중장에서 시적 화자의 시선은 님을, 청자의 시선은 님에 몰입된 시적화자의 행위를 향하고 있다. 종장에서는 타자의 시선을 의식하며 시적화자의 행위 자체를 객관적으로 바라보고 있다. 여성을 안방에만 가둔 채 재생산이나 수동적 사랑과 성애만 행하도록 하며 정절을 강요한 가부장적 이데올로기에 대해서 저항하고 있다. 시적 화자는 님과 사랑에 대해서는 타자의 시선을 의식하지 않았다. 해학적 표현이 목적이기는 하지만, 그리 허겁지겁 달려간 대상이 삼대였다는 것을 인식한 후에 자신의 정체성에 대한 성찰, 이에 따라 타자의 인정을 걱정하는 시선은 남아 있다.

과도한 그리움과 조급한 행동으로 인하여 착각과 호들갑을 낳고 웃음을 야기하였다. 해학적이지만 그 안에는 진솔함이 배어 있다. 유교 이데올로기에 억압되어 그리운 나머지 바람소리를 님이 오는 소리로 착각했다는 정도로만 표현하는 것으로 제한했던 기존의 시조와 판연히 차이를 갖는다.

> 석숭石崇의 누거만재累鉅萬財와 두목지杜牧之의 귤만거풍채橘滿車風采라도 밤일을 홀 저긔 제 언장 영성零星호면 쑴자리만 자리라 긔 무서시 귀貴홀소냐 빈한貧寒코 풍도風度ㅣ 매몰埋沒홀지라도 제 거시 무즑호여 내 것과 여합부절如合符絶곳 호면 긔 내 님인가 호노라(『진본 청구영언』 0546, 2541.1)

위의 시조는 한문만이 아니라 전고典故도 명확히 알아야만 하기에 작자 및 시적화자는 양반 여성이다. 이 시조는 『진본 청구영언』 등 9종의 가집에 실려 있다. 수사는 초장에 이어서 중장에서 질문을 하고 종장에서 대답하는 대화형식이다.

시적 화자는 수백 명의 처첩을 거느린 중국 서진西晉의 대부호 석숭石崇, 249~300처럼 수많은 재산을 가졌더라도, 양주楊洲를 지날 때 그 모습에 반하여 기생들이 던진 귤이 수레에 가득하였다는 당나라의 시인 두목杜牧, 803~852의 풍채를 가졌더라도, 밤에 성애를 행하려 할 때 성기가 부실하면 차라리 꿈만 꾸겠다고 선언한다. 가난하고 풍채가 보잘 것 없더라도 성기가 묵직하여 자신의 성기와 서로 잘 들어맞는 이야말로 내님이라는 것이다. 돈과 좋은 풍채는 당대에 대다수의 여성들이 욕망하던 것이다. 하지만, 이 시조는 그것보다 더 욕망하는 것이 바로 남성의 크고 좋은 성기와 그를 기반으로 한 성적 충족감임을 밝히고 있다. 이 또한 여성이 수동적 존재나 정절의 굴레에서 탈주하여 가부장적 이데올로기에 저항하고 있다.

이는 "고대광실高臺廣室 나는 마다 금의옥식錦衣玉食 더욱 싫다…"(0266.1) 시조와 표현은 다를지언정 동궤의 시조다. 권력은 시적 화자가 약간 우위에 있지만, 남성을 관음이나 성적 유희/착취의 대상으로 간주하지 않고 서로 소통하는 존재로 위상을 정립하고 있다. 이 유형의 시조를 간단히 하면, “부귀영화<소통이 잘 되고 성교의 쾌락을 누릴 수 있는 남성”의 부등호가 성립한다. 욕망의 우열관계, 곧 부귀영화의 욕망보다 사랑의 소통과 성적 합일의 욕망이 더 강함을 피력하고 있는 것이다. 부와 풍채로 여성들의 관심을 끌고 권력을 확보하려던 남성들의 시도는 여지없이 무너진다.

이런 유형의 시조는 안빈낙도安貧樂道를 추구하고 욕망의 절제를 강요하는 유교 이데올로기를 부정하고 욕망을 발산하고 여성성을 표출하고 있다. 더구나 그 시대 여성들이 욕망하던 것들을 나열하고 이것보다 쾌락적인 성애를 더 욕망한다고 노골적으로 표현하고 있다. 양반 여성들은 부귀영화도 욕망하지만 이보다 사랑의 소통과 성적 합일을 더 욕망한다고 진솔하게 표출하고 있다. 또, 한문으로 된 텍스트를 기반으로 정보와 지식을 양반 남성이 독점하며 권력을 형성하던 당대에 여성이 한문을 구사하고 전고를 활용한다는 자체가 이에 대한 도전이다.

3) 시적화자가 중서인 남성의 경우

이번엔 시적화자가 남성이되, 양반보다 아래 계층인 중인이나 서민인 경우에 권력과 성의 관계가 어떻게 나타나는지 분석해 보자.

> 각씨閣氏네 되오려논이 물도 만코 걸다 ᄒᆞ데
>
> 병작竝作을 쥬려 ᄒᆞ거든 연장鍊匠 조흔 나를 주소
>
> 진실眞實로 주기곳 주 량이면 가ᄅᆡ 들고 씨 지여 볼가 ᄒᆞ노라(『규장각본 해동가보』 0009, 0064.1)

위 시조는 『병와가곡집』을 비롯하여 26종의 가집에 실려 있다. 수사는 남성 화자가 여성에게 묻고 청유하는 형식이다. 초장은 소문을 인용하며 객관화하고 있으며, 중장과 종장은 조건문의 형식이다. 종장의 종결어미는 발화자가 우위에 서서 선언하는 형식인 "~노라"다. 각시네를 대상으로 발화하고 있으니 시적화자는 남성이다. 시적 화자는 지주에게 토지를 빌려 병작을 하는 것으로 묘사되고 있으니 서민 농민이다.[25]

표층적으로 읽으면 농사에 관련된 시조다. 물 많고 기름진 논을 좋은 농기구를 가지고 있는 자기에게 병작을 주면, 가래를 들고 씨를 뿌리겠다는 진술이다.

이를 심층적으로 중의로 읽으면 다른 뜻이 숨어있다. 각시네가 논을 한정하고 있고, 은유들이 성교와 일관성이 있게 결합되어 있음을 금세 눈치챌 수 있다. 논은 여성의 성기다. 그것이 애액이 많아 기름진 밭과 같다. 연장은 남성 성기의 은유다. 병작이란 조선조에서 토지가 없는 농민이 지주의 토지를 빌려 경작한다는 뜻이며, 대개 생산물을 반씩 나누었다. 이는 여성이 자신의 부인이 아니라 남의 부인임을 뜻한다. 토지를 빌려 병작을 하듯, 남편이 있는 여인을 연장이 좋은 자신에게 나누어 달라는 요청이다. 가래는 여자 가랑이의 은유다. 씨를 짓는다는 것은 사정을 의미한다. 한마디로 말하여, 좋은 성기를 가진 유부녀가 마찬가지로 훌륭한 성기를 가진 자신에게 몸을 허락하면, 성교를 하고 사정을 하겠다는 진술이다. 남근

25 물론, 작자가 양반일 수도 있고 청자 또한 그럴 가능성이 전혀 없는 것은 아니다. 하지만, 위 시조는 농사와 성, 두 의미로 읽을 때 미감이 살아난다. 농사가 구체적으로 묘사되어 있으니 설혹 청자가 현실세계에서 양반이라 하더라도 이를 연행하는 재현의 장에서는 농부가 되어야 의미와 미적 쾌락을 공유할 수 있다. 청자가 병작을 하는 자일 때 미감이 고조되므로, 청자는 병작을 직접 행하는 농부거나 이런 일을 관리하는 중인층이어야 한다.

의 기표체계가 권력을 형성하고 있다.

결국 위 시조는 남성이 우월한 권력을 형성하지만, 어느 정도 상대방을 인정하는 수사양식으로 이루어져 있다. 남근의 시선은 직접적으로 표출되지 않았지만, '논'이라는 은유의 매개를 통해 여성의 몸을 향하고 있다.

ᄌᆡ 넘어 ᄉᆡ앗슬 두고 손벽 치며 ᄋᆡ써 가니

말 만ᄒᆞᆫ 삿갓집의 헌 덕셕 펼쳐 덥고 얼거지고 트러졋다 이졔ᄂᆞᆫ 어리북이 반노군叛奴軍에 들거고나

두어라 모밀ᄯᅥᆨ에 두 장고杖鼓를 말녀 무슴 ᄒᆞ리오(『병와가곡집』 1089, 4223.1)

위 시조는 『병와가곡집』을 비롯하여 16종의 가집에 실려 있다. 작자는 김태석金兌錫이다. 그는 노가재가단의 구성원으로 중인가객이었다. 수사의 경우 초장에서는 자신의 행위를 보고하고 있고, 중장에서는 성애장면을 목격한 것을 담담하게 묘사하고 있으며, 종장은 은유를 빌려 청자에게 하소하고 있는 형식이다.

원래 권력은 중인이고 남성인 시적 화자에게 있었다. 그는 손뼉을 칠 정도로 기대감을 갖고 첩의 집으로 향한다. 하지만, 이는 중장에서 벌어진 사건으로 인하여 뒤집어진다. 시적 화자의 입장에서는 성적 욕망의 해소 대상으로 간주했던 첩이 다른 남자와 사통하고 있는 것이다. 첩이 다른 남성과 헌 멍석을 펼쳐 덮고 성행위를 하는 장면을 담담하게 묘사하고 있다. 이 충격에 따른 자신의 왜소함을 '어리보기 난봉꾼'으로 전락하였다고 고백한다. 종장에서 메밀떡에 두 장고, 곧 두 사람의 성행위를 말려서 무엇 하겠느냐고 자문하고 있다. 시선은 두 사람의 성행위를 바깥에서 객관적

으로 묘사하고 있다. 첩과 성행위를 열망하며 손뼉을 치며 달려간 자신과 첩의 불륜을 지켜보는 어리석은 자신을 대비하는 것으로 그치고 있다.

4) 시적화자가 중서인 여성의 경우

이번 장에서는 신분과 젠더에서 모두 열등한 서민 여성이 권력을 가진 경우의 시조를 보자.

> 밋남진 그놈 자총紫驄 벙거지 쁜 놈 소ᄃᆡ서방書房 그놈은 삿벙거지 쁜 놈 그놈
>
> 밋남진 그 놈 자총紫驄 벙거지 쁜 놈은 다 뷘 논에 졍어이로되
>
> 밤중中만 삿벙거지 쓴 놈 보면 실별 본듯 ᄒᆞ여라.(『육당본 청구영언』 0830, 1763.1)

위 시조는 『(육당본)청구영언』을 비롯하여 5종의 가집에 실려 있다. 이 시조는 본 남편과 샛서방의 성기와 성행위를 은유를 동원하여 비교 서술하는 수사를 취하고 있다. 위 시조에서 시적 화자는 본남편과 샛서방을 비교하고 있으니 여성이다. 도시에 사는 양가의 규수가 논과 허수아비, 별의 은유를 활용하기 어렵다. '빈 논에 허수아비'와 같은 은유는 농촌을 목가적이거나 낭만적으로 바라보는 이가 아니라 직접 농사를 짓는 이에게서나 가능한 은유다. 도시에 사는 여성이나 남성이라 하더라도 연행하는 장에서는 농촌의 여성으로 자아화하여야 이 시의 의미와 미감을 제대로 느낄 수 있다.

이 시조에서 시적 화자는 본남편과 샛서방의 성기를 비교하고 있다. 본남편의 성기는 자주빛 말총으로 만든 벙거지 같고, 샛서방의 그것은 삿갓

처럼 생긴 벙거지 모양이다. 말총으로 만든 모자를 쓴 놈은 귀두가 그리 크지 않고 튀어나오지 않은 성기의 은유다. 삿갓을 쓴 놈은 귀두가 크고 튀어나온 성기의 은유다. 후자가 여성의 성기에 많은 자극을 주어 성적 쾌감을 높인다. 시적 화자가 본남편을 두고도 샛서방을 둔 이유다. 그러기에 말총 벙거지 모양의 성기를 가진 본남편의 성행위는 추수를 하고 빈 논에 서 있는 허수아비처럼 아무런 쓸모도 의미도 없고 쓸쓸하고 공허한 느낌을 주지만, 밤중에 삿갓 벙거지 모양의 성기를 가진 샛서방의 경우 꽉찬 충족감을 주어 샛별을 본 듯하다. 샛별은 은유이자 환유다. 은유로 읽으면 샛별처럼 밤하늘에 밝게 빛나는 성행위라는 것이고, 환유라면 새벽에 샛별을 볼 때까지 밤을 새워 성행위를 했음을 뜻한다. 시적 화자인 여성이 손을 들어주고 욕망하는 것은 남편이 아니라 샛서방이다. 추수를 한 논과 샛별의 은유를 동원하여 성행위의 차이를 비교하면서, 남편이 아니라 샛서방과 밤을 새워 행하는 성행위에 대한 욕망을 숨김없이 드러내고 있다. 시선은 남성의 성기를 향하다가 논으로, 성행위로, 하늘로 향하고 있다.

이 시조의 시적 화자는 공개적으로 불륜을 공언하고 그 이유는 좋은 성기를 매개로 한 성행위의 충족감이라고 언급하고 있다. 유교 이데올로기와 가부장주의를 부정하고 있을 뿐만 아니라 단지 성기가 제 구실을 하지 못한다는 이유로 남편을 타자화하고 샛서방과 어울려 성적 충족감을 느끼겠다고 하여 권력도 형성하고 있다. 성적 선택권은 여성에게 있다.

듕놈도 사ᄅᆞᆷ이냥 ᄒᆞ여 자고 가니 그립ᄃᆞ고

듕의 숑낙 나 베옵고 내 죡도리 듕놈 베고 듕의 장삼長衫 나 덥습고 내 치마란 듕놈 덥고 자다가 ᄊᆡᄃᆞ르니 둘희 ᄉᆞ랑이 숑낙으로 ᄒᆞ나 죡도리로 ᄒᆞ나

이튼날 ᄒᆞ던 일 ᄉᆡᆼ각ᄒᆞ니 홍글항글 ᄒᆞ여라(『진본 청구영언』 0552, 4440.1)

이 시조는 『진본 청구영언』을 비롯하여 13종의 가집에 실려 있는 시조다. 이 시조에서 시적 화자는 여성이다. 숭유억불崇儒抑佛을 제도화한 조선조에서 중과 잠을 자고 이를 공론화할 수 있는 이는 중인이나 서민 여성이다. 수사는 화자가 청자를 설정하고 고백하는 형식을 취하고 있다. 초장에서 회상을 하고 있고, 중장에서 행위를 묘사하고 있고 종장에서는 감정을 표현하고 있다. 시선은 중과 시적 화자에게 고루 향하고 있다.

시적 화자가 중과 성행위를 한 후 떠나보낸 후에 회상하며 그리워한다. 초장의 수사는 "A는 B다"라는 명제형의 서술이다. 당시에 천하게 여겨 사람으로 취급하지 않던 중이 그리운 사람이라는 것이다. 그 이유는 자고 간 때문이다. 두 사람의 성행위를 매개로 천한 중이 그리운 사람이 되었다고 규정한다.

중장은 둘의 성행위를 모자와 옷의 교체로 묘사하고 있다. 소나무의 겨우살이로 만든 송낙은 여성이 베고, 여성의 족두리는 중이 베었다. 중의 장삼은 여성이 덮고 대신 중은 치마를 덮었다. 이는 물질의 교환을 넘어서서 마음을 나눈 것의 환유다. 그리 옷과 모자를 바꾸어 이불과 베개로 활용하여 잠을 자고 나니 두 사람의 사랑이 송낙과 족두리에 가득하다. 이튿날에 두 사람이 성행위를 한 것을 생각하니 홍글항글이라 표현할 정도로 만족스럽다.

여기서 권력은 시적 화자인 여인에게 있다. 여인은 중을 사람으로 규정하는 자이자 중과 사랑을 나누고 그러다 헤어진 후에는 그리워하는 자다. 여성이 권력을 가지고 있지만, 사랑과 성행위는 일방적이지 않다. 서로 모자와 옷을 나누는 평등하고 호혜적인 소통행위다. 중의 몸을 관음의 대상으로 삼는 시선은 보이지 않는다. 성행위를 할 때 시선은 서로 주고받고 있으며, 그 후의 시선은 여인에게서 중으로 향하고 있는데, 이는 그리움을 지향하고 있다. 이들 시조에서 충, 효, 지절, 정숙 등 남근의 기표체계와 유교 이데올로기와 열烈의 담론에 포획된 기표는 보이지 않는다.

이처럼 서민 여성이 권력을 가진 성행위의 경우 상대의 몸을 타자화하여 관음의 대상으로 삼지 않는 점은 양반 여성과 같다. 소통적인 시선을 양반 여성보다 더욱 선호한다. 양반 여성과 달리 여성 사이의 시선을 중요시한다. 여성이 권력을 가지고 있으면서도 상대 남성을 동반자로서 인정하고 소통과 합일을 이루는 성행위를 당연한 것으로 실천한다. 무엇보다도 유교적 이데올로기와 남근의 기표체계, 가부장적 규율/훈육체계, 열烈의 담론, 신분제도에 정면으로 맞서면서 이것들이 구성한 영토로부터 탈주를 감행한다.

마무리

18~19세기에 향유된 시조 텍스트를 중심으로 이에 나타난 사랑에 대한 태도 유형을 분석한 결과, 중세적 사랑과 근대적 사랑, 억압적 성애와 자유로운 성애의 네 유형이 모두 나타났다.

이 작업에 이어서 조선조에서 가장 강력한 힘을 발휘한 신분과 젠더를 중심으로 사랑과 권력, 이데올로기, 시선 사이의 상관관계에 대해 신분과 젠더에 따라 네 범주로 나누어 분석하였다.

양반 남성의 경우, 시선은 남성이 권력을 가지고 여성의 몸을 관음의 대상으로 바라보는 데 한정되어 있다. 수사는 남성이 위에 서서 수직적으로 여성의 몸을 대상화하여 묘사하거나 남근이 주도하는 성체험을 공론화하는 형식이다. 시조가 지향하는 바는 당시 사회관계 속에서 정당성을 부여받은 남근주의의 욕망과 상상력을 활짝 펼치면서 남성끼리 욕망 공유의 연대를 형성하는 것이다. 이렇게 볼 때, 양반 남성이 권력을 갖고 성애를 묘사한 시조는 아무리 자유로운 성애를 묘사했다 하더라도 봉건성을 심화하는 것이지 근대성을 구현하는 것은 아니다.

중서인 남성의 경우, 양반 남성에 비하여 여성을 타자화하거나 권력을 일방적으로 강요하는 강도는 상당히 누그러졌다. 남성이 약간 우위에 서서 권력을 형성하고 성행위를 주도하고 있지만, 여성을 어느 정도 상대로 인정하고 있다. 수사도 절대적으로 위에서 수직적으로 강요하고 명령하는 형식이 아니라 대화하거나 조건을 걸어 청유하는 형식을 취하고 있다. 시선은 직접적이지 않고 은유나 환유를 통하여 여성의 몸을 향하고 있다.

양반 여성의 경우, 남성처럼 상대의 몸을 타자화하여 관음의 대상으로 삼지 않는다. 수사는 대화체를 선호하고 시선도 서로 소통적이지 일방적이 아니다. 여성이 권력을 가지고 있지만, 상대를 동반자로서 인정하고 소통과 합일을 이루는 성행위를 추구한다. 그러면서도 남근주의와 가부장적 규율/훈육체계에 맞서고 있다.

중서인 여성의 경우, 상대의 몸을 타자화하여 관음의 대상으로 삼지 않는 점은 양반 여성과 같다. 양반 여성보다 대화체의 수사, 소통적인 시선을 더욱 선호한다. 여성이 권력을 가지고 있으면서도 상대 남성을 동반자로서 인정하고 소통과 합일을 이루는 성행위를 당연한 것으로 실천한다.

무엇보다도 유교 이데올로기와 열烈의 담론, 가부장적 규율/훈육체계, 남근의 기표체계에 정면으로 맞서면서 이것이 구성한 영토로부터 탈주를 감행한다. 이를 표로 요약하면 아래와 같다.[26]

〈표 5〉 18~19세기의 성행위 묘사 시조에서 성과 권력의 상관관계[27]

권력을 가진 자	수사양식	시선	상대방의 몸	지향점
양반 남성	수직적 명령형 위주	주로 관음의 대상으로서 여성의 몸을 바라봄	주로 욕구 해소의 대상	주로 여성의 몸을 점유한 성애의 쾌락
중서인 남성	상대적 청유형 위주	주로 비유를 매개로 여성의 몸을 바라봄	주로 부분적인 소통과 욕구 해소의 대상	주로 여성과 일부 소통한 성애의 쾌락
양반 여성	대화형 위주	주로 비유를 매개로 한 남성의 몸과 소통	주로 소통과 합일의 대상	주로 소통과 합일의 사랑과 성애
중서인 여성	대화형 위주	주로 사랑과 소통	주로 소통과 합일의 실천	주로 남근의 기표와 규율/훈육체계에서 탈주한 소통과 합일의 사랑과 성애

아무리 자유로운 사랑과 성을 노래했다 하더라도 유흥문화의 현장에서 비롯된 문학이나 양반들의 성적 욕구 해소를 재현한 텍스트는 오히려 봉건성을 심화한 것이다. 봉건사회의 모순에 대한 재현이나 노동과 생산의 삶과 유리되어 있으며 비전도 없다. 하지만, 『포의교집』처럼 신분과 젠더를 초월하여 여성이 주체가 되어 존재의 합일과 연속성을 추구한 사랑과 성애를 재현한 문학은 비전을 갖고 이후로도 이어지며 근대성을 갖는다.

26 모든 시조가 이에 꼭 부합하는 것은 아니다. 이의 예외도 있고 범주 사이를 부유하는 것도 있다. 표로 만들 때 장점은 명료하게 압축하여 공통점과 차이를 보여준다는 것이지만, 단점은 그 사이를 무시하고 구성된 틀에 규정한다는 것이다.

27 이도흠, 「차이의 근대성으로서 18~19세기의 시조에서 성적 욕망과 권력, 이데올로기의 상관관계」, 『한국연구』 5, 한국연구원, 2020, 34쪽.

초기에는 중세적 사랑과 억압적 성애가 우월하였으나 근대적 사랑과 자유로운 성애가 서서히 헤게모니를 가지면서 근대의 문을 열었다. 이에 반발하여 정권과 보수층은 『오륜행실도』, 『이륜행실도二倫行實圖』, 『경민편警民編』을 대량으로 발간하여 보급하는 등 대대적인 윤리강화책에 나선다. 무엇보다 유교 도덕과 윤리가 양반층에만 머물지 않고 서민들의 생활세계까지 침투하여 서민화가 진행된다. 그러는 가운데서도 19세기에 퇴행하기도 하지만, 상공업의 발전에 따라 유흥업이 번성하고 개인의 자유가 확대되고 민권이 성장하면서 조선인들은 점점 자유로운 사랑과 성애를 추구하게 된다.

이어서 1910년대 이후 일본으로부터 유입된 연애가 신문과 잡지를 통해 퍼지고 모던 걸과 모던 보이들이 자유연애를 구가하면서 근대적 사랑과 자유로운 성애가 완전히 헤게모니를 획득하였다.

제7장

문학의 대중화와 통속성의 미학

글을 열며

18세기 조선에 대중문화가 나타났을까. 대중문화mass culture를 “산업사회에서 익명의 다수 집단인 대중이 매스미디어를 매개로 수용하고 소비하고 향유하는 문화 일반”이라고 정의한다면, 대중문화는 없다. 하지만, 서울 인구가 30만여 명에 이르고 상공업이 발전하고 시전과 난전이 성행하였다. 서적중개상과 세책점은 책을 상품화하여 상업적 유통을 하였으며, 가객들은 노래를 불러주고 쌀이나 돈을 받았고 시장과 거리에서 소설을 읽어주고 그 대가로 돈을 받는 직업인 전기수傳奇叟도 출현하였다. 이 모든 것은 이를 소비하는 익명의 도시인들이 있었기 때문이다. 소설책, 판소리나 시조 연행이 다수의 청중/독자들에게 팔려야 하는 상품이 되자 작자나 창자/가객/전기수들은 그들의 인기를 얻기 위하여 통속성을 추구하게 된다. 사설시조 가운데 통속성이 두드러지는 만횡청의 사설시조를 중심으로 통속성을 추출한다.

사설시조를 처음 생성시킨 계층은 양반 사대부이며 그 시기는 17세기 이전이지만, 18세기에 상공업이 발전하고 상품화폐 경제가 출현하고 유흥문화가 번성하고 다양한 악곡이 발달하고 중인가객층이 형성되면서 이들이 새로운 악곡에 얹어 다양한 장에서 연행하고 가집을 편찬하면서 전성기를 이루었다. 사설시조는, 극히 제한적인 경우를 제하고는, 다수가 모인 곳에서 노래로 연행된 시가로 청중지향적 장르다. 발신자로서 창자나 가객은 청중을 고려하여 노래를 짓거나 선택하였기에 청중은 발신자 안에 이미 들어와 있으며, 노래를 부르면 수신자로서 청중은 노래를 듣고 반응을 하였다. 2부 2장에서 분석한 대로, 같은 중인에 의해 가창된 사설시조라 하더라도 청중과 연행공간에 따라 네 가지, 곧 유가적 미학, 놀이의 흥興, 통속성의 미학, 탈중세성을 지향하였다.

이 가운데 유가의 미학을 지향하거나 반대로 이에 저항하여 중세 봉건사회의 질서나 지배층을 풍자하거나 조롱하면서 탈중세성을 지향한 시조, 풍류의 흥을 지향한 시조, 주제를 특정 범주로 분류하기 어려운 기타의 시조를 제외하면, 나머지는 넓게 보아 통속성의 미학을 지향한 것으로 분류할 수 있다. 이에 통속성의 미적 범주를 사랑의 정한情恨, 성의 관능성, 눈물의 감상성, 웃음의 해학성, 몽상의 환상성, 폭력의 배타성 등 여섯 범주로 나누고 이에 맞추어 분석한다. 만횡청류 116수 전체 시조를 분석했지만, 지면관계상 각 범주별로 한 수씩만 제시하고, 그 미적 범주에 속하는 시조들은『진본 청구영언』의 번호로 표시하여 나열한다.

1. 통속성의 미적 범주

"손봉사의 노래가 절정에 이르면 청중이 담을 쌓아서 던지는 돈이 비오듯 쏟아졌으며, 손봉사는 손으로 더듬어 보아서 백전이 될 양이면 툭툭 털고 일어났다"[1]라는 기록으로 볼 때, 사설시조는 불특정 다수인 서민이나 중인을 청중으로 하여 시정이나 생업의 현장에서 돈을 벌기 위한 목적으로도 연행되었다.

예술이 돈을 벌기 위한 목적으로 공연될 때 예술의 담론은 여러 가지의 변형을 겪는다. 무엇보다 먼저 예술 텍스트 자체가 상품이 된다. 이 경우 예술 본연의 가치나 의미, 미학, 아우라 등은 후면으로 사라지고 교환가치가 전면으로 부상한다. 이 전도 속에서 작품과 감상자 사이에 물화物化, reification가 개입하고, 예술은 소외의 양상이 된다. 한 마디로 말하여, 작품은 고객인 청중에게 잘 팔려야 하는 것이며, 청중 입장에서는 예술작품의 감상으로부터 얻는 가치가 화폐의 가치와 상품을 통해 얻는 가치와 견주어 대등하거나 그 이상이라고 생각할 경우에만 예술상품을 소비한다. 때문에 상품으로서 노래는 청중으로부터 소비될 만한 가치를 지녀야 하며, 이 가치의 핵심은 미적 쾌락과 의미의 획득이다. 미적 쾌락은 악곡과 노래의 형식이 관여하고, 의미의 획득은 노래의 내용에서 비롯된다. 미적 쾌락이든, 의미의 획득이든 이를 결정하는 주체는 청중이다. 곧, 청중의 미의식과 해석력이 사설시조의 상품으로서 가치를 결정하는 것이다. 작자의

---

1 이우성 · 임형택, 「추재기이-손고사」, 『이조한문단편집』 중, 일조각, 1978, 337쪽; 신경숙, 「사설시조의 연행과 의미자질」, 『한성어문학』 11집, 한성대 한성어문학회, 1992, 229쪽 재인용.

입장에서도 소비자인 청중으로부터 화폐나 물적 자산의 획득이 최종 목적이기에 이들에게 가장 중요한 것은 청중의 공감과 반응이다. 이 경우 사설시조는 극단적으로 청중지향적 장르로 기울며, 청중의 취향과 기호, 읽기와 지적 수준, 관심사, 욕망, 코드체계 등 미적 쾌락과 의미획득을 고려하게 된다. 미적 쾌락에는 양반과 다른 중인과 서민의 미의식과 문화취향이 투영되고, 의미획득에는 중인과 서민의 텍스트 읽기가 작용한다.

상층의 양반문화와 반립하는 중인이나 서민의 문화의 창조와 향유는 크게 두 가지 길이 있다. 중인이나 서민 청중이 계급의식을 가지고 예술을 미적 대상으로 체험할 경우 이 과정에서 중인 내지 서민적 미학과 미의식, 이데올로기가 투영되며, 이는 지배문화이자 고급문화인 양반문화와 대립하는 이데올로기와 미학, 미의식으로 이루어진 하위문화sub culture 및 대항문화counter culture로서 서민문화를 형성한다. 하지만, 청중이 계급의식을 상실하고 소비자 대중으로서 예술작품을 상품으로서 미적 체험할 경우 시장체제에서 상품으로서 가치와 이의 교환, 곧 생산과 소비의 메커니즘 속에서 작품의 향유가 발생하며 이는 대중의 즉흥적이며 감각적인 만족에 충실한 대중문화를 형성한다. 전자의 경우 탈중세성을 지향하지만, 후자의 경우 통속성을 지향한다. 통속성이란 대중성을 띠는 주체들이 상업예술과 만나서 미적 체험을 할 때 이념과 윤리, 진지함을 벗어나 자신들의 감각, 욕망, 취향, 관심사, 지적 수준, 코드체계, 아비투스에 따라 자유롭게, 즉흥적으로, 감각적으로, 구조적으로 감상하고 해석하면서 향유하는 즐거움을 누리고 그 대가로 화폐나 재물의 지불도 꺼리지 않는 미적 태도 및 경향을 통칭한다.

통속성을 긍정하는 미학적 입장은 이미 당시에도 주장되었다. '1부 4장

탈중세성의 시론과 실제'에서 말한 대로, 천기론, 동심설, 성령설, 진정론 등이 전개되면서 서민의 입장에서 서민의 언어로 인간의 성정을 진솔하게 표현하는 것을 긍정하게 되었다.

"주름진 얼굴을 가리려 화장을 짙게 하고 막걸리 한 잔에 설움처럼 토해내는 시골주막의 늙은 작부의 〈동백아가씨〉에서 어떤 명작 못지않은 사랑의 진실과 삶의 애환을 읽어낼 수 있다. 이처럼 의미나 미는 텍스트 자체에 있는 것만은 아니다."[2] 수용자와 발신자가 자신들이 놓인 맥락에서 작품을 매개로 만나는 그 사이에 의미가 만들어지고 미가 발생한다. 통속성은 성정의 정正보다 성정의 진眞, 진지함보다 질박함이나 천박함, 이성보다 감성, 도덕과 윤리보다 욕망, 작가보다 독자, 닫힌 읽기보다 열린 읽기, 관념보다 현실, 정신보다 육체, 개인보다 대중, 진정성보다 유희성이나 해학성, 예술성보다 상업성을 지향할 때 발생한다. 그러기에 연행의 현장과 그 현장에서의 발신자와 수신자 사이의 소통양상과 지향점이 통속성에 영향을 미친다. 이 소통양상과 지향점에 많은 영향을 미치는 것이 발신자와 수신자 사이의 권력관계다. 이 관계에서 발신자와 수신자가 본래 가지고 있는 권력이 그대로 반영되는 것만은 아니다. 발신자와 수신자는 연행된 텍스트를 매개로 소통하는 것이기에 텍스트 내의 인물관계에 자신을 투사하게 되며, 이에 양자의 권력관계는 텍스트 내의 인물이 갖는 권력관계를 통해 작용한다. 텍스트내의 인물과 그들 사이의 권력관계를 먼저 분석해야 하는 이유가 여기에 있다.

통속성의 미적 범주를 박성봉의 논의를 따라 성의 관능성, 폭력의 선정

---

2 이도흠, 「왜, 어떻게 대중문화를 낯설게 읽을 것인가」, 기호학연대 편, 『대중문화 낯설게읽기』, 문학과경계사, 2003, 42쪽.

정, 몽상의 환상성, 웃음의 해학성, 눈물의 감상성 등 다섯 가지로 나눌 수 있다.[3] 이에 대해서는 박성봉이 잘 분석하였기에 대체로 동의하고 큰 틀에서 수용한다.

하지만, 박성봉의 분류는 다분히 서양적이고 현대적이다. 18세기의 조선조의 문화와 예술에 이를 그대로 적용하면 일반화의 오류가 발생한다. 우선 만횡청류 116 수 가운데 사랑에 관련된 노래가 절반이 넘는 61수에 달한다. 61수 가운데 이별이나 그리움의 정한을 절절하게 비극적으로 표현하는 것은 눈물의 감상성으로, 성애를 관능적으로 묘사한 것은 성의 관능성으로 분류할 수 있다. 하지만, 정情-한恨-(신명의) 아우름이 세계의 부조리에 대한 집단무의식적 대응양식이자 한국 고유의 예술을 구성하는 심층구조를 이루는 한국 문화의 특성상, 님에 대한 사랑의 정한을 담담하게 서술하거나, 해학이나 영원한 사랑으로 승화한 경우 눈물의 감상성이나 성의 관능성으로 분류할 수 없다. 이에 님에 대한 사랑의 정한을 비극적이거나 관능적이지 않은 방식으로 서술하거나 해학이나 영원한 사랑으로 승화한 시조를 '사랑의 정한'으로 분류한다.

폭력의 선정성 또한 서양의 대중문화처럼 선정적이지 않기에 수정을 요한다. 우리 문학에서 폭력성은 동일성의 패러다임에서 타자를 설정하고 그를 배제하고 억압하는 데 초점을 맞추고 있다. 양반은 평민이나 천민을, 남성은 여성을, 유학자는 스님을, 이 당파는 저 당파를, 때로는 자신을 배신한 여인을 타자화하여 그에 대하여 폭력을 행사하고 있으며, 그 기술이나 묘사는 선정적인 것보다 인정욕망에 바탕을 둔 동의를 지향하고 있다.

---

3 박성봉, 앞의 책, 323~369쪽.

이에 폭력의 선정성을 폭력의 배타성으로 수정한다.

이렇게 분류하면, 만횡청류의 통속성에 대하여 사랑의 정한, 성의 관능성, 눈물의 감상성, 웃음의 해학성, 몽상의 환상성, 폭력의 배타성 등 여섯 가지의 미적 범주로 분류할 수 있다. 박성봉은 서양 미학과 예술에 대한 충분한 이해를 바탕으로 대중예술을 미학적 연구 대상으로 삼을 수 있는 논리의 틀을 제공하고 통속성의 미적 범주를 분류하는 새로운 지평을 열었다. 하지만, 그는 통속성의 미적 범주의 개념에 대해 명확하게 정의하지 않았으며, 이것이 텍스트에서 실제로 구현되는 양상에 대해서 분석하고 논증하지는 않았다. 이에 각 미적 범주의 개념에 대해 저자 나름대로 정의하고, 만횡청류 사설시조 텍스트를 실제로 분석하여 그것이 구현된 양상을 살피고자 한다.[4]

4 만횡청류의 사설시조의 통속성에 대해서는 여러 선행연구가 있다. 조규익은 『만횡청류의 미학』(박이정, 1996)에서 사설시조 116수 전반에 대한 풀이를 하고 사설시조의 문학적 성격을 규명하고 작품론을 펼쳤다. 통속성이라는 용어를 사용하지 않았지만, 미의식과 표현기법, 이념의 절과 작품론에서 골계, 성정지진 등과 연관하여 통속성과 통할 수 있는 해석을 하였다. 박애경은 「조선 후기 시조의 통속화 과정과 양상 연구」, 박사논문, 연세대대학원, 1997과 「조선 후기 시조와 통속성」, 『연세어문학』 30~31집, 1999, 203~224쪽에서 통속성을 개념 규정하고 세 가지 층위를 밝히면서 조선조 후기의 사회문화의 맥락에서 시조가 통속화하는 과정과 양상을 살피되, 18세기는 사설시조를 중심으로 한 일탈과 욕망으로, 19세기는 평시조까지 가담하여 감상성과 유형성을 지향한 것으로 해석하였다. 유해춘은 「辭說時調에 나타난 大衆藝術의 美學」, 『시조학논총』 12집, 한국시조학회, 1996, 153~173쪽에서 통속성의 표출양상을 생활의 환상성, 성욕의 해학성의 틀에서 분석하고 오락성과 현실 도피성의 기능을 수행하는 것으로 분석하였다. 이수곤은 「사설시조의 통속문학적 성격연구」, 서강대 박사논문, 2004에서 사설시조가 진지한 문학이 아니라 유흥의 문학이라는 전제 아래 '이해의 용이성, 진지성의 회피, 이질성의 공존'이란 세 속성이 어떤 기법을 통하여 어떻게 형상화하는가에 대해 살폈다. 성호경은 「조선 후기 '平民詩歌'의 통속예술적 성격」, 『한국고전연구』 20집, 한국고전연구학회, 2009년, 167~196쪽에서 시점을 중심으로 평민시가의 시적 초점과 창작원리를 분석하고 이를 바탕으로 통속예술적 양상과 성격을 규명하였다. 하지만, 통속성으로 두루뭉술하게 포괄하는 것을 넘어서는 것이 필요하며 미학적이고 대중문화론적 분석이 필요하다. 미학적 차원의 논의를 하려면 미적 주체와 미적 대상, 양자 사이의 구현 양상을 다루어야 하며, 통속성의 미적 범주를 분류하고

2. 사랑의 정한

18세기에 들어 진솔한 사랑의 마음이나 성애의 열망을 자유롭게 표현하기 시작하였다. 통속성의 미적 범주로서 사랑의 정한이란 "미적 주체가 도덕과 윤리, 이념이나 진지함을 벗어나 예술작품에 묘사된 사랑에 감정이입을 하거나 정서적 연루emotional invo lvement를 하면서[5] 정과 한이 서로 불일불이不一不二의 관계를 이루는 사랑을 추체험하거나, 양자의 합일이나 영원한 사랑으로 승화하는 데에서 느끼는 미적 쾌"로 정의한다.

대인난待人難 대인난待人難ᄒᆞ니 계삼호鷄三呼ᄒᆞ고 야오경夜五更이라

출문망出門望 출문망出門望ᄒᆞ니 청산靑山은 만중萬重이오 녹수綠水ᄂᆞᆫ 천회千回로다 이윽고 견폐犬吠ㅅ소릐에 백마유야랑白馬遊冶郎이 넌지시 도라드니 반가

정의를 함은 물론 이에 맞추어 미적 주체와 미적 대상인 사설시조 사이의 실현양상에 대하여 분석해야 하며, 대중의 문화 수용과 향유 측면에서의 대중문화론적 해석도 행해야 한다. 아울러 성급한 일반화의 오류를 범하지 않으려면 만횡청 수록 사설시조 전체를 대상으로 분석하여야 한다.

5 미국 드라마 〈댈러스(Dallas)〉는 재벌가의 갈등, 치정, 불륜, 암투를 그린 막장드라마임에도 13년간 최장수 인기 드라마였고 39개국에 방영되어 폭발적인 인기를 누렸다. 왜 대중들은 막장드라마를 욕하면서 보는가? 대중들은 막장적인 소재와 줄거리에 대해서는 자신을 우월한 위상에 올려놓고 비꼬며 보기(ironic viewing)를 한다. 다시 말해 청중은 치졸하고 타락한 인물과 행위를 조롱하면서 자신의 우월감을 느낀다. 대중, 주로 여성 시청자들은 외연의미(denotation)에서는 드라마 서사의 기본 줄거리와 인물들 사이의 관계에 주목하지만, 드라마 텍스트의 내포의미(connotation)을 해석하는 단계에서는 현실 영역의 자신의 삶이나 주변의 인물과 연관시키며 남녀관계와 헤어짐, 기쁨과 슬픔, 병과 건강과 같은 보편적 감정에 대해 동질감을 느끼며 드라마가 허구임에도 강한 현실감을 느낀다. 이를 이엔 앙은 감정적 리얼리즘(emotional realism)으로 명명하며, 이때 드라마 텍스트의 인물이 빚어내는 판타지의 서사에 담긴 보편적 감정에 자신을 동일화하면서 강한 현실감을 느끼는 것, 심지어 눈물까지 흘리는 것을 정서적 연루(emotional involvement)라고 한다(Ien Ang, *Living Room Wars-Rethinking Media Audience for a Postmodern World, London : Routledge*, 1996, pp.91~95).

온 ᄆᆞ음이 무궁無窮탐탐ᄒᆞ여

오ᄂᆞᆯ밤 서로 즐거오미야 어늬 그지 이시리(『진본 청구영언』 0543, 1297.1)

현실이든 상상이든, 님은 백마를 타고 오는 풍류랑이다. 시적 화자는 그런 님을 기다리는 여성이다. 『고시조대전』에 따르면, 이 시조는 『(진본) 청구영언』을 비롯하여 60종의 가집에 실려 있으며, 이와 유사한 시조유형 또한 7종에 이르며, 한역시도 2종이 있다. 60종의 가집 가운데 여창만으로 불린 것이 32종, 남녀창으로 불린 것이 3종, 남창과 여창의 구별이 없는 것이 10종이며, 남창만으로 불린 것은 3종에 지나지 않는다. 여창으로 불린 것도 31종에 이르며 편삭대엽의 악곡에 얹어 계면조로 연행하였다.[6] 곧, 여성 창자가 슬픈 곡조에 가사를 실어 부르는 것이 대세였다. 여창일 경우 시적화자와 창자/발신자는 일치한다.

초장은 임을 그리며 기다리는 시적 화자의 안타까운 마음과 꼬박 밤을 새우며 기다렸음을 표출하고 있다. 님이 온다는 소식을 듣고 님을 기다리는데, 밤이 거의 지나 닭이 세 홰나 치고 5경이 될 때까지도 님은 오지 않는다. 중장은 님을 마중 나가 기다리는 행위와 님과 해후를 그리고 있다. 더 이상 방안에서 기다릴 수 없어 답답한 마음에 화자는 대문 밖으로 나가서 님이 오시는가 바라보니, 이제 밤이 새고 어스름 동살이 희붐할 듯한데, 멀리 산의 능선만 겹겹이 보일 뿐 님은 오시지 않고, 푸른 냇물은 속절없이 굽이굽이 흘러만 간다. 그러다 낯선 손님을 먼저 알고 개가 짖고, 이에 바라보니 님께서 흰말을 타고 넌지시 돌아오신 것이 아닌가. 님과 재회하는

6 김흥규 외, 『고시조대전』, 고려대 민족문화연구원, 2012, 276~278쪽.

마음의 기쁨과 반가움은 이루 비교할 수도 없는 것이고, 다함도 없는 것이다. 종장은 님과 해후로 인한 남녀의 즐거움에 대한 기대를 토로하고 있다. 밤에 남녀가 서로 즐거운 것은 성애를 의미하겠지만 표면에 드러내지는 않았으며, 그 즐거움이 어찌 끝이 있겠느냐고 반문하고 있다. 이처럼 이 시조는 밤을 지새우는 그리움과 기다림, 해후, 해후 뒤의 기쁨과 즐거움을 단계적으로 노래하고 있다. 이는 60종의 가집에 공통적으로 나타난다.[7]

여기서 세계는 시적 화자인 여인이 기약 없이 풍류랑을 기다려야 하는 현실이다. 시적 화자와 님의 신분은 객관적으로 확정할 수 없다. 님을 풍류랑으로 묘사하고 있고 개가 짖고 있으니, 본 남편은 아니다. 여성은 풍류랑을 일방적으로 기다리고 그의 풍류적 사랑의 상대이니 당대 맥락에서는 기녀로 보는 것이 개연성이 있다. 신분상에서 빚어진 권력 차이는 텍스트에 드러나지 않는다. 시적 화자가 애를 끓이며 기다리고 있으니 둘 사이의 권력은 님/남성이 우월하다. 이 시조는 가창자가 님을 기다리는 입장에 있는 여성일 경우 님은 가창 공간에 있는 남성으로 대체될 수 있다. 한 마디로 말하여, 여성 가창자와 가창 공간에 있는 남성에 대해 오랜 기다림의 원망과 더불어 해후의 기쁨을 노래하고 이어서 있을 성애의 열락에 대한 기대를 표방하고 있다.

이 시조는 크게 두 가지 의미로 수용되었을 것이다. 기방이나 주연酒宴의 현장에서 기녀가 부르는 경우, 그 현장의 남성이 님이 되기에, 기녀가 그 손님을 사랑하며 오래 기다렸으니 오늘 밤에 깊은 정을 맺자는 구애가의 형식을 띤다. 그렇지 않을 경우 이 노래는 시적 화자를 객관화시켜, 일반

---

7 반면에 이와 유사한 7종의 시조유형에서는 해후나 해후 뒤의 성애는 생략된 채 기다림과 원망으로 그치고 있다.

적인 남녀 사이의 사랑과 기다림, 해후 뒤의 즐거움을 표출한 것으로 해석되었을 것이다.

불륜이든 아니든, 남녀노소를 불문하고 예나 지금이나 사랑을 간절히 소망하는 대중은 이를 즐겨 노래의 소재나 주제로 삼는다. 사랑의 정한을 다룬 시조는 넘쳐난다. 2부 6장에서 말했듯, 당시 사람들이 인식한 "사랑이란 인간의 마음에 싹이 나듯 발생해서 아무도 그를 말릴 수 없는 지경까지 이르는 것으로 (…중략…) 상대방을 향한 마음이 끝이 없고 상대방을 향하여 애정을 퍼주어도 절대 남음이 없는 무한한 무엇이다". 당시 청중들은 성리학의 이념과 도덕률에서 떠나 사랑의 정과 한을 노래한 사설시조를 듣고 이에 감정이입을 하거나 정서적 연루를 하면서 사랑을 추체험하거나, 양자의 합일이나 사랑의 승리, 영원한 사랑으로 승화하는 데서 오는 미적 쾌에 이르렀다.

이처럼, 사랑의 정이든, 원망과 한이든, 승화든, 중세적 사랑이든 근대적 사랑이든, 사랑의 정한을 노래한 시조는 만횡청류 가운데 27수에 달한다. 이를 해학이 없는 것과 해학적으로 묘사한 것으로 나눌 수 있다. 449, 465, 466, 477, 484, 496, 501, 517, 518, 541, 543, 551, 559, 564번의 시조는 해학이 없이 사랑을 표현하였으며, 481, 493, 495, 502, 506, 507, 537, 540, 547, 553, 555, 568, 580번의 시조는 해학을 활용하여 사랑의 정한을 묘사하고 있다.

3. 성의 관능성

통속성의 미적 범주로서 성의 관능성이란 "정치적이고 무의식적 억압 속에 있는 청중들이 예술작품에 관능적으로 묘사된 상대방의 몸과 성애 장면을 관음적 시선으로 바라보거나 성적 소통과 합일, 절정을 상상하면서 리비도적 에너지를 증대하는 동시에 방출하며 성적 쾌감을 얻고 에로스적 욕망을 충족하면서 금기를 위반하는 관능을 즐기고 억압에서 벗어나 생체에너지의 흐름대로 몸이 작동하는 미적 쾌"를 의미한다.

> 각씨閣氏네 더위들 사시오 일은 더위 느즌 더위 여러 ᄒᆡ포 묵은 더위
>
> 오뉴월五六月 복伏더위에 정情에 님 만나이셔 ᄃᆞᆯ 불근 평상平牀 우희 ᄎᆞᆫᄎᆞᆫ 감겨 누엇다가 무음 일 하엿던디 오장五臟이 번열煩熱ᄒᆞ여 구슬ᄯᆞᆷ 들니면셔 헐덕이ᄂᆞᆫ 그 더위와 동지冬至ᄃᆞᆯ 긴긴 밤의 고은님 품의 들어 ᄃᆞ스ᄒᆞᆫ 아ᄅᆞᆷ목과 둑거운 니블 속에 두 몸이 한 몸 되야 그리져리ᄒᆞ니 수족手足이 답답ᄒᆞ고 목굼기 타올 적의 웃목에 ᄎᆞᆫ 숙늉을 벌덕벌덕 켜ᄂᆞᆫ 더위 각씨閣氏네 사려거든 소견所見대로 사시ᄋᆞᆸ소
>
> 쟝ᄉᆞ야 네 더위 여럿 듕에 님 만난 두 더위ᄂᆞᆫ 뉘 아니 됴화ᄒᆞ리 ᄂᆞᆷ의게 ᄑᆞ디 말고 ᄇᆞᄃᆡ 내게 ᄑᆞᄅᆞ시소(『봉래악부』 0020, 0060.1)

위 시조는 『봉래악부』를 비롯하여 7종의 가집에 실려 있다. 대보름 날에 더위 파는 민속을 소재로 하여 남녀 사이의 정사에 대해 계절을 대비하며 묘사하고 있다.

초장은 장사의 수사로 더위를 사라고 권한다. 중장에서는 그 더위에 대

해 구체적으로 묘사하고 있다. 그 더위 중 하나는 한여름의 복더위에 휘영청 보름달이 밝은 날에 정든 님을 만나서 평상 위에서 서로 달빛에 빛나는 몸을 층층 감아 누워 내장이 뜨겁고 온몸에 구슬땀이 흐르면서 숨을 헐떡이는 성행위다. 또 하나의 더위는 한겨울 동짓달의 기나긴 밤에 따스한 온돌의 아랫목에서 두꺼운 이불을 덮고 고운 님의 따스한 품에 안겨 한 몸이 되어 팔다리가 저리고 목구멍이 타서 윗목의 자리끼를 벌컥벌컥 마셔댈 정도의 성행위다. 한여름과 한겨울, 계절과 관계없이 무진장의 더위를 느끼는 격렬한 성행위에 대해 묘사하고 있다. 종장에서는 이 두 더위만을 자신에게 팔라고 하여 이런 열정적인 성행위를 자신만이 행하고 싶다는 욕망을 드러내고 있다. 청자 가운데 누구나 한 번쯤은 열망하게끔 서민의 일상에 근거한 열정적인 성행위를 관능적으로 묘사하고 있다.

이처럼 조선조의 성리학적 윤리와 제도, 규율/훈육체계에 강력하게 억압당하던 작자와 청중들이 성을 소재나 주제로 한 사설시조에 관능적으로 묘사된 상대방의 몸과 성애 장면을 관음적 시선으로 바라보거나 성적 소통과 합일, 절정을 상상하면서 리비도적 에너지를 증대하는 동시에 방출하며 성적 쾌감을 얻고 에로스적 욕망을 충족하면서 조선조 사회의 유교 이데올로기와 도덕률, 규율/훈육권력이 설정한 금기를 위반하는 관능을 즐기고 억압에서 벗어나 생체에너지의 흐름대로 몸이 작동하는 미적 쾌를 느꼈다. 하지만, 사설시조에 나타난 대다수의 성은 중세의 억압으로부터 탈주를 하기는 하였지만, 노동이나 건전한 일상으로부터 유리된, 순간의 쾌락을 소비하는 성이 대부분이었으며 중세의 모순을 드러내지도 새로운 사회를 향한 비전을 품지도 못하였다.

가부장적 관음의 대상이든, 소통과 합일, 절정이든, 성을 관능적으로 묘사한 시조는 만횡청류 가운데 21수에 달한다. 이 또한 해학이 있는 것과 없는 것으로 나눌 수 있다. 479 · 480 · 491 · 492 · 494 · 508 · 519 · 526 · 533 · 546 · 552 · 569 · 574 · 576번의 시조는 해학 없이 성애를 관능적으로 표현하고 있다. 503 · 514 · 545 · 562 · 565 · 567 · 577번의 시조는 해학을 활용하여 성애를 묘사하고 있다.

4. 눈물의 감상성

감상이란 인간이 외부의 자극에 즉각적으로 반응하여 슬픈 상태에 이르는 심적 경향을 뜻한다. 대중들은 악당의 고통이나 죽음에 눈물을 흘리지 않는다. 시적 화자가 아름다울수록, 선할수록, 정의로울수록 눈물의 강도는 크다. 이는 감상성이 사랑, 미, 선, 정의, 영원성 등을 지향하는 인간의 긍정적인 영혼에서 비롯되었음을 의미한다. 감상성이 일어나는 것은 순수한 사랑을 하려는 이들의 이별, 선한 자의 고통, 무상無常, 존재의 소멸, 약한 존재의 고통, 정의로운 자의 패배나 죽음 등 세계의 부조리가 야기되는 순간이다. 이는 세계의 부조리에 대한 대중의 대응과 약한 존재의 고통에 대한 연민이 감상성의 밑바닥에 깔려 있음을 말한다. 비극적 현실을 보고 흘리는 눈물은 사랑, 미와 선, 영원성, 정의, 공감과 자비를 지향하려는 대중 안의 영혼이 반응하는 것이자 선한 자를 비극으로 몰고 가는 세계의 부조리에 대한 저항과 분노의 대응이다.[8] 통속성의 범주 가운데 눈물의

8 이도흠, 「왜, 어떻게 대중문화를 낯설게 읽을 것인가」, 69~70쪽.

감상성이란 “청중이 예술작품의 감상과정에서 일상의 무미건조한 모든 비감상적인 것들 사이에서 늘 가슴에 품고 싶은 가치들을 암시하는 오래 묵은 감정의 현을 건드리며,[9] 사랑, 미와 선, 영원성, 정의, 공감과 자비를 지향하려는 청중 안의 영혼이 반응하면서 이것이 이루어지지 않는 비극적 현실에 공감할 때 느끼는 미적 쾌”로 정의한다.

> 중경이 쌍쌍록담중雙雙綠潭中이오 호월皓月은 단단영창롱團團映窓櫳이라
> 처량凄凉ᄒᆞᆫ 나유羅帷안헤 실솔蟋蟀은 슬피 울고 인적야심人寂夜深ᄒᆞᆫᄃᆡ 옥루잔잔玉漏潺潺 금로金爐에 향진香盡 참횡參橫 월락月落도록 유미고인有美故人은 뉘게 자펴 못 오ᄂᆞᆫ고
> 님이야 날 ᄉᆡᆼ각ᄒᆞ랴마ᄂᆞᆫ 나ᄂᆞᆫ 님섄이매 구회간장九回肝腸을 촌촌寸寸이 스로다가 ᄉᆞ라져 주글만정 나ᄂᆞᆫ 닛지 못ᄒᆞ애(『진본 청구영언』 0563, 4509.1)

위 시조는 42종의 가집에 실려 있다. 주로 남창으로 불렸고, 여창만으로 표기한 곳은 『시조음률時調音律』과 『가곡보감歌曲寶鑑』뿐이다.[10]

여기서 세계는 시간의 흐름 속에서 님이 부재하여 의미 없이 생을 영위해야 하면서도 죽을망정 님에 대한 사랑을 지속시키고자 하는 시적 화자의 눈물겹도록 슬픈 현실이다. 초장은 시적 화자가 바라본 바깥의 풍경에 대한 묘사다. 초장은 그리움에 몸부림을 치는 자아와 아무런 상관이 없이 무심하게 펼쳐진 자연, 혹은 객관적 대상물의 모습을, 한번은 수평으로, 한번은 수직적으로 묘사하고 있다. 푸른 연못에는 원앙새 한 쌍이 헤엄치

9 박성봉, 앞의 책, 361쪽.
10 김홍규 외, 『고시조대전』, 968~970쪽.

고 있다. 금슬 좋은 원앙 한 쌍과 홀로 있는 내가 대비되어 더욱 슬프다. 이에 더하여 보름달은 환하게 영창을 비추어 더욱 그리움을 깊게 한다.

중장은 님의 부재에 따른 세월의 흐름과 이에서 느끼는 고독감과 슬픔을 노래하고 있다. 중장은 시간의 흐름에 따른 실존적 성찰을 보여준다. 비단 휘장 안에서는 귀뚜리가 슬피 울며 이미 계절이 여름을 수놓던 식물들이 낙엽이 되어 사라지는 가을에 접어들었음을 알린다. 오가는 사람도 없이 밤은 깊어간다. 옥으로 만든 물시계에서는 물방울이 가늘게 똑똑 떨어진다. 금빛 향로엔 타오르던 향마저 스러졌다. 별똥이 지고 보름달도 서녘으로 기울어 어느덧 날이 밝았다. 님이 없어서 더욱 의미가 사라진 자아는 덧없이 흘러가는 시간이 더욱 안타깝다.

이런 조바심은 아름다운 옛 님께서 누구에게 잡혀서 오지 못하느냐는 원망과 한탄이 섞인 힐문으로 표출된다. 종장은 유한성에 대한 인식과 임에 대한 영원한 사랑을 노래하고 있다. 시간에 대한 인식은 언제인가 죽음을 맞고 그처럼 나라는 존재 또한 유한하다는 인식에 이른다. 인간은 죽음으로 가는 존재이다. 언제인가 죽는다는 유한성에 대한 성찰을 통하여 어떻게 실존할 것인가에 대하여 깨닫고 더 나아가 무한을 추구한다. 시적 화자가 현 상황에서 깨달은 실존은 님에 대한 변함없는 사랑이다. 그리 님은 나처럼 나를 사랑하지 않지만, 시적화자는 오로지 님만 사랑하기에 구곡간장을 마디마디 사르다가 죽을지언정 님을 잊지 않고 영원히 사랑하겠다고 선언한다. 그것이 실존의 이유다. 이럴 때만 시적 화자는 의미를 가지며 자신의 본성을 구현한다. 이처럼 이 시조는 님이 없이 홀로 밤을 지새우는 자의 고독과 처량함, 안타까움과 슬픔을 처절하게 묘사하면서 영원한 사랑을 추구하고 있다.

연행의 공간에서 시적화자는 이별의 체험이 있는 모든 사람의 환유가 된다. 눈물의 감상성에서 가장 중요한 것은 공감이다. 체험이 결합된 공감은 깊고 구체적이다. 이는 신분과 젠더를 넘어 이별을 당한 사람의 죽음에 이르는 슬픔과 한에 대한 공감을 이끌어낸다.

당시 청중들은 무미건조한 일상을 보내다가 사랑, 미와 선, 진리, 정의, 영원(을 추구하는 세력)이 패배하는 사설시조를 감상하며 자신의 마음 안에 오랜 동안 품고 있었던 이러한 가치들을 지향하려는 영혼과 감정이 반응하여 이것이 이루어지지 않는 비극적 현실에 깊이 공감하면서 미적 쾌를 느꼈다.

이별이나 늙음, 죽음 등에 대해 비극적, 감상적으로 묘사한 시조는 만횡청류 가운데 19수에 달한다. 468·471·475·489·498·511·515·542·548·549·563·572·579번의 시조는 이별과 그리움의 슬픔이나 안타까움에 대해 묘사하고 있으며, 467·488·490·534·538·575번의 시조는 늙음과 죽음의 무상감에 대해 감상적으로 표현하고 있다.

5. 웃음의 해학성

웃음의 해학성이란 "정과 한의 대립을 웃음으로 승화하거나, 신분, 젠더, 나이 등 권력이 작동하는 장에서 이의 관계를 전도시키거나, 엄숙하고 진지한 것을 끌어내려 조롱하거나 익살스러운 말을 통하여 풍자하면서 재미와 동시에 미적 쾌를 느끼는 것"을 뜻한다.

져 건너 월앙月仰바회 우희 밤즁마치 부헝이 울면

녯사ᄅᆞᆷ 니론 말이 ᄂᆞᆷ의 싀앗 되야 ᄌᆞᆺ믭고 양믜아 백반百般 교사巧邪ᄒᆞᄂᆞᆫ 져믄 쳡妾년이 급살急煞마자 죽ᄂᆞᆫ다 하데

쳡妾이 대답對答ᄒᆞ되 안해님겨오셔 망녕된 말 마오 나ᄂᆞᆫ 듯ᄌᆞ오니 가옹家翁을 박대薄待ᄒᆞ고 쳡妾 새옴 심甚히 ᄒᆞ시ᄂᆞᆫ 늘근 안ᄒᆡ님 몬져 죽ᄂᆞᆫ다데(『진본 청구영언』 0564, 4236.1)

이 시조는 35종의 가집에 전한다. 15종의 가집에서 얼편으로 불린 것으로, 7종의 가집에 편삭대엽으로 불린 것으로 기록되어 있다. 18종의 가집에 남창으로 불린 것으로 기재되어 있는 반면에 여창으로 불린 경우는 없다.[11]

여기서 세계는 가부장적 봉건 체제 하에서 첩제도란 부조리한 제도가 존재하는 조선조 가정이다. 그 세계에 본처와 첩이 있다. 본처가 볼 때, 남편의 사랑을 앗아간 첩이 원수다. 그녀는 밤에 부엉이가 울면 사람이 죽는다는 속신俗信을 매개로 옛사람부터 내려온 전통 윤리에 기대어, 온갖 간사한 꾀로 교태를 부리는 저 밉고 얄미운 젊은 첩이 급살 맞아 죽기를 소망한다. 이에 첩은 스스로 주체가 되어 이런 본처의 진술을 망령된 말로 치부하고 저항한다. 남편을 박대하고 첩을 시샘하는 늙은 아내가 먼저 죽는다고 반박한다.

두 여자의 욕망은 남편으로 동일하다. 가정 안에서의 위상이나 미시권력인 나이에서 보면, 본처가 권력을 갖는다. 이를 이용하여 본처는 첩에게 급살을 맞으라는 저주를 내린다. 첩은 가정 안에서의 위상이나 나이에서는

11 김흥규 외, 『고시조대전』, 905~906쪽.

열등하지만, 남편의 사랑이라는 면에서는 권력을 갖는다. 가옹을 박대한다는 말은 이에서 나온 발언이다. 이 구도 안에서 나이 또한 적은 것이 남편의 사랑을 받을 수 있는 것이기에 권력을 갖는다. '늙은 아내'란 진술이 바로 이의 확인이다. 여기에 가부장제가 만든 악습인 칠거지악의 하나인 시샘을 추가한다. 양자의 대화를 병렬로 배치했지만, 종장에 초점을 두는 시조의 특성으로 보면, 이 시조는 첩의 손을 슬쩍 들어주는 것으로 간주할 수 있다. 대사의 내용도 본처가 격정적으로 원한이 어린 극단적인 비난을 하고 있다면, 첩은 남편의 사랑을 잃은 결정적인 원인인 늙음을 들추어 본부인의 가슴에 비수를 꽂고 있다. 본처의 저주가 근거가 없이 옛사람 말에 기대어 비판하고 첩이 죽기를 소망하는 데 그치고 있다면, 첩의 발언은 본부인이 늙어 남편의 사랑을 잃은 엄연한 현실에 근거한 것이기에 구체성을 획득한다.

이 시조를 연행공간으로 옮겨오면, 본처는 사랑을 잃은 자, 늙은 사람, 윤리적 개인의 환유가 된다. 첩은 사랑을 얻은 자, 젊은 사람, 욕망을 추구하는 개인의 환유가 된다. 여기서 청중이 본처의 입장에 설 때, 웃음은 나오지 않는다. 첩의 발언은 적반하장賊反荷杖으로 더욱 분노를 증폭시킨다. 하지만, 청자가 첩의 입장에 서면 웃음이 터져 나온다. 웃음이 미적으로는 골계미를 추구한다면, 정치적으로는 권력의 전도, 권위의 해체, 엄숙하고 진지한 것의 조롱에서 자연스럽게 터져 나오는 것이다. 첩을 지지하거나 이에 자신을 동일화한 청중들, 다시 말해 첩을 통해 욕망을 발산하고픈 이들은 진지하고 엄숙한 것을 비틀어 본처, 처첩을 거느린 양반, 나아가 봉건적 처첩제도와 조선조 윤리의 권위에 도전하면서 웃는다. 주로 남창으로 불린 것을 감안할 때 청중이 모두 남성인 경우 이는 본처의 잔소리와 간섭에서 벗어나 젊고 예쁜 첩과 자유롭게 살고픈 욕망을 드러내는 동시에 본처와 첩의 위상을 전도시키는 데서 오는 해학을 느꼈을 것이다. 더 나아가 본처의 죽음은 처첩제와 유교적 규율/훈육체계 종식의 환유다. 당시 청중들은 첩의 사설에 동의하고 깔깔 웃으면서 본처의 죽음을, 봉건적 처첩제와 유교적 규율/훈육체계의 종언을 소망하고 조롱한다.

이처럼 조선조의 청중들은 정과 한의 대립을 웃음으로 승화하거나, 신분, 젠더, 나이 등 권력이 작동하는 체계를 서로 뒤엎거나 엄숙하거나 진지한 것을 조롱하거나 익살스러운 말을 통하여 풍자하면서 재미와 쾌감을 느꼈다.

해학성에 대해서는 사람에 따라, 기준에 따라 차이가 있어서 경계를 짓기 모호한 점이 있다. 만횡청류의 경우 해학성만을 단독으로 지향한 시조는 없는 것으로 보인다. 해학성이 있더라도 주제를 담고 있기에 해학은 이 주제를 돋보이게 하는 보조장치로 활용되었다. 사랑의 정한을 노래한 시조 가운데 해학적인 것은 13수481, 493, 495, 502, 506, 507, 537, 540, 547, 553, 555, 568, 580이고, 성을 관능적이면서도 해학적으로 묘사한 시조는 7수503, 514, 545, 562, 565, 567, 577이며, 이별의 비극을 감상적으로 묘사하는 시조에서는 지극히 부분적이기는 하지만 579 시조 1수에 해학성이 조금 나타나며, 534는 늙음을 해학적으로 묘사하였으며, 탈중세성을 지향한 시조 5수478, 512, 523, 573, 520는 모두 해학성이 있다. 기타로 분류한 6수의 시조 가운데 2수532, 530가 해학성이 있다. 종합하면 만횡청류 가운데 해학성이 있는 시조는 총 29수다.

6. 몽상의 환상성

인간은 두 가지의 예술적 지향을 행한다. 하나는 미메시스mimesis로서 자신의 앞의 대상, 현실, 세계를 거울에 비추듯 될 수 있는 한 그것과 핍진逼眞한 무엇으로 재현하려 한다. 하나는 환상성fantasy으로서 프리즘을 지난 빛이 무지개로 반짝이듯 그것을 굴절시키거나 형상화하여 유사하지만 다른 무엇으로 재현하려 한다. "환상성과 미메시스는 매우 밀접하게 상호 결합되어 있으며 쉽게 분리될 수 없다. 양자의 힘은 겹쳐지기는 하지만, 경쟁적이기보다는 종종 상호 보완적이거나 외려 상승적인 관계에 놓여 있다. 문학이 그 독자에게 의미의 감각을 주려고 하는 한, 환상성과 미메시스는 거의 항상 뒤얽히기 마련이다."[12]

우리는 안데르센의 『성냥팔이소녀』의 몽상에서 초기 자본주의의 체제의 모순으로 인한 가난과 불평등을 생각하고, 카프카의 『변신』에서 사람이 벌레로 변하는 환상을 통해 자본주의 체제와 산업사회가 빚은 소외에 대해 생각하게 된다. 그처럼, 환상은 현실과 대립되는 개념이 아니다. "환상적이란 것은 '현실'의 범주에 근거를 두고 있으며, 불가능, 비실재, 이름 없음, 무형식, 무형상, 미지, 비가시 등 19세기 리얼리즘의 범주에서는 오직 부정적인 용어로만 개념화할 수 있었던 영역들을 내놓는다. (…중략…) 현대의 환상성의 의미를 구성하고 있는 것은 바로 이러한 (전복적이고) 부

---

12 Kathryn Hume, *Fantasy and Mimesis : Responses to Reality in Western Literature*, London & New York : Routledge, 2014, p.195; "they are tightly interwined and not readily separated. Their powers overlap, but are also often complementary and sometimes synergistic, rather than competitive. Insofar as literature gives its readers a sense of meaning, both are almost always involved."

정적인 관계성이다."[13]

동화에 자주 등장하는 근친상간의 환상은, 가족제건, 가부장제건, 자본주의 체제건 그에 근거한 체제들을 해체한다. 대소변이나 방귀, 오물 등에 대한 동화는 어른/엘리트/중심 문화에서 배제했던 것들을 다시 중심으로 향하게 한다. 그처럼, "욕망을 표현할 때 환상은 욕망을 두 가지 방식으로 작동한다. 환상은 욕망을 드러내거나 보여 줌으로써 욕망에 대하여 이야기한다(묘사, 재현, 드러냄, 언어적 명시, 언급, 상술이라는 의미에서의 표현). 또한 욕망이 문화적 질서와 지속성을 교란시킬 대, 환상은 그러한 욕망을 배출한다(표출, 쥐어짬, 폭발, 제거라는 의미에서의 표현). 많은 경우에 환상 문학은 두 가지 기능을 동시에 수행한다. 욕망은 '이야기됨'으로써 '배출'된다. 작가와 독자가 그 욕망을 대리적으로 경험할 수 있기 때문이다. 이런 방식으로 환상은 문화적 질서의 근본 토대를 지적하거나 제안한다. 환상 문학은 잠시 동안이나마 무질서와 무법을 향해, 법과 지배적 가치 체계의 바깥에 놓여 있는 것들을 향해 열려 있기 때문이다. 환상은 언급되지도, 보이지도 않던 문화를 추적한다. 즉, 침묵당하고 있고, 보이지 않고, 가려지고, '부재'하게 만든 문화를 추적한다".[14]

---

13 Rosemary Jackson, *Fantasy : The Literature of Subversion*, London & New York : Routledge, 2003, p.26 : "The fantastic is predicated on the category of the 'real', and it introduces areas which can be conceptualized only by negative terms according to the categories of nineteenth century realism : thus, the impossible, the un-real, the nameless, formless, shapeless, un-known, in-visible. (…중략…) It is this negative relationality which constitutes the meaning of th modern fantastic."

14 ibid., pp.3~4 : "In expressing desire, fantasy can operate in two ways (according to the different meanings of 'express') : it can tell of, manifest or show desire (expression in the sense of portrayal, representation, manifestation, linguistic utterance, mention, description), or it can expel desire, when this desire is a disturbing element which threatens cultural order and continuity (expression in the sense of

3이에 환상성을 "제도와 권태로부터 탈출, 놀이, 환영, 결핍된 것에 대한 갈망을 위하여 사실적이고 정상적인 것들로부터 의도적으로 일탈하여 사건, 사람, 대상, 상황을 핍진적으로 묘사하려는 미메시스와 달리 불가능, 비실재, 이름없음, 무형식, 무형상, 미지, 비가시의 것들을 있는 것처럼 느끼도록 하는 욕망과 상념의 총체"로 규정한다. 통속성의 미적 범주로서 몽상성이란 "청중이 예술작품 속에 묘사된 환상을 통하여 놀이의 재미를 느끼고 긴장을 완화하고 욕망을 충족하며, 제도와 법을 위반하고 이로부터 탈출하는 해방감을 느끼는 데서 오는 미적 쾌"로 정의한다.

각시ᄂᆡ 옥玉 ᄀᆞᆺ튼 가슴을 어이구러 다혀 볼고
통면주綿紬 자지紫芝 작져구리 속에 깁젹삼 안섭히 되여 죤득죤득 대히고지고
잇다감 ᄯᆞᆷ 나 붓닐 제 ᄯᅧ힐 ᄂᆔ를 모르리라(『진본 청구영언』 0480, 0062.1)

이 시조는 13종의 가집에 실려 있다. 『교합아악부가집交合雅樂部歌集』에는 김민순金敏淳의 작으로 기록되어 있다. 낙시조, 낙희조, 우락 등 다양한 곡조에 얹어 불렀다. 『(육당본)청구영언』에 남창으로 표시되어 있을 뿐, 여창으로 된 곳도 없고, 다른 가집에는 대개 남녀의 구별이 없는 것으로 표기되어 있다.[15]

---

pressing out, squeezing, expulsion, getting rid of something by force). In many cases fantastic literature fulfills both functions at once, for desire can be 'expelled' through having been 'told of' and thus vicariously experienced by author and reader. In this way fantastic literature points to or suggests the basis upon which cultural order rests, for it opens up, for a brief outside the law, that which is outside dominant value systems. The fantastic traces the unsaid and the unseen of culture : that which has been silenced, made invisible, covered over and made 'absent'."

15 『고시조대전』, 14~15쪽.

여기서 세계는 여성의 가슴을 상상하며 성애를 열망하는 남성들의 욕망이다. 시적 화자는 여성의 몸을 욕망하고 있으니 남성이다. 신분은 알 수 없다. 시적 화자인 남성이 권력을 형성하고 있으며, 여성의 몸은 관음과 성욕의 대상일 뿐이다. 시적 화자는 어떻게든 각시네의 옥 같은 가슴팍에 접촉하기를 열망한다. 여성의 옥처럼 맑고 부드러운 가슴에 대한 욕망을 시각적으로 묘사하고 있다. 시적 화자는 명주 자주빛 회장 저고리 속에 깁적삼 안섶이 되어 쫀득쫀득 대어보고 싶다고 말한다. 저고리 속의 안섶이 되면 언제든 여성의 가슴을 느껴볼 수 있다. '쫀득쫀득'이라는 의성어를 통하여 탄력이 있는 가슴에 대한 욕망을 촉각적으로 발화하고 있다. 종장에서 이따금 땀이 나서 붙기만 하면 떨어질 줄 모르겠다고 서술한다. 표층적으로는 땀이 나서 옷과 가슴이 붙은 것을 뜻하지만, 그 옷처럼 자신이 떨어지지 않겠다는 것이다. 희고 탄력이 있는 가슴, 그 가슴을 만지는 촉감, 그 가슴에 송글송글 맺는 땀에 대한 묘사가 상당히 육감적이다. 마지막에는 땀의 점성을 매개로 여성과 나의 합일을 이루겠다는 욕망을 표출하고 있다. 사람이 여성의 옷이 될 수는 없기에 옷이 되는 상상을 통하여 가슴과 접촉하고 한 몸이 되는 환상을 제시하고 있다.

조선조 봉건체제의 윤리와 이데올로기, 규율/훈육체계 등에 억압되었던 청중들은 사설시조에 묘사된 환상을 통하여 놀이의 재미를 느끼고 긴장을 완화하고 욕망을 충족하며, 제도와 법을 위반하고 이로부터 탈출하는 해방감을 느끼는 데서 오는 미적 쾌를 느꼈다.

환상성 또한 해학성처럼 독립적으로 존재하기보다 다른 주제를 돋보이게 하는 장치로 활용되고 있다. 579는 감상성의 범주에 속하지만, 님을 찾아 북해와 수미산으로 헤매는 장면은 환상적이며, 526은 관능성에 속하지만, 평양 기생, 의주 기생, 영해와 영덕 등의 기생들과 한 몸이 되겠다는 것은 환상이며, 521은 안빈낙도의 유가적 미학의 범주에 속하지만 복희씨적 하늘과 무회씨의 땅에서 은거하겠다는 것은 환상이다. 472, 520, 531의 경우 짐승들의 행위를 알레고리나 풍자로 읽으면 환상이 아니지만, 이를 있는 그대로 해석하면 환상이다. 이렇게 환상성의 범주에 들어갈 수 있는 시조는 총 6수다.

7. 폭력의 배타성

저자는 폭력을 J. 갈퉁의 이론을 참고하되 이를 연기론과 결합하여, "한 개인이나 집단이 다른 개인이나 집단을 자신(들)과 구분하고서 그를 타자로 설정하고 배제하고 억압하거나 힘으로 육체적, 정신적 손상을 끼치어 동일성을 강화하려는 행위 및 타자가 살아남으려 하고 보다 나은 삶을 살려하고, 정체성을 드러내려 하고 자유롭고자 하는 욕구들에 대해 피할 수 있는 모독을 가하는 행위, 나아가 지금과 다른 상태로 될 수 있는 잠재적인 것과 실제적인 것 사이의 차이를 형성하는 요인이자 이를 정당화하는 문화적 양상으로, 사람과 사람, 집단과 집단 사이에서 압력과 내구력의 역학관계에서 생성되는 과정행위"로 정의한다.[16] 통속성의 미적 범주로서

---

16 이도흠, 「지배 권력의 폭력과 시민 저항의 역학관계 – 희망버스를 중심으로」, 『다시, 희망을 연다 – 희망버스의 사회적 의미와 쟁점토론회』, 교수3단체(전국교수노조, 민주화를 위한 전국교수협의회, 학술단체협의회) · 민주사회를 위한 변호사모임 · 희망의 버스 기획단, 2012년 3월 12일. 52쪽을 인용하며 일부 수정함. Johan Galtung, "Violence, Peace, and Peace Research", *Journal of Peace Research*, Vol.6, Peace Research Institute, 1969, p.168과 Johan Galtung, "Cultural Violence", *Journal of Peace Research*, Vol.27, Peace Research

폭력의 배타성은 "물리적 폭력이든, 구조적 폭력이든, 문화적 폭력이든, 특정한 사람이나 집단을 타자화하여 힘을 가하여 손상을 입히는 데서 오는 쾌감, 혹은 공공연하게 타자를 배제하고 동일성을 강화하는 데서 오는 안도감과 충족감"으로 정의한다.

얼고 조코 뜻 다라온 년아 밋정조차 부정不貞ᄒᆞᆫ 년아

엇더ᄒᆞᆫ 어린 놈을 황혼黃昏에 기약期約ᄒᆞ고 거즛 ᄆᆡᆨ 바다 자고 가란 마리 입으로 ᄎᆞ마 도와 나ᄂᆞᆫ

두어라 창조야엽娼條冶葉이 본무정주本無定主ᄒᆞ고 탕자지탐춘호화정蕩子之探春好花情이 피아彼我의 일반一般이라 허물ᄒᆞᆯ 줄이 이시랴(『진본 청구영언』 0550, 3281.1)

이 시조는 29종의 가집에 실려 있다. 롱이 16곳으로 압도적이며, 편삭대엽, 계편 등으로도 불렸으며, 여창으로 명시한 곳은 없고, 16종의 가집에서 남창으로 구분하고 있다.[17] 대개 남성 창자가 희학적인 곡조에 담아 불렀던 것으로 보인다.

여기서 세계는 자신과 육체관계까지 맺었던 기생이 젊은이와 사귀면서 자신을 멀리하는 현실이다. 시적 화자는 남성이다. 발화의 대상은 기생이다. 욕망의 대상 또한 마찬가지다. 시적화자가 신분과 젠더에서 권력을 갖고 있다. 하지만, 사랑의 면에서는 여성이 권력을 가지고 있다. 신분상 차이가 나는 두 사람이 서로 육체관계까지 가졌지만 한 사람이 버림을 받음

Institute, 1990, pp.291~295을 참고.

17 김흥규 외, 『고시조대전』, 697~698쪽.

으로써 사랑의 괴리와 양자의 갈등이 발생한다. 이 상황에서 남성은 여성을 독점하고 싶었지만, 기생은 이를 거부하고 다른 젊은 남성에게 갔다. 기생을 독점하려면 집에 첩으로 들어앉히거나 기생이 오로지 자신만을 사랑하여 자신에게만 몸과 마음을 허락하여야 하는데, 이는 쉽지 않은 일이다. 전자는 본처와 가족의 동의가 있어야 하고 재정적 뒷받침도 따라야 하며, 전자든 후자든 기생이 이를 원해야 한다. 어떤 이유든 이는 이루어지지 않았다. 이에 남성은 거친 목소리로 "얼굴은 곱지만 마음이 더러운 년아, 음부의 정조차 정절하지 못한 년아, 어떤 어린 놈은 황혼에 만나기로 약속하고 거짓말로 꾸며 자고 가란 말이 차마 입으로 나오더냐?"라고 욕을 퍼붓는다. 물리적 폭력이 아닌 언어 폭력이라 그리 선정적이지 않지만, 원색적이고 밑살까지 들추어 노골적이다. 정절을 최고의 가치로 추구하던 당시 사회의 규율/훈육체계에 기대어 여성을 거세게 비난하고 있다. 이렇게 언어폭력을 구사한 시적화자는 종장에서 "두어라, 기생이 본래 정한 주인이 없는 것이고, 방탕한 사내가 아름다운 꽃을 찾는 정은 너나 나나 일반인데 허물할 것이 있겠는가?"라며 자위한다.

기생이 남성의 성적 욕망 분출의 도구에 지나지 않았지만, 기생들, 특히 일패에 속한 기생들은 남성의 요구를 거부할 권리 또한 있었으며 홍랑洪娘처럼 목숨을 걸고 정절을 지킨 기생도 많다. 이런 맥락 때문에 시적화자는 신분과 젠더의 면에서 기생에 대해 우월한 권력을 행사할 수 있지만, 사랑의 면에서 이 모든 것이 전복되기에 더욱 분함이 컸을 것이다.

이것이 연행공간에 공연되면 시적 화자는 신분이나 젠더에서 자신보다 낮은 권력을 형성하고 있던 여성으로부터 거부당한 모든 남성의 환유가 된다. 시적화자의 감정에 자신을 이입한 이들은 초장과 중장을 읊으면서 낮은 신분의 여성에게 거부당한 수모감과 굴욕감을 풀어버리고자 했을 것이다. 그러다가 종장에서는 현실인식과 다른 남성과 연대를 이끄는 것으로 마무리하고 있다. 이를 위해 시적 화자는 구양수歐陽脩의 사詞에서 인용하며 한문투로 양반, 혹은 중인의 너그러움을 짐짓 보여주고자 한다. 성매매를 직업으로 하는 기생에게까지 정절을 강요했던 유교 이데올로기와 가부장주의의 패배와 인정이다. 이 시조가 29종의 가집에 실린 것을 보면, 이런 기분을 느낀 남성들이 즐겨 애창했던 것으로 보인다.

이처럼 조선조 청중은 특정인이나 세력을 타자화하여 그에게 힘을 가하여 손상을 입히는 데서 오는 쾌감, 혹은 공공연하게 타자를 배제하고 동일성을 강화하는 데서 오는 안도감과 충족감을 느꼈다. 만횡청류에 속한 시조 가운데 폭력의 배타성에 속하는 시조는 위의 시조 한 수뿐이다.

8. 통속성의 미적 범주 사이의 상관관계

사설시조 향유층 가운데 양반이거나 중인이지만 지배 이데올로기인 성리학의 이념을 수용하고 있는 이들은 상층의 양반문화를 지향하며, 이는 유가적 미학을 지향한 474, 482, 485 등 17수의 사설시조에 잘 나타나 있다. 중인이나 서민, 특히 여성이 계급의식이나 여성으로서 주체의식을 가지고 양반계급이나 가부장에게 대립할 경우 양반이나 가부장을 비판하거나 풍자하는 사설시조를 향유하였으며, 이는 478, 512, 523 등 5수의 사설시조에 반영되어 있다. 청중들이 부귀공명富貴功名을 목적이나 방편으로 삼는 데서 벗어나 놀이, 주연酒宴, 예술행위, 산수자연과 물아일체를 이루는 행위 그 자체의 흥興과 멋을 즐기는 쾌감을 느끼려 할 경우 이는 풍류의 흥의 미학을 지향하며, 이런 경향의 사설시조는 469, 470, 472 등 20수에 이른다.

사설시조의 청중이 계급의식을 상실하고 이념과 윤리, 진지함을 벗어나 즉흥적으로 자신들의 감각과 욕망의 유희와 만족을 추구할 때 통속성의 미학을 지향한다. 사랑의 정한을 노래한 시조가 압도적으로 많은 27수에 달한다. 성을 관능적으로 묘사한 시조는 21수에 달하며, 이 또한 사랑을 전제한 것이다. 눈물의 감상성에 속하는 시조는 19수에 이르며, 이 가운데 13수가 사랑을 상실한 데서 기인한 비극을 감상적으로 노래한 것이다. 이렇게 보면, 116수 가운데 절반이 넘는 61수가 사랑에 관련된 시조이다.

해학성과 환상성은 독립적으로 존재하기보다 다른 주제를 돋보이게 하는 장치로 활용되고 있다. 해학성을 활용하여 사랑의 정한을 깊게 하거나, 성의 관능성에 웃음을 선사하거나 양반이나 가부장을 더욱 희화화하고 있다. 환상적 장치를 통하여 감상성을 증대하거나 성의 관능적 욕망을 심화하고 있다. 폭력의 배타성에 속하는 시조는 한 수에 불과하다. 이는 폭력적이기보다 화해지향적인 민족성이나 문화가 반영된 것일 수도 있고, 사설시조가 공식적인 장에서 연행되었기에 청중의 검열이나 취향을 반영한 것일 수도 있다.

마무리

통속성의 미적 범주를 사랑의 정한情恨, 성의 관능성, 눈물의 감상성, 웃음의 해학성, 몽상의 환상성, 폭력의 배타성 등 여섯 범주로 나누고 이에 맞추어 『진본 청구영언』의 만횡청류 116수 시조 전체를 분석했다.

만횡청류 가운데 사랑의 정한을 노래한 시조는 449·465·466·477·484·496·501·517·518·541·543·551·559·564·481·493·495·502·506·507·537·540·547·553·555·568·580의 27수에 달한다. 청중은 성리학의 이념과 도덕률에서 떠나 사랑의 정과 한을 노래한 사설시조를 듣고 이에 감정이입을 하거나 정서적 연루를 하면서 사랑을 추체험하거나, 양자의 합일이나 사랑의 승리, 영원한 사랑으로 승화하는 데서 오는 미적 쾌에 이르렀다.

성을 관능적으로 묘사한 시조는 479·480·491·492·494·508·519·526·533·546·552·569·574·576·503·514·545·562·565·567·577의 21수에 달한다. 조선조의 성리학적 윤리와 제도, 시선 및 규율/훈육체계에 강력하게 억압당하던 청중이 성을 관능적으로 묘사한 사설시조에서 이성의 몸과 성애 장면을 남근주의의 관음적 시선으로 바라보거나 성적 소통과 합일을 상상하면서 리비도적 에너지를 증대하는 동시에 방출하며 성적 쾌감을 얻고 억압에서 벗어나 생체에너지의 흐름대로 몸이 작동하는 미적 쾌를 느꼈다.

눈물의 감상성에 속하는 시조는 468·471·475·489·498·511·515·542·548·549·563·572·579·467·488·490·534·538·575의 19수에 달한다. 청중은 사랑, 미와 선, 진리, 정의, 영원이 패하는 사설

시조를 감상하며 자신의 마음 안에 오랜 동안 품고 있었던 이러한 가치들을 지향하려는 영혼이 반응하여 이것이 이루어지지 않는 비극적 현실에 깊이 공감하면서 미적 쾌를 느꼈다.

만횡청류 가운데 웃음의 해학성만을 단독으로 구분할 수 있는 시조는 없다. 해학적 수사를 가미하여 사랑의 정한, 성의 관능성, 탈중세성을 고조시키고 있으며, 총 29수에 해학성이 나타난다. 청중은 정과 한의 대립을 웃음으로 승화하거나, 신분, 젠더, 나이 등 권력이 작동하는 것을 전도시키거나 엄숙하거나 진지한 것을 조롱하거나 익살스러운 말을 통하여 풍자하면서 재미와 쾌감을 느꼈다.

몽상의 환상성에 속하는 시조 또한 해학성처럼 독립적으로 존재하기보다 다른 주제를 돋보이게 하는 장치로 활용되고 있으며, 579 · 526 · 521 · 472 · 520 · 531의 총 6수가 이에 속한다. 조선조 봉건체제의 윤리와 이데올로기, 규율/훈육체계 등에 억압되었던 청중은 사설시조에 묘사된 환상을 통하여 놀이의 재미를 느끼고 긴장을 완화하고 욕망을 충족하며, 제도와 법을 위반하고 이로부터 탈출하는 해방감을 느끼는 데서 오는 미적 쾌를 느꼈다.

폭력의 배타성에 속하는 시조는 550, 한 수에 불과하다. 조선조 청중은 특정인이나 집단을 타자화하여 그에게 힘을 가하여 손상을 입히는 데서 오는 쾌감, 혹은 공공연하게 타자를 배제하고 동일성을 강화하는 데서 오는 안도감과 충족감을 느꼈다.

청중과 연행공간에 따라 분석할 때, 중복을 허용하면 만횡청류의 사설시조는 유가적 미학17수, 탈중세성5수, 풍류의 흥20수, 통속성의 미학88수을 지향하였다. 통속성 가운데 사랑의 정한을 노래한 시조가 압도적으로 많은 27수에 달하며, 성을 관능적으로 묘사한 시조 21수와 눈물의 감상성에 속하는 시조 19수 가운데 13수가 사랑을 상실한 데서 기인한 비극을 감상적으로 노래한 것이므로 만횡청류 116수 가운데 절반이 넘는 61수가 사랑을 소재나 주제로 삼았다.

제8장

타자로서 서양의 만남과 재현 양상

글을 열며

조선은 오랜 동안 중국의 천하관, 책봉체제, 조공을 매개로 한 무역체제, 유교 이념과 한자/문화를 공통으로 한 중화中華의 질서 속에 있었다. 이 안에서 소중화를 자처하며 중국에 사대를 하는 한편, 다른 민족이나 국가에 대해서는 타자화하였다. 조선 안에서 다른 집단, 마을, 문중, 신분의 사람들을 타자로 만날 때가 있었지만, 이는 지극히 우연적이고 개인적이고 찰나적인 것이었다. 그러다가 조선은 17세기 이후 동아시아 질서 바깥의 서양인, 문물과 본격적이고 지속적으로 만나기 시작했다. 이것이 그동안 천여 년 이상 견고하게 유지되던 중세 질서에 대한 충격이고 균열이었기에 탈중세적이었으며, 이 흐름 가운데 반성적 성찰과 모색은 근대성으로 연결되었다.

조선은 중국이나 일본과 달리 서양을 주체적으로 직접 만나지는 못하였지만 17세기 이후 서양과 본격적으로 접촉을 하기 시작하였다. 1627년과 1653년에 네덜란드인 박연Jan Jansz Weltevree과 하멜Hendrick Hamel이 표류하여 조선에 왔고, 이들은 귀화하거나 억류생활을 하면서 서양의 문물을 조선에 전하였다. 이후 17세기 중후반의 명청 교체기를 제외하고는 연행사들이 중국의 천주당 등에서 서양 선교사들을 만나면서 기독교와 선진 과학기술을 접하게 되었으며, 이들은 처음에는 낯설어하였지만 이후 만남을 지속한 후에 적극적으로 문명의 전도사 역할을 한다. "16세기 말과 17세기에 걸쳐 한문으로 저술되었거나 번역된 서학서는 350여종으로 알려져 있고 이 중에서 120여 종 이상이 1801년까지 조선에 도입되었다."[1] "청나라 강희康熙, 1662~1722 연간 이래 북경 천주당은 연행 사절이 자주 찾는 명소가 되었으며, 옹정雍正, 1722~1735, 건륭乾隆, 1735~1795 연간에 이르기까지 이러한 풍조는 지속"되었다.[2] 그러다가 "1836년에 파리외방전교회Société des Missions Étrangères de Paris 선교사가 조선에 입국한"[3] 이후 선교사들이 조선에 들어와서 조선인을 직접 상대하여 기독교와 서양 문물을 전하게 된다.

그러던 중 1차 아편전쟁1840~1842과 2차 아편전쟁1856~1859이 일어나고 중국이 패배하면서 중국 중심의 천하관이 붕괴함과 아울러 서양에 대한 공포심과 경외감이 함께 자리하게 된다. 서양의 열강들이 통상을 요구하며 침탈을 하면서 거문도 불법 점거사건1855, 제너럴 셔먼호 사건1866, 병인양요1866 등이 잇따라 발생하고 이로 인하여 서양에 대한 두려움과 반감이 고조한다.

이런 것들이 어우러져 조선의 18~19세는 화이관華夷觀과 탈중화, 쇄국

---

1 이경해, 「파리외방전교회와 조선의 만남」, 『인문과학연구』 17집, 동덕여대 인문과학연구소, 2011, 91쪽.

2 신익철, 「18세기 연행사와 서양 선교사의 만남」, 『韓國漢文學硏究』 51집, 한국한문학회, 2013, 447쪽.

3 이경해, 「파리외방전교회와 조선의 만남」, 90쪽.

과 개항, 유교와 천주교, 서양에 대한 반감과 경외감이 서로 맞서면서 어느 한 편으로 기울기도 하고 타협을 하기도 하면서 요동을 쳤다. 중국을 천하의 중심으로 알던 화이관은 두 경로를 통하여 탈중화로 이행한다. 1603년에 전해지고 1708년에 발간된 「곤여만국전도坤輿萬國全圖」와 지구구형설 등 서양의 천문학을 접한 이들은 더 이상 이 세계의 중심이 중국이 아니며 모든 나라가 중심이 될 수 있음을 인식하였다. 연행사들은 연행과정에서 북방민족과 한족을 직접 체험하면서 존명반청尊明反淸의 이념을 깨고 오히려 만주족에게 친밀감을 느끼고 한족에게 반감을 갖게 된다.[4] 천주교는 유교 이데올로기와 전혀 다른 세계관을 펼쳤고 수많은 이들이 기꺼이 순교자가 될 정도로 탄압 속에서도 빠르게 확산되었으며, 서양의 과학기술은 중세의 주술적 세계에서 근대로 전이하는 매개가 되었다.

앞에서 말한 대로 얼굴이 하얗다고 자랑하던 유학생이 유럽으로 유학을 가면 자신의 얼굴이 노란색임을 절감하는 데서 잘 나타나듯, 서양과 조선은 서로 거울이자 타자이며, 조선은 서양을 만나고 나서 아시아인/한민족으로서 정체성을 반성적으로 구성할 수 있었다.

일제에 의하여 강제로 서구적 근대화를 추구하기 이전에 조선은 서양이라는 타자를 만나 어떻게 반응하였고 이를 어떻게 재현하였으며, 이는 근대성과 어떤 상관을 갖는가. 먼저 타자에 대한 이론을 정립하고, 이에 따라 문학으로 재현된 양상을 살피면서 근대성과 연관하여 해석한다. 단, 지면관계상 조선조 후기 가사로 한정한다. 18~19세기에 창작되고 향유된 가사를 위주로 하되, 1910년 일제강점기 이전에 창작된 작품은 포함한다.

---

4 이철희, 「연행 여정에서 형성된 '탈중화'의 두 번째 경로」, 『大東文化研究』 90, 성균관대 대동문화연구원, 2015, 7쪽 참고.

대한제국이 엄연히 1897년에 수립되었지만, 대한제국이 최소한 문화와 예술의 면에서는 조선조의 연장이었으며, 텍스트 또한 조선조의 이데올로기와 세계관, 문화양식에 따라 구성되었기 때문이다.

1. 타자의 네 범주

타자는 누구인가. 홀로 밤길을 걸을 때 불현듯 들려오는 발소리이기도 하고, 마르고 닳도록 닮고 싶은 이상이기도 하며, 마치 내 병과 상처처럼 고통을 주기에 힘들지라도 손을 내밀어 잡고 싶은 자이기도 하며, 너무나도 낯설어서 망망대해와 같은 거리감을 주는 남이기도 하다. 저자는 라캉, 데리다, 들뢰즈, 레비나스 등 타자에 대한 기존의 논의를 바탕으로 하되, 여기에 불교와 저자 나름의 생각을 보태어, '낯선 남으로서 타자', '동일성의 대립자로서 타자', '자아의 이상으로서 타자', '대대적 자아로서 타자' 등 네 가지로 범주화한다.

'낯선 남으로서 타자'는 나와 생김새, 가치관, 세계관, 이데올로기, 문화양식, 아비투스 등이 달라 이질감을 느끼는 것이다. 인간은 낯선 것, 다름에 대해 이질감을 느끼고 경계를 취하고 자기방어를 행한다. 하지만, 자신이 안전하거나 정체성을 훼손하지 않는다고 판단할 경우 낯선 남에 대해 경계를 풀고 호기심이나 관심을 가지고 다가간다. 이 경우 낯선 남은 대대적 자아로서 타자나 자아의 이상으로 변할 잠재성을 갖는다.

'동일성의 대립자로서 타자'는 집단학살에서 가장 극단적인 모습으로 나타난다. 1부 3장, '차이의 근대성, 그 이론과 방법론'에서 말한 대로, 집단학살의 근본 원인은 동일성이다. '평범한 악'보다, '권위에 대한 복종'보다 더 근원적인 것은 동일성에서 비롯된 타자에 대한 배제와 폭력이다. 코로나 사태 이후 유럽과 미국에서 자주 행해지는 아시아인에 대한 테러, 미투 운동 이후 한국에서 젊은 남성들의 여성혐오 현상에서 잘 파악할 수 있듯, 인간은 동일성에 포획되면, '유색인, 이교도, 빨갱이, 장애인, 여성' 등으로 타자를 상정하고 이를 배제함으로써 동일성을 강화한다. 이들은 타자화한 자들을 배척하고 폭력을 가함으로써 권력, 집단 내의 지지와 일체감, 정신적이고 물질적인 안정을 얻고 자신의 사고와 행위를 정당화한다.

'자아의 이상ego ideal으로서 타자'는 정체성 형성의 바탕이다. 이는 한마디로 말해 '닮고 싶은 남'이다. 생후 6개월 미만의 상상계the imaginary에 있는 아기는 자신이 엄마의 일부분인 줄 알다가 거울에 비춘 대상인 자기 모습을 보면서 조각난 몸의 고뇌에서 하나의 전체성으로 자신을 통일시키며, 자신의 몸과 거울 속의 자신, 그 모습을 보고 엄마가 웃는 것-타자의 인정-을 통해 내면세계와 주위 세계와의 관계를 정립하여 동일화를 이룬다. 아기는 '아버지의 이름the-name-of-the-father'을 받아들이며 상상계를 떠나 상징계the symbolic로 진입하고 언어로 이루어진 텍스트들, 도덕과 윤리, 이데올로기를 받아들이면서 주체를 형성한다. 아기는 자신의 이름과 위상을 인식하고 언어활동의 세계, 문명과 법의 세계로 들어가며, 자신이 동일시하는 투사된 이미지로서 "나는 앞으로 무엇이 될 것인가?"를 물으며 타자를 욕망하며 주체를 형성하고 타자로부터 인정을 받으면 충족감을 느낀다. 인간은 거울 속의 대상, 아버지의 이름과 그 너머의 상징과 타자들을 욕망하며, 특정의 타자를 자아의 이상으로 상징적으로 동일시하며 주체를 형성한다. 그러기에 주체의 형성은 소외적이다.[5]

'대대적待對的 자아로서 타자'는 주와 객, 주체와 타자의 이분법, 동일성에 포획된 주체를 지양하고 이를 대대待對의 원리로 아우른 것이다. 1부 3장, '차이의 근대성, 그 이론과 방법론'에서 말한 대로, 대대待對는 A or not-A의 이분법이 아니라 'A and not-A'의 퍼지의 사유로 세계를 인식하면서 생성적으로 대립물을 내 안에 모시어 하나로 어우러지는 것이다. 대대적 자아는 타인을 자기 안에 모시고 섬기고 반성하고 공감하는 것이다. 한 마디로 말해 타자를 내 안에 품어서 하나로 어우러지거나 타자로부터 성찰을 하며 주체를 형성한다. 타자와 나 사이에 끊임없이 소통과 되먹임이 행해진다. "모든 중생이 아프다면, 나 역시 아프다"[6]라고 말한 유마경의 가르침처럼, 대대적 자아는 타자의 아픔을 나의 아픔만큼 아파한다. 대대적 자아는 원효의 변동어이辨同於異론으로부터 추출한 '눈부처-주체'이기도 하다.

2. 낯선 남으로서 타자와 「무자서행록」

조선조 후기 가사에서 타자가 재현된 양상에 대해 살펴본다.[7] 작품이 많다면 전체 작품을 분석하여 유형화하면서 공통점과 차이를 드러내야 하지만, 이 논문에서 다루는 네 작품이 전부이기에 이를 대상으로 한다.

---

5 이상 이상적 자아에 대한 기술은 이도흠, 앞의 책, 573~578면을 요약함.

6 『大正藏』, 第14冊, No.0475, 『維摩詰所說經』, 第2卷, 0544b20쪽: "一切眾生病, 是故我病"

7 조선 후기와 대한제국기 가사에 대해 타자에 주목한 연구는 최현재, 「미국 기행가사 〈海遊歌〉에 나타난 자아인식과 타자인식 고찰」, 『한국언어문학』 제58집, 한국언어문학회, 2006, 153~177쪽; 박애경, 「대한제국기 가사에 나타난 이국 형상의 의미」, 『고전문학연구』 제31집, 한국고전문학회, 2007, 31~60쪽; 박수진, 「타자의 시선으로 바라본 北京[燕京]의 재현 양상-〈무자서행록〉과 〈병인연행가〉를 중심으로」, 『한국언어문화』 제68집, 한국언어문화학회, 2019, 89~118쪽 등이 있다.

먼저 배척도, 찬탄도 하지 않은 채 서양을 낯선 남으로 인식한 작품을 보자.

옥하교 션편길ᄭᅡ 회동관 게잇시니
옛적의 조션과이 아라ᄉᆞ관 되어셰라
이만여리 밧겻ᄉᆞᄅᆞᆷ 십년식 데번ᄒᆞ니
긔골은 구쳑장신 흰샹의 누른터럭
깁흔눈의 누른망ᄌᆞ 날칸코가 놉다ᄒᆞ여
슈십인을 ᄂᆞ리보되 ᄀᆡᄀᆡ히 그러ᄒᆞ고
가얌이 갓튼글ᄌᆞ 쥴쥴이 가로쓰고
ᄉᆞ면의 노흔셔칙 즁국 글이 ᄐᆡ반이라
ᄃᆡ져ᄒᆞᆫ지 거긔ᄉᆞᄅᆞᆷ 즁국과 글이 달나
도학이라 ᄒᆞ는거슨 쳔쥬학과 방불ᄒᆞ다[8]

위의 인용문은 『무자서행록戊子西行錄』 중 마지막 대목이다. 이는 종사관從事官인 김지수金芝叟, 1787~?가 1828년에 진하겸사은행進賀兼謝恩行으로 순조 28년 4월 13일부터 같은 해 10월 3일까지 5개월 18일 총 168일간의 일정으로 연경을 다녀와서 쓴 작품이다.[9]

조선 사신들이 묵던 옥하관玉河館 인근의 옥하교 다리의 서쪽 길가에 외국사신을 접대하는 회동관會同館이 거기 있으니, 예전에는 조선 사신이 머

8 임기중, 「5 김지수(金芝叟, 1787~?)의 무자서행록戊子西行錄」, 『조선외교문학집성(연행록) 증보판』, 2017(www.krpia.co.kr 활용함).
9 위의 임기중의 같은 글을 참고하여 기술함.

물던 조선관朝鮮館이 러시아 사신이 머무는 아라사관俄羅斯館으로 바뀐 것이다. 러시아 사람들은 중국에서 이만 여 리나 떨어진 중화질서 바깥의 사람으로 10년씩 번갈아 머문다. 기골은 아홉 척 장신인데 얼굴이 희고 털은 누르며, 눈은 깊고 눈동자는 노랗고, 코는 날카롭게 높다. 키가 커서 수십 사람을 내려 보되 날날이 그렇게 행한다. 러시아 문자를 보면, 개미 같이 생긴 글자를 횡서橫書한다. 사면에 놓인 책은 중국 글이 절반인데, 대체로 말하면, 거기 러시아 사람들은 글이 다르다. 그럼에도 주자학은 천주학과 거의 비슷하다.

이처럼 작자는 러시아 사람들의 다름에 주목한다. 외모의 다름, 글자의 다름, 천주학의 다름에 대해 기술한다. 이 다름이 낯선 이질감을 준다. 문명이 앞선 자에 대한 동경과 선망은 보이지 않은 채 다름과 이에 따른 낯설음에 대해서만 기술하고 있을 뿐이다. 갑자기 주자학과 천주학이 서로 거의 비슷하다고 진술한 것은 얼핏 이해가 가지 않는다. 다름 속에서 그래도 같음을 찾으려 한 것이거나 당시 천주학을 처음으로 대했던 선비들처럼 천주학은 잘 모르지만 도道를 추구한 점에서 같다고 피상적으로 기독교를 이해한 때문일 수도 있다.

낯선 남에 대한 경계나 거리두기는 오래 가지 않는다. 이는 그에 대한 호기심으로, 더 나아가 호의적 감정으로 이어진다. 작자는 러시아인들이 서초와 조선 청심환을 받지 않자 조선 연행사들을 만나면 으레 서초와 청심환을 받으려고 온갖 노력을 하는 청나라 인사와 비교하며 긍정적으로 생각한다.[10] 정시가 되면 비둘기가 나와 울음소리로 시간을 알려주는 자

10 임기중, 『조선외교문학집성(연행록 편) 증보판』, 2017, 제9장 연행록의 문물의식, 5-4 이색체험.(www.krpia.co.kr 활용)

명종, 태엽의 힘으로 소리가 저절로 나는 자명악自鳴樂을 기이하고 공교롭게 생각하고 러시아인 강보록康保錄의 기상氣像이 좋다고 칭찬하고 있다.

3. 동일성의 대립자로서 타자와 〈병인연행가〉

다음으로 중화질서로 동일성을 구성하 고 이에 포획/포섭되지 않는 서양을 타자화하며 배제하는 것으로 재현한 사례를 보자.

황낭듕의 필담으로 비밀이 이른말이
근일의 양귀ᄌᆞ 놈 귀국을 침노운운
네부샹셔 ᄌᆞ문으로 몬져급보 ᄒᆞ엿스니
존형은 아모조록 ᄉᆡᆯ이도라 갈지어다
이말이 어인말고 ᄃᆡ경실ᄉᆡᆨ 놀라온듕
감격ᄒᆞᆯ사 황낭듕을 무슈히 ᄉᆞ례ᄒᆞ고
인ᄒᆞ여 작별ᄒᆞ니 ᄎᆞᆼ싱의 활별이라
도라오며 ᄉᆡᆼ각ᄒᆡ도 양귀ᄌᆞ놈 통분코나
황셩 안을 ᄉᆡᆼ각ᄒᆡ도 셔양관이 여러히오
쳐쳐의 쳔쥬당과 ᄉᆞᄒᆞᆨ편만 ᄒᆞ엿다며
큰길의 양귀ᄌᆞ들 무상히 왕ᄂᆡᄒᆞ
눈깔은 움푹하고 코마루는 웃둑ᄒᆞ며
머리털은 발간거시 곱실곱실 양피갓고
긔골은 팔쳑장신 의복도 고이ᄒᆞ다

쁜거슨 무어신지 웃둑흔 젼닙 굿고
입은거슨 어이ᄒᆞ야 두다리가 핑핑ᄒᆞ냐
계집년을 볼쟉시면 더구나 흉측ᄒᆞ다
퉁퉁ᄒᆞ고 커다흔년 살짤은 푸루쥭쥭
머리쳔의 긋튼거슬 뒤로길게 느려쓰고
ᄉᆞ믹좁은 져구리의 쥬룸업는 긴치마을
엉벗히여 휘두루고 헤젹헤젹 가는고나
삿기놈들 볼만ᄒᆞ다 ᄉᆞ오뉵셰 먹은거시
답팔답팔 발간머리 식노란 동근눈짤
원숭이 삿기들과 쳔연이도 흡ᄉᆞ흘사
졍녕이 즘싱이오 사름죵ᄌᆞ 아니로다
져러틋 ᄉᆞ류요물 침노아국 되단말가[11]

위 〈병인연행가〉의 작자는 홍순학洪淳學, 1842~1892이다. 1866고종 3년, 병인년 4월에 정사 유후조柳厚祚 부사 서당보徐堂輔 서장관 홍순학이 진하사은 겸 주청사로 다녀올 때 지은 가사다.[12] 작품 전체를 보면 아직 화이론華夷論에서 벗어나지 못한 24살의 서장관이 처음 겪는 충격과 경이를 진솔하게 즉물적으로 묘사한 작풍이 강하다.

『〈병인연행가〉』 텍스트를 보면, 홍순학은 연경북경에서 태상소경太常少卿 정공주 등 여러 청나라의 관료를 만난다. 그중 한 사람이 병부兵部의 낭중郎中 자리에 있었던 황운곡이다. 황운곡은 작자에게 필담을 통하여 서양이

11 임기중, 「병인연행가」, 『한국역대가사문학집성』, 2005.(www.krpia.co.kr 활용함.)
12 『한국역대가사문학집성』.

조선도 침공할 것이라는 정보를 알려준다. 이 가사가 창작되던 시점은 1차 아편전쟁1840~1842과 2차 아편전쟁1856~1860이 끝난 직후다. 중국과 조선 모두 중국의 천하관이 붕괴되는 충격과 서양의 무력에 의한 침공의 공포에 있던 때다. 이 정보를 들은 작자가 황운곡에게 사례를 하였음은 홍순학이 이 정보를 진실로 믿고 고맙게 여겼음을 전제한다.

그 후 그는 북경에 여러 서양관과 천주교당이 있는 것을 생각하며 거리에서도 흔하게 돌아다니는 서양인들을 만난다. 서양인을 양귀자洋鬼子, 곧 '서양 귀신 놈'으로, 천주교를 사악한 사상을 뜻하는 사학邪學으로 표현한다. 서양인의 형상에 대한 묘사를 보면 더욱 타자화하고 있다. 눈은 움푹 꺼지고 콧마루는 우뚝하고 머리털은 붉은 곱슬머리로 양가죽 같으며 키는 팔 척 장신이다. 남성들의 의복을 볼작시면, 전립처럼 생긴 중절모를 쓰고 두 다리에 팽팽한 바지를 입었다. 여성들은 더욱 흉측하여, 뚱뚱하고 커다란 체구에 살갗은 푸르죽죽하고 머리에는 장옷 같은 것을 길게 늘어트려 쓰고 소매 좁은 저고리에 주름이 없는 긴 치마를 입고 엉버티어 팔을 크게 휘두르며 휘적휘적 걸어간다. 그 자식들은 더욱 볼만하다. 사오륙 세에 이른 것이 다팔다팔 빨간 머리에 샛노랗고 둥그런 눈을 하여 원숭이 새끼들과 흡사하다.

이처럼 홍순학은 서양인을 '침노아국侵擄我國할 사류요물邪類妖物'로 간주하며 철저히 배척하고 있다. 서양인의 다름에 대해 '흉측', '사악', '요사' 등의 감정이 담긴 용어를 사용하며 배제의 논리로 언술하고 있다. 더 나아가 작자는 "정녕 짐승이지 사람 종자가 아니로다"라며 서양인을 사람에서조차 제외하고 있다.

이런 이유는 크게 두 가지다. 하나는 홍순학이 아직 중화의 질서 안에서 중국에 복속하는 동시에 다른 나라에 대해서는 우월감을 갖는 소중화小中華를 표방하는 동일성에 갇혀 있어 중화 질서 밖의 사람과 문화를 타자로서 배제하고 있기 때문이다. 여기에는 중국 중심의 천하관과 소중화주의의 이데올로기가 내재한다. 이는 '중화 대 서양=문명 대 야만'의 이분법을 구성한다. 작품에 면면히 흐르는 것은 작자의 고루한 화이관華夷觀이다.

다른 하나는 서양에 대한 공포다. 텍스트를 보면 작자의 서양에 대한 지식은 아주 일천하다. 천하의 중심이던 중국이 아편전쟁에서 패배한 직후의 맥락에서 서양이 조선까지 침공할 것이라는 정보로 인하여 작자의 두려움은 더욱 증대하였다. 서양에 대한 지식이 거의 없는 상태에서 천하의 중심이라 여기던 중국을 굴복시킨 서양이 조선도 침범할 것이라는 공포로 인하여 작자는 서양인에 대한 편견과 배제를 더욱 심화하였다. 그러기에 역사적으로는 화이관에서 벗어나지 못하면서도 북경의 유리창 등에서 본 새로운 문물과 풍습에 대해서 비교적 객관적이고 긍정적인 시각으로 바라보는 이중성을 드러내면서도,[13] 서양에 대한 타자화의 자세를 바꾸지 않는 것이다. "대타적 자국인식의 맥락에서 발현된 서양인에 대한 이적관"[14]이라 할 수 있다. 여기에 서양의 내면과 본질에 대한 인식과 재현은 없다. 상相에 대한 재현으로 그친 채 체體와 용用의 재현으로 나아가지 못하고 있다.

---

13 이동일, 「〈병인연행가〉에 나타난 서술자의 복합적 시선과 그 의미」, 『어문학보』 제28집, 강원대 국어교육과, 2007, 240쪽을 참고함.

14 김윤희, 『조선 후기 사행가사의 문학적 흐름』, 소명출판, 2012, 277쪽.

4. 자아의 이상으로서 타자와 『셔유견문록』

18~19세기의 조선인은 서양을 중화 질서에 포섭되지 않는 대립자로 타자화하다가 얼마 지나지 않아 조선이란 자아의 이상, 곧 조선이 지향해야 할 미래의 모델로 제시한다. 19세기 이후, 특히 20세기 초반에 근대화한 서양의 문명에 대한 경이와 찬탄은 여러 텍스트에서 쉽게 볼 수 있다.

> 반졉관이 인도ᄒᆞ야 여관ᄉᆞ쳐 안흘이라
> 여관ᄇᆡ포 둘너보니 굉장ᄒᆞ고 화려ᄒᆞ다
> ᄇᆡᆨ옥셕 층계상에 십녀층 화란이요
> 유리창 분벽상에 비단장을 드리우고
> 팔션상 비단교위 규모잇게 버려녹코
> 진화초며 가화쵸를 ᄇᆡᆨ옥분에 심어잇고
> 쵸인종 젼긔등은 가지가지 긔이ᄒᆞ다
> 진슈셩찬 쥰비ᄒᆞ야 셕찬을 지공ᄒᆞᆫ다
> 침상에 휴숙ᄒᆞ고, 쳥신에 소셰ᄒᆞ니
> 영네한 남녀하인, 조찬지공 등ᄃᆡ로다
> (…중략…)
> 집치례 볼작시면 층루고각 운중기라
> 네모 번듯 백석으로 마광하야 지어내니
> 연장접옥 화도중에 삼백만호 굉장하며
> 가가이 철난간에 문문이 화초로다
> 더로상에 박석깔고 사이사이 수목이라[15]

위의 가사는 이종응李鍾應, 1853~1920이 지은 작품으로, 유일한 세계기행 가사인 『셔유견문록』 중 한 대목이다. 이종응이 1902년 4월 7일에 영국 에드워드 7세 대관식의 축하사절단의 특명대사 이재학李載學의 수행원으로 발탁되어 태평양과 미국을 지나 영국으로 갔다가 지중해와 수에즈 운하를 지나 장장 136일 동안 지구를 한 바퀴를 돌아 8월 20일에 대한제국으로 다시 돌아온 여정을 가사로 기록한 것이다.[16] 그는 덕흥대원군의 10대손으로 종3품의 벼슬살이를 하였으며, 선진화를 위하여 영어가 필요함을 인식하고 장손 이우용을 관립 한성외국어학교에 진학시킬 정도로 서구적 근대화를 일상에서도 실천하였다.[17]

위 인용문은 작자가 런던 버킹검 궁으로 가기 전에 머문 여관을 묘사한 대목이다. 반접관伴接官의 인도引導에 따라 호텔에 편안하게 머물게 되었다. 편안하게 휴식을 취하고서 호텔을 둘러보니 굉장하고 화려하다. 흰 대리석으로 층계를 꾸미고 10여 층 난간에는 꽃으로 장식을 하였다. 투명하게 보이는 유리로 창을 하였고 색칠을 한 벽에는 비단장막을 드리웠다. 여덟 명의 신선이 앉도록 식탁과 비단을 두른 의자를 규모 있게 진열해 놓았는데 주변에는 진귀한 풀과 아름다운 꽃을 담은 화분으로 장식하였다. 게다가 초인종이 있어서 종을 눌러 하인들을 부를 수 있고 전기등은 스위치만 누르

15 『셔유견문록』을 보면 "일신에 의복업시 평싱을 벗고살지 / 모양이 녕악ᄒᆞ고, 심슐이 흉영ᄒᆞ야 / 흑귀ᄌᆞ 흑귀ᄌᆞ, 이거시 흑귀ᄌᆞ / 동양ᄉᆞ람 만나보면 간간히 음히ᄒᆞ네"라며 실론에서 만난 흑인에 대해 유럽인은 아니지만, 동일자의 대립자로서 타자로 간주하고 배척하고 있는 대목도 있다. 『셔유견문록』 전 편은 서양을 자아의 이상으로서 타자로 간주하고 있다. 인용한 텍스트는 이해석(李海石) 소장본.

16 김원모, 「이종응(李鍾應)의 '서사록(西槎錄)'과 '셔유견문록' 해제 · 자료」, 『동양학』 제32집, 단국대 동양학연구소, 2002, 129쪽 참고.

17 김상진, 「〈셔유견문록〉에 나타난 西洋, 그 열망의 공간」, 『한국언어문화』 제43집, 한국언어문화학회, 2010, 13쪽과 26쪽을 참고.

면 환하게 불이 들어와 방을 밝히니 기이할 수밖에 없다. 진수성찬의 저녁을 대접받았고, 침대에 누워 잠을 자고 맑은 새벽에 일어나서 세수를 하니 영리하고 날랜 하인이 아침을 대접한다. 이 호텔은 버킹검 궁이 있는 런던으로부터 6백 리, 시속 60킬로미터로 달리는 기차로 네 시간 거리에 떨어진 소도시에 있는 10여 층의 작은 호텔로 보인다. 그럼에도 작자는 온갖 미사여구를 동원하여 이 호텔에 어려 있는 영국 문명에 대해 예찬하고 있다.

중략한 부분의 글은 런던의 모습을 묘사한 것이다. 작자는 경복궁과 달리 하늘 높이 솟은 빌딩에 주목한다. 런던에 늘어선 빌딩을 보니, 네모 모양으로 반듯하게 흰 돌로 깔아서 지어낸 층층이 높은 건물이 구름 속에 솟아 있다. 수직으로 향했던 시선은 곧 수평으로 옮긴다. 담을 맞대고 집들이 이어진 것이 꽃길 중에 삼백만 호나 될 정도로 굉장하다. 집집마다 쇠로 된 난간을 하고 문마다 화초로 장식을 하였다. 그 집 사이로는 박석을 깐 도로가 뚫려있고 사이사이 가로수를 심었다. 제프 데자르딘Jeff Desjardins에 따르면 "1801년에 86만 3천 명에 달했던 런던시의 인구는 1866년에 351만 5천 명에 이른다."[18] 이로 볼 때, 기록에 따르면 3백만 호라는 기술은 통역과정에서 인구를 호수로 착각한 것으로 보인다. 이렇게 서구 문명에 대한 예찬은, 일본의 문명이든, 미국의 문명이든, 영국의 문명이든 가사 전 편에서 내내 유지된다.

조선의 지식인층의 서양에 대한 배타적인 감정과 인식이 이렇게 180도로 전환한 것은 서구 문명의 이기에 대한 접촉 때문으로 추정된다. 앞 장의 홍순학처럼 서양에 배타적인 인사도 문물에 대해서는 호의적이었다.

---

18 Jeff Desjardins, "Ranking the world's most populous cities, over 500 years of history", *Visual Capitalist*, July 18 2019.(https://www.visualcapitalist.com/worlds-most-populous-cities-500-years-history/)

양반과 중인을 중심으로 안경, 자명종, 천리경 등 서구 문명의 이기를 사용하면서 근대문명에 대한 인식의 전환이 있었다. “안경과 망원경이라는 광학의 산물은 조선인의 시각을 확대시켜줬고 그것은 인식의 확대 내지는 변화를 추동하는 역할을 하였다. 보는 것이 달라지자 생각하는 것도 변했던 것이다. 인식은 자아와 타자의 분화를 촉진시켜 내며 구지식 체제의 틀에서 벗어나는 계기를 만들어 냈다. (…중략…) 기계라는 것에 대한 긍정적인 신호는 서양문물에 대한 경도로 이어졌다.”[19]

게다가 1902년이면 이미 많은 서구의 문물이 쏟아져 들어온 때다. 자동차는 1903년에야 들여오지만, 1899년에 경인선도 일부 구간이 개통되어 기선과 기차와 같은 근대 서구의 크고 위대한 문물을 경험한 뒤다. 더구나, 기선과 기차는 안경, 자명종, 천리경 등으로서는 도저히 느낄 수 없는 근대의 속도와 풍경을 가져다주었다. 중국을 넘어서는 문명의 경이를 체험한 조선의 양반과 중인들은 차츰 중화 질서에서 벗어나 서구 문명을 동경하게 되었다.

이종응은 서양 문명에 대해서 일방적으로 찬양하고 있다. 일본의 서구화한 문명에 대해서도 찬양 일색이다. 이는 「해유가」에서 작자 김한홍이 “불공재천不共載天 네 나라나 동양강산東洋江山 반갑도다”라고 기술한 것과 대조된다. 김원모는 “을사늑약 3년 전임에도 대한제국 멸망의 모기暮氣를 전혀 감지할 수 없다. 뿐만 아니라 일제의 한국 침략에 대한 적대적 항일 문구를 전혀 찾아볼 수 없고, 오히려 일본의 괄목할 만한 근대화 모습을 보고 선망하고 찬양하고 있다”[20]라고 지적하고 있다.[21] 외교관의 신분으로

19 박영미, 「19세기 조선인의 서구관 – 서양 기물의 수용과 그 영향을 중심으로」, 『한문학논집』 제32집, 근역한문학회, 2011, 75쪽.

짧은 기간에 주마간산 격으로 서구 문명을 체험한 탓도 있겠지만, 이를 감안하더라도 작자는 서구 문명에 대한 경탄과 찬양으로 일관하고 있다. 이는 선진화든, 근대화든, 서양을 자아의 이상으로서 타자로 받아들인 이들이 소중화주의 내지 사대주의의 프레임은 유지한 채 그 대상을 중국에서 미국과 유럽, 또는 서구 문명화한 일본으로 바꾼 소치로 보인다. 영국을 중국 제나라에 비교하고 유럽과 백인에 대해서는 찬탄하고 실론 등 유럽 외의 나라와 흑인들에 대해 부정적 견해를 표명한 것도 "중화=유럽, 소중화=조선, 오랑캐=유럽 밖의 나라"로 세계를 구분한, 동아시아에 국한된 소중화주의 프레임을 전 세계로 연장한 것이다.

현실의 맥락에서 보면, 1883년에 조선은 영국과 조약을 체결한다. 그 조약 1조에 "양 체약국 중 한 쪽 체약국이 제3국 간에 분쟁이 발생하게 되는 경우에는 만약 조정을 청원한다면 상대 체약국은 원만한 타협을 초래하기 위한 거중조정good offices에 힘써야 한다"라고 명시하였다. 이는 실제적으로는 조선이 다른 나라의 침략을 받았을 때 영국의 보호를 받는다는 것을 의미한다. 조선이 다른 나라의 침략으로부터 최고 선진국이자 강대국인 영국에 의존하겠다는 것을 국가 사이의 조약으로 규정한 것이다. 당시에 조선 정부는 에드워드 7세의 대관식에 빅토리아 여왕 즉위식 사절단의 여비 2만 원의 두 배에 달하는 4만 원의 거금까지 제공하며 장헌세자의 현손인 이재각과 중종의 11대손인 이종응 등 비중 있는 인사로 축하사절단으

20 김원모, 같은 글, 140쪽.

21 박노준은 「해유가」와 『셔유견문록』을 비교하여 읽으며 양자가 국한혼용체 대 순한글, 우국개세(憂國慨世)와 반일의 태도 대 일본과 서구 문명 예찬, 내면의 치중 대 겉면만의 묘사 등의 차이가 있음을 밝혀내면서 양자를 상보적으로 이해할 것을 요청하고 있다.(박노준, 「'해유가'와 '셔유견문록' 견주어 보기」, 『한국언어문화』 제23집 한국언어문화학회, 2003, 127~162쪽)

로 구성하여 파견한 것이다.[22] 이런 맥락에서 그 일행으로 간 작자 이종응은 당시 서양 문명의 중심국인 영국을 찬양하고 약소국 조선이 이에 기대어 격랑을 헤쳐 나가고자 한 의도를 이 작품에 반영한 것이다. 1905년에 영국이 일본과 동맹을 맺고 일본의 한국 지배를 승인하면서 이 조약이 깨짐으로써 이런 외교적이고 정치적인 판단이 틀린 것으로 판명되지만, 당시 상황과 강대국에 둘러싸인 약소국의 조건에서는 이해가 되는 바다.

5. 대대적 자아로서 타자와 「해유가」

타자는 자아 성찰의 대상이다. 타자를 내 안에 품을 때 주체는 올바로 형성될 수 있다. 더 나아가 나보다 약한 타자의 아픔에 대해 공감하고 연민할 때 주체는 대자적 자유를 구현할 수 있다. 후자까지는 나아가지 못하였지만 서양이란 타자를 통해 자신을 성찰한 사례를 다음 가사에서 발견할 수 있다.[23]

> 분憤ᄒᆞ다 을사년乙巳年에 국권추락國權墜落 니웬일고
> 영사관領事館 협회부協會部를 무난無難히 철폐撤廢로다
> 분기충장憤氣充腸 차종사此蹤事을 호소呼訴할곳 어ᄃᆡ련고

22 김원모, 「한국의 영국 축하사절단 파견과 한·영 외교 관계」, 『東洋學』 32, 단국대 동양학연구소, 2002, 109~110·118쪽 참고.

23 「해유가」에서도 "處處에 農夫더런 馬모러 밧철가네 / 異常ᄒᆞ다 異常ᄒᆞ다 西洋風俗 異常ᄒᆞ다"라는 대목을 보면 낯선 남으로서 미국 문명을 바라보고 있으며, 영국과 미국 문명을 묘사하는 대목은 자아의 이상으로 보는 경향이 강하다. 하지만, 성찰이 있는 것이 『셔유견문록』과 가장 차이가 나는 점으로 보아 해당하는 부분을 인용하며 이 범주에 넣었다.

불승분장不勝憤腸 서름지어 통탄痛歎ᄒᆞ고 도라서서
불일간不日間 속장束裝ᄒᆞ야 미경米京을 드러갈ᄉᆡ
오주야五晝夜 행선行船하야 미상항米桑港 도착到着ᄒᆞ니
다른말 다던지고 이수里數을 상고詳考ᄒᆞ니
포왜布哇는 이만리二萬里요 미경米京은 만여리萬餘里라
방언方言도 약통略通ᄒᆞ고 풍속風俗도 ᄃᆡ강아라
할일이 바히업서 상업商業으로 개로開路ᄒᆞ니
사농공상士農工商 평등平等ᄒᆞ니
행세行世ᄒᆞ기 종편從便ᄒᆞ고
여수상與受上이 유규有規ᄒᆞ니 매매賣買ᄒᆞ기 우호尤好로다
인간人間에 별천지別天地가 정시차正是此 미국米國니라
고인古人의 전傳한마리 해중신선海中神仙 니ᄶᅡ던니
니고즐 뉘가보고 인간人間에 오전誤傳넌가
금대옥각金臺玉閣 수십층數十層은 염라부閻羅府도 부당不當ᄒᆞ고
공평정직公平正直 풍속법률風俗法律 보살계菩薩界도 기연미연其然未然
착산통도鑿山通道 인곡가교堙谷架橋 천리대륙千里大陸 조석왕환朝夕往還
용철위항用鐵爲航 인전위계引電爲械 만리호양萬里浩洋 무난래왕無難來往
정부계政府界 도라보니 요순세계堯舜世界 여기로다
전자전손傳子傳孫 제왕帝王안코 사년식四年式 체임遞任하니
물론남녀勿論男女 노소老小하고
취기인재取其人才 임직任職니라
도로수축途路修築 하는법法은 광활廣闊ᄒᆞ기 마연磨鍊하야
마차화차馬車火車 통행通行ᄒᆞ니 남부男負여대女戴 본무本無로다

고아원孤兒院 제중원濟衆院에 치료비治療費가 풍후豊厚ᄒᆞ니
물론수모勿論誰某 가로상街路上에 긍측병인矜惻病人 영무永無ᄒᆞ고
상중하上中下 각학교各學校에 권학勸學니 엄절嚴切ᄒᆞ니
무론이아無論爾我 우렬愚劣ᄒᆞ고
전무식全無識을 난견難見니요
유일자遊逸者를 처벌處罰ᄒᆞ니
빈한인貧寒人니 본무本無ᄒᆞ고
장충절奬忠節니 극심極甚ᄒᆞ니 애국성愛國誠니 각자各自로다
실업상實業上을 권면勸勉ᄒᆞ니 가급인족加給人足 도처到處로다
전제정치專制政治 불시不施ᄒᆞ니 만낙천촌萬落千村 연월烟月니요
억조인민億兆人民 동등同等ᄒᆞ니 상화하목上和下睦 전국全國니라
(…중략…)
나무나라 구경求景ᄒᆞ고 고국정황古國情況 생각生覺ᄒᆞ니
풍류風流ᄂᆞᆫ 뒤결지고 울회鬱懷가 비등沸騰니라
이천만二千萬 저인사人事가 장야일몽長夜日夢 깁피드러
예의동방禮義東方 자칭自稱ᄒᆞ고 세계대세世界大勢 거절拒絶ᄒᆞ야
여세추복與世推福 수담雖談니나 불추가성不墜家聲 고수固守ᄒᆞ야
거구종신去舊從新 심이치甚理致지 구이송이불행口以誦而不行ᄒᆞ니
만강울울滿腔鬱鬱 차소회此所懷을 향하인向何人니 전설傳說할가[24]

위 인용문은 김한홍金漢弘, 1877~1943이 1903년 12월부터 1908년 8월까

24 박노준, 「'해유가'의 세계 인식」, 『한국학보』 제17집, 일지사, 1991, 235~237쪽.

지 일본을 경유하여 하와이와 미국에서 생활하고 얻은 견문을 귀국 이후에 기술한 「해유가海遊歌」 중 한 부분이다. 그는 단종 복위에 참여하여 고문 끝에 죽음을 당한 김문기金文起의 15대손인 경북 영덕의 선비다. 지방의 일개 평범한 선비에 지나지 않았지만 당시 조정에 대해 신랄하게 비판할 만큼 결기를 지녔다.[25]

위 인용문에서 작자는 을사늑약에 분개하며 통탄한다. 그러면서 미국 문명과 문화의 우수한 점을 나열한다. 이는 사농공상이 평등하여 행세하기 편한 것, 상법이 있어서 주고받고 매매하기 좋은 것, 수십 층에 이르는 건물, 공평하고 정직한 풍속과 법률, 산을 뚫고 길을 내고, 막힌 골짝에 다리를 놓고 천리 대륙을 아침저녁으로 오고 가는 것, 철로 배를 만들고 전기를 써서 만리 너른 바다를 무난하게 오고가는 것, 자손에게 물려주지 않고 대통령을 선출하여 4년씩 집권하는 것, 남녀노소 가리지 않고 관리로 임명하는 것, 도로를 광활하게 건설하여 마차와 기차가 통행하게 하여 남부여대를 없앤 것, 고아원이나 병원에 치료비가 풍족한 것, 사람을 가리지 않고 길거리에 측은한 병자가 없는 것, 보통교육을 실시하여 너와 나 사이에 우열이 없고 무식한 자를 보기 어려운 점, 놀고먹는 자를 처벌하여 춥고 가난한 이가 없는 것, 충절을 권장하는 것이 극심하니 각자가 성실하게 애국하는 것, 상공업 등의 실업을 권면하니 도처에 집집마다 먹고사는 것에 부족함이 없이 넉넉한 것, 전제정치를 시행하지 않아 수많은 촌락이 태평한 것, 전국의 모든 인민이 평등하여 윗사람과 아랫사람이 모두 화목한 것이다. 이처럼, 작자는 단지 물질문명이나 서구 문명의 겉모습에 대한 위

25 위의 글, 194~195쪽을 참고.

대함을 예찬한 것이 아니라 민주주의를 비롯한 정치제도, 법규, 교육, 평등한 문화, 복지제도 등의 장점에 대해서도 찬탄하고 있다.[26]

"작자는 눈앞에 펼쳐진 (미국 문명의) 정경에 대해 '인간人間에 별천지別天地', '해중신선海中神仙', '보살계菩薩界', '요순세계堯舜世界' 등의 미사여구를 총동원하여 (…중략…) 그 특장점만을 드러내어 칭송하고 있다. (…중략…) 이처럼 '상등국上等國'인 미국의 문명에 대해 신비화, 이상화 일변도로 치닫고 있는 작자의 태도에서 '동일화의 원리'에 지배되고 있는 작자의 의식을 감지하기란 어렵지 않다. 이것은 곧 서양 중심적 세계관의 발현이자 서양우월주의의 감염이라 할 것이다."[27]

이처럼 작자가 서양 우월주의에 경도되어 있지만, 작자는 이에 머물지 않고 조선에 대하여 성찰한다. 작자가 고국 조선을 생각하니 울적한 회포가 끓어오른다. 이천만 조선인들이 긴 잠에 깊이 들어 동방예의지국임을 스스로 칭하며 문명화란 세계 대세를 거부하고 가문의 명성만을 실추시키지 않으려 고수하여 옛것을 버리고 새 것을 좇자는 것을 말로만 하고 행동으로 옮기지 않은 탓이다. 작가가 보는 성찰할 지점은 크게 세 가지—문명화의 대세를 거부한 것, 가문의 명성만을 추구한 것, 개혁을 말로만 하고 실천하지 않은 것이다. 최현재의 지적대로 "미국행 여객선에서 만난 백인과의 대화 중에 작자가 '생존경쟁生存競爭'의 이치와 '우승열패優勝劣敗'의 도를 거론하면서 (…중략…) 문명국인 미국을 신비화, 이상화 일변도로

---

26 이미 박노준은 위의 글, 216~217쪽에서 만민평등사상, 규칙을 지키는 도덕성과 공평정직한 풍속, 일등 국가로서 눈부신 시설, 민주정치와 막강한 군사력, 훌륭한 사회복지시설, 현대적 교육제도, 부지런히 일하고 실업을 중히 여기는 풍조, 국민이 애국충절, 간편한 복식, 기계사용의 대중화와 화폐 경제의 원활한 유통 등 열 가지로 정리했다.

27 최현재, 앞의 글, 166쪽.

추앙하는 태도를 보이는 데에서는 더욱 더 사회진화론의 관점을 견지하고 있"[28]는 것이 어느 정도 타당하다. 하지만, 작자는 사회진화론자들처럼 문명화하지 못한 점을 사회적으로 열등한 요인 때문이라며 우리의 열등 요인을 나열하지 않는다. 돌아와서 경주, 대구 등을 돌며 "대령이남 칠주에 제일승지 잇쌍니라"[29]라며 이 땅에 대해 자부심을 내비치고 있다. 무엇보다 그는 우리가 뒤져 있는 원인을 정확히 지적하고 있으며, 열등한 요인의 지적보다 실천을 강조하고 있다. 하지만, 그가 돌아온 이후에 향리에 묻혀 아무 것도 하지 않은 것은 큰 한계다.

작자는 이렇게 적지 않은 기간 동안 서양 문명을 체험하였기에 이의 상相만이 아니라 일부나마 체體와 용用에 대해서도 재현하고 있으며 우리 자신에 대해 성찰하고 있다. 하지만, 체體 중에서도 중요한 프로테스탄티즘, 과학정신, 합리성 등에 대한 언급은 없으며, 서양의 근대문명의 어두운 면에 대한 비판이나 지적도 없다. 이렇게 김한홍이 서구 문명에 대한 예찬과 더불어 성찰한 것은 의분과 결기를 지닌 선비였기 때문으로 보인다.[30]

6. 타자의 네 양상과 근대성의 관계

이렇게 네 범주로 나누어 서양이란 타자를 만나 가사로 재현한 양상을 분석했다. 그럼, 각각의 재현방식은 근대성과 어떤 관련을 갖는가.

---

28 위의 글, 170쪽.

29 박노준, 앞의 글, 238쪽.

30 단종 복위 운동에 가담하여 죽음을 당한 김문기의 15대 손으로 집안 어른이나 자신이 절의를 지키는 선비로 훈육된 것도 한몫을 하였을 것이다.

〈표 6〉 타자의 네 범주와 근대성의 관계[31]

타자의 양상	타자에 대한 감정	자아의 태도	타자에 대한 태도	근대성에 대한 태도
낯선 남	이질감/ 불쾌나 호기심	자기 방어나 다가가기	타자 거리두기나 다가가기	기피나 관심
동일성의 대립자	공포, 불안, 분노	자기 긍정	타자부정 (배척, 폭력)	쇄국
자아의 이상	동경, 선망	자기 부정	타자지향 (모방, 존경)	개화, 적극 수용
대대적 자아	공감, 연민	자기 긍정과 부정	타자품기 (연대, 성찰)	성찰적 수용

『무자서행록』의 인용문처럼 서양을 낯선 남으로 여길 경우, 이에 대해 조선인은 처음에는 이질감을 갖고 거리두기를 하게 된다. 하지만, 더 만남이 이루어질 경우 이는 호기심과 다가가기로 변화한다. 이렇게 서양을 낯선 남으로 재현한 담론을 수용하는 조선인들은 처음에는 자기방어의 자세를 취하여 타자를 경계하였지만, 접촉이 이어질 경우 호기심을 가지고 다가갔다. 접촉이 더 지속적으로 진행될 경우 이는 주체와 타자와 관계에 따라 동일성의 대립자로서 자아, 자아의 이상, 대대적 자아로 변화하기도 하였다. 대표적인 이들이 연행사들이다. 이들은 중국의 천주당에서 서양의 선교사를 처음 만났을 때는 낯설어했지만, 차츰 기존의 관념과 갈등을 겪으면서도 그들의 과학기술이나 천주교에 점점 빠져들었다. 한 예로 이기지와 이의봉이 기술한 연행록인 『일암연기』와 『북원록』을 보면, "조선 후기의 지식인이 전혀 이질적인 문명을 접하는 데서 오는 충격과 경이로움, 그리고 이를 소화해내기 위한 갈등 등을 생생하게 느낄 수 있다".[32]

31 이도흠, 「조선 후기 가사에서 타자로서 서양의 재현 양상과 근대성의 관계」, 『한국시가연구』 54, 한국시가학회, 2021, 88쪽.

32 신익철, 「18세기 연행사와 서양 선교사의 만남」, 446쪽.

「병인연행가」의 인용문처럼 조선 문화와 이데올로기 등으로 동일성을 확보하고 서양을 동일성의 대립자로서 간주할 경우, 이에 대해 조선인은 공포, 불안, 분노의 감정을 갖게 된다. 서양을 동일성의 대립자로 재현한 담론을 수용하는 조선인들은 자기긍정의 입장에서 조선의 문화와 사상, 이데올로기를 준수하고 타자를 부정하여 서양의 문화, 사상, 이데올로기 등에 대해서는 배척을 하거나 폭력을 행하려 한다. 이들은 서양문화와 서구적 근대화에 대해 쇄국적 자세를 견지하였다. 대원군을 비롯하여 쇄국정책을 추진한 수구세력과 동학교도들이 이에 해당한다. 하지만, 양자가 서양에 대해 두려움과 반감을 가지고 있는 것은 공통적이지만, 그 밖의 점에서는 철저히 대립하였다. 전자는 기존의 권력을 유지하기 위하여 반동과 퇴행을 하였다. 반면에 후자는 농민과 민중의 입장에서 만인평등, 노비제 폐지, 토지 분작分作, 공정하고 평등한 인재 등용 등 봉건체제를 혁파하고 새로운 세상을 열고자 하는 근대적 개혁책들을 실현하고자 했다.

『셔유견문록』의 인용문처럼 서양을 자아의 이상으로 간주할 경우, 이에 대해 조선인은 동경과 선망의 감정을 갖게 된다. 이렇게 서양을 자아의 이상으로 재현한 담론을 수용하는 조선인들은 자기를 부정하고 타자를 지향하여 그를 모방하고 존경하여 타자를 자기화하려 한다. 이들은 유럽중심주의에 빠져 서양의 문물을 적극적으로 수용하여 조선을 개화시키려 하였다. 더 나아가 그중 일부는 서양을 일본으로 대체하였으며, 이는 친일과 매판행위를 근대화와 동일화하는 데로 나아갔다. 개화파, 매판세력, 친일파 등이 이에 해당할 것이다. 이들이 서구적 근대화를 추진한 것은 올바른 방향을 지향한 것이지만, 모두 상층의 엘리트나 기득권이었기에 민중의 이해관계와 어긋나는 점이 많았으며, 무엇보다 민족적 자각과 국제정

세에 대한 인식이 부족하여 열강에 휘둘리고 결국 일본의 식민지를 촉진하거나 강화하는 구실을 하게 되었다. 이 가사의 작자인 이종응만 하더라도 영국을 그리 찬탄하고 의지했지만, 3년도 채 되지 않아 영국은 일본과 동맹을 맺고 일본의 한국 지배를 승인한다.

「해유가」의 인용문처럼 서양을 자기 안에 품어 대대적 자아로 간주할 경우, 이에 대해 조선인은 반성의 감정을 갖게 된다. 이렇게 서양을 대대적 자아로 재현한 담론을 수용하는 조선인들은 자기를 긍정하는 동시에 부정하고 타자를 품어 연대하거나 자신을 성찰하며 주체를 형성한다. 이들은 서양의 문물을 성찰적으로 수용하였다. 실학파와 민족적 자각을 겸비한 개화파들은 대대적으로 성찰하며 개혁을 추진했다. 이들이 수구 세력과도 대립하며 근대화를 모색했지만 엘리트층으로서 민중과 어느 정도 괴리가 있었고 봉건체제를 해체하고 새로운 체제로 나아가기보다는 그 체제 안에서의 개량적인 개혁에 머물렀다.

이렇게 볼 경우 가장 바람직한 것은 서양을 대대적 자아로 간주하고 성찰적으로 서양의 문명을 수용하는 것이었다. 하지만, 이 부류의 사람들은 극소수에 지나지 않았다.

처음에는 동일성의 대립자로 간주하는 이들이 헤게모니를 잡아 쇄국정책을 고수하는 바람에 조선조는 퇴행하거나 정체하였고, 이에 대한 반동으로 자아의 이상으로 간주하는 이들이 개화와 개혁을 추진하였으나 실패하였다. 하지만, 일제강점기를 맞아 서양과 일본을 자아의 이상으로 보는 담론이 헤게모니를 갖게 되었다. 이들 가운데 대다수가 서양과 일본, 문명개화를 식민지와 동일화하여 친일적인 행위에 가담하고 더 나아가 민족을 배반하였다. 이에 서양을 동일성의 대립자로 보는 이들은 의병항쟁과 동학농민전쟁을 수행하였다. 일제의 가혹한 수탈과 침략에 맞서면서 한국인은 민족적 정체성과 이를 정당화하는 민족주의 이데올로기를 점점 단단하게 구성하였으며, 이는 독립운동과 민족국가 수립으로 구현되었다. 후자 가운데 대대적 자아로 서양을 보는 소수의 사람들은 민족적 동일성을 구성하면서도 차이를 인정하며 참다운 근대성의 길을 모색하였다.

마무리

조선조 후기에 조선 사회가 서양이라는 타자를 만나 이를 가사로 재현한 양상과 근대성의 관계에 대해 연구했다. 타자를 낯선 남, 동일성의 대립자, 자아의 이상, 대대적 자아로 범주화하고 이에 부합하는 가사 텍스트를 찾아 분석한 후에 양자를 종합하였다.

『무자서행록』의 인용문처럼 서양을 낯선 남으로 여길 경우, 이에 대해 조선인은 처음에는 이질감을 갖고 거리두기를 하게 된다. 하지만, 더 만남이 이루어질 경우 이는 호기심과 다가가기로 변화한다. 이렇게 서양을 낯선 남으로 재현한 담론을 수용하는 조선인들은 처음에는 자기방어의 자세를 취하여 타자를 경계하였지만, 접촉이 이어질 경우 호기심을 가지고 다가갔다. 접촉이 더 지속적으로 진행될 경우 이는 주체와 타자와 관계에 따라 동일성의 대립자로서 자아, 자아의 이상, 대대적 자아로 변화하기도 하였다.

〈병인연행가〉의 인용문처럼 조선 문화와 이데올로기 등으로 동일성을 확보하고 서양을 동일성의 대립자로서 간주할 경우, 이에 대해 조선인은 공포, 불안, 분노의 감정을 갖게 된다. 서양을 동일성의 대립자로 재현한 담론을 수용하는 조선인들은 자기긍정의 입장에서 조선의 문화와 사상, 이데올로기를 준수하고 타자를 부정하여 서양의 문화, 사상, 이데올로기 등에 대해서는 배척을 하거나 폭력을 행하려 한다. 이들은 서양문화와 서구적 근대화에 대해 쇄국적 자세를 견지하였다. 대원군을 비롯하여 쇄국정책을 추진한 수구세력과 동학교도들이 이에 해당한다. 하지만, 양자가 서양에 대해 두려움과 반감을 가지고 있는 것은 공통적이지만, 그 밖의 점에서는 철저히 대립하였다. 전자는 기존의 권력을 유지하기 위하여 반동과 퇴행을 하였다. 반면에 후자는 농민과 민중의 입장에서 만인평등, 노비제 폐지, 토지 분작分作, 공정하고 평등한 인재 등용 등 봉건체제를 혁파하고 새로운 세상을 열고자 하는 근대적 개혁책들을 실현하고자 했다.

『셔유견문록』의 인용문처럼 서양을 자아의 이상으로 간주할 경우, 이에 대해 조선인은 동경과 선망의 감정을 갖게 된다. 이렇게 서양을 자아의 이상으로 재현한 담론을 수용하는 조선인들은 자기를 부정하고 타자를 지향하여 그를 모방하고 존경하여 타자를 자기화하려 한다. 이들은 유럽중심주의에 빠져 서양의 문물을 적극적으로 수용하여 조선을 개화시키려 하였다. 더 나아가 그 중 일부는 서양을 일본으로 대체하였으며, 이는 친일과 매판행위를 근대화와 동일화하는 데로 나아갔다.

「해유가」의 인용문처럼 서양을 자기 안에 품어 대대적 자아로 간주할 경우, 이에 대해 조선인은 반성의 감정을 갖게 된다. 이렇게 서양을 대대적 자아로 재현한 담론을 수용하는 조선인들은 자기를 긍정하는 동시에 부정하고 타자를 품어 연대하거나 자신을 성찰하며 주체를 형성한다. 이들은 서양의 문물을 성찰적으로 수용하였다. 실학파와 민족적 자각을 겸비한 개화파들은 대대적으로 성찰하며 개혁을 추진했다. 이들이 수구 세력과도 대립하며 근대화를 모색했지만 엘리트층으로서 민중과 어느 정도 괴리가 있었고 봉건체제를 해체하고 새로운 체제로 나아가기보다는 그 체제 안에서의 개량적인 개혁에 머물렀다.

이렇게 볼 경우 가장 바람직한 것은 서양을 대대적 자아로 간주하고 성찰적으로 서양의 문명을 수용하는 것이었다. 하지만, 이 부류의 사람들은 극소수에 지나지 않았다.

조선은 17세기 이후 서양을 만나면서 '중국 너머'를 사유하고 실천하기 시작하였다. 그 너머에는 실로 경이로운 것들이 너무도 많이 있었다. 이제 중국은 세계의 중심도, 세계의 끝도 아니었다. 조선인의 지리적 인식은 동아시아를 넘어 유럽과 미국으로, 더 나아가 아프리카와 아메리카로 확대되었다. 중국 너머 세계로 상상이 확대되었을 뿐만 아니라 그 상상은 곧 구체적인 지리적 공간과 체험의 공간으로 전환되었다. 유교 너머 천주교에도 도道, 혹은 진리가 있었다. 중국식 봉건체제나 성리학의 민본론이 진정 백성을 위한 것이 아니라 그 바깥에 백성이 진정 주인이 되는 민주주의 체제가 있었다. 안경이나 천리경, 자명종에 놀랐지만 그 너머에는 그것과 비교가 되지 않는 증기선과 기차와 자동차와 하늘 높이 솟은 건물이 있었다. 그들은 새로운 풍경과 속도와 시간도 가져다주었다. 자생적인 근대화가 분명히 일어났지만, 그 너머의 지향이 일본과 미국의 식민/종속을 강화했지만, 조선은 그 너머로 가면서 빠르게 근대로 이행하였다.

맺음말

대안의 근대성을 향하여

탈근대의 지평에 서야 근대가 보이고 그런 근대를 구성해야 중세가 올바로 보인다. 조선은 조선의 중세를 겪었고 최소한 18세기부터는 이에서 탈주하려는 움직임을 여러 방면에서 표출하였다. 보편적 기준이 있는 것은 아니지만, 21세기 오늘의 좋은 국가 기준으로 시민의 입장에서 상대적으로 유럽과 비교할 때 나은 점도 있고 모자란 점도 있다.

조선은 건국 초기부터 전국 단위로 세를 걷고 병역과 요역을 부과하며 국가체제를 형성하였고 외침 때를 제하고는 평화를 유지하였다. 귀족층의 세습이 아니라 서민까지 참여하는 능력주의에 입각한 과거제에 의해 관료를 뽑고, 그 관료들은 성리학의 이념에 따라 올바른 다스림과 진리탐구와 인격의 수양을 일치시키려 하였다. 왕권과 신권, 명분론과 민본론, 관학파와 사림파가 서로 견제하며 균형을 도모하는 가운데 대대待對의 관계로 뒤섞이기도 했다. 언관은 백성의 입장에서 언제든 왕과 대신을 비판하며 정치를 바로 잡으려 했고 사관은 총 1,893권 888책, 49,646,667자에 달하는 『조선왕조실록』에 정치의 득실, 거의 모든 말과 행적을 낱낱이 기록하여 현재의 정치를 견제하고 훗날에도 귀감을 삼도록 하였다.[1] 중앙

읍영의 관료와 향리들이 성리학 이념과 도덕률, 제도와 규범에 의하여 향촌의 백성들을 다스렸다. 민民은 향촌 너머에 자치공동체인 두레 공동체를 조직하여 상부상조하였다. 백성들은 상소, 상언, 격쟁 등의 방법으로 왕에게 직접 직언을 고하거나 억울한 사항을 호소하였고, 관료에 대해서는 괘서, 산호山呼, 거화擧火, 등장等狀, 민란民亂 등의 다양한 방법으로 저항하였다. 무엇보다 왕에서 서민에 이르기까지 조선조 사회가 강렬하게 추구하고 실천했던 유교는 초월적 절대자도, 내세도 설정하지 않은 채 귀신이나 신비주의를 부정하며 우주의 진리와 사회와 국가질서, 개인의 수양과 도덕실천을 일치하려 하였기에 유럽처럼 주술의 정원을 만들지 않았다. 중국 중심의 천하관과 책봉 및 조공체제에 안주한 데서 주로 기인한 것이라 하더라도 다른 국가나 민족을 먼저 침략하거나 약탈하지 않았다. 성직자들로부터 수탈과 폭력, 기만, 죽음을 당하지 않았다. 압도적인 한자 독점 체제 속에서 제한적이었지만, 대개 하루 정도면 배울 수 있는 한글이 보급되면서 서민과 여성들도 지식과 정보를 획득하고 이를 문자로 소통하고 기억을 정박시키고 더 나아가 남성과 양반층에 저항할 수 있었다. 이런 점들은 유럽보다 나은 면모일 것이다.

하지만, 유교의 세계관과 이데올로기, 이를 정치이념과 도덕관으로 삼은 왕과 관료층, 이를 떠받치는 향약 등의 규율/훈육권력으로 인하여 개인의 성정의 자유는 강하게 억압당하였다. 왕권과 신권 사이의 균형이 무너지거나 대대의 관계를 잃고 첨예하게 대립하고 왕과 관료들이 모두 부

1 사관은 아니지만 승정원의 도승지 등이 왕명 출납, 행정 사무 등을 기록한 것이 『승정원일기』다. 조선조 전기를 비롯하여 절반 이상이 일실되었음에도 현재 남은 자료만도 3,243책, 2억 4,250만 자에 이른다.(『한국민족문화대백과사전』「조선왕조실록」, 「승정원일기」 항목, 『한겨레신문』 2007년 12월 10일자, 『중앙일보』, 2000년 9월 17일 자 참고)

패하고 권력을 탐할 때, 게다가 기후까지 좋지 않으면 백성들의 삶은 고통스러웠다. 무엇보다 소수의 양반을 제외한 중인, 평민들은 착취, 수탈, 억압, 배제를 당하였다. 이것이 국법과 제도에 의해 제한을 당하여 나름대로 봉건의 틀 안에서 개인의 권리와 삶을 보장받았지만, 천민들은 이에서도 배제되며 비인간적인 삶을 이어가야 했다. 조선조 사회가 강고한 가부장제를 유지하는 가운데 17세기 이후 장자상속을 확립하면서 양반이라 할지라도 여성과 서자는 권력과 가치의 분배로부터 철저히 배제되었다. 세계에서 가장 배우기 쉬운 문자인 한글이 있었음에도 거의 모든 문서와 서책들이 한자로 이루어져 있었기에 양반과 일부 중인만이 정보와 지식, 이로부터 비롯된 권력을 누릴 수 있었다.

16세기부터 싹이 움텄지만 18세기부터 본격적으로 중세로부터 탈주가 시작되었다. 상품화폐가 발생하고 상공업이 발전하였으며 전국적으로 통용되는 화폐와 상조직, 교통망을 매개로 한양을 중심으로 한 전국적인 시장체제가 형성되고 임금 노동자들이 새로운 시공간을 창출하였다. 은점과 금점이 열리고 무역을 통하여 은화가 축적되었다. 조정에서 향촌까지, 정치에서 일상에 이르기까지 강력하게 통제하던 주동적 세계관이자 도덕관이었던 유교 이념에 균열이 생겼다. 안빈낙도安貧樂道를 추구하던 사대부들이 과거에 뇌물을 주고 합격하는 거벽을 공공연하게 행하고 공금으로 고리대를 할 정도로 물질주의와 그를 추구하는 삶이 조성되었다. 진보적인 양반들은 개량적이지만 실학을 들고 나왔고, 중인들은 경제적, 정치적, 사회적으로 위상을 높였으며, 민중들은 두레와 장시를 중심으로 공론장을 형성하고 여기서 정보를 주고받고 서로 의식을 각성시켰고 때로는 스스로 조직화하여 속속 반란을 일으켰다. 마침내 동학교도와 농민들은 모든 사람을 신분과 젠더에 관계없이 하늘처럼 평등하고 존귀한 존재로 보는 사상과 종교를 믿으며 그것이 실질적으로 구현되는 새로운 세상을 만들고자 동학농민전쟁에 나섰다.

우리의 근대화 과정에서 가장 큰 비극은 스스로 근대화를 추진하며 시행착오를 겪으며 발전해야 하는데 일제의 간섭과 침략으로 이것이 저지된 것이다. 일제는 아주 가혹하게 수탈하고 억압하였다. 그럼에도 수탈이 근대화를 저지한 것만은 아니었다. 물적 기반이 없는 수탈은 불가능하기에 수탈은 물적 기반의 발전을 전제하였다. 일제는 식민화를 통해 근대화를 추진하였고, 우리 또한 식민지 내부에서 대대적待對的으로 식민지적 구조를 비틀고 변이시키면서 민족적이고 민중적인 근대화를 추진하는 대립자 안의 나, 혹은 내재하는 외부를 작동시켰다.

우리의 근대는 찬연하면서도 슬프다. 스스로 독립을 쟁취하지 못한 채 해방을 맞이한 한국은 외세와 냉전의 희생양이 되어 분단을 맞았다. 남한은 미국을 중심으로 한 세계 자본주의 시장 체제에 편입하였으며, 북한은 중국과 소련의 지원을 받으며 사회주의 체제를 선택하였다. 남한은 개발독재체제로 노동자 민중을 희생시키면서 압축적으로 근대화를 추진하였다. 여기에 신자유주의 체제를 강화하면서 외형적으로는 세계 10대 무역대국, IT강국으로 부상하였지만, 대다수 노동자와 민중은 권력과 가치의 분배에서 배제된 채 열악한 삶을 살고 있다. 민중과 시민, 학생들의 지난한 투쟁을 통하여 군사독재정권을 물리치고 민주화를 이루었다. 하지만, 세계 유일의 분단국가로서 분단모순을 겪고 있고, 미국의 식민체제에서 벗어나지 못하였으며, 신자유주의 체제와 재벌 중심의 천민자본주의 모순을 그대로 안은 채 '자본-정권-보수언론-사법부-종교권력층-전문 가집단과 어용지식인'으로 이루어진 기득권 카르텔이 대부분의 권력과 가치를 독점하고 있다. 이런 모순들로 인하여 한국 사회는 공동체 파괴, 소외의 심화, 불평등의 극대화, 환경과 생명의 위기, 노동 배제, 물신주의의 만연, 경쟁과 갈등 증대, 문화종속 등의 근대성의 위기를 겪고 있다. 21세기 디지털시대와 4차 산업혁명 시대를 맞아 여기에 더하여 기후위기, 재현의 위기, 자본주의 체제의 붕괴 위기, 4차 산업혁명으로 인한 인간 실존의 위기와 노동의 위기, 공론장의 붕괴와 민주주의의 위기 등 새로운 위기가 점점 심화하고 있다.

암울한 상황이지만 빛이 모두 사라진 것은 아니다. "유토피아의 오아시스가 말라 버리면 진부함과 무력함의 사막이 펼쳐진다."[2] 우리는 이제 근대성을 성찰하며 새로운 근대를 기획해야 한다. 이럴 때 차이의 근대성론은 내재적 근대화론과 식민지 근대화론은 물론, 유럽중심주의와 탈식민론을 모두 넘어서서 각각의 중세와 근대를 그것대로 새롭게 분석하고 성찰하는 지평을 열 것이다.

이제 세계 체제 차원에서는 미국-유럽, 러시아-중국의 다극이 중심이 되어 야기하고 있는 지정학적 위기에 대해 제3세계의 연대를 통해 맞서야 한다. 중심-주변의 관계를 고착하는 세계체제의 고리들을 끊임없이 끊어내는 운동을 하면서 제국이 구성한 유럽과 미국 중심의 보편의 인식과 이데올로기와 프레임에 대해 맞서서 배제된 자들이 전혀 다르게 인식하고 읽고 쓰고 존재하는 가운데 타자의 고통에 공감하고 연대하면서 저항하

2 Jürgen Habermas, edited and translated by Shiery Weber Nicholsen, *New Conservatism —Cultural Criticism and the Historians' Debate*, Cambridge : Polity Press, 1989, p.68 : "As utopian oases dry up, a desert of banality and bewilderment spreads."

는 새로운 인간형—눈부처 주체—으로 거듭나면서 모두가 공존하는 새로운 세계를 창출해야 한다.

이를 위해 개인도 변하고 사회도 변해야 한다. 개개인은 욕망을 서로 키우며 이를 달성하는 것을 행복한 것으로 착각하던 삶에서 타자를 위하여 자발적으로 욕망을 절제하는 데서 외려 만족과 행복을 느끼는 소욕지족少欲知足의 삶으로, 물질적 충족보다 마음의 평안을 더 중요한 가치로 여기는 삶으로, 이기심과 경쟁심을 서로 극대화한 삶에서 주변의 약자들의 아픔에 공감하고 연대하면서 타자를 자유롭게 하여 진정으로 자유로움과 환희심을 느끼는 삶으로 전환하여야 한다. 그럴 때만 우리의 후손들에게도 내일이 있을 것이다.

다가오는 시대는 "GDP보다 그 나라의 강과 숲에 얼마나 다양한 생명들이 살고 있는지, 국력보다 거리를 지나는 시민들이 얼마나 미소를 짓고 있는지, 국부를 늘리기보다 얼마나 가난한 이들에게 공평하게 분배되고 있는지, 기업 이윤을 늘리기보다 얼마나 노동자들이 행복하게 자기실현으로서 노동을 하는지, 뛰어난 인재를 길러내기보다 못난 놈들이 얼마나 자신의 숨은 능력을 드러내는지, 내기하고 겨루기보다 여러 인종과 종교와 이념을 가진 사람과 인공지능이 함께 모여 얼마나 신나게 마당에서 노는지에 초점을 맞추어 국가를 경영하고 정책을 구사해야 한다".[3]

이제 자연과 환경을 파괴하고 기후위기와 생태위기를 야기한 인간중심주의를 극복하고 불일불이不一不二의 생태론으로, 이성중심주의를 해체하되 계몽의 빛으로서 이성은 살려서 목적적 합리성에서 소통적 합리성

---

3 이도흠, 「새로운 정치세력의 가치와 노선」, 국민모임, 『야권 교체 없이 정권교체 없다－국민모임 서울 대토론회』, 2015년 1월 12일 인용하며 '인공지능' 낱말만 추가함.

으로, 진리의 절대성에서 상대성으로, 타자를 배제하고 폭력을 행한 동일성을 해체하고 난민, 비정규직 노동자, 장애인, 성 소수자 등의 고통을 내 아픔처럼 공감하고 연대하는 눈부처-차이로 패러다임의 전환이 필요하다.

국가는 이제 자본과 결별을 하고 자유롭고 정의로운 생태 복지국가를 지향해야 한다. 토지, 물, 지식, 빅데이터는 공유부common wealth로 설정하고 이에서 나온 재원으로 로봇, 의료, 교육, 주택, 교통을 사회화하여 공공의 영역에 두어야 하며, 4차 산업혁명을 공공선을 증대하는 방향으로 선도함은 물론, 불평등과 기후위기 극복에 모든 역량을 집중하고 이에 맞추어 과감한 개혁을 단행해야 한다.

이제 자본주의 너머, '생태적이고 민주적이며 정의로우며 약자들에 대한 자비심이 동력이 되는 사회'로 전환하고, 곳곳에 '서로 자유롭게 하는 개인들의 연합으로서 꼬뮨', 눈부처공동체를 세우는 것이 필요하다. 그럴 때만 근대성의 위기를 극복할 수 있을 것이다. 그렇게 실천할 때만 우리의 자식과 후손들에게 22세기가 있을 것이다.[4]

문학의 장에서는 어떤 탈주가 이루어지며 이 중 무엇이 근대를 형성하였고 지금 여기에서 대안의 근대는 무엇인가. 차이의 근대성의 이론대로 조선조의 중세의 흐름, 18~19세기부터 이와 다른 흐름을 정리하면 아래 표와 같다.

---

4 지면관계상 간단히 요약하였다. 대안의 근대성에 대한 상세한 논의는 이도흠, 『인류의 위기에 대한 원효와 마르크스의 대화』, 자음과모음, 2015; 이도흠, 『4차 산업혁명과 대안의 사회 2권–4차 산업혁명과 간헐적 팬데믹 시대』, 특별한서재, 2020, 432~534쪽 참고.

〈표 7〉 조선조 문학의 변모양상 개괄[5]

<table>
<tr><th colspan="2">구분</th><th>18세기 이전의 문학</th><th>18~19세기 이후 일부의 문학</th></tr>
<tr><td colspan="2">주동적 세계관</td><td>本然之性의 성리학</td><td>氣質之性의 성리학+물질주의, 東學</td></tr>
<tr><td colspan="2">중심서사</td><td>영웅적 인물에 의한 유교적 이념 구현의 서사</td><td>문제적 개인에 의한 타락한 사회에서 진정한 가치를 추구하는 서사</td></tr>
<tr><td colspan="2">지배적 詩論</td><td>性情之正, 上以風化下의 敎化論, 溫柔敦厚, 의고론</td><td>性情之眞, 下以諷刺上의 諫諍論, 溫柔激切, 성령설</td></tr>
<tr><td colspan="2">미학적 경향</td><td>고전주의, 숭고미+우아미
규범의 미학</td><td>현실주의적, 희극미(골계미),
기술의 미학</td></tr>
<tr><td colspan="2">미적 대상 및 질료</td><td>숭고하고 아름다운 것/상층의 공식언어, 한자</td><td>비루하고 추한 것/생활언어, 한글</td></tr>
<tr><td colspan="2">사물의 표상방식</td><td>추상적, 은유 중심</td><td>구체적, 환유 중심</td></tr>
<tr><td colspan="2">진술양식</td><td>典故, 用事, 규범적, 관습적</td><td>創新, 新意, 개인적, 일탈적</td></tr>
<tr><td colspan="2">미의식</td><td>사대부적 미의식</td><td>서민적 미의식</td></tr>
<tr><td colspan="2">가치관</td><td>단일한 가치관</td><td>다원적 가치관</td></tr>
<tr><td colspan="2">텍스트의 특성</td><td>닫힌 텍스트, 單聲性</td><td>열린 텍스트, 多聲性</td></tr>
<tr><td colspan="2">주체</td><td>성리학적 이념에 복속된 자아</td><td>근대적 주체</td></tr>
<tr><td colspan="2">중심 창작 및 향유층</td><td>양반 사대부</td><td>중인+서민+여성</td></tr>
<tr><td colspan="2">욕망</td><td>이념과 남근에 의한 욕망의 억압</td><td>욕망의 발산과 해방</td></tr>
<tr><td colspan="2">시간관</td><td>원환적 시간(패턴에 시간 종속)</td><td>직선적 시간(시간에 패턴 종속)</td></tr>
<tr><td colspan="2">공간관</td><td>타계와 세속의 이분법 아래 신분에 따라 구획</td><td>타계를 제외하고 경제적 목적과 권력에 따라 구획</td></tr>
<tr><td colspan="2">천하관</td><td>중국 중심의 천하관</td><td>타자로서 서양의 만남과 중국 너머의 세계관</td></tr>
<tr><td rowspan="2">토대와 바탕 상부구조</td><td>문화적 상부구조</td><td>청각적 총합의 구술문화</td><td>시각적 분할의 문자문화</td></tr>
<tr><td>사회경제적 토대</td><td>봉건적 농업사회</td><td>상품화폐의 발생과 초기 자본주의</td></tr>
</table>

조선조 사회의 토대는 봉건적 농업사회였지만, 상품화폐가 발생하고 18세기부터 경영형 부농이 나타나고 상공업이 발전하고 전국적인 시장체

5 이도흠, 「18~19세기 조선조 시가의 변모양상과 근대성 문제」, 『한국학논집』 43, 한양대 한국학연구소, 2008, 119~120쪽의 〈표〉를 바탕으로 하되, 이후의 작업에서 새롭게 내린 결론을 추가함.

제가 성립되고 임노동자들이 대량으로 형성되면서 초기 자본주의로 이행하기 시작한다. 조선조 사회는 연희자나 가객, 전기수 등이 운율에 맞추어 노래하거나 청중이 들으며 총각적 종합을 이루는 구술문화단계였지만, 18세기부터 인쇄술과 출판업이 발달하고 한글이 보급되고 세책점이 성행하면서 개인이 책을 구입하여 읽는 문자문화 시대로 서서히 전환하였다.

이런 토대의 변화에 따라 상부구조도 달라졌다. 당위론적으로 충, 효, 열의 이데올로기와 도덕관을 강요하던 성리학이 압도하던 맥락에서 기질과 맥락에 따라 유연하게 상대적 해석을 허용하는 기질지성의 성리학이 차츰 헤게모니를 형성하게 되었으며, 본연의 성을 되찾아 예를 구현하며 안빈낙도를 추구하면서 물욕을 천시하던 조선조 사회에서 물질주의는 문학에도 일대 전환을 야기하였다. 무엇보다 사람이 곧 하늘이라는 동학의 휴머니즘적 세계관과 신분을 초월한 평등을 추구하는 민중들의 세계관이 부상적 세계관으로 출현하면서 이를 재현한 동학가사나 판소리와 탈춤은 당시 조선조 사회의 모순에 대해 첨예하게 인식하고 이를 객관적으로 묘사하고 있을 뿐만 아니라 평등 사회 지향, 민족 자주, 후천개벽의 비전을 제시하고 있으며 노동하고 생산하는 민중의 삶의 현장을 반영하고 서술하여 구체성과 진정성도 획득하고 있다.

중세시대의 서사는 남들보다 뛰어난 능력을 가진 영웅적 인물이 세계의 부조리에 맞서서 유교적 이념을 구현하는 것을 목적으로 삼았다. 가끔 도교를 통하여 초월적 상상을 하고 불교를 통하여 업의 원리에 입각한 인과적 서사가 결합되기도 했지만 유교 이념의 구현이 압도하였다. 18~19세기에 들어 상품화폐 경제가 활성화하자 서사 또한 변하였다. 대중들이 점점 화폐증식의 욕망에 기울면서 소외를 경험하자 문제적 개인이 이런 타락과 부조리에 맞서서 진정한 가치를 구현하는 근대적 서사가 만들어지기 시작하였다.

문학은 단순히 풍류와 예술적 향유를 넘어 과거를 통해 권력을 얻는 수단이자 헤게모니를 결정하는 요인인 조선조 사회에서 시론詩論은 문학의 형식과 내용만이 아니라 향유방식에도 변화를 준다. 성령설, 간쟁론, 창신론 등의 시론이 유입되거나 재해석되어 설득력을 얻으면서 성적 욕망을 자유롭게 표출하고 양반 관료나 가부장제도의 권력자인 시어머니나 남편을 풍자하는 것이 이론적으로 정당한 것으로 간주되고 새로운 형식과 기법의 창조를 긍정하는 시론들도 담론을 형성하였다. 기존의 교화론의 시론에서는 금기시 하는 구어, 속어, 방언을 사용하고 서민의 실상을 사실적으로 반영하고 표출하거나 주변의 일상에서 진리를 발견한 시들이 사대부들의 작업 못지않은 것이 되었다. 일부 양반과 중인들은 자유로운 사랑과 성적 욕망을 추구하는 사설시조를 향유하였지만 생산이나 생활세계와 유리된 유희적 쾌락에 그쳤고 비전도 담아내지 못하였다. 반면에, 일부 중인과 서민들은 계급적 각성을 하고 노동하는 삶의 현장에서 노동의 고통을 해소하고 봉건사회의 질곡에서 벗어나고자 했다. 이들은 유교 이념과 이데올로기, 가부장적 규율/훈육권력, 열烈의 담론에서 벗어나 사랑과 성적 욕망을 자유롭게 희구하거나 봉건사회의 모순을 비판하는 담론을 생산하였다. 특히, 민중들은 봉건사회와 양반층을 마음껏 조롱하고 풍자/비판하는 판소리와 탈춤을 공유하였다. 판소리와 탈춤은 연행과 놀이의 현장에서 양반층에 대해 신랄하게 풍자하고 비판하지만 축제가 끝나고 일상으로 돌아가면 불만과 갈등을 풀어버리는 사회통합의 기능을 수행했다. 18~19세기 문학의 창작 및 향유층은 사대부에서 중인과 서민, 여성들로 이동하였고, 이들은 사대부적 미의식에 균열을 가하고 서민적 미의식을 추구하였으며 성리학적 이념에 부합하는 표상들을 끌어내려 삶과 노동의 현장의 대상들을 노래하기 시작하였다.

텍스트는 하늘—이상, 성聖, 당위, 선험, 동일성—과 상체의 문화를 지향하는 데서 점차 땅—현실, 속俗, 존재, 경험, 차이—과 하체의 문화를 지향하는 것으로 나아갔다. 미학적 지향은 고전주의와 숭고미나 우아미를 추구하는 데서 리얼리즘과 희극미골계미를 추구하는 경향이 점점 우세를 점하였다. 미적 대상 및 질료의 경우 '숭고하고 아름다운 것을 상층의 공식언어'로 노래하던 데서 '비루하고 추한 것을 일상의 생활언어로 노래하는 것'이 일정한 위상을 차지하였으며, 진술양식은 전고典故와 용사用事를 위주로 하고 규범적이고 관습적이었던 데서 신의新意와 창신創新을 중시하고 관습에서 일탈하여 창조적이고 개인적인 목소리를 발화하는 데로 나아갔다.

시가에 담긴 가치관은 성리학적 이념 일변도의 단일한 가치관에서 다원적 가치관으로 전이하였고, 사물의 표상방식 또한 추상적이고 은유 중심이었던 데서 구체적이고 환유를 중시하는 경향으로 나아갔다. 이렇게 하여 전자가 닫힌 텍스트였고 단성성單聲性을 가졌다면, 후자는 열린 텍스트이고 다성성多聲性을 함유하였다.[6] 이를 추진한 담당층은 성리학적 이념 안

6 바흐찐은 삶 자체를 본질적으로 대화적으로 보고 주체와 타자, 작가와 독자, 텍스트와 외적 현실과의 대화를 추구하면서 절대성에 대하여 상대성, 단성성(單聲性)에 대하여 다성성(多聲性)을 추구하여 해석의 지평을 열었다. 그에 의하면, "의미의 관계란 항상 대화적이며, 이해조차도 대화적이다."("The relation to meaning is always dialogic. Even understanding itself is dialogic." M. M. Bakhtin, tr. Vern W. Mcgee, *Speech Genres and Other Late Essays*, Austin : University of Texas Press, 1986, p.121) 따라서, "전체 언술을 이해하는 것 또한 늘 대화적이다."("The understanding of an entire utterance is always dialogic." ibid., p.125) '다성성(多聲性, polyphony)'이란 본래 음악용어로, 여러 멜로디

에서만 본연의 성을 구현하는 의미와 물아일체의 즐거움을 누리는 자아에서 벗어나 이념과 당위의 영토에서 탈주하여 주체적으로 세계를 해석하고 개인적으로 느낀 감성을 진솔하게 표현하였다.

조선조는 우주와 자연의 패턴에 인간의 삶을 맞추었지만, 18세기 이후 상공업이 발전하고 임금 노동자가 발생하면서 시간에 자신의 패턴을 종속시키고 이런 시간관을 문학에 반영하기 시작하였다. 중세인들은 타계와 대립되는 세속의 공간을 설정하고 이를 다시 신전과 교회나 절 등의 성소, 왕이 사는 궁성, 귀족들의 거주처, 평민들의 거주처, 배제된 자들의 거주처로 분할하였지만, 18세기 이후 경제적 목적과 이에 따른 권력에 의해 자유스럽게 공간을 구획하고 이를 『한양가』 등에 재현하였다.

18세기 들어 한성 인구가 30만 명이 넘을 정도로 도시화가 촉진되었으며 시장이 발달하고 유흥업도 번성하면서 세책점과 같은 것이 유행을 하였다. 소설, 시조, 그림, 판소리 등이 상품으로 거래되고 대중적으로 유통되면서 문학도 유교적 시론과 미학을 떠나 사랑의 정한, 성의 관능성, 눈물의 감상성 등 통속성의 미학을 지향하였다.

조선은 오랜 동안 중국의 천하관과 조공과 책봉체제 아래에 있었으며 소중화小中華를 자처하였지만, 17~18세기에 들어 유럽이라는 타자를 만나고 이를 거울로 비추어보고 나서야 비로소 자신을 인식했다. 조선 사회는 중국 너머로 상상을 확대하였으며 그 상상은 구체적인 지리적 공간과 체험의

가 독립성을 유지하면서도 전체적으로 조화를 이루는 화이부동(和而不同)의 음악 형식을 뜻한다. 이에서 추출하여 바흐찐이 대화론에 적용한 것으로 소설에서 여러 인물이 대화를 하더라도 같은 시점, 같은 가치체계, 같은 코드체계, 같은 언어게임을 가지고 행한다면 단성성(monophony)이다. 반면에 도스토예프스키의 『카라마조프의 형제들』처럼 인물 각자가 다른 시점과 가치체계, 코드 체계를 가지고 다른 목소리를 내면서 전체 서사를 이루는 것이 다성성이다.

공간으로 전환되었다. 이어 서양에 대해 부정, 지향, 경계, 성찰 등의 여러 태도를 보였으며, 이는 쇄국, 개화, 저항, 성찰적 근대화 등으로 나타났다.

조선조의 문학이 〈표 7〉의 왼편에서 오른편으로 일방적으로 흐른 것은 아니다. 한국인의 대대적 심성과 논리에 맞게 양자가 대립하기보다 대대의 관계로 뒤섞이는 경우가 많았다. 또, 후자의 흐름에 맞서서 봉건성을 더욱 심화하는 반동이 거세게 진행되었으며, 19세기에는 퇴행도 있었다. 그런 중에도 좀 더 긴 역사에서 보면 후자가 전자에 균열을 내고 헤게모니 투쟁을 벌이며 새로운 세계를 지향하였다.

문학의 개념이든, 근대문학의 개념이든 관점에 따라 다양하게 정의할 수 있다. 근대문학을 어떻게 정의하든, 〈표 9〉의 왼편에서 오른편으로 이행한 것들은 대다수가 근대성에 부합한다고 본다. 식민지 근대성을 주장하는 이들이나 현대문학 전공자들이 한국의 근대문학의 특성으로 지적한 것들과 비교하면 모더니즘 등 차이가 있기는 하지만 거의 일치한다. 그럼에도, 근대성에 부합한다 하더라도 이것이 지속성을 갖고 미래의 한국 문학과도 연계되었느냐를 따지면 주저하는 지점들이 나타난다.

근대 자유시와 소설의 형식과 내용, 기법, 사조들은 시조, 가사, 잡가, 민요, 고전소설들과 연관성을 찾기 힘들다. 둘 사이엔 깊은 단절의 골이 있다. 만해와 같은 소수의 예외를 제하면, 전자는 일본 유학파들이 일본으로부터 유입한 것을 바탕으로 형성되었다.

단절의 이유는 무엇인가. 스스로 근대를 확고하게 형성한 바탕 위에서 서양의 근대를 수용하기 전에 일제 강점을 맞았고, 식민지에서 어떤 근대문학도 국민문학을 형성할 수 없었으며 일제의 탄압으로 민족어로 글쓰는 일조차 제한적이거나 금지된 객관적 조건이 많이 작용한 때문이다. 이

조건에서 사대주의자나 친일, 유럽중심주의 등이 잠재되어 있든 아니든, 자유시와 근대소설을 창작하고 향유한 엘리트들은 각성을 통하여 근대적 주체로 거듭났으며 율격적 구속에서 벗어난 자유로운 형식, 감수성의 혁신, 미적 자율성, 기법, 인칭, 시점, 새로운 이미지와 상징, 언문일치, 자유연애, 개인의 자유, 성정과 서정의 자유로운 표출, 현실과 역사에 대한 인식 등의 내용을 '모던'한 것으로 수용하고 반면에 조선조의 문학들을 시대에 뒤떨어진 것으로 간주하고 타자화하였다. 게다가 자연주의, 리얼리즘, 낭만주의, 모더니즘 등은 이들이 자신의 이념이나 취향에 따라 문학을 창조하고 향유하는 지평들을 활짝 열었다. 『창조』, 『백조』 등 문예지들이 속속 창간되고 신문들도 이들에게 지면을 할애하면서 근대문학의 주체들은 강력한 헤게모니를 형성하였다. 무엇보다 문화와 토대, 테크놀러지 자체가 청각적 총합을 추구하는 구술문화에서 시각적 분할에 충실한 문자문화로 이행했다. 차츰 전통의 시가와 판소리는 연행의 현장과 청중을 상실한 채 헤게모니가 급격히 약화하였고 결국 주변화하였다.

해방 이후 세계 자본주의 시장에 편입되고 실질적으로 미국의 문화 식민지로 전락하고 교과서와 같은 공적 영역에서 배제되자 전통의 문학들은 더욱 주변화하였다. 서양, 특히 미국의 영화, 드라마, 팝뮤직에 한국적 정서를 담아 K-무비, K-드라마, K-팝으로 변형시킨 것들 가운데 상당수가 한류열풍을 몰고 오고 있다. 그러는 와중에도 21세기 오늘에도 풍류방이 잔존하고 시조창과 가곡창이 연행되고 무당들은 굿판에서 무가를 부르고 아직도 임진택은 창작 판소리를 하지만 멸종위기종의 신세와 유사하다. 농촌에서 드물게 불러지던 민요는 미디어를 통한 대중가요의 공세와 더불어 이를 생산하던 노동현장과 향유자들이 사라지면서 함께 소멸되고 있다. 가사는 국악인의 정가 공연, 가사문학관이나 몇몇 지방에서 행하는 가사시 낭송이나 창작 경연대회에서 겨우 명맥을 유지하고 있다.

이제 우리의 문학이 어떻게 나아가야 할까. 자연주의는 현실을 과학적으로 분석하게 했지만, 다양하고 모호한 인간의 삶을 결정론의 틀에 구속시켰다. 리얼리즘은 현실을 객관적으로/비판적으로 잘 재현하고 때로 비전을 제시하여 인간다운 삶의 길을 제시했지만, 해석과 상상의 자유를 제한했다. 낭만주의는 이상과 현실 사이의 괴리를 드러내면서도 이상의 빛을 비추었지만 현실의 모순을 은폐하였고 우리의 근대에서는 병적 감상으로 전락하였다. 모더니즘은 새로운 실험과 형식으로 일상을 심미화하고 다의적으로 열어준 대신에 현실을 소거시켜 버렸다. 포스트모더니즘은 이성중심주의, 주체, 동일성에 근거한 근대를 해체하거나 성찰하게 했지만 진리와 역사마저 소거시켜 버렸다. 새로운 세계관과 패러다임, 문예사조, 저자가 주장하는 틈과 참의 리얼리즘이 필요하다.

6대 위기에 더하여 우리는 포스트 휴먼시대로 가고 있다. 인공지능이 이미 문학을 제작하고 있는데, 앞으로 30년 안에 인간을 넘어선 지능을 가질 것이라 한다. "인공지능 시대에서 인간은 안드로이드가 성취할 수 없는 생명성과 인간성, 영성을 성취해야 한다. 생명성이란 더불어 살려는 의지를 가지고 환경과 상호작용하며 공진화하는 것을 뜻한다. 인간성이란 진정한 자기실현으로서 노동, 허구의 창조, 실존, 윤리 추구, 성찰, 타자에 대한 공감과 연대를 추구하고 실천하는 것을 의미한다. 영성이란 근원적인 실재와 궁극적인 진리, 완전한 자유와 해탈, 무한과 영원을 지향함을 뜻한다. 이제 인간은 타자에 대한 고통을 내 아픔처럼 공감하는 것을 바탕으로 현실의 모순과 세계의 부조리에 맞서서 저항하면서 무한과 궁극적 실재를 지향하며 동일성에 포섭되지 않는 차이를 생성해야 한다."[7]

미시권력을 분석하되, 생활세계에 침투한 체제와 거기에 이미 삼투되어 있는 거시권력을 놓치면 이는 사회적 문제를 개인의 문제로 환원하는 것 만큼이나 반동적일 것이다. 계급모순이 주요모순이고 문제의 근원은 자본주의 체제인데 세대와 젠더 등의 지엽적인 문제에 치우치면 변화는 일어나지 않는다.

그럼에도 계급모순이나 자본주의 체제만큼 주요 모순으로 작동하는 것은 제국이다. 제국은 언제 어디든 존재한다. 제국은 정치나 사회경제, 법과 제도의 영역만이 아니라 사유와 실천은 물론, 이미지와 무의식의 영역까지 지배하고 있다. 이에 대한 인식론적 단절과 저항, 새로운 세계의 건설 없이 탈식민은 요원하다. 곳곳에 스며있는 제국에 대한 분석과 비판을 하고, 제국의 이데올로기와 신화가 깃든 담론에 대해 대항담론과 대항 신화와 이미지를 형성하며, 문화산업에 대해 저항하면서 동시에 곳곳에 민중문화를 건설하고, 중심으로부터 편입된 문화생산물의 내용, 형식과 양태에 대해 반제국적이고 민중적인 관점에서 다시읽기와 다시쓰기를 끊임없이 행해야 한다. 근본적으로 눈부처 주체처럼 소수민족, 난민, 이주민, 성소수자, 비정규직 노동자, 장애인 등 배제된 타자의 아픔에 고통하고 연대하면서 소극적 자유만이 아니라 적극적 자유와 대자적 자유를 구현하는 새로운 인간형으로 거듭나 전혀 다르게 존재하며 새로운 세계를 열어야 한다. 그럴 때 우리는 근대의 위기와 모순을 극복하고서 다른 미래를 건설할 수 있을 것이다.

---

7 『4차 산업혁명과 대안의 사회』, 340쪽.

21세기 지금 여기, 자본과 제국의 착취와 수탈로 인하여 아직 계급모순과 민족모순이 주요 모순인 근대에 가상과 실재가 공존하고 인공지능이 글을 쓰는 탈근대가 겹쳐지는 시대를 맞아, 재현의 불가능성을 인식하면서도 문학적 대안으로 '자본주의 체제 바깥의 서사의 창조'와 '틈과 참의 리얼리즘'을 제안한다.

이제 자본주의체제가 만든 서사의 바깥으로 가서 새롭게 서사를 구성하는 것이 필요하다. 인간은 지배적 세계관과 담론이 구성한 서사의 바깥으로 나가기 전까지는 그 서사를 진실하다고 믿으며 반복한다. 자본주의 체제의 서사들은 한 마디로 말하여, 타락한 자와 진정한 가치를 추구하는 자가 자신/타자/부조리한 세계와 대결하는 서사, 혹은 고독과 불안, 소외로 몸부림치는 이의 독백이나 형식을 매개로 한 형상화였다. 이제 이와 다른 세계의 구성과 서사의 창조가 필요하다.

틈과 참의 리얼리즘은 객관적 실재, 주관적 실재, 상호주관적 실재로 이루어진 현실이 허구임을 알면서도 현실을 구성한다. 대신 객관적인 사실을 바탕으로 하되 그를 넘어 상호주관적으로. 이 이론은 재현의 불가능성을 알면서도 현실을 재현한다. 대신 핍진한 것이 아니라 그로테스크하게. 이는 진리가 다다를 수 없는 줄 알면서도 진리를 밝힌다. 대신 궁극적인 진리로서가 아니라 맥락과 지향에 따라 그 한 자락을.

이 이론은 허구와 실재, 이상과 현실, 당위와 존재, 마음과 몸의 어느 한 편에 머물지 않고 그 사이에서 진동하며 틈을 낸다.[8] 어떤 사건이나 이의

8 틈과 참은 시공간적인 개념이다. '틈'은 '사이', '겨를', '무위(無爲)를 가능하게 하는 빈틈[虛]'을 뜻한다. '참'은 '진리', '옳고 바름', '일이나 운동을 하다가 쉬는 장소이자 일과 일 사이의 짬'을 의미한다.

재현을 허구라 치부하면 어느새 현실을 구성하고, 실제라 착각하면 허구성이 드러난다. 이상을 바라지만 이루어지지 않을 듯하여 불안하고, 현실에 치우치면 이상과 거리를 확인할 때마다 절망한다. 당위를 좇으면 의미로 가득한 듯하지만 차이를 상실하고, 존재에 충실하면 권태롭고 모든 사건들은 차츰 의미를 잃어버린다. 마음을 따라가면 세계가 빚어지며 충만하지만 모든 대상이 허상이라 공허해지고, 몸에 기대면 환희심으로 빛나지만 감각의 늪에 빠져 허우적거린다. 이 딜레마를 맞아 어디 한편에 머물지 않고 치열하게 떨림을 하며 틈을 만들수록 진리에 다가간다. 그 치열한 떨림을 통하여, 허구로부터 분리하여 객관적 사실들을 많이 모을수록, 거짓의 장막을 걷어내고 진실을 더 캐낼수록, 이데올로기와 편견의 프리즘을 극복할수록, 객관적 사실과 주관적 해석을 더 많이 종합할수록, 객관에 묻혀버린 주체들의 마음과 무의식을 깨어나게 할수록, 우리는 참에 다가간다.

다양한 주체들이 자연, 환경, 타자들과 연기적으로 관계를 맺으며 세계를 구성하고 이의 의미를 해석하고 지향하고 실천하면서 현실을 구성한다. 실제 현실은 알 수도 없고 다다를 수도 없지만, 인간의 사건과 상징적 상호작용 행위用를 통해 일부 드러난다. 이는 텍스트相를 만든다. 이 텍스트가 몸을 품고 있기에 읽는 주체들은 이 텍스트를 해석하면서 텍스트에 담긴 현실과 의미를 읽는다.

그럼에도 실제 현실인 참의 현실體1과 텍스트를 통해 재구성한 몸의 현실體2은 동일하지 않다. 한 사건에 관련된 모든 텍스트를 동원한다 하더라도 영원히 실제 현실에 이를 수 없다. 실제 현실에 다가간다 하더라도 그 현실을 구성하고 있는 진리를 알 수도 없다. 우리는 각자 역사관과 사회관, 지향의식에 따라 해석할 뿐이고 그 해석 또한 다양하다. 근본적으로 의미와 진리를 결정할 수 없지만, 특정한 맥락이란 울타리를 치고 지향을 따르면 진리는 드러나고 의미는 결정 가능한 것이 된다.

반영상은 현실을 반영하여 생동하는 구체적 현실을 보여주고 이에 담긴 삶의 진실을 드러내지만, 그만큼 '쓰는 주체'를 현실을 반영하는 '모방적 예술가'로 머물게 하며, '읽는 주체'를 텍스트에 담긴 반영상과 현실을 관련시키며 텍스트의 의미를 마르크스주의 비평이나 역사주의 비평식으로 해석하게 하는 '역사적 독자'에 머물게 한다. 반면에 굴절상은 '쓰는 주체'를 '내포적 예술가'로 거듭나게 하여 그가 예술적 형상화를 고차원적으로 수행하게 하고 텍스트를 다채롭고 깊이 있게 의미화하게 하며, '읽는 주체'를 텍스트에 담긴 현실을 다양하면서도 구조적으로 해석하는 '내포적 독자'로 이끄는 대신 현실을 잃어버린다.

반영상은 굴절상이 현실을 버리고 비상하는 것을 붙잡아매고, 굴절상은 반영상이 쳐버린 울타리를 풀어버린다. 좋은 텍스트일수록 반영상과 굴절상의 이런 상호작용이 1차로 끝나지 않고 계속 반복된다. 이렇게 해서 텍스트의 의미는 끊임없이 드러나고 반영상이 야기할 수 있는 닫힌 읽기와 표층적 읽기를 넘어 열린 읽기와 구조적 읽기를 하며, 굴절상이 수반할 수 있는 비정치성과 비역사성도 지양하여 구체적 해석을 할 수 있게 된다. 열려고 하지만 구체성을 잃는 텍스트와 구체성을 갖지만 닫으려고 하는 맥락의 종합이 가능하다.

예술에서 '중요한 형식'은 항상 내용적이다. 형식을 내용으로부터 단절하는 것은 형식을 파괴하는 것이며, 내용을 형식으로부터 단절하는 것은 형식을 파괴하는 것이다. 형식의 새로운 실험, 기존에 없던 의미의 창조가 이루어져야 낯설게하기가 드러난다. 형식을 소홀히 한 예술은 예술성이나 독창성을 상실하고, 내용을 경시한 예술은 구체성과 진정성을 잃어버린다. 좋은 예술이란 형식이 새롭고 아름다우면서도 내용이 독창적이고 심오한 진리내용을 포함하면서 형식과 내용의 통일을 이룬 것이다. 하지만, 이것으로 충분하지 않다. 진정으로 좋은 예술은 이에서 더 나아가 낯설고 새로운 이미지와 의미를 드러내는 동시에 좋은 아우라와 기氣를 뿜어대는 것이다. 예술이 타율성을 방기한 채 고립되면 유토피아를 향한 비전을 잃은 채 문화산업의 하인으로 전락할 것이며, 자율성을 상실하면 기존체제를 전복할 부정성 또한 거세된다.[9]

이처럼 인공지능 시대에서 정치적으로 올바르고 문화적으로 의미 있는 예술의 창작과 감상, 해석과 비평이란 상호의존적이고 인과적인 생성자로서 존재가 작품을 매개로 가상/증강/실제 현실로 이루어진 세계를 만나서 동일성에서 벗어나 가상현실과 실제 현실, 이상과 현실, 사실과 상상, 로고스와 뮈토스, 사상과 정서, 세계와 자아, 형식과 내용, 반영상과 굴절상, 인쇄된 문자와 여백, 미메시스와 판타지, 작가와 독자, 텍스트와 맥락의 사이에서 어느 한 편에 머물지 않고 끝없이 진동하는 가운데 틈을 내고 아름다움과 의미들을 새롭게 느끼고 해석하면서 소유와 욕망을 포기하고 현실을 포복하고 모든 타자를 아우르며 초월하는 포월抛越/匍越/包越을 행하면서 참을 향하여 다가가는 것이다.

모든 것이 허상인 줄 알면서 현실을 구성한다. 모든 것은 연기적 관계

9 틈과 참의 리얼리즘에 대해서 세월호를 예로 들어 설명하며 이론을 기술한 것은 『4차 산업혁명과 대안의 사회 2-4차 산업혁명과 간헐적 팬데믹 시대』, 138~149쪽, 반영상과 굴절상의 부분은 『화쟁기호학, 이론과 실제』, 191~199쪽 참고.

속에서 나고 변하며 머물다가 사라진다. 그 영겁의 순환 속에서, 이것과 저것 사이의 떨림은 틈을 만들고, 이 틈이 차이를 빚어낸다. 차이로 인하여 기억은 주름이 잡히고 반복은 다시 가능해진다. 그러기에 그에 의미를 부여하며, 정녕 오지 않을 것이기에 기다리고, 누구도 궁극적인 참에 이를 수 없기에 그를 향하여 나아간다.

참고문헌

동양 논저

강내희, 「한국의 식민지 근대성과 충격의 번역」, 『문화과학』 31, 문화과학사, 2002.

강만길, 『조선 후기 상업자본의 발달』, 창비, 2018.

강명관, 「사설시조의 창작향유층에 대하여」, 『민족문학사연구』 4, 민족문학사연구소, 1993.

_____, 「조선 후기 서울과 한시의 변화」, 『민족문학사연구』 6, 민족문학사학회, 1994.

_____, 『조선 후기 여항문학연구』, 창비, 1997.

_____, 『조선시대 문학예술의 생성공간』, 소명출판, 1999.

_____, 『공안파와 조선 후기 한문학』, 소명출판, 2007.

_____, 『국문학과 민족 그리고 근대』, 소명출판, 2007.

_____, 『공안파와 조선후기 한문학』, 소명출판, 2007.

_____, 『한양가』, 신구문화사, 2008.

_____, 『조선의 뒷골목 풍경』, 푸른역사, 2013.

_____, 『허생의 섬, 연암의 아나키즘』, 휴머니스트, 2017.

고동환, 「서울 600년 조선 후기 시장과 상인」, 『역사비평』 24, 1994.

_____, 「조선 후기 한성부 행정 편제의 변화」, 『서울학연구』 11, 1998.

_____, 「조선 후기 서울의 인구 추세와 도시문제 발생」, 『역사와 현실』 28, 1998.

_____, 「근대이행기 빈민의 삶과 저항」, 『역사비평』 46, 역사비평사, 1999.

_____, 「조선 후기 경강지역 행정편제의 변동과 인구추세」, 『서울학연구』 24, 2005.

_____, 「조선 후기 서울 삼문(三門) 밖 지역의 특성」, 『서울학연구』 59, 2015.

고미숙, 「사설시조의 역사적 성격과 그 계급적 기반 분석」, 『어문논집』 30, 고려대 국어국문학과, 1991.

_____, 「조선 후기 비평담론의 두 가지 흐름－연암과 다산의 차이에 대하여」, 『대동문화연구』 41, 성균관대 대동문화연구원, 2002.

高晶玉, 『古長時調選註』, 정음사, 1949.

_____, 『朝鮮民謠研究－元始藝術로서의 民謠一般과 庶民文學으로서의 朝鮮 民謠 』, 수선사. 1949.

고혜경, 「'덴동어미 화전가' 연구」, 『한국언어문학』 35, 한국언어문학회, 1995.

권보드래, 『연애의 시대－20세기 초반의 문화와 유행』, 현실문화연구, 2003.

권순긍, 「토끼전의 매체변환과 존재방식」, 『고전문학연구』 30, 한국고전문학회, 2006.
권순회, 「초당문답가의 이본 양상과 주제적 의미」, 고려대 고전문학·한문학연구회 편, 『19세기 시가문학의 탐구』, 집문당, 1995.
권태억, 「한국 근현대사와 일제의 식민지 지배」, 학술단체협의회 제4회 연합 심포지엄, 『자본주의 세계체제와 한국 사회』, 한울, 1991.
김경미·조혜란 역주, 『19세기 서울의 사랑-절화기담, 포의교집』, 여이연, 2003.
김대행, 『시조유형론』, 이화여대 출판부, 1986.
김도련, 『주주금석 논어』, 웅진지식하우스, 2015.
김동욱·김태준·설성경, 『춘향전 비교연구』, 삼영사, 1979.
金萬重, 『西浦漫筆』.
김문기, 「小白山大觀錄」, 『서민가사연구』, 형설출판사, 1983.
김문용, 『홍대용의 실학과 18세기 북학사상』, 예문서원, 2005.
김상률, 「탈식민시대의 재현의 정치」, 인문학연구소 편, 『탈근대의 담론과 권력 비판』, 한양대 출판부, 2002.
김상진, 「〈셔유견문록〉에 나타난 西洋, 그 열망의 공간」, 『한국언어문화』 제43집, 한국언어문화학회, 2010.
김성기 편, 『모더니티란 무엇인가』, 민음사, 1994.
金聖培·朴魯春·李相寶·丁益燮 編著, 『註解 歌辭文學全集』, 집문당, 1961.
______, 「조선 후기 수공업의 발전과 새로운 경영 형태」, 『대동문화연구』 9, 성균관대 대동문화연구원, 1974.
김영호, 「조선 후기에 있어서의 도시 상업의 새로운 전개」, 『한국사연구』 2, 한국사연구회, 1968.
______, 「조선 후기 수공업의 발전과 새로운 경영 형태」, 『대동문화연구』 9, 성균관대 대동문화연구원, 1974.
김용섭, 『조선 후기농업사연구』 II, 일조각, 1984.
김용찬, 「청구영언(육당본)의 성격과 시가사적 위상」, 고려대 고전문학·한문학연구회 편, 『19세기 시가문학의 탐구』, 집문당, 1995.
김용철, 「〈덴동어미화전가〉 연구」 1, 고려대 고전문학·한문학연구회 편, 『19세기 시가문학의 탐구』, 집문당, 1995.
김용현, 『주자학에서 실학으로』, 고려대 민족문화연구원, 2019.
김욱동, 『탈춤의 미학』, 현암사, 1994.

김원모, 「이종응(李鍾應)의 '서사록(西槎錄)'과 '셔유견문록' 해제 · 자료」, 『동양학』 32, 단국대 동양학연구소, 2002.
_____, 「한국의 영국 축하사절단 파견과 한 · 영 외교 관계」, 『東洋學』 32, 단국대 동양학 연구소, 2002.
金元中, 「'詩言志'說의 經學的 土臺에 關한 檢討」, 『中國語文學』 35, 영남중국어문학회, 2000.
김윤조, 「槫村 李廷燮의 생애와 문학」, 『한국한문학연구』 14, 한국한문학회, 1991.
김윤희, 『조선 후기 사행가사의 문학적 흐름』, 소명출판, 2012.
김일렬, 「시조에 나타난 시간의식-황진이 · 이황 · 이현보의 작품을 대상으로」, 백영 정병욱 선생 환갑기념논총간행위원회, 『한국시가문학연구』, 신구문화사, 1983.
김정인, 「식민사관 비판론의 등장과 내재적 발전론의 형성」, 『사학연구』 125, 한국사학회, 2017.
김종철, 「운명의 얼굴과 신명-〈된동어미화전가〉」, 『한국고전시가작품론』 2, 집문당, 1992.
_____, 「19~20세기 전반기 공동체의 변화와 판소리」, 『구비문학연구』 21, 한국구비문학회, 2005.
_____, 「'하재일기(荷齋日記)'를 통해 본 19세기 말기 판소리 창자와 향유층의 동향」, 『판소리연구』 32, 판소리학회, 2011.
김진영 · 고영건, 「조선 후기 적장자 상속에 대한 역사심리학적 분석」, 『담론 201』 Vol.12 No.1, 한국사회역사학회, 2009.
김태우, 「식민지 근대화론, 패러다임 자체에 대한 비판적 접근」, 『한국역사연구회회보』 41, 한국역사연구회, 2000.
김필동, 「'통속도덕'론 소고」, 『동북아 문화연구』 Vol.1 No.48, 동북아시아문화학회, 2016.
김학성, 『國文學의 探究』, 성균관대 출판부, 1987.
_____, 『한국고시가의 거시적 탐구』, 집문당, 1997.
_____, 「근대논의 문제와 18세기 우리 시가」, 『한국시가연구』 28, 한국시가학회, 2010.
김현 · 김윤식, 『한국문학사』, 민음사, 1997.
김현식, 『포스트모던 시대의 역사란 무엇인가』, 휴머니스트, 2006.
김혜원, 「'이식문화론'에 나타난 탈식민성과 '탈이식문화론'-호미 바바의 '혼종성' 담론을 중심으로」,『국어문학』 53, 국어국문학회, 2012.
김호범, 「前近代 東아시아에서의 商品貨幣經濟 發展에 관한 비교 · 고찰-韓中日의 商品貨幣經濟를 중심으로」, 『經濟研究』 제5권 1호, 한국국민경제학회, 1996.
김흥규, 『朝鮮後期의 詩經論과 詩意識』, 고려대 민족문화연구소 출판부, 1982.

김흥규, 「19세기 전기 판소리의 연행환경과 사회적 기반」, 『어문논집』 30, 안암어문학회, 1991.
______, 「조선 후기 시조의 불안한 사랑 모티프와, '연애시대'의 前史」, 한국시가학회, 『동아시아의 시가문학과 근대의 발견』, 2007.11.23~24.
______ 외, 『고시조대전』, 고려대 민족문화연구원, 2012.
나병철, 「한국문학과 탈식민」, 『상허학보』 14, 상허학회, 2005.
남정희, 「'한양가'에 나타난 공간의 의미 탐색」, 『한어문교육』 26, 한국언어문학교육학회, 2012.
藤野裕子, 「戰前日本の土木建築業と朝鮮人勞働者」, The 3rd East-Asia Humanities Forum, 北京 清華大學, 2012.3.16~17.
『大正藏』, 第14冊, 『維摩詰所說經』(No.0475).
류종렬 · 남부진 · 이태숙 · 정혜영, 「근대의 성립과 연애의 발견-기생과 여학생을 중심으로 한 한일 비교문학 연구」, 『한국문학논총』 43, 한국문학회, 2006.
리보중, 이화승 역, 『중국경제사연구의 새로운 모색』, 책세상, 2006.
磨嶽老樵, 〈靑丘永言 後跋〉, 金天澤, 『(珍本) 靑丘永言』.
미야자키 이치사다, 「部曲から佃戶へ (下)-唐宋間社會變革の一面」, 『東洋史硏究』, 第 三十卷 第一 一瞬, 昭和 四十六(1971)年 六月.
민족문화추진회, 『국역 대동야승』, 민중서관, 1971.
박기수, 「한국과 중국의 자본주의맹아론」, 『史林』 28, 수선사학회, 2007.
박노준, 「'해유가'의 세계 인식」, 『한국학보』 17, 일지사, 1991.
______, 『조선 후기 시가의 현실인식』, 고려대 만족문화연구원, 1998.
______, 「'해유가'와 '셔유견문록' 견주어 보기」, 『한국언어문화』 23, 한국언어문화학회, 2003.
박병수, "'아프간 침공 20년'이 남긴 숫자… 사망자 17만 명, 난민 500만 명, 전비 1,100조 원", 『한겨레신문』, 2021.8.16.
박상진, 「새로운 동아시아 담론의 상상-구성과 해체, 재구성의 변이」, 『한국언어문화』 29, 한국언어문화학회, 2006.
박성봉, 『대중예술의 미학』, 동연, 1999.
박성창, 「오리엔탈리즘과 옥시덴탈리즘을 넘어서」, 『한국학연구』 28, 고려대 한국학연구소, 2008.
朴世堂, 『思辨錄』.
박수밀, 「연암 박지원의 문예미학 연구」, 한양대 박사논문, 2000.
______, 「조선 후기 언어 문자관의 토대와 전개-18세기 연암그룹 및 다산, 항해와의 비교를 중심으로」, 『한국한문학연구』 40, 한국한문학회, 2007.

박수진, 「타자의 시선으로 바라본 北京[燕京]의 재현 양상－〈무자서행록〉과 〈병인연행가〉를 중심으로」, 『한국언어문화』 68, 한국언어문화학회, 2019.
박애경. 「조선 후기 시조의 통속화 과정과 양상 연구」, 연세대 박사논문, 1997.
박애경, 「조선 후기 시조와 통속성」, 『연세어문학』 30-31, 연세대 국어국문학과, 1999.
_____, 「조선 후기 시조에 나타난 도시와 도시적 삶」, 『시조학논총』 16, 한국시조학회, 2000.
_____, 「조선 후기 유흥공간과 일탈의 문학」, 『여성문학연구』 14, 한국여성문학학회, 2005.
_____, 「대한제국기 가사에 나타난 이국 형상의 의미」, 『고전문학연구』 31, 한국고전문학회, 2007.
박영미, 「19세기 조선인의 서구관－서양 기물의 수용과 그 영향을 중심으로」, 『한문학논집』 32, 근역한문학회, 2011.
박제가, 안대회 역, 『북학의』, 돌베개, 2003.
朴趾源, 『燕巖集』.
박지원, 간호윤 역, 「허생전」, 『연암 박지원 소설집』, 새물결플러스, 2016.
박찬승, 「한국학연구 패러다임을 둘러싼 논의－내재적 발전론을 중심으로」, 『한국학논집』 35, 한국학연구원, 2007.
_____, 『근대 이행기 민중운동의 사회사』, 경인문화사, 2008
방민호, 「임화의 '이식문화론' 재고」, 『관악어문연구』 27, 관악어문학회, 2002.
배성준, 「'식민지 근대화' 논쟁의 한계 지점에 서서」, 『당대비평』 13, 2000.
백　철, 『신문학사조사(개정판)』, 민중서관, 1962.
사카이 나오키, 「염치 없는 국민주의－서양과 아시아라는 이항대립의 역사적 역할에 대하여」, 『일본연구』 6, 고려대일본학연구소, 2006.
사회과학원 역사연구소, 『조선통사』, 오월, 1988.
서대석, 「시조에 나타난 시간의식」, 백영 정병욱 선생 환갑기념논총간행위원회, 『한국시가문학연구』, 신구문화사, 1983.
서지영, 「조선시대 기녀 섹슈얼리티와 사랑의 담론」, 『한국고전여성문학연구』 5, 한국고전여성문학회, 2002.
성무경, 「'복선화음가'류 가사의 이본현황과 텍스트 소통」, 『민족문학사연구』 22, 민족문학사학회, 2003.
성정용, 「가야지역의 철 생산과 유통 양상」, 『역사와 담론』 85, 호서사학회, 2018.
성현경, 「南原古詞本 春香傳의 구조와 의미」, 『고전소설연구의 방향』, 한국고전문학회, 1985.

성호경, 「조선 후기 '平民詩歌'의 통속예술적 성격」, 『한국고전연구』 20, 한국고전연구학회, 2009.
손석춘. 『한국 공론장의 구조변동』, 커뮤니케이션북스, 2005.
신경숙, 「사설시조의 연행과 의미자질」, 『한성어문학』 11, 한성대 한성어문학회, 1992.
신성환, 「조선 후기 유교의 통속화와 愚夫歌」, 『한국시가연구』 41, 한국시가학회, 2016.
신승엽, 「이식과 창조의 변증법」, 『창작과 비평』 73, 창비, 1991년 가을.
신승환, 『포스트모더니즘에 대한 성찰』, 살림, 2003.
신용하, 「두레공동체와 농악의 사회사」, 『한국사회연구』 2, 한길사, 1985.
_____, 「일제 잔재 청산과 정신대 대책문제」, 『세계 체제 변동과 현대 한국』, 집문당, 1994.
신익철, 「18세기 연행사와 서양 선교사의 만남」, 『韓國漢文學硏究』 51, 한국한문학회, 2013.
申維翰, 『青泉集』.
실시학사 고전문학연구회 역주, 『역주 이옥전집』·2, 소명출판, 2001.
심상인, 「사설시조의 시간상 연구－16세기 강호시가와의 대비적 고찰」, 고려대 석사논문, 1989.
심혜련, 「놀이공간으로서 대도시와 새로운 예술체험－발터 벤야민 이론을 중심으로」, 『공간과 도시의 의미들』, 소명출판, 2004.
양정심, 「제주 4·3항쟁에 관한 연구」, 『성대사림』 11, 성균관대 사학회, 1995.
_____, 「제주 4·3항쟁과 레드콤플렉스」, 『史叢』 63, 역사연구회, 2006.
龍樹菩薩, 鳩摩羅什 譯, 『中論』(T30n1564_003).
袁宏道, 『袁宏道集箋校』 卷35.
袁　枚, 王英志 校點, 『袁枚全集』 卷參, 隨園詩話 卷3, 江蘇：江蘇古籍出版社, 1993.
_____, 周本淳 標校, 『小倉山房續文集』 卷30, 『小倉山房詩文集』, 上海：上海古籍出版社, 1998.
元　曉, 『金剛三昧經論』, 『한국불교전서』 제1책, 동국대 출판부, 1979.
_____, 『大乘起信論疏記會本』, 『한국불교전서』 제1책, 동국대 출판부, 1979.
유승주, 「조선 후기 금은동 광업의 물주제 연구」, 『한국사연구』 36, 한국사연구회, 1982.
유해춘, 「辭說時調에 나타난 大衆藝術의 美學」, 『시조학논총』 12, 한국시조학회, 1996.
윤석산, 「용담유사에 나타난 낙원사상 연구」, 『한국학논집』 8, 한양대 한국학연구소, 1985.
_____, 「동학가사에 나타난 근대의식 연구」, 『한국학논집』 25, 한양대 한국학연구소, 1994.
_____, 『용담유사 연구』, 모시는사람들, 2006.
윤성근, 『윤선도작품집』, 형설출판사, 1977.
윤재민, 「중인문학(中人文學)의 개념과 성격」, 『한국한문학연구』 17, 한국한문학회, 1994.
義　湘, 『華嚴一乘法界圖』, 『한국불교전서』 제2권, 동국대 출판부, 1994.

李　鵬, 「18~19세기 동아시아 漢詩圈에서 '性靈說'의 수용 양상」, 『한국학논집』, 한양대 한국학연구소, 2008.
이경해, 「파리외방전교회와 조선의 만남」, 『인문과학연구』17, 동덕여대 인문과학연구소, 2011.
李奎報, 『東國李相國後集』.
이기봉, 「중고기 신라 왕경에서 불교의 공인과 도시의 변화」, 『신라문화』 20, 동국대 신라문화연구소, 2002.
李德懋, 『青莊館全書』.
이도흠, 『화쟁기호학, 이론과 실제－화쟁사상을 통한 형식주의와 마르크시즘의 종합』, 한양대 출판부, 1999.
_____, 「삼국유사 텍스트에서 반영과 굴절의 변인과 原理－경문왕 설화와 조신몽 설화를 중심으로」, 『설화와 역사』, 집문당, 2000.
_____, 「왜, 어떻게 대중문화를 낯설게 읽을 것인가」, 기호학연대 편, 『대중문화 낯설게읽기』, 문학과경계사, 2003.
_____, 「포스트모더니즘 문예이론과 원효 화쟁의 비교 연구」, 『Comparative Korean Studies』, Vol.12 No.1, 국제비교한국학회, 2004.
_____, 「재현의 위기론의 타당성과 한계」, 『미학·예술학 연구』 22, 한국미학예술학회, 2005.
_____, 「민족주의 계열 지식인의 근대적 세계관 수용 양상과 의미－만해 한용운을 중심으로 단재 신채호와 백암 박은식을 비교하여」, 『한국언어문화』 27, 한국언어문화학회, 2005.
_____, 「기호와 이미지, 문자 세대와 영상 세대의 소통」, 『인간연구』 11, 가톨릭대 인간학연구소, 2006.
_____, 「역사 현실의 기억과 흔적의 텍스트화 및 해석－화쟁기호학을 중심으로」, 『기호학 연구』 19, 한국기호학회, 2006.
_____, 「18~19세기 가사에서 상품화폐 경제에 대한 태도 유형 분석」, 『고전문학연구』 34, 한국고전문학회, 2008.
_____, 「18~19세기의 시조에 나타난 사랑의 태도 유형 분석」, 『한국문학이론과 비평』 41, 한국문학이론과 비평학회, 2008.
_____, 「18~19세기 조선조 시가의 변모양상과 근대성 문제」, 『한국학논집』 43, 한양대 한국학연구소, 2008.
_____, 「서울의 기호학－어제, 오늘, 내일 : 서울의 사회문화적 공간과 그 재현 양상 연구 : 19세기의 『포의교집』, 일제시대의 『천변풍경』, 1960년대의 『서울, 1964년 겨울』을 중심으로」,

『기호학연구』 25, 한국기호학회, 2009.
이도흠, 「18세기 시조에서 탈중세성의 지향과 근대성 문제」. 『한국시가연구』 28, 한국시가학회, 2010.
______, 「마당-열림과 닫힘의 세미오시스」, 『기호학연구』 27, 한국기호학회, 2010.
______, 「지배 권력의 폭력과 시민 저항의 역학관계-희망버스를 중심으로」, 『다시, 희망을 연다-희망버스의 사회적 의미와 쟁점토론회』, 교수3단체(전국교수노조, 민주화를 위한 전국교수협의회, 학술단체협의회)·민주사회를 위한 변호사모임·희망의 버스 기획단, 2012.3.12.
______, 『인류의 위기에 대한 원효와 마르크스의 대화』, 자음과모음, 2015.
______, 「새로운 정치세력의 가치와 노선」, 국민모임, 『야권 교체 없이 정권교체 없다-국민모임 서울 대토론회』, 2015.1.12.
______, 「동아시아 문학, 새로운 패러다임과 방법론」, 『비교문학』 77, 한국비교문학회, 2019.
______, 「동아시아 문학에서 타자의 재현과 타자성의 구현」, 『한국언어문화』 73, 한국언어문화학회, 2020.
______, 「차이의 근대성으로서 18~19세기의 시조에서 성적 욕망과 권력, 이데올로기의 상관관계」, 『한국연구』 5, 한국연구원, 2020.
______, 『4차 산업혁명과 대안의 사회 2권-4차 산업혁명과 간헐적 팬데믹 시대』, 특별한 서재, 2020.
______, 「간헐적 팬데믹 시대-위기와 모순의 중첩과 대안」, 『마르크스주의 연구』, 제18권 제1호, 경상대 사회과학연구원, 2021.
______, 「인간의 본성에 대한 융합적 연구와 새로운 지평」, 『한국언어문화』 76, 한국언어문화학회, 2021.
______, 「조선 후기 가사에서 타자로서 서양의 재현 양상과 근대성의 관계」, 『한국시가연구』 54, 한국시가학회, 2021.
이동일, 「〈병인연행가〉에 나타난 서술자의 복합적 시선과 그 의미」, 『어문학보』 28, 강원대 국어교육과, 2007.
李東歡, 「朝鮮 後期 天機論」의 槪念 및 美學理念과 그 文藝·思想的 聯關」, 『한국한문학연구』 28, 한국한문학회, 2001.
이만열, 「일제 '식민지 근대화론' 검토」, 『한국 근현대 역사학의 흐름』, 푸른역사, 2007.
이상택, 「고전소설의 사회와 인간」, 『한국사상대계』 I, 성균관대 대동문화연구원, 1973.
이석규, 『조선 전기 민본사상과 민』, 국학자료원, 2020.

이수곤, 「사설시조의 통속문학적 성격연구」, 서강대 박사논문, 2004.
李　植, 『澤堂先生別集』.
이영훈, 「한국 자본주의 맹아론 문제에 대하여」, 『한국의 사회경제사』, 한길사, 1987.
_____, 『조선 후기사회경제사』, 한길사, 1988.
李　鈺, 『藝林雜佩』.
李用基 編, 鄭在皓·金興圭·田耕旭 註解, 『註解 樂府』, 고려대 민족문화연구소, 1992.
이이화 편, 『朝鮮庶孼關係資料集』, 여강출판사, 1985.
이종민, 『중국 사상과 대안 근대성』, 현암사, 2017.
李　贄, 「童心說」, 『焚書』 卷三, 『李贄文集』 卷1, 北京 : 社會科學文獻出版社, 2000.
이진경, 『근대적 시·공간의 탄생(개정증보판)』, 그린비, 2012.
李天輔, 『浣巖集』.
이철희, 「연행 여정에서 형성된 '탈중화'의 두 번째 경로」, 『大東文化硏究』 90, 성균관대 대동문화연구원, 2015.
이한음, 『호모 엑스페르투스-실험, 인류의 미래를 열다』, 효형출판, 2008.
이해준, 「한국의 마을문화와 자치·자율의 전통」, 『한국학논집』 32, 계명대 한국학연구원, 2005.
이헌창, 「조선 후기 자본주의 맹아론과 그 대안」, 『한국사학사학보』 17, 한국사학사학회, 2008.
이형대, 「사설시조와 성적 욕망의 지층들」, 민족문학사학회, 『민족문학사연구』 17, 2000.
_____, 「사설시조에 나타난 시·공간 표상의 양상」, 『한국시가연구』 12, 한국시가학회, 2002.
_____, 「사설시조의 근대성-사설시조의 시적 시선과 근대적 시각 場의 연관에 대한 시론적 탐색」, 『한국시가연구』 28집, 한국시가학회, 2010.
이홍식, 「19세기 초 沆瀣 洪吉周의 글쓰기 경향」, 『국제어문』 42, 국제어문학회, 2008.
이훈상, 「朝鮮 後期의 鄕吏와 近代 이후 이들의 進出-仲裁엘리뜨의 談論과 그 歸結」, 『역사학보』 141, 역사학회, 1994.
_____, 「조선 후기 사회 규범들 간의 갈등과 향리사회의 문화적 대응-판소리 흥보전과 중재 문화의 발전」, 『판소리연구』 16, 판소리학회, 2003.
인권환 역주, 「토공전」, 『토끼전』, 고려대 민족문화연구소, 1993.
임규찬·한진일 편, 『임화 신문학사』, 한길사, 1993.
임기중 편저, 『한국가사문학주해연구』 20, 아세아문화사, 2005.
_____, 『한국역대가사문학집성』, 2005.(www.krpia.co.kr)
_____, 『조선외교문학집성(연행록) 증보판』, 2017.(www.krpia.co.kr)

임재해, 『하회탈 하회탈춤』, 지식산업사, 1999.
임종권, 「서양사와 일본사의 융합으로 보는 일제 식민사관의 탄생－식민사관과 랑케 실증주의 사학」, 『역사와 융합』 5, 바른역사학술원, 2019.
임지현, 『민족주의는 반역이다』, 소나무, 1999.
임화문학예술전집 편찬위원회, 『문학사』, 소명출판, 2009.
_______________, 『문학의 논리』, 소명출판, 2009.
張師勛, 『國樂總論』, 정음사, 1976.
莊　子, 오강남 역, 『莊子』, 현암사, 1999.
전상운, 『한국과학사』, 사이언스북스, 2000.
전상인, 「식민지 근대화론에 대한 이해와 오해」, 『동아시아비평』 1, 한림대 아시아문화연구소, 1998.
정기용, 『사람 · 건축 · 도시』, 현실문화, 2008.
정무룡, 「〈덴동어미화전가〉의 형상화방식과 함의」, 『한민족어문학』 52, 한민족어문학회, 2008.
정　민, 「沆瀣 洪吉周의 독서론과 문장론」, 『대동문화연구』 41, 성균관대 대동문화연구원, 2002.
鄭碩謨, 『東學亂記錄』 上卷, 국사편찬위원회, 1971.
丁若鏞, 『與猶堂全書』.
_____, 다산연구회 역주, 『譯註 牧民心書』 2, 창비, 1979.
정옥자, 「19세기 초 中人文學의 새로운 結集形態－溪社遺唾」, 『泰東古典硏究』 10, 翰林大學校 泰東古典硏究所, 1993.
정진상, 「농민 집강소를 통해서 본 갑오농민전쟁의 사회적 지향」, 『사회와 역사』 27, 한국사회사학회, 1991.
정진상, 「갑오 농민 전쟁 시기 집강소의 조직 자원」, 『사회와 역사』 62, 한국사회사학회, 2002.
정출헌, 「봉건국가 해체와 토끼전의 결말구조」, 『고전문학연구』 13, 한국고전문학회, 1998.
_____, 「판소리 담당층의 변화에 따른 19세기 판소리사와 중고제의 소멸」, 『민족문화연구』 31, 고려대 민족문화연구소, 1998.
정충권, 「토끼전 결말의 변이양상과 고소설의 존재방식」, 『새국어교육』 71, 한국국어교육학회, 2005.
정태헌, 「해방 후 한국에서 일제 식민지상(像)의 변화와 과제」, 『식민지 근대화론의 비판적 검토』, 한국사회학회 · 한국역사연구회 공동 학술 심포지엄, 1996.
정혜원, 「시조에 있어서의 공간인식의 방법」, 『시조학논총』 창간호, 한국시조학회, 1985.

정호운, 「1728년의 정치변란에 대한 정부의 대책과 규범서」, 『歷史와 實學』 76, 역사와실학학회, 2021.
정흥모, 「〈덴동어미화전가〉의 세계인식과 조선 후기 몰락 하층민의 한 양상」, 『어문논집』 30, 민족어문학회, 1991.
조규익, 『만횡청류의 미학』, 박이정, 1996.
조동일, 「갈등에서 본 춘향전의 주제」, 이상택 · 서대석 · 성현경 편, 『한국고전소설』, 계명대 출판부, 1974.
_____, 『탈춤의 역사와 원리』, 홍성사, 1979.
_____,『국문학 연구의 방향과 과제』, 새문사, 1983.
_____, 『하나이면서 여럿인 동아시아문학』, 지식산업사, 1999.
_____ · 김흥규 공편, 『판소리의 이해』, 창비, 1978.
『조선왕조실록-태백산사고본』 30책 40권.(http://sillok.history.go.kr)
조연현, 『한국현대문학사』, 성문각, 1985.
조우호, 「괴테의 세계문학 개념과 세계문학의 현재적 의미」, 『하인리히 뵐』 8, 한국하인리히 뵐 학회, 2008.
조지형. 「포스트모던 시대의 기호학적 역사학－화쟁기호학을 중심으로」. 『역사학보』 165, 2000.
조해숙, 「시조에 나타난 시간의식과 시적 자아의 관련 양상 연구－〈청구영언〉과 〈가곡원류〉의 비교 검토를 중심으로」, 서울대 박사논문, 1999.
_____, 「사설시조 담당층과 문학적 성격」, 『국문학연구』 9, 서울대 국문학연구회, 2003.
_____, 「근대 전환기 국문시가의 '장르적' 변환과 근대성」, 『고전문학과 교육』 8, 한국고전문학교육학회, 2004.
조형근, 「근대성의 내재하는 외부로서 식민지성/식민지적 차이와 변이의 문제」, 『사회와 역사』 73, 한국사회사학회, 2007.
_____, 「일제 식민지기 재래시장의 사회사적 분석을 통한 식민지근대성론의 사회변동론적 재구성」, 『한국사회학』 Vol.48 No.5, 한국사회학회, 2014.
주강현, 「조선 후기 변혁운동과 민중조직」, 『역사비평』 2, 역사비평사, 1988.
_____, 「두레의 조직적 성격과 운영방식」, 『역사민속학』 5, 한국역사민속학회, 1996.
주은우, 『시각과 현대성』, 한나래, 2003.
천 꽝싱, 백지운 외역, 『제국의 눈』, 창비, 2003.
최동원, 『고시조론』, 삼영사, 1986.

崔　岦,『簡易文集』.
최상천,「정약용의 여전제의 기본원리」,『한국전통문화연구』 10, 효성여대 한국전통문화연구소, 1995.
최원규,「한말 일제 초기 토지조사와 토지법 연구」, 연세대 박사논문, 1994.
崔正洛,「두 春香의 性格 比較－南原古詞와 烈女春香守節歌를 중심으로」,『語文學』 44 · 45, 한국어문학회, 1984.
최제우,『용담유사』, 천도교 청년회본.
______, 윤석산 주해,『동경대전』, 동학사, 1996.
______, 윤석산 주해,『용담유사』, 동학사, 1999.
최현재,「미국 기행가사 〈海遊歌〉에 나타난 자아인식과 타자인식 고찰」,『한국언어문학』 58, 한국언어문학회, 2006.
틱낫한, 이도흠 역,『엄마』, 아름다운 인연, 2009.
하윤섭,「가부장적 이데올로기의 모순과 상상적 봉합－「복선화음가」에 대한 연구사 검토와 새로운 독법의 마련」,『한민족어문학』 63, 한민족어문학회, 2013.
하윤섭,『조선조 오륜 시가의 역사적 전개 양상』, 고려대 민족문화연구원, 2014.
한상권,「18세기 말~19세기 초의 場市發達에 대한 基礎研究-慶尙道地方을 중심으로」,『한국사론』 7, 서울대 인문대학 국사학과, 1981.
______,『朝鮮後期 社會와 訴寃制度－上言擊錚研究』, 일조각, 1996.
許　筠,『惺所覆瓿稿』.
허수열,『개발 없는 개발』, 은행나무, 2005.
______,「식민지근대화론의 쟁점－근대적 경제성장과 관련하여」,『동양학』 41, 단국대 동양학연구소, 2007.
嵇　康, 한흥섭 역,「嵇康의 聲無哀樂論」,『한국음악사학보』 21, 한국음악사학회, 1998.
홍기돈,「이광수의 친일이념 다시 읽기－욕망의 구조와 허위의식을 중심으로」,『인간연구』 22, 가톨릭대 인간학연구소, 2011.
洪世泰,『柳下集』.
洪大容,『湛軒書』.
황묘희,「집강소의 농민사회 신질서 수립을 위한 개혁활동」,『동학학보』 제10권 2호, 동학학회, 2006.

※ 불경은 CBETA(http://tripitaka.cbeta.org/), 중국 고전은 中國哲學書電子化計劃(https://ctext.org/), 한국 고전은 한국고전번역원(www.itkc.or.kr)을 활용하여 검색하거나 번역을 참고하였다.

서양 논저

Agamben, Giorgio, tr. Daniel Heller-Roazen, *Homo Sacer, Sovereign Power and Bare Life*, Stanford : Stanford University Press, 1995.

Ang, Ien, *Living Room Wars-Rethinking Media Audience for a Postmodern World*, London : Routledge, 1996.

Belk, R. W., "Materialism : Trait Aspects of Living in the Material World", *Journal of Consumer Research* 12, 1985.

Bleiker, Roland, "Art After 9/11", *Alternatives* Vol. 31 No.1, 2006.

Bogaard, Amy et al., "The Farming-inequality nexus; new insights from ancient Western Eurasia", *Antiquity* Vol. 93, October 2019.

Deleuze, Gille, tr. Paul Patton, *Difference and Repetition*, New York : Columbia University Press, 1994.

Derrida, Jacques, tr. David B. Allison, *Speech and Phenomena and Other Essays on Husserl's Theory of Sign*, Evanston : Northwestern University Press, 1973.

Derrida, Jacques, tr. Alan Bass, *Writing and Difference*, Chicago : University of Chicago Press, 1978.

____________, tr. Alan Bass, *Positions*, Chicago : University of Chicago Press, 1982.

Desjardins, Jeff, "Ranking the world's most populous cities, over 500 years of history", *Visual Capitalist*, July, 2019.(https://www.visualcapitalist.com/worlds-most-populous-cities-500-years-history)

Eagleton, Terry, *Literary Theory*, Minneapolis : University of Minnesota Press, 1983.

____________, *The Illusion of Postmodernism*, Oxford : Basil Blackwell, 1996.

Eisenstadt, Shmuel N., "Multiple Modernities", *Daedalus : Proceedings of the American Academy of Arts and Science*, Vol.129, No.1, winter, 2000.

Florio, Marta et.al., "Human-specific gene ARHGAP11B promotes basal progenitor amplification and neocortex expansion", *Science*, v.347 no.6229, 2015.

Fochesato, Mattia; Bogaard, Amy; Bowles, Samuel, "Comparing ancient inequalities : the challenges of comparability, bias and precision", *Antiquity*, Volume 93, August 2019.

Galtung, Johan, "Violence, Peace, and Peace Research", *Journal of Peace Research*, Vol.6, Peace Research Institute, 1969.

______________, "Cultural Violence", *Journal of Peace Research*, Vol.27, Peace Research Institute, 1990.

Gramsci, Antonio, ed. & tr. Quentin Hoare and Geoffrey Nowell Smith, *Selection from the Prison Notebooks*, London : Lawrence & Wishart, 1971.

Greimas, A. J., tr. Daniele McDowell, Ronald Schleifer and Alan Velie, *Structural Semantics*, Lincoln : Univ of Nebraska Press, 1966.

______________, tr. Paul Perron and Frank H. Collins, *On Meaning, Selected Writings in Semiotic Theory*, Minneapolis : University of Minnesota Press, 1987.

Habermas, Jürgen, edited and translated by Shiery Weber Nicholsen, *New Conservatism-Cultural Criticism and the Historians' Debate*, Cambridge : Polity Press, 1989.

Harmand, Sonia et al., "3.3-million-year-old stone tools from Lomekwi 3, West Turkana, Kenya", *Nature* Vol.521 No.7552, 21 May 2015.

Hume, Kathryn, *Fantasy and Mimesis-Responses to Reality in Western Literature*(Routledge Revivals), London and New York : Routledge, 2014.

Imachi, Hiroyuki et. al., "Isolation of an archaeon at the prokaryote-eukaryote interface", *Nature* Vol.577, 15 January 2020.(https://www.nature.com/articles/s41586-019-1916-6.pdf)

Jackson, Rosemary, *Fantasy : The Literature of Subversion*, London and New York : Routledge, 2003.

Lacan, Jacques, tr. Bruce Fink, *Écrits*, New York : W.W. Norton & Company, 2006.

Lee, Doheum, "Aspects of Violence in the April 3rd Jeju Rebellion and the Measures to Restore the Community", *IBYE 2018 KOREA-The International Conference to Commemorate the 70th Anniversary of the Jeju April 3rd Uprising and Massacre-Reflection on Massacre and Restoration of the Community*, World Fellowship of Buddhist Youth(WFBY). Memorial Committee for the 70th anniversary of the Jeju April 3rd Uprising and Massacre, 16th Mar, 2018.

Levinas, E, tr. Michael B. Smith and Barbara Harshay, *On Thinking-of-the-Other*, New York : Columbia University Press, 1998.

Lewis, Jeff, *Cultural Studies-The Basics*, London : Sage Pub., 2003.

Maddison, A. "Shares of the Rich and the Rest in the World Economy : Income Divergence Between Nations, 1820-2030", *Asian Economic Review* Vol.3 No.1, 2008.

Marx, K.; Engels, Frederik. tr. Martin Milligan, *Economic and Philosophic Manuscripts of 1844 and the Manifesto of the Communist Party*, Blacksburg : Wilder Publication, 2011.

Mignolo, Walter D.; Walsh, Catherine E., *On Decoloniality : Concepts, Analytics, Praxis*, Durham : Duke University Press, 2018.

Moore, J. W., *Anthropocene or Capitalocene? Nature, History, and the Crisis of Capitalism*, Oakland : PM Press, 2016.

Namier, Lewis B., *Conflicts : Studies in Contemporary History*, London : Macmillian & Company Limited, 1942.

Nöth, Winfried, *Handbook of Semiotics*, Bloomington and Indianapolis : Indiana University Press, 1995.

__________, "Crisis of Representation?", *Semiotica* vol.143 No.1, 2003.

Ryan, Michael, *Marxism and Deconstruction-A Critical Articulation*, Baltimore : Johns Hopkins University Press, 1982.

Sachsenmaiser Dominic; Riedel, Jens, *Reflections on Multiple Modernities : European, Chinese, and Other Interpretations*, Boston : Brill Academic Publishers, 2002.

Saint Bonaventure of Bagnoregio, *The Journey of the Mind Into God*, Grand Rapids : Christian Classic Ethreal Library, 2002.

Schmidt, Volker H, "Multiple Modernities or Varieties of Modernity?", *Current Sociology* Vol.54, No.1, 77-97, 2006.

__________, "What' Wrong with the Concept of Multiple Modernities?", *38th World Congress of the International Institute of Sociology*, Budapest, Hungary, 26-30, June, 2008.

Steinberg, Robert J., "A Triangular Theory of Love", *Psychological Review* Vol.93, No.2, 1986.

Wittrock, Björn, "Modernity : One, None, or Many? European Origins and Modernity as a Global Condition", *Daedalus*, V.129, 2000.

Wright, Erick Olin & Perrone, Luca, "Marxist Class Categories and Income Inequality",

American Sociological Review, vol.42, No.1, American Sociological Association, Feb. 1977.

Yamamura Kozo and Streeck Wolfgang (eds.), *The End of Diversity? Prospects for German and Japanese Capitalism*, Ithaca : Cornell University Press, 2003.

Young, Robert, *White Mythologies : Writing History and the West*(second edition), London : Routledge, 2004.

가자니가, 마이클, 김효은 역, 『윤리적 뇌』, 바다출판사, 2009.

그람시, 안토니오, 이상훈 역, 『옥중수고』 2, 거름, 1999.

노블, 사피야 우모자, 노윤기 역, 『구글은 어떻게 여성을 차별하는가』, 한스미디어. 2019.

니덤, 조셉, 「동서의 과학과 사회」, 박성래 편, 『중국 과학의 사상』, 전파과학사, 1993.

들뢰즈, 질, 권영숙·조형근 역, 『들뢰즈의 푸코』, 새길, 1995.

_________·가타리, 펠릭스, 최명관 역, 『앙띠 오이디푸스』, 민음사, 1994.

_________·___________, 김재인 역, 『천개의 고원』, 새물결, 2001.

라이언, 마이클, 나병철·이경훈 역, 『포스트모더니즘 이후의 정치와 문화』, 갈무리, 1996.

마르쿠제, H., 김인환 역, 『에로스와 문명』, 나남, 2017.

마르크스, 카를, 강신중 역, 『자본』 I-1, 도서출판 길, 2014.

___________·엥겔스, 프리드리히, 박재희 역, 『독일이데올로기』 Ⅰ, 청년사, 2009.

미뇰로, 월터 D., 이성훈 역, 『로컬 히스토리/글로벌 디자인－식민주의성, 서발턴지식, 그리고 경계 사유』, 에코리브르, 2013.

미뇰로, 월터 D., 김영주· 배윤기·하상복 역, 『서구 근대성의 어두운 이면－전 지구적 미래들과 탈식민적 선택들』, 현암사, 2018.

밀그램, 스탠리, 정태연 역, 『권위에 대한 복종』, 에코리브르, 2009.

바따이유, 죠르쥬, 조한경 역, 『에로티즘』, 민음사, 1989.

바바, 호미, 나병철 역, 『문화의 위치－탈식민주의 문화이론』, 소명출판, 2002.

바흐찐, 미하일, 박건용 역, 『프랑수아 라블레의 작품과 중세 및 르네상스의 민중문화』, 아카넷, 2001.

부르디외, 피에르, 최종철 역, 『구별짓기－문화와 취향의 사회학』 上, 새물결, 1995.

브레흐만, 뤼트허르, 조현욱 역, 『휴먼카인드』, 인플루엔셜, 2021.

사이드, 에드워드, 박홍규 역, 『오리엔탈리즘(증보판)』, 교보문고, 2003.

쉬벨부쉬, 볼프강, 박진희 역, 『철도 여행의 역사』, 궁리, 1999.
아렌트, 한나, 김선욱 역, 『예루살렘의 아이히만』, 한길사, 2006.
애얼릭, 폴·온스타인, 로버트, 고기탁 역, 『공감의 진화』, 에이도스, 2012.
앤더슨, 베네딕트, 윤형숙 역, 『상상의 공동체－민족주의의 기원과 전파에 대한 성찰』, 나남, 2006.
엥겔스, 프리드리히, 「엥겔스로부터 J. 블로흐에게」, 맑스·레닌주의 연구소 편, 『맑스 엥겔스 선집』 II, 백의, 1989.
옹, 월터 J., 이기우·임명진 역, 『구술문화와 문자문화』, 문예출판사, 2000.
왓킨스, 요코 가와시마, 윤현주 역, 『요코이야기』, 문학동네, 2005.
우드사이드, 알렉산더, 민병희 역, 『잃어버린 근대성들』, 너머북스, 2012.
월러스틴, 이매뉴얼, 이광근 역, 『세계체제 분석』, 당대, 2005.
제임슨, 프레드릭, 황정아 역, 『단일한 근대성』, 창비, 2020.
짐멜, 게오르그, 안준섭·장영배·조희연 역, 『돈의 철학』, 한길사, 1983.
짐바르도, 필립, 이충호·임지원 역, 『루시퍼 이펙트－무엇이 선량한 사람을 악하게 만드는가』, 웅진씽크빅, 2010.
촘스키, 노엄－푸코, 미셸, 이종인 역, 『촘스키와 푸코, 인간의 본성을 말하다』, 시대의창, 2015.
칠코트, R. 편저, 염홍철 역, 『종속이론과 정통마르크스주의－종속이론의 마르크스주의적 성격논쟁』, 한울, 1984.
카, E. H., 김택현 역, 『역사란 무엇인가』, 까치, 2015.
코스코, 바트, 이호영·공선곤 역, 『퍼지식 사고』, 김영사, 1995.
투렌, 알랭, 정수복·이기현 역, 『현대성 비판』, 문예출판사, 1995.
포퍼, 칼, 이명현 역, 『열린 사회와 그 적들』 2권, 민음사, 1982.
폴라니. 칼, 홍기빈 역, 『거대한 전환－우리 시대의 정치·경제적 기원』, 도서출판 길, 2013.
푸코, 미셸, 이정우 역, 『지식의 고고학』, 민음사, 2000.
프랑크, A.G., 최완규 역, 『低開發의 開發－제3세계의 경제와 종속이론, 그리고 빈곤의 원리』, 새밭, 1980.
프로이트, S., 김대규 역, 『꿈의 해석』, 동서문화사, 1976.
__________, 구인서 역, 『정신분석입문』, 동서문화사, 1978.
하라리, 유발, 조현욱 역, 『사피엔스』, 김영사, 2015.
하버마스. 위르겐, 장춘익 역, 『의사소통 행위이론 1권－행위합리성과 사회합리화』, 나남, 2006.
______________, 한승완 역, 『공론장의 구조변동』, 나남, 2019.

하이니히, 나탈리, 임지영 역, 『정체성이 아닌 것』, 산지니, 2021.
하이데거, 마르틴, 전양범 역, 『존재와 시간』, 시간과공간사, 1989.

인터넷과 신문

『다음백과』, '지구', '달'
https://100.daum.net/encyclopedia/view/b20j0492b
https://100.daum.net/encyclopedia/view/b04d2191a
『제주도민일보』, 2020.1.14.
『경남도민일보』, 2014.8.8.
『위키백과』, '간토대지진'.
https://ko.wikipedia.org/wiki/%EA%B0%84%ED%86%A0_%EB%8C%80%EC%A7%80%EC%A7%84
『한국민족문화대백과사전』, 「권섭」
http://encykorea.aks.ac.kr/Contents/Index?contents_id=E0006952
『한국일보』, 2015.8.18.

Wikipedia, 'Color'. https://en.wikipedia.org/wiki/Color
Wikipedia, 'Incarceration in the United States'.
https://en.wikipedia.org/wiki/Incarceration_in_the_United_States
"Iraq study estimates war-related deaths at 461,000", *BBC*, 16 October 2013.
https://www.bbc.com/news/world-middle-east-24547256
"The race factor: Black arrest rate seven times higher than whites", GazetteXtra, Feb 10, 2019.

찾아보기

ㅇ

(재)한국연구원 한국연구총서 목록

1. 김주수, 신혼인법 연구 (1958)
2. 이창열, 한국경제의 구조와 순환 (1958)
3. 홍이섭, 정약용의 정치경제사상 연구 (1959)
4. 박병호, 한국법제사 특수 연구 (1960)
5. 이만갑, 한국농촌의 사회구조 (1960)
6. 남광우, 동국정운식한자음 연구 (1966)
7. 김경탁, 율곡의 연구 (1960)
8. 이광린, 이조수리사 연구 (1961)
9. 김두종, 한국의학발전에 대한 구미 및 서남방의학의 영향 (1960)
10. 이현종, 조선 전기 대일교섭사 연구 (1964)
11. 박동서, 한국관료제도의 역사적 전개 (1961)
12. 김병국, 한국중앙은행 연구(영문) (1965)
13. 곽상수, 한국 조세 연구 (1961)
15. 김동욱, 이조 전기 복식 연구 (1963)
16. 박원선, 부보상 (1965)
17. 최학근, 전라남도방언 연구 (1962)
18. 이기문, 국어표기법의 역사적 연구 (1963)
19. 김은우, 한국여성의 애정갈등의 원인 연구 (1963)
20. 서남원, 외국원조의 이론과 실제 (1963)
21. 이춘령, 이조농업기술사 (1964)
22. 노창섭, 서울주택지역 연구 (1964)
23. 유인호, 한국농업협업화에 관한 연구 (1967)
24. 강신항, 『운해훈민정음』 연구 (1967)
25. 유원동, 이조 후기 상공업사 연구 (1968)
26. 김병하, 이조 전기 대일무역 연구 (1969)
27. 이효재, 도시인의 친족관계 (1971)
28. 최영희, 임진왜란 중의 사회동태 (1975)
29. 원유한, 조선 후기 화폐사 연구 (1975)
30. 최태호, 개항 전기의 한국관세제도 (1976)
31. 김완진, 노걸대의 언해에 대한 비교 연구 (1976)
32. 하현강, 고려지방제도의 연구 (1977)
33. 김태준, 임진란과 조선문화의 동점 (1977)
34. 황패강, 조선왕조소설 연구 (1978)
35. 이기백, 신라시대의 국가불교와 유교 (1978)
36. 김용덕, 향청연구 (1978)
37. 권영철, 병와이형상 연구 (1978)
38. 신용하, 조선토지조사사업 연구 (1979)
39. 강신표, 단산사회와 한국이주민 (1980)
40. 소재영, 임병양란과 문학의식 (1980)
41. 이기동, 신라골품제사회와 화랑도 (1980)
42. 홍승기, 고려시대 노비 연구 (1981)
43. 김두진, 균여화엄사상 연구 (1981)
44. 신동욱, 우리 이야기문학의 아름다움 (1981)
45. 이기준, 한국경제학교육사 연구 (1982)
46. 민현구, 조선 초기의 군사제도와 정치 (1983)
47. 정형우, 조선시대 서지사 연구 (1983)
48. 조희웅, 한국설화의 유형적 연구 (1983)
49. 김용숙, 한중록 연구 (1983)
50. 이배용, 구한말 광산이권과 열강 (1984)
51. 윤근호, 한국회계사 연구 (1984)
52. 김학준, 북한·중공관계 1945-'84(영문) (1985)
53. 이태진, 조선 후기의 정치와 군영제변천 (1985)
54. 박은경, 한국화교의 종족성 (1986)
55. 권병탁, 약령시 연구 (1986)
56. 김용선, 고려음서제도 연구 (1987)
57. 김영자, 한국복식미의 연구 (1987)
58. 양동휘, 한국어의 대용화 (1988)
59. 정두희, 조선 성종대의 대간 연구 (1989)
60. 오두환, 한국근대화폐사 (1991)
61. 윤홍노, 이광수 문학과 삶 (1992)
62. 정규복, 한국고소설사의 연구 (1992)
63. 김동철, 조선 후기 공인 연구 (1993)
64. 이희덕, 한국고대자연관과 왕도정치 (1994)
65. 이호영, 국어 운율론 (1997)
66. 오 성, 조선 후기 상업사 연구 (2000)
67. 우대형, 한국 근대농업사의 구조 (2001)
68. 김철웅, 한국 중세 국가제사의 체제와 잡사 (2003)
69. 오항령, 한국 사관제도 성립사 연구 (2003)
70. 노계현, 간도 영유권 분쟁사 (2006)
71. 백옥경, 조선 전기 역관 연구 (2006)
72. 홍정근, 호락논쟁의 본질과 임성주의 철학사상 (2007)
73. 유헌식, 한국인의 일상행위에 감춰진 의미구조 연구 (2008)
74. 김현숙, 근대 한국의 서양인 고문관들 (2008)
75. 최선일, 17세기 조각승과 불교 연구 (2009)
76. 김도형, 일제의 한국농업정책사 연구 (2009)
77. 금지아, 한중 역대 서적교류사 연구 (2010)
78. 이 찬, 한국 현대시론의 담론과 계보학 (2011)
79. 송기한, 서정주 연구-근대인의 초상 (2012)
80. 노용필, 한국도작문화 연구 (2012)
81. 엄연석, 조선 전기 역철학사 (2013)
82. 박광연, 신라법화사상사 연구 (2013)
83. 박미선, 신라 점찰법회와 신라인의 업·윤회 인식 (2013)
84. 김병길, 역사문학, 속과 통하다 (2013)
85. 표정옥, 신화적 상상력에 비쳐진 한국 문학 (2014)
86. 허용호, 인형연행의 문화전통 연구 (2014)
87. 문성화, 『삼국사기』와 『삼국유사』의 역사인식과 역사의식 (2015)
88. 이경재, 다문화 시대의 한국소설 읽기 (2015)
89. 김수연, 유(遊)의 미학, 『금오신화』 (2015)
90. 홍성민, 감정과 도덕-성리학의 도덕 감정론 (2016)
91. 박해훈, 한국의 팔경도 (2017)
92. 김주연, 궁중의례미술과 십이장 도상 (2018)
93. 박평식, 조선전기 대외무역과 화폐 연구 (2018)
94. 임채우, 한국의 신선-그 계보와 전기 (2018)
95. 엄태웅, 대중들과 만난 구운몽 (2018)
96. 허태구, 병자호란과 예, 그리고 중화 (2019)
97. 한성훈, 이산-분단과 월남민의 서사 (2020)
98. 한재훈, 퇴계 이황의 예학사상 (2021)
99. 정우진, 몸의 연대기 (2021)
100. 이승종, 우리 역사의 철학적 쟁점 (2021)
101. 홍정완, 한국 사회과학의 기원 (2021)
102. 허 윤, 남성성의 각본들 (2021)
103. 김우형, 한국유학의 철학적 탐구 (2021)
104. 김종수, 의궤로 본 조선시대 궁중연향 문화 (2022)
105. 손증상, 한국 근대 아동극과 아동잡지 (2022)
106. 김미덕, 보편적 부패 평균적 무능 (2022)
107. 이도흠, 18~19세기 한국문학, 차이의 근대성 (2022)